d'après
ROBERT LUDLUM

Eric Van Lustbader

Le Mensonge dans la peau

La ruse de Bourne

TRADUIT DE L'ANGLAIS (ÉTATS-UNIS) PAR FLORIANNE VIDAL

GRASSET

Titre original :

THE BOURNE DECEPTION

Publié par Myn Pyn, LLC c/o Baror International, Inc, 2009.

ISBN : 978-2-253-16876-8 – 1re publication LGF

À Jeff,
et à sa question qui a tout déclenché.

Prologue

Munich, Allemagne/Bali, Indonésie

« Je parle russe assez correctement, dit le secrétaire à la Défense Bud Halliday, mais je préfère m'exprimer en anglais.

— Ça me va, répondit le colonel russe dans un anglais mâtiné d'un fort accent. J'ai toujours aimé les langues étrangères. »

Halliday accueillit cette repartie avec un sourire forcé. Les Américains à l'étranger rechignaient à employer une autre langue que l'anglais. C'était de notoriété publique.

« Tant mieux. Les choses iront d'autant plus vite. » Mais au lieu d'entamer la discussion, il se mit à contempler les portraits accrochés au mur. Une série de croûtes visiblement inspirées de photos parues dans des magazines, censées représenter des rois du jazz comme Miles Davis ou John Coltrane.

C'était la première fois qu'il voyait le colonel en chair et en os et, dès le premier coup d'œil, Halliday avait douté du bien-fondé de cette rencontre. D'abord, il s'était imaginé un homme mûr aux tempes grises. Or, ce type avait des cheveux blonds épais, coupés très court, dans le plus pur style de l'armée russe. En outre, il avait tout du baroudeur. Sous le tissu de son costume bon marché, ses muscles saillaient au moindre mouvement. Le calme singulier qui émanait de sa personne le mettait mal à l'aise. Mais c'étaient ses yeux – pâles, très enfoncés dans les orbites – qui agaçaient le plus le secrétaire. Ils ne cillaient jamais. Halliday avait l'impression de regarder des yeux imprimés sur papier glacé. Quant au nez rond et saillant, marqué de petites veines, il ne faisait qu'accentuer cette désagréable sensation. On aurait dit que le Russe était vide, que son âme avait disparu, remplacée par une volonté implacable, sidérale, nourrie d'une énergie ancienne et malfaisante, tout droit sortie des nouvelles de Lovecraft que Halliday lisait dans sa jeunesse.

Il dut se faire violence pour ne pas se lever et partir sans se retourner. Mais il n'avait quand même pas fait tout ce chemin pour rien.

Le smog qui asphyxiait Munich – du même gris sale que les yeux de Karpov – et l'humeur du secrétaire Halliday s'harmonisaient parfaitement. Il se serait bien passé de séjourner dans cette ville pourrie. Malheureusement, après être sorti de sa limousine Lincoln blindée pour s'engager dans la Rumfordstrasse infestée de touristes, voilà qu'il se retrouvait coincé dans ce pitoyable club de jazz enfumé. Qu'y avait-il de si particulier chez cet officier russe pour que le secrétaire à la Défense américain consente à parcourir 7 000 kilomètres jusqu'à cette ville qu'il détestait ? Boris Karpov était colonel du FSB-2, la nouvelle agence de lutte contre la drogue, soi-disant. Qu'un officier du FSB-2 soit habilité à contacter Halliday et surtout à le faire venir de Washington suffisait à prouver l'irrésistible montée en puissance de cet organisme.

Karpov avait laissé entendre qu'il avait quelque chose à lui offrir. Une chose que Halliday convoitait. Au lieu d'essayer de deviner ce dont il s'agissait, le secrétaire à la Défense s'inquiétait de ce que le Russe demanderait en échange. Ce genre d'affaires se jouait toujours donnant donnant, Halliday était bien placé pour le savoir. Vieux briscard de la politique, il passait sa vie à barboter dans les luttes intestines qui tournoyaient autour du Président, tels les orages de poussière du Kansas. Il n'ignorait pas que la contrepartie de cet accord serait difficile à avaler mais le compromis faisait partie intégrante du jeu politique, autant sur le plan interne qu'à l'échelle internationale.

Pourtant, Halliday n'aurait jamais répondu à l'offre de Karpov s'il ne s'était trouvé dans une position délicate vis-à-vis du Président. La chute aussi brutale que fracassante de Luther LaValle, le tsar du renseignement, avait ébranlé les bases de son pouvoir. Ses amis, ses alliés le critiquaient dès qu'il avait le dos tourné. Il en était à se demander lequel d'entre eux le poignarderait le premier.

Mais il fréquentait ce monde de requins depuis assez longtemps pour savoir que l'espoir renaissait parfois sous des formes peu avenantes. En ce moment, cet espoir se nommait Karpov. L'officier russe allait peut-être lui faire une proposition susceptible de restaurer son prestige aux yeux du Président et son assise au sein du complexe militaro-industriel international.

Sur la scène, le trio attaqua un morceau. On aurait dit que quelqu'un venait d'ouvrir un coffret duquel s'échappaient force bruits discordants. Halliday en profita pour repasser dans son esprit le dossier de renseignement sur Boris Karpov, comme s'il pouvait y trouver quelque détail utile – n'importe quoi, par exemple une photo de surveillance, même floue, même granuleuse. Mais bien sûr, le dossier ne contenait aucune photo, aucune information à part trois misérables paragraphes dépourvus d'intérêt, imprimés sur une feuille de papier marquée TOP SECRET en filigrane. L'Administration américaine traitait la Russie avec un dédain tel que la NSA n'avait qu'une connaissance superficielle des rouages de son système politique. Quant au FSB-2, dont la véritable vocation était ultrasecrète – bien plus que celle du FSB, l'héritier de l'ancien KGB –, on n'en savait presque rien.

« Monsieur Smith, vous semblez distrait », dit le Russe. Ils étaient convenus d'utiliser des pseudonymes en public. Monsieur Smith et monsieur Jones.

Le secrétaire tourna la tête vers son interlocuteur. Il se sentait mal à l'aise dans ce sous-sol, contrairement à Karpov qui lui faisait de plus en plus penser à un rapace nocturne. En raison du brouhaha pseudo-musical, il dut élever la voix pour être entendu. « Il n'en est rien, je vous assure, monsieur Jones. Je savoure avec une délectation digne d'un touriste en goguette cette ambiance si particulière que vous avez choisie pour notre rencontre. »

Le colonel émit un petit gloussement amusé. « Je trouve votre humour désopilant.

— Vous m'avez parfaitement compris. »

Le colonel partit d'un grand rire. « Rien n'est moins sûr, monsieur Smith. Nous ne comprenons même pas nos épouses, alors comment comprendrions-nous nos… homologues ? »

Halliday avait cru que Karpov allait prononcer le mot *adversaires* au lieu du terme passe-partout qu'il avait fini par choisir, non sans une subtile hésitation. Peu lui importait que les Russes soient au courant de sa position politique précaire. Une seule question l'intéressait : le marché que Karpov s'apprêtait à lui proposer l'aiderait-il à sortir la tête de l'eau ?

Le changement de tempo informa le secrétaire que le trio venait d'entamer un autre morceau. Comme s'il piquait du nez, Halliday se pencha sur son bock. Cette bière était trop amère, il n'y avait presque pas touché. Pas de Coors dans cette taule, évidemment. « Si on en venait au fait ?

— Tout de suite. » Le colonel Karpov croisa ses bras dorés. Les jointures de ses doigts étaient plissées, jaunies par la corne. Un relief aussi déchiqueté que les montagnes Rocheuses. « Je n'ai pas besoin de vous expliquer qui est Jason Bourne, n'est-ce pas monsieur Smith ? »

À l'évocation de ce nom, les traits de Halliday se durcirent. La température de son corps chuta d'un coup, comme si le Russe venait de l'asperger de fréon. « Et après ? rétorqua-t-il.

— Après, monsieur Smith… je vais tuer Jason Bourne pour vous. »

Halliday ne prit pas la peine de lui demander d'où il tenait que Jason Bourne était un homme à abattre. Le mois dernier, alors que Bourne se trouvait à Moscou, la NSA avait remué ciel et terre pour lui mettre la main dessus. Il aurait fallu être sourd, aveugle et muet pour ne pas comprendre que Bourne se trouvait sous le coup d'un contrat.

« Quel geste magnanime, monsieur Jones !

— Non monsieur, pas magnanime. J'ai des raisons de vouloir sa mort. »

Cet aveu eut pour effet de soulager quelque peu la tension du secrétaire. « Très bien, admettons que vous tuiez Bourne. Qu'attendez-vous en retour ? »

Dans les yeux du colonel, quelque chose vacilla. Chez n'importe qui d'autre, on aurait parlé d'étincelle. Mais comme Halliday n'avait toujours pas déterminé de quelle matière le Russe était constitué, il eut l'impression de voir au fond de ses prunelles le couvercle d'un cercueil se refermer sur le cadavre de Bourne. Par l'entremise de Karpov, la mort venait de lui faire un clin d'œil.

« Je connais cette expression, monsieur Smith. Vous craignez le pire – un prix exorbitant. Mais rassurez-vous. Si vous me donnez votre accord pour éliminer Bourne en toute impunité, sans craindre de représailles d'aucune sorte, en échange je vous demanderai seulement de bien vouloir m'ôter une épine du pied.

— Une épine que vous ne pouvez ôter par vous-même. »

Karpov acquiesça. « Vous m'avez parfaitement compris, monsieur Smith. »

Les deux hommes s'esclaffèrent en même temps mais leurs rires ne sonnèrent pas de la même façon.

« Donc. » Halliday joignit le bout de ses doigts. « Qui est la cible ?

— Abdullah Khoury. »

Le secrétaire déglutit. « Le chef de la Fraternité d'Orient ? Mais nom d'un chien, pourquoi pas le pape, pendant que vous y êtes !

— Assassiner le pape ne nous serait d'aucune utilité. Ni à vous ni à moi. Mais Abdullah Khoury, c'est une tout autre histoire, non ?

— En effet. L'homme est un islamiste radical, un vrai maniaque. Pour l'instant, il est cul et chemise avec le président iranien. Mais la Fraternité d'Orient est une organisation planétaire. Khoury a beaucoup d'amis très haut placés. » Le secrétaire agita la tête avec véhémence. « Tenter de l'assassiner serait un suicide politique. »

Karpov acquiesça. « C'est tout à fait exact. Mais que faites-vous des activités terroristes de la Fraternité d'Orient ? »

Halliday renifla. « Un tuyau percé. Des rumeurs, au mieux. Nos services de renseignements n'ont jamais trouvé la moindre preuve fiable qu'un lien existe entre Khoury et une quelconque organisation terroriste. Et croyez-moi, on a cherché.

— Je n'ai aucun doute là-dessus. Ce qui signifie que vous n'avez trouvé aucun indice d'activité terroriste dans la résidence du professeur Specter.

— Le bon professeur était un chasseur de terroristes notoirement connu mais selon certains, il avait d'autres cordes à son arc… » Halliday haussa les épaules.

Le visage du colonel s'épanouit. Soudain, une enveloppe kraft sans inscription se matérialisa sur la table. « Dans ce cas, ceci vous intéressera beaucoup. » Comme s'il déplaçait sa reine pour aller au mat, Karpov poussa l'enveloppe vers Halliday.

Pendant que le secrétaire la décachetait et en examinait le contenu, Karpov poursuivit. « Comme vous le savez, le FSB-2 se consacre avant tout à la lutte contre le trafic de drogue international.

— Je l'ai entendu dire, répliqua Halliday, sachant pertinemment que le rayon d'action du FSB-2 était bien plus vaste.

— Voilà dix jours, nous avons lancé la phase finale d'un coup de filet antidrogue au Mexique, reprit Karpov. C'est une affaire sur laquelle nous travaillons depuis plus de deux ans. L'une de nos *grupperovka* moscovites, la Kazanskaïa, cherchait à se lancer dans le trafic de stupéfiants. Elle pensait trouver là-bas de quoi constituer un réseau sûr. »

Halliday hocha la tête. Il connaissait un peu la famille Kazanskaïa, l'une des plus célèbres organisations criminelles moscovites, dirigée par Dimitri Maslov.

« Ce fut une réussite totale, je suis très fier de vous l'annoncer, continua le colonel. Lors de l'assaut mené sur la maison du caïd, Gustavo Moreno, nos troupes ont mis la main sur un mini-ordinateur que nos ennemis s'apprêtaient à détruire. Le document que vous êtes en train de lire est tiré de son disque dur. »

Les doigts de Halliday se changèrent en glaçons. La feuille était saturée de chiffres, de références croisées, d'annotations. « C'est la piste de l'argent. Le réseau mexicain était financé par la Fraternité d'Orient. Cinquante pour cent des profits servaient à l'achat d'armement qu'ils acheminaient ensuite vers différents ports du Moyen-Orient. Air Afrika Airways en assurait le transport.

— Cette compagnie est la propriété exclusive de Nikolaï Ievsen, le plus grand marchand d'armes mondial. » Le colonel s'éclaircit la gorge. « Voyez-vous, monsieur Smith, certains membres influents de mon gouvernement sont en pourparlers avec l'Iran. Nous voulons leur pétrole, ils veulent notre uranium. De nos jours, l'énergie passe avant tout le reste, n'est-ce pas ? Par conséquent, je me retrouve dans une position inconfortable vis-à-vis d'Abdullah Khoury. Je possède la preuve de son implication dans des activités terroristes, mais je ne peux pas m'en servir pour le faire tomber. » Il inclina la tête. « Vous pouvez peut-être m'aider. »

Tout en s'efforçant de maîtriser les battements de son cœur, Halliday répondit : « Pourquoi voulez-vous vous débarrasser de Khoury ?

— Je pourrais vous le dire mais ensuite, je serais obligé de vous tuer », lâcha Karpov.

C'était une plaisanterie un peu éculée mais Halliday ne put s'empêcher de frissonner. Dans les yeux cruels du colonel, il avait perçu le même éclat démoniaque que tout à l'heure. Karpov ne blaguait peut-être pas. Comme il n'avait aucune envie de vérifier son hypothèse, il décida de conclure le marché au plus vite.

« Éliminez Jason Bourne et je ferai en sorte que le gouvernement américain envoie Abdullah Khoury là où il le mérite. »

Il n'avait pas achevé sa phrase que déjà le colonel exprimait son désaccord. « Pas suffisant, monsieur Smith. Œil pour œil, voilà le sens exact de l'expression donnant donnant.

— Nous n'avons pas l'habitude d'assassiner les gens, colonel Karpov », fit Halliday d'un air pincé.

Le Russe ricana. « Où avais-je la tête ? rétorqua-t-il, puis, haussant les épaules : Peu importe, *Monsieur le secrétaire Halliday*. Personnellement, je n'ai pas de tels scrupules. »

Halliday n'hésita qu'un instant. « Oui, excusez-moi, j'ai oublié notre protocole, monsieur Jones. Transmettez-moi le contenu du disque dur et ce sera fait. » Il serra les dents et plongea son regard dans les yeux pâles de son interlocuteur. « D'accord ? »

Boris Karpov lui répondit d'un hochement de tête militaire. « D'accord. »

Quand le colonel sortit du club de jazz, il repéra la Lincoln de Halliday et les gardes du corps des services secrets déployés sur Rumfordstrasse, comme des soldats de plomb. Il s'engagea dans la direction opposée, tourna au coin d'un immeuble, se mit deux doigts dans la bouche, sortit la prothèse en plastique qui lui déformait la mâchoire puis saisit le bulbe de latex veiné couvrant son nez, tira dessus et ôta par la même occasion la matière collante assurant sa stabilité. Enfin, il enleva ses lentilles de contact grises qu'il déposa dans un petit coffret en plastique. Ayant retrouvé son véritable visage, il partit d'un éclat de rire. Le colonel Boris Karpov du FSB-2 existait bel et bien ; mieux encore, Karpov et Bourne étaient amis, raison pour laquelle Leonid Danilovitch Arkadine avait choisi d'incarner ce personnage et pas un autre. Le propre ami de Bourne se portant volontaire pour l'exécuter. L'ironie de la situation lui plaisait. En outre, Karpov était un fil de la toile qu'Arkadine s'ingéniait à tisser.

Le politicien américain ne constituait pas un danger en soi. Son équipe ignorait de quoi le vrai Karpov avait l'air. Pourtant, la formation Treadstone qu'Arkadine avait suivie lui interdisait de rien laisser au hasard. S'il avait décidé de se déguiser ainsi c'était pour une raison très particulière.

Fondu dans la foule des usagers, il prit l'U-Bahn à Marienplatz. Trois stations plus loin, à l'endroit convenu, une voiture banalisée l'attendait. Dès qu'il monta, elle démarra en direction de l'aéroport international Franz Josef Strauss. Arkadine avait un billet sur le vol de la Lufthansa partant à 1 h 20 en direction de Singapour, d'où il sauterait dans l'avion de 9 h 45 pour Denpasar, sur l'île de Bali. Retrouver la piste de Bourne lui avait posé moins de problèmes – il lui avait suffi d'interroger les collaborateurs de Moira Trevor chez NextGen Energy Solutions pour savoir où ils étaient partis tous les deux – que voler l'ordinateur portable de Gustavo Moreno. Plusieurs hommes à lui s'étaient fait recruter au sein de la Kazanskaïa et, par un heureux hasard, l'un d'eux s'était trouvé au domicile de Gustavo Moreno une heure avant l'attaque du FSB-2. Il avait réussi à s'éclipser avec la pièce à conviction qui allait servir à envoyer Abdullah Khoury six pieds sous terre. Mais avant cela, Arkadine devait en terminer avec Bourne.

Jason Bourne était en paix. Avec le temps, il avait fini par accepter la mort de Marie. Son sentiment de culpabilité s'était effacé. Ce jour-là, il reposait près de Moira sur un *bale*, ce grand lit de jour balinais couvert d'un ciel de chaume soutenu par quatre montants sculptés. L'estrade en pierre servant de socle au *bale* donnait sur un bassin à trois niveaux séparés par de petites cascades. De là, ils avaient une vue imprenable sur le détroit de Lombok, au sud-ouest de Bali. Comme les hôteliers balinais voyaient tout et n'oubliaient rien, ils s'arrangeaient pour que, chaque matin, leur *bale* soit prêt à les accueillir. Après une première baignade, ils prenaient leur petit-déjeuner. Sans qu'on ait besoin de le lui rappeler, la serveuse apportait à Moira sa boisson préférée : un Bali Sunrise, mélange de jus d'orange amère, de mangue et de fruits de la passion.

« Le temps s'écoule à l'infini », dit Moira, rêveuse.

Bourne remua. « Traduction.

— Tu sais l'heure qu'il est ?

— Je m'en fiche.

— Pas moi, dit-elle. Nous sommes ici depuis dix jours : j'ai l'impression que ça fait dix mois. » Elle rit. « Cela ne veut pas dire que je m'ennuie. Bien au contraire. »

Des martinets sautaient d'arbre en arbre, comme des chauves-souris, ou rasaient la surface du plus haut bassin. En contrebas, les vagues se brisaient sur la plage avec un bruit assourdi, apaisant. Quelques instants auparavant, deux petites Balinaises leur avaient offert une poignée de fleurs fraîches dans un bol en feuilles de palmier, tressé de leurs mains. À présent, les senteurs exotiques du frangipanier et de la tubéreuse se répandaient dans l'air.

Moira se tourna vers lui. « Ce qu'ils disent est vrai. À Bali, le temps est immobile. Il s'étire sur plusieurs existences. »

Les yeux mi-clos, Bourne rêvait de tout autre chose. Il pensait à sa propre vie, mais les images qui s'animaient sous son crâne semblaient noyées dans une eau sombre et trouble, comme un film diffusé par un projecteur en mauvais état. Il avait déjà séjourné à Bali. Cette vibration particulière répandue par le vent, cette mer calme, ces gens souriants ne lui étaient pas inconnus. L'île en elle-même faisait résonner un écho familier tout au fond de lui. Comme une impression de déjà-vu. Mais il y avait autre chose. Une chose qui l'avait appelé, attiré ici à la manière d'un aimant. En ce moment, il aurait pu tendre la main et la toucher. Mais hélas, elle se refusait à lui.

Que s'était-il passé ici ? Un événement important, bien sûr, dont il devait absolument se souvenir. Il s'enfonça plus loin dans son rêve ; les images de son passé refirent surface. Il se vit parcourir cette île jusqu'à l'océan Indien. Jaillissant de la vague écumeuse, se dressa un pilier de feu qui s'élevait dans le ciel céruléen jusqu'à toucher le soleil. Comme une ombre, Bourne marchait sur un sable si fin qu'il en était impalpable, vers le pilier embrasé qu'il serra entre ses bras.

Quand il s'éveilla, son premier réflexe fut de raconter son rêve à Moira, mais il se ravisa.

Ce soir-là, en descendant vers le beach-club aménagé au pied de la falaise sur laquelle l'hôtel était perché, Moira s'arrêta devant l'un des nombreux autels disséminés sur la propriété. Une petite ombrelle jaune protégeait le sommet de la stèle de pierre drapée d'un tissu à damier noir et blanc au pied de laquelle reposaient diverses offrandes, des bols de feuilles tressées garnis de brillantes corolles. Le tissu et l'ombrelle signifiaient que la divinité séjournait en ces lieux. Le motif du tissu avait un sens, lui aussi : le damier noir et blanc symbolisait la dualité entre les dieux et les démons, le bien et le mal.

Moira enleva ses sandales d'un coup de pied et, debout sur la dalle devant l'autel, porta ses mains jointes à son front en inclinant la tête.

« Je ne savais pas que tu pratiquais la religion hindoue », lança Bourne quand elle eut fini sa prière.

Moira ramassa ses sandales et les balança du bout des doigts. « Je remerciais la divinité locale pour notre séjour ici. Pour tous les bienfaits que Bali nous a prodigués. » Puis avec un sourire ironique : « Et j'ai remercié l'esprit du cochon de lait que nous avons mangé hier de s'être sacrifié pour notre plaisir. »

Ils avaient réservé le beach-club pour eux seuls, ce soir-là. Des serviettes de bain les y attendaient, ainsi que des verres givrés de *lassi* à la mangue, des pichets de jus de fruits tropicaux et de l'eau glacée. Les serveurs s'étaient discrètement éclipsés dans l'annexe de la cuisine dépourvue de fenêtres.

Ils passèrent une heure à nager derrière la ligne d'écume qui suivait l'arrondi de la plage. L'eau tiède était aussi douce à la peau que le velours. Cachés dans les recoins sombres de la grève, des bernard-l'ermite vaquaient à leurs occupations obliques. Dans un va-et-vient étourdissant, des chauves-souris surgissaient d'une grotte à l'autre bout de la crique en forme de croissant, avant de s'y réfugier à nouveau.

Après leur baignade dans l'océan, ils savourèrent les *lassi* à la mangue en barbotant dans la piscine dominée par une énorme statue de bois, un cochon souriant paré d'un collier à médaillon et d'une couronne coincée derrière les oreilles.

« Tu vois, il est content que j'aie rendu hommage à notre cochon de lait », remarqua Moira.

Ils firent quelques longueurs puis se reposèrent à l'ombre d'un immense frangipanier chargé de fleurs crème et jaune qui poussait à l'extrémité du bassin. Sous son épais feuillage, ils restèrent un long moment enlacés à regarder la lune apparaître et disparaître entre les nuages. Un souffle de vent agita les frondaisons des grands palmiers bordant la plage, côté piscine. Dans l'eau, leurs jambes pâles s'assombrirent.

« C'est bientôt fini, Jason.

— Quoi donc ?

— Tout ceci. » Moira bougea la main sous l'eau comme pour imiter un poisson. « Dans quelques jours, nous serons partis. »

Bourne leva les yeux vers le ciel. La lune se montra. Il sentit les premières gouttes sur son visage. Un instant plus tard, la pluie criblait la surface de la piscine.

Moira posa la tête contre l'épaule de Bourne, perdue dans l'ombre lunaire des frangipaniers. « Et que deviendrons-nous ? »

Sa question n'appelait pas de réponse. Moira voulait simplement exprimer sa pensée, en savourer le goût sur sa langue. Bourne sentait le corps de sa compagne peser sur le sien, sa chaleur se diffuser dans l'eau, contre son cœur. Cette présence charnelle lui faisait du bien ; elle lui apportait le calme propice au sommeil.

« Jason, que feras-tu quand nous rentrerons ?

— Je ne sais pas, avoua-t-il. Je n'y ai pas réfléchi. » Soudain, il se demanda s'il partirait avec elle. Comment pouvait-il songer à s'en aller alors qu'un fragment de son passé se trouvait sur cette île, si proche qu'il sentait son souffle sur sa nuque ? Il se garda de lui confier son hésitation. S'il en parlait, il devrait fournir une explication, or il n'en avait aucune. C'était une simple sensation. Mais combien de fois ce genre de sensation ne lui avait-il pas sauvé la vie ?

« Je ne retournerai pas chez NextGen », dit-elle.

En entendant ces mots, il reporta toute son attention sur Moira. « Quand as-tu décidé cela ?

— Pendant notre séjour. » Elle sourit. « Cette île vous pousse à prendre de bonnes résolutions. Elle vous montre le chemin. J'ai rejoint Black River juste après mon premier voyage ici. On dirait que Bali encourage au changement. Dans mon cas, du moins.

— Que feras-tu ?

— Je veux ouvrir ma propre société de management du risque.

— Super. » Il sourit. « En concurrence directe avec Black River.

— Si tu vois ça comme ça.

— Et je ne serai pas le seul. »

L'averse tombait plus dru ; les palmes s'entrechoquaient. Impossible d'apercevoir le ciel.

« Ce peut être dangereux, ajouta-t-il.

— La vie est dangereuse, Jason, comme tout ce que le chaos gouverne.

— Je ne dirai pas le contraire. Mais comment réagira ton ancien patron, Noah Petersen ?

— Petersen est son nom de guerre. En fait, il s'appelle Perlis. »

Bourne leva les yeux vers les fleurs blanches qui commençaient à tomber comme des flocons de neige. Les effluves sucrés du frangipanier se mêlaient à l'odeur piquante de la pluie.

« Perlis n'était pas très content quand tu es tombée sur lui, à Munich, voilà deux semaines.

— Noah n'est jamais content. » Moira se serra plus fort contre lui. « J'ai renoncé à lui plaire six mois avant de quitter Black River. C'était un jeu de dupe.

— Il n'en reste pas moins que nous avions raison au sujet de l'attaque terroriste sur le méthanier, et qu'il avait tort. Je suis prêt à parier qu'il n'a pas oublié. Et voilà qu'à présent tu marches sur ses plates-bandes. Tu vas te faire un ennemi. »

Elle rit doucement. « Vas-y, exprime-toi.

— Arkadine est mort en tombant du méthanier dans les eaux du Pacifique, au large de Long Beach, dit Bourne sans hausser le ton. Personne ne survivrait à cela.

— Ce type était une créature de Treadstone, non ? C'est ce que Willard t'a dit.

— Selon Willard, qui était présent sur les lieux, Arkadine incarne à la fois la première réussite d'Alex Conklin et son premier échec. Il lui avait été envoyé par Semion Icoupov, qui codirigeait la Légion noire et la Fraternité d'Orient jusqu'à ce qu'Arkadine le tue pour venger la mort de son amie.

— Et son associé, Asher Sever, ton ancien mentor, est plongé dans un coma profond.

— On finit toujours par recevoir la monnaie de sa pièce », répondit Bourne d'un ton amer.

Moira remit Treadstone sur le tapis. « Willard disait que Conklin souhaitait créer un être invincible – une machine de guerre.

— Il parlait d'Arkadine, répondit Bourne. Mais Arkadine a tourné le dos à Treadstone pour rentrer en Russie où il a causé pas mal de désordres, après s'être mis au service de plusieurs *grupperovka* moscovites.

— C'est alors que tu lui as succédé auprès de Conklin, et tu es sa plus grande réussite.

— Les chefs de département de la CIA ne sont pas de cet avis, ironisa Bourne. Ils me tueraient de leurs propres mains avec plaisir.

— Ce qui ne les a pas empêchés de te contraindre à exécuter des missions à chaque fois qu'ils avaient besoin de toi !

— C'est de l'histoire ancienne », répliqua Bourne.

Moira allait changer de sujet quand survint une coupure de courant. Les ampoules éclairant la piscine et la terrasse du beach-club vacillèrent et s'éteignirent. Le vent et la pluie tourbillonnaient toujours dans l'obscurité. Bourne se raidit, voulut écarter Moira qui sentit ses muscles se contracter, son regard fouillant les ténèbres pour déterminer la cause de la panne.

« Jason, murmura-t-elle. Nous sommes en sécurité. »

Il lui fit traverser la piscine. Le cœur de Jason battait plus fort, tous ses sens étaient en alerte ; il se préparait à l'attaque comme s'il s'attendait au pire. Moira comprit tout à coup qu'elle ne l'avait jamais vu ainsi. Elle le découvrait sous un nouveau jour.

Elle voulut lui répéter qu'il avait tort de s'inquiéter, que les coupures de courant étaient monnaie courante à Bali, mais elle savait que c'était inutile. Ce genre de réaction faisait partie de son conditionnement ; rien de ce qu'elle pourrait dire ou faire n'aurait d'effet sur lui.

L'oreille aux aguets, elle se demanda s'il percevait d'autres bruits que ceux du vent et de la pluie. L'espace d'un instant, elle sentit l'angoisse la transpercer. Et si ce n'était pas une simple coupure de courant ? Si l'un des ennemis de Jason les avait suivis jusqu'ici ?

Quand les lumières revinrent, elle se moqua d'elle-même. « Tu vois ! s'écria-t-elle en désignant la statue du cochon. Il nous protège. »

Bourne se laissa flotter sur le dos. « Il n'y a pas d'issue, dit-il. Même ici.

— Tu ne crois pas aux esprits, hein Jason ? Ni aux bons ni aux mauvais ?

— Je ne peux pas me le permettre. J'ai trop côtoyé le mal. »

Moira en profita pour remettre sur le tapis le sujet qui lui tenait à cœur. « Je commence les recrutements dès mon retour. Ça va me prendre tout mon temps. Nous nous verrons beaucoup moins, en tout cas jusqu'à ce que j'aie monté ma boutique.

— C'est un avertissement ou une promesse ? »

Il remarqua une certaine tension dans son rire. « Désolée. J'avais un peu peur de t'en parler.

— Pourquoi ?

— Tu sais comment les choses se passent.

— Non, dis-moi. »

Elle se retourna vers lui et s'assit à califourchon sur ses jambes. On n'entendait plus que les bourrasques secouant les feuilles.

« Jason, ni toi ni moi ne sommes le genre de personnes à… Je veux dire, nous menons un style de vie difficile à concilier avec… des relations durables… donc… »

Il lui coupa la parole d'un baiser. Quand ils reprirent leur souffle, il lui glissa à l'oreille : « C'est d'accord, profitons de l'instant. Et si nous en éprouvons le besoin, nous reviendrons ici. »

Le cœur de Moira éclata de joie. Elle le serra très fort. « Marché conclu. Juré craché. »

Parti de Singapour, l'avion de Leonid Arkadine atterrit à l'heure prévue. L'homme passa la douane, régla son visa d'entrée puis, sans s'attarder, traversa le terminal pour se rendre aux toilettes. Il choisit une cabine, ferma la porte et tira le verrou. De son petit sac à dos, il extirpa le gros nez en latex, trois pots de maquillage, les implants de joue en plastique et les lentilles de contact grises qu'il avait utilisés à Munich. Huit minutes plus tard, il ressortait et, planté devant la rangée de lavabos, vérifiait sa nouvelle apparence. Dans le miroir, l'ami de Bourne, Boris Karpov du FSB-2, lui rendit son regard.

Il referma la valise, traversa le hall et retrouva la moiteur et la foule au-dehors. En s'asseyant dans le taxi climatisé qu'il avait loué, il éprouva un réel soulagement. Quand le véhicule quitta l'aéroport international Ngurah Rai, Arkadine se pencha vers le chauffeur et dit « Badung Market ». Le jeune homme hocha la tête en souriant. Escorté d'une armada de gamins en scooter, il se colla aussitôt à l'arrière d'un énorme camion brinquebalant, en route vers le terminal des ferries partant pour Lombok.

Après vingt minutes assez pénibles durant lesquelles ils dépassèrent le camion tout en évitant le choc frontal avec les véhicules venant en sens inverse, firent la course avec deux ados à moto et manquèrent d'écraser l'un des milliers de chiens errants de l'île, ils atteignirent la rue Gajah Mada, sur l'autre rive de la rivière Badung. Le taxi dut rouler au pas jusqu'à ce que la foule grouillante leur bloque totalement le passage. Arkadine paya le chauffeur, lui demanda de ne pas trop s'éloigner, descendit et s'enfonça dans le marché.

Il fut aussitôt saisi par quantité d'odeurs âcres – pâte de crevettes noires, piments, ail, *karupuk*, cannelle, citronnelle, feuilles de pandan, galangal, *kencur*, laurier indonésien – et étourdi par les fortes voix vantant des marchandises diverses et variées, depuis les coqs de combat au plumage teint en rose et orangé jusqu'aux porcelets vivants, ligotés et attachés à des baguettes de bambou censées faciliter leur transport.

Comme il passait devant un étal garni de paniers à épices grands ouverts, la propriétaire, une vieille femme sans lèvre supérieure, plongea dans un grand récipient la griffe qui lui servait de main et lui tendit une pleine poignée de racines.

« *Kencur*, dit-elle. *Kencur* très bon aujourd'hui. »

Arkadine trouvait que le *kencur* ressemblait un peu au gingembre, en plus petit. Dégoûté par la racine difforme et son horrible vendeuse, il écarta la première et s'éloigna à grands pas de la seconde.

Avant d'atteindre l'étal du marchand de cochons vers lequel il se dirigeait, il sentit qu'on lui tapotait le bras de manière insistante. Il dut s'arrêter. La chose qui le touchait avait la consistance d'une patte de poulet. Quand il se tourna, il vit une jeune femme tenant un bébé. Tout en lui jetant des regards suppliants, elle continuait de le tapoter comme si ses doigts ne savaient faire que cela. Arkadine l'ignora et poursuivit son chemin à travers la cohue. S'il lui avait donné une pièce, tous les autres mendiants auraient aussitôt fondu sur lui.

Le marchand de cochons se tenait accroupi comme une grenouille. C'était un homme trapu, avec des yeux noirs luisants et une face de lune. Après qu'Arkadine eut prononcé la phrase attendue, le porcher lui fit signe de le suivre et partit en boitant à travers les rangées de cochons de lait ligotés, au corps frémissant, le regard fixe, paralysés par la peur. À l'ombre derrière sa tente, des carcasses de porcs éviscérés, écorchés, prêts à embrocher, formaient deux tas. L'homme plongea la main dans un abdomen caverneux où il pêcha la Remington 700P qu'il avait l'intention de fourguer à Arkadine. Comme ce dernier refusait avec obstination, il passa au plan B : un Parker Hale M85. Avec son canon lourd, ce fusil de précision à verrou correspondait exactement à ce que recherchait Arkadine. Il lui garantissait de faire mouche à 70 mètres. Le marchand de bestiaux ajouta une lunette Schmidt & Bender Police Marksman II 4-16×50. Après une vigoureuse séance de marchandage qui fit dégringoler le prix des couches stratosphériques où le marchand l'avait initialement fixé, ils conclurent l'affaire pour une somme encore excessive. Mais Arkadine n'était pas d'humeur à pinailler. Sa proie était trop proche. En outre, il aurait eu du mal à trouver mieux. Il demanda qu'on ajoute une boîte de cartouches chemisées de calibre .30 M118 et se tint pour satisfait. Il paya, le marchand démonta le fusil, le rangea dans une mallette rigide, à côté de la lunette de visée.

Avant de sortir du marché, il acheta quelques bananes qu'il mangea avec une lenteur appliquée pendant que le taxi se frayait un chemin hors de Denpasar. Une fois sur la grande route, le véhicule prit de la vitesse. La circulation fluide leur permit de doubler tous les camions qu'ils rencontrèrent.

À Gianyar, il vit sur sa gauche un marché en plein air et dit au chauffeur de s'arrêter. Malgré les bananes – ou peut-être à cause d'elles –, son estomac réclamait une nourriture consistante. Il commanda donc une part de *babi guling*, du cochon de lait rôti servi sur une large feuille de bananier vert brillant, avec du *lawar*, de la noix de coco et des lanières de viande de tortue épicée. Il adorait cette sauce au sang frais. La viande succulente fondait dans la bouche. Il avait tellement faim qu'il avalait une bouchée après l'autre, presque sans mâcher.

Le vacarme du marché l'obligeait à vérifier souvent son téléphone portable. Plus les heures passaient, plus la tension grandissait. Il allait devoir patienter encore quelques jours, le temps que son agent lui fournisse un rapport exact sur les allées et venues de Bourne. Le savoir dans les parages lui mettait les nerfs à vif. C'était une sensation inédite. Bourne s'était insinué en lui, comme un parasite s'enfonce sous la peau, provoquant des démangeaisons impossibles à soulager.

Pour recouvrer un peu de sérénité, il passa dans son esprit la série d'événements qui l'avaient conduit jusqu'ici. Voilà deux semaines, alors qu'il voyageait à bord d'un méthanier, Bourne l'avait jeté dans l'océan Pacifique. Une chute interminable. Il s'était préparé à l'impact en maintenant son corps à la verticale afin de heurter l'eau à la manière d'un javelot, sans se briser le dos. Il avait crevé la surface avec les pieds. La violence de la chute l'avait envoyé à des profondeurs insondables. Un frisson mortel l'avait saisi puis, en deux coups de pied, il avait amorcé sa remontée à l'air libre.

Le tanker n'était plus qu'une tache floue filant vers les docks de Long Beach lorsqu'Arkadine avait refait surface. Il était resté immobile quelques instants, se contentant de pivoter comme un périscope balaie l'horizon. Un chalutier s'était profilé mais il avait décidé de n'y recourir qu'en cas d'urgence. Le capitaine se serait cru obligé d'en référer aux gardes-côtes américains, le genre de publicité qu'Arkadine préférait éviter. Bourne vérifierait sans doute les registres maritimes.

Il n'avait ressenti aucune panique, ni la moindre inquiétude. Il se savait excellent nageur et avait de l'énergie à revendre, même après s'être battu à mains nues avec Bourne, à bord du méthanier. Un combat qui en aurait épuisé plus d'un. Le ciel était bleu, hormis près du rivage où un voile de brume ocre s'étirait en direction de Los Angeles. Les vagues le soulevaient, les creux l'avalaient. Il lui suffisait de quelques battements pour conserver sa position. Des mouettes curieuses volaient en rond au-dessus de sa tête.

Trente minutes plus tard, sa patience avait été récompensée. Un navire de plaisance de dix-huit mètres était entré dans son champ de vision. Il avançait quatre fois plus vite que le chalutier. Quand il fut assez proche, Arkadine se mit à lui faire des signes. Le plaisancier ne tarda guère à virer de bord.

Quinze minutes après, il était sur le pont, emmitouflé dans deux serviettes et une couverture. Sa température était descendue en flèche, ses lèvres étaient bleues et il grelottait. Le propriétaire du bateau, un certain Manny, lui avait donné du cognac, un gros morceau de pain italien et du fromage.

« Veuillez m'excuser une minute, je passe un coup de bigo aux gardes-côtes pour leur dire que je vous ai repêché. Comment vous appelez-vous ?

— Willy, mentit Arkadine. Mais je préférerais que vous ne les contactiez pas. »

Manny avait haussé ses épaules charnues pour lui faire comprendre qu'il n'avait pas le choix. De taille moyenne, visage rond et crâne dégarni, il était habillé sans recherche particulière mais avec des vêtements de prix. « Désolé, vieux. Le code maritime.

— Attendez, Manny, attendez. C'est pas si simple. » Arkadine parlait anglais avec l'accent nasillard des natifs du Midwest. Son séjour en Amérique lui avait appris beaucoup de choses utiles. « Êtes-vous marié ?

— Divorcé. Deux fois.

— Non ! Je savais qu'on allait s'entendre. Écoutez, j'avais loué un bateau pour emmener ma femme faire une chouette balade en mer, peut-être prendre un verre à Catalina, ce genre de trucs. Bref, comment aurais-je pu deviner que ma copine embarquerait avec nous, en passagère clandestine ? Je lui avais raconté que je partais pêcher avec des potes. Elle a voulu me faire une surprise.

— Et elle a réussi son coup.

— Ça c'est sûr, putain ! s'exclama Arkadine en avalant son fond de cognac d'un trait. En tout cas, les choses ont mal tourné. Je veux dire que le ciel m'est tombé sur la tête. Vous ne connaissez pas ma femme, c'est une vraie salope quand elle s'y met.

— Oui je vois. J'ai dû l'épouser autrefois, il me

semble. » Manny s'appuya contre le dossier de son siège. « Alors qu'avez-vous fait ? »

Arkadine haussa les épaules. « Que pouvais-je faire ? J'ai sauté par-dessus bord. »

Manny se mit à rire à gorge déployée en se tapant sur les cuisses. « Bon sang de bon sang ! Willy, sacré fils de pute !

— Alors vous voyez. J'ai sacrément intérêt à ce que personne ne sache que vous m'avez repêché.

— Bien sûr, bien sûr, je comprends, et pourtant…

— Manny, vous êtes dans quelle branche, si je peux me permettre ?

— Je dirige une boîte qui importe et vend des puces d'ordinateur à haute capacité.

— Eh bien, ça tombe au poil, avait rétorqué Arkadine. J'ai une combine qui pourrait bien nous rapporter un gros paquet de fric à tous les deux. »

Sur le marché de Gianyar, Arkadine finissait son dernier morceau de *lawar* en riant intérieurement. Manny avait empoché deux cent mille dollars rien que pour acheminer à Los Angeles l'ordinateur portable du caïd mexicain de la drogue, au nez et à la barbe du FSB-2 et de la Kazanskaïa.

Près de Gianyar, il trouva une pension – ce que les Balinais appellent une chambre chez l'habitant. Avant de s'installer pour la nuit, il sortit le fusil, l'assembla, le chargea, le déchargea et le démonta. Il répéta le processus douze fois, puis tira la moustiquaire, s'allongea sur le lit et resta immobile à fixer le plafond sans cligner les yeux.

C'est alors que Devra lui apparut, pâle comme le fantôme qu'elle était déjà quand il l'avait trouvée dans l'atelier d'artiste à Munich, après que Semion Icoupov lui eut tiré dessus. Puis Bourne était entré. Les yeux de Devra avaient cherché les siens, comme pour lui transmettre un message. Si seulement il savait lequel.

Cet homme était un démon mais il avait son orgueil : depuis la mort de Devra, il se répétait que cette femme était la seule qu'il eût aimée ou aurait pu aimer. En réalité, cet effort d'autopersuasion ne lui servait qu'à attiser sa soif de vengeance. Il avait tué Icoupov mais Bourne était encore en vie. Non seulement il avait joué un rôle dans la mort de Devra, mais il avait également tué Micha, le meilleur ami d'Arkadine.

Grâce à Bourne, Arkadine avait une raison de vivre. Prendre le commandement de la Légion noire – et se venger d'Icoupov et de Sever – ne lui suffisait pas. Pourtant, il prévoyait d'accomplir de grandes choses à la tête de la Légion, des choses dépassant tout ce qu'Icoupov et Sever avaient pu concevoir. Mais son âme insatiable réclamait davantage : une cible bien identifiée, sur laquelle épancher sa rage.

Sous la moustiquaire, des crises de sueur froide lui venaient à intervalles réguliers ; son cerveau passait par des phases d'échauffement et de léthargie glaciale. Il ne dormait que rarement mais aujourd'hui, le sommeil le fuyait plus que jamais. Pourtant, il avait dû s'assoupir un moment. D'où ce rêve né de l'obscurité : Devra tendait vers lui ses bras minces et nacrés. Il la pressait contre lui. La jeune femme ouvrait la bouche et vomissait sur lui un flot de bile noire. Elle était morte mais il n'arrivait pas à l'oublier ni à oublier ce qu'elle avait déclenché en lui, cette minuscule fissure dans son âme de granit et la lumière mystérieuse qui filtrait au travers, annonçant la fonte des glaces et l'arrivée du printemps.

Moira s'éveilla. Elle devina qu'elle était seule. Encore à moitié endormie, elle roula hors du lit. Ses pieds foulèrent les pétales de fleurs qu'ils avaient trouvés répandus sur le sol en rentrant de leur soirée au beach-club. À pas feutrés, sur le carrelage froid, elle traversa la pièce et fit coulisser les portes vitrées donnant sur la terrasse où Bourne était assis, contemplant le détroit de Lombok. De délicats nuages rose saumon dérivaient au ras de l'horizon oriental. Le soleil n'était pas encore levé mais sa clarté irradiait déjà, comme la lanterne d'un phare chassant les haillons grisâtres de la nuit.

Elle passa sur la terrasse où elle fut accueillie par le capiteux parfum des tubéreuses posées sur la table en rotin. Bourne ne s'aperçut de sa présence qu'en entendant la porte se refermer. Il se tourna à demi.

Moira posa les mains sur ses épaules. « Que fais-tu ?

— Je pense. »

Elle se pencha, lui effleura l'oreille avec les lèvres. « À quoi ?

— À l'énigme que je représente. Je suis un mystère à mes propres yeux. »

Elle ne décela aucun apitoiement dans sa voix, seulement de l'amertume. Elle réfléchit avant de dire : « Tu sais ta date de naissance.

— Bien sûr, mais c'est le début et la fin de l'histoire. »

Elle passa devant lui. « Je connais peut-être un moyen de t'aider.

— Que veux-tu dire ?

— J'ai entendu parler d'un homme qui vit à trente minutes d'ici. On dit qu'il possède des talents extraordinaires. »

Bourne la regarda. « Tu plaisantes, je suppose. »

Elle haussa les épaules. « Qu'as-tu à perdre ? »

L'appel tant attendu arriva. Avec une impatience qu'il n'avait plus éprouvée depuis la mort de Devra, Arkadine enfourcha la moto commandée la veille, vérifia une nouvelle fois son itinéraire et démarra. Après les temples de Klungkung, il fila vers le Goa Lawah par une voie rapide menant à l'océan. Bientôt, l'autoroute se transforma en une simple route bitumée plus étroite. À l'est du Goa Lawah, il vira au nord et suivit une piste qui grimpait dans la montagne.

« Pour commencer, quel jour êtes-vous né ? demanda Suparwita.

— Un 15 janvier », répondit Bourne.

Assis sur le sol en terre battue de sa hutte, Suparwita le dévisagea un long moment. Seuls ses yeux bougeaient, avec des mouvements si rapides qu'on les percevait à peine. On aurait dit qu'il effectuait de tête des calculs mathématiques de la plus haute complexité. Finalement, il opina du chef. « L'homme que je vois en face de moi n'existe pas…

— Que voulez-vous dire ? fit Bourne agacé.

— … que vous n'êtes pas né un 15 janvier.

— C'est pourtant ce qui est écrit sur mon certificat de naissance. » C'était Marie qui avait mis la main dessus.

« Un certificat de naissance. » Suparwita s'exprimait d'une voix lente, avec prudence, comme si chaque mot était précieux. « Ce n'est qu'un bout de papier. » Quand il sourit, ses belles dents blanches luirent dans la pénombre. « Je sais ce que je dis. »

Suparwita était grand pour un Balinais. Sa peau acajou sans rides, sans défauts, n'aidait pas à lui donner un âge. Ses cheveux noirs et drus frisaient naturellement. Coiffés en arrière, ils étaient retenus par une sorte de bandeau auquel Bourne trouva des airs de couronne, pareille à celle qui coiffait la divinité porcine. Ses bras, ses épaules semblaient vigoureux, mais pas au sens que donnent à ce mot les Occidentaux, amateurs de musculature hyper-développée. Son corps glabre était lisse comme le verre. Torse nu, il portait autour des reins le sarong traditionnel balinais, blanc, marron et noir. Il allait pieds nus.

Après le petit-déjeuner, Moira et Bourne avaient enfourché une moto de location pour s'enfoncer dans la campagne luxuriante. Suparwita habitait une maison au toit de chaume, bâtie dans la jungle au bout d'un étroit sentier. Moira croyait le saint homme balinais capable d'aider Bourne à sonder son passé.

Suparwita les avait accueillis avec chaleur mais sans manifester la moindre surprise. On aurait dit qu'il les attendait. Il leur avait fait signe d'entrer puis leur avait servi de petites tasses de café balinais et des beignets de banane à peine sortis d'un bain de friture ; le tout sucré au sirop de palme.

« Puisque mon certificat de naissance se trompe, pouvez-vous me dire quand je suis né ? », s'enquit Bourne.

Les yeux expressifs de Suparwita n'avaient pas cessé d'effectuer leurs mystérieux calculs. « Un 31 décembre, répondit le saint homme. Trois dieux régissent notre univers : Brahma le créateur, Vishnu le sauveur, Shiva le destructeur. » Il prononça Shiva à la Balinaise, ce qui donnait à l'oreille *Siwa*. Il hésita un instant, comme s'il cherchait ses mots. « Quand vous partirez d'ici, vous irez à Tenganan.

— Tenganan ? s'étonna Moira. Pourquoi irions-nous là-bas ? »

Suparwita lui sourit avec indulgence. « Ce village est réputé pour son artisanat. On y tisse le double *ikat*. C'est une étoffe sacrée qui protège contre les démons. Elle n'a que trois couleurs, celles de nos dieux. Bleu pour Brahma, rouge pour Vishnu et jaune pour Shiva. » Il tendit une carte à Moira. « Vous achèterez un double *ikat* au meilleur tisserand. » Son regard se fit insistant. « Surtout, n'oubliez pas.

— Pourquoi oublierais-je ? » demanda Moira.

Comme si cette question ne méritait pas de réponse, il reporta son attention sur Bourne. « Comprenez-moi bien, le mois de décembre – votre mois de naissance – est régi par Shiva, le dieu de la destruction. » Suparwita fit une pause, comme pour reprendre son souffle. « Mais surtout rappelez-vous que Shiva est aussi le dieu des métamorphoses. »

Le guérisseur se tourna vers une table basse en bois supportant plusieurs petits bols, les uns remplis de diverses poudres, les autres de graines semblables à des noisettes ou des haricots secs. Il en choisit une, la déposa dans un mortier et, après l'avoir écrasée avec un pilon en pierre, ajouta une pincée de poudre jaune. Il transvasa la mixture dans une bouilloire en fer qu'il posa sur un petit feu de bois. Un nuage de vapeur parfumé se répandit dans la pièce.

Sept minutes d'infusion plus tard, Suparwita reprit la bouilloire et versa son contenu dans une coquille de coco sertie de nacre. Sans un mot, il tendit la coupe à Bourne qui hésita. Le saint homme l'encouragea. « Buvez. S'il vous plaît. » Son sourire éclaira de nouveau la pièce. « C'est un élixir à base de jus de coco vert, de cardamome et de *kencur*. Surtout de *kencur*. Vous connaissez ? On l'appelle aussi le lys de la résurrection. » Il fit un geste. « Allez-y. »

Bourne but la mixture au goût de camphre.

« Que pouvez-vous m'apprendre sur les épisodes de ma vie dont je ne me souviens pas ?

— Tout, dit Suparwita. Et rien. »

Bourne se renfrogna. « Ce qui signifie ?

— Je ne peux rien vous dire de plus.

— À part ma vraie date de naissance, je n'ai donc rien appris.

— Je vous ai dit tout ce que vous avez besoin de savoir. » Suparwita inclina la tête de côté. « Vous n'êtes pas prêt à en entendre davantage. »

Bourne sentit monter l'exaspération. « Qu'est-ce qui vous fait dire cela ? »

Les yeux de Suparwita scrutèrent ceux de Bourne. « Parce que vous ne vous souvenez pas de moi.

— Je vous ai déjà rencontré ?

— D'après vous ? »

Bourne se leva d'un bond. Il n'arrivait plus à contenir sa colère. « Je suis venu chercher des réponses, pas d'autres questions. »

Le guérisseur ne se départit pas de son calme. « Vous êtes venu pour qu'on vous dise ce que vous devez découvrir par vous-même. »

Bourne prit la main de Moira pour l'inciter à se lever. « Viens. Partons. »

Ils allaient franchir le seuil de la cabane quand le saint homme articula : « Vous savez, tout ceci est déjà arrivé. Et arrivera encore. »

« C'était une perte de temps », maugréa Bourne en saisissant les clés que lui tendait Moira.

Elle s'assit derrière lui sans mot dire.

Comme ils revenaient par le chemin de terre qu'ils avaient emprunté à l'aller, ils virent une moto surgir de la forêt devant eux, pilotée par un Indonésien petit et râblé. Son visage buriné avait la couleur du vieil acajou. Au bruit que faisait son moteur, on devinait qu'il était gonflé. Quand l'homme sortit un pistolet, Bourne effectua un demi-tour sur place puis fonça vers le sommet de la colline.

Cet endroit était loin d'être idéal pour une embuscade. Bourne avait assez étudié la carte de la région pour savoir que dans un instant, ils quitteraient le couvert des arbres pour déboucher sur les rizières en terrasses qui entouraient le village de Tenganan.

« Il y a un canal d'irrigation qui court au-dessus des rizières », lui dit Moira à l'oreille.

Il hocha la tête et au même moment, l'édredon vert émeraude des rizières apparut, aveuglant de clarté. Le soleil tapait dur sur les hommes et les femmes en chapeau de paille, penchés sur les plants de riz qu'ils fauchaient de leurs longs coutelas. Sur les parcelles déjà moissonnées, d'autres paysans cheminaient derrière des charrues tirées par des buffles. La terre couverte de chaume brûlé produirait bientôt d'autres récoltes – patates, poivrons ou haricots. Ainsi, le fertile sol volcanique conserverait ses sels minéraux. D'autres femmes, le dos raide comme un piquet, transportaient de gros sacs en équilibre sur la tête. Elles se déplaçaient telles des funambules, un pied devant l'autre, négociant avec adresse les passages étroits qui serpentaient entre les différentes parcelles.

Un violent claquement les obligea à se pencher sur

la moto. Les paysans levèrent le nez. L'Indonésien leur avait tiré dessus alors qu'il franchissait le dernier bosquet avant les rizières.

Bourne vira et se mit à suivre la ligne de terre étroite qui délimitait les parcelles.

« Qu'est-ce que tu fais ? hurla Moira. Nous sommes à découvert. Il va faire du tir au pigeon avec nous ! »

Bourne allait atteindre un champ où les paysans brûlaient de la paille. Une fumée épaisse et âcre s'élevait dans le ciel clair.

« Attrapes-en une poignée au passage ! » lui lança-t-il.

Elle comprit. De son bras droit, elle serra plus fort la taille de Bourne puis se pencha sur la gauche pour attraper une poignée de tiges enflammées qu'elle balança aussitôt derrière eux. La paille s'envola et retomba devant leur poursuivant.

La fumée aveugla l'Indonésien l'espace de quelques secondes, assez pour que Bourne pivote de nouveau et reparte sur la droite, suivant toujours la bordure sinueuse qui sillonnait le labyrinthe des rizières. C'était un choix téméraire : à la moindre erreur de pilotage, ils plongeraient dans l'eau boueuse, entre les plants de riz. Une fois la moto inutilisable, le tir au pigeon commencerait pour de bon.

L'Indonésien visa mais ne tira pas. Une femme, suivie de ses vaches, se dressait sur son chemin. Il dut ranger son arme le temps de les dépasser car il avait besoin de ses deux mains pour rester en équilibre sur le sentier hasardeux que Bourne avait choisi d'emprunter.

Bourne en profita pour quitter le chemin boueux et s'élancer vers le sommet de la colline en longeant les champs en terrasses, les uns plantés de jeunes pousses vert tendre, les autres jonchés de cendres brunes. Une nappe de brouillard odorant dérivait au-dessus de la crête.

« Par ici ! cria Moira. Regarde ! »

Bourne aperçut la jonction du canal de drainage sur lequel il devrait faire passer la moto. Un ruban de ciment large de dix centimètres le long des terrasses et dont le quadrillage étourdissant s'étalait sous leurs yeux, tels d'immenses hiéroglyphes gravés dans le flanc de la colline.

Avantagé par son poids et la taille de sa moto, l'Indonésien ne cessait de réduire la distance entre eux. Il n'était plus qu'à deux mètres lorsque Bourne vit un paysan venir vers lui – un vieillard aux jambes maigres et aux yeux comme des raisins secs. Dans une main, il tenait le coutelas des moissonneurs balinais, dans l'autre une gerbe de riz. En voyant les deux motos débouler, le vieux se figea. Bourne n'eut qu'à tendre le bras pour lui arracher son couteau.

Quelques secondes plus tard, Jason repéra une planche posée en travers du canal. Elle se prolongeait jusqu'à la forêt, sur la droite. Il s'y engagea sans voir que le bois était pourri. La planche se brisa en projetant une multitude d'échardes alors que la moto atteignait la berge tant bien que mal. Quand enfin la roue avant mordit la poussière de la piste, la machine fit une embardée qui faillit les envoyer rouler dans les fourrés.

Leur poursuivant donna un coup d'accélérateur, sa moto franchit le ruisseau d'un bond et fonça derrière Bourne et Moira sur un sentier pentu, jonché de cailloux et de racines à demi enterrées.

Plus la pente devenait abrupte, plus Moira s'accrochait à Jason. Il sentait battre le cœur de la jeune femme jusque dans sa poitrine, son souffle haché contre sa joue. Les arbres défilaient à quelques centimètres d'eux. Malmenée par les cailloux de la piste, la moto trépignait comme un mustang rétif. Bourne avait beaucoup de mal à la maîtriser. À la moindre inattention, ils déraperaient et dévaleraient la pente boisée pour aller se fracasser contre les énormes troncs. Soudain la déclivité s'accentua au point qu'ils crurent décoller du sol. Mais tout de suite après, le terrain changea de nature. Sans ralentir, ils descendirent une succession de marches rocheuses. À chaque rebond, la moto cliquetait de manière inquiétante. Moira risqua un regard en arrière. Penché sur son guidon, l'Indonésien semblait vouloir les dépasser.

L'escalier naturel s'interrompit brusquement, laissant place à un autre sentier de terre, moins raide que le précédent. Quand leur poursuivant braqua son pistolet, Bourne se servit du couteau à moissonner pour faucher au passage le rideau de bambous qui poussait sur le bas-côté. Les fines tiges s'envolèrent derrière eux. Pour garder le contrôle de sa moto, l'homme acajou dut se coller l'arme entre les dents. Il n'évita l'accident qu'en déployant des trésors d'adresse.

Le chemin s'aplanit. Ils passèrent devant de modestes cabanes. Les hommes coupaient du bois, soulevaient des marmites ; les femmes berçaient leurs derniers-nés. Et encore et toujours, les chiens errants, aussi peureux que faméliques, s'écartaient en entendant le puissant vrombissement des deux moteurs. De toute évidence, ils arrivaient aux abords d'un village. Était-ce Tenganan ? se demanda Bourne. Suparwita avait-il prévu cette poursuite effrénée ?

Peu après, ils passèrent sous l'arche en pierre marquant l'entrée du village. Les enfants qui jouaient au badminton devant l'école s'arrêtèrent pour les regarder. Des poulets s'écartèrent en gloussant. Énervés par le bruit et l'agitation, de grands coqs de combat teints en rose, orangé et bleu renversèrent leurs cages en osier et semèrent la panique parmi les vaches et les veaux couchés au centre du village. Les habitants sortirent en toute hâte des enclos de leurs maisons pour rattraper les précieux volatiles.

Comme toutes les communautés montagnardes, ce village s'accrochait à la colline de la même manière que les rizières en terrasses. Aux surfaces de terre couvertes d'herbes folles succédaient des plans rocheux inclinés menant au niveau supérieur. Vers le centre, on apercevait une structure ouverte où les anciens se réunissaient pour discuter des affaires municipales. De chaque côté de la rue, des échoppes prolongeaient les espaces d'habitation. On y vendait toutes sortes d'*ikats*. Quand, malgré les frénétiques allées et venues des hommes et des animaux, Bourne déchiffra la pancarte du premier tisserand, un frisson lui parcourut l'échine. Ils étaient bien à Tenganan, le village dont avait parlé Suparwita dans sa prédiction.

Profitant du désordre, Bourne coupa un morceau de fil à linge chargé de vêtements et le tint à bout de bras, comme un dragon qui ondule porté par le vent, puis, laissant le linge s'envoler dans leur sillage, il se faufila habilement dans une allée et rejoignit la route qu'ils avaient empruntée en sens inverse.

Quand il risqua un regard en arrière, Bourne comprit que sa manœuvre avait échoué. L'Indonésien les suivait toujours, et à la même vitesse. Les vêtements qui jonchaient le sol ne l'avaient guère perturbé. Bourne accéléra et parvint à mettre assez de distance entre eux pour tenter un tête-à-queue, repartir dans l'autre sens et ressortir du village. Mais de nouveau, l'Indonésien ne se laissa pas démonter, comme s'il avait prévu cette tactique. Il freina, sortit son arme et se mit à tirer, forçant Bourne à s'engager dans une série de zigzags. La deuxième balle passa assez loin de son épaule gauche. Bourne n'avait pas le choix : pour espérer semer son poursuivant, il devait continuer dans la seule direction possible, ce qui revenait à dévaler la rue en pente où alternaient terre et pavés.

Bien caché parmi les ombres mouchetées de la forêt, Leonid Arkadine entendit le rugissement des moteurs croître au point de couvrir les psalmodies des moines. Depuis son perchoir, juste au-dessus du temple, il bénéficiait d'une vue imprenable sur les alentours. Il leva le Parker Hale M85 dont il fit glisser la crosse afin qu'elle s'ajuste au creux de son épaule puis colla son œil à la lunette de visée Schmidt & Bender.

Il avait retrouvé le calme. Son anxiété avait laissé place à une excitation maligne, capable d'éradiquer toute pensée parasite. Son esprit était clair comme le ciel, immobile comme la forêt où il se nichait telle une vipère guettant sa proie. Son plan fonctionnait à la perfection. Il avait eu raison d'utiliser l'Indonésien comme rabatteur. Le gibier se précipitait de lui-même sous les balles du chasseur.

Soudain, une moto jaillit des fourrés et pénétra dans l'espace ouvert, devant le temple. Arkadine prit une profonde inspiration, cadra Bourne au centre de sa mire. La silhouette de son ennemi devenait de plus en plus précise, comme une vapeur se condense en un poison mortel. Le nectar de la vengeance.

En débouchant sur l'esplanade, Bourne et Moira virent trois temples – un grand au centre, entouré de deux petits. Il n'y avait aucun bruit hormis la vibration mécanique de leur moteur. Quand il entendit les prières des moines assemblés dans le sanctuaire du centre, Bourne freina.

Au même instant, bien calé sur une branche courant presque à l'horizontale, Arkadine pressa la détente. Bourne fut projeté en arrière. Moira poussa un cri perçant.

Arkadine jeta le fusil, empoigna un énorme couteau de chasse à lame dentelée, sauta de l'arbre et se précipita vers sa victime dans l'intention de l'achever en lui tranchant la gorge. Au bout de quelques mètres, il tomba sur un troupeau de vaches et un groupe de femmes chargées de paniers de fleurs et de fruits, suivies d'une nuée de gamins. Il s'agissait d'une procession en route vers le temple. Arkadine essaya de contourner la cohue mais une vache, dérangée par ses gestes désordonnés, lui fit face en secouant ses longues cornes acérées. Soudain, la procession s'arrêta d'un seul bloc. Des têtes se tournèrent, des regards curieux se posèrent sur lui si bien qu'il n'eut d'autre solution que disparaître dans la jungle, non sans avoir jeté un dernier regard sur le corps ensanglanté de Bourne.

Laissant choir leurs offrandes dans l'herbe rare, les femmes se précipitèrent sur Bourne, couché sur le dos. Il essayait de se lever sans y parvenir. Moira, agenouillée, se penchait sur lui. Quand il approcha sa bouche de son oreille, le sang qui détrempait le devant de sa chemise pénétra goutte à goutte dans la terre.

Livre premier

1

Trois mois plus tard

Dans une banlieue chic de Munich, un individu identifiable par sa maigreur et sa nervosité sortit d'une villa, encadré de deux jeunes gardes du corps aux yeux perçants, leurs Glock 9mm cachés dans un holster d'aisselle. Un homme à la peau sombre apparut derrière eux. Passant de l'ombre à la lumière, il serra la main de son visiteur. De loin, les rides qui soulignaient sa bouche ressemblaient à des moustaches. Après cet adieu, le nerveux et ses deux gorilles descendirent les marches du perron et montèrent dans la voiture qui les attendait : l'un des gardes s'installa à la place du mort, l'autre à l'arrière, près de son patron. La rencontre avait été intense mais brève et le moteur tournait déjà, ronronnant comme un chat bien nourri. Le nerveux ne pensait qu'à une chose : la manière dont il présenterait la situation à son employeur, Abdullah Khoury. En Turquie, les choses évoluaient très rapidement.

Le jour naissant était encore noyé dans le silence de la nuit. Les arbres feuillus, bien taillés, étalaient leurs ombres tachetées sur les trottoirs. L'air doux et frais ne laissait aucunement présager les assauts du soleil torride qui, dans quelques heures, blanchirait le ciel. Ce rendez-vous matinal avait été fixé à dessein. La rue était presque déserte, à part un petit garçon qui s'exerçait à faire du vélo, un peu plus loin. De l'autre côté, un camion de nettoyage urbain apparut et mit en marche ses énormes brosses, bien que les détritus soient rares dans ce quartier huppé. Tout était normal : les résidents ayant tous leurs entrées au conseil municipal, ils mettaient un point d'honneur à ce que leurs rues soient nettoyées les premières, chaque matin.

Dès que la voiture prit de la vitesse, le gros camion se plaça en travers du chemin. Sans hésiter une seconde, le chauffeur passa la marche arrière et appuya sur l'accélérateur. Les pneus hurlèrent. La voiture bondit en arrière comme une fusée. Alerté par le bruit, le petit garçon leva les yeux. À califourchon sur son vélo, il regardait la voiture approcher, le visage tendu comme s'il retenait son souffle. Puis il plongea la main dans le panier d'osier fixé au guidon et sortit une arme d'apparence désuète, munie d'un canon très long. La grenade qui en jaillit fracassa le pare-brise arrière de la voiture qui explosa dans une boule de feu orange et noire. Avec un sourire satisfait, le garçon se pencha sur son guidon et s'éloigna en pédalant comme un pro.

Le même jour, quelques minutes après midi, dans une brasserie munichoise remplie d'Allemands éméchés et de flonflons couleur locale, Leonid Arkadine entendit sonner son téléphone cellulaire. Ayant reconnu le numéro de son correspondant, il sortit sur le trottoir pour échapper au vacarme et décrocha en marmonnant un vague allô.

« Vous avez encore essayé de détruire la Fraternité d'Orient et vous avez encore échoué. » Dans son oreille, la voix désagréable d'Abdullah Khoury vibrait comme une guêpe en colère. « Vous avez tué mon ministre des Finances. Un point c'est tout. J'en ai déjà nommé un autre.

— Vous vous trompez sur mon compte. Je n'ai pas l'intention de détruire la Fraternité d'Orient, répondit Arkadine. Je veux m'en emparer. »

Pour toute réponse, il n'obtint qu'un rire rauque, dépourvu d'humour ou de toute autre émotion humaine. « Vous pouvez bien tuer tous mes collaborateurs, si cela vous chante, mais moi vous ne m'aurez jamais, Arkadine. »

Dans ses locaux flambant neufs, Moira Trevor trônait derrière son bureau en chrome et verre. La société qu'elle venait de fonder, Heartland Risk Management, LLC, occupait deux étages d'un immeuble postmoderne, au cœur du quadrant nord-ouest de Washington. Elle discutait au téléphone avec Steve Stevenson, l'un de ses contacts au ministère de la Défense, de la nouvelle mission fort lucrative qui venait de lui être confiée – les contrats pleuvaient depuis cinq semaines –, tout en parcourant les rapports de renseignement journaliers affichés sur son ordinateur. Sur un côté du bureau, elle avait posé une photo de Jason Bourne et d'elle sous le soleil de Bali. À l'arrière-plan, on apercevait le mont Agung, le volcan sacré qu'ils avaient escaladé un matin avant l'aube. Sur le cliché, Moira, très détendue, faisait dix ans de moins. Quant à Bourne, il arborait ce sourire énigmatique qu'elle adorait. Autrefois, quand il souriait ainsi, elle suivait le dessin de ses lèvres du bout du doigt, comme une aveugle devine d'un seul geste les secrets enfouis derrière un visage.

La sonnerie de l'interphone la fit sursauter. En ce moment, il lui suffisait de poser les yeux sur cette photo pour se perdre dans le passé ; elle revivait les jours heureux passés à Bali avant que Bourne s'écroule dans la poussière de Tenganan. D'un coup d'œil à la pendule électronique, elle revint sur terre, prit congé de son interlocuteur et se pencha sur le micro de l'interphone. « Faites entrer. »

Un instant plus tard, Noah Perlis apparut sur le seuil. Moira avait travaillé sous les ordres de Perlis à l'époque où elle appartenait à Black River, une armée privée de mercenaires combattant pour les États-Unis dans tous les points chauds du Moyen-Orient. La société qu'elle venait de créer faisait directement concurrence à Black River. Le visage de Noah était plus émacié, plus jaune que jamais, ses cheveux plus gris. Son long nez jaillissait comme un coup d'épée au-dessus d'une bouche qui n'avait plus ri ni même souri depuis bien longtemps. Il se targuait de pouvoir percer à jour n'importe qui, chose étonnante pour quelqu'un comme lui ; protégé de tout et de tous, il était coupé de ses semblables autant que de lui-même.

Elle désigna l'un des fauteuils chromés à sangles noires devant son bureau. « Assieds-toi. »

Noah resta debout comme pour signifier qu'il ne faisait que passer. « Je suis venu te demander d'arrêter de débaucher notre personnel.

— J'en conclus que tu agis en simple messager. » Moira leva les yeux et mit dans son sourire une chaleur qu'elle ne ressentait pas. Ses yeux bruns ne trahissaient aucun sentiment. On pouvait trouver son visage impassible autant que hautain, selon le point de vue. En tout cas, cette sérénité naturelle lui était fort utile quand il s'agissait de surmonter des situations stressantes, comme celle qu'elle était en train de vivre.

Voilà trois mois, alors que Heartland n'existait pas encore, Bourne lui avait prédit cette confrontation. Elle s'y était préparée. Avec le temps, Noah était devenu la figure de proue de Black River ; il l'avait tenue trop longtemps sous sa coupe.

Il s'avança, prit le cadre posé sur le bureau de Moira et regarda la photo.

« Dommage pour ton ami, dit-il. Se faire descendre dans un village pourri au milieu de nulle part. Tu as dû en baver. »

Moira ne se laisserait pas déstabiliser. « Ça fait plaisir de te voir, Noah. »

Il ricana en reposant le cadre. « *Plaisir !* Quelle manière courtoise de m'envoyer sur les roses ! »

Le visage de Moira conserva son expression innocente, comme une armure dressée contre ses flèches. « Les relations courtoises te dérangent ? »

Noah se tenait droit comme un *i* ; il serrait si fort les poings que ses jointures étaient exsangues. Il était à deux doigts de lui sauter à la gorge, songea-t-elle.

« Putain, je ne plaisante pas, Moira », cracha-t-il pendant que son regard accrochait celui de la jeune femme. Noah était capable de vous flanquer la frousse quand il s'y mettait. « Il n'y a pas de retour en arrière pour toi. Quant à poursuivre sur cette voie… »

Il secoua la tête pour la mettre en garde.

Moira haussa les épaules. « Ne t'inquiète pas. Il se trouve que Black River ne m'intéresse plus. J'ai déjà recruté tous les agents répondant à mes critères éthiques. »

Ces paroles eurent pour effet de le détendre un peu. Il adopta un ton différent pour lui demander : « Pourquoi fais-tu cela ?

— Pourquoi me poser une question dont tu connais la réponse ? »

Il la dévisagea sans rien dire. « Il faut bien qu'il existe une alternative à Black River, reprit-elle. Une société dont les membres évitent non seulement de flirter avec l'illégalité mais surtout de s'y vautrer allègrement, comme certains que je ne nommerai pas.

— Ce domaine d'activité n'a rien de propre. Tu es bien placée pour le savoir.

— En effet, je le sais. Voilà pourquoi j'ai créé cette boîte. » Elle se leva et se pencha par-dessus son bureau. « Actuellement, l'Iran est dans le collimateur de toutes les nations. Je ne vais pas rester assise à regarder se reproduire les erreurs commises en Afghanistan et en Irak. »

Noah pivota sur lui-même et marcha vers la sortie. La main sur la poignée, il se retourna et lui lança un regard intense. Un vieux truc à lui. « Quand la boue commencera à pleuvoir, tu seras incapable de l'empêcher, tu le sais bien. Ne sois pas hypocrite, Moira. Tu rêves de patauger dans la boue autant que nous tous. Tout cela n'est qu'une affaire de fric. » Ses yeux brillaient d'un éclat sombre. « Un nouveau conflit dans un nouveau théâtre des opérations nous permettra d'empocher des milliards de dollars. »

2

Couché dans la boue de Tenganan, Bourne murmure à l'oreille de Moira : *« Dis-leur... »*

Elle se tient agenouillée près de lui, dans la poussière mêlée de sang, et l'écoute d'une oreille tout en pressant son téléphone mobile contre l'autre. *« Reste tranquille, Jason. J'appelle de l'aide.*

— *Dis-leur que je suis mort »,* fit Bourne avant de perdre connaissance.

Jason Bourne émergea de son rêve récurrent. Ses draps étaient trempés de sueur. La moustiquaire formait un écran entre lui et la nuit tropicale. Quelque part au sommet des montagnes, il pleuvait. Il entendait le martèlement du tonnerre, sentait le vent moite effleurer son torse. Sa blessure était en voie de cicatrisation.

Cela faisait trois mois que la balle l'avait frappé au cœur, trois mois que Moira suivait ses ordres à la lettre. À présent, presque toutes ses connaissances le croyaient mort. Seules trois personnes savaient la vérité. Moira ; Benjamin Firth, le chirurgien australien chez qui Moira l'avait transporté, dans le village de Manggis ; et Frederick Willard, dernier membre de Treadstone, l'homme qui lui avait révélé le passé d'Arkadine au sein de ce programme. Moira avait contacté Willard sur la demande de Bourne pour qu'il supervise sa rééducation, sous l'œil vigilant du docteur Firth.

« Tu es sacrément verni d'être encore en vie », avait dit Firth après que Bourne se fut réveillé de sa première opération. Moira était de retour à son chevet après avoir réglé, de la manière la plus voyante possible, les formalités tenant au rapatriement du « corps » de Bourne aux États-Unis. « Sans cette malformation congénitale au niveau du cœur, tu serais mort sur le coup. Ce type savait ce qu'il faisait. »

Puis il avait posé la main sur le bras de Bourne pour lui déclarer d'un sourire éclatant : « Ne t'inquiète pas, mon vieux. Tu seras complètement retapé d'ici un mois ou deux. »

Un mois ou deux. La pluie torrentielle se rapprochait. Bourne tendit la main vers le double *ikat* suspendu près de son lit. Le calme revint. Il se rappelait les longues journées qu'il avait dû passer dans le cabinet du docteur Firth, à la fois pour des raisons de santé et de sécurité. Pendant plusieurs semaines après sa deuxième opération, le simple fait de s'asseoir était déjà une victoire. Cette période léthargique de sa vie lui avait toutefois permis de percer le secret de Firth. Son médecin était un alcoolique invétéré. Il ne cessait de boire qu'avant d'opérer. C'était d'ailleurs un excellent chirurgien. Le reste du temps, il empestait l'arak, l'alcool de palme fermenté qu'on fabrique à Bali. Ce breuvage était si décapant qu'il s'en servait pour aseptiser la salle d'opération quand il oubliait de renouveler ses stocks d'alcool pur. Cette vilaine manie expliquait pourquoi il devait vivre terré sur cette île, loin de tout.

Il était *persona non grata* dans tous les hôpitaux d'Australie.

Bourne dut interrompre le fil de ses pensées car Firth venait de sortir de son cabinet pour passer dans sa chambre, de l'autre côté de la cour.

« Firth, dit Bourne en s'asseyant. Que fais-tu debout à une heure pareille ? »

Le médecin s'avança en boitant vers le fauteuil en rotin posé près du mur. Il avait une jambe plus courte que l'autre. « Je déteste l'orage, dit-il en se laissant tomber sur le siège.

— Tu es un vrai gamin.

— À de nombreux égards, oui. » Firth hocha la tête. « Mais contrairement à beaucoup de mecs que j'ai croisés durant ma chienne de vie, je n'ai pas honte de l'admettre. »

Bourne alluma la lampe de chevet. Un cône de lumière froide éclaira le lit et le sol autour. Le tonnerre grondait toujours plus fort. Firth se pencha vers la lumière, comme pour y chercher refuge. Il tenait une bouteille d'arak contre son cœur.

« Ta fidèle compagne », dit Bourne.

Firth grimaça. « Cette nuit, l'alcool ne peut rien pour moi. »

Bourne tendit la main. Firth lui passa la bouteille et attendit qu'il en ait avalé une lampée pour la récupérer. Malgré son apparente décontraction, il était sur les nerfs. Un violent coup de tonnerre craqua juste au-dessus d'eux et, un instant plus tard, une pluie diluvienne s'écrasa sur le toit de chaume, comme une détonation. Firth fit une autre grimace mais laissa la bouteille à sa place. Il avait atteint sa limite.

« Ton entraînement physique est trop intensif. J'aimerais que tu mettes la pédale douce.

— Pourquoi cela ? s'étonna Bourne.

— Parce que Willard te pousse trop. » Firth se passa la langue sur les lèvres ; on aurait dit que son corps lui commandait de boire.

« C'est son boulot.

— Peut-être bien, mais ce n'est pas ton médecin. Ce n'est pas lui qui a ramassé tes morceaux pour les recoudre. » Il finit par coincer la bouteille entre ses jambes. « En plus, ce type me fout les boules.

— Tu as peur de tout, répondit Bourne sans moquerie.

— Pas de tout, non. » Le médecin attendit la fin d'un coup de tonnerre pour ajouter : « Pas des corps en morceaux, en tout cas.

— Un corps en morceaux ne peut pas te contredire », fit remarquer Bourne.

Firth sourit d'un air triste. « Tu ne connais pas mes cauchemars.

— C'est juste. » De nouveau, Bourne se revit couché dans la poussière sanglante de Tenganan. « Les miens me suffisent. »

Pendant un bout de temps, ils restèrent silencieux puis Bourne posa une question à laquelle l'autre répondit par un grognement. Alors il s'étendit sur sa couche, ferma les yeux et chercha le sommeil. Avant que la douce lumière du matin le réveille, il refit malgré lui un séjour à Tenganan. Les senteurs de cannelle parfumant le corps de Moira se mêlaient à l'odeur âcre de son propre sang.

« Tu aimes ? » Moira souleva l'étoffe tissée aux couleurs des dieux : bleu pour Brahma, rouge pour Vishnu, jaune pour Shiva. Il suivit du regard les fleurs entrelacées dans un motif complexe. Des fleurs de frangipanier peut-être. Comme les tisserands n'employaient que des teintures naturelles, certaines à base d'eau, d'autres d'huile, les fils devaient sécher pendant dix-huit mois à deux ans. La couleur jaune – symbolisant Shiva le destructeur – continuerait à s'oxyder pendant cinq ans encore avant de se stabiliser. La confection des doubles *ikats* faisait l'objet d'une attention très particulière. Leur motif s'obtenait par la juxtaposition des fils de chaîne et de trame, tous également colorés. La technique du simple *ikat* était différente. On ne teignait que les fils de chaîne ou bien les fils de trame, les autres servant de fond monochrome, le plus souvent noir. Le double *ikat* tenait une place de choix dans les foyers balinais où on l'exposait pour mieux lui témoigner honneur et respect.

« Oui, avait répondu Bourne. J'aime beaucoup. »

C'était juste avant sa première opération.

« Suparwita m'a conseillé de t'acheter un double *ikat*. Il a dit que c'était très important. » Elle se pencha sur lui. « Il est sacré, Jason, tu te rappelles ? Brahma, Vishnu et Shiva combineront leurs pouvoirs pour te protéger du mal. Je ferai en sorte qu'il reste tout le temps près de toi. »

Juste avant que le docteur Firth le conduise dans la salle d'opération, elle avait posé sa bouche contre son oreille et murmuré : « Tout se passera bien, Jason. Tu as bu le thé de *kencur*. »

Le *kencur*, avait songé Bourne pendant que Firth l'anesthésiait. *Le lys de la résurrection*.

Il rêva d'un temple perché dans les montagnes balinaises. Pendant ce temps, Benjamin Firth lui ouvrait le corps sans trop se faire d'illusions sur ses chances de survie. Derrière le portail rouge du sanctuaire s'élevait dans toute sa majesté la pyramide brumeuse du mont Agung, bleue contre le ciel jaune. Quand il baissa les yeux vers les montants sculptés du portail, il vit qu'il se trouvait au sommet d'un escalier triple aux marches étroites et hautes, gardé par six féroces dragons de pierre dont les crocs menaçants mesuraient bien quinze centimètres. Leurs corps ondulants servaient de rampes. Des rampes si solides qu'elles semblaient projeter les trois escaliers vers l'esplanade surélevée où se dressait le temple lui-même.

De nouveau, Bourne regarda le portail et le mont Agung. Une silhouette se découpait contre le volcan sacré. Son cœur se mit à battre la chamade. Il porta la main à ses yeux. Les derniers rayons du soleil l'empêchaient d'identifier le personnage énigmatique tourné vers lui. Soudain, il ressentit une douleur fulgurante mêlée de plaisir.

À ce moment précis, le docteur Firth, découvrant l'anomalie cardiaque de Bourne, comprit que son patient avait une chance de survivre. Il s'était mis au travail sur-le-champ.

Quatre heures plus tard, Firth, épuisé mais pas mécontent, roulait le brancard dans la chambre de repos attenante à la salle d'opération. Bourne y passerait le plus clair des six semaines suivantes.

Moira les attendait, le visage exsangue, paralysée d'angoisse. Toutes ses émotions s'étaient rassemblées en boule au creux de son estomac.

« Dites-moi, docteur. » Elle eut beaucoup de mal à prononcer ces mots : « Dites-moi qu'il va vivre. »

Fourbu, Firth s'écroula sur une chaise en toile et se débarrassa de ses gants maculés de sang. « La balle l'a traversé de part en part, et c'est tant mieux car je n'ai pas eu à l'extraire. Tout bien pesé, il devrait survivre, madame Trevor. Ceci dit, rien dans la vie n'est absolument certain, a fortiori quand il s'agit de médecine. »

Firth avala son premier verre d'arak de la journée. Moira s'approcha de Bourne avec un mélange d'allégresse et d'inquiétude. Elle avait eu si peur que pendant quatre heures et trente minutes, son cœur s'était mis à l'unisson de la douleur qui torturait celui de Bourne. Une douleur qu'elle ne pouvait qu'imaginer. Elle contempla son visage livide mais serein, prit sa main entre les siennes et la serra en espérant rétablir un lien physique entre elle et lui.

« Jason, dit-elle.

— Il est toujours inconscient, précisa Firth d'une voix lointaine. Il ne vous entend pas. »

Moira l'ignora. Elle essayait d'écarter de son esprit l'image du trou qui perçait la poitrine de Bourne, sous le bandage, mais n'y parvenait pas. Elle pleurait à fendre l'âme. Pendant la durée de l'opération, elle avait eu plusieurs violentes crises de larmes. Les abîmes de désespoir qui s'étaient ouverts autour d'elle semblaient se refermer et pourtant, elle avait encore du mal à sentir la terre ferme sous ses pieds, tant avait été puissante la certitude qu'elle y tomberait pour ne plus jamais refaire surface.

« Jason, écoute-moi. Suparwita avait prévu tout ceci. Il t'y a préparé du mieux possible. Il t'a fait boire le *kencur*, il m'a dit de t'acheter le double *ikat*. Le *kencur* et l'*ikat* nous ont protégés, toi et moi, j'en suis persuadée, même si tu n'y crois pas. »

Le voile rose et jaune de l'aurore nimbait le ciel bleu pâle. Brahma, Vishnu et Shiva se dressèrent.

Bourne ouvrit les yeux. L'orage de la nuit avait balayé la fumée des brûlis dans les rizières.

Bourne s'assit dans son lit. Son regard tomba sur le double *ikat* que Moira lui avait acheté à Tenganan. Au contact de sa rude texture entre ses doigts, il revit, comme à la faveur d'un éclair, la silhouette énigmatique, debout entre les montants sculptés de la porte sacrée, le mont Agung en toile de fond. Il eut beau chercher dans sa mémoire, il ignorait qui c'était.

3

Dans le cockpit de l'avion de ligne américain en provenance du Caire, l'ambiance était détendue. Amis de longue date, le pilote et le copilote s'amusaient à parier sur lequel avait le plus de chances de séduire l'hôtesse de l'air qu'ils convoitaient l'un comme l'autre. Ils abordaient les dernières étapes de cette négociation digne de deux adolescents boutonneux, quand le radar intercepta un signal approchant rapidement. Le pilote réagit de la manière adéquate en demandant aux passagers d'attacher leurs ceintures puis il modifia sa route pour sortir de la zone suspecte. Mais le 767 était trop gros, trop peu maniable. Tout en alertant la tour de contrôle de l'aéroport du Caire, le copilote tenta d'obtenir un visuel de l'objet.

« Vol Huit-Neuf-Un, aucun vol n'est programmé dans votre secteur, répondit une voix calme. Avez-vous un contact visuel ?

— Pas encore. L'objet est trop petit pour être un avion de ligne. C'est peut-être un jet privé, proposa le copilote.

— Aucun plan de vol n'a été enregistré. Je répète : aucun plan de vol n'a été enregistré.

— Bien reçu, confirma le copilote. Pourtant, ça se rapproche.

— Huit-Neuf-Un, montez à quarante-cinq mille pieds.

— Entendu, dit le pilote en amorçant la manœuvre. On monte à quarante-cinq mi…

— Je le vois ! l'interrompit le copilote. Il est trop rapide pour un jet privé.

— Parlez ! » La voix qui émanait de la tour de contrôle grimpa dans les aigus. « Qu'est-ce qui se passe ? Huit-Neuf-Un, parlez !

— Il nous fonce dessus ! » hurla le copilote.

Un instant plus tard, le malheur s'abattit sur le 767, sous la forme d'un gigantesque poing de métal. Il y eut un éclair aveuglant puis une explosion titanesque déchiqueta le fuselage comme un fauve affamé démembre sa proie. Les reliefs tordus et calcinés de la carcasse plongèrent vers le sol à une vitesse vertigineuse.

La réunion d'urgence se tenait dans une salle de grandes dimensions, aux murs en béton renforcés d'une paroi d'acier de deux mètres d'épaisseur, creusée sous l'aile ouest de la Maison-Blanche. Le président des États-Unis avait convoqué le secrétaire à la Défense Halliday, la DCI Veronica Hart, Jon Mueller, chef du département de la Sécurité intérieure, et Jaime Hernandez, le nouveau tsar du Renseignement. Ce dernier avait pris la tête de la NSA à la suite du scandale ayant entraîné la chute de son prédécesseur, accusé d'actes de torture.

Avec son visage rougeaud, ses cheveux blond foncé coiffés en arrière, ses yeux rusés de politicien aguerri et son sourire Pepsodent, le secrétaire Halliday s'exprimait comme s'il prononçait un discours devant une sous-commission du Sénat. « Après des mois de préparatifs acharnés, de pots-de-vin judicieusement distribués et d'enquêtes discrètement menées, Black River a enfin pris contact avec un groupe de résistants iraniens pro-occidentaux basés en Iran. » Toujours aussi bon comédien, il se ménagea une pause et fit du regard le tour de la distinguée assemblée en s'attardant sur chacun de ses membres. « Nous avons décroché le gros lot, précisa-t-il avant d'ajouter, avec un hochement de tête destiné au Président : Voilà enfin l'occasion en or que cette administration attend depuis des années. »

Hart pensait connaître la raison de cette éloquence inhabituelle chez Halliday. Sa cote d'amour avait grimpé en flèche après la mort de Jason Bourne, pour laquelle il avait fait campagne et dont il s'était ensuite arrogé le mérite. Mais cette réussite ne lui suffisait pas. Il recherchait une victoire plus vaste, un coup d'éclat susceptible d'augmenter le poids politique du Président lui-même.

« Nous allons faire du bon travail avec eux », claironna Halliday tout en distribuant le rapport établi par Black River. Le dossier en question listait des dates et des lieux de rencontre. On y trouvait également des transcriptions de conversations enregistrées entre les agents de Black River et des membres dirigeants du groupe dissident, dont les noms avaient été modifiés pour raisons de sécurité. Hart nota que toutes les conversations mettaient en évidence leur combativité et leur intention avouée d'accepter l'aide de l'Occident.

« Ils sont pro-occidentaux. Cela ne fait aucun doute, dit le secrétaire à la Défense comme si les auditeurs avaient besoin de ses commentaires pour les guider dans leur lecture de ce rapport indigeste. De plus, ils fomentent une révolution armée et sont donc impatients de recevoir tout le soutien que nous pourrons leur fournir.

— Quelles sont leurs capacités réelles ? », demanda Jon Mueller. À son comportement, on devinait que Mueller était un ancien de la NSA, un baroudeur qui connaissait la musique, capable de briser un corps avec la même nonchalance que s'il s'agissait d'une allumette.

« Excellente question, Jon. Si vous allez en page 38, vous verrez l'évaluation détaillée de Black River sur l'état de préparation et l'expertise en armement de cette organisation. Ils leur ont attribué un 8 sur 10 sur leur échelle d'excellence.

— Vous semblez accorder une confiance aveugle à Black River, monsieur le secrétaire », dit Hart d'un ton sec.

Halliday ne lui jeta pas même un regard ; c'étaient les agents de cette femme – Soraya Moore et Tyrone Elkins – qui avaient causé la chute de son adjoint Luther LaValle. Il la détestait cordialement mais il était trop fin politique pour montrer son animosité devant le Président qui tenait Hart en haute estime.

Halliday hocha la tête avec circonspection et s'employa à conserver un ton neutre. « J'aimerais qu'il en fût autrement, madame. Mais nous sommes bien placés pour savoir que nos propres ressources ont déjà atteint leurs limites, en raison des conflits d'Afghanistan et d'Irak. À présent que nous avons identifié l'Iran comme un danger imminent, nous sommes dans l'obligation d'externaliser au maximum notre collecte de renseignements dans les régions reculées du globe.

— Vous parlez de la NSA, pas de la CIA. Si nous avons créé Typhon l'année dernière, c'est justement pour collecter et traiter la masse grandissante de renseignements provenant du Moyen-Orient, fit remarquer Hart. Chaque agent Typhon manie à la perfection les divers dialectes arabes et perses. Dites-moi, monsieur le secrétaire, combien d'agents de la NSA sont-ils pareillement entraînés ? »

Hart vit les joues de Halliday devenir aussi rouges que sa gorge. Elle se pencha vers lui, sachant que ce geste ne ferait que l'énerver davantage. Malheureusement pour elle, la séance fut interrompue par le ronronnement du téléphone bleu posé à la droite du Président. Un silence tendu s'abattit sur la pièce, si bien que la discrète sonnerie résonna comme un marteau-piqueur défonçant le macadam. Le téléphone bleu était toujours porteur de mauvaises nouvelles.

D'un air sinistre, le Président colla le combiné contre son oreille. Son interlocuteur, le général Leland, basé au Pentagone, l'informa des derniers événements et lui précisa qu'un document plus détaillé lui parviendrait dans l'heure à la Maison-Blanche.

Le Président réagit avec son calme coutumier, n'étant pas homme à paniquer et à prendre des décisions hâtives. Il reposa le combiné en disant : « Il y a eu une catastrophe aérienne. Le vol 891 a explosé en plein ciel peu après avoir décollé du Caire.

— Une bombe ? » s'enquit Jaime Hernandez, le nouveau tsar du Renseignement. C'était un bel homme mince aux yeux aussi sombres que son épaisse chevelure. On devinait à son regard méfiant qu'il était du genre à compter les boulettes dans sa soupe chinoise pour s'assurer qu'on ne l'avait pas volé.

« Y a-t-il des rescapés ? renchérit Hart.

— Ces deux questions demeurent sans réponse, répondit le Président. Tout ce que nous savons c'est qu'il y avait 181 personnes à bord.

— Grands dieux ! » Hart branla du chef.

Un long silence plana un instant sur l'assistance. Chacun prenait la mesure de la catastrophe et des terribles retombées qu'elle risquait fort d'entraîner. Quelle qu'en soit la cause, le drame avait causé la mort de nombreux citoyens américains et si le pire des scénarios se vérifiait, si ces citoyens américains avaient été victimes d'une attaque terroriste…

« Monsieur, je pense que nous devrions envoyer sur place une équipe médico-légale, composée d'agents de la NSA et de la Sécurité intérieure, dit Halliday comme s'il offrait d'en prendre la tête.

— Pas de précipitation », le contredit Hart. L'intervention de Halliday les avaient tous aidés à sortir de leur abattement. « L'Égypte n'est pas l'Irak. Nous aurons besoin de la permission du gouvernement égyptien pour envoyer nos troupes là-bas.

— Les victimes sont américaines. Nos concitoyens ont été tués en plein ciel, insista Halliday. J'emmerde les Égyptiens. Qu'est-ce qu'ils ont fait pour nous, dernièrement ? »

Avant que la querelle dégénère, le Président leva la main. « Une chose après l'autre. Veronica a raison. » Il se leva. « Nous reprendrons cette discussion dans une heure, après que j'aurai parlé au président égyptien. »

Soixante minutes plus tard, le Président réapparut, salua ses collaborateurs d'un signe de tête, s'assit et prit la parole. « Très bien, c'est arrangé. Hernandez, Mueller, rassemblez une équipe conjointe de vos meilleurs éléments et mettez-les dans un avion en direction du Caire, le plus vite possible. Primo : s'occuper des survivants ; secundo : identifier les pertes ; tertio : déterminer les causes de l'explosion.

— Monsieur, si je puis me permettre, interjeta Hart, je suggère d'adjoindre Soraya Moore, la directrice de Typhon, à l'équipe d'intervention. Elle est à moitié égyptienne. Sa parfaite connaissance de l'arabe et des coutumes locales sera d'une aide précieuse, surtout dans le cadre de nos rapports avec les autorités égyptiennes. »

Halliday fit non de la tête et déclara d'une voix solennelle : « Cette affaire est déjà assez compliquée sans qu'une troisième agence vienne s'en mêler. La NSA et la DHS disposent de tous les outils nécessaires pour gérer la situation.

— Je doute que… »

Halliday lui coupa la parole. « Je n'ai pas besoin de vous rappelez, directeur Hart, que la presse va se jeter sur cet incident comme des mouches sur une merde. Il faut que nos agents aillent là-bas, trouvent ce qu'il y a à trouver et prennent les mesures appropriées aussi vite que possible, sinon nous risquons de voir cette affaire se transformer en un cirque médiatique de dimension mondiale. » Il se tourna vers le Président. « Ce dont l'administration n'a pas besoin en ce moment. Vous n'avez certainement pas envie de passer pour un faible ou un incapable, monsieur.

— Le problème, voyez-vous, dit le Président, c'est que la police secrète égyptienne… comment s'appelle-t-elle déjà ?

— Al-Mokhabarat, intervint Hart comme une candidate dans un jeu télévisé.

— Oui, merci Veronica. » Le Président griffonna sur son calepin en se jurant de ne plus oublier ce nom compliqué. « Le problème, c'est qu'un contingent d'al-Mokhabarat accompagnera notre équipe. »

Le secrétaire à la Défense grommela. « Monsieur, si je peux me permettre, la police secrète égyptienne est corrompue, dépravée et ses violations des droits de l'homme sont bien connues. Je propose que nous les écartions du jeu, purement et simplement.

— Rien ne me ferait plus plaisir, croyez-moi, répondit le Président avec une certaine répugnance, mais je crains que nous n'ayons pas le choix. Le président égyptien tient absolument à ce que sa police secrète nous aide à mener cette enquête.

— Nous aide ? C'est une blague ? » Halliday partit d'un rire cynique. « Ces foutus Égyptiens ne trouveraient pas une momie dans une tombe.

— C'est bien possible, mais ce sont nos alliés, répliqua le Président d'un air sombre. Je souhaite que tout le monde garde cela bien en tête durant les jours et les semaines à venir. »

Quand son regard fit le tour de l'assistance, la DCI saisit sa chance. « Monsieur, puis-je vous rappeler que l'égyptien est la langue maternelle de la directrice Moore ?

— Voilà précisément la raison qui me pousse à la rayer de la liste, répliqua Halliday. Elle est musulmane, nom de Dieu !

— Monsieur le secrétaire, c'est le genre de remarque débile dont nous pourrions nous passer en ce moment. Parmi les membres de cette équipe, combien parlent couramment l'arabe égyptien ? »

Halliday se hérissa. « Peu importe. Les Égyptiens parlent sacrément bien anglais, encore heureux.

— Pas entre eux. » Comme le secrétaire à la Défense avant elle, Hart s'adressa directement au Président. « Monsieur, dans les circonstances actuelles, il est important – non, essentiel – que cette équipe rassemble un maximum d'informations sur les Égyptiens, et je pense en particulier aux membres d'al-Mokhabarat – sur ce point, je suis d'accord avec le secrétaire Halliday. C'est ce qui fera la différence. »

Le Président pesa le pour et le contre puis acquiesça d'un hochement de tête. « Directeur, votre proposition me semble raisonnable. Allons-y. Dites à Soraya Moore de se dépêcher. »

Hart sourit. Le temps jouait en sa faveur. « Elle peut avoir besoin de… »

Le Président ne la laissa pas terminer. « Accordé. Ce n'est pas le moment de mégoter. »

Hart se tourna vers Halliday qui la fusillait du regard et lui adressa un sourire mielleux. La séance fut levée.

Hart sortit de l'aile ouest en toute hâte pour éviter une autre confrontation au vitriol avec le secrétaire à la Défense et regagna en quelques minutes le siège de la CIA où elle convoqua Soraya Moore dans son bureau.

Abdullah Khoury venait de quitter les rives du lac de Starnberg et se dirigeait vers les quartiers généraux de la Fraternité d'Orient. Il avait une quinzaine de kilomètres à parcourir. Derrière lui, les Alpes couronnées de neige et les eaux limpides du lac – le quatrième d'Allemagne par la superficie – étincelaient sous le soleil. Des voiliers effilés aux couleurs vives et autres bateaux de plaisance sillonnaient le plan d'eau. Dans la vie de Khoury, il n'y avait pas de place pour ce genre de divertissements frivoles. Il en avait toujours été ainsi. Pour lui, tout avait basculé à l'âge de dix-sept ans, quand il avait découvert sa vocation de messager d'Allah sur terre. Cette vocation, il l'avait tue durant des années, sachant que personne ne le croirait. En tout cas, pas son père qui traitait ses enfants encore plus mal que sa femme.

Khoury avait reçu en naissant le don de la patience. Déjà petit, il savait attendre le moment opportun pour tirer avantage d'une situation. Bien entendu, son excessive sérénité était interprétée comme une forme d'idiotie par son père et tous ses professeurs sauf un. Quand ce dernier perçut en lui l'étincelle sacrée qu'Allah avait déposée à l'heure de sa conception, la vie de Khoury changea du jour au lendemain. Il se mit à fréquenter la maison de ce professeur qui lui donnait des cours particuliers après la classe. L'homme vivait seul. Il prit Khoury sous son aile.

Jeune adulte, il avait rejoint la Fraternité d'Orient et gravi patiemment tous les échelons. Ce faisant, il avait séparé le bon grain de l'ivraie, le bon grain rassemblant, comme il se doit, tous ceux qui partageaient son interprétation rigoriste de la foi musulmane. Il leur enseigna comment lutter pour changer les choses de l'intérieur. Révolutionnaire dans l'âme, il excellait dans l'art de la déstabilisation. Pour faire passer ses opinions, il suffisait de saper l'ordre établi. Il avait progressé pas à pas, sous le regard attentif de Semion Icoupov et d'Asher Sever. Il n'était pas question de prendre ces deux-là à la légère ou de s'en faire des ennemis, à moins de disposer de toutes les garanties. Il travaillait encore à rassembler ces garanties quand Semion et Asher avaient été tués, laissant au sommet de la pyramide un vide immense et effrayant.

Pas pour Abdullah Khoury. La Fraternité d'Orient

était encore sous le choc quand il en prit le contrôle. Son premier geste fut de réformer le manuel stratégique d'Icoupov et d'installer ses compatriotes aux postes clés, pour mieux entériner son coup de force.

Il devait assister à trois entretiens avant de regagner ses quartiers généraux. Le cortège de voitures s'arrêta une première fois. Les deux responsables du Moyen-Orient et celui de l'Afrique l'informèrent des derniers événements en Iran.

Tandis que le cortège passait d'une réunion à une autre, ses pensées glissèrent malgré lui vers Leonid Arkadine et sa dernière ingérence. Il avait déjà eu affaire à ce genre d'individus qui croyaient pouvoir tout résoudre par la seule force des armes. Des hommes sans foi pour les guider. Mais à quoi servait une arme sinon à défendre l'islam ? De Leonid Danilovitch Arkadine, il ne savait pas grand-chose. L'homme travaillait pour plusieurs familles mafieuses moscovites. Il faisait office de nettoyeur : un tueur de tueurs. On le disait proche de Dimitri Maslov, le chef des Kazanskaïa. Semion Icoupov avait été son mentor et ils avaient étroitement collaboré jusqu'à ce que l'élève se retourne contre son maître et l'assassine. Il n'y avait rien d'étonnant à cela, puisqu'Arkadine était originaire de Nijni Taguil, cette ville infernale qui ne pouvait exister qu'en Russie – un trou perdu rempli d'usines d'armement lourd et cerné de prisons de haute sécurité dont les détenus, une fois relâchés, s'installaient en ville pour faire régner la terreur. Arkadine s'en était sorti par pur miracle.

Au fond de lui, Khoury savait qu'un homme ayant vécu dans cet environnement sordide et sanglant ne pouvait qu'être damné pour l'éternité. Arkadine avait perdu son âme et continuait à errer parmi les vivants, répandant le mal autour de lui.

Khoury avait donc pris des précautions supplémentaires. Deux gardes du corps l'accompagnaient dans ses déplacements en voiture blindée, équipée de vitres à l'épreuve des balles. Deux autres véhicules l'escortaient, l'un devant et l'autre derrière, occupés par des tireurs d'élite armés de fusils de chasse. Il doutait qu'Arkadine soit assez fou pour s'en prendre à sa personne. Mais nul ne pouvait lire dans l'esprit de son ennemi. Aussi estimait-il prudent d'agir comme si la cible d'Arkadine était lui, Abdullah Khoury, et non pas la Fraternité d'Orient.

Quinze minutes plus tard, les trois voitures se garèrent sur le parking privé de la Fraternité d'Orient. Khoury attendit que les hommes des deux véhicules accompagnateurs se rassemblent devant sa portière en scrutant les alentours. L'un d'entre eux avertit les gardes du corps que Khoury pouvait sortir sans danger.

Il prit l'ascenseur et monta au dernier étage de l'immeuble, toujours encadré de ses quatre gorilles. Les deux premiers sortirent de la cabine, sécurisèrent l'étage et vérifièrent qu'aucun inconnu ne se cachait parmi les membres du personnel. Puis ils s'écartèrent et Khoury se dépêcha de rejoindre son bureau. Quand son secrétaire tourna vers lui son visage tendu, pâli par l'angoisse, Khoury comprit que quelque chose clochait.

« Je suis désolé, monsieur, dit l'homme. Personne n'a rien pu faire pour les empêcher d'entrer. »

Le regard de Khoury glissa derrière son secrétaire. Trois étrangers se tenaient là. La partie animale de son cerveau lui proposa aussitôt les deux options habituelles : le combat ou la fuite. Mais l'être civilisé qui était en lui prit le dessus, le clouant sur place.

« Qu'est-ce que c'est ? » articula-t-il.

Comme un somnambule, il traversa le superbe tapis persan dont le président iranien lui avait fait présent, les yeux braqués sur les trois hommes en costumes de prix qui s'alignaient derrière son bureau. Ceux de gauche et de droite portaient un étui à revolver sur la hanche. Ils lui montrèrent des insignes délivrés par le ministère de la Défense américain. Celui du milieu avait des cheveux couleur limaille de fer, un visage dur et anguleux. Il prit la parole : « Bonjour, monsieur Khoury. Je m'appelle Reiniger. » Une carte marquée *Bundespolizei* pendait au bout du cordon noir qu'il avait autour du cou. On y lisait que Reiniger était un officier supérieur du GSG 9, l'unité d'élite contre-terroriste. « Je suis venu vous placer en garde à vue.

— Garde à vue ? » Khoury n'en revenait pas. « Je ne comprends pas. Comment pouvez-vous… ? »

Sa voix se brisa dans sa gorge quand il vit le dossier que Reiniger venait de sortir. Il contenait plusieurs clichés pris avec une pellicule infrarouge, d'où leur teinte verdâtre. On y voyait Khoury en compagnie du jeune serveur de seize ans qu'il rencontrait trois fois par semaine quand il allait déjeuner au See Café, sur les rives du lac de Starnberg.

Au prix d'un effort surhumain, Khoury se ressaisit et repoussa le dossier sur son bureau. « J'ai beaucoup d'ennemis disposant de ressources importantes. Ces obscénités sont des trucages. N'importe qui peut voir que ce n'est pas moi. Jamais je ne me suis livré à ce genre de perversions répugnantes. » Il leva les yeux et les posa sur les dents jaunes de Reiniger puis, se drapant dans sa fausse dignité, ajouta : « Comment osez-vous m'accuser de telles… »

Reiniger agita la main, l'homme à sa droite fit un pas de côté et le jeune serveur du See Café apparut derrière lui. Le garçon fixait le bout de ses baskets sans oser affronter le regard sombre de Khoury. Dans cette pièce surchauffée, à côté de ces deux Américains en costume sombre, bâtis comme des armoires à glace, il avait l'air encore plus jeune et délicat. Un sujet en porcelaine.

« Je ne vous présente pas, ricana l'un des officiers américains. Je crois que c'est déjà fait. »

Le cerveau de Khoury était en feu. Comment une telle horreur avait-elle pu lui arriver ? Il était l'élu d'Allah. Alors pourquoi son plus noir secret, celui qu'il avait appris sur les genoux de son professeur, était-il exposé au grand jour ? Il ne chercha même pas à savoir qui l'avait trahi. Il comprenait seulement qu'il ne pourrait pas vivre avec cette honte le privant désormais de la puissance et du prestige qu'il avait mis des décennies à construire.

« Vous êtes fini, Khoury », dit l'autre Américain.

Qui était qui ? À ses yeux, ces deux-là se ressemblaient comme des clones. Ces infidèles portaient sur eux les stigmates de la débauche. Il avait envie de les étrangler.

« Fini en tant que personnage public, poursuivit l'Américain de sa voix de cyborg. Mais surtout en tant que porte-drapeau de l'islam radical. Votre fameuse rigueur morale n'était qu'un leurre, un foutu canular, une hypocrisie… »

Avec un grognement inhumain, Khoury se jeta sur le jeune garçon. Du coin de l'œil, il vit un des Américains dégainer son Taser, mais il était trop tard. Les deux crochets s'empalèrent, l'un dans son torse, l'autre dans sa cuisse. La douleur le projeta en arrière. Ses genoux fléchirent, il tomba comme une masse, le dos arc-bouté. Un silence carillonnant s'installa dans son crâne. Peut-être était-il déjà passé sur un autre plan de réalité. De très loin, il vit des gens énervés envahir son bureau, il sentit qu'on le transportait sur un brancard, qu'il sortait de l'ascenseur, traversait le hall d'entrée. Mais il n'y avait de bruit nulle part. Les taches floues qui l'entouraient ressemblaient à des visages. Dans la rue, tout n'était que silence, malgré la circulation automobile, malgré la présence des secouristes et des Américains en costume sombre qui couraient près du brancard. Il apercevait des bouches ouvertes, hurlant sans doute des ordres aux passants trop curieux qui encombraient le passage. Du silence et encore du silence.

Ensuite, il sentit qu'il s'élevait, comme porté par la main d'Allah. Sa civière glissa à l'arrière de l'ambulance, suivie de deux urgentistes et d'un troisième homme. Avant même que les portes se referment, l'ambulance démarra. Ils avaient dû mettre la sirène mais Khoury n'entendait rien. Son corps engourdi reposait sur ce brancard comme une masse inutile. Aucune sensation, à part le feu qui brûlait dans sa poitrine, le martèlement laborieux de son cœur, les battements anarchiques de son pouls.

Il espérait que le troisième homme n'était pas l'un des Américains ; ces gens lui faisaient peur. Avec le policier allemand, il pourrait toujours se débrouiller. Enfin, dès qu'il aurait recouvré l'usage de la parole. Il entretenait de nombreuses amitiés dans la Bundespolizei. S'il parvenait à tenir les Américains à bonne distance ne serait-ce qu'une heure, il s'en sortirait.

Avec un immense soulagement, il s'aperçut que le troisième homme n'était autre que Reiniger. L'extrémité de ses membres se mit à picoter. Il pouvait remuer les doigts, les orteils. Tout heureux, il s'apprêtait à user de ses cordes vocales lorsque Reiniger se pencha sur lui et, avec le geste ample du magicien saluant son public, retira son nez et ses joues de silicone, ainsi que le râtelier jaunâtre qui recouvrait ses dents. Khoury vit son paysage s'obscurcir comme si l'ange de la mort venait de déployer ses ailes.

« Salut Khoury », articula Reiniger.

Khoury voulut parler mais ne réussit qu'à se mordre la langue.

Avec un grand sourire, Reiniger lui tapota le bras. « Comment ça va ? Pas fort, apparemment. » Il haussa les épaules mais il semblait ravi. « Pas grave. C'est un beau jour pour mourir. » Il posa son pouce droit sur la pomme d'Adam de Khoury et appuya jusqu'à ce qu'il entende quelque chose craquer.

« Un beau jour, oui. Surtout pour nous. »

4

Lorsque Soraya Moore entra dans le bureau de Veronica Hart, celle-ci se leva et lui fit signe de s'asseoir près d'elle sur le canapé adossé au mur. Depuis que Hart occupait le poste de directrice de la CIA, les deux femmes étaient devenues amies, les circonstances les ayant rapprochées après la mort prématurée du Vieux et la nomination de Hart. Elles s'étaient liguées contre le secrétaire à la Défense Halliday pendant que Willard se chargeait d'abattre son chien d'attaque, Luther LaValle, et infligeait à Halliday la plus humiliante défaite de sa carrière politique. Conscientes de s'être fait un ennemi mortel dans l'affaire, elles en parlaient souvent et ne l'oubliaient jamais. Jason Bourne lui aussi revenait fréquemment dans leurs discussions. Il avait travaillé avec Soraya sur deux missions et Hart avait appris à le connaître mieux que quiconque au sein de la CIA, à l'exception de Soraya elle-même.

« Comment vas-tu ? demanda Hart.

— Cela fait trois mois que Jason est mort et je n'arrive toujours pas à m'y faire. » Soraya était une femme à la fois solide et belle dont les yeux bleu outremer contrastaient de manière saisissante avec sa peau couleur cannelle et ses longs cheveux noirs. Ancien chef de secteur de la CIA, elle avait été propulsée du jour au lendemain à la tête de Typhon, l'organisation qu'elle avait contribué à construire, à la suite de la mort de Martin Lindros, l'année précédente. Depuis lors, elle luttait pour garder la tête hors de l'eau, malgré les manœuvres politiciennes que tout directeur du Renseignement se devait de maîtriser. La rivalité qui l'avait opposée à Luther LaValle lui avait beaucoup appris. « Je dois avouer que son souvenir m'obsède. Parfois, je crois l'apercevoir mais quand je regarde mieux, c'est toujours quelqu'un d'autre.

— Bien sûr que c'est quelqu'un d'autre, répondit Hart d'une voix douce.

— Tu ne le connaissais pas aussi bien que moi, reprit Soraya. Il a vaincu la mort tant de fois que j'ai encore du mal à croire qu'elle ait fini par triompher. »

Elle baissa la tête. Hart lui prit la main.

Le soir où elles avaient appris la mort de Bourne, Hart avait emmené Soraya dîner dehors puis avait insisté pour la conduire chez elle, sans écouter ses récriminations. La soirée s'était mal passée. Comme Soraya était musulmane, elles n'avaient pu noyer leur chagrin ensemble selon la bonne vieille méthode. Hart aurait pu boire seule, comme Soraya l'y avait encouragée, mais elle avait refusé. Cette nuit-là, un lien tacite s'était noué entre elles, que rien désormais ne pourrait rompre.

Soraya leva les yeux et lui sourit avec tristesse. « Ce n'est pas pour me prendre la main que tu m'as appelée, je suppose.

— Non, en effet. » Hart la mit au courant de la catastrophe aérienne en Égypte. « Jaime Hernandez et Jon Mueller sont en train de constituer une équipe d'experts de la NSA et de la Sécurité intérieure pour les envoyer au Caire.

— Je leur souhaite bonne chance, fit Soraya d'un ton caustique. Qui servira d'interface avec les Égyptiens ? Qui leur parlera dans leur langue ? Qui pourra interpréter leurs réponses ?

— Toi. » Quand elle vit l'expression de stupeur sur le visage de Soraya, elle ajouta : « J'ai eu la même réaction que toi quand ils ont parlé de monter cette équipe d'intervention.

— Il a sans doute fallu que tu te battes avec Halliday pour obtenir un truc pareil.

— Il a balancé les objections habituelles, y compris des insultes sur tes origines, avoua Hart.

— Pourquoi cette haine ? s'écria Soraya. Il ne différencie même pas les Arabes des musulmans, encore moins les sunnites des chiites.

— Peu importe. J'ai plaidé notre cause auprès du Président et il a accepté. »

La DCI lui tendit un exemplaire du rapport de renseignement qu'ils avaient tous eu entre les mains, après l'annonce de la catastrophe.

Pendant que Soraya en prenait connaissance, elle dit : « Toutes ces données nous ont été fournies par Black River. Ayant travaillé pour eux à une époque, cela m'intéresse au premier chef. Quand on connaît les méthodes qu'ils emploient pour collecter les renseignements, on ne peut que s'étonner de la confiance que leur porte Halliday. » Elle désigna le dossier d'un mouvement de tête. « Que penses-tu de leurs infos sur ce groupuscule dissident iranien soi-disant pro-occidental ? »

Soraya fronça les sourcils. « On entend parler d'eux depuis des années mais je peux t'assurer que personne au sein des diverses agences de renseignements occidentales n'a jamais rencontré un seul membre de cette organisation. Ils n'ont même jamais essayé d'entrer en contact avec nous. Franchement, j'ai toujours considéré cette histoire de résistants iraniens comme un fantasme néoconservateur. Tu sais bien que la droite s'accroche à l'idée d'un Moyen-Orient démocratique. » Elle se replongea dans la lecture du dossier.

« Pourtant il existe un véritable mouvement dissident en Iran. Ils se battent pour l'instauration d'élections libres, répliqua Hart.

— Certes mais leur chef, Akbar Ganji, ne s'est jamais déclaré pro-occidental. Personnellement, je pense qu'il ne l'est pas. Pour la bonne raison qu'il a adroitement rejeté toutes les offres de l'administration pour le financement d'une insurrection armée. En outre, il sait mieux que nous que le fait d'injecter du billet vert dans ce que nous appelons poliment “les forces libérales indigènes” iraniennes serait le meilleur moyen de tout faire foirer. Non seulement notre intervention affaiblirait leur mouvement déjà fragile tout en compromettant leur projet de révolution de velours, mais en plus elle les rendrait dépendants de l'Amérique. Mieux vaut ne pas reproduire les erreurs commises en Afghanistan, en Irak et dans pas mal de pays moyen-orientaux où nous avons transformé les soi-disant combattants de la paix en ennemis implacables de l'Occident. C'est toujours la même histoire. À force d'ignorer la culture, la religion et les véritables objectifs de ces groupements, nous devenons la cause de nos propres échecs.

— Raisons pour laquelle tu feras partie de l'équipe d'experts, répondit Hart. Je te fais seulement remarquer que ce dossier ne parle pas du mouvement pacifique de Ganji. Il ne s'agit pas d'une révolution de velours mais d'une insurrection armée bien sanglante.

— Ganji prétend qu'il ne cherche pas la guerre mais depuis quelque temps, sa politique a tendance à s'essouffler. Tu sais aussi bien que moi que le régime en place l'aurait déjà bâillonné, ou pire, s'il présentait un véritable danger. Ganji n'a aucun intérêt pour Halliday. En revanche, le programme de ce nouveau groupuscule servirait à merveille ses objectifs. »

Hart hocha la tête. « C'est exactement ce que je pensais. Je veux que tu profites de ton séjour en Égypte pour fouiner un peu. Sers-toi des contacts de Typhon dans le pays pour en apprendre davantage sur leurs intentions.

— Ce ne sera pas facile, répondit Soraya. Je peux te garantir que la police secrète ne nous lâchera pas d'une semelle – surtout moi.

— Pourquoi surtout toi ? s'étonna Hart.

— Le chef d'al-Mokhabarat est un certain Amun Chalthoum. Lui et moi avons eu des rapports un peu chauds par le passé.

— Chauds comment ? »

Les souvenirs de Soraya passèrent au filtre de l'autocensure. « Chalthoum est un personnage complexe, difficile à déchiffrer – on dirait que sa vie se confond avec sa carrière au sein d'al-Mokhabarat, une organisation de voyous et d'assassins dont il est le créateur.

— Charmant, dit Hart non sans sarcasme.

— Mais il serait naïf de croire que le personnage se résume à cela.

— Penses-tu pouvoir le gérer ?

— Pourquoi pas. Je crois qu'il s'intéresse à moi »,

dit Soraya sans comprendre tout à fait la raison qui l'empêchait de tout avouer à Veronica.

Huit ans auparavant, alors qu'elle était officier de liaison, des agents d'al-Mokhabarat l'avaient capturée après avoir à son insu infiltré le réseau local de la CIA auquel elle devait livrer une micro-image comportant de nouvelles directives. Elle ignorait ce qu'il y avait sur ce document et ne souhaitait pas le savoir. Ils la jetèrent dans une cellule, au sous-sol de l'immeuble abritant le siège d'al-Mokhabarat, dans le centre du Caire. Après trois jours sans dormir ni manger, à part quelques quignons de pain rassis, on la fit monter à l'étage où elle rencontra Amun Chalthoum. À peine eut-il posé l'œil sur elle qu'il lui ordonna d'aller se doucher.

On lui montra la salle de bains où elle se décrassa avec un gant et du savon. Quand elle en sortit, elle trouva des vêtements propres. Les siens avaient dû être découpés et inspectés à la loupe par une équipe d'experts d'al-Mokhabarat.

Tout lui allait parfaitement. À sa grande surprise, on la fit sortir de l'immeuble sous bonne escorte. Il faisait nuit. Elle s'aperçut qu'elle avait perdu la notion du temps. Une voiture attendait au bord du trottoir. Dans la lumière des phares, elle vit des gardes en tenue civile l'observer comme une bête curieuse. Quand elle grimpa dans le véhicule, elle reçut un nouveau choc : Amun Chalthoum était assis au volant. Seul.

Ils traversèrent la ville en direction du désert, à l'ouest. Chalthoum avait une conduite rapide et nerveuse. Il ne disait rien mais de temps à autre, quand la circulation le permettait, tournait vers elle son regard de rapace. Soraya mourait de faim mais ne voulait pas le montrer.

Quand ils arrivèrent au Wadi al-Rayan, il s'arrêta et lui dit de descendre. Ils restèrent face à face sous le clair de lune bleuté. Le Wadi al-Rayan était si désolé qu'ils auraient pu être les deux derniers êtres humains sur terre.

« Je ne sais pas ce que vous cherchez, mais je ne l'ai pas, dit-elle.

— Bien sûr que si.

— Je l'ai déjà livré.

— Mes sources me disent autre chose.

— Vous ne les payez pas assez cher. En plus, vous avez fouillé mes vêtements et tout le reste. »

Sa réflexion ne le fit pas rire. D'ailleurs, elle ne l'entendit pas rire une seule fois tout le temps qu'ils passèrent ensemble. « C'est dans votre tête. Je veux savoir. » Comme elle ne répondait pas, il ajouta : « Nous ne bougerons pas d'ici jusqu'à ce que j'obtienne les renseignements. »

Cette menace revêtait un sens particulier pour Soraya. Aux yeux de Chalthoum, elle était une femme égyptienne et, en tant que telle, devait obéir aux hommes sans se rebiffer ; pourquoi aurait-elle été différente des autres femmes qu'il connaissait ? À cause de sa moitié américaine ? Il méprisait les Américains. Mesurant vite l'avantage qu'elle pouvait tirer de son erreur d'appréciation, elle s'obstina dans son refus, s'en tenant à sa version. Elle le défiait et, plus important que tout, lui montrait qu'il ne lui faisait pas peur.

Elle avait fini par remporter ce bras de fer. Il l'avait raccompagnée à l'aéroport du Caire et lui avait rendu son passeport devant la porte d'embarquement, en parfait gentleman. Bien que purement formel, ce geste l'avait touchée. Elle avait tourné les talons en se disant qu'elle ne le reverrait jamais.

La DCI hocha la tête. « Si tu peux te servir de son attirance pour toi, ne te gêne pas, car j'ai la désagréable impression que Halliday est sur le point de proposer une nouvelle campagne militaire basée sur le postulat qu'une insurrection armée se prépare en Iran. »

Leonid Arkadine était attablé dans un café de Campione d'Italia, pittoresque paradis fiscal italien enclavé dans les Alpes suisses. La petite ville bâtie à flanc de colline surplombait les eaux bleu foncé d'un lac de montagne parsemé de navires de toutes tailles, depuis les simples barques jusqu'aux yachts de milliardaires avec héliports, hélicoptères et, pour les plus grands d'entre eux, les femmes qui allaient avec.

Mi-indifférent, mi-amusé, Arkadine regardait évoluer deux mannequins filiformes à la peau cuivrée, de ce bronzage parfait dont seuls les riches et les privilégiés ont le secret. Il sirotait un *espresso* ; la petite tasse semblait perdue dans sa grande main carrée. Sur le pont arrière du yacht, les deux mannequins grimpèrent sur un homme chauve exagérément poilu, étendu sur des coussins bleu clair.

Ce genre de scène ne l'intéressait guère. Pour lui, le plaisir était une notion éphémère dépourvue de forme et de fonction. Nijni Taguil avait marqué au fer rouge son esprit et son corps, illustrant à merveille le vieux dicton : « On peut sortir l'homme de l'enfer mais pas l'enfer de l'homme. »

Les émanations âcres qui empoisonnaient l'air de Nijni Taguil emplissaient encore sa bouche lorsqu'un instant plus tard, un homme aussi noir que son café approcha et s'assit en face de lui. Arkadine le regarda faire avec une expression teintée d'indifférence.

« Je m'appelle Ismaël, dit l'homme couleur café. Ismaël Bey.

— Le bras droit de Khoury. » Arkadine finit sa tasse, la reposa sur la petite table ronde. « J'ai entendu parler de vous. »

C'était un homme assez jeune au regard tourmenté, aussi efflanqué qu'un chien errant. « C'est fait, Arkadine. Vous avez gagné. Après la mort d'Abdullah Khoury, je suis devenu le chef de la Fraternité d'Orient, mais je tiens plus à la vie que mon prédécesseur. Que voulez-vous de moi ? »

Arkadine reprit sa tasse vide, la déplaça jusqu'au centre exact de la soucoupe sans pour autant quitter son interlocuteur des yeux. Enfin, il déclara : « Je ne veux pas votre place. Je me contenterai de votre pouvoir. »

Ses lèvres esquissèrent un semblant de sourire mais une expression inquiétante passa sur son visage. Son interlocuteur fut pris d'un terrible frisson, comme un mauvais pressentiment. « Aux yeux du monde, vous avez revêtu les habits de votre leader déchu. Mais désormais, toutes vos décisions, tous vos mouvements, seront dictés par moi ; chaque dollar qui entrera dans les caisses de la Fraternité passera par moi. Telle est la nouvelle stratégie. »

Son sourire se fit carnassier. Le visage d'ébène d'Ismaël Bey prit une nuance verdâtre. « Première étape de ma stratégie : vous allez rassembler un contingent de cent soldats que vous choisirez parmi les effectifs de la Légion noire. Dans une semaine, je veux qu'ils aient rejoint le camp que j'ai monté dans les montagnes de l'Oural. »

Bey tendit le cou. « Un camp ?

— Je me chargerai en personne de leur entraînement.

— Entraînement à quoi ?

— À tuer.

— Qui sont-ils censés tuer ? »

Arkadine poussa la tasse vide sur la table jusqu'à ce qu'elle arrive devant Ismaël Bey pour qui ce geste revêtait un sens très clair. Arkadine le tenait. Il avait les mains liées et il obéirait sans poser de questions.

Arkadine se leva sans ajouter un mot et s'en alla, laissant Bey songer à son avenir peu réjouissant.

« Aujourd'hui, je me suis réveillé en pensant à Soraya Moore, dit Willard. Elle n'a pas encore dû se remettre de ta mort. »

Le soleil venait d'apparaître et, comme chaque matin à la même heure, le docteur Firth faisait passer à Bourne un examen complet et fastidieux.

Depuis trois mois qu'ils cohabitaient, Bourne avait appris à connaître Willard. « Je n'ai pas essayé de la contacter si c'est ce que tu veux savoir, répondit-il.

— C'est bien. » Willard n'était pas très grand. Il avait des yeux gris, une allure soignée et un visage capable d'adopter n'importe quelle expression avec une facilité étonnante.

« Jusqu'à ce que je sache qui a tenté de me tuer, et que je m'occupe de lui, je laisserai Soraya en dehors de tout cela. » Non pas que Bourne ne lui fasse pas confiance – au contraire – mais elle travaillait pour la CIA et lui révéler la vérité la mettrait en porte-à-faux vis-à-vis de ses supérieurs. Aussi avait-il décidé dès le départ de lui épargner ce fardeau.

« Je suis retourné à Tenganan mais je n'ai pas trouvé

la balle, l'informa Willard. J'ai tout tenté pour découvrir qui t'a tiré dessus, mais jusqu'à présent je n'ai abouti à rien. Ce type a fait disparaître ses traces avec un talent remarquable. »

Frederick Willard avait porté un masque si longtemps que l'absolue discrétion faisait désormais partie de sa personnalité. Sachant qu'avec lui son secret serait bien gardé, Bourne avait demandé à Moira de le contacter. Il n'avait jamais rien révélé sur Alex Conklin et Treadstone. Bourne savait, avec l'instinct d'un animal blessé, que Willard ne dirait à personne qu'il était encore en vie.

À l'époque où Conklin avait été assassiné, Willard travaillait déjà sous couverture. Il s'était fait engager par la NSA en tant que majordome dans la splendide demeure qui leur servait de planque, au fin fond de la Virginie. C'était lui qui avait pris les photos numériques des salles de torture installées dans le sous-sol. Le scandale qui s'en était suivi avait sonné la fin de Luther LaValle et obligé les partisans du secrétaire à la Défense Halliday à prendre de sérieuses mesures d'urgence.

« Terminé, déclara Benjamin Firth en se levant de son tabouret. Tout va bien. Mieux que bien, devrais-je dire. Les blessures d'entrée et de sortie cicatrisent à une vitesse inouïe.

— Grâce à son entraînement », dit Willard avec assurance.

Bourne se demandait si sa guérison n'était pas facilitée par la décoction de *kencur* – le lys de la résurrection – que Suparwita lui avait donnée à boire juste avant qu'on lui tire dessus. Le guérisseur pourrait sans doute l'aider à comprendre ce qu'il lui était arrivé. Il devait lui parler.

Bourne se leva. « Je vais faire une balade.

— Comme toujours, je te le déconseille, s'interposa Willard. Chaque fois que tu mets les pieds hors de cette maison, tu risques de compromettre ta sécurité. »

Bourne prit un sac à dos léger contenant deux bouteilles d'eau, l'enfila sur son épaule et dit : « J'ai besoin d'exercice.

— Tu peux en prendre ici », fit remarquer Willard.

« Marcher dans la montagne est le seul moyen de reprendre des forces. »

Depuis que Bourne se sentait assez bien pour faire de longues promenades, ils se chamaillaient chaque jour à ce sujet. Bourne écoutait volontiers tous les conseils de Willard mais pas celui-ci.

Il ouvrit le portail du dispensaire et partit d'un pas alerte à travers les rizières en terrasses et les pentes escarpées couvertes d'une épaisse végétation. Il se sentait à l'étroit entre ces murs de stuc et estimait nécessaire de se contraindre à des exercices physiques de plus en plus difficiles. Mais ses promenades quotidiennes avaient une raison plus profonde. Cette région l'attirait comme une flamme, il avait le sentiment d'avoir vécu ici une chose primordiale, une chose ayant un lien avec son passé et dont il devait à tout prix se souvenir.

Chaque jour, il descendait de profonds ravins parcourus de rivières bouillonnantes, passait devant des autels animistes consacrés aux esprits du tigre ou du dragon, franchissait des ponts de bambou branlants, d'immenses rizières et des plantations de cocotiers. Et tout en marchant, il tentait d'identifier cette silhouette découpée en contre-jour, ce visage qui dans ses rêves se tournait vers lui. Mais jamais il n'y parvenait.

Quand il se sentait vraiment en forme, il partait à

la recherche de Suparwita. Le guérisseur demeurait introuvable. Sa maison était habitée par une femme aussi vieille que les arbres alentour : un visage large, un nez écrasé et pas de dents. En plus, elle devait être sourde parce qu'il avait beau lui demander en balinais et en indonésien où était Suparwita, elle le regardait avec des yeux ronds sans répondre.

Un matin, dans la chaleur déjà moite, il grimpa jusqu'en haut des rizières et enjamba le canal d'irrigation pour s'asseoir sous l'ombre fraîche d'un *warung*, un petit restaurant familial qui vendait des encas et des boissons. Tout en sirotant à la paille le lait d'une noix de coco verte, il jouait avec le plus jeune des trois enfants, pendant que l'aînée, une fillette de douze ans à peine, le couvait de ses yeux sombres sans pour autant cesser de tresser des feuilles de palmier découpées en lanières. Le motif complexe qui naissait sous ses doigts deviendrait un panier. Le petit – un bébé de deux mois – était couché sur la table de Bourne. Il gazouillait en refermant ses petits poings bruns sur ses doigts. Un instant plus tard, sa mère le prit dans ses bras pour le nourrir. Avant l'âge de trois mois, les petits Balinais ne doivent pas toucher le sol de leurs pieds, si bien qu'on les portait presque tout le temps. Voilà pourquoi ces gosses semblaient si heureux, songea Bourne.

La femme lui servit une portion de riz gluant enveloppée dans une feuille de bananier. Il la remercia et tout en mangeant, entama une discussion avec son mari, un petit homme mince et musclé, doté de grandes dents et d'un sourire amical.

« *Bapak*, tu viens ici chaque matin », dit l'homme. *Bapak* signifiait « père ». C'était ainsi que les Balinais s'adressaient aux gens auxquels ils souhaitaient témoigner déférence et affection ; il évoquait en soi la dualité inhérente à toute existence. « Nous te regardons monter. Parfois tu dois t'arrêter pour reprendre ton souffle. Une fois, ma fille t'a vu te pencher pour vomir. Si tu es malade, nous t'aiderons. »

Bourne sourit. « Merci, mais je ne suis pas malade. Pas très en forme, c'est tout. »

L'homme ne le crut peut-être pas ; en tout cas, il n'en laissa rien paraître. Ses mains veinées aux articulations noueuses reposaient sur la table comme deux blocs de granit. Ayant fini la confection de son panier, sa fille continuait d'observer Bourne pendant que ses doigts agiles, comme animés d'une vie propre, en commençaient un autre. Sa mère revint et déposa le petit garçon sur les genoux de Bourne. Quand il sentit le poids de son petit corps, les battements de son cœur, le visage de Moira passa devant ses yeux. Il avait délibérément rompu tout rapport avec elle depuis qu'elle avait quitté l'île.

« *Bapak*, comment puis-je t'aider à retrouver la forme ? » dit le père du bébé d'une voix douce.

Avait-il deviné quelque chose ou se montrait-il simplement serviable ? se demanda Bourne. Puis il renonça à réfléchir. Qu'est-ce que cela pouvait bien faire, après tout ? En bon Balinais, il lui parlait avec son cœur et voilà tout. Cette qualité d'âme, Bourne avait appris à la reconnaître depuis qu'il fréquentait cette population. Ces gens étaient à l'opposé des êtres pervers qui habitaient le monde ténébreux dont il était issu. Ici, les seules ombres étaient des démons – dont on pouvait se protéger. Bourne pensa au double *ikat* que Moira lui avait acheté sur les conseils de Suparwita.

« Tu peux m'aider à trouver Suparwita, dit Bourne.

— Ah oui, le guérisseur. » Le Balinais se tut, comme s'il écoutait une voix qui ne s'adressait qu'à lui. « Il n'est pas dans sa maison.

— Je sais, j'y suis allé, dit Bourne. J'ai vu une vieille femme édentée. »

L'homme sourit en exhibant ses dents blanches. « La mère de Suparwita, oui. Une très vieille femme. Sourde comme une noix de coco, et muette aussi.

— Elle ne m'a pas aidé. »

L'homme acquiesça. « Suparwita est le seul à savoir ce qu'elle a dans la tête.

— Peux-tu me dire où il est ? demanda Bourne. Je dois le voir, c'est important.

— Suparwita est un guérisseur, oui. » L'homme regarda Bourne d'un air amical, courtois même. « Il est parti au Goa Lawah.

— Alors j'irai là-bas.

— *Bapak*, il ne faut pas le suivre. Ce ne serait pas sage.

— Pour être honnête, répliqua Bourne, je ne fais jamais rien de sage. »

L'homme se mit à rire. « *Bapak*, tu n'es qu'un humain, après tout. Mais ne t'en fais pas. Suparwita pardonne aux fous comme aux sages. »

La chauve-souris – il y en avait plusieurs dizaines suspendues aux parois humides – ouvrit les yeux et aperçut Bourne. Elle cligna les paupières comme si elle n'en revenait pas puis retourna à sa sieste diurne. Les reins ceints du sarong traditionnel, Bourne se tenait au cœur du sanctuaire de Goa Lawah, au milieu d'une foule de Balinais en prière et de touristes japonais revenant de leurs emplettes dans les magasins de souvenirs.

Le Goa Lawah, aussi connu sous le nom de Grotte aux chauves-souris, se situait dans les environs de Klungkung, au sud-est de Bali. De nombreux temples de grande taille se dressaient autour des sources qui coulaient là. On disait que cette eau sacrée venue du cœur de l'île avait des vertus spirituelles. Les croyants venaient prier devant elle puis la buvaient et s'en aspergeaient. L'eau sacrée du Goa Lawah jaillissait au fond de la grotte habitée par des centaines de chauves-souris qui, le jour, restaient suspendues aux parois de calcite à dormir et rêver et, la nuit, s'envolaient dans le ciel d'encre à la recherche d'insectes pour se sustenter. Bien que les Balinais soient amateurs de chauves-souris, celles du Goa Lawah bénéficiaient d'un statut à part. Tout ce qui vivait à l'intérieur d'un espace sacré devenait sacré.

Bourne n'avait pas trouvé Suparwita. En revanche, il était tombé sur un vieux prêtre tout ratatiné, avec des pieds en canard et des dents de lapin, qui effectuait un rituel de lustration devant un petit autel en pierre sur lequel reposaient des offrandes florales. Une douzaine de Balinais étaient assis en arc de cercle. Bourne vit le prêtre prendre un petit bol tressé rempli d'eau sacrée et, au moyen d'une baguette en feuille de palmier, asperger les têtes des fidèles. Bourne ne suscitait aucune curiosité. Pour eux, il faisait partie d'un autre univers. Cette capacité des Balinais à compartimenter leurs vies de manière hermétique expliquait pourquoi leur pratique de l'hindouisme et leur culture si singulière n'avaient pas été perverties par les décennies de tourisme intensif et les pressions des musulmans majoritaires dans toutes les autres îles de l'archipel indonésien.

Bourne sentait qu'il trouverait quelque chose ici, une chose tenant à la seconde nature des Balinais et qui l'aiderait à découvrir qui il était vraiment. Ses deux identités – David Webb et Jason Bourne – étaient incomplètes. L'amnésie avait brisé à tout jamais la première. Quant à l'autre, elle était issue du programme Treadstone d'Alex Conklin.

Bourne était-il encore cet être hybride, issu des recherches, de la formation et des théories psychologiques de Conklin, poussées à leur paroxysme ? Avait-il commencé sa vie comme une personne donnée pour devenir ensuite quelqu'un d'autre ? Telles étaient les questions essentielles qui lui pesaient sur le cœur. Son avenir – et ses conséquences sur les personnes qu'il aimait et celles qu'il pourrait aimer – dépendait de la réponse.

La cérémonie s'achevait. Le prêtre rangeait le bol tressé dans une niche de l'autel quand Bourne sentit qu'il avait besoin de cette eau lustrale.

Il s'agenouilla derrière les Balinais, ferma les yeux et laissa les paroles du prêtre s'écouler en lui jusqu'à se perdre dans le temps. Il ne s'était jamais senti libre. Il était toujours dominé par l'une ou l'autre de ses identités, celle qu'Alex Conklin lui avait inventée ou celle, plus ancienne mais incomplète, de David Webb. Après tout, qui était David Webb ? À dire vrai, il l'ignorait – ou plus précisément, ne pouvait s'en souvenir. Son esprit était un assemblage de morceaux disparates, recollés par des psychologues et Bourne lui-même. Périodiquement d'autres morceaux, ravivés par tel ou tel stimulus, crevaient la surface de sa conscience à la vitesse d'une torpille. Il désirait comprendre mais il n'était pas prêt. Par une tragique ironie, il avait parfois l'impression de mieux comprendre

Bourne que Webb. Au moins, il savait ce qui motivait Bourne, alors que les pensées de Webb relevaient encore du mystère. Ayant en vain tenté de réintégrer la vie universitaire, il avait finalement décidé de laisser tomber l'identité Webb. Dans un sursaut de conscience, il réalisa soudain qu'à Bali, l'identité Bourne qui lui collait à la peau depuis des années commençait elle aussi à se diluer. Il songea aux Balinais rencontrés ici, à Suparwita, à la famille qui tenait le *warung* dans la montagne – même à ce prêtre dont il ne savait rien mais dont les paroles sacrées semblaient l'auréoler d'une intense lumière blanche –, puis il les compara aux Occidentaux qui l'entouraient, Firth et Willard. Les Balinais étaient en contact avec les esprits de la terre. Ils discernaient le bien du mal et agissaient en conséquence. Rien ne les séparait de la nature, alors que Firth et Willard étaient des créatures modelées par la civilisation occidentale, ses faux-semblants, sa convoitise, sa cupidité. Cette dichotomie fondamentale lui avait ouvert l'esprit. Voulait-il ressembler à Willard ou à Suparwita ? Le fait que les nourrissons balinais ne posent pas le pied à terre pendant trois mois et que Bourne soit à Bali depuis le même laps de temps, relevait-il d'une coïncidence ?

Pour la première fois, malgré sa mémoire défectueuse, il se sentit capable de regarder au-dedans de lui. La personne qu'il y vit lui était inconnue – ce n'était ni Webb ni Bourne. Comme si Webb était un rêve ou un personnage aussi artificiel que Bourne.

Il s'agenouilla à l'extérieur de la grotte peuplée de milliers de chauves-souris remuantes. Les intonations du prêtre transformaient la clarté du soleil équatorial en prière. Bourne contemplait le paysage chimérique de son âme, cet endroit crépusculaire ressemblant aux rues d'une ville déserte juste avant l'aube, à un rivage désolé après le coucher du soleil. Mais cet espace imaginaire lui échappait. Il glissait comme du sable entre ses doigts. Et tout en parcourant ce pays inconnu, une question lancinante lui revenait comme une litanie.

Qui suis-je ?

5

Dès son arrivée à l'aéroport du Caire, l'équipe médico-légale composée d'experts de la NSA et du DHS fut rejointe par une section d'élite d'al-Mokhabarat, la police secrète nationale, ce qui consterna tous les Américains sauf Soraya. On les embarqua avec leurs bagages dans des véhicules militaires et le convoi morne et silencieux prit la direction du désert, dans la chaleur torride et le chaos urbain de la capitale égyptienne.

« Nous allons du côté du Wadi al-Rayan », annonça Amun Chalthoum, le chef d'al-Mokhabarat, en s'adressant à Soraya. Après l'avoir repérée, il l'avait séparée du groupe et fait asseoir dans son propre véhicule qui venait en deuxième, derrière un énorme half-track qu'il avait sans doute sorti pour épater les Américains.

Chalthoum n'avait pas changé. Ses cheveux étaient toujours aussi épais et sombres, son large front couleur cuivre n'avait pas pris une ride. Encadrant l'arête de son nez en bec d'aigle, ses yeux de jais très enfoncés semblaient vouloir exprimer des émotions retenues. C'était un homme grand et musclé, avec les hanches étroites d'un nageur ou d'un alpiniste et les doigts effilés d'un pianiste ou d'un chirurgien. Pourtant il n'était plus tout à fait le même. Un feu étrange semblait couver au fond de lui. Plus on l'approchait, plus on percevait cette colère intérieure. À présent qu'elle était assise à côté de lui et sentait les vibrations autrefois familières renaître en elle, Soraya comprenait pourquoi elle n'avait pas tout dit à Veronica Hart. En réalité, elle n'était pas sûre de pouvoir manipuler Amun.

« Quel silence ! Ça te fait quoi de rentrer chez toi ?

— En fait, je pensais au jour où tu m'as emmenée dans le Wadi al-Rayan.

— Ça fait huit ans et j'essayais juste d'obtenir la vérité, dit-il avec un hochement de tête. Admets-le, tu étais venue en Égypte pour transmettre des documents secrets…

— Je n'admets rien du tout.

— … qui appartenaient de droit à l'État. » Il se tapota la poitrine. « Et l'État c'est moi.

— *Si le veut le Roi...,* murmura-t-elle.

— Exactement », dit Chalthoum avec un hochement de tête. L'espace d'un instant, il lâcha le volant et, les bras écartés, montra le désert qui s'ouvrait devant eux. « Ici règne le pouvoir absolu d'*Umm al-Dunya*, la Mère de l'Univers. Mais je ne t'apprends rien. Après tout, tu es égyptienne comme moi.

— À moitié égyptienne. » Elle haussa les épaules. « Enfin, peu importe. Je suis venue aider mon peuple à découvrir ce qui est arrivé à l'avion de ligne. »

— Ton peuple. » Chalthoum cracha ces mots comme s'ils lui brûlaient la langue. « Et ton père ? Qu'en est-il de son peuple à lui ? L'Amérique a-t-elle totalement détruit l'Arabe en toi ? »

Soraya posa la nuque contre le dossier du siège et ferma les yeux. Elle avait tout intérêt à mettre ses sentiments de côté au plus vite, sinon toute cette mission risquait de partir en vrille. Puis elle sentit le bras d'Amun frôler le sien et ses poils se hérissèrent. *Dieu du ciel*, pensa-t-elle, *pourquoi il me fait un effet pareil ?* Elle eut une sueur froide. *C'est pour ça que j'ai caché la vérité à Veronica – je savais que si je lui disais tout, elle m'aurait interdit de remettre les pieds ici.* Tout à coup, elle sentit poindre le danger. Amun n'y était pour rien ; c'étaient elle et ses émotions irrépressibles qui représentaient une menace pour la mission.

Pour donner le change, elle rétorqua : « Mon père n'a jamais renié ses origines égyptiennes.

— Alors pourquoi a-t-il changé de nom ? Il s'appelait Mohammed, pas Moore, dit Chalthoum d'un ton amer.

— Il est tombé amoureux de l'Amérique et de ma mère en même temps et il m'a transmis sa profonde reconnaissance envers sa patrie d'adoption. »

Chalthoum secoua la tête. « Pourquoi le cacher ? C'est à cause de ta mère.

— Comme tous les Américains, ma mère tenait pour acquis tout ce que son pays avait à offrir. Les cérémonies du 4 Juillet la laissaient indifférente. C'était mon père qui m'emmenait voir les feux d'artifice sur le Mall, à Washington. C'était lui qui me parlait de liberté. »

Chalthoum montra ses dents blanches. « Désolé mais une telle naïveté a quelque chose de comique. Franchement, je pensais que tu avais une vision plus… disons plus pragmatique de l'Amérique. C'est quand même un pays capable d'exporter Mickey, la guerre et ses troupes d'occupation avec la même désinvolture.

— Quand ça vous arrange, vous faites semblant

d'oublier que c'est aussi le pays qui vous protège des extrémistes, Amun. »

Chalthoum serra les mâchoires. Il allait répliquer quand ils aperçurent plusieurs soldats égyptiens armés de fusils-mitrailleurs formant un cordon de sécurité pour empêcher les journalistes de la presse internationale d'approcher du lieu de l'accident. Il franchit la barrière humaine et s'arrêta. Soraya descendit la première. Elle cala ses lunettes de soleil sur l'arête de son nez, enfonça un chapeau léger sur sa tête. Chalthoum avait eu raison sur un point : l'avion de ligne était tombé à moins de six cents mètres de la pointe sud-est du Wadi, un plan d'eau interrompu par des cascades, d'autant plus spectaculaire qu'il se trouvait en plein désert.

« Mon Dieu », murmura Soraya en pénétrant sur le périmètre du crash, délimité par une bande de sécurité installée par les hommes d'Amun. Le fuselage avait été coupé en deux. Les parties principales, enfoncées dans le sable entre les rochers, ressemblaient à de grotesques stèles dédiées à un dieu inconnu. D'autres morceaux arrachés à la carlingue étaient disséminés sur un rayon assez large. On voyait également une aile pliée en deux comme une brindille.

« Tu as remarqué tous ces bouts de fuselage », dit Chalthoum en regardant se déployer le corps expéditionnaire américain. Il tendit le bras pour désigner une zone au loin. « Regarde ici. Et ici. De toute évidence, l'avion s'est brisé en plein vol, pas au moment de l'impact avec le sol. Le sable a minimisé les dommages supplémentaires occasionnés par la chute.

— Donc si je comprends bien, l'avion ressemblait à peu près à cela au moment où il a explosé. »

Chalthoum hocha la tête. « Exact. »

On pouvait dire ce qu'on voulait de lui mais, sur le plan professionnel, il était irréprochable. Malheureusement, les impératifs de sa profession incluaient trop souvent des méthodes d'interrogatoire et de torture qui auraient donné des haut-le-cœur aux matons d'Abu Ghraïb eux-mêmes.

« Les dégâts sont terribles », reprit-t-il.

Il ne plaisantait pas. Soraya vit les experts américains enfiler des combinaisons et des chaussons en plastique. Kylie, la femelle labrador dressée à renifler les explosifs, passa la première avec son maître. Puis le corps expéditionnaire se divisa en deux groupes. Le premier pénétra à l'intérieur de la carlingue calcinée ; le second entreprit d'inspecter les parois éclatées afin de déterminer si l'explosion s'était produite à l'intérieur ou à l'extérieur. Delia Rane, une amie de Soraya, faisait partie de ce dernier groupe. Spécialiste en explosifs auprès de l'ATF, le Bureau de l'alcool, du tabac, des armes et des explosifs, Delia n'avait que trente et un ans mais les diverses agences fédérales qui assuraient le maintien de l'ordre appréciaient ses compétences et avaient souvent recours à elle pour des missions d'expertise.

Chalthoum sur les talons, Soraya entra dans le périmètre mortel. Elle dut contourner plusieurs plaques de métal tellement noircies et froissées qu'il était impossible de savoir à quoi elles avaient pu servir. Elle vit plus loin des globes ressemblant à des grêlons épais comme le poing et, en se rapprochant, comprit qu'il s'agissait de bouts de plastique ayant fondu lors de la déflagration. Quand elle arriva devant une tête humaine, elle s'arrêta et s'accroupit. Les cheveux et la peau avaient été presque entièrement rongés par les flammes. Des cendres mouchetaient le crâne en partie décharné.

Un peu plus loin, un avant-bras calciné était planté à l'oblique dans le sable ; une main le prolongeait tel un drapeau macabre marquant un territoire gouverné par la mort. Soraya ne transpirait pas seulement à cause de la température. Chalthoum lui tendit une bouteille en plastique. Elle prit une gorgée d'eau et continua son examen. Devant le trou béant du fuselage, un membre de l'équipe leur donna des combinaisons et des chaussons en plastique qu'ils enfilèrent malgré la chaleur.

Lorsque ses yeux se furent accoutumés à l'obscurité, elle enleva ses lunettes de soleil et regarda autour d'elle. Les rangées de sièges étaient inclinées selon un angle de 90 degrés. Le sol se trouvait à l'endroit où s'était tenue la cloison séparatrice gauche, quand l'avion de ligne volait et que tous les passagers bavardaient, riaient, se prenaient la main ou se disputaient bêtement, quelques minutes avant la plongée dans le néant. Il y avait des cadavres partout, certains encore sanglés à leur siège, d'autres projetés au sol par l'impact. L'autre partie de la carlingue et ses occupants avaient été complètement désintégrés.

Chaque fois qu'un membre de l'équipe américaine s'approchait de Soraya, un homme d'Amun le suivait comme un petit chien. En d'autres circonstances, elle en aurait ri. Son homologue égyptien leur avait sans doute ordonné de ne pas les lâcher d'une semelle. Il voulait connaître dans la minute tous leurs faits et gestes, même quand ils partaient se soulager dans les latrines portatives où régnaient une chaleur et une puanteur à tomber raide.

« L'absence d'humidité joue en notre faveur, annonça Chalthoum. Elle ralentit la décomposition des corps ayant encore assez de chair pour qu'on les identifie.

— Tant mieux pour les familles.

— En effet. Mais, si tu me permets de parler franchement, je ne crois pas que le sort des passagers et de leurs familles vous tracasse tant que cela. Vous êtes juste venus enquêter pour savoir s'il s'agit d'une panne mécanique ou d'un acte de terrorisme. »

Contrairement à la plupart des Égyptiens, Chalthoum avait un talent certain pour entrer directement dans le vif du sujet. Ce pays était enfoui sous la paperasse et les procédures ; ici, rien ne se faisait, pas une réponse ne tombait avant qu'une bonne quinzaine de fonctionnaires appartenant à sept services différents soient consultés pour accord. Soraya trouva vite la réponse appropriée. « Il serait idiot de prétendre le contraire. »

Chalthoum acquiesça. « Le monde veut savoir, a *besoin* de savoir. Mais s'il te plaît, réponds à cette question : et ensuite ? »

Question fort astucieuse, pensa-t-elle. « Je n'en sais rien. Ce qui arrivera ensuite n'est pas de mon ressort. »

Elle repéra Delia et lui fit signe. La jeune femme hocha la tête, se fraya un chemin parmi les débris et les travailleurs penchés sur le sol, tous munis de torches puissantes, et rejoignit Soraya et Chalthoum dans la pénombre surchauffée de la carlingue.

« Quelque chose à signaler ? demanda Soraya.

— Nous en sommes aux étapes préliminaires. » Les yeux clairs de Delia dérivèrent un instant vers l'Égyptien puis se posèrent de nouveau sur son amie.

« Très bien, reprit Soraya. Si tu trouves quelque chose, même un élément mineur, tu m'en parles.

— OK. » La mère de Delia était une aristocrate

colombienne de Bogotá. Sa fille avait hérité du sang fougueux de ses ancêtres maternels. Sa peau était aussi mate que celle de Soraya mais la ressemblance s'arrêtait là. Elle avait un visage rond et une silhouette masculine, des cheveux coupés au carré, des mains puissantes et des manières brusques qui passaient souvent pour de l'impolitesse. Soraya n'y voyait qu'une spontanéité de bon aloi. Avec Delia, elle pouvait se laisser aller. « À mon avis, ce n'était pas une bombe. L'explosion ne venait pas de la soute à bagages. C'est évident.

— Un incident mécanique alors ?

— Kylie dit que non », répondit Delia en parlant de la chienne labrador.

Soraya sentait que Delia hésitait à poursuivre. Elle voulut insister mais se ravisa. Elle trouverait bien un moyen de lui parler en dehors de la présence d'Amun. Elle hocha la tête et Delia retourna au travail.

« Elle en sait plus qu'elle ne le dit, fit Chalthoum. Je veux savoir ce qui se passe. » Comme Soraya ne répondait rien, il poursuivit : « Va lui parler. Seule. »

Soraya se tourna vers lui. « Et ensuite ? »

Il haussa les épaules. « Quoi ensuite ? Tu me rapporteras ses paroles, c'est tout. »

Il était très tard. Moira s'apprêtait à quitter le bureau. D'une main lasse, elle coupa CNN qu'elle avait allumée sans mettre le son dès qu'elle avait appris la nouvelle de la catastrophe aérienne en Égypte. Comme la plupart des personnes travaillant dans le domaine de la sécurité, elle ne savait qu'en penser. On ne disait rien des circonstances exactes – même ses informateurs, des sources non référencées, lui avaient fourni des réponses laconiques qui l'avaient franchement agacée. Pendant ce temps, tous les médias s'étaient mis sur le pied de guerre, les présentateurs des journaux télévisés échafaudaient des scénarios d'attaque terroriste. Sans parler des extrapolations délirantes qui encombraient les sites internet sur le thème du « on nous cache tout, on nous dit rien ». On vit même resurgir la rengaine pernicieuse née à la suite du 11 Septembre, selon laquelle le gouvernement américain aurait encouragé l'attentat pour servir sa politique belliciste.

Dans l'ascenseur qui la conduisait au garage en sous-sol, l'esprit de Moira naviguait entre deux univers : Washington et la société qu'elle était en train de monter, et Bali où elle avait laissé Bourne. Elle avait eu le plus grand mal à l'abandonner sur son lit de douleur. Quand ils avaient discuté de l'avenir dans la piscine du club, tout lui avait paru si simple. À présent, la réalité prenait un aspect nébuleux et vaguement anxiogène. Non pas qu'elle éprouvât le besoin de prendre soin de lui – elle n'aurait vraiment pas fait une bonne infirmière –, mais durant les heures interminables qu'il avait passées entre la vie et la mort, elle avait été forcée de revoir ses sentiments. L'idée de le perdre l'avait remplie d'effroi. Du moins le supposait-elle car elle n'avait jamais ressenti une chose pareille : un voile opaque cachant le soleil à midi, les étoiles à minuit.

Était-ce de l'amour ? se demandait-elle. L'amour pouvait-il engendrer cette folie capable de transcender le temps et l'espace, d'étendre son cœur au-delà de ses limites connues, de transformer ses os en bouts de caoutchouc ? Combien de fois, durant ses nuits sans sommeil, ne s'était-elle pas levée pour fixer le reflet d'une inconnue dans le miroir de la salle de bains ?

C'était comme si on l'avait projetée contre son gré dans la vie d'une autre, une vie dont elle ne voulait pas et qu'elle ne comprenait pas.

« Qui es-tu ? répétait-elle à cet étrange reflet. Comment es-tu arrivée ici ? Que veux-tu ? »

Son reflet ne connaissait pas la réponse, et elle non plus. Dans le calme de la nuit, elle pleurait la perte de son ancien moi et songeait au destin indéchiffrable qui avait pris possession de son corps, comme lors d'une transfusion.

Au matin, elle redevenait elle-même : pragmatique, concentrée, inflexible, autant dans ses démarches de recrutement que dans ses relations avec ses agents qu'elle soumettait à des règles rigoureuses. Ils devaient jurer allégeance à Heartland comme à une nation souveraine – ce que Black River, son principal concurrent, était déjà sous de nombreux aspects.

Et pourtant, dès que le soir tombait, l'incertitude renaissait. Bourne recommençait à l'obséder. Elle n'avait plus de nouvelles depuis qu'elle avait quitté Bali, trois mois plus tôt, avec un cercueil contenant le corps d'un clochard australien et les documents certifiant que le défunt s'appelait Jason Bourne. On aurait dit qu'elle avait attrapé une maladie chronique sur cette île. Il lui suffisait de penser à la mort imminente de son amant pour qu'un besoin de s'enfuir à toutes jambes s'empare d'elle. Mais hélas, où qu'elle aille, elle revenait toujours au point de départ, ce lieu terrifiant où Jason était tombé et où le cœur de Moira avait cessé de battre.

La cabine s'ouvrit sur l'espace sombre et bétonné du garage. Ses clés en main, elle sortit. Elle détestait traverser de nuit le parking à moitié désert. Les taches d'huile, d'essence, la puanteur des gaz d'échappement, l'écho de ses talons frappant le sol en béton la déprimaient au plus haut point. Ce parking lui faisait croire qu'il n'existait sur terre aucun lieu où elle puisse se réfugier. Pas de maison, pas de foyer.

Il restait quelques rares voitures ; les lignes blanches parallèles peintes sur le béton s'étendaient loin devant elle et s'arrêtaient à l'endroit où elle avait garé sa voiture. Entraînée par la cadence de ses propres pas, elle regardait son ombre déformée glisser d'un pilier à l'autre.

En entendant un moteur démarrer, elle s'immobilisa, tous ses sens en éveil. Une Audi gris beige sortit de derrière un pilier, alluma ses phares et roula vers elle, de plus en plus vite.

Elle sortit son Lady Hawk 9mm de son holster de cuisse, plia les genoux dans la position du tireur d'élite et ôta le cran de sécurité. Elle était sur le point de tirer quand la vitre côté passager s'abaissa. L'Audi freina et resta à se balancer sur ses amortisseurs.

« Moira… ! »

Elle abaissa encore un peu son champ de vision.

« Moira, c'est moi, Jay ! »

En plissant les yeux, elle aperçut Jay Weston au volant de l'Audi. Avant qu'elle le débauche, six semaines auparavant, Jay exerçait chez Hobart, la plus grosse boîte de conseil en sécurité à la solde du gouvernement américain sur les théâtres des opérations à l'étranger.

Aussitôt, elle leva son Lady Hawk et le glissa dans son étui. « Enfin, Jay, vous auriez pu vous faire tuer.

— J'ai besoin de vous voir. »

Elle fit la grimace. « Et vous ne pouviez pas m'appeler, tout simplement ? »

Il secoua la tête. Une tension inhabituelle crispait

son visage. « Je n'ai pas confiance dans les téléphones portables. Je ne pouvais pas courir le risque. Pas avec ceci.

— Bon, répondit-elle en se penchant par la vitre ouverte, qu'y a-t-il de si important ?

— Pas ici, souffla-t-il en jetant un regard furtif autour de lui. Ni nulle part ailleurs, à moins d'être sûr qu'on ne nous écoute pas. »

Moira fronça les sourcils. « Vous ne croyez pas que vous devenez parano ?

— La parano entre dans le profil de mon poste, n'est-ce pas ? »

Elle acquiesça ; il n'avait pas tort. « Bon d'accord, comment…

— J'ai quelque chose à vous montrer », l'interrompit-il en tapotant la poche de la jolie veste en daim bleu saphir, jetée sur le siège du passager. Puis sans lui laisser le temps de répondre et encore moins de sauter dans son propre véhicule, il fonça vers la rampe inclinée menant à la sortie.

Elle courut jusqu'à sa voiture, la démarra avec la télécommande avant même d'ouvrir la portière, se glissa derrière le volant et fila derrière l'Audi qui l'attendait en haut de la rampe d'accès. Dès qu'il la vit approcher dans le rétroviseur, Jay redémarra et prit sur la droite, Moira à ses trousses.

En pleine nuit, la circulation était fluide. Moira croisait surtout des gens rentrant du cinéma ou du théâtre. Aucune raison pour que Jay grille les feux rouges sur P Street, comme il s'obstinait à le faire. Moira accéléra pour ne pas le perdre ; plus d'une fois, elle faillit se faire emboutir par un véhicule débouchant d'une rue perpendiculaire. On entendait des pneus crisser, des coups de klaxon.

Trois blocs plus loin, elle aperçut un flic à moto. Elle eut beau lui faire des appels de phares, Jay ne ralentissait pas. Avait-il remarqué ses avertissements ? Choisissait-il de les ignorer ? Tout à coup, elle vit le flic la dépasser à toute vitesse.

« Merde », marmonna-t-elle en appuyant plus fort sur le champignon.

Elle réfléchissait à la manière dont elle allait lui expliquer les multiples infractions de son employé quand le motard arriva à la hauteur de l'Audi. Un instant plus tard, il sortait son revolver de service, le braquait sur la vitre du chauffeur et pressa la détente deux fois, coup sur coup.

L'Audi fit une violente embardée. Il ne lui restait que quelques secondes pour l'éviter mais elle avait déjà du mal à ralentir son propre véhicule. Du coin de l'œil, elle vit le motard s'écarter et filer vers le nord par une rue latérale. L'Audi effectua une affolante série de tête-à-queue avant de percuter la voiture de Moira qui partit dans le décor.

Après la collision, l'Audi se retourna sur le toit, tel un cafard mort. Puis, comme si un doigt monstrueux lui avait donné une pichenette, elle fit plusieurs tonneaux dont Moira ne vit que le premier car elle venait de défoncer un feu de circulation avant d'emboutir un véhicule en stationnement, arrachant l'extrémité du pare-chocs avant et la portière. Une rafale de verre brisé s'abattit sur elle, le choc la projeta en avant contre l'airbag puis la rejeta en arrière, contre le dossier de son siège.

Tout s'obscurcit.

Enjamber prudemment les rangées de dossiers revenait à patauger dans une mer gelée, parsemée de corps accrochés aux récifs. La vision des petits cadavres brisés des enfants était le plus difficile à supporter. Soraya murmura une prière pour chacune de ces âmes fauchées en pleine vie.

Quand elle rejoignit Delia, elle s'aperçut qu'elle retenait son souffle. Elle expira avec un léger sifflement. Les odeurs âcres des câbles brûlés, des tissus synthétiques et du plastique fondu l'agressèrent.

Elle toucha l'épaule de son amie et, sans oublier son observateur égyptien, lui murmura : « Marchons un peu. »

L'homme leur emboîta le pas mais s'arrêta net sur un signe discret de Chalthoum. À l'extérieur, la lumière était aveuglante, même avec des lunettes. La chaleur sèche du désert, attisée par le soleil meurtrier, leur fit l'effet d'un bienheureux intermède, après la moiteur fétide de l'antre de mort dont elles venaient d'émerger. Le retour au désert, pensa Soraya. C'était comme retrouver un être longtemps désiré : le vent de sable vous caressait la peau comme un amant délicat. Dans le désert, on voyait les choses venir. Amun et ses semblables mentaient. Le désert disait la vérité, toujours, à travers l'Histoire qu'il couvrait et découvrait, à travers les os de la civilisation que le sable éternel avait purgée de tout mensonge. Amun et ses semblables redoutaient la vérité sans fards parce qu'elle annihilait toutes les croyances, toutes les certitudes. Elle le comprenait bien mieux qu'il ne la comprenait. Il ne l'aurait jamais admis, bien entendu ; il avait besoin de s'accrocher à ses illusions.

« Delia, que se passe-t-il vraiment ? demanda Soraya quand elles furent assez loin des sentinelles d'al-Mokhabarat.

— Rien que je sois en mesure de confirmer pour l'instant. » Elle regarda autour d'elle pour s'assurer qu'elles étaient seules. Voyant Chalthoum les observer, elle dit : « Ce type me fout les jetons. »

Soraya la fit avancer encore un peu, pour lui épargner le regard pénétrant de l'Égyptien. « Ne t'inquiète pas, il ne peut pas entendre. Qu'as-tu en tête ?

— Foutu soleil. » Plissant les yeux derrière ses verres fumés, Delia mit ses mains en visière. « Mes lèvres vont se mettre à peler dans pas longtemps. »

Soraya attendit que Delia se décide. Pendant ce temps, le soleil continuait à darder ses rayons et les lèvres de Delia à brûler.

« Putain, je parie dix contre un que l'avion n'a pas explosé de l'intérieur. » C'était une joueuse invétérée ; elle pariait sur tout et n'importe quoi. Autre particularité de son personnage : elle transformait les substantifs en verbes. « J'instincte un explosif particulier.

— Donc ce n'est pas un accident. » Le sang de Soraya se figea. « Si ce n'est pas une bombe, alors qu'est-ce que c'est ? Un missile air-air ? »

Delia haussa les épaules. « Possible, mais tu as lu la transcription de la dernière conversation des pilotes avec la tour de contrôle du Caire. Il n'y avait pas d'avion devant eux.

— Il aurait pu venir par-dessous ou par-derrière, non ?

— Dans ce cas, le radar l'aurait repéré. En plus, le copilote a vu un objet plus petit qu'un jet privé leur foncer dessus.

— Mais au tout dernier moment. L'explosion s'est produite avant qu'il ait eu le temps de décrire ce qu'il voyait.

— Si tu as raison, on peut imaginer qu'il s'agissait d'un missile sol-air. »

Delia hocha la tête. « Avec un peu de chance, la boîte noire sera intacte. Son enregistreur nous en dira davantage.

— Quand ?

— Tu as vu le bazar à l'intérieur. Ça va prendre un bout de temps rien que pour la retrouver. »

Soraya lui répondit avec dans la voix le murmure sinistre du vent quand il sculpte les dunes : « Ce missile sol-air risque de déclencher une crise planétaire aux conséquences désastreuses.

— Je sais, dit Delia. Surtout si nous découvrons que le gouvernement égyptien est impliqué dans l'affaire. »

Soraya ne put s'empêcher de se tourner vers Chalthoum. « Le gouvernement, ou bien al-Mokhabarat. »

6

Moira fut réveillée par des battements de cœur. Le cœur de sa mère. Le bruit qu'il faisait ressemblait au tic-tac d'une horloge ancienne. Terrifiée, elle resta immobile, les yeux fermés, tandis que lui revenaient comme dans un brouillard le vacarme confus, les allées et venues des urgentistes passant devant ses yeux embués de larmes. Ils l'avaient conduite à l'hôpital. C'était la dernière fois qu'elle la voyait en vie. Elle n'avait même pas eu le temps de lui dire adieu ; pire encore, leur dernière conversation s'était très mal passée. Moira lui avait dit des choses horribles : « Je peux pas te blairer. Lâche-moi. Arrête de te mêler de mes affaires. » Et voilà que soudain, sa mère était morte. Moira avait dix-sept ans.

Puis la douleur s'installa et elle poussa un grand cri.

Le tic-tac était bien réel ; c'était le bruit du moteur en train de refroidir, après sa course-poursuite. Elle sentit des mains l'attraper, cisailler la toile de sa ceinture de sécurité. L'airbag n'était plus qu'un nuage dégonflé. Comme dans un rêve, elle sentit son corps bouger. Son épaule, son ventre pesaient plus lourd que le reste. Elle avait l'impression que sa tête allait éclater comme un fruit mûr ; elle avait mal à en vomir. Puis, avec un fracas qui résonna dans ses oreilles cotonneuses, on l'extirpa de sa prison d'acier. L'air de la nuit lui caressa les joues. Des voix bourdonnaient près d'elle, comme un essaim d'abeilles en furie.

Sa mère… la salle d'attente de l'hôpital, l'horrible odeur du désinfectant, du désespoir… cette poupée de cire couchée dans un cercueil ouvert… n'avait plus rien d'humain… dans le cimetière, le ciel jaune empestait la fumée de charbon, la peine… le sol avalait le cercueil tout entier, comme une bête refermant les mâchoires… des mottes de terre fraîchement retournée, humide de pluie et de larmes…

La conscience lui revenait peu à peu, comme un tapis de brume frôlant les bruyères d'une lande puis, avec la soudaineté d'un projecteur qu'on allume, elle reprit ses esprits et comprit où elle se trouvait, ce qui lui était arrivé. Elle était passée à deux doigts de la mort. À chaque respiration, un vent de feu et de glace l'étreignait, mais elle était vivante. Elle remua les doigts, les orteils. Rien ne manquait : tout fonctionnait.

« Jay, dit-elle au secouriste penché sur elle. Est-ce que Jay va bien ?

— Qui est Jay ? demanda une voix hors de son champ de vision.

— Il n'y avait personne avec vous dans la voiture. » Le secouriste avait un visage sympathique. Il semblait trop jeune pour ce genre de travail.

« Pas dans ma voiture, réussit-elle à articuler. Celle de devant.

— Oh seigneur ! », s'exclama la voix près d'elle.

Le visage sympathique se renfrogna. « Votre ami… Jay. Il ne s'en est pas sorti. »

Les larmes jaillirent et ruisselèrent le long des tempes de Moira. « Oh non ! C'est pas vrai. »

Comme ils lui administraient les premiers soins, elle leur dit : « Je veux m'asseoir.

— Je vous le déconseille, madame, répondit le visage sympathique. Vous êtes en état de choc et…

— Je vais m'asseoir, avec ou sans votre aide. »

Il la prit par les aisselles et la redressa. Elle était dans la rue, à côté de sa voiture. Quand elle essaya de regarder ailleurs, des lumières explosèrent derrière ses yeux. Elle grimaça de douleur.

« Aidez-moi à me lever, dit-elle entre ses dents. Il faut que je le voie.

— Madame…

— J'ai quelque chose de cassé ?

— Non, madame, mais…

— Alors aidez-moi à me lever, bordel ! »

Ils étaient deux à présent. Et bizarrement, le deuxième paraissait encore plus jeune que le premier.

« Vous n'avez pas encore de barbe », dit-elle pendant qu'ils la soulevaient du bitume. Elle eut un vertige. Ses genoux se dérobèrent sous elle si bien qu'elle dut s'appuyer sur eux une minute.

« Vous êtes pâle comme un linge, madame, dit le visage sympathique. Je pense franchement…

— S'il vous plaît, ne m'appelez pas madame. Je suis Moira.

— Les flics seront là dans une minute », dit l'autre à voix basse.

Elle sentit un pincement au creux de l'estomac.

Le visage sympathique reprit : « Moira, je m'appelle Dave et mon collègue c'est Earl. Il y a des policiers qui veulent savoir ce qui s'est passé.

— C'est un policier qui a causé l'accident, fit Moira.

— Quoi ? s'écria Dave. Qu'avez-vous dit ?

— Je veux voir Jay.

— Croyez-moi, dit Earl, vaut mieux pas. »

Moira baissa la main et tapota son Lady Hawk. « Faites pas chier, les mecs. »

Sans répliquer, ils la guidèrent sur la chaussée jonchée de morceaux de tôle. Les éclats de verre venant des vitres et des feux arrière brillaient sur le bitume. Elle vit un camion de pompiers, une ambulance des urgences et, à côté, l'épave de l'Audi dans un état atroce. Personne n'aurait pu survivre à un tel accident. À chaque pas, elle reprenait de la force et de l'assurance. Elle était peut-être couverte de plaies et de bosses, en état de choc en effet, mais indemne. Une chance incroyable. L'esprit du cochon devait encore la protéger, se dit-elle.

« Et voilà les Warm Jets, annonça Earl.

— Il veut dire les flics, traduisit Dave.

— Écoutez les gars, dit-elle. J'ai besoin de rester seule un moment avec mon ami et je sais que les flics m'en empêcheront.

— Nous aussi, normalement, fit Dave d'un air dubitatif.

— Je m'occupe de ces casse-pieds, lança Earl en partant à leur rencontre.

— Tenez bon. »

Sans le bras d'Earl, Moira crut perdre l'équilibre. Dave dut la retenir. Elle respira profondément deux ou trois fois, espérant s'éclaircir les idées et retrouver un peu de vigueur. Elle disposait de peu de temps avant que les flics dispersent le rideau de fumée qu'Earl était en train de mettre en place.

Quand ils arrivèrent devant la masse de tôle froissée et pourtant reconnaissable de l'Audi, elle reprit une bonne bouffée d'air, redressa les épaules et regarda ce qu'il restait de Jay Weston. Cet amas de chair n'avait plus grand-chose d'humain.

« Comment avez-vous fait pour le sortir, bon sang ?

— Pinces de désincarcération. Dans son cas, ça n'a servi à rien. » Dave l'aida à s'accroupir près du cadavre et l'empêcha de s'écrouler quand elle fut de nouveau prise de vertiges. « Je risque ma place, gémit-il.

— Du calme. Mes amis vous protégeront. » Elle examina chaque centimètre du corps de Jay. « Seigneur, il a été complètement broyé.

— Que cherchez-vous ?

— J'aimerais le savoir, mais sa veste… »

Dave tendit la main et retira un vêtement coincé sous l'épave. « Vous parlez de cela ? »

Le cœur de Moira se mit à battre la chamade. C'était la veste en daim bleu de Jay, intacte comme par miracle, à part deux taches de roussi sur les manches. Elle puait la fumée et l'eau de toilette surchauffée.

« C'est difficile à croire mais ce genre de choses arrive fréquemment », dit Dave. Le jeune homme prenait bien soin de rester entre Moira et les deux flics qui approchaient à grands pas, le charabia médical d'Earl ayant fini par les lasser. « On récupère de ces trucs – des portefeuilles, des clés, des casquettes de base-ball, des capotes – vous n'en reviendriez pas – en bon état ou presque, même après des accidents atroces. »

Moira n'écoutait que d'une oreille. Ses doigts gourds fouillaient les poches intérieures et extérieures de la veste. Des pastilles pour l'estomac, deux élastiques, un trombone, un morceau de fil. Les poches intérieures ne contenaient ni portefeuille ni pièce d'identité d'aucune sorte, procédure standard pour les agents de terrain. En cas d'ennuis, s'ils voulaient se faire évacuer, il leur suffisait de passer un coup de fil. Il avait de l'argent sur lui, mais il avait brûlé. Lorsqu'elle tomba sur le téléphone portable, elle eut le réflexe de le saisir au creux de sa main. Au même instant, Dave se relevait pour faire barrage aux policiers.

Elle était sur le point d'abandonner ses recherches quand elle remarqua le fil qui dépassait de la doublure. Elle tira dessus, déchira la couture et trouva dessous une clé USB de deux gigas. Des pas lourds se rapprochaient d'elle. Aussitôt elle s'inclina sur le cadavre de Jay, fit un signe de croix et se releva avec l'aide de Dave pour affronter les Warm Jets.

L'interrogatoire s'avéra aussi abrutissant que prévu mais, lorsqu'ils lui posèrent les mêmes questions pour la troisième fois, elle leur sortit son accréditation fédérale, ce qui eut pour effet de leur couper le sifflet. Dave et Earl déployèrent des efforts surhumains pour ne pas ricaner devant leurs trognes cramoisies.

« À propos de cet agent de la circulation, contre-attaqua Moira, j'ai besoin de connaître son identité. Je vois bien que vous ne me croyez pas mais je vous répète qu'il a déchargé son revolver sur monsieur Weston à travers la vitre de l'Audi.

— Et vous dites que monsieur Weston travaillait pour vous ? » Le plus grand des deux flics portait un insigne au nom de Severin.

Quand elle dit oui, il fit un geste de la tête à l'intention de son coéquipier qui s'écarta pour passer un appel sur son téléphone mobile.

« Que faisiez-vous accroupie près du corps ? » demanda Severin. Peut-être disait-il cela pour tuer le temps, car il avait bien vu ce qu'elle faisait. Elle l'avait même confirmé à deux reprises.

« Je priais pour le repos de son âme. »

Severin fronça les sourcils mais hocha la tête, peut-être par sympathie. Puis il désigna Dave et Earl d'un geste du menton. « Ces imbéciles n'auraient pas dû vous laisser approcher. C'est une scène de crime.

— Oui, je comprends. »

Son front se plissa encore plus fort sans qu'on ne puisse rien deviner de ses pensées. Déjà son coéquipier revenait.

« On l'a dans l'os, dit-il pour faire de l'humour. Aucun agent de la circulation ni autre ne roulait à moto dans le secteur, en tout cas pas au moment de l'accident.

— Bon sang de bordel. »

Moira ouvrit son téléphone portable mais elle n'eut pas le temps de passer son appel. Deux hommes venaient d'apparaître, vêtus de costards identiques. Elle les reconnut à leur allure militaire. Ils marchaient les épaules baissées comme tous les types de la NSA. Dès qu'ils présentèrent leur carte aux inspecteurs, elle comprit que les ennuis ne faisaient que commencer.

« On prend le relais, les gars », dit Costard n° 1 pendant que Costard n° 2 fixait les flics de son regard blasé de baroudeur. Comme la police se retirait, Costard n° 1 glissa la main dans la poche de Moira, avec l'habileté d'un pickpocket professionnel. « Je vous le confisque, madame Trevor », dit-il en refermant ses gros doigts sur le mobile de Jay.

Moira voulut le reprendre mais Costard n° 1 l'écarta vivement.

« Eh, attendez un peu ! Il appartient à ma société.

— Désolé, dit Costard n° 1. C'est une question de sécurité nationale. »

Moira allait répliquer quand il l'attrapa par le bras. « Maintenant, veuillez nous suivre, je vous prie.

— Quoi ? s'écria Moira. Vous n'avez pas le droit de faire ça.

— Détrompez-vous », rétorqua Costard n° 1 pendant que son collègue prenait l'autre bras de Moira. Il brandit le téléphone de Jay. « Vous étiez en train de dégrader une scène d'accident. »

La voyant partir encadrée par les deux malabars, Dave voulut la secourir.

« Dégage ! » aboya Costard n° 2.

Le jeune homme sembla hésiter devant la menace. Il trébucha, bouscula Moira, marmonna une excuse et repartit d'où il était venu.

Dès qu'ils se remirent à marcher, Moira vit la scène sous un autre angle. Derrière l'agent de la NSA, un homme l'observait. Elle le reconnut aussitôt. C'était Noah et son fameux sourire carnassier. Il s'empara du portable de Jay et le glissa dans la poche de sa veste. Tout en s'éloignant, il lui lança : « Tu ne pourras pas dire que je ne t'avais pas prévenue. »

Bourne parcourait les montagnes balinaises sur la moto que le docteur Firth lui avait louée. Après avoir affronté plusieurs fortes dénivellations, il arriva au pied du Pura Lempuyang, le grand sanctuaire du Dragon composé de plusieurs temples. Il se gara sous le regard attentif d'un minuscule gardien assis sur une chaise pliante protégée du soleil de plomb par l'ombre mouchetée d'un arbre. Ayant acheté une bouteille d'eau sur l'un des nombreux étals qui dépannaient aussi bien les pèlerins que les touristes, il entama la montée, drapé dans son sarong traditionnel retenu par une ceinture de la même étoffe.

Le prêtre de la grotte aux chauves-souris connaissait Suparwita mais ignorait où il se trouvait. Bourne avait alors décidé de se confier à lui. Quand lui eut raconté son rêve récurrent, le prêtre lui avait parlé du Pura Lempuyang et de son grand escalier aux dragons. Bourne s'était renseigné sur l'itinéraire précis avant de partir en direction du sanctuaire perché sur les hauteurs du mont Lempuyang.

Il atteignit vite le premier temple, un édifice tout simple, semblant tenir lieu d'antichambre au deuxième. Un escalier abrupt le mena vers un porche richement sculpté. Soudain la douleur se réveilla dans sa poitrine. Il s'accorda une pause le temps d'examiner la voûte du porche et les trois volées de marches qu'il lui restait à gravir. Elles paraissaient encore plus raides que les précédentes. Six énormes dragons de pierre aux corps couverts d'écailles ondulaient de chaque côté, tenant lieu de rampes.

Le prêtre ne l'avait pas induit en erreur. La scène de son rêve se jouait bien en ces lieux. C'était entre les montants de ce porche en berceau que se découpait l'obsédante silhouette sombre. Il se retourna vers l'entrée et découvrit un époustouflant panorama. Le mont Agung se dressait au loin dans une brume bleutée, son dôme titanesque surgissant de la couche nuageuse.

L'escalier aux dragons l'attirait. Il se remit à grimper mais s'arrêta à mi-parcours pour se retourner de nouveau vers le porche. Le volcan s'encadrait entre les dents redoutables qui formaient l'entrée. Tout à coup, une silhouette se découpa contre le mont Agung. Le cœur de Bourne rata un battement. Sans le vouloir, il descendit une marche et vit qu'il s'agissait d'une petite fille en sarong rouge et jaune. Elle pivota sur elle-même dans un geste fluide, propre aux enfants balinais, et disparut, ne laissant dans son sillage qu'une traînée de poussière lumineuse.

Bourne reprit son ascension. Arrivé sur l'esplanade supérieure du temple, il découvrit quelques visiteurs éparpillés, dont un homme agenouillé, en prière. Bourne marcha au hasard entre les bâtiments chargés de sculptures, comme s'il flottait à l'intérieur de son rêve, sans pouvoir se départir d'une curieuse impression de familiarité. Il se sentait comme un étranger revenant sur des lieux connus mais oubliés.

Il avait espéré que cette visite fasse vibrer une corde sensible, provoque une réminiscence, mais hélas il n'en fut rien. Par expérience, il savait que la forme d'amnésie dont il était affligé pouvait se dissiper de diverses manières. En entendant prononcer un nom, par exemple. Ou bien grâce à une odeur, une vision familières, surgies de son passé. Pourquoi ce voyage à Bali ? Ce temple dont il rêvait depuis des mois aurait dû libérer des souvenirs enfouis. Mais ces souvenirs restaient cachés comme une sole ensablée dont on ne peut que soupçonner la présence, ou l'absence.

L'homme agenouillé termina sa prière et se leva. Quand il se retourna, Bourne reconnut Suparwita.

Son cœur s'emballa, il se précipita vers lui. Le guérisseur le regarda venir.

« Vous avez l'air en forme, dit-il.

— J'ai survécu. Moira pense que c'est grâce à vous. »

Suparwita sourit et porta son regard vers le temple, derrière l'épaule de Bourne. « Je vois que vous avez retrouvé une partie de votre passé. »

Bourne suivit son regard. « Si c'est le cas, je ne suis pas plus avancé.

— Et pourtant vous êtes venu.

— Je rêve de cet endroit depuis que je suis arrivé sur cette île.

— Je vous attendais. La puissante entité qui vous guide et vous protège vous a conduit jusqu'ici. »

Bourne se retourna vers lui. « Shiva ? Mais Shiva est le dieu de la destruction.

— Et de la transformation. » Suparwita leva un bras pour l'inviter à l'accompagner. « Racontez-moi votre rêve. »

Bourne regarda autour de lui. « Je suis ici, je contemple le mont Agung, visible par-delà le porche. Soudain, une silhouette se découpe en ombre chinoise. Elle se tourne et pose les yeux sur moi.

— Et ensuite ?

— Je me réveille. »

Suparwita hocha lentement la tête, comme s'il prévoyait un peu cette réponse. Ils avaient fait le tour de l'esplanade. Le porche se dressait devant eux. La lumière tombait à l'oblique comme dans son rêve. Bourne eut un léger frisson.

« Vous regardiez la personne avec laquelle vous étiez venu, dit Suparwita. Une femme nommée Holly Marie Moreau. »

Ce nom lui disait quelque chose mais il ne pouvait y associer un visage. « Qu'est-elle devenue ?

— Elle est morte, hélas. » Suparwita désigna l'espace vide qui séparait les deux dents sculptées du porche. « Elle se tenait là, comme dans votre rêve, puis tout à coup elle est partie.

— Partie ?

— Elle est tombée. » Suparwita se tourna vers lui. « Ou on l'a poussée. »

7

« Dieu du ciel, il fait plus chaud qu'au fin fond de l'enfer, ici. Combinaisons ou pas. » Delia essuyait la sueur sur son front. « Bonne nouvelle. On a récupéré la boîte noire. »

Soraya se trouvait en compagnie d'Amun Chalthoum, sous l'une des tentes que les Égyptiens avaient dressées près du lieu du crash. Elle vit entrer Delia avec un net soulagement. Rester seule avec Amun dans cet endroit confiné mettait ses nerfs à rude épreuve. Non seulement ils entretenaient une relation difficile sur les plans professionnel, personnel et culturel, mais leurs positions respectives leur imposaient une attitude oscillant entre l'amitié et l'hostilité. Pour un œil extérieur, ils travaillaient main dans la main alors qu'au fond, ils demeuraient de farouches adversaires. Chefs des services secrets de leurs deux pays, attachés à des gouvernements aux ambitions radicalement différentes, ils devaient se livrer à un jeu compliqué, à vous donner le tournis.

« Alors, qu'avez-vous appris ? » demanda Chalthoum.

Delia lui adressa le regard de Sphinx dont elle avait le secret. « Nous venons juste de commencer l'analyse des données de l'enregistreur de paramètres mais, d'après la conversation dans le cockpit, on peut déjà dire que l'équipage n'a vu aucun avion. Néanmoins, le copilote semble avoir repéré quelque chose à la toute dernière minute. C'était petit et très rapide.

— Un missile », conclut Soraya en dévisageant Amun. Elle se demanda si cette nouvelle était une surprise pour lui. Ou si ses services avaient trempé dans l'incident. Chalthoum prit son air énigmatique.

Delia acquiesça. « Un missile sol-air semble le scénario le plus probable, à ce stade.

— Contrairement à ce que tu disais, je constate que les États-Unis ne sont pas capables de nous protéger contre les extrémistes, tout compte fait, dit Chalthoum dans sa langue maternelle sans attendre que Delia quitte la tente.

— Au lieu de nous accuser les uns les autres, nous ferions mieux de chercher ensemble le responsable, non ? », rétorqua Soraya.

Chalthoum scruta son visage un instant puis renonça à la querelle. D'un hochement de tête, il se rendit à ses raisons. Ils se retirèrent chacun dans un coin pour en référer à leurs supérieurs. Soraya sortit le téléphone satellite de Typhon et composa le numéro de Veronica Hart.

« C'est une mauvaise nouvelle, dit Hart, de l'autre côté du globe. Très mauvaise.

— Halliday va en faire ses choux gras, j'imagine. » Tout en parlant avec Hart, Soraya se disait que Chalthoum devait tenir à peu près la même conversation avec le président égyptien. « Pourquoi la chance sourit-elle toujours aux crapules ?

— Parce que la vie est un chaos et que, dans le chaos, le bien et le mal sont impossibles à différencier. » Après une courte pause, Hart poursuivit : « Des nouvelles du MIG ? » Elle voulait parler du groupement dissident iranien.

« Pas encore. Nous avons déjà fort à faire avec le crash. En plus, je n'ai pas eu une minute à moi.

— C'est très pressé, répondit Hart d'un ton sévère. Tu dois trouver des renseignements sur eux. C'est ta mission prioritaire. »

« Vous étiez venus me voir ensemble, dit Suparwita. Holly était extrêmement nerveuse mais ne voulait pas vous dire pourquoi. »

Bourne observait l'endroit où le corps de la femme avait dû tomber. Là, tout en bas, quelque chose avait commencé pour lui. Pourquoi avait-il eu la bêtise de croire que son passé était mort et enterré, alors qu'ici, au bout du monde, il existait encore, tel un œuf prêt à éclore ? Encore un fragment de sa vie, encore une mort violente. Pourquoi son chemin d'existence était-il jalonné par la mort des autres ?

Le regard toujours braqué sur les trois escaliers abrupts bordés de dragons onduleux, il tenta d'évoquer ce jour tragique. Avait-il couru vers elle ? Quand il avait dévalé les marches, le corps de cette femme était-il déjà en miettes au bas des escaliers ? Il fouilla dans ses souvenirs, mais sans résultat. Son esprit flottait dans un brouillard gris, aussi épais que les dragons de pierre, féroces et implacables gardiens du temple. Ce brouillard était-il une protection contre l'événement tragique qui s'était déroulé ici ?

La douleur, sa fidèle compagne depuis trois mois, irradia sa poitrine.

Suparwita dut remarquer son teint livide car il dit : « Par ici. »

Ils s'éloignèrent du porche dominant les abîmes du passé et retournèrent sur l'esplanade du temple pour se réfugier dans l'ombre fraîche d'un haut mur où un bas-relief représentait une bataille entre une armée de démons et les esprits des dragons.

Bourne s'assit et se désaltéra. Le guérisseur attendait, les mains croisées, l'image même de la patience. En le voyant ainsi, Bourne se rappela ce qui lui plaisait le plus chez Moira – pas de disputes, pas de minauderies, juste des réponses sensées.

Suparwita brisa le silence. « C'est Holly qui vous a conduit jusqu'ici. Elle avait dû entendre parler de moi. »

Chaque inspiration était une torture. Bourne se concentra pour contrôler son souffle et répondit : « Racontez-moi ce qui s'est passé.

— Une ombre planait sur elle. On aurait dit qu'elle avait emporté quelque chose d'horrible dans ses bagages. » Le regard liquide de Suparwita se posa sur le visage de Bourne. « À l'entendre, elle était de nature paisible. Non, ce n'est pas le bon mot – insensible plutôt. Mais elle avait changé. Elle vivait dans la peur. Elle se levait la nuit, les bruits la faisaient sursauter, elle se rongeait les ongles jusqu'au sang. Elle évitait de s'asseoir près des fenêtres. Un jour au restaurant, elle avait insisté pour s'asseoir à une table dans le fond, d'où elle pouvait surveiller la salle. Ses mains tremblaient. Comme elle ne voulait pas vous alarmer, elle serrait son verre à le faire exploser mais quand elle prenait sa fourchette ou poussait son assiette, on voyait bien qu'elles tremblaient. »

Le ronronnement d'un moteur d'avion interrompit un instant le gazouillis des oiseaux. Puis tout redevint tranquille. Sur un flanc de la montagne, de petits panaches de fumée signalaient les feux mourants sur le pourtour des rizières.

Bourne fit un effort sur lui-même. « Peut-être avait-elle des problèmes psychologiques. »

Le guérisseur hocha la tête d'un air dubitatif. « Peut-être. Mais je peux vous dire que sa terreur avait une cause réelle. Et je crois que vous le saviez car vous la preniez au sérieux. Vous faisiez tout pour l'aider.

— Donc elle fuyait quelque chose ou quelqu'un. Qu'est-il arrivé ensuite ?

— Je l'ai purifiée, dit Suparwita. Elle était la proie des démons.

— Pourtant elle est morte.

— Et vous avez failli mourir, vous aussi. »

Comme Holly avant elle, Moira avait insisté pour l'emmener voir le guérisseur ; il songea aux paroles de Suparwita. *« Tout ceci est déjà arrivé, et arrivera encore. »* La mort suivait la vie, pas à pas. « Donc vous pensez que les deux événements sont liés ?

— Je sais que ça paraît incroyable. » Suparwita s'assit près de lui. « Mais Shiva était présent ce jour-là. Tout comme il est présent aujourd'hui. Il nous avertit du danger, mais nous ignorons ses signes. »

Benjamin Firth recevait son dernier patient de la journée. C'était un Néo-Zélandais long et maigre comme un clou, au teint jaune et aux yeux fiévreux. Le médecin savait qu'il n'était pas de Manggis ni d'aucun village alentour car il connaissait tout le monde dans la région. Pourtant, son visage lui était familier. Quand il lui donna son nom, Ian Bowles, Firth se rappela qu'il était venu le consulter deux ou trois fois au cours des derniers mois, pour des migraines insupportables.

Aujourd'hui, il se plaignait de l'estomac et des intestins. Firth le fit allonger sur la table d'examen.

Pendant qu'il l'auscultait, il lui demanda : « Vous avez toujours vos migraines ?

— Ça va », répondit Bowles d'un air absent puis d'un ton plus résolu : « Mieux. »

Après lui avoir palpé le ventre, Firth annonça : « Je ne vois rien de méchant. Je vais juste vous prélever un peu de sang et dans deux jours…

— J'ai besoin de savoir », murmura Bowles.

Firth resta interdit. « Je vous demande pardon ? »

Bowles fixait le plafond comme pour déchiffrer les dessins changeants de la lumière. « Oubliez vos méthodes de vampire, je me porte comme un charme. »

Le docteur secoua la tête. « Je ne comprends pas. »

Bowles soupira. Puis il se redressa si brusquement que Firth eut un geste de surprise. Il lui attrapa le poignet et serra jusqu'à ce que son étreinte devienne douloureuse. « Dites-moi comment s'appelle le patient qui vit chez vous depuis trois mois.

— Quel patient ? »

Bowles fit claquer sa langue. « Hé, doc, je suis pas là pour me faire soigner. » Il grimaça un sourire. « Vous avez un type planqué ici et je veux savoir qui c'est.

— Pourquoi ? Qu'est-ce que ça peut vous faire ? »

Le Néo-Zélandais l'attira vers lui en lui broyant le poignet. « Vous opérez sans que personne vous embête mais les meilleures choses ont une fin. » Sa voix baissa jusqu'au chuchotement. « Maintenant, écoutez, imbécile. Vous êtes recherché pour homicide par négligence par la police de Perth.

— J'étais soûl, bredouilla Firth. Je ne savais pas ce que je faisais.

— Vous avez opéré un patient alors que vous étiez soûl, docteur, et le patient est mort. Ai-je bien résumé ? » Il secoua Firth comme un prunier. « Répondez ! »

Le médecin ferma les yeux et marmonna. « Oui.

— Alors ?

— Je n'ai rien à vous dire. »

Bowles balança ses jambes et les laissa pendre, assis sur la table. « Alors sortons d'ici et allons voir les flics, mon pote. Vous êtes grillé. »

Firth se tortillait pour tenter de se dégager. « Je ne sais rien.

— Il ne vous a pas donné son nom ?

— Adam, bafouilla Firth. Adam Stone.

— Adam Stone ? C'est comment ça qu'il s'appelle ? »

Firth hocha la tête. « J'ai même vu son passeport. »

Bowles fouilla dans sa poche et sortit un téléphone portable. « Si vous ne voulez finir vos jours en prison, voilà ce que vous avez à faire. » Il lui tendit le téléphone. « Faites-moi une photo d'Adam Stone. Une photo bien nette de son visage en gros plan. »

Firth se passa la langue sur les lèvres. Sa bouche était tellement sèche qu'il pouvait à peine parler. « Et si je fais cela, vous me laisserez tranquille ? »

Bowles cligna de l'œil. « Promis juré. »

Firth prit le téléphone avec un sentiment de profond malaise. Mais que pouvait-il faire d'autre ? Il ne savait pas comme s'y prendre avec ce genre d'individus. Il tenta de se rassurer en se disant qu'il n'avait pas prononcé le nom de Jason Bourne. Mais à quoi bon, puisqu'il allait lui donner sa photo ?

Bowles sauta de la table d'examen sans pour autant lâcher le poignet de Firth. « Et pas d'idées stupides, doc. Si vous parlez à quiconque de notre petit arrangement, je vous garantis que quelqu'un vous logera une balle dans la nuque. Vous me suivez ? »

Firth hocha la tête mécaniquement. Son corps était comme engourdi.

Bowles le libéra enfin. « Merci d'avoir accepté de me recevoir, doc, dit-il d'une voix forte au cas où quelqu'un écouterait. Demain, même heure. Vous aurez le résultat des analyses, n'est-ce pas ? »

8

Le Haut-Karabagh, dans l'ouest de l'Azerbaïdjan, connaissait des troubles importants depuis qu'à l'époque soviétique, Joseph Staline avait lancé une campagne d'épuration ethnique sur ce territoire enclavé dans la république socialiste fédérative soviétique de Transcaucasie, comme on l'appelait autrefois. Arkadine l'avait choisi pour entraîner sa brigade d'intervention, en raison de sa frontière avec l'Iran. Cette zone offrait un triple avantage. Le terrain était accidenté, comme en Iran, faiblement peuplé, et les gens du coin le connaissaient car il y avait mené plus d'une douzaine de missions pour le compte de Dimitri Maslov puis de Semion Icoupov, en vendant des fusils semi-automatiques, des grenades et autres lance-roquettes aux chefs des tribus arméniennes qui menaient une guerre perpétuelle contre le régime azéri – après avoir combattu les Soviétiques jusqu'à la chute de l'empire. Ils lui remettaient en échange des briques de morphine brune de très bonne qualité qu'il transportait ensuite jusqu'en Russie, via le port de Bakou où un navire de commerce les menait de l'autre côté de la mer Caspienne.

Tout bien pesé, il aurait eu du mal à trouver région plus sûre que le Haut-Karabagh. Ses hommes et lui pourraient y séjourner tranquillement sous la farouche protection des tribus. Sans les armes qu'il leur fournissait, ces gens auraient été exterminés depuis longtemps comme une vulgaire vermine. La présence des Arméniens entre la Koura et l'Araxe remontait à l'époque romaine. Arkadine comprenait leur ardent patriotisme. À ses yeux, le Haut-Karabagh était l'endroit idéal pour exercer son commerce. En outre, sa décision n'était pas dépourvue d'une certaine finesse politique puisque les armes vendues aux Arméniens contribuaient à déstabiliser le pays et renforçaient donc les perspectives de son retour dans le giron moscovite. Par conséquent, le Kremlin fermait volontiers les yeux sur ces trafics.

Et voilà qu'à présent, sa brigade d'intervention allait s'entraîner ici.

En le voyant arriver, les chefs des tribus l'avaient accueilli en triomphateur.

Pourtant ce « retour au bercail » ne l'avait pas rempli de joie ; la vie d'Arkadine n'avait rien de joyeux. Peut-être avait-il oublié ces paysages. Peut-être était-ce lui qui avait changé. En tout cas, dès qu'il mit le pied dans le Haut-Karabagh, il eut l'impression de se trouver projeté des années en arrière, à Nijni Taguil.

Ses hommes avaient installé le camp en suivant ses indications à la lettre : dix tentes en toile camouflage, entourées d'un vaste enclos de forme ovale. À l'est, la piste où son avion avait atterri. De l'autre côté, sur une petite surface en L, stationnait un avion-cargo d'Air Afrika Transport. La disposition des tentes lui causa une surprise : elles lui rappelaient les prisons de haute sécurité qui ceignaient Nijni Taguil, la ville où il était né et avait grandi entre ses deux parents psychotiques.

Vingt minutes après son arrivée, il avait pénétré sous la tente qui allait lui servir de poste de commandement, pour inspecter le contenu des caisses d'armement qu'il avait transportées jusqu'ici. Un véritable arsenal comprenant des AK-47 Lancaster, des fusils d'assaut AR15 Bushmaster et LWRC SRT 6.8 mm, des lance-flammes US Marine M2A1-7 de la Deuxième Guerre mondiale, des grenades antichars, des missiles Stinger FIM-92 tirables à l'épaule, des obusiers mobiles et, cerise sur le gâteau, trois hélicoptères Apache AH-64 équipés de missiles Hellfire AGM-114 avec des cônes de nez à double charge d'uranium appauvri, spécialement conçus pour percer les plus lourds blindages.

Lorsqu'Arkadine, vêtu d'un treillis camouflage, une matraque métallique sur une hanche, un Colt américain .45 sur l'autre, émergea de la plus grande tente, il vit Dimitri Maslov s'avancer vers lui. Maslov dirigeait la Kazanskaïa, la plus puissante organisation mafieuse moscovite. Au premier abord, on l'aurait pris pour un vulgaire voyou sur le point de vous braquer à la manière russe, c'est-à-dire vite et en vous faisant très mal. Ses mains larges comme des battoirs semblaient capables d'étrangler n'importe qui et n'importe quoi. Ses jambes musculeuses formaient un contraste saisissant avec ses pieds, si menus qu'on les aurait dits prélevés sur le corps d'un autre. Depuis leur dernière rencontre, les cheveux de Maslov avaient beaucoup poussé. Ajoutés au treillis léger qu'il portait, ils lui donnaient un faux air de Che Guevara.

« Leonid Danilovitch, s'écria Maslov faussement cordial, je vois que tu t'es dépêché de déballer notre matériel de guerre. Tant mieux, ça coûte les yeux de la tête. »

Deux gardes du corps au cou de taureau l'escortaient. Les larges auréoles maculant leurs tenues de combat prouvaient que la chaleur n'était pas leur élément naturel.

Arkadine ignora les deux chars d'assaut humains et considéra le parrain de la *grupperovka* avec une sorte de méfiance glaciale. Depuis qu'il avait renoncé à ses fonctions d'exécuteur des basses œuvres auprès de la Kazanskaïa pour se mettre au service exclusif de Semion Icoupov, il ne savait trop à quoi s'en tenir avec ce type. Ils faisaient des affaires ensemble, certes. Des circonstances pénibles les avaient réunis, ils se partageaient un partenaire puissant, mais à part ça, ils passaient leur temps à se flairer comme deux pitbulls prêts à s'entrégorger. Arkadine ressentit la justesse de cette comparaison lorsque Maslov lui lança : « J'ai pas encore avalé d'avoir perdu mon réseau mexicain. C'est marrant, mais j'ai l'impression que si tu avais accepté de m'aider, il serait encore à moi.

— Je crois que tu exagères, Dimitri Ilinovitch.

— Malheureusement, tu avais disparu, poursuivit Maslov comme si Arkadine n'avait rien répondu. Impossible de te joindre. »

Arkadine se promit d'être plus prudent à l'avenir. Le soupçonnait-il d'avoir mis la main sur l'ordinateur portable de Gustavo Moreno, une prise que Maslov estimait lui revenir de droit ?

Arkadine préféra changer de sujet. « Qu'est-ce que tu fiches ici ?

— J'aime bien voir où passe mon fric. En plus, notre ami Triton voulait un rapport de première main sur l'avancée de la mission qu'il t'a confiée.

— Il n'avait qu'à m'appeler, cracha Arkadine.

— Triton est un homme prudent, du moins c'est ce que j'ai entendu dire. Je ne l'ai jamais rencontré, je t'assure, j'ignore qui c'est. Je sais seulement qu'il a des poches très profondes et les moyens de faire aboutir cet ambitieux projet. N'oublie pas, Arkadine, c'est moi qui t'ai recommandé auprès de lui. "Y a pas meilleur que lui pour entraîner ces hommes", que je lui ai dit. »

Arkadine se fit violence pour remercier Maslov. D'un autre côté, savoir que Maslov ignorait qui était Triton et pour qui il travaillait lui mettait du baume au cœur. Car lui, Arkadine, savait tout. Les millions amassés par Maslov l'avaient amolli, il devenait trop confiant, trop sentimental. Premier pas vers la déchéance et la mort violente. Nous verrons cela en temps voulu, se dit Arkadine.

Quand Maslov l'avait appelé pour lui soumettre l'offre de Triton, il avait d'abord refusé. À présent qu'il tirait les ficelles de la Fraternité d'Orient, il n'avait plus besoin de travailler comme franc-tireur. Maslov avait d'abord essayé la flatterie. Il lui avait dit que sa Légion noire et lui joueraient un rôle crucial dans le déroulement du projet. Quand ses arguments étaient tombés à plat, il avait fait miroiter un salaire de vingt millions de dollars. Pourtant, Arkadine ne s'était décidé qu'en apprenant que la cible était l'Iran et l'objet à détruire le pouvoir en place à Téhéran. Il avait commencé à rêver aux milliards de dollars et à la puissance incommensurable qui lui reviendraient dès qu'il aurait mis la main sur l'oléoduc iranien. C'était tout bonnement hallucinant. Malin comme il était, il avait deviné – bien que Maslov se soit gardé de le mentionner – que Triton convoitait la même chose que lui. Il avait donc résolu d'accomplir sa mission jusqu'au bout et de lui souffler l'oléoduc sous le nez, à la dernière minute. Pour ce faire, il avait besoin de connaître parfaitement les ressources de l'ennemi, et surtout de savoir qui était Triton.

Il vit un homme émerger de la Jeep dont ses sentinelles arméniennes lui avaient annoncé l'arrivée bien avant que Maslov et ses gorilles débarquent dans le camp. Les ondes de chaleur s'élevant du bitume fraîchement étalé voilaient le visage de l'homme. Mais Arkadine l'avait déjà reconnu à sa démarche fluide, presque sautillante, qui singeait celle de Clint Eastwood dans *Pour une poignée de dollars*.

« Qu'est-ce qu'il fiche ici ? marmonna Arkadine en s'efforçant de contrôler sa voix.

— Qui ? Oserov ? fit Maslov d'un air innocent. Viatcheslav Guermanovitch est mon nouveau lieutenant. » Il secoua la tête en minaudant. « Comment, je ne te l'ai pas dit ? Je l'aurais fait si tu n'avais pas disparu au moment même où je comptais sur toi pour protéger mes intérêts. » Il haussa les épaules. « Mais hélas… »

Le dénommé Oserov se fendit d'un sourire. Cette grimace mi-ironique mi-condescendante restait gravée dans l'esprit d'Arkadine depuis leur première rencontre à Nijni Taguil. Le fait d'être diplômé d'Oxford vous accordait-il une liberté d'action supérieure à celle des autres membres de la *grupperovka* en Russie ? Arkadine estimait que non.

« Arkadine, quelle surprise ! s'exclama Oserov avec un accent typiquement britannique. Oh quel choc, tu es encore de ce monde ? »

Arkadine lui balança un direct au menton. Oserov tomba à genoux, le regard vague, mais sans rien perdre de son odieux sourire. Les gardes du corps de Maslov rappliquèrent aussitôt.

Maslov les arrêta d'un geste. Il fulminait de rage. « Tu n'aurais pas dû faire ça, Leonid Danilovitch.

— Tu n'aurais pas dû l'amener. »

Sans se soucier des armes braquées sur lui, Arkadine s'agenouilla près d'Oserov. « Alors, mon mignon, te voilà sous le soleil torride d'Azerbaïdjan, loin de chez toi. Quelle impression ça fait ? »

Les yeux d'Oserov étaient injectés de sang, un filet de bave rose pendait de sa bouche comme un fil de la Vierge mais il souriait toujours. Il tendit la main, saisit Arkadine par le devant de sa chemise et l'attira vers lui.

« Je te ferai regretter cet affront, Leonid Danilovitch, à présent que Micha n'est plus là pour te protéger. »

Arkadine se dégagea et se remit debout. « Je t'avais dit ce que je lui ferais si je le revoyais. »

Maslov plissa les yeux, toujours aussi cramoisi. « C'était il y a longtemps.

— Pas pour moi », dit Arkadine.

Par cette déclaration non équivoque, il avait enfin pris position face à Maslov. Rien ne serait pareil entre eux, désormais. Arkadine en fut soulagé. Comme tous les anciens captifs, il détestait l'inaction. Pour lui, le changement était vital. Dimitri Maslov avait toujours considéré Arkadine comme un homme à tout faire. À jeter après usage. Maslov devait changer d'avis sur lui, prendre conscience qu'ils étaient égaux.

Oserov se remit debout. Maslov partit d'un grand éclat de rire mais se calma vite. « Remonte dans la voiture, Viatcheslav Guermanovitch », murmura-t-il à Oserov.

Oserov allait répondre mais se ravisa. Il lança un regard assassin à Arkadine, tourna les talons et s'éloigna à longues enjambées.

« Si je comprends bien, tu es devenu un grand homme », dit Maslov d'un ton détaché mais dans lequel sourdait une menace.

Arkadine traduisit : *Je t'ai connu quand tu sortais à peine de ton trou à rat de Nijni Taguil, alors évite de me chercher les poux dans la tête.*

« Il n'y a pas de grands hommes, répliqua Arkadine avec indifférence, juste de grandes idées. »

Les deux Russes se dévisagèrent en silence. Puis ils éclatèrent d'un même rire si fort que les gardes du corps échangèrent des regards éberlués en rangeant leurs armes. Après s'être administré quelques bonnes bourrades, Arkadine et Maslov s'embrassèrent comme des frères. Ces démonstrations ne signifiaient qu'une seule chose pour Arkadine : il allait devoir se méfier deux fois plus. De nos jours, on avait vite fait de vous glisser une lame entre deux côtes ou parfumer votre pâte dentifrice au cyanure.

Bourne quitta le *warung* et se mit à descendre la colline couverte de rizières en terrasses. En contrebas, il vit deux adolescents sortir de l'enclos familial pour se rendre à l'école, dans le village de Tenganan.

Après avoir dévalé le sentier caillouteux en courant presque, il passa devant la maison des deux jeunes gens. Un homme – sans doute leur père – coupait du bois ; une femme agitait un récipient en forme de wok au dessus d'une flamme. Deux chiens faméliques sortirent de l'enclos pour regarder Bourne. En revanche, le couple ne leva même pas la tête.

Très vite, le sentier s'aplanit, s'élargit, enfin les

cailloux laissèrent place à une couche de terre tassée. De temps à autre, une pierre ou une bouse l'obligeaient à faire un crochet. C'était le sentier que l'astucieux « rabatteur » les avait forcés à emprunter, Moira et lui, juste avant la fusillade de Tenganan.

Il franchit le portail voûté, longea l'école puis le terrain de badminton désert et déboucha soudain sur l'espace sacré renfermant les trois temples. Contrairement à la première fois, ils étaient vides. Des frisottis de nuages traversaient le ciel céruléen. Une légère brise agitait les frondaisons. Ses pas légers, presque silencieux, dérangèrent à peine les vaches qui se prélassaient avec leurs veaux contre les murs frais du dernier temple, tacheté d'ombre. Il ne vit aucun être humain dans la grande cour.

Lorsqu'il passa entre le temple du milieu et celui de droite, il eut l'impression de se dédoubler. Ses pieds foulaient le sol où il s'était écroulé trois mois auparavant. Il se revit gisant dans son propre sang, Moira agenouillée près de lui, le visage blême. Le temps s'étira jusqu'à l'infini puis, Bourne s'étant remis à marcher, il retrouva brusquement son cours normal, comme un élastique qu'on lâche.

Il passa derrière le temple. Le sol grimpa de nouveau. Au-dessus de lui, la forêt s'élevait telle une épaisse muraille de verdure. Les arbres ressemblaient à des pagodes serrées les unes contre les autres. C'était sans doute là que le tireur s'était posté pour l'attendre.

À l'orée, niché dans le sous-bois, il vit un petit autel en pierre drapé du tissu traditionnel à carreaux noir et blanc, surmonté d'une ombrelle jaune. L'esprit des lieux était donc en visite dans son sanctuaire. Mais il n'était pas seul. Bourne vit quelque chose bouger dans le feuillage. Il se précipita pour l'attraper. Sa main se referma sur un petit bras doré, celui de la fille aînée des propriétaires du *warung*.

Ils restèrent un long moment à se regarder sans mot dire puis il s'agenouilla pour lui parler.

« Comment t'appelles-tu ? demanda-t-il.

— Kasih », répondit-elle sans hésiter.

Bourne sourit. « Qu'est-ce que tu fais ici, Kasih ? »

Les yeux de l'enfant avaient la profondeur d'un lac, la noirceur de l'obsidienne. Ses longs cheveux tombaient sur ses frêles épaules. Elle portait un sarong couleur café dont le motif stylisé lui rappela les fleurs de frangipanier ornant son double *ikat*. Sa peau était lisse et soyeuse.

« Kasih… ?

— C'est toi qui as été blessé à Tenganan il y a trois lunes. »

Le sourire de Bourne se figea. « Tu te trompes, Kasih. Cet homme-là est mort. J'ai même assisté à ses funérailles à Manggis. Après, son corps a été rapatrié par avion aux États-Unis. »

Les yeux de la fillette se fermèrent à demi ; elle lui adressa un sourire de Joconde. Puis elle toucha sa chemise trempée de sueur et l'entrouvrit sur son torse bandé.

« On t'a tiré dessus, *bapak*, dit-elle avec la gravité d'une adulte. Tu n'es pas mort, mais tu souffres quand tu montes les collines. » Elle pencha la tête comme un oiseau. « Pourquoi tu fais ça ?

— Pour ne plus souffrir, justement. » Il se reboutonna. « C'est notre secret, Kasih. Personne d'autre ne doit savoir, sinon…

— L'homme qui t'a tiré dessus reviendra. »

Cette réponse le déstabilisa. Il sentit son cœur s'affoler. « Kasih, comment sais-tu cela ?

— Parce que les démons reviennent toujours.

— Que veux-tu dire ? »

Elle s'approcha de l'autel et, d'un geste cérémonieux, déposa un petit bouquet de fleurs rouges et violettes à l'intérieur de la niche. Les mains jointes devant le front, elle s'inclina puis, dans une courte prière, demanda à l'esprit tutélaire de les protéger contre les démons malfaisants qui errent dans les ombres mouvantes de la forêt.

Quand elle eut fini, elle recula, se mit à genoux et entreprit de creuser la terre noire, derrière l'autel. Lorsqu'elle se releva, elle tenait un petit paquet en feuilles de bananier attachées par une ficelle. Bourne remarqua son air effrayé quand elle le lui tendit.

Il brossa la terre qui salissait le paquet, dénoua la ficelle et pela les feuilles, l'une après l'autre. À l'intérieur, il découvrit un œil humain en matière acrylique ou en verre.

« C'est l'œil du démon, *bapak*, dit-elle, le démon qui t'a tiré dessus. »

Bourne la regarda. « Où as-tu trouvé cela ?

— Par ici. » Elle désigna la base d'un immense *pule,* ou arbre à lait, quelque cent mètres plus loin.

« Montre-moi », dit-il en la suivant à travers les grandes fougères en forme d'éventail.

La gamine s'immobilisa à un mètre de l'arbre, laissant Bourne s'accroupir à l'endroit indiqué. Au pied du *pule*, les fougères étaient brisées, comme piétinées. Celui qui les avait ainsi écrasées devait être très pressé de quitter les lieux. Il leva la tête pour observer les branchages intriqués.

Il s'apprêtait à grimper au tronc quand Kasih poussa un petit cri. « Oh, non, ne fais pas cela ! L'esprit de Durga, la déesse de la mort, habite dans le *pule*. »

Il leva une jambe, prit appui sur l'écorce et sourit pour rassurer la petite fille. « Ne t'inquiète pas, Kasih, je suis protégé par Shiva, mon dieu de la mort personnel. »

Avec une série de tractions rapides et sûres, il atteignit bientôt la grosse branche presque horizontale qu'il avait repérée depuis le sol. Il s'allongea à plat ventre dessus. Son regard fouilla le feuillage dense et trouva un espace ouvert sur l'esplanade au loin. Il donnait directement sur l'endroit où il était tombé, trois mois auparavant. Il se souleva sur un coude, regarda autour de lui. Au point de jonction entre la branche et le tronc, un trou était creusé. À l'intérieur, quelque chose brillait d'un éclat mat. Il y pêcha une douille qu'il mit dans sa poche avant de se laisser glisser au pied de l'arbre où la petite fille l'attendait, l'air inquiet.

« Tu vois, je suis sain et sauf, dit-il dans un sourire. Je pense qu'aujourd'hui, l'esprit de Durga a choisi de séjourner dans un autre *pule,* à l'autre bout de l'île.

— Je ne savais pas que Durga se déplaçait.

— Bien sûr que si, répondit Bourne. En tout cas, elle n'est pas ici. Tout va très bien. »

Kasih ne se détendit pas pour autant. « Maintenant que tu as l'œil du démon, tu pourras le trouver et l'empêcher de revenir, n'est-ce pas ? »

Il s'agenouilla près d'elle. « Le démon ne reviendra pas, Kasih, je te le promets. » Il fit rouler l'œil factice entre ses doigts. « Et, grâce à lui, j'espère trouver le démon qui m'a tiré dessus. »

Les deux agents de la NSA conduisirent Moira à l'hôpital naval de Bethesda où elle passa une série d'examens médicaux à la fois pénibles et abrutissants. La nuit se déroula ainsi. Peu après 10 heures le lendemain matin, on la déclara en bonne santé physique ; elle était officiellement sortie indemne de l'accident. Les agents de la NSA lui annoncèrent qu'elle était libre de s'en aller.

« Attendez une minute, dit-elle. J'avais cru entendre parler d'une garde à vue, suite à la dégradation d'une scène d'accident.

— La garde à vue est terminée », lâcha l'un des deux avec un fort accent du Middle West. Puis ils tournèrent les talons, la laissant à sa perplexité et à son inquiétude.

Inquiétude qui ne fit qu'augmenter lorsqu'elle appela quatre de ses relations au ministère de la Défense et au Département d'État et qu'elle s'aperçut qu'ils l'évitaient. Les uns étaient « en réunion », les autres « sortis » ou pire, « pas disponibles ».

Elle finissait de se maquiller quand son mobile bourdonna. Steve Stevenson, le sous-secrétaire à la Défense pour l'acquisition, la technologie et la logistique, venait de lui laisser un message écrit. Stevenson faisait partie de ses nouveaux clients.

« PERRY, 1HR », telle était la phrase sibylline qui s'afficha sur l'écran. Elle la supprima, se mit du rouge à lèvres, prit son sac à main et sortit de l'hôpital.

L'hôpital naval de Bethesda se trouvait à une bonne trentaine de kilomètres de la Bibliothèque du Congrès. D'après Google Maps, le trajet prenait trente-six minutes mais ce relevé estimatif avait dû être effectué à deux heures du matin. Comme il était 11 heures, le taxi de Moira mit vingt minutes de plus, si bien qu'elle n'avait plus de temps à perdre. En chemin, elle avait appelé son bureau et demandé qu'une voiture vienne la prendre à une adresse située à trois blocs de sa destination réelle.

« Apportez un ordinateur portable et un téléphone jetable », précisa-t-elle avant de raccrocher.

En sortant du taxi, les douleurs qui l'avaient épargnée jusqu'alors éclatèrent dans tout son corps. Elle allait avoir droit à une atroce migraine post-traumatique. Au fond de son sac, elle pêcha trois Advil qu'elle avala sans eau. Le temps était doux mais couvert. Le vent ne soufflait pas assez fort pour dégager un coin de ciel bleu dans le voile nuageux gris souris. Des fleurs de cerisier rose pâle jonchaient déjà le sol, piétinées par les passants. Le printemps répandait dans l'air une odeur de terre caractéristique.

Le mot PERRY, dans le message de Stevenson, faisait allusion à Roland Hinton Perry, le sculpteur qui, à l'âge précoce de vingt-sept ans, avait créé la sculpture de la Fontaine de la cour de Neptune, exposée à l'ouest de l'entrée de la Bibliothèque du Congrès. Elle se dressait en contrebas de la terrasse qui menait au célèbre bâtiment. La fontaine, enchâssée dans les trois niches du mur de soutènement servant de base à des escaliers monumentaux – et son imposante figure centrale en bronze, haute de quatre mètres, représentant le dieu de la mer romain –, rayonnait d'une énergie brute formant un contraste saisissant avec le style placide du bâtiment lui-même. La plupart des visiteurs de la bibliothèque ignoraient jusqu'à son existence. Ce qui n'était pas le cas de Moira et de Stevenson. Ce site faisait partie de la demi-douzaine de lieux de rendez-vous convenus entre eux, à travers le district.

Elle le vit tout de suite. Il portait un blazer bleu marine et un pantalon de lainage gris. Ses oreilles rouge brique semblaient s'enfoncer dans ses épaules.

Il lui tournait le dos. La tête un peu penchée en arrière, il regardait attentivement les traits courroucés de Neptune, si bien qu'elle avait une vue directe sur sa tonsure.

Quand elle s'approcha et se planta à côté de lui, il ne fit pas un geste. On aurait pu les prendre pour deux touristes isolés, impression renforcée par le guide *Fodor* de Washington qu'il tenait en évidence comme un faisan annonce sa présence en déployant le plumage de sa queue.

« Rude journée pour vous, pas vrai ? dit-il sans se tourner vers elle, sans même remuer les lèvres.

— Qu'est-ce qui se passe, bon Dieu ? demanda Moira. Personne à la Défense ne prend mes appels. Et vous pas plus que les autres.

— Ma chère, il semblerait que vous ayez mis le pied dans une grosse merde bien fumante. » Stevenson tourna une page de son guide. C'était un fonctionnaire gouvernemental de la vieille école. Il fréquentait le barbier une fois par jour, la manucure chaque semaine, avait ses entrées dans tous les clubs dignes de ce nom, et s'assurait que ses opinions soient partagées par l'essentiel de l'assistance avant de les énoncer. « Ils ont tous peur d'être contaminés par l'odeur.

— Moi ? Mais je n'ai rien fait de particulier. » *À part envoyer bouler mes anciens patrons*, ajouta-t-elle dans son for intérieur.

Elle songea au mal que Noah s'était donné pour récupérer le mobile de Jay et la faire enfermer. Tout ça parce qu'elle faisait cavalier seul. Si, dans un premier temps, les agents de la NSA lui avaient promis une arrestation pour dégradation d'une scène d'accident pour, au matin, la laisser partir sans l'inculper, c'était uniquement parce que Noah ne voulait pas l'avoir dans les pattes durant la nuit. Mais pour quoi faire ? Peut-être découvrirait-elle la réponse en téléchargeant les fichiers de la clé USB qu'elle avait trouvée cousue dans la doublure de la veste de Jay. Mais pour l'instant, la meilleure attitude à adopter consistait à feindre l'ignorance.

« Sans doute pas vous. » Stevenson ponctua sa réponse d'un hochement de tête. « Mais je pense que quelqu'un de chez vous est tombé sur un os. Feu Jay Weston, peut-être ?

— Que savez-vous de l'os que Weston a déterré ?

— Si je le savais, articula Stevenson, je serais mort dans un regrettable accident, à l'heure qu'il est.

— C'est si gros ? »

Il frotta sa joue rouge. « Encore plus.

— Bon sang, mais qu'est-ce qui se passe entre la NSA et Black River ? s'écria-t-elle.

— Vous êtes une ex-employée de Black River, m'avez-vous dit ? » Il pinça les lèvres. « Non, tout compte fait, je ne veux rien savoir, je ne veux même pas y réfléchir. Depuis que la nouvelle de la catastrophe aérienne est tombée, un nuage toxique embrume les bureaux de la Défense et du Pentagone.

— En clair ?

— Personne ne parle.

— Comme d'habitude. »

Stevenson hocha la tête. « Certes, mais là c'est différent. Tout le monde marche sur des œufs. Même les secrétaires ont l'air terrifié. En vingt ans de service, je n'ai jamais rien connu de tel. Sauf… »

Moira sentit une boule de glace se former au creux de son estomac.

« Sauf avant l'invasion de l'Irak. »

9

Willard regarda Ian Bowles sortir de l'infirmerie de Firth. Il l'avait repéré dès sa deuxième visite et, comme il le faisait pour tous les patients, avait aussitôt enquêté sur lui. Personne dans le coin ne le connaissait. Durant les trois derniers mois, Willard n'avait pas fait qu'entraîner Bourne. Comme tous les bons agents, il s'était mêlé à la population, nouant des liens amicaux avec les personnages clés de la région. Ces gens-là étaient devenus ses yeux et ses oreilles. Contrairement à Kuta ou Ubud, le village de Manggis et ses alentours n'étaient guère peuplés. Les touristes ne s'y rendaient que rarement, si bien qu'identifier les patients occidentaux du docteur ne posait pas de problème majeur. Ian Bowles se remarquait comme le loup blanc. Néanmoins, Willard résolut d'attendre pour agir que Bowles abatte son jeu.

Depuis qu'on l'avait déchargé de sa mission clandestine dans la planque de la NSA perdue au fin fond de la Virginie, Willard s'était longuement interrogé sur la manière de servir au mieux les intérêts des services secrets qui lui tenaient lieu de famille. Le programme Treadstone avait surgi de l'imagination d'Alexander

Conklin. Seuls Conklin et Willard en connaissaient le but ultime.

Ayant à assumer un handicap que Conklin n'avait jamais eu à gérer, il avait abordé ce nouveau travail avec une prudence extrême. À l'époque d'Alex, le Vieux fermait les yeux sur les activités de Treadstone. Conklin se contentait de voler sous le radar de la CIA et de satisfaire les demandes du Vieux tout en s'occupant discrètement de ses propres affaires. Veronica Hart, la nouvelle directrice de la CIA, était persuadée que Treadstone avait suivi Conklin dans la tombe. Et Willard n'était pas assez naïf pour croire que Hart lui permettrait de le ressusciter. Résultat, Willard était obligé d'agir dans le plus grand secret au sein même d'une des plus vastes organisations secrètes mondiales. Une situation dont il percevait toute l'ironie.

Bowles franchit la porte de l'enceinte entourant l'infirmerie et s'engagea dans une ruelle déserte. Sans le lâcher des yeux, Willard songeait au coup de fil que Moira lui avait passé trois mois auparavant. Une aubaine pour lui. Cette île à laquelle la CIA ne s'intéressait pas était l'endroit idéal pour initier la résurrection de Treadstone.

Bowles s'était arrêté près d'un scooter garé à l'ombre d'un frangipanier. Il sortit son portable et, pendant qu'il pressait une touche de raccourci, Willard dégaina un fil métallique terminé par deux poignées en bois. Il se précipita derrière Bowles, lui passa le fil autour de la gorge et tira si fort sur les poignées que Bowles se dressa sur la pointe des pieds.

Le Néo-Zélandais lâcha son portable, leva les bras en arrière pour saisir son invisible assaillant. Willard s'écarta sans toutefois relâcher sa pression mortelle. L'autre commençait à se débattre frénétiquement, à gober l'air ; ses efforts désespérés cisaillaient la chair de son propre cou. Ses yeux injectés de sang lui sortaient des orbites. Puis, d'un coup, il y eut une odeur pestilentielle et il s'écroula.

Willard rembobina le fil, ramassa le portable et s'éloigna prestement tout en vérifiant le numéro que Bowles venait de composer. Aux premiers chiffres, il reconnut un numéro de téléphone portable russe. L'appel n'avait pas abouti. Il marcha dans le village jusqu'à un endroit où il savait que les mobiles fonctionnaient et pressa sur la touche *bis*. Un instant plus tard, il entendit une voix familière.

D'abord perplexe, Willard reprit vite ses esprits et dit : « Votre homme est mort. Pas la peine d'en envoyer un autre », puis il raccrocha au nez de Leonid Danilovitch Arkadine.

Quand Moira quitta Stevenson, au lieu de filer tout de suite vers le véhicule qu'elle avait commandé, elle partit dans la direction opposée et passa vingt minutes à tourner dans les rues tout en surveillant ses arrières dans les rétroviseurs et les vitrines. Quand elle eut la certitude que personne ne la suivait, elle se rapprocha de la voiture qui l'attendait, trois blocs à l'ouest de la Fontaine de Neptune.

Le chauffeur la vit arriver, descendit et, sans un regard ni le moindre signe de reconnaissance, s'avança dans sa direction. Quand ils se croisèrent, il lui refila les clés et continua tout droit.

Elle dépassa la voiture en stationnement, traversa la rue et resta plantée là, à regarder autour d'elle comme si elle hésitait sur le chemin à emprunter. En réalité, elle quadrillait l'espace du regard. Tous les passants un tant soit peu suspects furent passés au crible. Deux enfants, sans doute frère et sœur, jouaient avec un labrador au poil doré, sous le regard vigilant de leur père. Une mère poussait un landau ; deux joggers en sueur faisaient des allées et venues sur le trottoir, écouteurs sur les oreilles.

Tout paraissait normal, ce qui n'était pas pour la rassurer. Si jamais des agents de la NSA circulaient à pied ou en voiture, elle pourrait s'en accommoder voire s'en débarrasser ; en revanche, elle redoutait les éventuels tireurs postés aux fenêtres des immeubles ou sur les toits. Cela dit, que pouvait-on y faire ? songea-t-elle. Elle avait pris toutes les précautions imaginables ; maintenant, il ne lui restait plus qu'à poser un pied devant l'autre en espérant avoir semé les anges gardiens qui avaient peut-être pris la relève des deux agents de la NSA, après sa sortie de l'hôpital naval de Bethesda.

Précaution supplémentaire, elle sortit la carte SIM de son téléphone, l'écrasa sous son talon et, d'un coup de pied, l'expédia dans le caniveau, suivie de l'appareil lui-même. Elle traversa la rue, sa clé de contact à la main. Une fois devant la voiture, elle laissa tomber son sac, s'agenouilla pour le ramasser, sortit son poudrier et en orienta le miroir afin de vérifier sous le châssis. Elle répéta ce geste à l'arrière. Que croyait-elle trouver ? Rien, heureusement. Pourtant, on pouvait toujours supposer qu'un agent de la NSA ait collé un mouchard sous la voiture.

Ayant tout contrôlé, elle déverrouilla la portière et se glissa derrière le volant de la Chrysler grise dernier modèle dont le moteur turbo hyper-puissant avait subi quelques améliorations maison. L'ordinateur portable et le téléphone jetable étaient cachés sous le siège. Elle déchira l'étui en plastique du téléphone. Tant qu'on les utilisait pendant un court laps de temps, ces appareils jetables vous garantissaient une parfaite discrétion. Avec eux, le repérage par triangulation était impossible, contrairement aux téléphones classiques dont la carte SIM était enregistrée.

Elle résista à la tentation d'ouvrir l'ordinateur. Au lieu de cela, elle tourna la clé de contact, passa la première et rejoignit le flot de la circulation. Elle se sentait mal quand elle restait trop longtemps au même endroit ; quant à se rendre au bureau ou même chez elle, il n'en était pas question. Trop risqué.

Elle repartit vers la Virginie et roula sans but pendant près d'une heure, après quoi la curiosité fut la plus forte. Elle avait besoin de savoir ce que recelait la clé USB trouvée près du cadavre de Jay. Contenait-elle des informations cruciales sur les magouilles de la NSA et de Black River ? Cette mystérieuse collusion était-elle la cause de l'actuelle paralysie du ministère de la Défense, comme Stevenson le prétendait ? Pourquoi Noah et la NSA s'en étaient-ils pris à Jay et à elle ? Elle devait partir du postulat que l'assassin à moto était un faux policier – il ne pouvait en être autrement, il travaillait soit pour la NSA soit pour Black River. Stevenson était terrifié. Elle-même n'en menait pas large.

En traversant Rosslyn, elle s'aperçut qu'elle était affamée. Elle ne savait plus à quand remontait son dernier repas, si l'on excluait le truc qu'ils lui avaient servi en guise de petit-déjeuner à l'hôpital. Qui serait capable d'avaler un brouet aussi immonde ? Plus exactement, quel cuistot digne de ce nom oserait servir à des êtres humains une pâtée aussi insipide et surcuite ?

Elle tourna sur Wilson Boulevard, dépassa le Hyatt et s'arrêta sur un parking, à bonne distance du Shade

Grown Café, un bistrot qu'elle connaissait par cœur et où elle se sentait en sécurité. Elle prit l'ordinateur, le téléphone jetable, descendit, verrouilla les portières et s'engouffra dans les nuages vaporeux du bar. Les effluves du bacon frit et des toasts dorés lui firent monter l'eau à la bouche. Elle se glissa dans un box en vinyle râpé couleur cerise et jeta un coup d'œil rapide au menu sous plastique avant de se décider pour trois œufs frits des deux côtés, une double portion de bacon et des toasts au pain de froment. Quand la serveuse prit sa commande, elle demanda en plus un café.

Seule à sa table en Formica, elle ouvrit le portable, l'écran face à elle, le mur derrière empêchant quiconque de le voir. Pendant qu'il s'allumait, elle se pencha comme pour ramasser quelque chose et retira la clé USB coincée par la baleine de son soutien-gorge. Dans sa main, le petit rectangle électronique tiède semblait battre comme un deuxième cœur. Elle posa le pouce sur le lecteur biométrique puis répondit aux trois questions de sécurité avant d'enfoncer la clé dans l'un des ports USB.

L'écran passa au noir. L'espace d'un instant, elle crut que la clé avait détruit le système d'exploitation. Mais très vite, des lignes se mirent à défiler. Un vrai charabia. Elle chercha en vain des fichiers, des répertoires, avant de se rendre à l'évidence. Il n'y avait rien d'autre que cet interminable défilement de lettres, de chiffres, de symboles. De l'information cryptée, signée Jay le prudent.

Elle sortit et ouvrit la connexion internet sans fil. Le café ou un bâtiment voisin devait posséder un accès wi-fi car elle trouva un réseau disponible. C'était à la fois une bonne et une mauvaise nouvelle. Elle pouvait naviguer sur le web mais sans garanties de cryptage.

Heureusement, tous les ordinateurs de Heartland disposaient de leur propre dispositif, ce qui dans le cas présent signifiait que même si quelqu'un piratait son adresse IP, il ne pourrait accéder aux informations entrantes et sortantes. En outre, ce quelqu'un ne serait pas en mesure de la localiser.

Elle repoussa l'ordinateur pour laisser place à son petit-déjeuner. Le logiciel de déchiffrage de Heartland mettrait un certain temps à analyser les données. Elle chargea les informations cryptées et lança le programme.

Elle finissait de saucer son troisième œuf frit avec un bout de pain beurré et son dernier morceau de bacon quand elle entendit un léger carillon. Elle manqua s'étrangler. Après une bonne rasade de café, elle empila les assiettes sales sur un coin de la table.

Son index plana deux secondes au-dessus de la touche Entrée puis elle se décida. Des mots commencèrent à affluer sur toute la hauteur de l'écran. Les lignes défilèrent et bientôt tout le contenu de la clé s'afficha.

PINPRICKBARDEM, lut-elle.

Elle n'en croyait pas ses yeux. Ce mot bizarre se répétait encore et encore. PINPRICKBARDEM. Quand l'affichage se stabilisa, elle revérifia. La clé ne contenait que ce mot de quatorze lettres. Elle essaya de le couper en morceaux plus compréhensibles : Pin Prick Bar Dem ou alors : Pinp Rick Bar Dem. Elle écrivit : *Picture in Picture (une télé numérique ?), Rick's Bar (?), Démocrate.*

Après un rapide contrôle sur Google, elle trouva un Rick's Bar à Chicago, un autre à San Francisco et un Andy & Rick's Bar au Nouveau-Mexique, mais pas de Rick's Bar dans le district de Washington ou ses environs. Elle ratura ce qu'elle avait écrit. Que diable pouvaient bien signifier ces lettres ? Était-ce un autre code ? Elle s'apprêtait à le rentrer dans le programme de décryptage Heartland quand soudain une ombre passa dans son champ de vision. Elle leva les yeux.

Deux agents de la NSA l'observaient à travers la vitrine du café. Elle eut à peine le temps de rabattre son écran que déjà l'un des deux poussait la porte.

Benjamin Firth biberonnait consciencieusement sa bouteille d'arak quand Willard entra dans l'infirmerie. Assis sur la table d'examen, la tête penchée, Firth s'envoyait de grandes lampées d'alcool de palme fermenté avec un geste mécanique.

Willard le contempla un instant. Ce type lui rappelait son père. À force de boire, il était devenu fou, puis une cirrhose l'avait emporté. Une affreuse déchéance ponctuée de crises fulgurantes au cours desquelles sa personnalité se dédoublait, comme cela arrive parfois aux alcooliques. Un jour, lors d'un accès de démence, son père lui avait cogné la tête contre un mur. Willard, qui n'avait que huit ans à l'époque, avait décidé d'en finir avec la peur. Il glissa sa batte de base-ball sous son lit et quand son père voulut le battre à nouveau, il la balança en décrivant un cercle parfait qui se termina dans les côtes de l'ivrogne. Après cela, son père ne le toucha plus jamais, que ce soit pour le frapper ou l'embrasser. Le jeune Willard croyait avoir obtenu ce qu'il désirait mais par la suite, après la mort du vieil homme, il commença à se demander si en blessant son père il ne s'était pas infligé à lui-même une blessure encore plus grave.

Avec un grognement de dégoût, il traversa l'infirmerie, lui arracha la bouteille et à la place lui colla un petit livret entre les mains. Firth leva vers lui ses yeux rougis comme s'il essayait de le remettre.

« Lisez ça, doc. Allez. »

Firth baissa les yeux sans comprendre ce qui lui arrivait. « Où est mon arak ?

— Parti, cracha Willard. Je vous ai apporté quelque chose de mieux. »

Firth renifla bruyamment. « Y a rien de mieux que l'arak.

— Vous voulez parier ? »

Willard ouvrit le livret et le lui mit sous le nez. Firth loucha sur la photo. Ce passeport était au nom de Ian Bowles, le Néo-Zélandais qui lui avait ordonné de prendre des photos de Jason Bourne, sous peine de... Voilà pourquoi il se soûlait la gueule. Pour oublier la chose affreuse que cet individu l'obligeait à faire et la chose affreuse qui lui arriverait s'il ne lui obéissait pas.

« Que... ? » Il secoua la tête, désorienté. « Que faites-vous avec ça ? »

Willard s'assit près de lui. « Disons que monsieur Bowles n'est plus un problème pour vous. »

Cette déclaration fit à Firth l'effet d'un baquet d'eau froide sur la tête. Il dessoûla d'un coup. « Vous êtes au courant ? »

Willard récupéra le passeport. « J'ai tout entendu. »

Un frisson parcourut l'échine du médecin. « Je ne pouvais rien faire.

— Alors, heureusement que j'étais là. »

Firth acquiesça d'un air consterné.

« Bon, j'ai un service à vous demander.

— Tout ce que vous voudrez, bredouilla Firth. Je vous dois la vie.

— Jason Bourne ne doit pas savoir ce qui s'est passé.

— Rien du tout ? » Firth le regarda. « Pourtant quelqu'un soupçonne qu'il est ici. Quelqu'un le cherche. »

Le visage de Willard resta impassible. « Bouche cousue, docteur. » Il tendit la main. « J'ai votre parole ? »

Firth saisit la main de Willard, une main ferme, sèche et plutôt réconfortante. « J'ai dit que je ferais tout ce que vous voudrez. »

10

Moira s'extirpa du box tout en retirant la clé de l'ordinateur. Elle traversa le café, s'engouffra dans le couloir miteux qui menait aux toilettes et aux cuisines.

Elle prit à gauche vers la cuisine où l'accueillit une bouffée de chaleur, de vapeurs et de voix fortes. Elle allait passer dans le cellier quand l'entrée de service au fond s'ouvrit à la volée sur un agent de la NSA. Le voyant approcher, elle pressa deux fois le lecteur biométrique puis lui jeta l'ordinateur à la figure. L'homme l'attrapa d'instinct. Elle bifurqua, entra dans le petit cellier, s'agenouilla et tira sur l'anneau de la trappe. Quand le couvercle de la trappe se souleva, Moira entendit exploser l'engin incendiaire caché dans l'ordinateur, puis des cris, une bousculade. Un incendie venait d'éclater. Elle fit coulisser l'échelle et referma la trappe derrière elle. L'engin incendiaire était une mesure de sécurité de dernier recours installée à sa demande par ses techniciens sur tous les ordinateurs de Heartland. Il suffisait d'appuyer deux fois sur le lecteur biométrique pendant que le portable était encore allumé pour provoquer une explosion dans les dix secondes.

Arrivée au bas de l'échelle, elle se retrouva dans la cave servant à stocker les grosses livraisons. En tâtonnant au-dessus de sa tête, elle trouva une cordelette et tira. L'ampoule répandit une lumière crue ciselant les contrastes, comme un clair-obscur. Devant elle, se dressaient les portes métalliques donnant sur la rue. Elle les ouvrit. Un toboggan d'aluminium servait à glisser les cartons de boîtes de conserves du camion de livraison vers le sous-sol. Elle sauta sur la pente inclinée et se pencha pour en saisir les bords et ne pas déraper sur la surface lisse. Mais pour ce faire, il lui fallut au préalable glisser dans sa poche la clé USB à laquelle elle s'agrippait comme à une bouée de sauvetage. Dans sa poche, sa main rencontra une sorte de carte rigide. Une fois dans la rue, elle vit qu'elle se trouvait à la droite de l'entrée du bar, où s'agglutinait une foule désordonnée. En s'éloignant, elle entendit hurler les sirènes des pompiers. La clé USB était toujours bien là, dans sa poche. Ses doigts effleurèrent de nouveau la carte. Elle la sortit. Y étaient imprimés le logo du service d'urgences médicales, ainsi que le nom de Dave. Ce dernier avait griffonné son numéro de téléphone en dessous. La scène de la veille lui revint en mémoire. Dave l'avait frôlée, presque bousculée. Il avait dû en profiter pour glisser la carte dans sa poche. Comme il ne faut rien négliger pour se sortir d'un mauvais pas, elle ouvrit le téléphone jetable et composa le numéro.

Au même instant, un agent de la NSA surgit du café. Elle prit ses jambes à son cou mais il l'avait déjà repérée.

Elle tourna au coin, colla l'appareil contre son oreille.

« Oui ? » La voix de Dave lui causa un profond soulagement.

« J'ai des ennuis. » Elle lui fournit sa position approximative. « Je serai au coin de Fort Myer Drive et de la 17e Rue Nord dans trois minutes.

— Attendez-nous.

— Plus facile à dire qu'à faire », répondit-elle en courant vers North Nash Street.

En voyant Maslov et ses néandertaliens grimper à l'arrière de leur véhicule et repartir, Arkadine réprima un spasme de fureur meurtrière. Il était à deux doigts de sortir un semi-automatique d'une caisse et d'en vider le chargeur sur la Jeep jusqu'à ce que mort s'ensuive. Heureusement, le peu qu'il lui restait de raison l'empêcha de commettre une pareille folie. Les tuer lui aurait certes procuré une satisfaction immédiate mais, prenant un peu de recul, il se dit que la mort prématurée de Maslov ne servirait pas ses intérêts. Le chef de la Kazanskaïa resterait en vie tant qu'il lui serait utile.

C'est-à-dire peu de temps.

Il ne répéterait pas l'erreur qu'il avait commise avec Stas Kuzine, le patron de la pègre de Nijni Taguil, auquel il s'était associé avant de finir par le tuer. À l'époque, Arkadine était jeune et inexpérimenté ; il avait laissé Kuzine vivre trop longtemps, et le fumier en avait profité pour torturer à mort la femme qui partageait sa couche. Mais Arkadine avait agi sans bien mesurer les conséquences de la mort du parrain et la colère d'une bonne partie des salopards à sa solde.

Le reste de la clique s'étant lancé à ses trousses, Arkadine avait dû disparaître de la circulation. Les hommes de Kuzine quadrillaient la ville dont les habitants, terrifiés, s'étaient tous convertis en indics. Il devenait urgent de dénicher une planque mais Arkadine n'avait nulle part où aller en dehors de Nijni Taguil. Il fallait trouver un coin où les tueurs ne penseraient même pas à le chercher. Il avait abattu le parrain dans l'immeuble qu'ils possédaient en commun, Kuzine et lui. L'endroit servant de quartier général, il abritait également les filles qu'Arkadine ramassait dans les rues pour son défunt patron. C'était l'endroit idéal. Dimitri Maslov lui-même n'aurait pu concevoir idée plus brillante.

Brusquement, Arkadine recentra son attention sur des sujets plus immédiats. Tout en rejoignant les recrues de la Légion noire qui l'attendaient devant les tentes dressées à la limite de la plaine azérie, il songeait à l'appel téléphonique de Willard. Cet imbécile de Wajan lui avait recommandé Ian Bowles et il lui avait fait confiance. À présent, il comprenait son erreur.

Mais dès qu'il s'adressa à ses troupes, le problème Bowles lui sortit de la tête. Il croyait trouver des hommes mieux préparés à l'attaque groupée qu'il envisageait. Or, ces gars-là étaient formés pour travailler en solo. La plupart attendaient juste qu'on leur donne l'ordre de sangler leurs vestes bourrées de C-4, infiltrer un marché, un commissariat, une école et presser sur le détonateur. Ils avaient déjà un pied au paradis. Arkadine allait devoir se coltiner leur entraînement. C'était son devoir, après tout. En tant que chef de la Fraternité d'Orient, organisation écran de la Légion noire, il ferait de cette bande de kamikazes une véritable unité de combat, composée de soldats capables de s'épauler – et de se sacrifier en cas de besoin – sans la moindre hésitation.

Les troupes, au moral et au physique d'acier, se tenaient en rangs devant lui. Les hommes semblaient embarrassés sans leurs barbes et leurs cheveux. Ils les avaient coupés sur ordre d'Arkadine mais c'était contraire aux coutumes et aux enseignements de l'islam. Tous sans exception se demandaient comment faire pour passer inaperçus dans un pays musulman avec une telle apparence.

L'un d'entre eux, Farid, décida de soulever le problème. Il prit la parole avec véhémence, croyant s'exprimer non pas en son nom propre mais pour les 99 autres recrues.

« Qu'est-ce que j'entends ? » Arkadine tourna si brusquement la tête vers l'audacieux que sa nuque claqua. « Qu'est-ce que tu as dit, Farid ? »

S'il avait connu un tant soit peu Arkadine, Farid se serait abstenu de répondre mais il ne le connaissait pas et personne, dans ce pays oublié de Dieu, n'aurait pu l'éclairer. Si bien qu'il répéta sa question.

« Monsieur, on se demande pourquoi vous nous avez ordonné de raser les poils qu'Allah nous commande de laisser pousser. On a honte à cause de vous, alors on veut une réponse. »

Sans un mot, Arkadine prit le bâton fixé à sa ceinture et le lança en visant la tempe de Farid. Quand ce dernier tomba à genoux, chancelant de douleur, en proie au désarroi, Arkadine sortit son Colt et l'abattit d'une balle entre les deux yeux. Farid fut projeté en arrière et atterrit sur le sable pour ne plus se relever.

Arrivée au coin de la rue, Moira s'arrêta et s'appuya contre le mur de l'immeuble. Elle leva le coude droit et, quand l'agent de la NSA surgit, le lui balança dans la poitrine. Elle aurait préféré frapper la gorge mais c'était raté. L'homme déséquilibré bascula contre le mur et riposta aussitôt avec un coup de poing qu'elle réussit à parer.

Moira n'avait pas deviné la feinte. Il lui attrapa le bras gauche par en dessous et lui serra le coude comme dans un étau. Immobilisée, craignant pour son articulation, Moira lui écrasa le cou-de-pied sans parvenir à lui faire lâcher prise. Elle vit le prochain coup partir. Il avait l'intention de lui casser le nez avec le talon de la main.

Elle le laissa amorcer son geste puis, au dernier moment, pencha la tête et, rassemblant toutes ses forces, lui envoya un terrible coup de genou dans les parties. L'homme écarta les bras et fléchit les jambes.

D'un geste brusque, Moira récupéra son bras mais il la rattrapa par le poignet et l'entraîna dans sa chute. Il avait des larmes plein les yeux ; on l'entendait respirer à fond comme pour canaliser la douleur. Moira ne lui laisserait pas le temps de récupérer. Elle lui décocha un coup de poing à la gorge et, comme il suffoquait, réussit enfin à se libérer. Elle enchaîna sur un crochet à la tempe gauche qui l'envoya valser contre le mur en briques. Ses yeux se révulsèrent et quand il s'affaissa sur le trottoir, Moira lui sauta dessus, s'empara de son arme, de son badge, puis détala à travers la masse de badauds que la bagarre avait attirés comme des chiens le sont avec l'odeur du sang, et se mit à hurler : « Ce type m'a agressée. Appelez la police ! »

À l'intersection de Fort Myer Drive et de la 17e Rue Nord, elle ralentit, hors d'haleine. Son pouls battait à un rythme endiablé. Malgré l'adrénaline qui brûlait ses veines comme une rivière de feu, elle adopta une allure normale pour remonter la foule qui s'écoulait en direction des sirènes des voitures de police déboulant des rues adjacentes. Elle en vit une lui foncer dessus. Mais non, c'était une ambulance.

Dave était pile à l'heure. Quand l'ambulance freina, elle aperçut Earl derrière le volant. Les portes arrière s'ouvrirent brusquement et comme Dave se penchait à l'extérieur, elle lui saisit la main gauche pour qu'il l'aide à monter. Elle étouffa un cri en atterrissant dans le fourgon. De nouveau, Dave se pencha, claqua les portes et aboya : « Go ! »

Le pied sur le champignon, Earl négocia le premier virage sur les chapeaux de roues. Moira faillit basculer en arrière mais Dave la rattrapa et la fit asseoir sur un banc.

« Ça va ? » demanda-t-il.

Elle grimaça un oui peu convaincant. Impossible de plier le bras gauche sans souffrir.

« Laissez-moi regarder, fit Dave en remontant la manche de sa chemise. Pas mal », dit-il en massant l'énorme hématome, déjà visible, qu'elle avait au coude.

Tout à coup, Moira mesura pleinement la gravité de sa situation. L'un de ses agents avait mis le doigt sur un secret d'une importance telle que Black River ou la NSA, ou bien les deux ensemble, avaient décidé de l'éliminer. Et voilà qu'à présent, ils s'en prenaient à elle. Sa toute nouvelle société faisait travailler plus de deux cents agents, dont une bonne moitié était des transfuges de Black River. Le traître pouvait être n'importe lequel d'entre eux. Car il y avait un traître chez Heartland, c'était évident. Il avait recherché son adresse IP sur le réseau wi-fi, l'avait repérée au Shade Grown Café et transmis l'info à la NSA. C'était la seule explication. Sinon comment auraient-ils fait pour débarquer si rapidement ?

Elle n'avait plus personne vers qui se tourner. Sauf une, pensa-t-elle sans grande conviction. Une personne à laquelle elle s'était bien juré de ne plus jamais adresser la parole. Pas après ce qui s'était passé entre elles. Moira n'était pas près de lui pardonner.

Elle ferma les yeux et se laissa tanguer dans l'ambulance qui filait à travers les rues. Il était trop tôt pour pardonner, certes, mais une trêve, qui sait.... De toute façon, à qui d'autre s'adresser ? À qui d'autre faire confiance ? Elle soupira. Chercher de l'aide auprès de la seule personne dont elle ne voulait rien accepter. Quelle ironie ! Si elle n'avait pas été dans un tel pétrin, elle en aurait ri. *Mais le passé est le passé*, maugréa-t-elle en son for intérieur, *et le présent est le présent.*

En pestant à mi-voix, elle sortit le téléphone jetable et composa un numéro local. Quand une voix masculine répondit, elle inspira à fond et dit : « Veronica Hart, je vous prie.

— Qui dois-je annoncer ? »

Qu'est-ce que ça peut lui foutre, pensa-t-elle. « Moira.

— Moira ? Madame, elle a besoin de connaître votre nom complet.

— Ne croyez pas cela, répondit-elle. Dites juste Moira, et magnez-vous le train ! »

« La lune est levée. » Amun Chalthoum consulta sa montre. « C'est le moment. »

Soraya venait de s'entretenir via son téléphone satellite avec les agents locaux de Typhon qui travaillaient sur le MIG, le fameux groupuscule dissident iranien. Les recherches n'avaient guère progressé. Le MIG semblait si bien caché que leurs contacts sur place n'avaient aucune information à leur donner. Peut-être ne savaient-ils rien, peut-être avaient-ils peur de parler.

On en était au stade des suppositions. Mais si la deuxième solution était la bonne, alors leur niveau de sécurité méritait les plus grands éloges.

Elle décida d'accepter la proposition d'Amun tout en modifiant certains paramètres. Comme il soulevait le pan de sa toile de tente pour la laisser passer, elle lui dit : « Laisse ton arme ici.

— Est-ce vraiment nécessaire ? » s'étonna-t-il. Devant son absence de réponse, il plissa les yeux d'un air contrarié puis, dans un soupir, sortit son pistolet de son holster en cuir lustré et le déposa sur un bureau pliant.

« Satisfaite ? »

Elle passa de la tiédeur relative de la tente au froid de la nuit. Un peu plus loin, le corps expéditionnaire américain examinait les débris à la recherche d'indices. Delia ne lui avait rien appris de nouveau depuis tout à l'heure mais – comme avait dit Veronica – l'avion lui-même n'était pas sa mission principale. L'air glacial la fit frissonner. La lune était immense. L'incommensurable océan de sable la rendait encore plus splendide.

Ils marchaient en direction de la zone normalement gardée par les hommes de Chalthoum mais elle n'en vit aucun. Elle s'arrêta. Bien qu'il la précédât d'un pas, il sentit que quelque chose n'allait pas et se retourna.

« Que se passe-t-il ?

— Je refuse de faire un pas de plus, dit-elle. Je veux rester à portée de voix. » Elle désigna la constellation lumineuse qui s'étendait de l'autre côté, à distance de sécurité du périmètre imposé par Chalthoum. Il s'agissait du campement dressé par les journalistes de la presse internationale. Une débauche de lumières quelque peu déplacée dans cette nuit sinistre, comme si un navire était venu s'échouer sur la carcasse de l'avion dépassant du sable à la manière d'un récif.

« Ceux-là ? se moqua-t-il. Ils ne te protégeront pas. Mes hommes ne les laisseront pas franchir le périmètre. »

Elle fit un geste. « Mais où sont tes hommes, Amun ? Je ne les vois pas.

— J'y ai veillé. » Il leva le bras. « Viens, nous avons peu de temps. »

Elle allait refuser mais quelque chose dans la voix d'Amun fléchit sa résistance. Elle repensa à la tension, à la rage contenue qu'elle avait décelées en lui, tout à l'heure. Que se passait-il réellement ici ? Il avait éveillé sa curiosité. Avait-il agi délibérément ? La conduisait-il dans un piège ? Mais dans quel but ? Par simple réflexe, elle tâta la poche arrière de son pantalon contenant le couteau à cran d'arrêt en céramique.

Ils progressèrent en silence. Le désert les enveloppait de son murmure, il glissait, changeait de forme, s'infiltrait entre les vêtements et la peau. Chalthoum était dans son élément. Cet homme avait quelque chose d'impressionnant, de surnaturel presque. Voilà pourquoi il l'avait emmenée dans le désert, la première fois. Voilà pourquoi ils marchaient ensemble dans la nuit, à présent. Plus ils s'éloignaient l'un de l'autre, plus il semblait grandir à la fois en stature et en puissance. Face à lui, elle se sentait minuscule. Quand il se retourna, ses yeux scintillants captèrent la clarté bleuâtre que diffusait la lune.

« J'ai besoin de ton aide », dit-il avec son habituelle rudesse.

Elle faillit éclater de rire. « Tu as besoin de *mon* aide ? »

Il regarda au loin un instant. « Jamais je n'aurais cru te demander une chose pareille. »

Cette déclaration lui permit de mesurer la gravité des circonstances. « Et si je refuse ? »

Il désigna le téléphone satellite qu'elle tenait à la main. « Tu crois que j'ignore qui tu as appelé tout à l'heure ? » La lumière monochrome jetait un léger voile bleu sur le blanc de ses yeux. « Tu crois que j'ignore pourquoi tu es venue ? Ça n'a rien à voir avec la catastrophe aérienne. C'est le nouveau MIG iranien qui t'intéresse. »

11

Debout dans la cour de l'infirmerie, Willard attendait anxieusement le retour de Bourne. Dans un premier temps, il avait songé à partir à sa recherche puis s'était ravisé. Souvent, quand il pensait à Bourne, son esprit s'égarait et il songeait alors à son fils Oren qu'il n'avait pas revu depuis quinze ans et dont il n'avait aucune nouvelle. Quant à sa femme, elle était morte et enterrée. Il avait regardé son cercueil descendre en terre sans rien dire, sans verser la moindre larme. Sa rupture avec Oren datait de cette époque-là.

« Tu ne ressens donc rien ? » lui avait craché Oren. On sentait que sa colère avait enflé au fil des ans. « Rien du tout ?

— Je suis soulagé que ce soit fini », avait avoué Willard.

C'était la pure vérité. Beaucoup plus tard, il avait compris son erreur. Il n'aurait jamais dû lui parler si franchement mais, à cette époque de sa vie, il était las de mentir. On ne l'y avait plus jamais repris. Le temps passant, il voyait toujours plus clairement à quel point les êtres humains se nourrissaient de mensonges ; ils en avaient besoin pour survivre, construire leur bonheur. La vérité n'était pas toujours plaisante et les gens préféraient s'en détourner. Pire encore, la plupart se mentaient à eux-mêmes et s'entouraient de menteurs à seule fin de préserver l'illusion de la beauté. Or, la réalité n'était ni belle ni plaisante. Telle était l'unique vérité.

Aujourd'hui, à Bali, il s'interrogeait sur lui-même. Était-il devenu comme les autres, occupé à tisser autour de lui une prison de faux-semblants pour mieux occulter la vérité ? Pendant des années, il avait fait son chemin au sein de la NSA comme une taupe creuse sa galerie, avant d'aboutir dans cette planque en Virginie, le lieu de tous les mensonges. Pendant des années, il s'était répété que c'était son devoir. Les autres, y compris son propre fils, lui apparaissaient comme des fantômes ; ils ne faisaient pas partie de sa vie. À quoi d'autre pouvait-il se raccrocher ? se demandait-il jour après jour, alors qu'il bossait comme majordome pour la NSA. Le devoir… c'était toute sa vie.

Puis, une fois sa mission accomplie, il avait recouvré sa liberté. Mais personne au sein de la CIA n'avait su quoi faire de lui. En fait, la nouvelle DCI était persuadée que Willard prenait de longues vacances bien méritées.

Désormais débarrassé du personnage servile qu'il avait joué auprès de la NSA, il commençait à comprendre qu'il s'agissait d'un rôle, rien de plus, et que ce rôle ne lui correspondait pas. Quand jadis Alex Conklin l'avait pris sous son aile, Willard rêvait d'accomplir des prouesses, de braver des dangers à l'autre bout du monde. Il connaissait par cœur toutes les aventures de James Bond et s'imaginait dopé à l'adrénaline, livrant maintes batailles clandestines. Ses progrès fulgurants lui avaient bientôt valu la confiance de son professeur. Mais hélas, il avait commis l'erreur fatale. Tandis qu'il se familiarisait avec certains aspects secrets du programme Treadstone, il s'était laissé prendre au phantasme du pouvoir, allant jusqu'à espérer succéder à Conklin, le grand manipulateur. La réalité s'était chargée de lui remettre les pieds sur terre. En fait, le Vieux avait écrit pour lui un rôle tout à fait différent de celui dont il rêvait. Et c'est ainsi que Willard était parti jouer la taupe dans une prison qui, semblait-il, ne pratiquait pas les remises de peine.

Il avait toujours obéi au doigt et à l'œil, comme un parfait petit soldat, l'excellence en plus. Tout le monde en convenait, d'ailleurs. Mais qu'en avait-il tiré ? Rien, zéro, que dalle. Voilà la vérité.

Et aujourd'hui le rêve de sa vie se présentait enfin. L'élève incompris allait pouvoir dépasser son vieux professeur et devenir à sa place le maître des ruses. Le dépasser, oui, parce que Conklin était mort sur un échec. Leonid Arkadine lui avait filé entre les pattes et, au lieu de le poursuivre pour le ramener au bercail, il s'était détourné du Russe pour s'occuper de Jason Bourne avec lequel il comptait obtenir de meilleurs résultats. Mais on ne tourne pas le dos à une créature venimeuse comme Arkadine. Willard connaissait toutes les décisions que Conklin avait prises dans le cadre de Treadstone ; il avait noté chacun de ses faux pas. Il ne ferait pas comme lui, il ne laisserait pas Arkadine lui échapper. Il obtiendrait mieux, beaucoup mieux. Il réaliserait le dernier objectif de Treadstone : créer l'ultime machine de guerre.

Il entendit la porte de la cour s'ouvrir. Jason Bourne venait d'entrer. C'était le crépuscule. À l'ouest, le ciel était rayé de couleurs pastel, sous une voûte peinte au cobalt. Bourne tenait un petit objet entre le pouce et l'index de la main droite.

« Une douille de M118 calibre .30 », annonça Bourne.

Willard prit l'objet pour l'examiner. « Munition militaire, fabriquée spécialement pour un fusil de précision. » Il siffla entre ses dents. « Pas étonnant que la balle t'ait traversé de part en part.

— Depuis les attentats de Kuta et de Jimbaran en 2005, le gouvernement indonésien a adopté une politique très stricte en matière d'armement. Je ne vois pas comment ce sniper a pu introduire sur leur territoire un fusil et les munitions qui vont avec. » Bourne grimaça un sourire. « Dis-moi, où crois-tu qu'on puisse trouver des balles chemisées de M118 calibre .30, et le fusil assorti ? »

Arkadine tonna : « D'autres questions ? »

Sans lâcher ses deux armes, il dévisagea l'une après l'autre les 99 recrues de la Légion noire et vit dans leurs yeux un mélange à part égale de peur abjecte et d'obéissance aveugle. Dorénavant, quoi qu'il arrive, où qu'il les conduise, ces gens-là lui appartenaient.

Son téléphone satellite bourdonna. Il fit un rapide demi-tour et s'éloigna des troupes qui n'osaient pas bouger un cil, ni émettre un son. Arkadine savait qu'ils resteraient de pierre jusqu'à ce qu'il leur ordonne de rompre les rangs, ce qu'il n'était pas pressé de faire.

Il essuya son oreille trempée de sueur, y posa le téléphone et aboya : « Quoi encore ?

— Comment ça s'est passé avec Maslov ? » La voix de Triton résonnait à travers l'éther. Il parlait un anglais dépourvu du moindre accent.

« C'était palpitant, ricana Arkadine, comme d'habitude. » Tout en parlant, il décrivit un cercle complet pour tenter de déterminer la position des troupes de Triton.

« Vous ne les trouverez pas, Leonid, dit Triton. Vous n'avez pas intérêt à les trouver. »

Tant pis, pensa Arkadine. Triton était le grand stratège de cette mission, à moins qu'il ne soit le bras droit du caïd qui réglait la douloureuse, y compris la part fort généreuse qui lui revenait. S'opposer à lui ne lui procurerait aucun bénéfice.

Arkadine décida de ravaler sa rage pour le moment. « Que puis-je faire pour vous ?

— Aujourd'hui c'est moi qui vais faire quelque chose pour vous, répondit Triton. Notre calendrier a changé.

— Changé ? » Arkadine jeta un coup d'œil sur ses hommes. Ils étaient parfaitement conditionnés mais pas du tout entraînés pour cette mission particulière. « Je vous ai dit dès le début que j'avais besoin de trois semaines, et vous m'avez promis…

— C'était avant. Maintenant c'est différent, répondit Triton. L'étape théorique est terminée ; nous sommes passés en temps réel. L'heure tourne et ni vous ni moi n'y pouvons rien. »

Arkadine sentit ses muscles se contracter pour l'attaque, comme s'il l'avait en face de lui. « Qu'est-ce qui s'est passé ?

— Le chat est sur le point de sortir du sac. »

Arkadine fronça les sourcils. « C'est quoi cette foutue devinette ?

— Ça veut dire que la preuve est en train d'apparaître au grand jour, fit Triton. Une preuve incontournable qui mettra tout en mouvement. Il n'y a pas de retour en arrière possible.

— Je le savais depuis le début, lâcha Arkadine. Et Maslov aussi.

— Vous avez jusqu'à samedi pour accomplir votre mission. »

Arkadine faillit bondir. « Quoi ?

— Impossible de faire autrement. »

Triton coupa la communication sur cette phrase irrévocable qui retentit à l'oreille d'Arkadine comme le claquement d'une arme à feu.

Willard voulut l'accompagner mais Bourne refusa son offre. Avec raison, d'ailleurs. Pendant la convalescence de Bourne, Willard avait dressé une liste d'une douzaine d'individus s'adonnant à la contrebande d'armes sur l'île. Parmi ces trafiquants notoires ou supposés, un seul vendait le genre de fusils de précision et les balles chemisées avec lesquels Bourne avait été abattu. Sur une île aussi petite que Bali, les nouvelles allaient bon train. Si Willard s'était rendu chez tous ces prétendus trafiquants, il aurait percé une brèche dans le filet de protection qu'il avait jeté sur Bourne. Mieux valait ne pas trop attirer l'attention.

Bourne partit pour Denpasar, la capitale, au volant d'une voiture louée par Firth. La circulation chaotique ne l'empêcha pas de localiser le marché de Badung ; trouver une place où se garer fut une autre affaire. Il finit par s'arrêter sur un pseudo-parking tenu par un vieil homme au sourire en tranche de melon.

Bourne serpenta entre les étals d'épices et de légumes jusqu'au fond du marché où les bouchers et autres marchands de bestiaux tenaient boutique. D'après Willard, l'homme qu'il recherchait ressemblait à une grenouille. Il avait à peine exagéré.

Le marchand était en train de vendre deux cochons de lait vivants, ligotés à des tiges de bambou, à une jeune femme qui, à en juger par son vêtement et son allure, devait travailler pour quelqu'un de riche et de haut placé. Devant l'étal suivant, des clients attendaient leur tour pour acheter des morceaux de filet ou de poitrine. Les couteaux s'abattaient sur les muscles et les os, le sang giclait.

Quand la jeune femme eut réglé ses achats et fait signe aux deux porteurs qui attendaient derrière elle, Bourne s'adressa au petit homme dont le nom, Wayan, signifiait « premier ». Chez les Balinais, on attribuait les noms en fonction de l'ordre de naissance, du premier au quatrième enfant ; arrivé au cinquième, on revenait à Wayan.

« Wayan, il faut que je vous parle. »

Le vendeur regarda Bourne avec indifférence. « Vous voulez acheter un cochon… ? »

Bourne fit non de la tête.

« Je vends les meilleurs de l'île, tout le monde vous le dira.

— Je viens discuter d'autre chose. En privé », ajouta Bourne.

Wayan lui fit un petit sourire blasé et dit en écartant les mains : « Vous voyez bien qu'il n'y a rien de privé, ici. Si vous n'avez pas l'intention d'acheter…

— Je n'ai pas dit cela. »

Wayan plissa les yeux. « Je ne vois pas de quoi vous parlez. »

Il était sur le point de passer à autre chose quand Bourne sortit cinq billets de cent dollars. Dès que Wayan vit l'argent, quelque chose scintilla au fond de ses yeux. De la cupidité, devina Bourne avec satisfaction.

Wayan passa sa langue sur ses lèvres épaisses. « Malheureusement, je n'ai pas autant de cochons à vous vendre.

— Un seul suffira. »

Comme par magie, la douille de M118 calibre .30 que Bourne avait trouvée à Tenganan apparut entre ses doigts ; il la fit tomber dans la paume de Wayan.

« Ceci vous appartient, je crois. »

Le porcher encore méfiant se contenta de hausser les épaules.

Bourne produisit une autre liasse de cinq cents, qu'il roula pour plus de discrétion. « Je n'ai pas le temps de marchander », annonça-t-il.

Wayan lui adressa un regard acéré puis, ramassant les mille dollars, fit signe de le suivre.

Contrairement à ce qu'il prétendait, il y avait un petit espace clos derrière son étal. Plusieurs couteaux à écorcher et à désosser s'alignaient sur un vieux banc en bambou. À peine entré, Bourne vit un type costaud arriver en courant sur la gauche. Au même moment, un homme de haute taille le coinçait sur la droite.

Bourne frappa le costaud au visage, lui cassa le nez, évita le poing du grand et, roulant sur lui-même comme une balle, s'élança à travers l'enclos pour atterrir dans les poteaux de bambou, ce qui renversa à la fois cochons et couteaux. Sa main se referma sur le manche d'un couteau à écorcher ; d'un coup de lame, il délivra trois porcelets qui célébrèrent leur liberté retrouvée en cavalant partout. Wayan et son grand acolyte durent exécuter quelques pas de danse pour éviter de trébucher sur leurs petits corps replets.

Profitant de la diversion, Bourne lança le couteau qui vint se ficher dans la cuisse gauche du grand. Son cri n'eut rien à envier aux glapissements des porcelets en goguette. À peine Bourne eut-il saisi Wayan par le devant de sa chemise qu'il vit le costaud ramasser un couteau à désosser sur le sol et se ruer vers lui. Bourne fit pivoter Wayan pour le placer entre lui et son agresseur. Comme le costaud s'apprêtait à lancer son couteau, Bourne projeta sa jambe et éjecta l'arme d'un coup de pied. Puis il le renversa et lui cogna l'arrière du crâne contre le sol. Ses yeux se révulsèrent.

Bourne se releva, attrapa Wayan pour l'empêcher de s'enfuir, le tourna face à lui et le gifla à toute volée. « Je t'ai dit que je n'avais pas le temps de marchander. Qui t'a acheté cette cartouche ?

— Je ne sais pas comment il s'appelle. »

Bourne le gifla plus fort. « Je ne te crois pas.

— Mais c'est vrai. » Wayan avait renoncé à ses airs blasés ; il n'en menait pas large. « C'est quelqu'un qui me l'a envoyé mais il a pas dit son nom et j'ai pas demandé. Dans mon boulot, moins on en sait mieux on se porte. »

Enfin une chose de vraie. « À quoi ressemblait-il ?

— Je me rappelle pas. »

Bourne le saisit à la gorge. « Tu n'oserais pas me mentir, hein ?

— Bien sûr que non. » Ses yeux roulaient dans leurs orbites. Sa peau avait pris une nuance verdâtre, comme s'il allait vomir. « OK, il avait l'air russe. Ni grand ni petit. Très musclé, baraqué.

— Quoi d'autre ?

— Je ne… » La gifle suivante le fit japper comme un petit chien. « Il avait des cheveux noirs et des yeux… clairs. Je ne sais plus… » Il leva les mains. « Attendez, attendez… ils étaient gris.

— Et ensuite ?

— Rien. C'est tout.

— Non, ce n'est pas tout. dit Bourne. Qui te l'a envoyé ?

— Un client…

— Son nom. » Bourne secoua le porcher comme une poupée de chiffon. « J'ai besoin de son nom.

— Il me tuera. »

Bourne se pencha sur l'homme à terre, retira le couteau de sa cuisse et en pressa la lame contre le cou de Wayan. « Alors, c'est moi qui vais te tuer. » Il incisa la peau juste assez pour faire couler un filet de sang sur la chemise de Wayan. « À toi de choisir.

— Non… », supplia le porcher, la gorge serrée. « Don Fernando Hererra… il vit en Espagne, à Séville. » Et sans se faire prier davantage, il lui donna l'adresse de son client.

« Qu'est-ce qu'il fait dans la vie, ce don Hererra ?

— Banquier international. »

Un sourire involontaire ourla les lèvres de Bourne. « Bon, et qu'est-ce qu'un banquier international peut bien fricoter avec un type comme toi ? »

Wayan haussa les épaules. « Je vous l'ai déjà dit, moins j'en sais sur mes clients, mieux je me porte.

— À l'avenir, tâche d'être plus prudent. » Bourne le lâcha en le balançant dans les jambes de celui des deux hommes qui commençait à remuer. « Certains clients ne sont franchement pas fréquentables. »

Les esprits d'Anubis et de Toth avaient rappelé la lune dans le monde souterrain, laissant une poussière d'étoiles dans son sillage.

« Je me suis encore trompé à ton sujet, dit Chalthoum sans amertume. Ce groupuscule iranien est la seule chose qui t'intéresse. »

Comme elle ne répondait rien, il poursuivit. « J'ai besoin de ton aide.

— L'État c'est toi, le cita-t-elle. Comment pourrais-je bien t'aider ? »

Il regarda autour de lui, sans doute pour vérifier qu'aucune de ses sentinelles n'était revenue. Soraya l'examina attentivement. S'il craignait d'être entendu par ses propres hommes, que fallait-il en conclure ? Avait-il fini par s'éloigner d'al-Mokhabarat ? Était-il passé dans le camp adverse ? Mais non, il y avait une autre explication.

— Il y a une taupe dans ma division, dit-il. Quelqu'un de très haut placé.

— Amun, c'est toi le chef d'al-Mokhabarat, et…

— Je crois qu'il faut chercher encore plus haut. » Il gonfla les joues et souffla l'air vicié de ses poumons. « Tes contacts, tes collaborateurs Typhon, je pense qu'ils pourraient démasquer la taupe.

— Débusquer les espions et les traîtres, c'est ton boulot, non ?

— Tu crois que je n'ai pas essayé ? Bien sûr que si. Tout ça pour quel résultat ? Quatre agents tués dans l'exercice de leurs fonctions et un blâme. Mes supérieurs me reprochent mon incompétence. » De nouveau, ses yeux étincelèrent de rage. « Tu dois me croire quand je dis que je suis sur le fil du rasoir. »

Soraya médita ses paroles. Pourquoi s'inquiéter pour lui, pourquoi l'aider alors que c'était peut-être lui et ses services qui avaient abattu l'avion américain ? Elle dit enfin : « Donne-moi une bonne raison de t'aider.

— Je sais que tes agents n'ont pas réussi à identifier le groupuscule iranien – et ils n'y arriveront pas, je te le garantis. Moi je peux. »

À ce moment, un rayon de lumière effaça le ruban d'étoiles. Soraya fit quelques pas sur sa gauche pour voir qui approchait.

Delia franchit une petite élévation. Le faisceau de sa torche passa sur eux. Éclairé par-dessous, son visage ressemblait à un masque d'Halloween.

« Je connais l'origine du missile qui a heurté l'avion. »

Chalthoum croisa les bras sur la poitrine en adressant à Soraya un bref regard de mise en garde. « Alors ?

— Alors… » Delia inspira un bon coup et expira avant de finir sa phrase. « … c'était un missile sol-air Kowsar 3.

— Iranien. » Soraya tressaillit. « Delia, tu es certaine ?

— J'ai trouvé certains composants du système de guidage électronique, confirma son amie. Fabriqués en Chine, comme ceux du C-170 qui est un missile air-surface. Son système de guidage ressemble à celui du Sky Dragon, mais il possédait aussi un chercheur de radar onde-millimètre.

— D'où l'efficacité de son verrouillage sur l'avion de ligne », commenta Soraya.

Delia hocha la tête. « Ce système de guidage est propre au Kowsar. » Elle regarda Soraya d'un air entendu. « Ce joujou filait à une vitesse à peine inférieure à Mach Un. L'avion américain n'avait aucune chance. Pas la moindre. »

Soraya sentit une vague de nausée l'envahir.

La voix de Chalthoum vibra d'une fureur authentique. *« Yakhrad byuthium ! »* Que leurs maisons soient détruites ! « C'est la faute des Iraniens. »

Le monde venait de franchir un pas de géant vers la guerre. Pas une guerre régionale comme le Viêtnam, l'Afghanistan, l'Irak, quelque violents et dévastateurs qu'aient été ces conflits, mais une guerre mondiale. Le genre de guerre qui met fin à toutes les autres.

Livre deux

12

« Je viens de discuter au téléphone avec le président iranien, dit le président des États-Unis. Il nie catégoriquement avoir connaissance de l'incident.

— Ce qui fait écho à la déclaration officielle de leur ministre des Affaires étrangères », répondit Jaime Hernandez, le tsar du Renseignement. La porte s'ouvrit et un homme mince aux cheveux bruns, grisonnant au niveau des tempes, lui remit une liasse de papiers. L'individu avait une tête de comptable mais ce n'était qu'une première impression vite démentie par son regard dur et mystérieux.

Après avoir consulté les documents, Hernandez hocha la tête et présenta le nouveau venu au Président. Il s'agissait d'Errol Danziger, le directeur adjoint de la NSA pour l'analyse et la production des transmissions. « Comme vous pouvez voir, dit Hernandez, nous ne laissons rien au hasard. Ce matériau est strictement réservé aux hautes sphères. Classifié. »

À ces mots, Danziger leur adressa un hochement de tête et sortit aussi silencieusement qu'il était entré.

La scène se passait au troisième sous-sol du Pentagone, dans l'un des grands centres opérationnels. Cinq personnes étaient assises à une table, chacune ayant devant les yeux les mêmes documents retraçant les dernières découvertes de l'équipe médico-légale conjointe envoyée au Caire, ainsi que des mises à jour de la situation en constante évolution. Des broyeurs de papier montaient la garde près de chaque siège.

Le secrétaire à la Défense Halliday profita de cette pause dans le discours d'Hernandez pour enchaîner : « Bien sûr qu'ils démentent catégoriquement mais la provocation est sérieuse et ils sont derrière.

— La preuve que nous leur avons présentée est difficilement réfutable, ajouta Jon Mueller, le chef du département de la Sécurité intérieure.

— Et pourtant ils l'ont réfutée. » Le Président poussa un profond soupir. « Ma conversation téléphonique a porté en majeure partie sur ce point. Ils prétendent que cette "soi-disant preuve" a été bricolée par nos experts – je cite les paroles exactes de leur président.

— Pourquoi aurait-il ordonné d'abattre l'un de nos avions ? » demanda Veronica Hart.

Question accueillie par un regard cinglant de Halliday. « Il en a marre de se faire engueuler à cause de son programme nucléaire. Nous les avons poussés à bout, maintenant ils se vengent.

— À vue de nez, cette provocation sert en fait deux objectifs, proposa Hernandez. Comme Bud le fait remarquer, elle détourne l'attention internationale de leur programme nucléaire et, en même temps, elle nous enjoint – nous et le reste du monde, en l'occurrence – de nous tenir à carreau.

— Permettez que je récapitule. » Hart se pencha en avant. « D'après vous, au lieu de se contenter de nous menacer de fermer le détroit d'Ormuz au trafic pétrolier, comme ils le font depuis longtemps, ils ont changé de stratégie et décidé de frapper plus fort. »

Mueller hocha la tête. « C'est exact.

— Mais ils doivent bien savoir que c'est du suicide. »

Halliday contemplait cet échange verbal comme un faucon suit des yeux deux lapins courant dans un pré, avant de passer à l'attaque. « Le président iranien est un déséquilibré. C'est bien ce que nous soupçonnions, n'est-ce pas ?

— Un chapelier fou », abonda Hernandez.

Halliday renchérit. « Mais en bien plus dangereux. » Il regarda autour de lui. Les écrans des ordinateurs tapissant les murs projetaient d'étranges lueurs sur son visage. « Nous tenons une preuve irréfutable. »

Hernandez rassembla les documents et les tapota pour en faire une pile impeccable. « Je pense que nous devrions publier nos découvertes. Les partager avec les médias, pas seulement avec nos alliés. »

Halliday regarda le Président. « J'abonde dans ce sens, monsieur. Ensuite nous convoquerons une session spéciale du Conseil de sécurité des Nations unies où vous ferez un discours. Nous devons désigner de manière officielle le responsable de ce lâche attentat terroriste.

— L'Iran doit être inculpé et condamné, repartit Mueller. C'est une déclaration de guerre, ni plus ni moins.

— Parfaitement. » Hernandez rentra la tête dans les épaules. « Premier acte, nous lançons une attaque armée.

— Là, c'est nous qui commettrions un suicide, répliqua Hart en martelant ses mots.

— Je suis d'accord avec la DCI », intervint Halliday.

Hart le regarda en écarquillant les yeux. La suite la surprit beaucoup moins.

« Déclarer la guerre à l'Iran serait une erreur. Nous sommes sur le point de gagner la guerre en Irak et à l'heure actuelle, nous redéployons nos troupes vers l'Afghanistan. Non, d'après mes estimations, lancer un assaut frontal sur l'Iran serait un faux pas lourd de conséquences. D'abord, nos soldats sont déjà très sollicités, ensuite les retombées sur les autres pays de la région, à commencer par Israël, seraient catastrophiques. En revanche, si nous pouvions détruire le régime iranien de l'intérieur... je pense que nous devrions tenter le coup.

— Pour cela, il nous faudrait un correspondant sur place, intervint Hernandez comme s'il lui donnait la réplique. Une influence déstabilisatrice. »

Halliday hocha la tête. « Nous l'avons. À force d'un travail acharné, nous disposons aujourd'hui d'un allié en Iran, à savoir ce nouveau mouvement révolutionnaire. Je propose d'attaquer l'Iran sur les fronts diplomatique, via les Nations unies, et militaire en fournissant à ce groupement tout ce dont il a besoin : argent, armes, conseillers stratégiques, etc.

— Tout à fait d'accord, répondit Mueller. À cela près que nous aurons besoin d'une caisse noire.

— Et immédiatement, renchérit Hernandez. Ce qui signifie que le Congrès devra tout ignorer de cette action. »

Halliday se mit à rire mais son visage conservait toute sa gravité. « Rien de neuf sous le soleil, n'est-ce pas ? Ces gens ne s'intéressent qu'à leur réélection. Ils n'ont pas la moindre idée de ce qui est bon pour le pays. »

Le Président planta les coudes sur la table cirée et cala ses poings contre sa bouche. Attitude de profonde méditation qui lui était coutumière. Tandis qu'il ruminait les tenants et les aboutissants de ses décisions potentielles, son regard se posa sur chacun de ses conseillers, l'un après l'autre, avant de se stabiliser sur la DCI. « Veronica, vous n'avez rien dit. Quelle est votre opinion sur ce scénario ? »

Hart prit le temps de mûrir sa réponse ; le sujet était trop grave pour qu'elle l'aborde dans la précipitation. Elle savait que Halliday la fixait de ses yeux voraces. « Puisque la preuve est faite que le missile à l'origine du décès de nos concitoyens était un Kowsar 3 iranien, je vous rejoins sur l'aspect diplomatique. Il est essentiel de rassembler un consensus international, et le plus tôt sera le mieux.

— Inutile de compter sur la Chine et la Russie, intervint Halliday. Leurs relations économiques avec l'Iran sont trop étroites pour qu'ils se rangent à nos côtés, même si nous leur mettons les preuves sous le nez. Voilà pourquoi nous avons besoin d'une troisième colonne capable de fomenter une révolution de l'intérieur. »

Nous voici au cœur du sujet, pensa Hart. « L'aspect militaire me pose un problème. Nous avons choisi l'option troisième colonne à de nombreuses reprises, lors de nombreux conflits, dont l'Afghanistan, et qu'avons-nous obtenu ? La montée en puissance des talibans, un groupement révolutionnaire indigène, si je ne m'abuse ; sans parler d'Oussama Ben Laden et de tous les autres groupuscules terroristes.

— Cette fois, c'est différent, insista Halliday. Les dirigeants de ce mouvement nous ont fourni toutes les assurances. Ce sont des modérés, des démocrates, en bref, des alliés de l'Occident. »

Le Président pianota sur la table. « C'est donc décidé. Nous nous engageons sur deux fronts. Je mets en marche les rouages diplomatiques. Pendant ce temps, Bud, vous établissez un budget prévisionnel pour votre MIG. Plus tôt ce sera fait, plus vite nous pourrons commencer, mais je ne veux pas de ce truc sur mon bureau ni à la Maison-Blanche. En clair, je n'ai jamais participé à cette réunion. » Il regarda ses conseillers tout en se levant. « Faisons en sorte que ça marche. Nous le devons aux 181 Américains innocents qui ont perdu la vie dans cette attaque. »

En voyant Moira Trevor entrer dans son bureau, Veronica Hart nota que son ancienne collègue n'avait rien perdu de son élégante assurance. Pourtant, quelque chose en elle la fit frissonner, peut-être cette lueur d'angoisse qu'elle avait dans les yeux.

« Assieds-toi », dit Veronica, encore sous le coup de la surprise. Elle avait quitté Black River persuadée de ne plus jamais revoir Moira, surtout dans un cadre professionnel. Et pourtant, elle était là, devant elle. Sa jupe produisit un petit bruit sec lorsqu'elle s'assit et croisa les jambes, le dos aussi droit qu'un officier en service.

« J'imagine que ma visite te surprend autant que moi », dit Moira.

En guise de réponse, Hart scruta les yeux bruns de son ancienne amie pour tenter d'y lire la raison de sa présence mais renonça vite ; elle était bien placée pour savoir que ce masque imperturbable ne laissait jamais rien filtrer.

Elle s'attarda toutefois sur certains signes visibles : le bandage sur son bras gauche tuméfié, les légères coupures et autres égratignures qui marquaient son visage, le dos de ses mains, et ne put s'empêcher de dire : « Mais qu'est-ce qui a bien pu t'arriver ?

— C'est ce que je suis venue te raconter, répondit Moira.

— Non, tu es venue chercher de l'aide. » Hart posa les coudes sur son bureau et se pencha vers elle. « C'est sacrément difficile de se retrouver lâchée dans la nature, n'est-ce pas ?

— Je t'en prie, Ronnie.

— Quoi ? Le passé nous guette comme un serpent tapi dans l'herbe. Et c'est valable pour toi comme pour moi. »

Moira acquiesça. « Tu as sans doute raison.

— Sans doute ? » Hart pencha la tête. « Excuse-moi si je ne fais pas dans le sentimental mais c'est toi qui as tiré la première. Attends que je me rappelle tes mots exacts. » Elle pinça les lèvres. « Ah, oui : "Ronnie, je te le ferai payer, tu vas en prendre plein la gueule." » Hart se rencogna dans son fauteuil. « Ai-je omis quelque chose ? » Elle sentit son pouls s'accélérer. « Et maintenant te voilà. »

Moira la considéra sans piper mot.

Hart se tourna vers un buffet, versa un grand verre d'eau glacée et le poussa vers Moira qui demeura immobile. Hart prit cette attitude pour de l'hésitation ; elle se dit que Moira devait se demander si le fait d'accepter ce verre serait signe de confiance ou de capitulation.

Moira tendit le bras et d'un mouvement parfaitement délibéré, frappa le verre du dos de la main et l'envoya contre le mur où il explosa en projetant partout des bouts de verre et des giclées d'eau. Puis elle se leva et, les bras tendus, posa ses deux poings sur le bureau.

Une seconde plus tard, deux hommes firent irruption, armes à la main.

« Rassieds-toi, Moira », ordonna Hart d'un ton soudain impérieux.

Au lieu d'obéir, Moira lui tourna le dos, foula le tapis et se planta au fond de la pièce.

Sur un signe de la DCI, les deux agents rengainèrent leurs armes et sortirent. Une fois la porte refermée, elle joignit les doigts sous son menton et attendit que Moira se calme. « Bon, pourquoi ne pas me dire ce qui se passe ? » finit-elle par proposer.

Quand Moira se retourna vers elle, Hart constata qu'elle avait effectivement recouvré son sang-froid. « Tu as tout faux, Ronnie. C'est moi qui vais t'aider. »

Pendant que ses hommes enterraient Farid, Arkadine assis sur un rocher contemplait le crépuscule bleu saphir. L'air semblait chargé d'une mélancolie que le martèlement des pioches et la vue du cadavre étalé dans la poussière ne faisaient qu'accentuer. Le vent soufflant par saccades rappelait le halètement d'un chien ; les hommes de la tribu locale priaient à genoux, le visage tourné vers La Mecque, leurs fusils-mitrailleurs posés près d'eux. Au-delà des collines ocre, c'était l'Iran. Tout à coup, Arkadine eut le mal du pays. Moscou lui manquait avec ses rues pavées, ses dômes en oignon, ses clubs ouverts toute la nuit où il régnait en maître. Mais ce qui lui manquait le plus c'étaient les femmes russes, les *dievs* au corps élancé, ces blondes aux yeux bleus dont la chair parfumée lui procurait refuge et oubli. Il voulait effacer le souvenir de Devra. Il l'avait aimée et voilà qu'à présent, il la haïssait de n'être pas tout à fait morte. Jour et nuit, elle revenait le hanter. Pour briser le dernier lien qui le retenait à elle, il devait tuer Jason Bourne, son meurtrier. Pour couronner le tout, Bourne ne s'était pas contenté de lui ravir Devra, il avait également assassiné Micha, son mentor et son meilleur ami. Sans Micha, il ne serait pas sorti vivant de l'enfer de Nijni Taguil.

Micha et Devra, les deux personnes les plus importantes de sa vie, lui avaient été enlevées par le même homme. Bourne allait le payer cher, il en faisait le serment.

Les soldats avaient presque fini de creuser. Comme deux ombres noires épinglées sur la toile sombre du ciel, un couple de vautours tournait en cercles paresseux. *Je suis comme eux,* pensa-t-il. *J'attends le moment propice pour attaquer.*

Perché sur son rocher, les genoux relevés, il jouait à tourner et retourner son téléphone satellite au creux de sa main. Chose curieuse, l'appel de Willard n'avait pas eu que des effets négatifs. Willard était une taupe, pas un homme de terrain ; il avait agi poussé par son ego. Grave erreur. Il aurait mieux fait de découper le cadavre de Ian Bowles, brûler les morceaux et retourner à ses affaires. Certes, il avait voulu savoir qui était le contact de Bowles mais il n'aurait jamais dû parler au téléphone – encore moins mettre en garde son interlocuteur. Une telle attitude disait clairement que Bourne était encore en vie. Sinon, qui le docteur Firth cacherait-il dans son infirmerie ? Sinon, pourquoi Willard aurait-il tué Bowles ? À présent, Arkadine tenait la preuve qu'il cherchait. Bourne avait encore échappé à la mort. Mais comment avait-il fait pour survivre à un tir en plein cœur ? Ce type était fort mais pas immortel. Ce problème le taraudait plus qu'il ne l'aurait souhaité.

Comme pour passer à autre chose, Arkadine composa un numéro sur son téléphone. Bowles n'était qu'un pis-aller, il était censé surveiller et rendre son rapport mais il avait échoué. Le moment était donc venu d'employer les grands moyens.

Sans autre forme de cérémonie, les soldats jetèrent Farid au fond du trou. Fulminants, couverts de sueur, ils bâclaient sans remords une tâche qu'ils auraient dû considérer comme sacrée. Farid avait violé les lois du groupe ; il n'était plus des leurs. Parfait, songea Arkadine, la leçon avait porté.

Le téléphone sonna.

« Tout est prêt de votre côté ? demanda Arkadine dès qu'il entendit la voix familière. Tant mieux. Parce que j'ai décidé de le faire à votre manière, et du coup le temps presse. Je vous enverrai les tout derniers détails d'ici une heure. »

Deux hommes armés de pelles commençaient à recouvrir le corps ; les autres crachèrent dans la tombe.

La DCI secoua la tête. « Franchement, je n'en ai pas l'impression. »

Moira frémit. Les tendons de son cou saillirent. Depuis combien de temps attendait-elle cette confrontation ? « L'impression ? Et quelle impression ça t'a fait de me laisser tomber à Safed Koh ? » Safed Koh était le nom local des « montagnes blanches » culminant à l'est de l'Afghanistan et abritant les fameuses grottes de Tora Bora qui se prolongeaient jusqu'au Pakistan occidental, contrôlé par les terroristes.

Hart écarta les mains. « Je ne t'ai pas laissée tomber.

— Vraiment ? » Moira s'avança. « Alors s'il te plaît, dis-moi comment ils ont fait pour me capturer en pleine nuit et me retenir en otage sur le mont Sikaram où j'ai passé six jours sans manger, à boire de l'eau croupie.

— Je n'en sais rien.

— L'eau contenait une bactérie. Je suis restée alitée pendant trois semaines ensuite. Trois semaines durant lesquelles tu as terminé cette mission à ma place…

— C'était une mission Black River.

— … alors que je l'avais mise sur pied et que je m'étais entraînée spécialement. Une mission à laquelle je tenais plus que tout. »

Hart voulut sourire mais n'y parvint pas. « Je l'ai menée à bien, Moira.

— Ce qui veut dire qu'elle aurait échoué si je m'en étais occupée ?

— C'est toi qui le dis.

— Tu pensais que j'étais une tête brûlée.

— Ça c'est vrai, reconnut Hart. Et je crois que tu l'es toujours. »

Moira en eut le souffle coupé.

La DCI écarta les mains. « Mais regarde-toi. Que penserais-tu si tu étais à ma place ?

— Je chercherais à savoir comment Moira Trevor peut m'aider à me débarrasser de mon véritable adversaire.

— Et qui serait ce soi-disant adversaire ? » fit-elle sur un ton détaché.

Moira lut dans les yeux de Hart qu'elle avait touché juste. « L'homme qui cherche à te coincer depuis l'instant où le Président a décidé de te nommer au poste de DCI. Bud Halliday. »

Moira eut la nette impression que la température de la pièce venait de monter d'un coup. Veronica Hart repoussa son siège et se leva.

« Que veux-tu de moi, précisément ?

— Je veux que tu reconnaisses ta culpabilité.

— Une confession signée ? Tu plaisantes, j'imagine.

— Non, dit Moira. Juste entre nous. »

Hart secoua la tête. « Pourquoi ferais-je une chose pareille ?

— Pour refermer les blessures du passé, pour que nous puissions aller de l'avant sans avoir éternellement ce poison entre nous. »

La sonnerie du téléphone retentit plusieurs fois et finit par se taire. La DCI n'avait pas bougé. Le silence retrouvé fourmillait de petits bruits assourdis : le ronronnement de la ventilation, leurs deux souffles, le battement de leurs cœurs.

Hart expira longuement. « Tu ne vas pas apprécier. »

Enfin ! pensa Moira. « Essaie quand même.

— Ce que j'ai fait, articula Veronica, je l'ai fait pour le bien de Black River.

— N'importe quoi ! Tu l'as fait pour toi.

— Tu n'étais pas vraiment en danger, insista Hart. Je m'en étais assurée. »

Au lieu du soulagement qu'elle attendait, Moira sentit monter sa frustration. « Tu t'en étais assurée ? Mais comment ?

— Moira, si on arrêtait ça ? »

Moira repartit à l'attaque. Elle planta ses poings sur le bureau de Hart, le corps tendu en avant. « Vas-y, crache tout, dit-elle. Maintenant.

— Très bien. » La DCI se passa la main dans les cheveux. « J'étais sûre que tout irait bien parce que Noah avait promis de s'occuper de toi.

— Hein ? » Moira sentit le sol s'ouvrir sous ses pieds. Prise de vertiges, elle se laissa tomber sur son siège et resta immobile à regarder dans le vide. « Noah. » Puis elle mesura la portée de ce qu'elle venait d'apprendre et eut envie de vomir. « Noah avait tout manigancé depuis le début, n'est-ce pas ? »

Hart hocha la tête. « Je devais faire le sale boulot à sa place, me faire haïr de toi pour qu'il puisse continuer à t'utiliser en cas de besoin.

— Grands dieux ! » Moira baissa les yeux sur ses mains. « Donc il ne me faisait pas confiance.

— Pas sur cette mission. » Hart prononça ces paroles d'une voix si ténue que Moira dut se pencher pour entendre. « Mais pour les autres, tu étais sa préférée, tu le sais pertinemment.

— Peu importe. » Moira se sentait engourdie de l'intérieur. « C'était vraiment dégueulasse de ta part.

« Oui. » Hart recula sur son siège. « En fait, c'est la raison pour laquelle j'ai quitté Black River. »

Moira leva les yeux et les posa sur la femme qu'elle avait si longtemps considérée comme sa pire ennemie. Son cerveau fonctionnait au ralenti. Elle avait l'impression que son crâne était bourré de coton. « Je ne comprends pas.

— J'ai fait pas mal de trucs moches pendant que j'étais chez Black River. Tu es bien placée pour savoir de quoi je parle. Mais ça… ce que Noah m'a poussée à faire… » Elle secoua la tête. « Après, j'ai eu tellement honte de moi que je ne pouvais plus te regarder en face. Donc quand tu es rentrée après ta détention, je suis venue te voir pour m'excuser…

— Et au lieu de te laisser parler, je t'ai agonie d'injures.

— Je pouvais difficilement te le reprocher. Tu avais le droit de me traiter ainsi. Et pourtant, ta colère reposait sur un mensonge. J'aurais voulu enfreindre les ordres, tout t'avouer. Au lieu de cela, j'ai démissionné. J'ai agi par lâcheté, je le reconnais, parce que j'étais certaine de ne plus croiser ton chemin.

— Et nous revoilà face à face. » Moira se sentait vidée, anéantie. Elle savait que Noah était un être amoral, sournois ; sinon, il n'aurait pas occupé ce poste à responsabilités chez Black River. Mais jamais elle ne l'aurait cru capable d'une telle bassesse. Il s'était servi d'elle comme d'un bout de viande.

« Eh oui », abonda Hart.

Moira sentit un frisson la parcourir. « Noah est responsable de ce que je vis en ce moment. À cause de lui, je n'ai plus nulle part où aller. »

La DCI se renfrogna. « Que veux-tu dire ? Tu as monté ta propre société.

— Elle a été compromise, soit par Noah soit par la NSA.

— Black River et la NSA sont deux entités radicalement différentes. »

En regardant Hart, Moira s'aperçut qu'elle ne savait plus quoi penser des êtres et des choses qui l'entouraient. Comment faisait-on pour se remettre d'une telle trahison ? Une terrible colère monta soudain en elle. Si Noah avait été dans la pièce, elle lui aurait fracassé le crâne avec la lampe posée sur le bureau. Mais non, finalement, c'était mieux ainsi. *La vengeance est un plat qui se mange froid*. Et pour cela, pensa-t-elle, il me faut une cuisine impeccablement propre.

« En l'occurrence non, reprit-elle. Mon agent Jay Weston a été tué et j'ai moi-même failli l'être parce que Black River et la NSA pondent dans le même nid. Je ne sais pas encore ce qui sortira de ces œufs mais c'est tellement gros qu'ils n'hésitent pas à éliminer tous ceux qui s'en approchent trop. »

Hart resta sans voix pendant quelques secondes puis elle dit : « J'espère que tu as des preuves de ce que tu avances. »

Pour toute réponse, Moira lui tendit la clé USB trouvée près du cadavre de Jay Weston. Dix minutes plus tard, la DCI levait les yeux de son ordinateur. « Moira, pour l'instant tu n'as pas grand-chose à part un motard de la police que personne ne trouve et une clé USB remplie d'absurdités.

— Jay Weston n'est pas mort dans un accident de la circulation, répliqua Moira énervée. On lui a tiré dessus. Et Steve Stevenson, le sous-secrétaire à la Défense pour l'acquisition, la technologie et la logistique, a confirmé que Jay avait été tué parce qu'il était tombé sur quelque chose. Selon lui, depuis le crash de l'avion de ligne américain en Égypte, un nuage toxique embrume les bureaux de la Défense et du Pentagone. Je cite ses propres termes. »

Sans quitter Moira des yeux, Hart prit son téléphone et demanda à son assistant de lui passer le sous-secrétaire Stevenson.

« Surtout pas, intervint Moira. Il fait dans son froc. J'ai dû le supplier pour qu'il accepte de me rencontrer. Et c'est un client.

— Je suis navrée, insista la DCI, mais c'est le seul moyen. » Elle attendit un moment en pianotant sur son bureau. Puis son expression changea. « Oui, sous-secrétaire Stevenson ? C'est… Oh, je vois. Quand doit-il revenir ? » Son regard se tourna vers Moira. « Vous devez bien savoir quand… Oui, je comprends. Tant pis. Je ressaierai plus tard. Merci. »

Elle reposa le combiné et ses doigts se remirent à frétiller nerveusement.

« Que s'est-il passé ? demanda Moira. Où est Stevenson ?

— Personne ne le sait. Il a quitté son bureau à 11 h 35 ce matin.

— Pour se rendre à notre rendez-vous.

— Et il n'est pas encore rentré. »

Moira pêcha son téléphone, composa le numéro de mobile de Stevenson et tomba aussitôt sur le répondeur. « Il ne décroche pas. »

Devant son écran d'ordinateur, Hart plissa les yeux, articula *Pinprickbardem*, puis se retourna vers Moira. « Je pense qu'il est urgent de découvrir ce qui a bien pu arriver au sous-secrétaire. »

Dans le petit enclos derrière son étal, Wayan se félicitait des bonnes affaires qu'il avait faites ce jour-là, tout en préparant pour les ramener à la ferme les deux cochons qu'il n'avait pas réussi à vendre, quand l'homme apparut. Le marché allait bientôt fermer pour la nuit et il y régnait une telle cacophonie que Wayan ne l'avait pas entendu approcher.

« C'est toi le porcher Wayan.

— La boutique est fermée, dit Wayan sans lever les yeux. Repassez demain, s'il vous plaît. » Comme il ne voyait rien bouger, il se retourna en disant : « Si vous ne pouvez pas demain… »

Le coup l'atteignit à la mâchoire, l'empêchant de terminer sa phrase. Projeté en arrière, il retomba sur les cochons qui se mirent à couiner de peur. Wayan les imita, mais à peine eut-il le temps d'apercevoir la mine patibulaire de son agresseur qu'il décolla du sol. L'ayant soulevé, l'homme lui décocha un direct à l'estomac qui lui coupa le souffle. Il retomba sur les genoux.

Les yeux remplis de larmes, le corps secoué de haut-le-cœur, il parvint enfin à lever la tête vers le géant vêtu d'un costume noir au tissu brillant, affreusement mal coupé. Les ombres du soir bleuissaient son menton mal rasé. Ses prunelles charbonneuses contemplaient Wayan sans exprimer la moindre pitié. Sur un côté de son cou, une fine cicatrice rose comme le ruban d'un cadeau d'anniversaire courait vers sa mâchoire dont le muscle sectionné formait un pli. L'autre côté était tatoué de trois crânes assemblés : l'un de face, les deux autres, de profil, regardaient dans des directions opposées.

« Tu as parlé à Bourne. Qu'est-ce que tu lui as dit ? »

L'homme s'exprimait en anglais mais avec un accent guttural. Wayan n'était pas assez vaillant pour en déterminer l'origine. Ce type était européen certes, mais ni anglais ni français. Peut-être un Roumain ou un Serbe.

« Qu'est-ce que tu as dit à Bourne ? répéta-t-il.

— Q… qui ? »

Le géant secoua Wayan jusqu'à ce que ses dents s'entrechoquent. « L'homme qui est venu te voir. L'Américain. Qu'est-ce que tu lui as dit ?

— Je ne sais pas ce que… »

La dénégation de Wayan se transforma en grognement de douleur. L'homme lui tordit l'index en arrière jusqu'à ce qu'il se brise. Sous le coup de la souffrance, la tête de Wayan se vida de son sang ; il faillit s'évanouir mais son bourreau le ranima d'une paire de gifles.

Il était si proche que Wayan renifla l'odeur aigre qui émanait de lui.

« Ne joue au plus malin avec moi, espèce de petit con. » Déjà il lui saisissait le majeur de la main droite. « Je te donne cinq secondes.

— Je vous en supplie. Vous vous trompez ! »

Quand son doigt craqua, Wayan poussa un petit jappement. De nouveau, son visage devint exsangue et de nouveau, l'homme le gifla à plusieurs reprises.

« Deux de cassés, il en reste huit », ricana-t-il en lui attrapant le pouce droit.

La bouche de Wayan s'ouvrit démesurément, comme celle d'un poisson hors de l'eau. « D'accord, d'accord. Je lui ai dit où trouver don Fernando Hererra. »

Le géant s'accroupit et dans un bref soupir, rétorqua : « On peut vraiment pas te faire confiance. » Puis il pivota, ramassa une baguette de bambou et, sans bouger un muscle de son visage, se releva et l'enfonça dans l'œil droit de Wayan.

13

Au cours des dix-huit heures suivantes, Arkadine se consacra exclusivement à l'entraînement de ses recrues. Il leur interdit de manger, de dormir et c'est à peine si elles eurent droit à des pauses pipi. Les hommes avaient trente secondes, pas une de plus, pour vider leur vessie dans la poussière rouge du désert azéri. Le premier qui osa traîner reçut un coup de bâton derrière les genoux, si bien que personne ne s'avisa de désobéir à cette injonction, comme aux autres d'ailleurs.

Les ordres de Triton étaient très clairs ; Arkadine avait cinq jours pour transformer ces coupe-jarrets en troupes de choc. Plus facile à dire qu'à faire, bien qu'en la matière, Arkadine disposât d'une vaste expérience, acquise dans son jeune âge, à Nijni Taguil, après qu'il eut tué Stas Kuzine et un tiers de sa bande.

La ville de Nijni Taguil avait plus ou moins surgi de terre à la suite de la découverte d'un gisement ferreux si riche qu'on s'empressa de creuser une énorme carrière. C'était en 1698. En 1722, la première fonderie de cuivre vit le jour et la ville commença, bon gré mal gré, à étirer sa carcasse autour de l'usine et de la carrière, telle une machine mue par le crime et le vice, servant d'abri à une flopée d'ouvriers épuisés. La première locomotive à vapeur russe fut construite à Nijni Taguil, quelque cent treize ans plus tard. Comme dans la plupart des villes frontières régies par les lois de l'industrie et ses cupides chevaliers, il y régnait une atmosphère tenant de la sauvagerie que l'influence civilisatrice de la ville moderne peinait à adoucir et plus encore à éradiquer. C'était sans doute pour cette raison que le gouvernement fédéral avait décidé d'encercler cette ville perdue d'une barrière constituée de prisons de haute sécurité dont les projecteurs aveuglants blanchissaient la nuit.

À Nijni Taguil, on n'entendait que des bruits effrayants, comme le hululement d'un train résonnant au loin sur les massifs de l'Oural, le hurlement soudain d'une sirène de prison, le gémissement d'un enfant perdu dans les rues pouilleuses ou le craquement des os rompus lors d'une rixe.

Comme Arkadine cherchait à échapper aux égorgeurs écumant les rues et les faubourgs de la ville, il apprit à imiter les clébards faméliques qui rasaient les murs, la queue entre les pattes. Puis un jour, il tomba sur deux hommes occupés à ratisser ce qu'il croyait être son territoire. Il fit demi-tour pour les inciter à le poursuivre, disparut à un coin de rue et après avoir ramassé une planche pleine de clous, s'accroupit et la balança dans les jambes du premier à se montrer. L'homme hurla, vacilla. Arkadine s'était préparé à le cueillir. Il le saisit et le poussa de manière à lui écraser le visage contre le ciment crasseux. Quand le deuxième voulut se jeter sur lui, il le reçut d'un coup de coude dans la pomme d'Adam. Arkadine profita de ce qu'il étouffait pour lui arracher son pistolet et l'abattre à bout portant. Puis il tourna l'arme contre son acolyte et lui logea une balle dans la nuque.

Cet épisode lui ayant appris que les rues étaient trop dangereuses pour lui, il se mit à chercher une planque. Il aurait pu se faire arrêter et passer quelque temps dans l'une des prisons du coin mais il écarta rapidement cette idée. Une telle solution aurait pu s'envisager ailleurs mais pas à Nijni Taguil où les flics étaient si corrompus qu'on les confondait souvent avec les malfrats. Non qu'il fût à court d'idées, loin de là. Ses expériences en matière de survie en milieu hostile l'aidèrent à envisager posément toutes les possibilités.

Il en rejeta un certain nombre, qui l'exposaient exagérément. Par exemple, il fallait éviter de s'acoquiner avec de prétendus gardes du corps censés assurer votre sécurité contre la promesse d'une bouteille d'alcool non frelaté ou d'une partie de jambes en l'air avec des mineures ; ce genre d'individus se vendait au plus offrant. Ses réflexions le menèrent enfin à la bonne solution, selon lui : se terrer dans la cave de son propre immeuble, toujours occupé par les gars de la bande et le maniaque qui leur servait désormais de chef, Lev Antonine. Ce dernier ne faisait pas mystère de sa soif de vengeance. Il comptait remuer ciel et terre jusqu'à ce que ses hommes lui ramènent la tête du meurtrier de son prédécesseur.

Arkadine lui-même avait fait l'acquisition de cet immeuble, à l'époque où il s'était lancé dans l'immobilier. Il en connaissait les moindres recoins. Il avait prévu d'y installer un système de drainage moderne mais les travaux à peine entamés avaient été abandonnés. On y accédait via un terrain municipal en déshérence, envahi de mauvaises herbes et de détritus en tous genres. Arkadine emprunta cet immonde conduit souterrain puant la pourriture et la mort, pitoyable symbole de la ville où il était né, et finit par émerger dans les entrailles de son ancien quartier général. Ni vu ni connu. Il en aurait ri s'il n'avait eu pleinement conscience de sa situation. Il était désormais prisonnier de l'endroit qu'il désespérait de fuir.

Quand l'avion passa dans un trou d'air, Bourne se réveilla en sursaut. La pluie martelait les hublots en Perspex. Dans son demi-sommeil, il avait rêvé de la conversation qu'il venait d'avoir avec sa voisine de siège, une dénommée Tracy Atherton. Ils avaient discuté de Francisco Goya ; dans son rêve, Goya était devenu Holly Marie Moreau.

Au cours des dernières vingt-quatre heures, il n'avait cessé de sauter d'un avion à l'autre. Parti de Bali, il avait fait escale à Bangkok, puis s'était embarqué sur Thaï Airways, direction Madrid. Pendant tout ce temps, il avait dormi d'un sommeil lourd et sans rêves. Ce dernier vol, entre Madrid et Séville sur Iberia, était le plus court mais aussi le plus désagréable. La violente tempête qui faisait rage à l'extérieur provoquait des trous d'air et autres tressautements nauséeux. Tracy Atherton devint étrangement silencieuse et calme ; elle regardait droit devant elle ; son visage prit la couleur du papier mâché. Elle vomit à deux reprises dans le sac que Bourne avait sorti du dossier devant lui. Il l'aida en lui tenant la tête.

C'était une jeune femme blonde, mince comme un fil, avec de grands yeux bleus et un sourire immense. Elle avait des dents blanches et régulières, ses ongles étaient coupés court et ses bijoux se résumaient à une alliance en or et des clous d'oreille en diamant, ni trop gros ni trop petits. Sous un léger tailleur de soie couleur argent composé d'une jupe étroite et d'une veste cintrée, elle portait un chemisier rouge vif.

« Je travaille au Prado, à Madrid, avait-elle déclaré. Un collectionneur privé m'a engagée pour authentifier un Goya récemment découvert. Un faux, à mon avis.

— Qu'est-ce qui vous fait dire cela ? s'enquit-il.

— Parce que ce tableau fait soi-disant partie des Peintures noires de Goya, exécutées à la fin sa vie, alors qu'il avait déjà perdu l'ouïe et presque la raison à la suite d'une encéphalite. La série comporte quatorze toiles. Ce collectionneur prétend posséder la quinzième. » Elle secoua la tête. « Franchement, la réalité historique ne plaide pas en sa faveur. »

Le temps devenant plus clément, elle remercia Bourne et se rendit aux toilettes pour se rafraîchir.

Il attendit quelques secondes avant d'ouvrir la fermeture Éclair de la fine serviette qu'elle avait laissée derrière elle. Bourne s'était présenté sous le nom d'Adam Stone qui figurait sur le passeport remis par Willard avant qu'il ne quitte l'enceinte de l'infirmerie. Willard lui avait inventé une identité sur mesure, celle d'un chef d'entreprise se rendant à Séville pour y démarcher un client potentiel. Depuis que cet inconnu avait tenté de le tuer, à Bali, il se méfiait de tout et surtout des gens qui s'asseyaient à côté de lui, engageaient la conversation, lui demandaient d'où il venait et où il allait.

La serviette contenait des photos – certaines très détaillées – du tableau de Goya, une composition cauchemardesque représentant un homme écartelé par quatre fougueux étalons sous les yeux indifférents de quelques officiers occupés à fumer, à rire et à le piquer par jeu avec la pointe de leurs baïonnettes.

Ces clichés s'accompagnaient d'une série de photos

prises aux rayons X et d'une lettre authentifiant le tableau, signée par le professeur Alonzo Pecunia Zuñiga, spécialiste de Goya au musée du Prado. Ne trouvant aucun autre document digne d'intérêt, Bourne rangea le tout et referma la fermeture Éclair. Pourquoi cette femme lui avait-elle raconté que la toile était un faux ? Pourquoi avait-elle prétendu travailler pour le Prado, alors que Zuñiga dans sa lettre la désignait comme une vague intermédiaire et non comme une estimée collègue ? Il le découvrirait assez tôt.

Il regarda par le hublot l'infinie grisaille du ciel. Ses pensées se fixèrent sur le gibier qu'il convoitait. L'ordinateur de Firth lui avait permis de rassembler des informations sur don Fernando Hererra. L'homme n'était pas espagnol mais colombien. Né à Bogotá en 1946, dernier d'une famille de quatre, il avait traversé l'océan pour étudier les sciences économiques à Oxford. Après sa première année universitaire, il avait changé d'orientation pour s'engager comme *petrolero* dans la Tropical Oil Company. Grimpant les échelons, il était devenu *cuñero* – mécanicien de forage – itinérant. Chaque puits qu'il visitait voyait augmenter sa production journalière. Toujours infatigable, il monta les échelons jusqu'au jour où Tropical Oil lui vendit pour une bouchée de pain un puits que les experts de la compagnie avaient déclaré asséché. Évidemment, il prouva le contraire et en l'espace de trois ans, le revendit à Tropical Oil dix fois plus cher.

Dès lors, il se lança dans la spéculation. Les énormes profits qu'il venait de réaliser lui permirent de se reconvertir dans le secteur bancaire, réputé plus stable. À Bogotá, il acheta une petite banque régionale au bord de la faillite, changea son nom et passa les années 1990 à la transformer en établissement national de premier plan. Par la suite, il monta des affaires au Brésil, en Argentine et plus récemment, en Espagne. Voilà deux ans, il avait repoussé une offre de rachat par la Banco Santander, préférant rester seul maître à bord. À présent, Aguardiente Bancorp, portant le nom de la fameuse liqueur anisée colombienne, possédait plus de vingt filiales, dont la dernière avait ouvert ses portes cinq mois auparavant à Londres, où les échanges internationaux convergeaient de plus en plus.

De ses deux mariages, il avait deux filles vivant en Colombie et un fils, Jaime, qu'il avait nommé directeur exécutif de sa filiale londonienne. Don Fernando passait pour un homme intelligent, posé, sérieux ; Bourne n'avait rien trouvé contre lui et pas davantage contre AB, comme on appelait sa société dans les cercles bancaires internationaux.

Il devina le retour de Tracy au parfum de fougère et de citron qui lui chatouilla soudain les narines. Dans un bruissement de soie, elle se glissa sur son siège.

« Vous vous sentez mieux ? »

Elle acquiesça d'un signe de tête.

« Depuis combien de temps travaillez-vous au Prado ? reprit-il.

— Environ sept mois. »

Elle avait hésité trop longtemps et d'ailleurs, il savait qu'elle mentait. Mais pourquoi ? Qu'avait-elle à cacher ?

« Je crois me rappeler que certaines œuvres tardives de Goya ont été sujettes à caution, n'est-ce pas ? dit Bourne.

— C'était en 2003, confirma Tracy en hochant la tête. Mais depuis, les quatorze Peintures noires ont été authentifiées.

— Mais pas celle que vous allez voir. »

Elle pinça les lèvres. « Personne ne l'a encore vue, sauf le collectionneur.

— Qui est-ce ? »

Elle détourna les yeux, soudain mal à l'aise. « Je n'ai pas le droit de le dire.

— Mais…

— Pourquoi faites-vous cela ? » Se retournant vers lui, elle le foudroya du regard. « Vous me prenez pour une sotte ? » Le rouge lui monta aux joues. « Je sais pourquoi vous avez pris cet avion.

— J'en doute.

— Je vous en prie ! Vous vous rendez chez don Fernando Hererra, comme moi.

— Don Hererra est votre collectionneur ?

— Vous voyez ! » Une lueur de triomphe éclaira ses yeux. « Je le savais ! » Elle secoua la tête. « Je vais vous dire une bonne chose : Vous n'aurez pas le Goya. Il est à moi ; peu importe combien il me coûtera.

— Cette déclaration m'amène à penser que vous ne travaillez pas pour le Prado, fit Bourne, ni pour aucun autre musée. Dites-moi, comment se fait-il que vous disposiez d'un budget illimité pour acheter un faux ? »

Elle croisa les bras sur la poitrine et se mordit la lèvre, déterminée à garder ses opinions pour elle.

« Le Goya n'est pas un faux, n'est-ce pas ? »

La voyant toujours murée dans le silence, Bourne se mit à rire. « Tracy, je vous jure que ce tableau ne m'intéresse pas. En fait, jusqu'à ce que vous en parliez, je ne connaissais même pas son existence. »

Elle lui décocha un regard effaré. « Je ne vous crois pas. »

Il sortit un livret de sa poche de poitrine et le lui tendit. « Allez, lisez, dit-il. Je m'en fiche. » Willard avait vraiment fait un travail extraordinaire, songea-t-il pendant que Tracy prenait connaissance du document.

Un moment plus tard, elle levait les yeux vers lui. « C'est une brochure pour une compagnie de commerce électronique.

— J'ai besoin d'un financement, et rapidement, avant que nos concurrents s'emparent du marché, mentit Bourne. On m'a dit que don Fernando Hererra avait le bras long et qu'il était capable de nous trouver le capital nécessaire, rien qu'en claquant les doigts. » Ne pouvant lui avouer la véritable raison de sa visite à Hererra, il se disait que plus vite il la convaincrait de sa sincérité, plus vite elle accepterait de voir en lui un allié et le conduirait là où il voulait se rendre. « Je ne le connais pas du tout. Si vous me présentiez à lui, je vous en serais reconnaissant. »

Sans se départir de son air méfiant, elle lui rendit la brochure qu'il rangea.

« Comment savoir si je peux vous faire confiance ? »

Il haussa les épaules. « On n'est jamais sûr de rien dans la vie, pas vrai ? »

Elle réfléchit un instant puis hocha la tête. « Vous avez raison. Désolée, mais je ne peux rien pour vous.

— Moi si. »

Elle leva un sourcil, l'air dubitatif. « Vraiment ?

— Je vous obtiendrai le Goya pour une bouchée de pain. »

Elle éclata de rire. « Comment comptez-vous faire ?

— Quand nous arriverons à Séville, accordez-moi une heure et je vous montrerai. »

« Tous les départs ont été annulés, le personnel en vacances a été sommé de reprendre le service, dit

Amun Chalthoum. J'ai mis tous mes hommes sur l'affaire. Je dois découvrir comment des Iraniens ont pu faire entrer un missile sol-air dans mon pays. »

Sa situation était critique, Soraya le savait, d'autant plus que certains de ses supérieurs l'avaient déjà dans le collimateur. Cette brèche dans la Sécurité nationale était un vrai désastre pour lui. À moins qu'il ne joue la comédie. À moins que ses déclarations ne soient destinées qu'à la mettre sur une fausse piste. On pouvait très bien imaginer qu'al-Mokhabarat ait décidé d'impliquer les États-Unis dans un conflit armé, avec l'assentiment du gouvernement égyptien ou de certains ministres peu désireux de se dresser ouvertement contre l'Iran.

Ils avaient quitté Delia et le site de la catastrophe, puis traversé le cercle des journalistes entourant le périmètre comme une troupe de vautours. À présent, le 4 × 4 d'Amun fonçait à pleine vitesse sur la route bitumée. Le soleil à peine levé nimbait la voûte céleste d'une clarté diaphane. À l'ouest, comme épuisés d'avoir traversé les étendues obscures de la nuit, des nuages pâles se reposaient sur l'horizon. Leurs visages profitaient du dernier souffle d'air frais. Amun allait bientôt devoir fermer les vitres et mettre la climatisation en marche.

Après avoir passé au crible tous les fragments retrouvés dans le ventre de l'avion, l'équipe d'experts avait effectué une reconstitution en 3D des dernières quinze secondes avant l'explosion. Amun et Soraya s'étaient serrés devant l'écran de l'ordinateur portable sur lequel le chef de l'expédition venait de lancer la diffusion.

Il les avait prévenus : « La modélisation manque de finesse. Nous disposions de peu de temps. » Quand le missile fut visible, il le montra du doigt. « De même, nous ne sommes pas certains à cent pour cent de la trajectoire. Il se peut qu'elle dévie d'un degré ou deux. »

Le missile frappa l'avion, le coupa en deux, les morceaux enflammés partirent en vrille vers la terre. Contrairement à ce qu'il leur avait annoncé, la reconstitution était très réaliste dans son atrocité.

« Nous connaissons le rayon d'action maximum du Kowsar. » D'une pression sur une touche, l'homme avait ensuite fait monter une carte topographique de la région, établie à partir d'une photo satellite. Il désigna un X rouge. « Voilà le site du crash. » Une autre pression fit apparaître un cercle bleu englobant largement le site. « Ce cercle indique la portée maximale du missile.

— Ce qui signifie qu'il a été tiré depuis ce périmètre ! s'était exclamé Chalthoum, visiblement impressionné.

— C'est cela. » Le chef technicien acquiesça d'un hochement de tête. C'était un homme de forte corpulence, chauve, avec une bedaine typiquement américaine et des lunettes trop petites qu'il ne cessait de remonter sur son nez. « Mais si vous voulez, on peut préciser davantage. » Il avait appuyé sur une autre touche, faisant surgir un cône jaune. « Le point qui se trouve là en haut représente la zone d'impact. Celui du bas est plus gros parce que nous avons pris en compte une possibilité d'erreur de trois pour cent. »

D'un geste, il avait zoomé sur le désert. « D'après nos estimations, le missile est parti d'un endroit situé à l'intérieur de ce périmètre.

— Ça fait quoi ? Un kilomètre carré ? avait demandé Chalthoum en s'approchant de l'écran.

— Un peu moins », avait rectifié le technicien avec un petit sourire triomphal.

À présent, leur véhicule roulait en direction de la zone désertique indiquée sur la reconstitution numérique. Les terroristes y avaient peut-être laissé certains indices précieux. Mais ils n'étaient pas seuls sur la route. Quatre autres Jeep d'al-Mokhabarat les escortaient. Soraya s'aperçut avec étonnement et un certain malaise qu'elle commençait à s'habituer à voir des gens traîner autour d'elle. Sur les genoux, elle tenait une carte de la zone. Leur point d'arrivée y était indiqué. Elle disposait également d'un agrandissement quadrillé. Dans chaque véhicule, le navigateur possédait les mêmes documents. Chalthoum avait prévu d'envoyer une Jeep à chaque coin du carré concerné, pendant que Soraya et lui commenceraient leurs recherches par le centre.

Amun roulait toujours aussi vite, malgré les vibrations et les cahots. Elle regarda son visage morose et fermé. Mais où l'emmenait-il ? Si al-Mokhabarat était mouillé dans cette affaire, il ne lui lâcherait pas la moindre miette de vérité. Partaient-ils sur une fausse piste ?

« On les trouvera, Amun », dit-elle pour soulager la tension plus que par conviction.

Le rire d'Amun lui parut aussi déplaisant qu'un aboiement de chacal. Il lui répondit sur un ton sardonique. « Bien sûr qu'on les trouvera, avec beaucoup de chance. Mais quoi qu'il arrive, je suis fini. Cette brèche dans la sécurité va se retourner contre moi. Mes ennemis prétendront que mon erreur ne jette pas seulement le discrédit sur al-Mokhabarat mais sur l'Égypte tout entière. »

Amun n'était pourtant pas homme à s'apitoyer sur son sort. Soraya s'en étonna et rétorqua d'une voix acerbe : « Alors pourquoi te préoccuper de cette enquête ? Pourquoi tu ne fais pas simplement demi-tour pour t'enfuir ? »

La peau cuivrée d'Amun vira au brun. Le sang de la colère lui montait au visage. Elle le sentit se tendre ; ses muscles se contractèrent et, l'espace d'un instant, elle se demanda s'il n'allait pas la frapper. Puis, aussi rapidement qu'elle s'était formée, la tempête se dissipa. Il éclata d'un rire franc.

« Je devrais te garder toujours à mes côtés, *azizti.* »

Elle allait de surprise en surprise. Voilà qu'à présent, il s'adressait à elle en employant un petit mot tendre. Cette attention la toucha, elle sentit renaître son affection pour lui. Et pourtant, devait-elle s'y laisser prendre ? Amun jouait peut-être très bien la comédie. Soudain, elle ressentit de la honte ; elle voyait bien qu'elle manquait d'objectivité. Au fond d'elle-même, elle le voulait innocent de toute implication dans cet acte de barbarie. Elle attendait quelque chose de lui, une chose qu'elle ne pouvait avoir et sur laquelle elle devrait faire un trait définitif s'il se révélait coupable. Son cœur le savait innocent, son esprit errait dans les ombres du doute et de la suspicion.

Il se tourna vers elle et la regarda au fond des yeux. « Nous trouverons ces fils de chien, et nous les traînerons devant mes chefs, enchaînés et à genoux. Je le jure sur la tombe de mon père. »

Quinze minutes plus tard, ils arrivaient à destination. Rien ne distinguait ce bout de désert du paysage austère qu'ils venaient de traverser. Les quatre autres Jeep les avaient devancés de peu. Les chauffeurs, restés en contact radio permanent avec leur supérieur et leurs homologues, se mirent à commenter ce qu'ils voyaient.

De son côté, Soraya balayait la zone avec une paire de jumelles. Elle n'était guère optimiste. Le désert était leur pire ennemi. Même si les terroristes avaient oublié derrière eux un quelconque indice compromettant, le vent incessant avait déjà dû l'ensevelir sous le sable.

« Tu vois quelque chose ? demanda Chalthoum vingt minutes plus tard.

— Non… Attends ! » Elle baissa les jumelles et désigna un point sur leur droite. « Là-bas, à deux heures… une centaine de mètres. »

Chalthoum accéléra dans la direction indiquée. « Que vois-tu ?

— Je ne sais pas, on dirait une tache », dit-elle en braquant de nouveau ses jumelles.

Sans attendre l'arrêt, elle sauta de la Jeep, se reçut tant bien que mal sur le sable mou, fit deux pas incertains, retrouva l'équilibre et se mit à courir. Au moment où Chalthoum la rejoignit, elle se tenait accroupie devant la tache sombre aperçue de loin.

« Ce n'est rien, dit-il en affichant son désintérêt, juste une branche brûlée.

— Peut-être pas. »

Elle se mit à creuser pour dégager la branche. Comme le trou s'agrandissait, Chalthoum se décida à l'aider en empêchant le sable de retomber. Une trentaine de centimètres plus bas, les doigts de Soraya rencontrèrent un objet dur et froid.

« Le bâton est relié à quelque chose ! » dit-elle tout excitée.

Ce n'était qu'une boîte de soda vide. L'extrémité de la branche calcinée était fichée dans l'orifice de la capsule. Quand elle tira sur le bâton, la boîte se renversa et une pluie de cendres grises se répandit sur le sable.

« Quelqu'un a fait du feu ici, dit-elle. Mais comment déterminer à quand ça remonte ?

— Il existe peut-être un moyen. »

Chalthoum fixait intensément les cendres. Leur traînée sur le sable avait plus ou moins la forme du cône jaune apparu sur l'écran d'ordinateur, celui qui indiquait le site de lancement à quelques dizaines de mètres près.

« Ton père t'a-t-il parlé du Norouz ?

— La fête traditionnelle iranienne pour la nouvelle année ? » Soraya hocha la tête. « Oui mais nous ne l'avons jamais célébrée.

— Ces deux dernières années, elle a connu une résurgence en Iran. » Chalthoum retourna la boîte, la secoua pour la vider totalement et ajouta en hochant la tête : « Elle contient trop de cendres pour un simple feu de camp. En plus, je vois mal un groupe terroriste se préparer un repas ici. Ils ont dû apporter de la nourriture déjà prête. »

Soraya avait beau se creuser la cervelle, elle ne se rappelait pas les rites de célébration du Norouz. Chalthoum lui rafraîchit la mémoire.

« On allume un feu de joie. Chaque membre de la famille saute par-dessus en formulant le vœu qu'à la pâleur de l'hiver et de la maladie succèdent des joues rouges, symboles de santé. Puis la fête commence et se prolonge jusqu'à la nuit. Alors les feux s'éteignent et on enterre les cendres de l'hiver dans les champs.

— J'ai du mal à croire que des terroristes iraniens aient fêté le Norouz ici », dit Soraya.

Chalthoum se servit du bâton pour disperser les cendres. « On dirait des morceaux de coquille d'œuf et, ici, je vois un bout d'écorce d'orange brûlé. L'œuf et l'orange interviennent à la fin des célébrations. »

Soraya secoua la tête. « Ils n'auraient jamais pris le risque de se faire repérer en allumant un feu.

— Exact, admit Chalthoum. Mais c'est un endroit idéal pour enfouir le mauvais sort de l'hiver. » Il la regarda. « Tu sais quand commence le Norouz ? »

Elle ne réfléchit pas longtemps, son cœur se mit à cogner. « C'était il y a trois jours. »

Chalthoum acquiesça. « Et au moment du Saleh tahvil, le changement d'année, que se passe-t-il ? »

Elle ressentit un choc au niveau du cœur. « On tire un coup de canon.

— Ou un missile Kowsar 3 », compléta Chalthoum.

14

Bourne et Tracy Atherton entrèrent dans Séville en fin d'après-midi, le troisième jour de la *feria* d'avril, qui enfièvre la ville durant toute une semaine, quinze jours après la semaine sainte durant laquelle des centaines de pénitents encapuchonnés défilent derrière des chars pourvus de plates-formes magnifiquement décorés et garnis d'or, ressemblant à des gâteaux de mariage baroques chargés de bougies et de rameaux de fleurs blanches autour des images du Christ et de la Vierge Marie. Des troupes de musiciens vêtus de tissus bariolés accompagnent la progression des chars en jouant des airs martiaux et pourtant mélancoliques.

Les avenues étaient fermées à la circulation automobile et la plupart des rues regorgeaient de monde, à tel point qu'on avait du mal à marcher. On aurait dit que Séville tout entière était de sortie, soit pour participer à la fête, soit pour observer cet hallucinant spectacle.

À force de jouer des coudes, ils réussirent à entrer dans un café internet de l'avenida de Miraflores, un espace sombre et resserré avec un comptoir dans le fond, derrière lequel trônait le gérant. Les ordinateurs branchés sur internet étaient alignés sur le mur de gauche. Bourne paya une heure de connexion puis attendit qu'une machine se libère. La salle mal éclairée nageait dans la fumée de cigarette ; tout le monde fumait sauf eux.

« Qu'est-ce qu'on fiche ici ? chuchota Tracy.

— J'ai besoin de voir la photo de l'expert du Prado, dit Bourne. Si j'arrive à me faire passer pour lui devant Hererra, je pourrai sans doute le persuader que son tableau n'est pas un Goya méconnu mais un faux très convaincant. »

Le visage de Tracy s'éclaira soudain puis elle éclata de rire. « Vous êtes vraiment une perle, Adam. » Et très vite, elle se renfrogna. « Mais si vous vous présentez comme un expert en peinture, comment diable ferez-vous pour obtenir l'argent dont votre société a besoin ?

— C'est simple, dit Bourne. L'expert s'en va, Adam Stone arrive. »

Un ordinateur se libéra. Tracy s'apprêtait à s'y asseoir quand Bourne l'arrêta d'un signe de tête. Devant son regard interrogateur, il expliqua dans un murmure : « L'homme qui vient d'entrer… non, ne le regardez pas. Il était avec nous dans l'avion.

— Et alors ?

— Alors il était aussi sur le vol de la Thaï Airways, ajouta Bourne. En fait, il voyage avec moi depuis mon départ de Bali. »

Elle tourna le dos et sortit un petit miroir pour observer l'individu. « Qui est-ce ? » Ses yeux se plissèrent. « Qu'est-ce qu'il cherche ?

— Je n'en sais rien, dit Bourne. Vous avez remarqué cette cicatrice qu'il a sur le cou ? Elle remonte jusqu'à la mâchoire. »

Elle risqua un nouveau coup d'œil dans le miroir puis hocha la tête.

« Celui qui l'envoie veut me faire savoir qu'il me surveille.

— Vos concurrents ?

— Oui. Ces types sont des truands, improvisa-t-il. C'est une tactique d'intimidation classique. »

Une expression d'inquiétude passa sur le visage de Tracy. Elle s'écarta de lui comme s'il brûlait. « Dans quel genre de magouille trempez-vous ?

— Je ne vous ai rien caché, fit Bourne. Mais quand on monte une affaire, il faut s'attendre à de l'espionnage industriel. Chacun veut être le premier à commercialiser un nouveau produit, à lancer une nouvelle idée. Si on rafle le marché, on peut revendre pour un demi-milliard de dollars à Google ou Microsoft. Sinon, on finit sur la paille. »

Cette explication parut la calmer un peu mais il la sentait encore tendue. « Qu'allez-vous faire ?

— Pour le moment, rien. »

Suivi par Tracy, Bourne fit quelques pas et s'assit devant l'ordinateur. Pendant le chargement du site du musée du Prado, la jeune femme lui glissa à l'oreille : « Ne cherchez pas. L'homme qu'il vous faut est le professeur Alonzo Pecunia Zuñiga. »

Bourne reconnut le nom de l'expert ayant authentifié le Goya de Hererra, pour l'avoir lu sur la lettre trouvée dans la serviette en cuir de Tracy.

Sans un mot, il tapa son nom et fit défiler plusieurs articles de presse avant d'arriver sur une photo du professeur, lors d'une remise de récompense dans le cadre d'une fondation espagnole attachée à promouvoir l'histoire de Goya et son œuvre à travers le monde.

Alonzo Pecunia Zuñiga était un homme mince, âgé

d'une bonne cinquantaine d'années. Il avait une barbiche pointue soigneusement taillée et des sourcils si épais qu'ils projetaient une ombre sur ses yeux, comme une visière. Par précaution, Bourne vérifia la date de la photo puis zooma et l'imprima, ce qui lui coûta deux euros de plus. Google lui fournit ensuite les adresses d'une série de boutiques.

« Voilà notre première étape, dit-il à Tracy. Paseo Cristóbal Colón, au coin du Teatro Maestranza.

— Et l'homme à la cicatrice ? » murmura-t-elle.

Bourne sortit de Google et passa dans le cache du navigateur pour détruire à la fois l'historique et les cookies des sites visités. « J'espère qu'il va nous suivre, dit-il.

— Seigneur. » Tracy frissonna. « Pas moi. »

La grande artère du Paseo Colón longeait la rive orientale du Guadalquivir, dans le barrio El Arenal, quartier historique abritant la plupart des confréries de la semaine sainte. Depuis les magnifiques arènes de la Maestranza, on voyait se profiler la Torre del Oro, grande tour autrefois couverte d'or, faisant partie des fortifications élevées au XIIIe siècle pour protéger Séville des Berbères almoravides venus du Maroc, que les armées des royaumes chrétiens de Castille et d'Aragon avaient boutés hors d'Andalousie en 1230.

« Avez-vous déjà assisté à une corrida ? demanda Bourne.

— Non. L'idée même me fait horreur.

— Voilà l'occasion de vous forger une opinion. » Il lui prit la main et l'entraîna par l'entrée principale jusqu'au guichet où il acheta deux *sol barreras*, les seules bonnes places qui restaient mais en plein soleil.

Tracy rechignait toujours. « Ça ne me dit vraiment rien.

— Soit vous m'accompagnez, dit Bourne, soit je vous laisse ici avec le Balafré. »

Elle se raidit. « Il nous a suivis ? »

Bourne acquiesça. « Allez, on y va. » Il ramassa les tickets et la poussa pour la faire entrer. « N'ayez crainte, je m'occupe de tout. Faites-moi confiance. »

À la féroce clameur qui les accueillit, ils comprirent que la corrida avait commencé. Un portique circulaire composé d'arches décoratives courait au sommet des gradins. Comme ils descendaient l'allée pour gagner leurs places, les picadors s'employaient à fatiguer le premier taureau dans le mouvement appelé *suerte de picar*. Montés sur des chevaux caparaçonnés aux yeux couverts, ils enfonçaient leurs courtes lances dans le cou du taureau pendant que ce dernier dépensait une énergie folle à tenter de les désarçonner. Des tissus imbibés d'huile bouchaient les oreilles des chevaux pour éviter que les hurlements de la foule les effraient. Ils étaient muets car leurs cordes vocales avaient été coupées afin que leurs hennissements ne distraient pas le taureau.

« Bon, dit Bourne en lui tendant un ticket. Je veux que vous alliez acheter une bière à la buvette, là-bas. Prenez le temps de la boire en restant bien au milieu de la foule et après, allez vous asseoir.

— Et vous serez où ?

— Peu importe, dit-il. Contentez-vous de faire ce que je vous ai dit et attendez-moi à votre place. »

Il avait aperçu l'homme à la cicatrice rose qui arpentait la rangée du haut pour mieux voir ce qui se passait dans les gradins. Bourne regarda Tracy partir vers la buvette, sortit son téléphone et fit semblant de discuter.

Il voulait faire croire au Balafré qu'il donnait rendez-vous à un contact dans les arènes. Il hocha la tête de manière ostensible, rangea le téléphone et se mit à parcourir les gradins à la recherche d'un endroit à l'ombre, assez discret pour une rencontre. Quand le Balafré se pointerait, il s'occuperait de lui sans trop éveiller l'attention.

Le Balafré suivit Tracy du regard puis descendit les marches vers les niveaux inférieurs, à la rencontre de Bourne.

Ce dernier connaissait les lieux et leur disposition. Il partit à la recherche du toril, l'enclos abritant les taureaux avant leur entrée dans l'arène, car il savait qu'il trouverait à côté un couloir menant aux toilettes. Deux jeunes toreros étaient penchés sur la porte du taureau. Près d'eux, le matador, immobile comme la mort, avait troqué sa cape rose et or contre une muleta rouge. Il attendait la *suerte de matar*, le moment crucial où il ferait son entrée, seulement muni de son épée, de sa cape et de son talent, pour achever la bête pantelante. C'était du moins ainsi que les fans de corrida voyaient la chose. D'autres, notamment les défenseurs des animaux, considéraient le tableau sous un angle sensiblement différent.

Tandis qu'il approchait du toril, un coup sur la porte effraya les jeunes toreros qui s'écartèrent en toute hâte. Le matador se tourna un instant vers l'animal dans son enclos.

« Bien, tu es impatient d'y aller, dit-il. L'odeur du sang te rend fou. »

Puis il reporta son attention vers l'arène. Le taureau se fatiguait. Ce serait bientôt son tour.

« *Fuera !* se mirent à hurler les aficionados. *Fuera !* » Sortez ! criaient-ils aux picadors, de crainte que leurs lances n'affaiblissent trop la bête et que la confrontation finale ne soit pas à la hauteur du combat sanglant qu'ils désiraient ardemment.

Les picadors firent reculer leurs montures. Le matador avança vers l'arène en même temps que ses subalternes la quittaient. La clameur atteignit des sommets assourdissants. Hormis le Balafré, personne n'aurait songé à regarder Bourne sur le point d'atteindre le toril. À cette distance, on voyait nettement les trois crânes tatoués de l'autre côté de son cou. Des dessins très grossiers, horribles, sans doute faits en prison, dans un pénitencier russe. Cet homme n'était pas un simple voyou. Un crâne tatoué signifiait « tueur professionnel ». Trois crânes : trois meurtres.

Bourne ne pouvait pas aller plus loin – au-delà, s'ouvrait une arcade ramenant sous les tribunes. Juste en dessous de lui, il repéra le mur derrière lequel les toreros se réfugiaient pour échapper aux charges du taureau. Après, sur la droite, se trouvait le toril.

Le Balafré approchait à grands pas. Ayant dévalé les marches, il se glissa dans la rangée de gradins, comme un fantôme ou une apparition. Bourne se tourna, passa l'arcade et descendit un plan incliné. Dans la pénombre, de forts relents d'urine et de musc animal lui montèrent aux narines. À sa gauche, un corridor en ciment menait aux toilettes. Sur sa droite, une porte gardée par un homme grand et mince en uniforme.

Il décida de marcher vers le garde. À cet instant, une silhouette se découpa en contre-jour : le Balafré. Le garde lui ayant déclaré sans ménagement qu'il n'avait rien à faire dans le proche voisinage des taureaux, Bourne lui adressa son plus beau sourire en se plaçant entre lui et le Balafré. Puis il engagea la conversation et, d'un geste anodin, leva la main et lui appuya sur le cou, au niveau de la carotide. Le garde voulut prendre son arme mais Bourne le bloqua de l'autre main. L'homme se débattit. Bourne se replaça vite et lui coinça l'épaule gauche avec le coude, dans une prise paralysante. Comme le sang n'alimentait plus son cerveau, il s'évanouit et bascula vers l'avant. Bourne le retint tout en continuant à lui parler ; il voulait faire croire au Balafré que le garde était le fameux contact envoyé par l'homme que Bourne était venu voir. Il devait absolument préserver cette illusion car le Balafré n'était plus qu'à quelques mètres.

Bourne s'empara de la clé qui pendait au bout d'une chaîne sur la hanche du garde, déverrouilla la porte, poussa l'homme à l'intérieur, s'y glissa et referma derrière lui, après un dernier coup d'œil au Balafré en train de descendre le plan incliné. À présent, le tueur connaissait le lieu du rendez-vous ; il ne lui restait plus qu'à fondre sur sa proie.

Bourne se retrouva dans un petit vestibule contenant des coffres en bois remplis de nourriture pour les taureaux et un énorme évier en pierre muni de gros robinets en zinc. En dessous, étaient entreposés baquets, torchons, serpillières et bouteilles de détergent. Le sol couvert de paille n'absorbait qu'une infime partie de la puanteur ambiante. Dès qu'il huma sa présence, le taureau placé derrière une barrière en ciment haute d'un mètre quarante environ se mit à renifler, à beugler. Les hurlements frénétiques du public déferlaient par vagues sur le toril à ciel ouvert. La lumière du soleil, réfractée par les multiples points colorés ornant le costume du matador et les vêtements des spectateurs, diaprait la partie supérieure de l'enclos, comme si un peintre en éclaboussait la surface du bout de son pinceau.

Bourne avait eu le temps de prendre un chiffon dans un baquet quand la porte commença à pivoter sur ses gonds, si lentement qu'il dut vérifier deux fois pour s'en assurer. Il s'adossa à la barrière en ciment, fit une translation sur la gauche et se cacha dans un coin invisible depuis l'entrée.

Le taureau se manifesta en frappant la barrière de ses sabots. Était-il effrayé, en colère ? Toujours est-il qu'il aspergea Bourne d'éclats de plâtre. Le Balafré parut hésiter. Peut-être cherchait-il à identifier l'origine du bruit. Bourne aurait juré qu'il ignorait qu'un taureau attendait ici son tour de mourir dans l'arène. Cette bête qu'un rien énervait était un paquet de muscles fonctionnant à l'instinct, un fauve aussi rapide que mortel dont on ne venait à bout qu'après l'avoir épuisé, cent fois blessé, vidé de son sang et de sa vie dans la poussière de la piste.

Bourne rampa derrière la porte qui n'en finissait pas de s'ouvrir. La main gauche du Balafré apparut, tenant un couteau prolongé d'une lame aussi effilée qu'une épée de matador. La pointe acérée était dressée à l'oblique, position lui permettant aussi bien de frapper que de trancher ou de lancer.

Bourne enveloppa sa main gauche dans le chiffon afin d'obtenir un rembourrage adéquat. Il laissa le Balafré avancer d'un pas dans le vestibule et se jeta sur lui, de côté. Par instinct, le tueur leva sa lame et lui fit décrire un demi-cercle en direction du vague mouvement qu'il venait de détecter du coin de l'œil.

Bourne dévia le couteau de sa main protégée. Le Balafré ouvrit sa garde. Bourne se planta face à lui et, d'une rotation des hanches, lui décocha un direct du droit dans le plexus solaire. Le tueur eut un hoquet de surprise presque inaudible ; il écarquilla les yeux et, tout de suite après, enroula son bras droit autour du coude de Bourne en le lui bloquant avec le dos de la main. Puis il serra tout en faisant levier, dans la nette intention de lui briser l'avant-bras.

La douleur fulgurante le fit chanceler. Le Balafré en profita pour abaisser sa lame toujours enfouie dans le poing bandé de Bourne. Il cherchait à lui planter le couteau dans la poitrine mais, incapable de se concentrer sur deux mouvements à la fois, relâcha un instant la pression exercée sur l'avant-bras de Bourne.

Ce dernier fit un pas en avant, ce qui surprit son adversaire. Bourne était trop proche ; la lame lui glissa le long des côtes, si bien qu'il put coincer la main du Balafré entre son corps et son bras gauche. En même temps, se laissant emporter par son élan, il repoussa le Balafré à travers la pièce pour l'acculer contre la barrière de plâtre.

Fou de rage, le tueur augmenta sa pression sur le bras de Bourne. Dans un instant, on entendrait les os craquer. De l'autre côté de la cloison, le taureau sentit l'odeur du sang. Il mugit. De nouveau, ses gros sabots heurtèrent la paroi. Le choc fut assez puissant pour se répercuter dans le dos du Balafré et lui faire desserrer sa clé au bras.

Bourne se libéra mais le couteau toujours enfermé dans sa main glissa et lui déchira la peau du dos. Le sang coula. Bourne pivota, essayant en vain d'éjecter l'acier qui s'enfonçait toujours plus dans sa chair. Il n'avait pas le choix. Il sauta par-dessus la barrière.

Le Balafré le suivit sans hésiter. Ils se retrouvèrent en territoire inconnu, l'un en face de l'autre, avec en prime un taureau enragé.

Contrairement au Balafré, Bourne savait où il mettait les pieds mais la corpulence de la bête le surprit quand même. Sous les particules de poussière suspendues dans la lumière, s'étendait la caverne ombreuse du Minotaure. Il vit les yeux rouges et luisants, les lèvres noires mouchetées d'écume. Le taureau ne le lâchait pas du regard tout en frappant la terre de ses sabots. Sa queue se balançait nerveusement, ses épaules massives ondulaient sous le jeu des muscles et des tendons. Sa tête baissée ne lui disait rien qui vaille.

C'est alors que le Balafré lui sauta dessus. Uniquement rivé sur Bourne, il n'avait pas pris la mesure du danger que représentait la créature dont ils partageaient l'enclos. Bourne vit trois crânes alignés, chacun tourné dans une direction différente. Il leva un coude, visa la gorge du tueur mais ne réussit qu'à toucher le menton. Le Balafré vacilla sous le choc mais contre-attaqua aussitôt d'un coup de poing à la tempe. Bourne s'écroula dans la poussière. Le Balafré roula sur lui-même, saisit Bourne par les oreilles et se mit à lui frapper le crâne contre le sol.

Bourne sentait qu'il perdait connaissance. Le tueur était à califourchon sur sa poitrine. Sa blessure au cœur lui faisait très mal. Il le vit sourire un instant avant de reprendre son écœurant travail avec un plaisir renouvelé.

Bourne pensa : *Où est le couteau ?*

Ses deux mains cherchaient à tâtons autour de lui, mais sa tête tournait, des éclairs passaient devant ses yeux, l'ombre et la lumière se mélangeaient en une affolante spirale d'étincelles argentées. Il respirait avec peine, son cœur cognait dans sa poitrine. Plus son crâne heurtait le sol, plus ses sensations vitales diminuaient, remplacées par une chaleur diffuse qui remontait vers le centre de son corps depuis l'extrémité de ses membres. Cette chaleur l'engourdissait, faisait taire sa douleur mais aussi sa volonté. Il se vit flotter sur une rivière de lumière blanche, loin de ce monde de ténèbres.

Et tout à coup, un objet froid se présenta sous ses doigts. L'espace d'un instant, il crut sentir le souffle de Shiva le destructeur, son visage penché sur lui. Puis il comprit. Sa main se referma sur le couteau. Par ce geste rapide, Bourne émergea des abysses. Il plongea la lame entre les côtes du Balafré, l'enfonça jusqu'à la garde et lui transperça le cœur.

Le tueur recula. Bourne eut l'impression de voir ses épaules trembler, mais peut-être était-ce une illusion. Il avait reçu tellement de coups au crâne qu'il avait encore du mal à voir clair. Sinon comment expliquer que la tête du Balafré se soit transformée en mufle de taureau ?

Puis la conscience lui revint et, avec elle, l'horreur de sa situation. Il était dans l'enclos.

Le toril !

Il leva les yeux vers la bête immense, menaçante, qui se tenait tête baissée, cornes en avant, comme pour mieux l'éventrer.

Le sous-secrétaire Stevenson n'avait pas bonne mine quand Moira et Veronica Hart le trouvèrent enfin. Mais personne ne respire la santé allongé sur une dalle de marbre, dans la morgue de Washington DC. Les deux femmes l'avaient vainement cherché dans le quartier entourant le monument de la Fontaine de la cour de Neptune, à l'entrée de la Bibliothèque du Congrès. Suivant le protocole opérationnel, elles étaient parties du point d'origine – la Fontaine – avant de ratisser tout le secteur en décrivant des cercles de plus en plus larges.

Stevenson aurait peut-être laissé un indice susceptible d'expliquer sa disparition.

Moira avait appelé la femme et la fille de Stevenson mais ni l'une ni l'autre n'avaient de ses nouvelles. Elle venait de tomber sur le numéro d'Humphry Bamber, un de ses amis et voisin de chambre à l'université, quand Hart fut informée par téléphone qu'un cadavre correspondant à la description du sous-secrétaire venait d'être transféré à la morgue. La police municipale avait besoin d'une identification positive. Sur un coup d'œil de la DCI, Moira se proposa pour l'examen préliminaire. S'il s'agissait bien de Stevenson, les flics contacteraient sa femme pour qu'elle procède à l'identification formelle.

« Il fait peur à voir, dit Hart en contemplant la dépouille mortelle de Steve Stevenson. Que lui est-il arrivé ? demanda-t-elle à la légiste.

— Accident de la circulation avec délit de fuite. Les vertèbres C1 à C4 ont été broyées, ainsi que l'essentiel du pelvis. Il s'agit donc d'un véhicule de grande taille : un SUV ou une camionnette. » La légiste était une petite femme replète coiffée d'un halo cuivré de boucles mal domestiquées. « Il n'a rien senti, si cela peut vous consoler.

— Je doute que sa famille s'en contente », répliqua Moira.

La légiste poursuivit comme si de rien n'était ; elle avait vu et entendu tout cela des milliers de fois. Non qu'elle fût insensible mais, pour faire correctement ce boulot, on devait laisser ses émotions au placard. « Les flics sont en train d'enquêter mais je crains qu'ils fassent chou blanc. » Elle haussa les épaules. « C'est courant dans ce genre d'affaires. »

Moira réagit. « Avez-vous trouvé quelque chose qui sorte de l'ordinaire ?

— Pas dans l'autopsie préliminaire, en tout cas. Son taux d'alcoolémie était presque à 2. Plus du double de la limite légale. J'en conclus qu'il n'était pas en pleine possession de ses moyens et qu'il a voulu traverser au mauvais moment, déclara la légiste. Nous attendons l'identification formelle pour l'autopsie complète. »

Les deux femmes s'éloignèrent du macabre spectacle. Hart dit à Moira : « Je trouve bizarre qu'ils n'aient pas trouvé de portefeuille sur lui, pas de clés, rien qui permette de l'identifier.

— S'il ne s'agit pas d'un accident, répliqua Moira, je pense que ses meurtriers n'avaient pas forcément envie qu'on l'identifie tout de suite.

— Encore ta parano. » Hart secoua la tête. « OK, jouons au jeu des devinettes mais pas longtemps. S'il a été assassiné, pourquoi a-t-on laissé son corps au beau milieu de la rue ? Ils auraient pu l'enlever, le tuer et l'enterrer dans un endroit discret où personne ne l'aurait jamais retrouvé.

— Deux raisons à cela, rétorqua Moira. D'abord, il s'agit du sous-secrétaire à la Défense. Imagine un peu le remue-ménage que sa disparition aurait provoqué, la chasse à l'homme pendant des jours, des semaines, les journaux… Non, ces gens voulaient qu'il meure vite fait bien fait, circulez y a rien à voir. La définition même d'un accident. »

Hart pencha la tête. « Et la deuxième raison ?

— Ils voulaient m'effrayer pour que je cesse de m'intéresser à la trouvaille de Weston, cette chose qui inquiétait tant Stevenson.

— Pinprickbardem.

— Précisément.

— Tu deviens aussi gonflante que Bourne avec sa théorie du complot.

— Toutes les théories de Jason se sont révélées exactes », répliqua vivement Moira.

La DCI afficha un air dubitatif. « Ne mettons pas la charrue avant les bœufs. »

Arrivée devant la porte, Moira se retourna pour jeter un dernier regard sur la dépouille de Stevenson. Puis elle franchit le seuil en demandant à Hart : « Si je te disais que Stevenson était un alcoolique repenti, tu m'accuserais encore de mettre la charrue avant les bœufs ?

— La peur l'aurait-elle fait replonger ?

— Tu ne le connaissais pas, dit Moira. Son combat était devenu une religion. Rester sobre était son credo, sa raison de vivre. Il n'a pas bu une goutte d'alcool en vingt ans. Rien n'aurait pu le faire replonger. »

Le taureau approchait, rien ne l'arrêterait. Bourne saisit le manche du couteau, l'extirpa du corps du Balafré et roula sur le côté. Excitée par l'odeur du sang frais, la bête donna un petit coup de tête et encorna le Balafré au bas-ventre, puis elle releva son énorme mufle, souleva le cadavre comme une poupée de chiffon et le jeta contre la barrière.

Puis il se mit à renifler, à marteler le sol de ses antérieurs et enfin, chargea tête baissée. Quand le cadavre s'empala sur ses deux cornes, le taureau releva la tête et commença à le secouer d'avant en arrière, comme pour le déchiqueter, ce qui se serait sans doute produit si Bourne ne s'était pas levé à ce moment-là pour avancer à pas mesurés vers la bête. Dès qu'il fut assez proche, il tendit le couteau et du plat de la lame, donna une bonne claque sur le mufle noir et luisant.

Le taureau s'arrêta net, interloqué, puis recula d'un pas en laissant retomber le corps ensanglanté. Parfaitement immobile, les pattes antérieures largement écartées, il secouait la tête d'un côté et de l'autre comme s'il réfléchissait. D'où venait ce coup ? Que signifiait-il ? Le sang qui ruisselait de ses cornes dégoulinait dans la poussière. L'œil rivé sur Bourne, il semblait se demander que faire de ce deuxième intrus. Soudain, il émit un son guttural et fit un pas vers Bourne qui n'attendait que cela. La deuxième claque sur le mufle produisit l'effet escompté. La bête se figea, cligna les yeux, renifla et se remit à secouer la tête pour soulager la douleur cuisante qu'on venait de lui infliger.

Bourne profita de ce répit pour s'agenouiller près du cadavre mutilé. Il lui fit les poches à la recherche d'un indice. Il avait besoin de découvrir pour qui travaillait le Balafré. Wayan lui avait décrit un homme aux yeux gris. Le Balafré n'était donc pas le tueur de Bali. Mais il était peut-être au service de l'homme qui avait embauché le tireur d'élite. La tête du Balafré ne lui rappelait vraiment rien. Bourne l'avait-il croisé autrefois, durant cette période dont le souvenir le fuyait ? Plus il se creusait la cervelle, plus il s'interrogeait, plus il se sentait devenir fou. C'était à chaque fois la même chose. Dès que le passé commençait à affleurer, il avait besoin d'une réponse immédiate. Sinon, il ne connaîtrait jamais la paix.

Dans les poches du Balafré, il ne trouva qu'un rouleau de billets maculés de sang. Rien d'étonnant à cela. Il avait dû planquer son faux passeport et autres documents dans une consigne d'aéroport ou de gare – mais dans ce cas, où était la clé ?

Bourne retourna le corps et s'apprêtait à poursuivre

ses recherches quand le taureau, sortant de sa stupeur, se précipita vers lui. Son bras se trouvait en plein dans la trajectoire des cornes. Il eut à peine le temps de s'écarter que la bête donna un violent coup de tête sur le côté. La corne glissa le long de son bras, lui arrachant une bande de peau.

Bourne agrippa la corne, s'en servit comme appui et, d'un brusque coup de reins, sauta sur le dos du taureau. D'abord, il ne comprit pas ce qu'il lui arrivait mais très vite, sentant un poids sur sa croupe, il se jeta contre la barrière. Au lieu de la percuter tête baissée, il se plaça de côté, si bien que Bourne y aurait laissé sa jambe droite s'il n'avait eu le réflexe de la lever. Son geste salvateur faillit le désarçonner. S'il était tombé, le taureau furieux l'aurait piétiné jusqu'à ce que mort s'ensuive.

Le taureau ne s'avouait pas vaincu. Il repartit au petit trot vers la barrière. Bourne s'accrochait comme il pouvait. Par chance, il avait gardé sur lui le couteau du Balafré. Si la lame était assez longue, il pourrait lui donner le coup de grâce, le faire tomber à genoux. Encore faudrait-il déterminer l'endroit exact où frapper et selon quel angle. Pourtant Bourne savait qu'il n'en ferait rien. Tuer cette bête terrifiée d'un coup par-derrière lui paraissait la pire des lâchetés. Il songea au cochon de bois qui surplombait la piscine, à Bali. Il revit l'ineffable sourire qui dessinait sur sa trogne peinte l'expression de la plus grande sagesse. Ce taureau devait vivre sa vie jusqu'au bout ; Bourne n'avait pas le droit de la lui voler.

Il en était là de ses réflexions quand la bête, dans une tentative désespérée pour déloger son cavalier, percuta la barrière à l'oblique, tête penchée sur la gauche. De nouveau, Bourne crut tomber. Bien que rudement secoué, il tint bon en s'accrochant de plus belle aux cornes. Le bras que le Balafré avait voulu briser le faisait souffrir, l'estafilade dans son dos saignait encore mais tout cela n'était rien comparé aux douleurs qui déchiraient son crâne. Il savait qu'il ne résisterait plus très longtemps, mais se laisser tomber signifiait la mort assurée.

Alors, tandis que les cris dans l'arène s'élevaient en un crescendo assourdissant, le taureau replia ses antérieurs. Son dos s'inclina. Bourne, désarçonné, tomba à la renverse contre la barrière que les charges répétées avaient craquelée en d'innombrables fissures.

À moitié assommé, roulé en boule aux pieds de la bête dont il sentait le souffle chaud sur sa peau, les cornes pointées à quelques centimètres de son visage, il voulut bouger mais son corps refusa d'obéir. Il respirait avec difficulté, il avait des vertiges.

Les yeux rouges le fixaient intensément. Déjà les muscles roulant sous le cuir luisant se préparaient à l'assaut final. Bourne comprit que, dans un instant, il connaîtrait le sort du Balafré, ridicule poupée de chiffon empalée sur les cornes du monstre.

15

Le taureau eut un sursaut. Il aspergea le visage de Bourne d'une brume chaude. Ses yeux se révulsèrent, son crâne massif heurta le sol avec un bruit mat. Pour tenter de sortir au plus vite de son engourdissement, Bourne s'essuya les yeux d'un revers de manche et posa la tête contre la barrière. C'est alors qu'il vit le garde qu'il avait mis hors d'état de nuire, quelques minutes auparavant.

L'homme se tenait dans la position classique du tireur, jambes écartées, pieds plantés dans le sol, une main en coupe sur la crosse du pistolet qui venait de cracher deux balles sur le taureau et qui, à présent, visait Bourne.

« *¡ Levantese !* ordonna-t-il. Debout, les mains en évidence.

— C'est bon, dit Bourne. Un moment. » Se retenant d'une main au rebord de la paroi en ciment, il se redressa non sans peine. Puis il déposa le couteau du Balafré sur le haut de la barrière et leva les mains, paumes tournées à l'extérieur.

« Qu'est-ce que tu fiches ici ? » Le garde était blême de rage. « Fils de pute, regarde ce que tu m'as fait faire. Tu as une idée du prix que coûte ce taureau ? »

Bourne désigna le corps déchiqueté du Balafré. « Je n'y suis pour rien. C'est à cause de lui. Ce type est un tueur professionnel. J'essayais de lui échapper. »

Le garde fronça les sourcils. « Qui ? De qui tu parles ? » Il fit quelques pas hésitants vers Bourne et, quand son regard tomba sur le cadavre sanguinolent du Balafré, s'écria : *« Madre de Dios ! »*

D'un bond, Bourne renversa le garde. Ils se disputèrent un moment le pistolet puis Bourne frappa son adversaire au cou du tranchant de la main. L'homme perdit connaissance à nouveau.

Avant de se dégager, il vérifia le pouls du garde puis se releva et alla se mettre la tête sous le robinet. L'eau froide lava le sang du taureau et ramena Bourne à la vie. Avec le plus propre des chiffons trouvés sous l'évier, il se sécha puis, toujours assailli de légers vertiges, sortit. Là-bas, il voyait miroiter les couleurs éblouissantes de la parade. Le matador triomphant faisait son tour de piste d'un pas lent et majestueux ; dans sa main levée, il présentait les oreilles du monstre vaincu à la foule en délire.

Quant au taureau, il gisait au centre de l'arène, mutilé, oublié, sa tête désormais immobile couverte d'une nuée de mouches.

Amun lui faisait l'effet d'une petite centrale nucléaire. Combien de fois lui avait-il menti ? se demandait Soraya. Avait-il des ennemis puissants au sein du gouvernement égyptien ou au contraire ces mêmes personnes lui avaient-elles donné l'ordre de se procurer un missile Kowsar 3 et d'abattre l'avion américain ?

Il brisa le silence. « Le plus troublant, c'est que les Iraniens ont dû bénéficier d'une aide pour venir jusqu'ici. Traverser l'Irak en plein chaos n'a pas dû être bien compliqué mais après, par où sont-ils passés ? La route du Nord, à travers la Jordanie et le Sinaï, est trop risquée. Les Jordaniens leur auraient tiré dessus et le Sinaï est trop exposé, trop surveillé. » Il secoua la tête. « Non, ils ont dû arriver par la mer Rouge via l'Arabie Saoudite. Et le point de chute le plus logique est Hurghada. »

Soraya connaissait cette tranquille station balnéaire égyptienne où convergeaient les stressés du monde entier, dans un cadre ressemblant fort à Miami Beach. Amun avait raison : son ambiance festive et décontractée faisait d'Hurghada le point de chute idéal pour un groupuscule terroriste voulant se faire passer pour des touristes ou, mieux encore, des pêcheurs égyptiens.

Amun mit le pied au plancher pour dépasser voitures et camions. « Un petit avion nous attend à l'aéroport pour nous emmener à Hurghada. On nous servira le petit-déjeuner à bord. Nous établirons la stratégie tout en mangeant. »

Soraya appela Veronica Hart qui répondit dès la première sonnerie.

Une fois informée des derniers événements, Hart dit : « Le Président doit s'adresser au Conseil de sécurité des Nations unies demain matin. Il demandera une condamnation officielle de l'Iran.

— Sans preuve concrète ?

— Halliday et ses copains de la NSA l'ont convaincu que leur rapport écrit est une preuve suffisante.

— Je suppose que tu n'es pas d'accord, dit sèchement Soraya.

— Ah ça non ! Si nous nous retrouvons encore tout seuls face à ce problème, comme pour les armes de destruction massive en Irak, et qu'ensuite il est prouvé que nous avons eu tort, ce sera un désastre, autant sur le plan politique que militaire. Nous aurons entraîné le monde dans une guerre trop vaste, impossible à mener dans les circonstances actuelles, même par nous, quoi qu'en dise Halliday. Il faut que tu me trouves la preuve concrète de l'implication de l'Iran.

— Justement, nous nous y employons, Chalthoum et moi, mais la situation s'est compliquée entre-temps.

— C'est-à-dire ?

— Chalthoum pense que les Iraniens se sont fait aider pour transporter le missile, et je partage son avis. » Elle répéta les arguments d'Amun. « Parmi les acteurs du 11 Septembre, beaucoup étaient saoudiens. Si le groupuscule terroriste iranien compte les mêmes individus parmi ses membres, ou, pis encore, si ces Saoudiens ont fait alliance avec le gouvernement iranien lui-même, les conséquences seront d'autant plus graves, car les Iraniens sont chiites et les Saoudiens d'obédience wahhabite, une branche du sunnisme. Or, comme vous le savez, chiites et sunnites sont des ennemis mortels. Une telle union signifierait donc qu'ils ont conclu une trêve temporaire ou même une alliance autour d'un même objectif. »

Hart prit une bouffée d'air. « Dieu du ciel, nous sommes en train d'évoquer le scénario cauchemardesque qui fiche les jetons à la communauté du renseignement américaine et européenne depuis des années.

— Avec raison, ajouta Soraya, car l'unification de l'Islam contre l'Occident pourrait être la première étape vers une guerre totale. »

La blessure près de son cœur l'élançait terriblement. Bourne redoutait qu'elle se fût rouverte. En sortant du toril, il fila aux toilettes pour laver le sang qui restait sur ses vêtements. À mi-chemin, il aperçut deux policiers tourner au coin et se diriger vers lui. Un spectateur dans l'arène avait-il remarqué quelque chose et donné l'alerte ? À moins que le garde n'ait repris connaissance. En tout cas, il fallait agir vite. Il rebroussa chemin et s'engagea d'un pas mal assuré sur la petite montée ouvrant vers le ciel pailleté de Séville. Il entendit un appel derrière lui. Lui était-il destiné ? Sans se retourner, il se faufila entre les gradins à la recherche de Tracy qui s'était déjà levée et le cherchait du regard, comme si elle avait flairé le danger. Quand ils se virent, elle ne marcha pas vers lui mais fonça vers la sortie en espérant qu'il suive son exemple.

La clameur dans l'arène était retombée à un niveau supportable. Les spectateurs commençaient à partir. Parmi la rumeur des conversations, la marée humaine s'étirait vers les buvettes et les toilettes. Sur la piste, on emportait la dépouille du taureau, on ratissait la poussière pour couvrir le sang, on préparait l'entrée du suivant.

La douleur explosa dans sa poitrine comme une bombe. Bourne chancela et s'affala sur deux femmes qui se retournèrent pour le dévisager. Déjà il se redressait. Malgré sa faiblesse, il avait noté une présence policière anormale. Quelqu'un avait donné l'alarme, cela ne faisait aucun doute.

L'un des flics aperçus dans les coulisses venait d'émerger ; il le cherchait. Bourne se fondit dans la foule qui se déplaçait lentement mais sûrement vers la sortie où l'attendait Tracy.

Mais le policier avait dû le repérer car, d'un pas expert, il se fraya un chemin entre les spectateurs. Il approchait à une allure inquiétante. Bourne tentait d'évaluer la distance qui le séparait de la sortie quand il vit Tracy surgir de la masse mouvante, le croiser et, sans le regarder, partir dans la direction opposée. Que faisait-elle ?

Il poursuivit son chemin en jouant des coudes et, au bout d'un moment, risqua un coup d'œil derrière lui. Tracy discutait avec le policier. Sa voix plaintive lui parvenait par bribes. Elle jouait la touriste affolée. On lui avait volé son téléphone portable dans son sac. Visiblement agacé, le policier essaya de l'écarter mais en vain. Tracy grimpa dans les aigus, ce qui eut pour effet d'attirer l'attention sur elle. Voyant cela, le policier dut se résoudre à l'écouter.

Malgré la douleur, Bourne ne put s'empêcher de sourire. Encore trois pas avant la sortie. À peine eut-il franchi le porche qu'un coup de poignard lui compressa la poitrine. Il s'écroula contre le mur en ciment, la bouche ouverte, le souffle coupé. Les gens qui entraient et sortaient le bousculaient sans le voir.

« Allez, on bouge », lui souffla Tracy en attrapant son bras. Ils descendirent un plan incliné donnant sur un grand hall bondé où les amateurs de corrida se retrouvaient pour fumer et discuter des mérites de leur matador préféré. La rue se trouvait tout au fond, au-delà des portes vitrées.

Cette femme l'avait protégé en détournant l'attention du policier. Il se concentra de toutes ses forces. Ses poumons se remirent à fonctionner.

« Seigneur, mais qu'est-ce qui vous est arrivé là-bas ? s'écria-t-elle. Vous êtes gravement blessé ?

— Non, pas gravement.

— Vraiment ? Pourtant vous avez une tête de cadavre. »

À cet instant, trois policiers firent une apparition remarquée dans le hall.

D'un commun accord, Moira et Veronica Hart décidèrent de prendre la Buick blanche que Moira avait louée, voiture anonyme s'il en était. Elles trouvèrent Humphry Bamber, le meilleur ami de feu le sous-secrétaire Stevenson, à son club de gym. Il venait de terminer sa séance ; un moniteur était allé le chercher dans le sauna. Il arriva chaussé de tongs bleu ciel, une serviette nouée autour de la taille et une autre, plus petite, autour du cou, dont il se servait pour s'éponger le visage.

En le voyant apparaître, Moira se dit qu'il n'avait pas besoin de dissimuler son corps sous des vêtements ; il était aussi ferme et sculpté que celui d'un athlète professionnel. Bamber devait passer le plus clair de son temps à soulever de la fonte pour entretenir ces tablettes de chocolat et ces impressionnants biceps.

L'apollon les accueillit avec un sourire intrigué. Les épais cheveux blonds qui cachaient presque son front lui donnaient un air enfantin. Ses yeux clairs largement écartés se posèrent sur les deux femmes. Moira ne décela rien de particulier dans ce regard à la fois neutre et inquisiteur.

« Mesdames, que puis-je faire pour vous ? demanda-t-il. Marty m'a dit que c'était urgent. » Il parlait du moniteur.

« C'est urgent, en effet, rétorqua Hart. Y a-t-il un endroit tranquille où nous pourrions discuter ? »

Bamber se composa une expression plus sérieuse. « Vous êtes flics ?

— Si je vous disais oui ? »

Il haussa les épaules. « Je vous répondrais que vous m'intriguez. »

Quand Hart produisit sa carte, l'homme leva les sourcils.

« Me soupçonnez-vous de passer des secrets à l'ennemi ?

— Quel ennemi ? dit Moira.

— Vous êtes drôle, s'esclaffa-t-il. Comment vous appelez-vous ?

— Moira Trevor.

— Ah. » Aussitôt, le visage de Bamber s'assombrit. « On m'a dit de me méfier de vous.

— Vous méfier ? Qui a dit cela ? » Mais elle le savait déjà.

« Un nommé Noah Petersen. »

Moira revit Noah lui confisquer le téléphone de Jay Weston, sur la scène de crime. Il avait dû y trouver le numéro de Bamber.

« Il a dit…

— Son vrai nom est Perlis, l'interrompit Moira. Noah Perlis. Et vous auriez tort de croire ce qu'il raconte.

— Il m'a prévenu que vous diriez ça. »

Moira eut un rire amer. Hart insista : « Un endroit discret, monsieur Bamber, je vous prie. » Il hocha la tête, les conduisit dans un bureau inoccupé et ferma la porte derrière eux. Quand ils furent assis, Hart dit : « Je crains que nous n'ayons de mauvaises nouvelles à vous annoncer. Steve Stevenson est mort. »

Bamber parut abasourdi. « Quoi ? »

Hart poursuivit : « Monsieur Peter… Perlis aurait-il oublié de vous le dire ? »

Bamber resta coi et, d'un geste frileux, s'entoura les épaules avec la petite serviette.

« Mon Dieu. » Il secoua la tête d'un air incrédule puis leva vers elles un regard suppliant. « C'est sûrement une erreur, un bureaucrate aura mélangé des papiers, ce genre de confusion stupide arrive tout le temps. Steve n'arrête pas de s'en plaindre.

— Ce n'est pas le cas, hélas, dit Hart.

— Un des hommes de Noah… de monsieur Perlis… a tué votre ami et a maquillé le meurtre en accident, compléta Moira, la gorge nouée par l'émotion, avant de poursuivre sans prêter attention au regard dissuasif que lui lançait Hart : monsieur Perlis est un homme dangereux qui travaille pour une organisation dangereuse.

— Je… » D'un geste distrait, Bamber se passa la main dans les cheveux. « Merde, qui dois-je croire ? » Son regard passa de l'une à l'autre. « Puis-je voir le corps de Steve ? »

Hart acquiesça. « On peut arranger ça dès que nous en aurons terminé ici.

— Ah oui. » Bamber lui adressa un sourire triste. « Pour me récompenser de ma coopération, c'est cela ? »

Hart s'abstint de répondre.

Il capitula d'un hochement de tête. « Que puis-je faire pour vous aider ?

— Je ne sais pas si vous pouvez nous aider, dit Hart avec un coup d'œil explicite à Moira. Parce que si vous le pouviez, monsieur Perlis vous aurait déjà tué. »

Pour la première fois, Bamber parut franchement inquiet. « Mais de quoi s'agit-il donc ? s'écria-t-il avec une indignation bien compréhensible. Steve et moi sommes amis depuis l'université, c'est tout. »

Dès l'instant où Bamber était apparu, Moira s'était interrogée sur la longue amitié de ce sportif sur le retour avec Steve Stevenson, lequel ne se contentait pas d'ignorer la différence entre le softball et le football mais, pis encore, s'en fichait royalement. Ce que Bamber venait de dire lui mit la puce à l'oreille. Il lui restait à remettre ses impressions dans le bon sens.

« Je pense que si Noah s'en est tenu à un avertissement, c'est qu'il est sûr de lui, et de vous, dit-elle. Ai-je raison, monsieur Bamber ? »

Bamber se renfrogna. « Je ne vois pas de quoi vous parlez.

— Noah sait que vous ne parlerez pas. Qu'est-ce qui vous fait si peur ? »

Il se leva d'un bond. « Ça suffit. Arrêtez de me harceler !

— Rasseyez-vous, monsieur Bamber, ordonna Hart.

— Vous et le sous-secrétaire Stevenson étiez plus que de simples camarades d'université, insista Moira. Plus que de bons amis. N'est-ce pas ? »

Bamber se laissa retomber sur son siège, les jambes coupées. « Je veux qu'on me protège de Noah et de sa clique.

— Vous êtes protégé », dit Hart.

Il la regarda droit dans les yeux. « Je ne plaisante pas. »

Elle sortit son téléphone et composa un numéro. « Tommy, j'ai besoin d'une équipe de sécurité dans la seconde. » Elle donna à son assistant l'adresse du club de gym. « Au fait, Tommy, pas un mot à quiconque en dehors de l'équipe. Est-ce clair ? Bien. »

Elle rangea le téléphone et dit à Bamber : « Moi non plus.

— Tant mieux. » Il eut un soupir de soulagement et, se tournant vers Moira, esquissa un faible sourire. « Vous n'avez pas tort à propos de Steve et moi. Noah savait que si la vraie nature de nos relations était rendue publique, ce serait la catastrophe. »

Moira en eut le souffle coupé. « Vous l'avez appelé Noah. Vous voulez dire que vous le connaissez ?

— D'une certaine manière. Je travaille pour lui. S'il m'a épargné c'est aussi, et surtout, à cause de cela. Vous voyez, je lui ai fabriqué un logiciel sur mesure. Le programme n'est pas encore parfait, il y a des bugs, et je suis le seul à pouvoir y remédier.

— Marrant, fit Hart, vous n'avez pas l'air d'un génie de l'informatique.

— Ouais, eh bien, Steve avait coutume de dire que cela faisait partie de mon charme. Je n'ai jamais eu l'air de ce que je suis réellement.

— À quoi sert ce logiciel ? s'enquit Moira.

— Il analyse des statistiques. C'est un programme assez complexe, capable de traiter des millions de paramètres. J'ignore ce qu'il fabrique avec. Il tenait à me laisser dans l'ignorance. Cela faisait partie de notre accord. En compensation, je lui ai demandé, et j'ai obtenu, une somme plus importante.

— Mais vous disiez travailler à l'amélioration de ce logiciel.

— C'est vrai, reconnut Bamber. Mais par nécessité, j'interviens sur une version neutre. Quand j'ai fini, je la transfère sur l'ordinateur portable de Noah. Ce qui se passe ensuite relève de l'extrapolation.

— Et quel est le résultat de vos extrapolations ? » demanda Moira.

Un autre soupir. « J'ai mis le paquet sur ce truc. Son niveau de complexité laisse à penser qu'il l'utilise sur une base réelle.

— Traduction, s'il vous plaît.

— Il existe des scénarios de laboratoire et des scénarios sur base réelle, expliqua Bamber. Comme vous l'imaginez sans peine, les programmes conçus pour effectuer des prévisions à partir de situations réelles sont infiniment complexes, à cause de tous les facteurs qui entrent en ligne de compte.

— Des millions de facteurs. »

Il hocha la tête. « Que mon programme étudie dans le détail. »

Moira le regarda, fascinée. L'idée qui venait d'exploser entre ses yeux la fit reculer sur son siège. « Ce programme… vous lui avez donné un nom ?

— Oui, fit Bamber un peu gêné. C'est une blague entre Steve et moi. » Venant de s'apercevoir qu'il avait employé le présent, il s'interrompit. La nouvelle de la mort de son ami et amant revint le torturer. La tête baissée, il murmura en gémissant : « Oh Seigneur, Steve. »

Moira laissa passer un instant puis s'éclaircit la gorge. « Monsieur Bamber, nous vous présentons toutes nos condoléances. Je connaissais le sous-secrétaire Stevenson. Il m'arrivait de travailler avec lui. Il m'a toujours aidée, même au prix de sa propre sécurité. »

Bamber releva la tête ; il avait les yeux rouges. « Ouais. Steve était comme ça.

— Quel nom avez-vous donné au programme que vous avez créé pour Noah Perlis ?

— Ah oui. C'est ridicule, rien qu'une blague entre nous. Steve et moi sommes… étions… fans de Javier.

— Bardem », compléta Moira.

Bamber parut surpris. « Oui, comment le savez-vous ? »

Moira pensa : *Pinprickbardem*.

16

Le musée taurin se situait sous les arènes elles-mêmes. Bourne y donna rendez-vous à Tracy. Avant que les agents pénètrent dans le grand hall, ils eurent à peine le temps de se séparer et de plonger dans la foule chacun de son côté. Deux policiers foncèrent droit sur le centre des arènes. Les deux autres restèrent plantés de part et d'autre des portes vitrées, à fouiller l'espace du regard.

C'était le jour de fermeture du musée. Comme la porte intérieure était verrouillée, Bourne entreprit de crocheter la serrure au moyen d'un trombone que Tracy avait trouvé au fond de son sac. Ils se faufilèrent à l'intérieur et refermèrent derrière eux. Du haut de leur perchoir, les têtes empaillées des grands taureaux tués dans ces arènes les contemplaient de leurs yeux glacés. Ils passèrent devant plusieurs vitrines présentant les splendides costumes des plus célèbres matadors. Les premiers remontaient au XVIIIe siècle, date de construction de la Maestranza. Toute l'histoire de la corrida était exposée dans ces salles à l'odeur de moisi.

Bourne ne s'intéressait pas aux merveilles de l'art tauromachique ; il cherchait le placard de ménage et le trouva au fond du musée, à côté d'une resserre. Il demanda à Tracy de lui trouver un produit détergent pour nettoyer la blessure qu'il avait dans le dos. La douleur lancinante lui coupa le souffle et lui fit perdre connaissance.

Il s'éveilla en sentant la main de Tracy sur son épaule. Elle le secouait, ce qui ne fit qu'aggraver son mal de tête.

« Réveillez-vous ! dit-elle, affolée. Vous êtes encore plus faible que vous ne paraissez. Je dois vous sortir de là. »

Il hocha la tête ; bien qu'il n'ait pas tout entendu, il avait saisi l'essentiel. Tracy l'aida comme elle put à traverser le musée jusqu'à l'autre porte, donnant sur la rue. Tracy tourna le verrou et passa la tête dehors. Quand elle lui fit signe, il émergea dans la lumière du crépuscule.

Elle avait dû commander un taxi par téléphone parce qu'il se retrouva presque aussitôt sur une banquette arrière. Après qu'elle l'y eut installé, Tracy se glissa à côté de lui puis se pencha pour donner une adresse au chauffeur.

Pendant qu'ils démarraient, elle regarda par le pare-brise arrière. « La police ratisse toute la Maestranza, dit-elle. J'ignore ce que vous avez fabriqué, mais ça les a rendus dingues. »

Bourne ne l'entendait pas ; il s'était de nouveau évanoui.

Soraya et Amun Chalthoum arrivèrent à Hurghada un peu avant midi. Quelques années auparavant, ce modeste village de pêcheurs avait subi une véritable mutation, grâce aux efforts conjoints du gouvernement égyptien et des investisseurs étrangers. C'était aujourd'hui l'une des plus grandes stations balnéaires de la mer Rouge. Comme la plupart des villes côtières égyptiennes, Hurghada ne s'enfonçait pas dans les terres ; on aurait dit qu'elle s'accrochait désespérément au rivage. Elle se divisait en trois grands secteurs : le centre historique d'El Dahar, où se concentraient les maisons traditionnelles et le bazar ; le quartier de Sekalla, plus moderne, enlaidi par la prolifération d'hôtels bon marché ; et la partie chic, El Korra Road, avec ses établissements de luxe, ses plantations luxuriantes, ses fontaines extravagantes et autres complexes privés cernés de murs, construits par des milliardaires russes ne sachant que faire d'un argent trop facilement gagné.

D'abord, ils rencontrèrent les pêcheurs, ce qu'il en restait du moins – le temps et l'industrie du tourisme les ayant décimés. Des vieillards à la peau ridée, tannée comme du vieux cuir, aux yeux pâlis par le soleil, aux mains durcies par le travail, dont les articulations déformées disaient les décennies passées à remonter les filets. Leurs fils les avaient abandonnés pour aller travailler dans des bureaux climatisés ou tenter leur chance à l'étranger, loin de leur patrie. Comme toute espèce en voie de disparition, ils formaient un bloc soudé et regardaient d'un œil hostile les compatriotes venus de la capitale accaparer leurs sites de pêche pour y installer encore plus de jet-skis et autres hors-bord. Chalthoum et al-Mokhabarat leur faisaient peur ; ils les accueillirent avec une hostilité glaciale. Mais qu'avaient-ils à perdre, eux qui avaient déjà tout perdu ?

En revanche, ils tombèrent sous le charme de Soraya. Ils adoraient la voix douce qu'elle prenait pour leur parler, son beau visage, sa silhouette harmonieuse. Grâce à elle, ils acceptèrent de répondre aux questions. À les entendre, personne n'aurait pu se faire passer pour un pêcheur local sans qu'ils le sachent. Ils n'étaient plus qu'une poignée et se connaissaient tous, de même qu'ils connaissaient de vue tous les bateaux, grands et petits, qui croisaient dans les parages. Ils lui affirmèrent n'avoir rien remarqué d'inhabituel.

« Mais il y a les clubs de plongée », leur dit un marin grisonnant. Ses mains qui s'activaient sur les filets à ravauder étaient aussi grosses que son crâne. Il tourna la tête et cracha de côté pour exprimer son mécontentement. « Personne ne sait qui sont leurs clients. Et pour ce qui est de leur personnel, eh ben, on dirait qu'ils en changent d'une semaine sur l'autre. Alors comment voulez-vous qu'on les reconnaisse ? Ils vont, ils viennent, on les remarque même pas. »

Soraya et Chalthoum se répartirent les vingt-cinq clubs de plongée listés par les pêcheurs, disséminés sur toute la ville, et convinrent de se retrouver chez un marchand de tapis du bazar d'El Dahar, un ami à lui.

Soraya descendit vers la mer et les neuf clubs qui y tenaient boutique dans l'intention de les visiter l'un après l'autre pour les rayer de la liste au fur et à mesure. Elle monta à bord des bateaux, discuta avec les capitaines et leurs équipages, consulta le registre des clients sur les trois dernières semaines. Parfois, elle devait attendre que les navires reviennent. D'autres fois, le patron était assez aimable pour l'emmener sur les sites de plongée. Après quatre heures d'une recherche décevante, à poser les mêmes questions pour obtenir les mêmes réponses, elle dut se rendre à la raison : cette tâche surhumaine revenait à chercher une aiguille dans un camion rempli de meules de foin. Même si les terroristes avaient utilisé cette méthode pour entrer en Égypte, ils auraient très bien pu agir à l'insu des opérateurs de plongée. En outre, comment auraient-ils pu transporter une caisse assez grosse pour abriter le Kowsar 3 sans éveiller les soupçons ? De nouveau, la version d'Amun lui parut sujette à caution et elle se remit à le soupçonner de complicité dans l'attaque de l'avion américain.

Qu'est-ce que je fiche ici ? pensa-t-elle. *Et si Amun et son organisation étaient les vrais coupables ?*

En désespoir de cause, elle décida d'en terminer après avoir interrogé le personnel du neuvième club. Un vieil Égyptien qui passait son temps à cracher par-dessus bord l'emmena dans sa barque jusqu'au navire de plongée. Il faisait un temps magnifique et le soleil tapait dur. Les mouvements du bateau brassaient l'air immobile, créant une légère brise. À travers ses lunettes de soleil, tout était noyé dans une clarté éblouissante. Ses narines humèrent l'odeur capiteuse du sel marin. Elle était si lasse de répéter la même chose depuis des heures qu'elle ne vit pas le jeune homme blond aux cheveux hirsutes s'esquiver discrètement au moment où elle monta sur le navire pour interroger le patron. Et encore les mêmes questions : Avez-vous remarqué des individus au comportement étrange au cours des trois dernières semaines ? des soi-disant Égyptiens sont-ils arrivés par la mer ? ont-ils accosté le même jour ? pas de bagages volumineux ? Non, non et non. C'était à devenir cinglé.

Quand le jeune homme hirsute rassembla son équipement et bascula en arrière, elle ne le vit toujours pas. Ce n'est qu'en l'entendant sauter dans l'eau qu'elle sortit de sa léthargie. Elle traversa le pont du bateau en courant, lâcha son sac à main, balança ses chaussures n'importe où et plongea à sa poursuite. Il était muni d'un masque et d'une bouteille d'air comprimé.

Elle le vit nager entre deux eaux. Même sans palmes, il descendait rapidement. Il devait penser qu'elle ne le rattraperait jamais.

Il se trompait à la fois sur les capacités physiques et la détermination de la jeune femme. Elle venait d'avoir un an quand son père l'avait jetée dans une piscine, sous le regard horrifié de sa mère. Il lui avait enseigné l'endurance, l'énergie, la vitesse, autant de qualités qui lui avaient permis de rafler toutes les coupes lors des championnats scolaires et universitaires. Elle aurait pu rejoindre l'équipe olympique mais à la même époque, les services de renseignements l'avaient recrutée et elle avait eu d'autres chats à fouetter.

Avec des gestes puissants et assurés, elle nageait vers le jeune plongeur ; elle allait l'atteindre quand il se tourna et, surpris de la voir si proche, leva son fusil-harpon. Il était en train d'armer le mécanisme de propulsion quand elle le frappa. Au lieu de lâcher le fusil, il l'agrippa plus fermement encore, bien résolu à s'en servir dès qu'il serait prêt. Elle l'attrapa par-derrière, l'obligea à se tordre. Le fusil-harpon s'abaissa, visant la tempe de Soraya. Elle lâcha son assaillant. La flèche à barbillon se retrouva dans le prolongement de sa poitrine.

D'un puissant battement de jambes, elle se dégagea une fraction de seconde avant qu'il presse la détente. La flèche passa à côté. Elle revint à la charge. À présent, l'arme ne l'intéressait plus, les mains et les pieds du plongeur non plus. Elle voulait juste lui retirer son masque pour qu'ils soient à égalité. Ses poumons commençaient à brûler ; elle savait qu'elle ne tiendrait plus très longtemps.

Elle se jeta sur lui. Pendant la lutte, son cœur égrenait les secondes, une, deux, trois. Puis enfin, elle lui arracha son masque. Profitant de l'effet de surprise, elle s'empara du détendeur, le mit dans sa bouche, oxygéna ses poumons puis remonta d'un coup de pied en emportant sa prise immobilisée par une clé au bras. Quand ils crevèrent la surface, elle cracha le détendeur.

Le capitaine avait levé l'ancre pendant qu'ils étaient au fond. À présent, le bateau manœuvrait pour se rapprocher afin qu'on puisse les hisser à bord.

« Amenez-moi mon sac », haleta Soraya en s'asseyant à califourchon sur le dos du jeune homme pour mieux le clouer sur le pont. Elle se concentra sur son souffle, dégagea les cheveux qui pendaient devant ses yeux et sentit l'eau déjà chauffée par le soleil lui dégouliner sur les épaules.

« C'est lui que vous cherchiez ? demanda le patron d'un air anxieux tout en lui tendant son sac. Il est là depuis trois jours, pas plus. »

Soraya secoua les mains pour les sécher et farfouilla à la recherche de son téléphone. Elle l'ouvrit, attendit de retrouver une respiration normale et composa le numéro de Chalthoum. Quand il répondit, elle lui donna sa position.

« Bon travail. Je te retrouve sur le quai dans dix minutes », dit-il.

Elle rangea son téléphone et baissa les yeux sur le jeune homme étalé sous elle.

« Levez-vous, râlait-il. Je peux pas respirer. »

Elle savait qu'elle lui comprimait le diaphragme mais elle avait du mal à compatir.

« Fiston, tu vis dans un monde de requins », dit-elle.

En ouvrant les yeux, Bourne vit des ombres projetées ; elles formaient comme un maillage. Le chuintement intermittent de la circulation attira son regard vers une fenêtre voilée. Dehors, les réverbères luisaient dans l'obscurité. Il était couché de côté sur quelque chose qui ressemblait à un lit. Il tourna la tête pour voir où il se trouvait. C'était une petite chambre agréable mais inconnue. Par la porte ouverte, on apercevait le début du salon. Il bougea car il sentait qu'il n'y avait personne dans cet appartement. Où était-il ? Où était Tracy ?

En réponse à sa deuxième question, la porte d'entrée s'ouvrit et le pas assuré de la jeune femme résonna sur le parquet. Quand elle entra dans la chambre, il voulut s'asseoir.

« Ne bougez pas, vous allez vous faire encore plus mal, dit-elle en déposant les paquets qu'elle tenait avant de s'asseoir sur le lit.

— Mon dos est un peu écorché, c'est tout. »

Elle secoua la tête. « Vous êtes modeste. Je parle surtout de votre blessure à la poitrine. Elle commence à suinter. » Les paquets venaient de la pharmacie du quartier : alcool, pommade antibiotique, compresses stériles. « Bon, restez tranquille maintenant. »

Tout en décollant le pansement souillé pour nettoyer la blessure, elle lui dit : « Ma mère m'a mise en garde contre les hommes tels que vous.

— Qu'est-ce que j'ai de particulier ?

— Toujours à se fourrer dans les ennuis. » Ses doigts agiles travaillaient vite et bien. « Enfin, vous au moins vous savez comment vous en sortir après vous y être fourré. »

Il grimaça de douleur mais resta stoïque. « Je n'ai pas le choix.

— Mon œil. » Elle fit une boule avec les compresses usagées, en prit une nouvelle, l'imbiba d'alcool et l'appliqua sur la chair rougie. « Je pense que vous courez après les problèmes. C'est votre nature. Vous seriez malheureux – pire encore, mort d'ennui – si tout allait bien tout le temps. »

Bourne se mit à rire doucement en se disant qu'elle n'avait pas tout à fait tort.

Elle examina la plaie nettoyée. « Pas trop moche, vous n'aurez sûrement pas besoin d'un nouveau traitement antibiotique.

— Vous êtes médecin ? »

Elle sourit. « À l'occasion, quand je suis obligée.

— Cette réponse appelle une explication. »

Elle palpa la chair autour de la plaie. « Mais qu'est-ce qui vous est arrivé ?

— On m'a tiré dessus. Ne changez pas de sujet. »

Elle hocha la tête. « OK, quand j'étais jeune – *très* jeune – j'ai vécu deux ans dans l'ouest de l'Afrique. J'ai vu des combats, des atrocités. On m'a envoyée dans un hôpital de campagne où j'ai appris le triage médical, la manière dont on panse une blessure. Un jour, il y avait tellement de blessés et de mourants que le docteur m'a collé un instrument dans la main et m'a dit : "La balle est entrée mais pas ressortie. Si vous ne l'extrayez pas tout de suite, votre patient mourra." Puis il est parti s'occuper des autres.

— Votre patient est mort ?

— Oui, mais pas à cause de la blessure. Il était déjà bien amoché avant qu'on lui tire dessus.

— Vous l'avez sûrement soulagé.

— Non, rétorqua-t-elle. Pas du tout. » Elle jeta le dernier tampon usagé dans une poubelle, étala de la pommade antibiotique et commença à dérouler le bandage. « Vous devez promettre de ne plus refaire ce genre de folie. La prochaine fois, vous saignerez encore plus. » Elle recula un peu pour mieux apprécier son œuvre. « Idéalement, vous devriez être à l'hôpital, ou au moins chez un médecin.

— L'idéal n'est pas de ce monde, dit-il.

— J'avais remarqué. »

Elle l'aida à s'asseoir. « Où sommes-nous ? demanda-t-il.

— Chez moi. De l'autre côté de la ville par rapport à la Maestranza. »

Il glissa son corps sur une chaise et s'assit avec précaution. Sa poitrine était aussi lourde que du plomb, une douleur sourde y battait, lointaine, comme une très vieille blessure. « Vous n'avez pas un rendez-vous avec don Fernando Hererra ? »

« Je l'ai reporté. » Elle le considéra d'un air interrogateur. « Je ne pouvais pas y aller sans vous, professeur Alonzo Pecunia Zuñiga. » Elle parlait de l'expert du Prado qu'il comptait incarner. Puis, brusquement, elle sourit. « J'aime trop l'argent pour le dépenser sans y être obligée. »

Elle se leva, lui fit signe de se recoucher. « Il faut vous reposer maintenant. »

Il allait répondre mais ses paupières retombaient déjà. Avec les ténèbres, vint un sommeil profond et calme.

Arkadine faisait crapahuter ses recrues vingt-quatre heures sur vingt-quatre à travers les collines désolées du Haut-Karabagh. Quand ils menaçaient de s'assoupir, il leur donnait des coups de bâton. Il n'avait jamais besoin de frapper deux fois. Trois heures de sommeil leur étaient accordées. Ils s'écroulaient sur le sol, dans la poussière. Tous sauf Arkadine qui ne dormait plus depuis des mois, préférant revivre en pensée certains souvenirs de Nijni Taguil, juste avant qu'il ne quitte la ville. Il se revoyait traqué par les hommes de Stas mais résolu à vendre chèrement sa peau, à en tuer le plus grand nombre possible avant de succomber à son tour.

La mort ne lui faisait pas peur. Il le savait depuis son séjour forcé dans cette cave dont il ne sortait que pour s'aventurer dans les rues, de nuit, à la recherche de nourriture et d'eau potable. Au-dessus de lui, les hommes de Stas, ou ce qu'il en restait, s'agitaient comme des abeilles dans une ruche, toujours aussi impatients de lui mettre la main dessus. Des jours, des semaines, des mois s'étaient écoulés depuis le meurtre de leur chef. On aurait pu croire que le gang passerait à d'autres occupations, mais non, ils entretenaient leur rancune jusqu'à l'obsession. Ils n'auraient de cesse qu'ils n'aient traîné son cadavre de par les rues, comme pour montrer à tous ceux qui en auraient eu la tentation qu'il ne faisait pas bon se mêler de leurs affaires.

Les flics eux-mêmes – dûment rétribués par le gang, soit dit en passant – s'étaient vus enrôlés dans la traque. Alors qu'autrefois ils se contentaient de fermer les yeux, voire de s'en amuser, les orages de violence qui éclataient au hasard sur Nijni Taguil les avaient contraints à lancer des patrouilles, chaque nuit. La situation était devenue telle que leurs collègues de la police d'État en faisaient des gorges chaudes. Pourtant, au lieu d'éradiquer la bande de Stas, ils avaient choisi la solution de facilité en lui prêtant main-forte. C'était leur façon de fonctionner depuis toujours. Résultat, Arkadine avait toute la ville à ses trousses ; la chasse ne s'achèverait jamais, sauf par la mort du gibier.

C'était alors que Mikhaïl Tarkanian – qu'Arkadine

finirait par appeler Micha – débarqua en ville depuis Moscou, à la demande de son patron, Dimitri Ilinovitch Maslov, chef des Kazanskaïa, la plus puissante famille de la *grupperovka*, la mafia russe, spécialisée dans le trafic de stupéfiants et de véhicules. Par ses nombreux informateurs, Maslov avait entendu parler de ce type qui mettait Nijni Taguil à feu et à sang sans l'aide de personne, et de l'impasse où il se trouvait. Il avait demandé qu'on le lui amène. « Le problème, c'est que les hommes de Stas veulent le débiter en tranches », avait dit Maslov à ses envoyés avant de leur remettre un dossier contenant une série d'agrandissements granuleux en noir et blanc, une galerie de portraits dont chacun portait au verso le nom d'un membre du gang, soigneusement calligraphié. Les informateurs avaient remué ciel et terre pour satisfaire Maslov. Tarkanian en avait conclu – contrairement à ce chien d'attaque d'Oserov – que Maslov devait tenir terriblement à ce type. Sinon pourquoi se serait-il donné tant de mal pour l'extraire d'une situation objectivement inextricable ?

Maslov aurait pu choisir la manière forte et envoyer Viatcheslav Guermanovitch Oserov, chef de sa garde rapprochée, récupérer Arkadine à la tête d'une section d'assaut. Mais Maslov était plus intelligent que cela. Il s'était dit qu'intégrer à son empire le gang de Stas valait mieux que risquer une vendetta avec ce qu'il en resterait, après le passage de ses tueurs.

D'où la présence de Tarkanian, son expert en tractations et autres subtilités politiques. Pour assurer sa protection, il lui avait quand même adjoint le fameux Oserov, malgré la forte réprobation de ce dernier qui estimait toutes ces précautions inutiles. Si Maslov l'avait écouté, Oserov lui aurait ramené Arkadine *manu militari* en ne faisant qu'une bouchée de cette bande de bourricots, comme il les appelait. « Je lui aurais livré ce type à Moscou dans les quarante-huit heures, garanti », avait-il rabâché à Tarkanian tout au long de leur pénible traversée des contreforts de l'Oural.

Si bien qu'en arrivant à destination, Tarkanian en avait soupé d'Oserov. Par la suite, il confierait à Arkadine : « J'avais l'impression d'avoir un pic-vert sur la tête. »

Quoi qu'il en fût, avant même de quitter Moscou, Tarkanian avait tracé les grandes lignes de son plan d'extraction. C'était un homme machiavélique par nature, et les accords qu'il passait au nom de Maslov étaient connus autant pour leur effarante complexité que pour leur imparable efficacité.

« La mission consistera à détourner l'attention, annonça Tarkanian à Oserov tandis qu'ils parvenaient aux abords de Nijni Taguil. À cette fin, nous allons fabriquer un homme de paille derrière lequel le gang de Stas va se mettre à cavaler.

— Quand tu dis *nous*, t'entends quoi ? aboya Oserov avec sa mauvaise grâce habituelle.

— J'entends que tu es l'incarnation parfaite de l'homme de paille dont j'ai besoin. »

(« Oserov m'a décoché un de ces regards assassins dont il a le secret, raconta Tarkanian à Arkadine, longtemps après, mais il n'a rien fait d'autre que couiner comme un clébard à qui on balance un coup de pied. Il savait l'importance que j'avais aux yeux de Dimitri et cela suffisait pour qu'il se tienne à carreau. Enfin presque. »)

« Tu as raison sur un point, nous avons affaire à des bourricots, avait-il répondu à Oserov pour lui donner un os à ronger. Et les bourricots ne comprennent que deux choses : la carotte et le bâton. Je compte leur fournir la carotte.

— Et pourquoi feraient-ils attention à toi ? avait demandé Oserov.

— Parce que dès que tu débarqueras en ville, tu feras ce que tu sais le mieux faire : transformer leur vie en enfer. »

Cette réponse fit naître un léger sourire sur le visage d'Oserov.

« Et tu sais ce qu'il m'a répondu ? confia Tarkanian à Arkadine des années plus tard. Il a dit : “Plus ça saigne mieux c'est.” »

Et il était sincère. Quarante minutes après être entré dans Nijni Taguil, Oserov repéra sa première victime, le plus ancien et le plus fidèle compagnon d'armes de Stas. Il lui mit une balle dans l'oreille à bout portant puis entreprit de le charcuter. Quand il en eut terminé, sa tête reposait intacte à l'intérieur de sa cage thoracique. On aurait dit la parodie d'un film d'horreur à petit budget.

Inutile de préciser que ses collègues apprécièrent moyennement. Ils changèrent d'activités sur-le-champ. Arkadine ne tuait pas de cette manière, ce n'était donc pas lui le coupable. Trois escadrons de la mort composés de trois hommes chacun partirent à la recherche du nouveau venu.

Ils n'avaient pas peur. Pour l'instant du moins, car Oserov était passé maître dans l'art d'instiller l'épouvante chez son prochain. Sans leur laisser le temps de respirer, il piocha une deuxième victime au hasard parmi les portraits remis par Maslov, pista l'homme et le coinça juste devant chez lui. La porte était ouverte, les enfants pointaient le bout de leur nez pour l'accueillir. La première balle d'Oserov lui brisa le fémur droit. Les gosses se mirent à hurler, la femme arriva en courant depuis la cuisine. En trois enjambées, Oserov traversa le trottoir, franchit les marches du perron et lui logea trois autres balles dans le ventre en visant les artères, pour qu'il se vide de manière spectaculaire.

C'était le deuxième jour. Oserov commençait à peine à s'échauffer, le pire restait à venir.

« Pinprick », répéta Humphry Bamber. « C'est quoi *Pinprick* ? »

Veronica Hart fusilla Moira du regard. « J'espérais que vous nous le diriez », fit-elle.

Le mobile de Hart bourdonna ; elle s'éloigna pour répondre puis revint leur dire : « Les renforts demandés attendent dehors. »

Moira hocha la tête, se pencha vers Bamber en posant ses avant-bras sur ses genoux croisés. « Le mot *pinprick,* littéralement "piqûre d'épingle", était associé au nom de votre programme. »

Bamber regarda Moira puis la DCI. « Je ne comprends pas. »

Moira sentit l'énervement la gagner. « J'ai vu Steve juste avant… sa disparition. Ce qui était en train de se passer dans les bureaux de la Défense et au Pentagone lui faisait très peur. Il m'a laissé entendre que ça commençait à sentir la poudre à canon d'un côté comme de l'autre.

— Et vous pensez que Bardem a quelque chose à voir avec cette odeur ?

— Oui, je le pense », lâcha Moira.

Bamber s'était mis à transpirer. « Seigneur, si j'avais pu deviner que Noah comptait s'en servir pour faire la guerre…

— Excusez-moi, rétorqua Moira, mais Noah Perlis est un membre dirigeant de Black River. Vous auriez dû le savoir… ou du moins vous interroger.

— Laisse tomber, Moira, dit Hart.

— Je ne laisserai pas tomber. Cet imbécile diplômé a remis à Noah les clés du château. À cause de sa bêtise, Noah et la NSA sont en train de monter un projet.

— Mais quel projet ? », fit Bamber d'une voix presque suppliante. Il voulait à tout prix savoir de quelle atrocité il s'était rendu complice.

Moira secoua la tête. « On n'en sait pas plus, mais je vais vous dire une chose : si on ne les arrête pas, je crains que nous passions toute notre vie à le regretter. »

Visiblement ébranlé, Bamber se leva et déclara : « Si je peux faire quelque chose, quoi que ce soit, dites-le-moi.

— Allez vous habiller, fit Hart. Ensuite, nous aimerions jeter un œil sur Bardem. J'espère qu'en étudiant ce programme, nous verrons plus clair dans le jeu de Noah et de la NSA.

— Je reviens dans une minute maxi », dit-il en s'éclipsant.

Les deux femmes restèrent silencieuses un moment puis Hart parla. « Pourquoi ai-je l'impression d'avoir été prise de vitesse ?

— Tu veux parler de Halliday ? »

Hart hocha la tête. « Le secrétaire à la Défense a décidé de recourir à une société privée pour réaliser ses objectifs – et, qu'on ne s'y trompe pas, tout malin qu'il est, Noah Perlis reçoit ses ordres de Bud Halliday.

— Pas que des ordres, de l'argent aussi, ajouta Moira. Je me demande à combien s'élèvera la note de Black River pour cette petite aventure.

— Moira, je sais que nous avons eu des différends par le passé, mais nous sommes d'accord sur une chose : notre ancien employeur est un homme sans scrupules. Black River est capable de faire n'importe quoi pour de l'argent.

— Halliday possède des ressources pratiquement illimitées, grâce à l'argent du contribuable. Nous sommes bien placées pour le savoir. Tu te souviens des tonnes de billets de cent dollars que Black River transportait de Washington vers l'Irak, au cours des quatre premières années de guerre ? »

Hart fit oui de la tête. « Ils les stockaient dans des appartements, à raison de cent millions pour chaque adresse. Et où allait cet argent ? À la lutte contre l'insurrection ? Dans les poches des centaines d'informateurs irakiens dont Black River prétendait détenir ses renseignements ? Non, pour l'avoir vu, nous savons toi comme moi que 90 pour cent de ce fric a été transféré au Liechtenstein et aux îles Caïmans, sur des comptes secrets appartenant à des sociétés factices montées de toutes pièces par Black River.

— À présent, ils n'ont plus à le voler puisque Halliday leur en fait cadeau », dit Moira avec petit rire cynique.

Un instant plus tard, elles se levèrent et sortirent du bureau. Humphry Bamber émergea des vestiaires, vêtu d'un jean bien repassé, de mocassins cirés, d'une chemise à damiers noir et blanc et d'un manteau trois-quarts en daim gris.

« Y a-t-il une autre sortie ? » lui demanda Moira.

Il pointa le doigt. « Par ici. Il y a une entrée pour le personnel et les livreurs, derrière les bureaux administratifs.

— Je vais aller chercher ma voiture, dit Moira.

— Non, attends. » Hart sortit son téléphone. « Il vaut mieux que j'y aille moi ; mes hommes sont là-dehors. Je vais leur donner ordre de se déployer devant la porte principale pour faire croire que nous allons sortir par là. » Moira lui remit les clés. « Ensuite j'irai chercher ta voiture et je ferai le tour pour venir vous prendre. Moira ? »

Quand Moira sortit son Lady Hawk de son holster de cuisse, Bamber écarquilla les yeux en ouvrant la bouche.

« Mais que se passe-t-il ? dit-il.

— Vous avez demandé une protection, la voilà », fit Hart en s'éloignant dans le couloir.

Moira fit signe à Bamber de la conduire vers les bureaux. Avec le badge délivré par le ministère de la Défense, elle désamorça les questions que sa présence dans cet espace privé suscitait parmi certains cadres du club.

Dès qu'elle vit l'entrée de service, elle sortit son portable, composa le numéro privé de Hart et l'informa : « Nous sommes en position.

— Compte jusqu'à vingt, répondit la voix de Hart. Et fais-le sortir. »

Moira referma l'appareil d'un coup sec et le rangea. « Prêt ? »

Bamber hocha la tête comme s'il s'était agi d'une vraie question.

Elle termina le décompte, poussa la porte de sa main libre et, son arme à la main, sortit de profil. Hart avait garé la Buick blanche juste devant l'entrée et ouvert la portière arrière. Ils n'avaient plus qu'à monter.

Moira regarda autour d'elle. Ils se trouvaient au fond du parking bitumé. Tout autour, elle vit une barrière de treillis métallique haute de quatre mètres, surmontée de fils barbelés. Vers la gauche, plusieurs grandes poubelles pour les déchets du club de gym, recyclables ou pas, attendaient le passage des éboueurs. À droite, le rond-point pour sortir du parking. Au-delà, s'élevaient des immeubles d'habitation très ordinaires et des locaux à usage mixte. La Buick était le seul véhicule dans cette partie du parking isolée visuellement de la rue par une sorte de bâche posée par-dessus la clôture métallique.

Elle jeta un coup d'œil à Bamber, posté derrière elle. « OK, gardez la tête baissée et sautez sur la banquette arrière aussi vite que possible. »

Il se recroquevilla et franchit ainsi la courte distance qui les séparait de la Buick. Moira le couvrait. Une fois monté, il rampa pour lui laisser de la place sur la banquette.

« Tête baissée ! ordonna Hart assise au volant en se retournant à demi. Et ne vous relevez pas, quoi qu'il arrive. »

Puis elle appela Moira. « Allez viens ! Qu'est-ce que tu attends ? Fichons le camp d'ici ! »

Moira contourna l'arrière de la Buick pour aller vérifier les poubelles alignées contre la barrière Cyclone. Elle avait cru voir quelque chose bouger, dans ce coin, à moins qu'il ne s'agisse d'une ombre. Quand elle la vit marcher vers les poubelles, Veronica Hart passa la tête à la portière.

« Bon sang, Moira, tu montes dans cette bagnole ou je dois venir te chercher ? »

Moira se retourna, repassa derrière la Buick et s'arrêta net. Puis elle s'agenouilla pour inspecter le tuyau d'échappement. Il y avait un truc ici, un truc avec un petit œil rouge, une LED qui clignotait de plus en plus vite.

Nom de Dieu, pensa-t-elle.

Elle bondit vers la portière ouverte et cria : « Sortez ! Tout de suite ! »

Elle réussit à attraper Bamber et à le tirer hors de la berline. « Ronnie, hurla-t-elle, sors ! Sors de cette putain de caisse ! »

Elle vit Hart se retourner, décontenancée, puis poser la main sur la boucle de la ceinture de sécurité. Un instant plus tard, il fallut se rendre à l'évidence. Quelque chose n'allait pas. La ceinture ne se décrochait pas, le mécanisme de fermeture était coincé.

« Ronnie, tu as un couteau ? »

Hart sortit un canif et se mit à scier la bande de toile qui l'emprisonnait.

« Ronnie, brailla Moira. Dépêche… !

— Éloigne-le ! » hurla Hart puis, comme Moira faisait un pas vers elle : « Fous le camp ! »

Un instant plus tard, la Buick explosait comme une chandelle romaine. L'onde de choc renversa Moira et Bamber contre le bitume et les aspergea d'une multitude de petits bouts de plastique fumants et de spirales de métal chaud qui les piquèrent comme des abeilles furieuses, expulsées de leur ruche.

17

Bourne s'éveilla au son grave des cloches de la cathédrale. La clarté du jour filtrait par les stores baissés, projetant des doigts d'or pâle sur le parquet ciré.

« Bonjour Adam. La police vous cherche. »

Tracy se tenait sur le seuil, appuyée au chambranle. L'arôme du café fraîchement moulu se fit sentir et virevolta autour de lui avec la séduction d'une danseuse de flamenco.

« Ils en ont parlé à la télé ce matin. » Elle avait les bras croisés sur la poitrine. Ses cheveux mouillés par la douche étaient coiffés en queue de cheval retenus par un ruban de velours noir. Elle portait un pantalon brun ocre, une chemise crème sur mesure et des chaussures plates, comme si elle partait pour un rendez-vous. Chez don Hererra peut-être. « Ne vous inquiétez pas, ils n'ont pas votre nom et le seul témoin est un garde de la Maestranza. Il n'a pas pu vous décrire précisément.

— Il ne faisait pas très clair. » Bourne s'assit et voulut se lever. « Et parfois, on n'y voyait rien du tout.

— Tant mieux pour vous. »

Il crut déceler un sourire sardonique sur le visage de la jeune femme, mais il n'en était pas sûr.

« J'ai préparé le petit-déjeuner. Nous avons rendez-vous chez don Fernando Hererra à trois heures cet après-midi. »

La tête de Bourne l'élançait. Dans sa bouche sèche comme les sables du désert, un goût amer lui soulevait le cœur.

« Quelle heure est-il ? demanda-t-il.

— Un peu plus de neuf heures. »

Quand il le plia, le bras que le Balafré aurait aimé casser ne lui fit pas vraiment mal. La plaie qu'il avait au dos ne brûlait presque plus. En revanche, la douleur dans sa poitrine lui arracha une grimace lorsqu'il se leva après s'être enveloppé du drap.

« Parfait, dit Tracy. Un vrai sénateur romain.

— Espérons que cet après-midi j'aurai l'air plus castillan que romain, répondit-il en se dirigeant vers la salle de bains. Parce que le professeur Alonzo Pecunia Zuñiga vous accompagnera chez don Hererra. »

Elle lui lança un regard intrigué, fit volte-face et repassa dans le salon. Il ferma la porte, tourna le robinet de la douche. Le lavabo était surmonté d'un miroir cerclé d'ampoules. Une salle de bains de femme, idéale pour le maquillage, songea-t-il.

Une fois douché, il revint dans la chambre où il trouva un confortable peignoir en éponge qu'il enfila. Tracy avait recouvert son bandage d'une couche de plastique étanche qu'il n'avait pas remarquée avant de passer sous l'eau chaude.

Tracy l'accueillit dans le salon avec une énorme tasse de café. La petite cuisine se résumait à une alcôve au fond du salon, pièce assez vaste mais chichement meublée, tout comme la chambre. On se serait cru dans un hôtel. Sur la table à tréteaux, s'étalait le petit-déjeuner typique du travailleur andalou : un bol de chocolat chaud et une assiette de *churros*, de fins tortillons de pâte à beignet frits, saupoudrés de sucre.

Ils se restaurèrent. Tracy lui laissa tous les *churros* mais comme il avait encore faim, il alla ouvrir le frigo.

« Il n'y a rien dedans, hélas, dit-elle. Cela fait longtemps que je ne suis pas venue ici. »

Il restait quand même un peu de bacon dans le congélateur. Pendant qu'il le faisait frire, elle dit : « Donnez-moi votre taille, que j'aille vous acheter des vêtements. »

Il hocha la tête. « Pendant que vous y êtes, j'ai besoin que vous fassiez une course pour moi. » Il trouva un crayon et un petit bloc sur le comptoir de la cuisine, déchira une page et inscrivit une liste d'objets, ainsi que la taille de ses vêtements.

Quand il le lui tendit, Tracy demanda : « Professeur Zuñiga, je présume ? »

Il acquiesça puis retourna à la cuisson du bacon. « Je vous ai donné les adresses des boutiques d'accessoires de théâtre que j'ai trouvées hier sur le net. Nous y allions quand le Balafré a reniflé notre piste. »

Elle se leva, saisit son sac à main et se dirigea vers la porte. « J'en ai pour une heure environ. Bonne fin de repas. »

Après son départ, Bourne retira la poêle du feu, posa le bacon sur une serviette en papier et reprit le bloc-notes. Il avait veillé à dresser sa liste sur une feuille du milieu pour garder intacte celle du haut. Le crayon incliné, il frotta légèrement la mine sur le papier. Des lettres commencèrent à se former sur l'empreinte laissée par les mots tracés par la dernière personne – sans doute Tracy – ayant écrit dessus.

Apparurent le nom et l'adresse de don Hererra, ainsi que l'heure qu'elle lui avait indiquée : 15 heures. Il déchira le papier et le mit dans sa poche. C'est alors qu'il remarqua que la deuxième feuille du bloc portait des marques d'écriture, elle aussi. Il l'arracha, lui fit subir le même traitement et vit se dessiner une série de chiffres et de lettres : 779elgamhuriaave. Une adresse ? Mais dans quelle ville ?

Debout à côté de la fenêtre, il mangea le bacon en regardant la rue scintiller sous le soleil du matin. Il était encore tôt. Les gens n'étaient pas partis pour la *feria* mais le balcon d'en face, décoré d'arabesques de style mauresque, était tendu de guirlandes fleuries et de tissus aux couleurs gaies. Il coula un regard des deux côtés de la rue mais ne vit personne de suspect. Une jeune femme entourée de trois enfants traversa. Une petite vieille vêtue de noir marchait courbée, un filet à provisions rempli de fruits et de légumes à la main.

Il avala le dernier morceau de bacon, s'essuya les mains sur un torchon de cuisine puis s'assit devant l'ordinateur portable de Tracy. Comme il était allumé, il vit qu'il avait une connexion internet sans fil.

Il tapa dans Google « El Gamhuria Avenue » et cela le renvoya à Khartoum, Soudan. Voilà qui était intéressant. Qu'est-ce que Tracy faisait d'une adresse en Afrique du Nord ?

Il rajouta le numéro de la rue et tomba sur la compagnie aérienne Air Afrika. Pourquoi ce nom lui semblait-il familier ? Il se rencogna dans son siège. Il y avait plusieurs entrées pour Air Afrika, certaines donnaient accès à des sites fort étranges, d'autres à des blogs de nature douteuse. Il trouva sur la deuxième page l'information qu'il cherchait. Il s'agissait du site d'Interpol. On y lisait que, d'après des sources diverses, la compagnie Air Afrika appartenait à Nikolaï Ievsen, le fameux marchand d'armes. Depuis que Viktor Anatoliyevitch Bout avait été arrêté, Ievsen lui avait ravi la première place au palmarès mondial des plus puissants trafiquants d'armes mondiaux.

Bourne se leva, revint à la fenêtre et, par réflexe, vérifia de nouveau ce qui se passait dans la rue. Tracy était une experte en peinture ; elle comptait acheter un Goya jusqu'alors inconnu qui devait valoir une somme astronomique ; seule une poignée de gens dans le monde pouvait se l'offrir. Donc qui était son client ?

Les cloches de l'église marquèrent l'heure pleine. Bourne plissa les yeux. Tracy venait d'entrer dans son champ de vision. Munie d'un sac à provisions, elle martelait le trottoir de son pas assuré. Bourne crut voir un jeune homme la suivre. Aussitôt, ses muscles se contractèrent. Arrivé au milieu du pâté de maisons, l'homme leva le bras et traversa la rue pour rejoindre la jeune fille qui l'attendait en face. Ils s'embrassèrent. Au même moment, Tracy passa la porte de son immeuble. Un instant plus tard, elle posait le panier sur la table.

« Si vous avez encore faim, j'ai acheté du jambon de Serrano et du fromage de Garrotxa. » Elle déposa sur la table les provisions encore emballées dans du papier blanc. « Et voilà ce que vous m'avez commandé. »

Une fois ses vêtements enfilés, il renversa le panier sur la table pour récupérer les accessoires de maquillage. Il ouvrit les couvercles, renifla le contenu des pots tout en hochant la tête comme s'il conversait avec lui-même.

Elle le considéra d'un air grave. « Adam, hasarda-t-elle, je ne sais pas dans quoi vous êtes fourré…

— Je vous l'ai déjà dit, murmura-t-il.

— Oui, mais depuis j'ai vu la gravité de vos blessures. Et cet homme qui nous suivait avait l'air mauvais.

— Il était mauvais », reconnut Bourne. Puis il leva les yeux et lui sourit. « Ça fait partie de mon boulot, Tracy. Nous ne sommes plus en l'an 2000. Les financements sont difficiles à trouver. Du coup, il y a plus de start-up, moins d'argent et tout le monde se marche dessus pour en obtenir. » Il haussa les épaules. « C'est inévitable.

— Mais quand on vous voit, on se dit que ce genre de boulot peut vous envoyer à l'hôpital.

— Il faut juste que je fasse attention désormais. »

Elle se renfrogna. « Et voilà que vous vous moquez de moi, en plus. » Elle vint s'asseoir près de lui. « Mais la blessure que vous avez à la poitrine n'a rien de drôle. »

Il produisit la photo qu'il avait imprimée dans le cybercafé et la posa entre eux. « Pour devenir le professeur Alonzo Pecunia Zuñiga, je vais avoir besoin de votre aide. »

Elle s'immobilisa. Ses yeux liquides étudièrent son visage pendant un moment. Puis elle hocha la tête.

La terreur s'était abattue sur Nijni Taguil. Au troisième jour, un déluge sans précédent, de mémoire d'homme, se déversa sur la ville. Et pourtant, les habitants de Nijni Taguil, ayant la rancune tenace, possédaient une mémoire aussi longue et glaçante que l'hiver russe. Le troisième jour apporta également son lot de morts. Oserov employait des méthodes si brutales, si effroyables que les derniers compagnons vivants de Stas Kuzine connurent enfin la peur. Le genre de peur qui vous grimpe le long des os pour y creuser son trou aussi sûrement qu'un grain de polonium. Leur belle confiance se corroda comme le matériau radioactif dévore les chairs.

Tout commença en pleine nuit, un peu après deux heures du matin, d'après les dires d'Oserov lorsqu'il s'en vanta ensuite auprès d'Arkadine.

« Je me suis introduit très discrètement chez le chef de leur service d'ordre. Je l'ai ligoté et je l'ai forcé à regarder ce que je faisais à sa famille. »

À la suite de quoi, il traîna sa victime hébétée dans la cuisine où il entreprit de la torturer avec la lame rougie d'un couteau qu'il avait sorti d'un coffret en bois. La douleur le fit sortir de sa prostration et il se mit à brailler jusqu'à ce qu'Oserov lui tranche la langue.

Une heure plus tard, c'était fini. L'homme baignait dans une mare de fluides rougeâtres, entre sang et vomi. Il était encore vivant, mais à peine. Quand ses collègues arrivèrent chez lui, comme chaque matin avant de partir en patrouille, ils trouvèrent la porte d'entrée grande ouverte sur la scène de boucherie. Ce fut alors, et seulement alors, que Mikhaïl Tarkanian entra dans Nijni Taguil. Les bandits étaient dans un tel état de nerfs qu'ils avaient oublié jusqu'à l'existence d'Arkadine.

« Lev Antonine, je pense être en mesure de résoudre ton problème », dit Tarkanian au successeur de Stas quand il pénétra dans son bureau. Sept hommes lourdement armés montaient la garde. « Je trouverai ce tueur et je m'occuperai de lui.

— Qui es-tu, étranger ? Pourquoi ferais-tu cela ? » Lev Antonine le considérait d'un air suspicieux. Son visage gris encadré de longues oreilles était couvert de barbe. Il semblait n'avoir pas dormi depuis une semaine.

« Peu importe qui je suis. Sache que je connais très bien ce genre d'individu, répondit Tarkanian sans hésitation. Quant à ce que je fais ici : eh bien, je te répondrai tout simplement que je cherche Leonid Danilovitch Arkadine. »

Aussitôt, l'expression d'Antonine passa de la suspicion à la rage. « Cet enculé de sa race, ce mécréant de merde ! Qu'est-ce que tu lui veux ?

— Ça, c'est mes affaires, répondit Tarkanian sans se laisser démonter. Toi, tes affaires consistent à préserver la vie de tes hommes. »

C'était exact. Antonine était un homme pragmatique, bien différent des fous maniaques auxquels il avait succédé. Tarkanian lisait en lui comme dans un livre ouvert : il avait parfaitement compris que la peur maligne qui possédait ses hommes pouvait à la fois annihiler leur efficacité et lui ravir son autorité. Il savait aussi qu'une fois la peur installée, elle se répandrait comme un feu de brousse. Par ailleurs, il n'était pas question d'abandonner la partie. Ils voulaient tous la tête d'Arkadine sur un plateau depuis que ce salopard avait descendu Kuzine et semé la mort et la destruction sur leur propre territoire. Renoncer à ce rêve pouvait lui valoir la haine de ses troupes.

Il se frotta le visage et dit : « Bien, mais d'abord tu me ramèneras la tête du tueur. Je veux que mes hommes constatent par eux-mêmes que cette ordure a débarrassé le plancher. Et ensuite si tu réussis à trouver ce bâtard d'Arkadine, je te le laisse, il est à toi. »

Bien entendu, Tarkanian n'avait pas ajouté foi aux paroles du néandertalien. Dans ses yeux jaunes, il avait vu luire une inextinguible rapacité. La tête du tueur ne lui suffirait pas ; il voudrait aussi celle d'Arkadine. Ces deux trophées sanglants cimenteraient à jamais son pouvoir.

« Il n'était pas question de céder aux exigences de Lev Antonine, dit Tarkanian à Arkadine par la suite. J'avais prévu qu'il trahirait sa parole. »

Oserov aurait été ravi de « trouver le tueur » et de ramener sa tête au bourricot nommé Lev Antonine mais hélas pour lui, il allait devoir renoncer à ce petit plaisir. Lorsque Tarkanian lui avait expliqué qu'il s'en chargerait lui-même, il se rembrunit.

« J'ai une autre mission à te confier qui, j'espère, apaisera ton ressentiment, avait ajouté Tarkanian. Un boulot nettement plus important que tu es le seul à pouvoir accomplir.

Plus tard, Tarkanian confia à Arkadine : « Je suis sûr qu'il n'en croyait pas un mot, mais quand il a su ce que j'attendais de lui, il s'est fendu d'un sourire crétin. Pauvre con, c'était plus fort que lui. »

Tarkanian avait promis à Lev Antonine de lui ramener la tête de quelqu'un. Restait à trouver qui. Il fallait choisir quelqu'un de plausible, avec une gueule d'assassin. Tarkanian se mit arpenter les rues glauques de la ville ; il écuma les bars à la recherche de la victime idéale, passa des heures à contourner les mares d'eau sale laissées par le récent déluge qui s'était transformé en léger brouillard. Depuis l'aube, le ciel bas et lourd était repeint en gris souris. Avec le soir, il s'était couvert de taches jaune et lavande, pareilles à des hématomes. On aurait dit que l'orage avait tabassé le jour.

Tarkanian se gara devant le plus bruyant des bars, alluma une cigarette turque, aspira la fumée puis l'exhala dans un nuage gris, aussi dense que ceux du ciel. La nuit se refermait autour de lui. Le rire gras d'un soûlard lui parvint, suivi d'un fracas de verre brisé. Une rixe. Des hommes se battaient en soufflant comme des phoques. Un moment plus tard, un individu sortit en titubant. Il était immense ; du sang dégoulinait de son nez, et son visage était entaillé à plusieurs endroits.

Il se pencha, les mains sur les genoux, pour essayer de vomir. Tarkanian écrasa sa cigarette sous le talon de sa botte, s'avança et, du tranchant de la main, lui asséna un coup sur la nuque. Le pochard tomba en avant. En heurtant le trottoir, son front produisit un bruit sec qui rassura Tarkanian.

Il le prit sous les aisselles et le tira le long de la ruelle. Les passants ne s'aperçurent de rien, du moins n'en laissèrent-ils rien paraître. Ils fonçaient droit devant eux, sans s'occuper de lui. À force de vivre à Nijni Taguil, on apprend à ne pas se mêler des affaires des autres. C'était le seul moyen de rester en bonne santé.

Tout en s'enfonçant dans les ombres épaisses de la ruelle malodorante, Tarkanian consulta sa montre. Il n'avait aucun moyen de contacter Oserov ; restait à espérer qu'il avait accompli sa part du plan.

Quinze minutes plus tard, il entrait dans une boulangerie pour acheter le plus gros gâteau de la vitrine. De retour dans la ruelle, il jeta le gâteau, souleva la tête coupée par ses cheveux imbibés de bière et de sang et la déposa avec soin dans la boîte. Les yeux sans regard le fixèrent jusqu'à ce qu'il referme le couvercle.

De l'autre côté de la ville, on l'introduisit dans le bureau de Lev Antonine, toujours entouré de ses sept gorilles armés jusqu'aux dents.

« Comme promis, je t'ai amené un cadeau », dit-il en posant sur le bureau d'Antonine la boîte qui semblait avoir pris du poids en chemin.

Antonine regarda Tarkanian puis le cadeau sans exprimer le moindre enthousiasme. Sur un signe, l'un de ses gorilles s'avança et ouvrit la boîte.

« C'est quoi ce putain de truc ? demanda-t-il.

— Le tueur.

— Comment il s'appelle ?

— Mikhaïl Gorbatchev, répondit Tarkanian avec un rictus sardonique. Comment veux-tu que je le sache ? »

La trogne d'Antonine grimpa d'un cran dans la laideur quand il voulut sourire. « Si tu connais pas son nom, comment tu sais que c'est lui ?

— Je l'ai pris sur le fait, dit Tarkanian. Il venait d'entrer chez toi et s'apprêtait à trucider ta femme et tes enfants. »

Un voile d'ombre passa sur le visage d'Antonine qui sauta sur le téléphone et composa un numéro. Il se détendit un peu en entendant la voix de sa femme.

« Tu vas bien ? Tout le monde est en sécurité ? » Puis il fronça les sourcils. « Ça veut dire quoi ? Hein… ? C'est quoi cette merde ? Où est ma femme ? » Il se tourna vers Tarkanian. « Qu'est-ce qui se passe, bordel ? »

Tarkanian répondit d'une voix égale : « Ta famille est en sécurité, Lev Antonine, et elle le restera si tu ne m'empêches pas d'emmener Arkadine. Mais si tu interfères en quoi que ce soit…

— J'encerclerai la maison, mes hommes entreront de force…

— Dans ce cas, ta femme et tes trois enfants mourront. »

Un Stechkin se matérialisa dans la main d'Antonine. « Je vais t'abattre comme un chien et je te promets que tu ne mourras pas tout de suite.

— Alors autant dire adieu à ta famille, lâcha Tarkanian d'une voix soudain glaciale. Tout ce que tu me feras subir, ils l'endureront eux aussi. »

Antonine le foudroya du regard et laissa tomber le Stechkin sur le bureau, près de la boîte à gâteaux. Il semblait sur le point de s'écrouler en sanglots.

« Le truc avec les néandertaliens, dit Tarkanian à Arkadine par la suite, c'est qu'il faut les prendre par la main pour les aider à raisonner dans le bon sens. »

Il dit : « Écoute, Lev Antonine, j'ai réalisé ma part du marché, tu as obtenu ce que tu voulais. Maintenant, si ça ne te suffit pas, tu en subiras les conséquences. Tu veux vraiment envoyer les petits cochons à l'abattoir ? »

Sur ce bon mot, Tarkanian sortit du bureau pour aller chercher Leonid Danilovitch Arkadine.

À trois heures précises, Tracy Atherton et Alonzo Pecunia Zuñiga escaladèrent les marches du perron et frappèrent à la porte de don Fernando Hererra. Un soleil resplendissant dans un ciel presque sans nuages baignait la maison.

Avec sa barbe en pointe et sa nouvelle coiffure, Bourne avait fait les magasins pour dénicher la tenue parfaite du respectable professeur madrilène. En tout dernier, pour parfaire la ressemblance, ils avaient fait halte chez un opticien où ils avaient acheté une paire de lentilles de contact colorées.

Hererra occupait, dans le barrio Santa Cruz, une belle maison à deux étages avec des murs en stuc peint, jaunes et blancs. Au dernier étage, les fenêtres s'ornaient de superbes balcons en fer forgé. La demeure donnait sur une petite place carrée accueillant en son centre un vieux puits reconverti en fontaine octogonale. Une petite mercerie, des boutiques de vaisselle occupaient les trois autres côtés. Des palmiers, des orangers ombrageaient leurs devantures vieillottes.

Tracy donna son nom et celui du professeur au jeune homme élégant qui les fit entrer dans un vestibule au plafond élevé, lambrissé de marbre et de bois. Au centre, un grand vase de porcelaine sur une table en bois débordait de fleurs jaunes et blanches fraîchement coupées. Sur un bahut en marqueterie, un saladier d'argent présentait un monticule d'oranges parfumées.

Une douce mélodie jouée au piano ondoya jusqu'à eux. Ils entrèrent dans un salon à l'ancienne. Une grande bibliothèque en ébène occupait tout un pan de mur, éclairée par les rayons obliques du soleil qui entrait par les portes-fenêtres ouvrant sur une cour intérieure. Une élégante écritoire côtoyait deux canapés en cuir cannelle assortis et un buffet sur lequel cinq délicates orchidées rosissaient comme des jeunes filles à un concours de beauté. Mais tout cela n'était rien à côté de l'antique épinette où était assis un homme au physique imposant dont l'épaisse chevelure blanche brossée en arrière découvrait le front large qu'on associe généralement à l'intelligence. Il se tenait penché sur le clavier, avec un air d'intense concentration ; le crayon coincé entre ses dents le faisait grimacer comme s'il souffrait. En fait, il composait une chanson dont la mélodie riche en fioritures s'inspirait autant des virtuoses ibériques que du flamenco traditionnel.

À leur entrée, don Fernando Hererra tourna vers eux ses yeux bleus légèrement exorbités, rappelant ceux d'une mante religieuse, ressemblance qui s'affermit lorsqu'il se leva du tabouret en dépliant ses membres peu à peu. Il avait la peau brune et tannée, brûlée par le vent, fendillée par le soleil, comme un homme ayant passé sa vie dehors. Son corps mince et plat semblait avoir renoncé à la troisième dimension. Les années qu'il avait passées au voisinage des puits de pétrole colombiens lui faisaient comme une deuxième peau.

Il ôta le crayon de sa bouche et sourit chaleureusement. « Ah, voilà mes distingués hôtes. Quel plaisir de vous accueillir ! » Il baisa la main de Tracy, serra celle de Bourne. « Chère mademoiselle. Professeur, c'est un honneur de vous recevoir en ma demeure. » Il désigna un canapé de cuir. « Je vous en prie, installez-vous confortablement. » Il portait une chemise blanche au col ouvert et son costume de soie crème avait l'air aussi doux que la joue d'un bébé. « Que diriez-vous d'un verre de sherry, ou quelque chose de plus fort peut-être ?

— Du xérès et un peu de garrotxa, si vous en avez, dit Bourne en jouant son rôle à fond.

— Excellente idée », clama Hererra avant d'appeler le jeune homme pour lui passer commande. Il agita vers Bourne un long doigt effilé. « J'aime la façon dont votre palais fonctionne, professeur. »

Bourne se rengorgea de fierté pendant que Tracy réprimait une forte envie de rire.

Le jeune homme apporta un plateau d'argent ciselé surmonté d'une carafe en cristal taillé remplie de vin de Xérès, à côté de trois verres du même cristal et d'un plateau de fromage de brebis, de crackers et d'une petite louche de gelée de coings orange foncé. Il posa le tout sur une table basse et partit aussi silencieusement qu'il était venu.

Leur hôte versa le xérès puis leur tendit les verres. Hererra leva le sien ; ils l'imitèrent.

« À la recherche universitaire, cet inlassable sacerdoce. » Don Hererra but son vin, Bourne et Tracy se mouillèrent les lèvres. Comme ils dégustaient le fromage et la gelée de coings, Hererra lança : « Dites-moi, qu'en pensez-vous ? Le monde va-t-il partir en guerre contre l'Iran ?

— Je n'ai pas assez d'informations pour émettre un jugement, répondit Tracy, mais à mon avis, l'Iran nous nargue depuis trop longtemps avec son programme nucléaire. »

Don Hererra hocha la tête d'un air docte. « Je pense que les États-Unis ont raison, tout compte fait. Cette fois, l'Iran a poussé trop loin la provocation. Quant à envisager une nouvelle guerre mondiale, eh bien je dirais pour faire court que la guerre nuit aux affaires de la plupart tout en profitant à quelques-uns. » Il pivota. « Professeur, quel est votre avis d'expert ?

— En matière de politique, j'adopte une position de stricte neutralité.

— Certes, monsieur. Mais il s'agit d'un sujet grave qui nous affecte tous. Vous devez bien pencher pour un côté ou un autre.

— Je vous assure, don Hererra, que le Goya m'intéresse bien plus que l'Iran. »

Le Colombien lui adressa un regard déçu, mais sans tarder davantage, passa au sujet qui les avait rassemblés. « Señorita Atherton, je vous ai donné libre accès à mon trésor méconnu. Et vous voilà chez moi, aux côtés du plus grand connaisseur de Goya exerçant au musée du Prado – autant dire le plus grand expert d'Espagne. Donc. » Il écarta les bras. « Quel est le verdict ? »

Tracy afficha un sourire mi-figue mi-raisin et passa la parole à son voisin. « Professeur Zuñiga, je vous laisse répondre, voulez-vous ?

— Don Hererra, fit Bourne en balançant sa réplique, le tableau en votre possession, attribué à Francisco José de Goya y Lucientes, n'a en réalité jamais été peint par lui. »

Hererra se renfrogna et resta un bon moment silencieux, les lèvres pincées. « Voulez-vous dire par là qu'il s'agit d'un faux, professeur Zuñiga ?

— Cela dépend de ce que vous entendez par faux, répondit Bourne.

— Avec tout le respect que je vous dois, professeur, soit c'est un faux soit ça n'en est pas un.

— Je comprends votre point de vue, cher monsieur, mais il y en a d'autres. Laissez-moi vous expliquer. Le tableau que vous possédez, et que vous avez payé trop cher pour ce qu'il est vraiment, n'est toutefois pas dépourvu d'intérêt. Voyez-vous, les tests que j'ai effectués confirment qu'il a été peint dans l'atelier de Goya. Peut-être même que l'esquisse en a été faite par le maître lui-même, avant de mourir. La peinture, en revanche, manque de cette vigueur particulière, de cette touche de folie qui caractérise Goya, tout en les imitant de manière fort convaincante, même pour un œil exercé. »

Don Hererra sirota les dernières gouttes de son verre et s'enfonça dans son siège en croisant ses grandes mains sur son bas-ventre. « Donc, mon tableau vaut quelque chose, finit-il par dire, mais pas le prix que j'ai annoncé à la señorita Atherton.

— Tout à fait », affirma Bourne.

La gorge de Hererra produisit un son grave. « La tournure que prennent les événements va changer pas mal de choses. » Il se tourna vers Tracy. « Señorita, étant donné les circonstances, je comprends parfaitement que vous souhaitiez annuler notre arrangement.

— Au contraire, répliqua Tracy. Je suis toujours intéressée par le tableau, bien qu'un réajustement du prix à la baisse s'avère nécessaire.

— Je vois, fit Hererra. Naturellement. » Il laissa son regard errer dans le vague pendant un moment avant de reprendre. « J'aimerais passer un coup de fil d'abord.

— Faites donc », dit Tracy.

Don Hererra hocha la tête, se leva, marcha vers un secrétaire aux délicats pieds sculptés, composa un numéro et dit à son correspondant : « Ici don Fernando Hererra. Il attend mon appel. »

Pendant qu'il patientait, il leur sourit aimablement, puis articula : *« Por favor, momentito. »*

Bourne fut surpris de voir don Hererra lui tendre le téléphone. Il le regarda d'un air interrogateur mais le visage du Colombien n'exprimait rien.

« Allô, dit Bourne.

— Oui, répondit la voix à l'autre bout de la ligne, professeur Alonzo Pecunia Zuñiga à l'appareil. À qui ai-je l'honneur ? »

18

« Rien », dit Amun Chalthoum avec un dégoût évident.

Il fixait de toute sa hauteur le jeune homme que Soraya avait tiré de la mer Rouge après qu'il eut sauté par-dessus bord pour échapper à ses questions. Le patron du club de plongée leur avait prêté une cabine de son bateau, un espace confiné et nauséabond que le soleil éclairait par intermittence, à cause de la forte houle.

Dans l'expression de Chalthoum, on lisait de la frustration mêlée de peur. « Ce n'est rien qu'un petit trafiquant – un éclaireur pour la contrebande de drogue. »

Pour Soraya, ce genre de prise était loin d'être négligeable mais elle voyait bien qu'Amun n'était pas d'humeur à se laisser distraire de son unique préoccupation, la traque du groupuscule terroriste. Il ne feignait pas son désarroi. C'est alors qu'elle renonça à douter de lui. Jamais il n'aurait pu montrer une pareille émotion s'il avait cherché à couvrir l'implication d'al-Mokhabarat. Son soulagement lui fit l'effet d'une vague puissante. Elle vacilla et quand elle se reprit, décida de se consacrer désormais entièrement à leur enquête.

« Très bien, donc ils ne sont pas passés par ici, dit-elle, mais il y a d'autres endroits sur la côte…

— Mes hommes ont vérifié, fit Amun d'un ton sombre. Ce qui signifie que l'itinéraire auquel je pensais est erroné. Ils ne sont pas passés par l'Irak.

— Alors comment sont-ils entrés en Égypte ? demanda Soraya.

— Je ne sais pas. » Chalthoum sembla tourner le problème dans sa tête. « Ils n'auraient pas été assez stupides pour expédier le missile Kowsar depuis l'Iran par avion. Nos radars… ou l'un de vos satellites l'aurait repéré. »

C'était tout à fait juste, pensa-t-elle. Mais dans ce cas, comment les terroristes iraniens avaient-ils pu introduire le missile en Égypte ? Comme un serpent qui se mord la queue, cette question la ramenait au point de départ, quand elle soupçonnait les Égyptiens – mais pas al-Mokhabarat – d'avoir trempé dans l'affaire. Pourtant, elle attendit que le trafiquant soit placé en garde à vue et que le navire mette le cap vers la rive pour énoncer son idée à voix haute devant Chalthoum.

Ils se tenaient sur le pont, à tribord. Le vent faisait voler leurs cheveux. Le soleil écrasant transformait la surface de l'eau en plaque de lumière éblouissante. Amun accoudé à la rambarde, les mains croisées, regardait fixement la mer.

« Amun, dit-elle doucement, se pourrait-il qu'un membre du gouvernement – parmi tes ennemis, nos ennemis – ait quelque chose à voir avec les terroristes iraniens ? »

Malgré toutes ses précautions oratoires, elle le sentit se raidir. Un muscle se mit à jouer sur sa joue. Mais sa réponse la surprit.

« Hélas, j'y ai déjà pensé, *azizti.* J'ai même profité que j'étais seul dans ma tournée des clubs de plongée, cet après-midi, pour enquêter discrètement. Je sais que j'ai entamé mon capital politique en faisant cela, mais je l'ai fait quand même. Malheureusement, je n'en ai rien tiré. » Il tourna ses yeux sombres vers elle. Jamais elle ne lui avait vu regard aussi douloureux. « Si tu avais eu raison, *azizti*, j'aurais pu dire adieu à ma carrière. »

À ce moment précis, elle comprit. Il avait deviné ses soupçons et les avait acceptés malgré l'embarras qu'ils lui causaient, jusqu'à ce que la situation lui devienne trop insupportable. Passer ces appels avait été une humiliation pour lui car le simple fait de poser la question était un acte de traîtrise en soi. En effet, il était probable – tout à fait possible même – que certaines des personnes qu'il avait appelées ne lui pardonnent jamais ses doutes à leur endroit. Cette réalité faisait aussi partie de l'Égypte moderne ; il devrait vivre avec jusqu'à la fin de ses jours. À moins que…

« Amun, dit-elle si doucement qu'il dut se pencher pour l'entendre, quand tout sera fini, pourquoi tu ne partirais pas avec moi ?

— En Amérique ? » Il prononça ce mot comme il aurait parlé de la planète Mars ou d'un endroit encore plus éloigné, plus insolite, mais il se reprit et lui dit avec une gentillesse qu'elle ne lui connaissait pas : « Oui, *azizti*, cela résoudrait beaucoup de problèmes. Mais d'un autre côté, cela en créerait des tas d'autres. Par exemple, que ferais-je là-bas ?

— Tu es un officier de renseignements, tu pourrais…

— Je suis égyptien. Pire, je suis le chef d'al-Mokhabarat.

— Pense aux informations que tu pourrais fournir. »

Il sourit tristement. « Et toi pense à l'hostilité dont je serais l'objet, et des deux bords, ici et dans ton Amérique. Ils me voient comme un ennemi. J'aurais beau leur fournir des renseignements, je resterais l'ennemi, celui dont on se méfie, qu'on surveille, qu'on n'accepte jamais tout à fait.

— Pas si nous étions mariés. » Elle dit cela sans réfléchir.

Un silence gêné s'installa entre eux. Le bateau allait accoster. Le vent était tombé. La sueur qui perlait sur leur peau séchait aussitôt.

Amun lui prit la main et caressa du pouce la délicate articulation de son poignet. « *Azizti*, dit-il, m'épouser détruirait également ta carrière dans le monde du renseignement.

— Et alors ? », fit-elle avec un regard sauvage. Elle avait dit ce qu'elle avait sur le cœur et voilà que soudain, un violent sentiment de liberté dont elle n'avait jamais fait l'expérience l'enflammait tout entière.

Il sourit. « Tu n'es pas sérieuse. Je t'en prie, ne fais pas semblant. »

Elle se posta face à lui. « Je suis sincère, Amun. Tous les secrets que je porte en moi me rendent malade. Je n'arrête pas de me dire que tout cela peut s'achever un jour, grâce à quelqu'un. »

D'un bras, il enlaça sa taille fine. Tandis que l'équipage s'affairait autour d'eux, amarrant les cordages aux tasseaux de métal brillant, il hocha la tête. « Voilà au moins une chose sur laquelle nous sommes d'accord. »

Elle offrit son visage aux rayons du soleil. « C'est la seule qui compte, *azizti*. »

« Madame Trevor, d'après vous, qui pourrait avoir… ? »

L'homme qui menait l'enquête sur la mort de la DCI Veronica Hart – comment s'appelait-il déjà ? Simon Machinchose, Simon Herren, oui, c'est cela – continuait à poser ses questions, mais Moira avait cessé de l'écouter. Sa voix réduite à un léger bourdonnement ne parvenait pas jusqu'à elle. L'explosion l'avait rendue à moitié sourde. Humphry Bamber et elle étaient couchés sur des lits placés côte à côte, dans la salle des urgences, après qu'on les eut examinés et soigné leurs rares blessures et autres écorchures. Ils avaient eu de la chance, avait dit le médecin urgentiste. Moira le croyait. Une ambulance les avait transportés jusqu'ici, on les avait gardés allongés pendant qu'on leur administrait de l'oxygène tout en recherchant les éventuelles commotions et fractures.

« Pour qui travaillez-vous ? » demanda Moira à Simon Herren.

Il la gratifia d'un sourire indulgent. Il avait des cheveux bruns coupés court, des petits yeux de rongeur et des dents gâtées. Le col de sa chemise était raide d'amidon et sa cravate de reps répondait aux critères gouvernementaux en matière d'élégance masculine. Ils savaient l'un comme l'autre que cette question n'appelait pas de réponse. De toute façon, à quoi lui aurait-il servi de savoir de quel placard sortait ce type ? C'était un agent secret comme les autres. Il trempait dans la même soupe. Ces gens se ressemblaient tous. Non, pas Veronica Hart.

Soudain, elle accusa le coup et des larmes jaillirent du coin de ses yeux.

« Que se passe-t-il ? » Simon Herren regarda autour de lui pour trouver une infirmière. « Vous avez mal ? »

Moira parvint à rire à travers ses larmes. *Quel imbécile*, pensa-t-elle. Pour s'empêcher de l'insulter, elle demanda comment allait son compagnon.

« Monsieur Bamber est choqué, c'est compréhensible, dit Herren sans une once de compassion. Ce n'est pas surprenant, c'est un civil.

— Allez au diable. » Moira détourna la tête.

« On m'a prévenu que vous feriez des difficultés. »

Intriguée, elle se retourna et le regarda droit dans les yeux. « Qui vous a dit cela ? »

Herren lui adressa son sourire le plus énigmatique.

« Ah oui, je vois, dit-elle. Noah Perlis.

— Qui ? »

Il n'aurait pas dû répondre, pensa-t-elle. S'il avait fermé sa bouche, elle n'aurait pas remarqué ce léger vacillement dans son regard, juste avant qu'il ne parle. Donc, Noah lui collait aux basques. Pourquoi ? Il ne voulait rien d'elle, ce qui signifiait qu'elle commençait à lui faire peur. C'était bon à savoir ; cela l'aiderait à vivre durant les jours et les semaines à venir, une période qu'elle prévoyait solitaire et dangereuse. Déjà, elle se reprochait la mort de Ronnie. La bombe lui était destinée. On l'avait glissée dans le tuyau d'échappement de sa voiture à elle. Personne – pas même Noah – n'aurait pu prévoir que Ronnie serait au volant. Il avait raté son coup, mais c'était une piètre satisfaction face à la perte de son amie.

Elle avait déjà frôlé la mort, elle avait vu des collègues ou des cibles mourir en mission, sur le terrain. Cela faisait partie intégrante de son boulot. Elle y était préparée, comme la plupart des êtres humains sont préparés à la disparition de tel ou tel de leurs proches.

Mais les missions se déroulaient bien loin d'ici, au-delà des océans, à des milliers de kilomètres de la civilisation, de sa vie personnelle, de sa maison.

La mort de Ronnie n'avait rien à voir avec la routine du boulot. Elle était due à une série d'événements et à sa propre réaction face à ces événements. Tout à coup, une marée de « si » la submergea. Si elle n'avait pas fondé sa propre société, si Jason n'était pas « mort », si elle n'était pas allée voir Ronnie, si Bamber ne travaillait pas pour Noah, si, si, si…

Mais toutes ces choses avaient eu lieu. Elle avait beau repasser en boucle l'enchaînement de causes et de conséquences qui s'étaient emboîtées comme une guirlande de pâquerettes, le résultat final demeurait le même : la mort de Ronnie Hart. C'est alors qu'elle songea à Suparwita, le guérisseur balinais. Il avait plongé ses yeux dans les siens avec une expression étrange, impossible à déchiffrer jusqu'à présent. Maintenant, elle comprenait qu'il avait deviné le sort qui l'attendait.

La voix de Simon Herren s'obstinait à bourdonner dans ses oreilles. Elle eut raison de ses idées noires. Ses yeux reprirent leur netteté.

« Quoi ? Que disiez-vous ?

— Monsieur Bamber va sortir de l'hôpital. Je me charge de lui. »

Debout entre son lit et celui de Bamber, Herren semblait la défier de le contredire. Bamber était déjà habillé, prêt à partir. On le sentait apeuré, indécis, traumatisé.

« Le docteur me dit que vous devez rester pour passer d'autres examens.

— Mon œil. » Elle s'assit, balança ses jambes sur le côté et se leva.

« Vous feriez mieux de vous recoucher, dit-il sur le ton vaguement moqueur qui était le sien. Ordres du docteur.

— Je t'emmerde. » Elle commença à s'habiller sans se soucier de pudeur. « Je t'emmerde et j'emmerde le balai sur lequel tu es venu. »

Le mépris lui déformait le visage. « Pas très professionnel comme réponse… »

L'instant suivant, il se plia en deux. Elle venait de lui balancer un coup de poing dans le plexus solaire. Dans le même mouvement, elle leva le genou et lui porta un coup au menton. Quand Herren se recroquevilla, elle l'attrapa par le col et le jeta sur le lit. Puis elle se tourna vers Bamber. « Vous avez une seconde pour vous décider. Soit vous me suivez, soit Noah ne vous lâchera plus jamais. »

Mais Bamber ne bougeait pas. Son regard atterré fixait Simon Herren. Quand elle lui tendit la main, il s'y accrocha. Il avait besoin que quelqu'un le guide, que quelqu'un lui dise la vérité. Stevenson était mort, Veronica Hart avait explosé devant ses yeux. Il ne restait plus que Moira, la femme qui l'avait traîné hors de la Buick, la femme qui lui avait sauvé la vie.

Moira le fit sortir de la salle des urgences à toute vitesse. Heureusement, le service était sens dessus dessous. Les secouristes, les flics couraient dans tous les sens, accompagnant les blessés, renseignant les internes qui à leur tour aboyaient des ordres aux infirmières. Personne ne les arrêta, personne ne les vit même partir.

Les hommes d'Amun les retrouvèrent sur le quai. Amun tenait le jeune dealer par la peau du cou. Le pauvre gosse était terrifié. Il n'avait rien de commun avec les petits voyous égyptiens ; il n'avait pas bien compris où il mettait les pieds. Ce n'était qu'un routard en manque d'argent ayant accepté un petit boulot facile pour pouvoir continuer son tour du monde. Il avait l'air innocent : raison pour laquelle les gros trafiquants l'avaient recruté.

Chalthoum aurait pu le laisser filer avec un avertissement mais il n'était pas d'humeur magnanime. Il l'avait menotté dans le dos et s'était reculé vivement quand le gosse avait rendu son dernier repas.

« Amun, aie pitié de lui, dit Soraya.

— Le trafic de drogue n'est pas tolérable. »

C'était l'Amun qu'elle connaissait, dur comme le roc, le regard brûlant. Un frisson la traversa. « Il n'est rien, tu l'as dit toi-même. Si tu le mets à l'ombre, ils trouveront un autre imbécile pour le remplacer.

— Alors nous l'arrêterons aussi, répliqua Chalthoum. Enfermez-le et jetez la clé. »

À ces mots, le jeune homme se mit à gémir. « Aidez-moi, je vous en prie. J'ai pas signé pour ça. »

Chalthoum le regarda si méchamment que le jeune homme tressaillit. « Tu aurais dû y penser avant d'accepter l'argent du crime. » Il le poussa sans ménagement entre les bras de ses hommes. « Occupez-vous de lui, dit-il.

— Attendez, attendez ! cria le dealer en résistant aux policiers qui le traînaient, les talons plantés en terre. Et si j'avais des infos ? Vous m'aideriez ?

— Quelles infos pourrait détenir un minable comme toi ? dit Chalthoum, dédaigneux. Je sais comment marchent ces réseaux. Tu es en relation avec la couche juste au-dessus de toi, c'est tout. Et comme tu te trouves au plus bas niveau… » Il haussa les épaules et fit signe à ses hommes d'emmener le prisonnier.

« C'est pas de ces gens-là que je parle. » La voix du jeune homme avait grimpé dans les aigus. « J'ai entendu quelque chose. Des plongeurs qui discutaient entre eux.

— Quels plongeurs ? De quoi parlaient-ils ?

— Ils sont partis maintenant. C'était il y a dix jours, peut-être un peu plus. »

Chalthoum secoua la tête. « Trop longtemps. Ça ne m'intéresse pas. »

Soraya s'avança vers le jeune homme. « Comment vous appelez-vous ?

— Stephen. »

Elle hocha la tête. « Moi c'est Soraya. Dites-moi, Stephen, ces gens étaient-ils iraniens ?

— Mais regarde-le, l'interrompit Chalthoum. Il ne ferait pas la différence entre un Iranien et un Indien.

— Les plongeurs n'étaient pas arabes », fit Stephen.

Chalthoum renifla de mépris. « Je te l'avais bien dit. Fiston, les Iraniens ne sont pas des Arabes mais des Perses descendant des nomades scytho-sarmates d'Asie centrale. Ce sont des musulmans chiites.

— Non, vous ne comprenez pas… » Stephen déglutit avec une certaine difficulté. « Je veux dire qu'ils étaient blancs comme moi. Des Occidentaux.

— Leur nationalité ? demanda Soraya.

— Ils étaient américains, affirma Stephen.

— Et alors ? » Chalthoum perdait patience.

Soraya s'aventura plus loin. « Stephen, qu'avez-vous entendu ? De quoi parlaient ces plongeurs ? »

Stephen regarda anxieusement Chalthoum et dit : « Ils étaient quatre. Pas des vacanciers, c'est sûr. Ou alors en permission. »

Soraya croisa le regard de Chalthoum. « Des militaires.

— Qu'il dit, marmonna-t-il. Continue.

— Ils venaient de remonter. C'était la deuxième fois de la journée qu'ils plongeaient. Ils avaient comme des vertiges. Je les ai aidés à enlever leurs bouteilles mais pour eux, j'étais transparent. Enfin bref. Ils râlaient parce que leur permission venait d'être écourtée. À cause d'une urgence, une mission imprévue à ce qu'ils disaient.

— C'est absurde, s'écria Chalthoum. Il affabule pour échapper à la prison à vie. Ça crève les yeux.

— Oh, Seigneur ! » Au prononcé de la sentence, les genoux de Stephen se dérobèrent. Les hommes de Chalthoum durent le maintenir fermement sinon il serait tombé.

« Stephen. » Soraya prit le menton du jeune homme et le tourna vers elle. Il était pâle comme la mort ; on voyait le blanc de ses yeux autour de ses iris. « Qu'avez-vous entendu d'autre ? Les plongeurs ont-ils dit en quoi consistait leur mission ? »

Il fit non de la tête. « J'ai eu l'impression qu'ils n'en savaient rien.

— Assez ! hurla Chalthoum. Ôtez cette charogne de ma vue ! »

Stephen pleurait à chaudes larmes, à présent. « Mais j'ai entendu où ils allaient. »

D'un geste de la main, Soraya arrêta les hommes de Chalthoum. « Où était-ce, Stephen ?

— Ils devaient prendre l'avion pour Khartoum, gémit le jeune homme à travers ses larmes, mais je sais pas où se trouve ce bled. »

19

À sa sortie de l'immeuble des Nations unies, le Président fut rejoint par le secrétaire à la Défense Halliday. Après avoir provoqué l'affolement dans les rangs du Conseil de sécurité en présentant la preuve que l'Iran était responsable de l'explosion de l'avion américain et de la perte de 181 vies, le Président avait accordé une conférence de presse impromptue aux journalistes agglutinés autour de lui, comme des poules à l'heure du repas. Il leur avait fort obligeamment jeté quelques miettes bien nourrissantes à filmer ou à rapporter à leurs rédactions. Puis son attaché de presse lui avait chuchoté à l'oreille que le secrétaire Halliday l'attendait pour lui communiquer des nouvelles urgentes.

Le Président était aux anges. Cela faisait longtemps qu'un chef d'État américain ne s'était pas adressé à cet auguste cénacle, armé de preuves à ce point irréfutables que les représentants de la Russie et de la Chine eux-mêmes en étaient restés muets de stupeur. Le monde changeait, il se dressait contre l'Iran comme jamais il ne l'avait fait. Bud Halliday était en grande partie à l'origine de cet incontestable succès, aussi le Président estimait-il qu'il devait lui faire l'honneur d'être son premier interlocuteur.

« Sabrons le champagne ! » clama le Président. Les deux hommes montèrent dans la longue limousine à l'épreuve des balles et des bombes.

Dès qu'ils furent assis, elle démarra. En face d'eux, l'attaché de presse, déjà ivre de victoire, tenait une bouteille de mousseux californien. Il avait les joues aussi vermeilles que celles du Président.

« Monsieur, si vous n'y voyez pas d'inconvénient, attendons un peu pour célébrer notre succès, dit Bud Halliday.

— Comment cela ? fit le Président. Vous plaisantez ? Solly, ouvrez donc cette fichue bouteille !

— Monsieur, intervint Halliday, il y a eu un incident. »

Le Président s'arrêta dans son élan puis se tourna lentement vers son secrétaire à la Défense. « Quel genre d'incident, Bud ?

— Veronica Hart est morte. »

Aussitôt les joues présidentielles perdirent toutes leurs couleurs. « Dieu du ciel, que s'est-il passé, Bud ?

— Un attentat à la bombe… d'après ce que nous savons. L'enquête est en cours, mais c'est la théorie la plus probable.

— Mais qui… ?

— La Sécurité du territoire, l'ATF et le FBI joignent leurs efforts sous la houlette de la NSA.

— Bien. » Le Président se ressaisit et eut un hochement de tête presque martial. « Plus tôt nous éclaircirons cette affaire, mieux ce sera.

— Comme d'habitude, nous sommes sur la même longueur d'onde, monsieur. » Halliday regarda Solly. « À ce propos, nous aurons besoin d'un communiqué de presse détaillé et d'un centre d'évaluation. Après cette histoire d'avion, il ne manquerait plus que les gens se mettent à spéculer sur un autre attentat terroriste.

— Solly, occupez-vous des présentateurs télé. Mettez-les sur la bonne voie, dit le Président, et après passez à la vitesse supérieure pour le communiqué officiel. Je veux que vous le rédigiez en coordination avec le bureau du secrétaire Halliday.

— Entendu, monsieur. » Solly glissa la bouteille humide dans le seau à glace et se mit à pianoter sur son téléphone portable.

Halliday attendit que l'attaché de presse commence à discuter avec son premier interlocuteur. « Monsieur, il faut qu'on songe à remplacer la directrice Hart. » Le Président prit son souffle pour répondre, ce que Halliday ne lui laissa pas le loisir de faire. « Les circonstances semblent prouver que nous avons eu tort de choisir pour ce poste une personnalité issue du secteur privé. De toute façon, il faut se dépêcher de combler cette vacance.

— Faites-moi une liste des cadres expérimentés de la CIA.

— Avec plaisir. » Tout en parlant, Halliday adressa un texto à son bureau puis leva la tête. « La liste vous parviendra dans une heure. » Il se rembrunit.

« Qu'y a-t-il, Bud ?

— Rien, monsieur.

— Allons, Bud. Nous nous connaissons depuis longtemps, n'est-ce pas ? Une chose vous turlupine, ce n'est pas le moment de la garder pour vous.

— OK. » Halliday expira l'air de ses poumons. « C'est l'occasion idéale de fusionner toutes les agences de renseignements en un même organe habilité à partager les infos brutes et à prendre des décisions coordonnées. Il est temps d'en terminer avec ces lourdeurs bureaucratiques qui nous épuisent tous.

— J'ai déjà entendu cela, Bud. »

Non sans mal, Halliday parvint à esquisser un sourire. « Nul ne le sait mieux que moi, monsieur. Et je comprends. Dans le passé, vous marchiez main dans la main avec le DCI, quel qu'il fût. »

Le Président se mordit la lèvre. « Il faut respecter les prééminences liées à l'Histoire, Bud. La CIA est l'institution la plus ancienne, la plus vénérable dans la constellation des agences de renseignements. À bien des égards, c'est le joyau de la couronne. Je comprends parfaitement que vous aimeriez mettre la main dessus. »

Au lieu de se fatiguer à nier l'évidence, Halliday décida d'enfoncer un autre clou. « La deuxième affaire à traiter en urgence est la crise actuelle. Nous avons des difficultés de coordination avec la CIA – je pense surtout à Typhon qui dispose sans doute de renseignements indispensables à la mise en place d'une stratégie de représailles dépourvue de risques excessifs. »

Le Président regardait fixement par la vitre fumée les gigantesques bâtiments publics ponctuant le cœur du district. « Vous avez reçu l'argent pour – vous savez – pour ce… comment appelez-vous cette opération, déjà ? »

Le secrétaire à la Défense renonça à suivre le fil des pensées présidentielles. « Pinprick, monsieur.

— Piqûre d'épingle ! Où allez-vous chercher des noms pareils ? »

Halliday sentit que son patron n'attendait pas de réponse.

Le Président se tourna vers lui. « À qui pensez-vous ? »

Halliday avait fait son choix, il répondit de but en blanc : « Danziger, monsieur.

— Vraiment ? Je pensais que vous me proposeriez votre tsar du Renseignement.

— Jaime Hernandez est un bureaucrate de carrière. Nous avons besoin de quelqu'un ayant une expérience plus… solide.

— Très juste, abonda le Président. Qui diable est ce Danziger ?

— Errol Danziger. L'actuel directeur adjoint de la NSA pour l'analyse et la production des transmissions. »

Le Président se replongea dans la contemplation du paysage urbain. « L'ai-je déjà rencontré ?

— Oui monsieur. Deux fois, la dernière le jour où vous étiez au Pentagone …

— Rafraîchissez-moi la mémoire.

— C'est lui qui a amené les sorties imprimantes que Hernandez a distribuées.

— Je ne me souviens pas de lui.

— Ce n'est guère surprenant, monsieur. Il n'a rien de remarquable. » Halliday gloussa. « D'où sa grande efficacité, à l'époque où il exerçait sur le terrain. Il a travaillé en Asie du Sud-Est avant d'entrer au directorat des Opérations.

— Un exécuteur ? »

Bien que surpris par la question, Halliday ne chercha pas de faux-fuyants. « Effectivement, monsieur.

— Et après, il rentrait faire son rapport.

— Oui monsieur. »

Le Président fit un bruit de gorge inintelligible. « Amenez-le au Bureau ovale à… » Il claqua les doigts pour attirer l'attention de l'attaché de presse. « Solly ? On a un créneau aujourd'hui ? »

Solly mit son appel en attente et fit défiler les données d'un deuxième PDA. « 17 h 25, monsieur. Mais vous ne disposerez que de dix minutes avant la conférence de presse officielle. Il faut qu'on passe au journal télévisé de six heures.

— Évidemment. » Le Président leva la main en souriant. « 17 h 25, Bud. Dix minutes suffisent largement pour dire oui ou non. »

Puis, sans transition, il passa à d'autres sujets. Étant donné la crise, son emploi du temps était chargé de réunions ayant pour thème la sécurité du territoire. Et en fin de journée, au lieu d'un bain chaud et d'un bon repas, il avait une conférence téléphonique avec son chef du protocole pour dresser la liste des invités aux funérailles nationales de la DCI Hart.

Quelques secondes après que Bourne eut pris la communication, le jeune assistant de Hererra s'était glissé discrètement dans la pièce. À présent, il appuyait le canon d'un Beretta P×4 9mm sur la tempe gauche de Tracy. Assise au bord du canapé, la jeune femme écarquillait les yeux de frayeur.

« Mon cher ami, dit don Fernando Hererra en récupérant son téléphone portable, j'ignore peut-être qui vous êtes mais je sais au moins une chose : vous menacer ne me mènera nulle part. » Son sourire était doux, presque aimable. « Tandis que si je vous dis que Fausto va lui faire sauter la cervelle – pardonnez mon langage un peu cru, señorita Atherton –, je suis sûr que vous serez plus enclin à m'avouer la vérité.

— Je dois admettre que je vous ai sous-estimé, don Hererra, dit Bourne.

— Adam, je vous en prie, dites-lui tout, supplia Tracy.

— Je sais que vous êtes un escroc. Je sais aussi que vous êtes venu pour me déposséder de mon Goya qui, soit dit en passant, est tout à fait authentique – le *véritable* don Alonzo me l'a confirmé. » Il désigna Tracy. « Le professeur m'a également confirmé l'authenticité de la señorita Atherton, si je puis m'exprimer ainsi. La manière dont vous l'avez séduite et entraînée dans cette aventure ne m'intéresse pas le moins du monde. » Pourtant, on aurait juré le contraire, à voir son expression à la fois consternée et déçue devant la déchéance de Tracy. « Tout ce qui me préoccupe, c'est qui vous êtes et lequel de mes ennemis vous a engagé pour m'escroquer. »

Tracy frémit. « Adam, pour l'amour du ciel… »

Hererra pencha la tête. « Allons, allons, monsieur l'escroc, cessez donc d'effrayer cette jeune dame. »

Le moment était venu pour lui d'agir. La situation pouvait dégénérer à tout moment. Hererra était une sorte de joker. En surface, c'était un homme du monde, un Sévillan rompu aux bonnes manières, parfaitement incapable d'ordonner un meurtre. Mais son passé douteux dans l'industrie pétrolière colombienne apportait un sérieux démenti à son personnage policé. Au fond de lui-même, peut-être n'avait-il pas changé. Peut-être était-il toujours le bagarreur ayant monté sa fortune à la force du poignet, sans s'encombrer des lois et des principes. Aucun homme ne pouvait mener des affaires aussi fructueuses avec la Tropical Oil Company sans avoir un cœur de pierre et une tendance à éliminer les gêneurs. En tout cas, Bourne n'avait pas droit de jouer avec la vie de Tracy.

« Vous avez raison, don Hererra. Veuillez accepter mes excuses, dit Bourne. Je vais vous dire la vérité :

j'ai été engagé par l'un de vos ennemis, mais pas pour voler le Goya. »

Les yeux de Tracy s'ouvrirent plus grand encore.

« J'ai usé de cette ruse pour être admis chez vous. »

Le regard luisant, Hererra se leva pour aller s'asseoir en face de Bourne. « Continuez.

— Je m'appelle Adam Stone.

— Pardonnez-moi si je reste sceptique. » Il claqua les doigts. « Passeport. Et avec la main gauche. Fausto est très nerveux, vous savez. »

Bourne s'exécuta. Il pêcha son passeport du bout des doigts et le lui tendit. Hererra l'examina en détail comme un agent spécial des services d'immigration.

Il le lui rendit en disant : « Très bien, señor Stone, que faites-vous dans la vie ?

— Je suis à mon compte. Je m'occupe d'une certaine sorte de marchandises… »

Hererra secoua la tête. « Je m'y perds.

— Don Hererra, connaissez-vous un commerçant balinais du nom de Wayan ?

— Non. »

Bourne ignora sa réponse. « Je travaille pour les gens qui approvisionnent ce Wayan.

— Mais que dites-vous, Adam ? s'écria Tracy. Vous m'avez raconté que vous cherchiez des financements pour lancer une start-up de commerce électronique. »

À ces mots, Hererra s'enfonça dans son siège et se mit à contempler Bourne d'un œil nouveau, sembla-t-il. « Je crains qu'Adam Stone vous ait menti, señorita Atherton, et avec la même facilité qu'il l'a fait avec moi. »

Bourne savait qu'il jouait quitte ou double. D'après ses calculs, le seul moyen de prendre le contrôle de la situation était d'étonner le Colombien. Et visiblement, il avait réussi son coup.

« La question est : pourquoi ? »

Bourne sentit que la balance penchait en sa faveur. « Les gens qui m'ont engagé… ceux qui approvisionnent Wayan…

— Je vous ai dit que je ne connaissais personne de ce nom. »

Bourne haussa les épaules. « Mes employeurs pensent le contraire. Ils n'aiment pas la manière dont vous menez vos affaires. En fait, ils veulent que vous vous désengagiez. »

Don Hererra éclata de rire. « Fausto, tu entends ça ? Tu entends ce type ? » Il se pencha en avant et colla son visage près de celui de Bourne. « Vous me menacez, Stone ? En tout cas, je sens de mauvaises vibrations tout à coup, dans cette maison. »

Dans sa main, apparut un stylet à la poignée incrustée de jade, à la lame aussi effilée que les doigts de Hererra. Il pointa l'arme sur la gorge de Bourne, juste au-dessus de la pomme d'Adam.

« Vous devriez savoir que les menaces ont le don de m'irriter.

— Que voulez-vous que ça me fasse ? dit Bourne.

— Vous aurez le sang de la señorita sur les mains.

— Vous n'ignorez pas que mes employeurs sont des personnes très puissantes. Ce qui doit arriver arrivera.

— À moins que je change de procédés commerciaux. »

Avant même que Herrera ait parlé, Bourne avait senti qu'il adoptait un autre raisonnement. Il ne niait plus qu'il transportait des armes. « Exactement. »

Don Hererra soupira et fit signe à Fausto. Ce dernier libéra Tracy et rengaina le Beretta dans le holster qu'il portait sur les reins. Puis Herrera jeta le stylet sur les coussins du canapé, se donna une bonne claque sur les cuisses et dit : « Señor Stone, que diriez-vous d'une petite balade dans le jardin ? »

Fausto déverrouilla les portes-fenêtres et les deux hommes passèrent dans une allée dallée. Le jardin octogonal s'ouvrait au centre de la robuste bâtisse. Bourne vit un simple bosquet de citronniers agrémenté d'une fontaine carrelée de style mauresque, à l'ombre d'un palmier. Quelques bancs de pierre étaient disposés çà et là, certains en plein soleil, d'autres à l'abri de ses rayons, dans une ombre mouchetée. Les feuilles nouvelles des citronniers émergeant comme des papillons de leurs cocons hivernaux, répandaient leurs délicieux effluves.

Comme il faisait frais, don Hererra proposa de s'asseoir au soleil puis il dit : « Je dois admettre que Ievsen me surprend. Au lieu de m'envoyer un de ses voyous de bas étage, il a eu recours à un homme d'une sagesse peu commune. » Il pencha la tête comme pour lui exprimer son respect et son admiration. « Combien vous paie ce salopard de Russe ?

— Pas assez.

— Oui, Ievsen n'est qu'un sale radin. »

Bourne éclata de rire. Il avait mis le paquet mais il avait remporté la mise : il tenait sa réponse. C'était donc Nikolaï Ievsen qui fournissait Wayan. C'était également lui qui avait envoyé le Balafré à Bali où il avait attenté à sa vie une première fois, avant de le suivre jusqu'en Espagne. Il ignorait toujours pourquoi

Ievsen voulait sa mort, mais il venait de faire un pas de géant vers la solution de cette énigme. Et il savait qui était réellement don Fernando Hererra : le concurrent de Nikolaï Ievsen. Si Bourne parvenait à le convaincre qu'il ne demandait qu'à changer d'employeur, Hererra lui révélerait tout ce qu'il savait sur Ievsen, y compris ce que Bourne brûlait de savoir.

« En tout cas, pas assez pour me faire couper la gorge avec un stylet.

— Croyez que je regrette profondément de vous avoir menacé. »

Les rayons obliques du soleil rehaussaient les rides sillonnant le visage de Hererra, un visage qui lui apparaissait à présent dans toute sa farouche fierté, tenue cachée au début de leur entrevue, alors qu'il jouait le rôle du gentilhomme castillan. Cette dureté de granit n'échappa point au regard exercé de Bourne.

« Je suis au courant de votre passé en Colombie, dit-il. Je sais comment vous avez mis la main sur la Tropical Oil Company.

— Ah oui, c'était il y a longtemps.

— Ce genre de talent ne se perd pas.

— Si vous le dites. » Le Colombien lui adressa un regard en coin. « Dites-moi, dois-je vendre mon Goya à la señorita Atherton ?

— Elle n'a rien à voir avec moi, dit Bourne.

— Déclaration fort chevaleresque, mais pas tout à fait exacte. » Hererra leva un doigt accusateur. « Elle n'aurait eu aucun scrupule à me rafler le Goya contre une somme dérisoire.

— Ce qui fait d'elle une excellente femme d'affaires. »

Hererra rit. « Oui, en effet. » Il lui décocha un autre regard entendu. « Je suppose que vous ne me direz pas votre vrai nom.

— Vous avez vu mon passeport.

— Ce n'est pas le moment de m'insulter.

— Je veux dire par là que ce nom en vaut un autre, répondit Bourne, spécialement dans notre métier. »

Hererra frissonna. « Seigneur, il commence à faire froid. »

Il se leva. Durant leur conversation, les ombres s'étaient étirées. Une dernière tache de soleil dorait le mur qui regardait vers l'ouest.

« Rejoignons la femme d'affaires, voulez-vous ? Et voyons si elle y tient tant que cela, à mon Goya. »

Errol Danziger, actuel directeur adjoint de la NSA pour l'analyse et la production des transmissions, regardait trois moniteurs à la fois, lisait des rapports en temps réel venant d'Iran, d'Égypte et du Soudan et prenait des notes ; tout cela dans le même temps. Par moments, il prononçait quelques mots dans le micro d'un casque à écouteurs en employant le langage codé qu'il avait lui-même mis au point, bien qu'il fût sur une ligne cryptée approuvée par la NSA.

Bud Halliday le trouva dans la salle des Transmissions, occupé à analyser et coordonner les renseignements, tout en assurant à distance la bonne marche des missions top secret aux implications vastes et redoutables. Ses plus proches collaborateurs l'avaient surnommé par ironie l'Arabe, en raison de ses nombreux succès dans la guerre qu'il menait contre les extrémistes musulmans de toutes obédiences.

À part eux deux, il n'y avait personne dans la pièce. Danziger leva les yeux, juste le temps de saluer son patron d'un signe de tête respectueux, puis replongea dans son travail. Halliday s'assit. Cet accueil laconique aurait valu un copieux savon à n'importe qui d'autre. Mais Danziger était un homme à part et méritait un traitement de faveur. En fait, le voir ainsi concentré lui faisait plutôt plaisir. C'était le signe que tout allait bien.

« Donnez-moi votre appât, Triton », fit Danziger dans le micro. *Appât* était le code pour « calendrier ».

« Boule à zéro. Bardem est correct. »

Le secrétaire savait que le nom de Triton correspondait à Noah Perlis. Le programme Bardem, censé analyser en temps réel la situation sur le terrain, était placé sous sa responsabilité.

« Démarrons la Quatrième et Dernière », dit l'Arabe. *Quatrième et Dernière* : la phase finale de la mission.

Le cœur de Halliday se serra. Ils abordaient la dernière ligne droite, celle qui déboucherait sur le plus gros coup de force qu'aucun haut fonctionnaire américain eût jamais réussi. Il se ressaisit et dit : « Je suis sûr que cette session sera bientôt terminée.

— Tout dépend », répondit Danziger.

Halliday se rapprocha. « Faites en sorte qu'elle le soit. Nous voyons le Président dans moins de trois heures. »

Danziger délaissa ses écrans un instant. Il articula « Triton cinq » dans le micro avant de couper le son. « Vous avez rencontré le Président ? »

Halliday hocha la tête. « J'ai proposé votre nom et il est intéressé.

— Assez intéressé pour me recevoir mais rien n'est encore décidé, je suppose. »

Le secrétaire à la Défense sourit. « Pas d'inquiétude. Il ne choisira pas de candidats issus de la CIA. »

L'Arabe hocha la tête ; il se garderait bien de mettre en doute la légendaire influence de son patron. « Nous avons un léger problème en Égypte. »

Halliday se pencha vers lui. « Comment cela ?

— Soraya Moore, que nous connaissons tous les deux, et Amun Chalthoum, le chef des services secrets égyptiens, sont venus fureter autour de la ferme. »

La ferme était le mot codé désignant un théâtre d'opérations accueillant une mission en cours. « Qu'ont-ils trouvé ?

— L'équipe était en vacances quand elle a reçu son ordre de mission. Quand ils ont appris que leur permission était écourtée, les types ont piqué une colère et ils ont laissé filtrer leur destination. »

Halliday se rembrunit. « Moore et Chalthoum savent que l'équipe se dirigeait vers Khartoum ? »

Danziger hocha la tête. « Ce problème doit être étouffé dans l'œuf ; il ne reste qu'une solution. »

Halliday eut un mouvement de recul. « Quoi ? Nos propres troupes ?

— Ils ont violé un protocole de sécurité. »

Le secrétaire secoua la tête d'un air désemparé. « Mais pourtant…

— Il faut endiguer, Bud. Endiguer pendant que c'est encore possible. » L'Arabe se pencha pour tapoter le genou de son patron. « Prenez cela comme une regrettable bavure. Les tirs fratricides, ça existe, non ? »

Halliday se tassa sur son siège en se frottant nerveusement le visage. « Heureusement que les humains ont une capacité de rationalisation infinie. »

Avant de reprendre son travail sur écran, Danziger conclut en disant : « Bud, c'est ma mission. J'ai conçu

Pinprick, je l'ai construit jusqu'au moindre détail. Mais c'est vous qui l'avez approuvé. Je n'imagine pas un instant que vous laisserez quatre abrutis faire tout capoter parce qu'ils sont en pétard à cause de leurs vacances ratées, n'est-ce pas ? »

20

Don Fernando Hererra s'arrêta un instant devant les portes-fenêtres et leva un doigt en cherchant le regard de Bourne. « Avant de rentrer, je dois clarifier une chose. En Colombie, j'ai participé à des guerres entre les militaires et la guérilla indigène, entre fascisme et socialisme. Chaque camp ne cherchait qu'à contrôler l'autre, d'où leur faiblesse, leur inefficacité. »

Les ombres bleues de Séville aiguisaient ses traits. Il ressemblait de plus en plus à un loup affamé ayant flairé sa proie.

« Moi et mes semblables étions entraînés à tuer des victimes ayant été au préalable privées de leurs défenses, incapables de répliquer. Le crime parfait, en somme. Vous me comprenez ? »

Il continuait à dévisager Bourne comme s'il était connecté à un appareil à rayons X. « Je sais que vous ne travaillez pas pour Nikolaï Ievsen ni pour Dimitri Maslov, son silencieux partenaire. Comment je le sais ? Bien que j'ignore presque tout de vous – y compris votre vrai nom, ce qui est la moindre des choses vous concernant –, je sens que vous n'êtes pas homme à servir un maître. Mon instinct ne se trompe jamais. Il s'est trempé au sang de mes ennemis, ceux dont j'ai suivi l'agonie dans le regard pendant que je les éventrais, ceux qui confondaient intelligence et habileté à torturer. »

Bourne se sentait galvanisé. Ainsi donc Ievsen et Maslov étaient associés. Bourne avait rencontré Maslov quelques mois auparavant, à Moscou, alors que le chef de la *grupperovka* menait une guerre ouverte contre une autre famille mafieuse. Le fait qu'il se soit allié à Ievsen ne signifiait qu'une chose : il avait gagné cette guerre et cherchait à consolider son pouvoir. Mais alors, qui avait lancé un tueur à ses trousses ? Ievsen ou Maslov ?

« Je comprends, dit Bourne. Vous ne craignez ni Ievsen ni Maslov.

— Et ils ne m'intéressent pas, répliqua Hererra. Mais vous, vous m'intéressez. Pourquoi êtes-vous venu ici ? Ce n'est pas à cause de mon Goya, ni de la señorita Atherton, toute belle et désirable soit-elle. Alors que voulez-vous ?

— J'ai été suivi jusqu'ici par un tueur russe dont le cou était marqué d'un côté par une cicatrice et de l'autre par un tatouage représentant trois crânes.

— Ah oui, Bogdan Makhine, mieux connu sous le sobriquet du Tortionnaire. » Hererra se tapotait la lèvre inférieure du bout de l'index. « Alors c'est vous qui avez tué cette ordure dans la Maestranza, hier. » Il le gratifia d'un regard élogieux. « Je suis impressionné. Makhine avait coutume de laisser un tombereau de morts et de mutilés dans son sillage. Une vraie catastrophe ferroviaire. »

Bourne était impressionné lui aussi, mais pas pour la même raison. Hererra disposait de renseignements rapides et excellents. Bourne déboutonna sa chemise pour montrer la blessure qu'il portait à la poitrine. « Il a d'abord tenté de m'avoir à Bali. Il a acheté un Parker Hale Model 85 et un Schmidt & Bender Marksman Two Scope. Son vendeur était le fameux Wayan et c'est Wayan qui m'a donné votre nom. Makhine se serait adressé à lui sur votre recommandation. »

Hererra leva les sourcils, d'un air surpris. « Vous devez me croire. J'ignorais tout. »

Bourne saisit le Colombien par le devant de sa chemise et le plaqua contre les portes-fenêtres. « Pourquoi devrais-je vous croire ? marmonna-t-il sous le nez de Hererra. L'homme qui a acheté le Parker Hale ne pouvait pas être Makhine puisqu'il avait des yeux gris. »

À cet instant, Fausto apparut de l'autre côté du jardin. Il braquait son arme sur Bourne qui, lui, appuyait du pouce sur la pomme d'Adam de Hererra. « Je n'ai pas l'intention de vous blesser, mais je veux savoir qui a tenté de me tuer à Bali, dit Bourne.

— Fausto, nous sommes entre gens civilisés, marmonna Hererra en scrutant les yeux de Bourne. Range cette arme. »

Bourne attendit que le jeune homme obéisse pour relâcher le Colombien. La porte-fenêtre s'ouvrit sur Tracy qui les regarda l'un et l'autre et demanda : « Mais qu'est-ce qui se passe ?

— Don Hererra est sur le point de me dire ce que je veux savoir », fit Bourne.

Les yeux de la jeune femme se posèrent de nouveau sur le Colombien. « Et pour le Goya ?

— Je vous le laisse au prix que je vous ai indiqué, dit Hererra.

— Je suis prête à…

— Señorita, n'abusez pas de ma patience. J'obtiendrai ce prix, et avec ce que vous avez manigancé, vous pouvez vous estimer heureuse. »

Elle sortit son téléphone. « Il faut que je passe un appel.

— Mais comment donc ! » Hererra leva la main. « Fausto, montre à la señorita un endroit où elle pourra discuter tranquillement.

— Je préfère sortir dans le jardin, dit Tracy.

— Comme vous voulez. » Le Colombien repassa le premier à l'intérieur de la maison. Quand Fausto eut fermé la porte et disparu dans le couloir, il se tourna vers Bourne et très doucement, très sérieusement, lui dit : « Vous lui faites confiance ? »

Harvey Korman venait de mordre dans son sandwich pain de seigle - rôti de bœuf - mimolette quand, à sa grande surprise, Moira Trevor et Humphry Bamber quittèrent les urgences de l'hôpital GWU sans son coéquipier, Simon Herren. Korman jeta une pièce sur la table, se leva, enfila sa veste matelassée et se dépêcha de sortir du café qui faisait face à l'hôpital.

Korman était un petit bonhomme rondouillard aux joues rebondies et au crâne dégarni dont le physique peu attrayant et le manque de prestance comportaient toutefois un gros avantage : personne n'aurait pu imaginer qu'il exerçait le métier d'agent de renseignements, et encore moins pour Black River.

C'est quoi ce bordel ? pensa-t-il en prenant ses deux clients en filature. *Et Simon, il est où ?* Noah Perlis l'avait averti que Trevor était dangereuse mais, comme de bien entendu, son collègue n'en avait fait qu'à sa tête. Ni Simon ni lui ne connaissaient cette femme, raison pour laquelle Perlis les avaient choisis pour cette mission, mais tout le monde chez Black River savait que Perlis en pinçait pour Moira Trevor et que cela faussait son jugement. Il n'aurait jamais dû être son maître-chien à l'époque où elle travaillait pour Black River. Korman estimait que Perlis avait commis des erreurs regrettables ; comme la fois où il avait fait porter le chapeau à Veronica Hart pour éviter que Trevor lui en veuille d'avoir annulé sa mission du jour au lendemain.

Mais tout cela c'était du passé. Et Korman devait se concentrer sur le présent. Il tourna au coin de la rue et regarda autour de lui, désorienté. Tout à l'heure, Bamber et Trevor étaient à deux cents mètres devant lui. Où donc étaient-ils passés ?

« Par ici ! Vite ! » Moira fit entrer Bamber dans la boutique de lingerie, au coin de la rue. Le local possédait deux issues, l'une sur l'avenue New Hampshire, nord-ouest, l'autre sur I Street, nord-ouest. L'oreille collée à son téléphone, elle le guida à travers les rayons et le fit sortir par-derrière, sur l'avenue New Hampshire, où ils se perdirent dans la foule. Cinq minutes plus tard et quatre blocs plus loin, ils sautaient dans le taxi Blue Top que Moira avait appelé. À peine eurent-ils démarré qu'elle obligea Bamber à se baisser. Elle-même plongea hors de vue. Elle venait d'apercevoir l'homme qui les filait depuis l'hôpital. Il avait un physique presque comique. En revanche, il n'y avait rien de drôle dans l'expression mauvaise qui lui tordait le visage pendant qu'il discutait au téléphone, sans doute avec Noah.

« Où on va ? » demanda le chauffeur par-dessus son épaule.

Moira s'aperçut qu'elle n'en avait aucune idée.

« Je connais un coin, dit Bamber hésitant. Un endroit où ils ne nous trouveront pas.

— Vous ne connaissez pas Noah comme je le connais, rétorqua Moira. Il en sait plus sur votre compte que votre propre mère.

— Peut-être mais il ne connaît pas cet endroit, insista Bamber. Steve lui-même ignorait son existence. »

« Je ne fais confiance à personne, répondit Bourne.

— Dommage, mon ami. Dans cette vie, on doit apprendre à faire confiance à certaines personnes. Autrement, on tombe dans la paranoïa et on n'a plus qu'à attendre la mort. » Hererra versa un peu de tequila Asombroso Anejo dans deux verres, en tendit un à Bourne et poursuivit en sirotant le sien : « Moi, je me méfie des femmes, un point c'est tout. Pour la simple raison qu'elles parlent trop, surtout entre elles. » Il s'avança vers la grande bibliothèque et laissa courir ses doigts sur les tranches reliées. « L'Histoire regorge d'exemples. Des évêques, des princes ont vu leur vie brisée à cause d'une malheureuse confidence sur l'oreiller. » Il se tourna. « Les hommes combattent, tuent pour le pouvoir. Les femmes règnent par la trahison. »

Bourne haussa les épaules. « Vous n'allez pas les en blâmer.

— Bien sûr que si, je les blâme. » Hererra finit sa tequila. « Ces salopes sont le mal incarné.

— J'en conclus que vous êtes la seule personne digne de ma confiance. » Bourne posa son verre sans y avoir touché. « Le problème, don Hererra, c'est que vous m'a déjà démontré le contraire. Vous m'avez menti.

— Et vous, combien de fois m'avez-vous menti depuis que vous avez passé cette porte ? » Le Colombien traversa la pièce, prit la tequila de Bourne et la vida d'un trait. Il claqua les lèvres et s'essuya la bouche avec le dos de la main : « Cet homme que Wayan a décrit, celui qui a tenté de vous tuer, a été recruté par l'un des vôtres. Un Américain.

— Le nom de ce tueur.

— Boris Ilitch Karpov. »

Bourne resta interdit. Il n'en croyait pas ses oreilles. « Il doit y avoir une erreur. »

Hererra pencha la tête. « Vous le connaissez ?

— Pourquoi un colonel du FSB-2 se mettrait-il au service d'un Américain ?

— Pas un simple Américain, répondit le Colombien. Le secrétaire à la Défense Ervin Reynolds Halliday fait partie, comme nous le savons vous et moi, des personnes les plus puissantes au monde. Et Karpov n'est pas, à proprement parler, à son service. »

C'était impossible, se dit Bourne. Boris était un ami, il lui avait prêté main-forte à Reykjavík puis à Moscou, où Bourne avait eu la surprise de le voir assister à une réunion en compagnie de Dimitri Maslov, avec lequel il se montrait franchement cordial. Boris et Maslov étaient-ils plus que des amis ? Boris était-il également en cheville avec Ievsen ? Bourne sentit des gouttes de sueur froide perler dans son dos. Chaque fois qu'il découvrait une nouvelle connexion, la toile d'araignée dans laquelle il était tombé grandissait de manière exponentielle.

« Mais ici… » Hererra s'était détourné pour fouiller dans le tiroir de son secrétaire. Quand il se replaça face à Bourne, il tenait un dossier dans une main et un enregistreur miniature dans l'autre. « Regardez un peu ça. »

Le dossier contenait des photos en noir et blanc, dont la mauvaise définition indiquait qu'elles avaient été prises de loin et à la dérobée. On y voyait deux hommes en grande conversation. Leurs visages en gros plan souffraient d'un léger flou causé par le mauvais éclairage.

« Ils se sont rencontrés dans un club de jazz à Munich », commenta Hererra.

Bourne reconnut la forme et les traits du visage de Boris. L'autre homme, plus vieux, plus grand, était américain. Il s'agissait effectivement du secrétaire à la Défense, Bud Halliday. La date de la prise de vue, inscrite sur le cliché numérique, remontait à plus de trois mois, quelques jours avant qu'on lui tire dessus.

« Retouchée sur Photoshop, dit-il en rendant les photos.

— De nos jours, tout est possible, je l'admets. » Hererra lui présenta l'enregistreur numérique comme une récompense. « Ceci vous convaincra peut-être que les photos ne sont pas truquées. »

« Éliminez Jason Bourne et je ferai en sorte que le gouvernement américain envoie Abdullah Khoury là où il le mérite.

— Pas suffisant, monsieur Smith. Œil pour œil, voilà le sens exact de l'expression donnant donnant.

— Nous n'avons pas l'habitude d'assassiner les gens, colonel Karpov.

— Où avais-je la tête ? Peu importe, secrétaire Halliday. Personnellement, je n'ai pas de tels scrupules. »

Après une courte pause, Halliday renchérit. *« Oui, excusez-moi, j'ai oublié notre protocole, monsieur Jones. Transmettez-moi le contenu du disque dur et ce sera fait. D'accord ?*

— D'accord. »

Bourne regarda Hererra. « De quel disque dur parlent-ils ?

— Je n'en ai aucune idée mais j'essaie de le découvrir, vous vous en doutez.

— Comment êtes-vous entré en possession de ces pièces ? »

Un lent sourire éclaira le visage du Colombien qui posa un index sur ses lèvres.

« Pourquoi Boris voudrait-il me tuer ?

— Le colonel Karpov ne m'en a pas informé quand il m'a demandé ce service. » Hererra haussa les épaules. « Mais par simple habitude, j'ai vérifié d'où il appelait. Il utilisait un téléphone satellite et il était à Khartoum.

— À Khartoum, dit Bourne. Peut-être au 779 avenue El Gamhuria, les quartiers généraux de Nikolaï Ievsen. »

Hererra écarquilla les yeux. « J'avoue que vous m'impressionnez. »

Bourne tomba dans un silence méditatif. Existait-il un lien entre Boris et Nikolaï Ievsen ? Au lieu de s'opposer, avaient-ils fait alliance ? Mais comment deux hommes aussi différents pouvaient-ils collaborer ? Et à quelle fin ? Quel projet était assez capital pour inciter Boris à tuer Jason Bourne puis, ayant appris qu'il avait survécu, envoyer le Tortionnaire finir le travail ?

Quelque chose clochait dans cette histoire. Ses spéculations furent interrompues par l'arrivée de Tracy. Elle ouvrit les portes-fenêtres et entra. Tout sourires, Hererra lui demanda : « Votre commanditaire a-t-il pris une décision ?

— Il veut le Goya.

— Excellent ! » Don Hererra se frotta les mains, la mine réjouie. « Nul ne sait qui est Noah Petersen mais je soupçonne que notre ami ici présent va nous éclairer. » Il leva les sourcils et fixa Bourne.

« Non ? » Il haussa les épaules. « Peu importe. Monsieur Petersen est le commanditaire de la señorita Atherton. »

Tracy dévisagea Bourne. « Vous connaissez Noah ? Comment est-ce possible ?

— Son vrai nom est Noah Perlis. » Bourne, totalement abasourdi, les regarda l'un et l'autre. La toile d'araignée avait désormais une tout autre dimension. « Il travaille pour Black River, une société de défense américaine. J'ai fait quelques affaires avec lui par le passé.

— Que voulez-vous ? dit Hererra. Le monde est plein de caméléons et ils se connaissent tous, ce qui n'a rien de surprenant. » Il se détourna de Bourne pour esquisser une courbette moqueuse destinée à Tracy. « Señorita Atherton, pourquoi ne pas dire à ce monsieur où vous devez livrer le Goya ? » La voyant hésiter, il partit d'un rire bon enfant. « Allez, vous n'avez rien à perdre. Nous nous faisons tous confiance, n'est-ce pas ?

— Je dois livrer le Goya à Khartoum, en mains propres », dit Tracy.

Bourne en eut le souffle coupé. Mais que se passait-il ? « Je vous en prie, ne me dites pas que l'adresse de livraison est le 779 avenue El Gamhuria. »

La bouche de Tracy s'arrondit de stupéfaction.

« Comment a-t-il su ? » Hererra secoua la tête. « C'est une question dont nous aimerions tous connaître la réponse. »

Livre trois

21

« Des Américains ! s'écria Soraya. Nom de Dieu, mais c'est n'importe quoi ! »

Elle s'attendait à un commentaire acerbe, mais Amun demeura coi, se contentant de la fixer de son regard énigmatique.

« Une escouade de militaires américains, comme par hasard en permission à Hurghada, reçoit un ordre de mission et se rend à Khartoum deux semaines environ avant qu'un missile iranien Kowsar 3 descende un avion de ligne américain dans l'espace aérien égyptien. C'est invraisemblable. » Elle passa la main dans ses épais cheveux noirs. « Pour l'amour du ciel, Amun, dis quelque chose. »

Ils étaient attablés dans un restaurant en bord de mer et mangeaient pour se nourrir, sans plus. Soraya n'avait pas faim et visiblement, Amun pas trop non plus. Non loin, trois de ses hommes surveillaient Stephen en train de s'empiffrer comme si c'était son dernier repas. Le disque rouge du soleil frôlait l'horizon. Au-dessus d'eux, le ciel sans nuages formait une voûte immense et vide.

Chalthoum poussait la nourriture au bord de son

assiette. « Je pense encore qu'il ment pour sauver sa peau, dit-il amèrement.

— Et si ce n'est pas le cas ? Le patron du club de plongée a confirmé son histoire. Ce bateau a accueilli quatre Américains voilà environ deux semaines. Ils ont payé cash pour trois jours de plongée et sont partis brusquement, sans rien dire à personne.

— Ces types pourraient être tout le monde et n'importe qui. » Amun décocha un regard noir au prisonnier. « Celui-ci serait prêt à tout pour éviter la prison.

— Amun, nous ne pouvons pas prendre le risque de décider qu'il ment. Je pense que nous devrions aller à Khartoum.

— Et renoncer à poursuivre les terroristes qui se trouvent peut-être ici, en Égypte ? » Il secoua la tête. « Pas question. »

Soraya avait déjà sorti son téléphone et composait le numéro de Veronica Hart. Si elle devait se rendre à Khartoum – avec ou sans Amun –, elle avait besoin de l'aval de la DCI. On n'allait pas au Soudan sur un simple coup de tête.

Les sonneries s'égrenaient sans que le répondeur se déclenche ; Soraya fronça les sourcils. Une voix masculine finit par répondre.

« Qui est-ce ?

— Soraya Moore. Et vous, qui diable êtes-vous ?

— C'est Peter, Soraya. Peter Marks. » Marks, chef des opérations de la CIA, était un collègue intelligent et fiable.

« Pourquoi réponds-tu sur la ligne privée de la DCI ?

— Soraya, Veronica Hart est morte.

— Quoi ? » Le visage de Soraya perdit d'un coup ses couleurs, elle sentit le souffle lui manquer. « Morte ? Mais comment… ? » Sa voix semblait ténue, lointaine, elle était sous le choc. « Qu'est-il arrivé ?

— Il y a eu une explosion – un attentat à la bombe, d'après nous.

— Oh mon Dieu !

— Il y avait deux personnes avec elle : Moira Trevor et un dénommé Humphry Bamber, un concepteur de logiciels travaillant à son compte.

— Sont-ils vivants ou morts ?

— Sans doute vivants, répondit Marks, mais ce n'est qu'une supposition. Nous ignorons où ils se trouvent. Il y a tout lieu de penser qu'ils sont responsables de la mort de la DCI.

— À moins qu'ils se soient enfuis pour ne pas se faire tuer à leur tour.

— C'est une éventualité, concéda Marks. Quoi qu'il en soit, il faut qu'on les trouve pour les interroger en tant qu'uniques témoins de l'incident. » Il fit une pause. « Le problème, c'est que Trevor a des liens avec Jason Bourne. »

Les événements allaient trop vite pour elle. Elle n'était pas en état de tout suivre. « Et alors ? répondit-elle sèchement.

— Je ne sais pas si cela a quelque chose à voir, mais elle avait aussi des liens avec Martin Lindros. Voilà quelques mois, la DCI Hart a enquêté à ce sujet.

— Je sais. Je faisais partie des enquêteurs, dit Soraya. On n'a rien trouvé. Moira Trevor et Martin étaient amis. Point.

— Et pourtant, Lindros et Bourne sont morts tous les deux. » Marks s'éclaircit la gorge. « Savais-tu que madame Trevor se trouvait avec Bourne quand il a été tué ? »

Une étrange prémonition lui donna la chair de poule. « Non, je ne savais pas.

— J'ai creusé un peu. Il s'avère que madame Trevor est une ancienne de Black River. »

L'esprit de Soraya tournait à cent à l'heure. « Comme la DCI Hart.

— Intéressant, non ? Il y a autre chose : madame Trevor et Bamber ont été admis aux urgences de l'hôpital George Washington moins de vingt minutes après l'explosion. Personne ne les a vus partir mais – et accroche-toi – un homme en possession d'un insigne gouvernemental a demandé à les voir moins de vingt minutes après qu'ils ont reçu les premiers soins.

— Quelqu'un les aura suivis.

— On dirait, oui, fit Marks.

— Quel était le nom de cet individu ? À quelle agence appartenait-il ?

— Ça, c'est la question à un milliard. Personne ne s'en souvient. C'était un vrai bazar, ce jour-là, aux urgences. J'ai vérifié moi-même. Les uns ne l'ont pas vu, les autres disent qu'il ne travaillait pas pour le gouvernement. Ceci dit, je ne serais pas surpris d'apprendre que le ministère de la Défense a officieusement autorisé un agent de Black River à porter un badge officiel. »

Soraya inspira plusieurs fois pour se calmer. « Peter, la DCI m'a envoyée en Égypte pour que j'enquête sur les résistants iraniens avec lesquels Black River était en contact mais lors de notre dernière conversation, elle a consenti à ce que j'explore la théorie selon laquelle les terroristes iraniens ayant abattu l'avion auraient reçu de l'aide pour le transport du missile, probablement des Saoudiens.

— Seigneur, mais alors… ?

— Alors il se peut que les Iraniens ne soient pour rien dans cette affaire. C'est ce que j'avais l'intention de lui dire avant que tu ne prennes la communication.

— Quoi ? explosa Mark. Tu plaisantes, j'espère.

— J'aimerais. Voilà deux semaines, quatre militaires américains en permission ont soudain été envoyés en mission à Khartoum.

— Et ensuite ?

— Amun Chalthoum et moi avons résolu de suivre ensemble une nouvelle piste. Nous sommes partis du postulat que les Saoudiens ont aidé les terroristes iraniens à transporter le missile Kowsar 3 via l'Irak et la mer Rouge jusqu'à un point donné, sur la côte égyptienne. Comme ses hommes ont passé le secteur au peigne fin toute la journée sans rien trouver, maintenant nous cherchons des alternatives. Et il n'y a qu'un seul autre point d'entrée : le Sud. »

Elle entendit Mark reprendre son souffle. « Donc le Soudan.

— Et Khartoum serait l'endroit logique pour réceptionner un missile Kowsar 3 sans se faire remarquer.

— Je ne comprends pas. Quel rapport y a-t-il entre nos soldats et des terroristes iraniens ?

— Justement, il n'y en a pas, dit Soraya. Pour la bonne raison que le scénario dont je te parle n'implique ni les Iraniens ni les Saoudiens. »

Marks eut un rire nerveux. « Tu veux dire que nous avons abattu un avion américain ?

— Je n'accuse pas le gouvernement américain, rétorqua-t-elle sans broncher. Mais Black River est très capable de l'avoir fait.

— Cette théorie relève de la folie pure, dit-il.

— Et si les terribles événements qui se sont produits chez nous étaient liés à cette catastrophe aérienne ?

— C'est un peu tiré par les cheveux. Même toi tu devrais le reconnaître.

— Écoute-moi attentivement, Peter. La DCI Hart avait des inquiétudes au sujet des relations que la NSA – surtout le secrétaire Halliday – entretient avec Black River. Et voilà qu'elle meurt dans un attentat à la voiture piégée. » Elle laissa ses paroles planer un instant dans l'air avant de poursuivre. « Le seul moyen de parvenir au cœur du mystère est d'aller voir sur place. J'ai besoin de me rendre à Khartoum.

— Soraya, le Soudan est bien trop dangereux pour qu'une directrice…

— Typhon a un agent sur place.

— Bien, demandons-lui d'enquêter.

— C'est trop important, Peter, les enjeux sont trop graves. En plus, après tout ce qui s'est passé, je ne fais plus confiance à personne.

— Et à propos de ce Chalthoum ? C'est quand même le chef d'al-Mokhabarat, nom d'un chien !

— Crois-moi, dans cette affaire, il a plus à perdre que nous.

— Il m'appartient de te faire remarquer que ton agent à Khartoum ne peut garantir ta sécurité.

— Personne ne le peut, Peter. Garde le mobile de la DCI Hart sur toi. Je te tiendrai au courant.

— OK, mais… »

Soraya coupa la communication et regarda Amun. « La directrice de la CIA vient d'être tuée à Washington dans un attentat à la bombe. Ça sent mauvais, Amun. Nous ne courons pas après des terroristes iraniens, j'en suis sûre. Est-ce que tu m'accompagneras à Khartoum ? »

Amun leva les yeux au ciel et fit un geste d'impuissance. « *Azizti*, est-ce que tu me laisses le choix ? »

Après que Moira et Humphry Bamber furent descendus du taxi à Foggy Bottom, il la conduisit vers l'est. Ils franchirent le pont et entrèrent dans Georgetown. Bamber était nerveux. Il marchait si vite qu'à plusieurs reprises, elle dut lui saisir le bras pour le ralentir, car la peur l'avait rendu sourd. Sur tout le chemin, elle ne cessa de jeter des coups d'œil dans les vitrines et les rétroviseurs, au cas où on les aurait suivis à pied ou en voiture. Pour mieux s'en assurer, ils firent par deux fois le tour d'un pâté de maisons et entrèrent de nouveau dans une boutique. Quand elle fut tout à fait certaine que personne ne les avait pris en filature, Moira dit à Bamber de les conduire là où ils devaient aller.

Sur R Street, se dressait une maison de ville de style fédéral en briques rouges, avec un toit en pente et quatre lucarnes où des pigeons ramiers roucoulaient d'un air somnolent. Ils montèrent les marches d'ardoise du perron ; Bamber se servit du heurtoir en cuivre. Un instant plus tard, la porte en bois ciré s'ouvrit sur un homme grand et mince, aux longs cheveux bruns, aux yeux verts et à la mâchoire carrée.

« Salut Hump, tu as l'air… Qu'est-ce qui t'est arrivé ?

— Chrissie, voilà Moira Trevor. Moira, je vous présente Christian Lamontierre.

— Le danseur ? »

Bamber avait déjà franchi le seuil. « Moira m'a sauvé la vie. Pouvons-nous entrer ?

— Elle t'a… ? Bien sûr. » Lamontierre s'effaça pour les laisser passer dans le vestibule, une ravissante petite pièce tenant du coffret à bijoux. Il exécuta ce mouvement avec une grâce mâtinée de puissance, étrangère au commun des mortels. « Oh, pardonnez mon impolitesse. » L'inquiétude assombrissait son beau visage. « Vous allez bien tous les deux ? Je peux appeler un médecin.

— Pas de médecin », rétorqua Moira.

Leur hôte ferma la lourde porte ; Bamber donna deux tours de verrou.

Voyant cela, Lamontierre dit : « Je crois que vous avez besoin d'un verre. » D'un geste d'invite, il leur désigna le salon. C'était une pièce décorée avec goût et raffinement, dans les teintes crème et gris tourterelle. Un monde de calme et d'élégance. Des ouvrages sur le thème du ballet classique et de la danse moderne étaient éparpillés sur une table basse ; des photos posées sur les étagères montraient Lamontierre sur scène ou posant à côté des plus grands chorégraphes.

Ils s'installèrent sur des canapés rayés gris et argent. Lamontierre se dirigea vers un buffet puis fit volte-face.

« On dirait que vous avez besoin de repos et de nourriture. Je vais plutôt vous préparer un petit encas, ça vous va ? »

Sans attendre de réponse, il les laissa seuls. Moira lui en fut reconnaissante car elle avait un certain nombre de questions à poser à Bamber et ne voulait pas le mettre dans l'embarras.

Bamber la devança. Il s'enfonça dans le canapé et dit en soupirant : « Quand j'ai tapé mes trente ans, j'ai commencé à comprendre que les hommes n'étaient pas faits pour la monogamie, tant sur le plan physique que sentimental. Nous sommes conçus pour croître et multiplier, perpétuer l'espèce à tout prix. Le fait d'être homo ne change rien à cet impératif biologique. »

Moira se rappela ses paroles ; il avait dit qu'il l'emmenait dans un endroit que même Stevenson ne connaissait pas. « Donc vous avez une relation avec Lamontierre.

— Steve n'aurait pas supporté d'en parler.

— Vous voulez dire qu'il savait ?

— Steve n'était pas stupide. Et il avait de l'intuition, pas pour lui-même mais pour les gens de son entourage. Je suppose qu'il l'avait deviné, ou alors non. Je ne sais pas. En tout cas, il n'avait pas une bonne image de lui-même, il craignait que je le quitte. » Il se leva, versa un peu d'eau dans deux verres et les ramena.

« Je n'avais pas l'intention de le quitter. Jamais, dit-il en lui tendant son verre avant de se rasseoir.

— Je ne porte aucun jugement, fit Moira.

— Non ? Vous seriez bien la première. »

Moira avala une bonne gorgée ; elle était assoiffée. « Parlez-moi de vous et Noah Perlis.

— Cet enfoiré ? » Bamber fit une grimace. « Une petite guerre bien propre, c'est ce que Noah voulait de moi. Quelque chose qu'il puisse entourer d'un joli ruban pour l'offrir à son client.

— Vous étiez grassement payé.

— Je préférerais oublier ça. » Bamber vida son verre. « Cet argent trempé de sang va aller droit à la recherche contre le sida.

— Revenons à Noah, dit gentiment Moira.

— D'accord.

— Qu'entendez-vous par "une petite guerre bien propre" ? »

À cet instant, Lamontierre les appela ; ils se levèrent péniblement. Bamber ouvrit la marche. Ils suivirent un couloir, passant devant une salle de bains, et entrèrent dans la cuisine située à l'arrière de la maison. Moira avait hâte d'entendre la réponse de Bamber mais son estomac criait famine. Il fallait recouvrer des forces et pour cela, ingurgiter de la nourriture.

À l'époque où elle cherchait une maison, Moira avait visité des demeures comme celle-ci. Lamontierre avait fait installer une verrière si bien qu'au lieu d'une cuisine triste et sombre, il disposait d'un espace lumineux, fort accueillant, peint en jaune vif. Ses comptoirs de granit couleur terre de Sienne contrastaient merveilleusement avec les carreaux de céramique vernissée tapissant le mur au-dessus, dont les entrelacs byzantins mêlaient les ors au vert et à l'outremer.

Ils s'assirent autour d'une table ancienne. Lamontierre avait préparé des œufs brouillés qu'il leur servit avec du blanc de dinde et du pain complet. Tandis qu'ils mangeaient, il regardait Bamber à la dérobée d'un air d'autant plus inquiet que son ami refusait de lui expliquer ce qu'il leur était arrivé. « Je ne veux pas qu'on en parle, déclara-t-il avant d'ajouter devant l'expression blessée de Lamontierre : C'est pour ton bien, Chrissie, crois-moi.

— Je ne sais que dire, fit Lamontierre. La mort de Steve…

— Moins on en parlera mieux ça vaudra, le coupa Bamber.

— Je suis désolé. C'est tout ce que je voulais dire. Je suis désolé. »

Bamber finit par lever les yeux de son assiette. Il esquissa un faible sourire. « Merci Chrissie. C'est très gentil. Pardonne-moi, je suis vraiment dégueulasse avec toi.

— Il a eu une rude journée, intervint Moira.

— Vous aussi. » Le regard de Bamber replongea dans son assiette.

Lamontierre les observa l'un et l'autre puis dit en se levant : « OK, il faut que j'aille répéter. Si vous avez besoin de moi, je serai dans le studio en bas.

— Merci Chrissie. » Bamber lui adressa un sourire tendre. « Je descendrai te voir tout à l'heure.

— Prends ton temps. » Lamontierre se tourna vers Moira. « Madame Trevor. »

Puis il quitta la cuisine. Il n'avait pas touché à son assiette.

« Ça s'est bien passé », déclara Moira dans une vaine tentative d'apaiser l'atmosphère.

Bamber se prit la tête dans les mains. « Je me suis comporté comme un con fini. Qu'est-ce qui m'arrive ?

— Le stress, proposa Moira. Et le choc en retour. C'est ce qui se passe quand on essaie d'enfoncer deux kilos de merde dans un sac qui ne peut en contenir qu'un. »

Bamber eut un petit rire nerveux mais quand il leva la tête, ses yeux débordaient de larmes. « Et vous ? Les explosions de voitures piégées font-elles partie de votre quotidien ?

— Franchement ? Oui, autrefois. Les voitures et le reste. »

Il la regarda, les yeux écarquillés. « Seigneur, mais dans quoi Noah m'a-t-il fourré ?

— C'est ce que j'attends que vous me disiez.

— Il avait un client intéressé par des scénarios imitant la réalité au plus près. Je lui ai dit qu'il n'y avait rien sur le marché qui réponde à ses critères mais que je pouvais construire un programme.

— Moyennant rétribution.

— Évidemment, rétorqua Bamber. Je ne fais pas dans la philanthropie. »

Moira se demandait pourquoi elle se montrait si dure envers lui quand elle comprit que sa mauvaise humeur n'avait rien à voir avec Bamber. Voulant faire un point sur la convalescence de Jason avec Willard, elle avait appelé le docteur Firth à Bali qui lui avait appris le retour de Willard à Washington. Firth ignorait où était Bourne – du moins le prétendait-il. Elle avait composé plusieurs fois son numéro de portable et à chaque fois, elle était tombée sur le répondeur. Elle se faisait beaucoup de souci et, pour se calmer, se répétait que si Jason était avec Willard, il ne risquait rien.

« Continuez », dit-elle aimablement pour se faire pardonner sa brusquerie.

Bamber se leva, ramassa les assiettes, les posa dans l'évier et d'un coup de fourchette, fit tomber les restes dans le broyeur avant de disposer plats et couverts sales dans le lave-vaisselle. Quand il eut débarrassé, il revint se planter derrière sa chaise, les mains crispées sur le dossier. Il recommençait à avoir peur et cette tension créait en lui des spasmes presque impossibles à contenir.

« Pour être honnête, je me suis dit que son client voulait tester une nouvelle formule de fonds d'investissement à haute rentabilité. Je veux dire que Noah offrait un tel paquet de fric que j'ai pensé : bordel, j'aurai ma putain de thune dans un mois ou deux et après ça, plus besoin de s'inquiéter pour l'avenir. J'aurai mis un joli magot de côté. C'est dur de travailler en free lance. À la seconde même où une crise se déclenche, les commandes se font la malle. Vous imaginez pas. »

Moira recula sur son siège. « Vous ne saviez pas que Noah travaillait pour Black River ?

— Il s'est présenté comme Noah Petersen. Je n'en savais pas plus.

— Vous voulez dire que vous ne vérifiez pas l'identité de vos clients ?

— Pas quand ils déposent deux millions et demi de dollars sur mon compte bancaire. » Il haussa les épaules. « En plus, je n'appartiens pas au FBI. »

Moira voyait ce qu'il voulait dire. Elle était bien placée pour savoir que Noah avait le don de persuader n'importe qui de faire n'importe quoi. Il pouvait se glisser dans la peau d'un personnage aussi facilement qu'un acteur d'Hollywood. De cette manière, il n'était jamais obligé de montrer sa vraie personnalité.

« Pendant que vous programmiez Bardem, à aucun moment le soupçon ne vous a effleuré que ce programme n'était pas destiné à un fonds d'investissement ? »

Le visage de Bamber se voila de tristesse. Il hocha la tête. « Si, mais juste à la fin. Avant ça, je n'ai rien vu. Même quand Noah m'a transmis les instructions de son client pour que j'effectue la deuxième mise à jour, je n'ai pas bronché. Il m'a demandé d'étendre les paramètres de données "réalité" pour y inclure des réponses gouvernementales aux attaques terroristes, aux incursions militaires, etc.

— Et cela ne vous a pas mis la puce à l'oreille ? »

Bamber soupira. « Pourquoi ? Ce genre de facteurs influe sur les fonds d'investissement puisqu'ils ont un impact significatif sur les marchés financiers. D'après moi, certains fonds d'investissement sont spécialement créés pour tirer profit des perturbations du marché à court terme.

— Mais à un certain moment, vous êtes arrivé à une conclusion différente. »

Bamber s'activait dans la cuisine, déplaçant puis rangeant des objets, en proie à la nervosité. « À chaque mise à jour, les anomalies ne cessaient de s'accumuler. Je comprends mieux à présent. » Soudain, il se tut.

« Alors, qu'avez-vous fait à ce moment-là ? l'incita-t-elle.

— J'ai continué à me répéter que tout allait bien, répondit-il, oppressé par l'angoisse. J'ai joué l'autruche en me plongeant encore plus profondément dans les algorithmes toujours plus complexes de Bardem. La nuit, pour chasser les doutes qui m'assaillaient, je me forçais à penser aux deux bâtons et demi que j'allais placer en bons du Trésor. Cet argent de merde. » Il se pencha sur l'évier, tête basse. « Puis voilà deux jours, j'ai pété un plomb. Je ne pouvais décemment plus faire comme si de rien n'était. J'étais totalement désorienté.

— Donc vous avez parlé de Bardem à Steve qui a enquêté sur Noah à votre place et a fini par découvrir qu'il travaillait pour Black River.

— Et bien sûr, Steve n'a pas pu en rester là. Comme il avait trop peur d'en référer à ses supérieurs, il a remis une clé USB à l'homme qui avait mené l'enquête sur sa demande, après que sa propre recherche en interne auprès du ministère de la Défense eut échoué.

— Jay Weston, dit Moira. Bien sûr ! J'ai débauché Jay de chez Hobart, un autre sous-traitant de l'Armée. Il n'a eu aucun mal à identifier Noah, j'imagine.

— Et maintenant Steve est mort, gémit Bamber, à cause de ma bêtise et de ma cupidité. »

Moira fulminait. Elle se leva et traversa la cuisine pour le rejoindre. « Bon sang, Bamber, reprenez-vous et arrêtez de vous apitoyer sur votre sort. C'est la dernière chose dont j'aie besoin. »

Il se tourna vers elle. « Qu'est-ce qui vous prend ? Vous n'avez pas une once d'humanité. Mon compagnon vient d'être assassiné.

— Je n'ai pas de temps pour les sentiments ou…

— Si je me rappelle bien, une amie à vous a été envoyée *ad patres* juste devant vos yeux. Vous n'avez pas de remords, pas de pitié ? Y a-t-il quelque chose au fond de vous, à part votre désir de vous venger de Noah ?

— Quoi ?

— Vous m'avez très bien compris. C'est ça le problème depuis le départ : vous et Noah êtes trop occupés à vous entretuer pour vous soucier des dommages collatéraux. Eh bien moi, j'emmerde Noah et même chose pour vous. »

Comme il sortait à grands pas de la cuisine, Moira s'agrippa à l'évier pour ne pas tomber. La pièce s'était mise à basculer, la privant de ses repères. Elle n'arrivait même plus à distinguer le sol du plafond.

Seigneur, qu'est-ce qui m'arrive ? Ronnie Hart lui apparut. Elle était assise dans la Buick blanche. Ses yeux brillants la dévisageaient. Elle savait qu'elle vivait ses derniers instants et qu'elle ne pouvait rien y changer. La déflagration qui résonna de nouveau dans la tête de Moira lui ôta la vue, l'ouïe, la pensée.

Pourquoi n'ai-je rien fait pour la sauver ? Le temps manquait. *Pourquoi n'ai-je pas essayé quand même ?* Encore une fois, le temps manquait et Bamber s'agrippait à elle. *Pourquoi ne l'ai-je pas repoussé ?* Parce que l'onde de choc l'avait déjà projetée en arrière ; si elle avait été plus proche, elle serait morte aussi, ou pire, couchée sur son lit de douleur dans le service des grands brûlés, la peau déchirée, calcinée, brûlée au troisième degré. Une mort lente et atroce.

Seulement voilà, Ronnie était partie et Moira avait survécu. Où était la justice là-dedans ? La partie rationnelle de son cerveau tentait d'expliquer à son être émotionnel que le monde était un chaos ignorant la justice puisque la justice était un concept inventé par les hommes et, de ce fait, soumis à sa propre irrationalité. Pourtant aucun des deux protagonistes de ce débat intérieur ne possédait la recette pour conjurer les larmes qui irritaient ses yeux, couraient le long de ses joues et la faisaient grelotter comme prise de fièvre.

Les paroles de Bamber revinrent la hanter. Toute cette histoire se résumait-elle à une vendetta entre elle et Noah ? Soudain, elle se revit à Munich avec Bourne, sur les escalators menant au terminal où les attendaient le vol pour Long Beach, Californie. Puis Noah était apparu. Elle se rappelait le regard empoisonné qu'il lui avait lancé. Était-ce de la jalousie ? Sur l'instant, elle était trop polarisée sur son voyage à Long Beach pour s'y attarder. Mais à présent, cette expression glaciale lui revenait comme des relents de pourriture. Comment être certaine qu'elle interprétait correctement ce souvenir commun ? Cela expliquerait sa réaction au moment où elle avait démissionné de Black River. Il s'était comporté comme un amoureux éconduit. Et, pour pousser le raisonnement plus loin, on pouvait aussi se demander pourquoi elle avait choisi de créer une société concurrente en débauchant les meilleurs agents de Black River. Aurait-elle agi par dépit parce que Noah ne lui avait pas fait d'avances ? Tout à coup, elle se souvint de la conversation qu'elle avait eue avec Jason à Bali, lors de leur soirée dans la piscine. Quand elle lui avait exposé son idée de monter une société, il l'avait mise en garde ; il redoutait qu'elle se fasse un ennemi. Et il avait eu raison. Savait-il à l'époque ce que Noah éprouvait pour elle ? Et elle, qu'éprouvait-elle pour lui ? *« J'ai renoncé à tenter de lui plaire six mois avant de démissionner de Black River. C'était un jeu de dupes »*, avait-elle confié à Jason cette nuit-là. Qu'avait-elle voulu dire exactement ? Avec le décalage temporel et toutes les révélations qui étaient tombées depuis, ces paroles sonnaient un peu comme la plainte d'une amante blessée.

Dieu tout-puissant, c'était Noah et elle les fauteurs de troubles. Sans leur stupide querelle, il n'y aurait jamais eu de dommages collatéraux !

Lentement, comme un pneu qui se dégonfle, sa colère disparut. Moira lâcha l'évier et se laissa glisser.

Longtemps plus tard – mais peut-être pas si longtemps –, elle s'aperçut d'une présence. En fait, ils étaient deux, accroupis auprès d'elle.

« Que s'est-il passé ? demanda Bamber. Vous allez bien ?

— J'ai glissé et je suis tombée, c'est tout. » Ses larmes avaient séché.

« Je vous apporte un cognac. » Lamontierre, en justaucorps blanc et chaussons de danse, une serviette autour du cou, se dirigea vers le salon.

Refusant la main de Bamber, Moira se releva sans aide. Lamontierre lui présenta un petit verre à demi rempli d'un liquide ambré dont elle avala une gorgée. L'alcool lui brûla la gorge et alors que la chaleur se diffusait dans son corps, elle reprit ses esprits.

« Monsieur Lamontierre, merci pour votre hospitalité mais pour être honnête, j'ai besoin de parler à monsieur Bamber seule à seul.

— Bien sûr. Si vous vous sentez bien…

— Je me sens bien.

— Parfait, alors je vais me doucher. Hump, si tu veux rester ici quelque temps… » Il regarda Moira. « En fait, vous êtes les bienvenus tous les deux. Cette maison est la vôtre.

— C'est extrêmement généreux de votre part, répondit Moira.

— C'est tout naturel. » Il fit un geste pour souligner ses paroles. « Je crains de ne pas avoir de vêtements propres à vous prêter. »

Moira rit. « Je m'occuperai de cela, ne vous inquiétez pas.

— Dans ce cas… » Lamontierre serra Bamber contre lui un court instant puis s'éclipsa.

« C'est un homme bien, dit Moira.

— Oui », reconnut Bamber.

Par accord tacite, ils repassèrent dans le salon où ils s'écroulèrent sur les canapés.

« Que fait-on maintenant ? s'enquit Bamber.

— Vous allez m'aider à trouver ce que Noah Perlis fabrique exactement avec Bardem.

— Ah bon ? » Tout son corps se raidit. « Et par quel moyen ?

— En pénétrant dans son ordinateur, par exemple.

— Ce serait vraiment la solution idéale pour nous deux, hein ! » Il changea de position et se percha sur le bord du coussin. « Malheureusement, c'est impossible. Noah utilise un ordinateur portable. Je le sais parce qu'il tenait à recevoir les mises à jour dessus.

— Zut ! » Contrairement à la plupart des réseaux sans fil, ceux de Black River n'étaient pas poreux.

Noah avait constitué son propre réseau mondial et l'avait voulu impénétrable, pour autant qu'elle le sût. Bien sûr, en théorie, aucun réseau n'était sûr à cent pour cent, mais pour forcer celui-là, il faudrait sans doute qu'une brigade de hackers y travaille pendant des années. À moins que…

« Attendez un peu, dit-elle, soudain excitée. Si vous disposiez d'un ordinateur portable chargé avec l'encodage sans fil de Black River, cela vous aiderait-il ? »

Bamber haussa les épaules. « Probablement, mais comment allez-vous faire pour mettre la main dessus ?

— J'ai travaillé pour Black River, autrefois, dit-elle. Avant de leur rendre mon ordinateur portable, j'ai copié le disque dur. » À bien y réfléchir, il demeurait un obstacle à cette solution. « Mais chaque fois qu'un agent Black River quitte la société, l'encodage est mis à jour.

— Peu importe. S'ils utilisent le même algorithme de base, ce dont je suis sûr, je devrais être en mesure de le craquer. » Il secoua la tête et poursuivit d'un ton amer : « Mais ça ne nous mènera à rien. Je ne sais pas si vous vous rappelez mais nous ne pouvons pas rentrer chez nous. Les hommes de Noah sont sûrement dans nos appartements respectifs, à nous attendre. »

Moira se leva et chercha son manteau des yeux. « Et pourtant, on n'a pas le choix, dit-elle. Il faut tenter le coup. »

22

Durant l'heure de vol entre Séville et Madrid, Bourne réalisa que Tracy ne portait plus son alliance. Quand il lui posa la question, elle la sortit de son sac à main.

« En général, je la porte quand je voyage, pour décourager les importuns, mais en ce moment, elle ne me sert à rien. »

Arrivés à Madrid, ils réservèrent deux places pour Le Caire sur Égyptair. Une fois arrivés, on les conduisit dans un aérodrome militaire jouxtant l'aéroport international du Caire, où ils partirent pour Khartoum à bord d'un avion charter. Elle avait déjà ses visas, don Hererra avait été assez aimable pour accélérer la procédure en ce qui concernait ceux de Bourne – voyageant toujours sous le nom d'Adam Stone, bien sûr. Il lui avait aussi fourni un téléphone satellite, parce que le sien ne couvrait pas l'ensemble de l'Afrique.

Tracy rangea l'anneau et posa sa serviette sur ses genoux. « Excusez-moi pour ce coup de fil au professeur Zuñiga.

— Pourquoi ? Vous n'y êtes pour rien. »

Elle soupira. « En fait si. » Avec un regard contrit, elle ouvrit sa serviette. « Hélas, j'ai un aveu terrible à vous faire. » Elle sortit les documents que Bourne avait vus le jour où ils avaient fait connaissance : les clichés aux rayons X du Goya et la lettre du professeur.

Tracy les lui tendit. « Vous voyez, j'ai déjà rencontré le professeur. Voilà ses clichés aux rayons X et sa lettre authentifiant le Goya. Il était tellement excité qu'il a fondu en larmes quand je lui ai repris le tableau. »

Bourne lui décocha un regard acéré. « Pourquoi ne pas me l'avoir dit dès le départ ?

— Je vous prenais pour un concurrent. J'avais reçu des ordres stricts pour éviter une guerre d'enchères. Il m'était donc impossible de révéler quoi que ce fût, au risque de faire monter le prix.

— Et plus tard ? »

Elle poussa un nouveau soupir, reprit les feuilles et les rangea soigneusement. « Plus tard, c'était trop tard. Comment avouer que je vous avais menti alors que vous nous aviez sauvés dans les arènes.

— C'était de ma faute. Je n'aurais jamais dû vous impliquer dans mes affaires.

— Quelle importance à présent ? De toute façon, c'est fait, je suis impliquée. »

Il était difficile de prétendre le contraire. Quoi qu'il en soit, il n'aimait pas l'idée qu'elle se rende avec lui à Khartoum, au cœur de l'empire de Nikolaï Ievsen ; sans doute le centre de la toile où il avait été précipité par la balle qui avait failli le tuer. Le quartier général de Ievsen se trouvait à Khartoum, au 779 avenue El Gamhuria. Selon Tracy, Noah Perlis devait prendre livraison du Goya à cette même adresse. Don Hererra supposait qu'il y trouverait également Boris Karpov ; le mois précédent, Karpov avait dit à Bourne qu'il venait de rentrer de Tombouctou, au Mali, mais c'était avant que Bourne ne voie les photos et n'entende sur l'enregistrement Boris Karpov, son ami, un homme à qui il faisait confiance, conclure un accord avec Bud Halliday en vue de le tuer. Bourne ignorait encore comment gérer la situation. En plus, il y avait la question du Tortionnaire. Pourquoi Boris aurait-il recruté un tueur professionnel alors qu'il pouvait très bien se charger de Bourne lui-même ?

« En parlant de mensonge, dit Tracy, pourquoi ne pas m'avoir dit franchement pourquoi vous vouliez rencontrer don Hererra ?

— Vous m'auriez emmené chez lui si je vous avais avoué la vérité ?

— Je suppose que non. » Elle sourit. « Donc à présent que nous avons reconnu nos erreurs, repartons sur de nouvelles bases. Qu'en dites-vous ?

— Si vous voulez. »

Elle lui adressa un regard pensif. « À moins que ça vous embête. »

Il se mit à rire. « Je voulais simplement dire que nous sommes de bons menteurs, vous et moi. »

Les joues de la jeune femme mirent un certain temps à rosir. « Dans ma partie… et dans la vôtre aussi apparemment, on rencontre un tas de gens peu scrupuleux, des escrocs, des imposteurs, même des criminels violents. Pas très étonnant puisque les œuvres d'art atteignent de nos jours des sommes astronomiques. Pour me protéger, j'ai dû apprendre certaines méthodes, y compris l'art du mensonge.

— Je n'aurais pas su l'exprimer avec autant de justesse », dit Bourne.

Ils interrompirent leur conversation quand une hôtesse vint leur proposer des boissons.

Bourne attendit que leurs verres arrivent pour poursuivre : « Je me demande vraiment pourquoi vous travaillez pour Noah Perlis. »

Elle haussa les épaules et but son champagne. « Ce type est un client comme les autres.

— C'est un mensonge ou la vérité ?

— La vérité. À ce stade, vous mentir ne me rapporterait rien.

— Noah Perlis est un individu très dangereux au service d'une organisation éthiquement malsaine.

— Peut-être bien mais l'argent n'a pas d'odeur. Les activités de Noah ne me regardent en rien.

— Sauf si à cause d'elles vous vous retrouvez dans la ligne de tir. »

Tracy se rembrunit. « Mais pourquoi en serait-il ainsi ? Je fais un boulot honnête, et puis voilà. Je pense que vous vous faites des idées. »

Aucun boulot n'était honnête si on avait Noah Perlis pour patron. Moira le lui avait assez répété. Mais il sentait que Tracy ne l'écouterait pas. Alors autant clore le sujet. Si Noah se servait d'elle, il ne tarderait pas à le découvrir. Ce qui le perturbait le plus c'était l'apparition inopinée du nom de Noah Perlis parmi une liste de criminels russes. Nikolaï Ievsen était un marchand d'armes notoire, Dimitri Maslov régentait la Kazanskaïa ; il pouvait à la rigueur imaginer la démarche de Boris. Mais qu'est-ce qu'un dirigeant de Black River fabriquait avec ces gens-là ?

« Vous semblez perplexe, Adam.

— J'ignorais totalement que Noah Perlis collectionnait des œuvres d'art », dit Bourne.

Tracy fronça les sourcils. « Vous croyez que je mens ?

— Je suis prêt à parier que quelqu'un ment dans cette histoire, mais pas forcément vous. »

Arkadine reçut l'appel de Triton à l'heure convenue. Ce Noah était peut-être un type arrogant, condescendant, irrespectueux, jaloux de son pouvoir et de son influence, mais au moins il était ponctuel. Triste victoire qu'une réussite invisible à tous sauf à soi-même. Cet homme dégageait un mystère si entier qu'il en était devenu légendaire. Perlis et Arkadine avaient tous les deux le don du mimétisme. Mais autant Arkadine transformait son aspect physique, son visage, son allure, jusqu'à son comportement en fonction du personnage qu'il incarnait, autant Noah travaillait essentiellement sur l'expression vocale. Il pouvait se montrer sociable et chaleureux, convaincant, engageant, couvrir tout le panel des relations sociales pour mieux coller au rôle qu'il avait décidé de jouer. Seul un acteur peut vraiment apprécier un autre acteur, pensa Arkadine.

« Le discours du Président aux Nations unies a eu l'effet escompté », dit Noah. Plutôt que d'écouter, il n'arrêtait pas de parler. « Les Américains ont reçu non seulement l'appui de leurs alliés traditionnels mais aussi celui de la plupart des pays neutres et même de deux nations qui d'habitude ne sont jamais d'accord avec eux. Vous avez huit heures pour finaliser l'entraînement de votre escadron. Ensuite, l'avion viendra vous chercher pour vous conduire au point de largage en zone rouge. Sommes-nous bien d'accord ?

— À cent pour cent », répondit Arkadine comme un automate.

Les radotages de Noah ne l'intéressaient plus. Il avait d'autres préoccupations, d'autres objectifs. Pour la dix millième fois, il repassa dans sa tête les phases de son plan d'attaque. Il allait devoir jouer serré, attendre que les troupes américano-russes soient en pleine action et profiter du chaos pour mettre son plan en œuvre. Pas un seul instant il ne songeait à l'échec parce que l'échec signifiait la mort à coup sûr, pour lui comme pour ses hommes.

Il était fin prêt, contrairement à Micha et Oserov quand ils avaient fabriqué cet homme de paille censé le délivrer de sa prison souterraine, à Nijni Taguil.

La nouvelle s'était vite répandue à travers la ville. Les hommes de Stas se faisaient tuer dans des circonstances toujours plus effroyables et mystérieuses. Une véritable épidémie de meurtres que rien ne semblait pouvoir arrêter. Arkadine lui-même, bien que terré comme un rat dans le sous-sol de son immeuble, en entendit parler. Qui donc osait marcher sur ses plates-bandes ? À part lui, personne n'avait le droit de harceler les hommes du gang de Stas. C'était son boulot.

Il émergea donc de son antre et se retrouva dehors, dans l'enfer de sa ville natale. La nuit l'enveloppait comme un linceul. La bruine de cendres toxiques obscurcissait à peine les gigantesques torchères enflammant l'horizon : des cheminées crachant du sulfure de fer dans l'atmosphère. Comme, dans les villes normales, les carillons des églises égrènent les heures, ici les faisceaux aveuglants des projecteurs placés sur les murailles des prisons de haute sécurité entourant la ville divisaient le temps en plages régulières, selon un rythme abrutissant.

Pour Arkadine, Lev Antonine n'avait aucune légitimité. Stas Kuzine était peut-être mort mais cet imbécile ne l'avait pas remplacé. Il avait simplement pris le pouvoir par la force. Trois hommes avaient péri de mort violente à cause de ses ambitions. Des morts inutiles, estimait Arkadine, car tout homme possédant un cerveau en état de marche aurait pu se frayer un chemin jusqu'à la tête du gang et prendre la succession de Stas sans coup férir. Lev Antonine manquait de la subtilité nécessaire. C'était une brute. Si bien que, dans un certain sens, il était l'homme idéal pour diriger cette bande d'égorgeurs, de sadiques et de crétins sanguinaires.

La mort du chef de la sécurité et de sa famille avait été l'élément déclencheur. Point n'était besoin d'être docteur en physique quantique pour comprendre que Lev Antonine serait la prochaine victime du tueur inconnu. Ce type avait de la méthode. À chaque meurtre, il grimpait un échelon dans la hiérarchie du gang, recette infaillible pour qui voulait instiller la peur chez ceux-là mêmes qui se croyaient étrangers à ce genre de sentiment.

Au cœur de la nuit, Arkadine arriva aux abords de la maison de Lev Antonine, une bâtisse d'un étage, laide à hurler, confondant le style et la modernité dans ce qu'elle a de plus agressif. Il passa quarante bonnes minutes à inspecter le quartier, examiner la maison sous toutes les coutures, calculer les facteurs de risque pour chaque angle d'approche. Les loupiotes du système d'alarme projetaient un halo bleuâtre qui aplatissait les murs extérieurs.

Sur un côté, il avait repéré un cerisier à moitié mort, un vieil arbre tordu comme un vétéran harassé mais portant fièrement le souvenir de ses exploits guerriers. À mi-hauteur, ses branches entrelacées formaient une sorte de nœud gordien, assez solide pour supporter le poids de plusieurs hommes. Leur épais réseau emprisonnait les ténèbres et repoussait au loin toute lumière, y compris celles des humains.

Lorsque, petit garçon, il parvenait à s'échapper de

la prison parentale, Arkadine s'amusait à grimper partout. Arbres, rochers, collines, montagnes, rien n'était assez haut pour lui. Plus il défiait la mort, plus il se sentait libre, heureux. Mourir de cette manière valait mieux que succomber sous les coups de sa mère. Au moins aurait-il choisi sa mort.

Sans hésitation, il escalada le tronc épais en prenant soin de rester caché dans l'ombre. Plus il grimpait, plus resurgissaient ses impressions d'enfance, quand il avait neuf ou dix ans, avant que sa mère, l'ayant surpris en train de s'enfuir, ne lui casse la jambe.

Lorsqu'il se hissa à l'intérieur du nœud de branchages, il fit une pause, le temps d'observer la maison. Il se trouvait à peu près au niveau des fenêtres du premier. Elles étaient fermées, à cause des intrus et des poussières toxiques. Arkadine n'était pas homme à se laisser arrêter par une fenêtre fermée ; l'essentiel était plutôt d'en choisir une qui donnât sur une pièce vide.

Il se rapprocha, épia chacune des pièces sombres à travers les vitres. Il y avait quatre fenêtres en tout, par groupes de deux – il en conclut que l'étage comportait deux pièces, sans doute des chambres. Une pièce non éclairée ne signifiait pas forcément une pièce vide. Il détacha un bout d'écorce de la branche la plus proche de son épaule droite et le lança sur la deuxième fenêtre de la première paire. Rien ne se passa. Il arracha un autre morceau, plus gros cette fois, et le jeta plus fort. L'écorce heurta le rebord avec un petit bruit sec. Il attendit. Rien.

Arkadine continuait d'avancer sur le nœud de branchages. En approchant de la fenêtre, il vit qu'à cet endroit, les branches noueuses avaient été sciées ou taillées et qu'elles tendaient leurs moignons vers la maison. Il devait rester quarante centimètres entre les branches coupées et le mur taché de lumière artificielle. Les fenêtres enchâssées dans la façade ressemblaient aux yeux fixes d'une poupée cubique.

En prenant appui sur une fourche, Arkadine aperçut son reflet dans la vitre. Il avait l'air de sortir d'une de ces forêts de légende où les arbres respirent et parlent. La pâleur de son visage le stupéfia. L'être qu'il avait devant les yeux était une version *post mortem* de lui-même, un Arkadine qu'on aurait privé de son énergie vitale d'une manière aussi soudaine que cruelle. Ce visage ne lui appartenait pas. C'était celui d'un inconnu qui se serait introduit par effraction dans sa vie et en aurait pris possession, comme un marionnettiste agite les pieds et les mains d'un pantin, pour le conduire sur un chemin funeste. L'illusion ne dura qu'une fraction de seconde. Arkadine franchit l'espace qui le séparait du mur, força la fenêtre coulissante avec un pied-de-biche, la souleva et pénétra doucement dans la maison.

C'était une chambre très simple, meublée d'un lit encadré de deux tables de chevet équipées de lampes, et d'une commode, le tout posé sur un tapis rond. Arkadine vivait dans un tel dénuement que cette pièce fort banale lui parut d'un luxe inouï. Il s'assit un instant au bord du lit. Le matelas souple s'enfonçait sous son corps, des volutes de parfums intimes en émanaient qui le faisaient saliver comme une bête sauvage humant l'odeur du sang. Oh, que n'aurait-il échangé contre un bain chaud, ou même une douche !

Un miroir long et étroit signalait une porte de placard. Il l'ouvrit. Les placards lui faisaient horreur car jadis sa mère avait coutume de l'y enfermer pour le punir. Ce jour-là, il prit sur lui et laissa sa main courir sur les tissus duveteux des vêtements suspendus. Robes, combinaisons, chemises de nuit miroitaient dans la pâleur nocturne, comme son visage aperçu un peu plus tôt dans la vitre. Parmi les effluves de parfum et de poudre, il décela une autre odeur, plus familière, celle de la solitude. Dans sa tanière souterraine, cette odeur n'avait rien de surprenant mais ici, dans cette maison familiale, elle avait un côté étrange, déplacé et infiniment triste.

Il était sur le point de repartir d'où il était venu quand sa main rencontra quelque chose en bas de la penderie. Il se raidit aussitôt, se mit à genoux et repoussa les horribles jupes de tweed qui recouvraient l'ovale d'une frimousse d'enfant. L'homme et le garçonnet se dévisagèrent l'espace d'un instant, sans pouvoir bouger. Puis Arkadine se rappela que Lev Antonine avait quatre enfants – trois filles et un garçon un peu maladif qui aurait servi de souffre-douleur à ses camarades d'école si son père avait été quelqu'un d'ordinaire. C'était ce petit garçon qu'il venait de découvrir au fond du placard, dans la même position que lui, Arkadine, quand il avait le même âge.

Un sentiment de dégoût le submergea. Il en aurait presque oublié sa haine envers Lev Antonine.

« Pourquoi tu te caches ici ? murmura-t-il.

— Chut, on joue à un jeu, mes sœurs et moi.

— Elles ne t'ont pas trouvé ? »

Il fit non de la tête puis sourit fièrement. « Et en plus, je suis ici depuis longtemps. »

Un bruit résonna dans l'escalier menant aux chambres. L'un et l'autre s'immobilisèrent. Ce bruit était d'autant plus surprenant qu'il interrompait leur curieux dialogue. C'était une plainte, une voix féminine qui gémissait non pas de plaisir mais de terreur.

« Reste ici, dit Arkadine. Et surtout ne descends pas les escaliers. Je vais revenir, OK ? »

Le garçon paralysé de peur acquiesça.

Arkadine sortit de la chambre, se faufila dans le couloir. Le premier étage était sombre, en revanche le rez-de-chaussée étincelait comme une maison en flammes. En se rapprochant de la balustrade, il perçut le même gémissement, plus distinct cette fois, et ne put s'empêcher de se demander ce que Lev Antonine faisait subir à sa femme pour qu'elle se lamente ainsi. Où donc étaient les autres enfants ? Les trois sœurs assistaient-elles au châtiment de leur mère ? Si c'était le cas, il comprenait mieux pourquoi elles n'étaient pas montées chercher leur frère.

La lumière s'engouffrait par l'escalier qu'Arkadine descendait lentement, courbé en deux pour ne pas se faire voir. Il en était à peine au tiers quand une scène insolite s'offrit à lui. Un homme se tenait debout, dos à Arkadine. Devant lui, Iochkar, la femme de Lev Antonine, était sanglée sur une chaise de cuisine au dossier formé de barreaux. Son bâillon avait glissé, d'où les gémissements qu'il avait entendus. Elle avait un œil poché et le visage en sang. Amassées comme des poussins autour d'une poule, ses trois filles étaient assises par terre, les chevilles entravées. Mais où était Lev Antonine ?

L'homme donna une petite tape sur la tête de Iochkar Antonine. « Arrête de pleurnicher, dit-il. C'est fini pour toi. Peu importe ce que ton mari décidera de faire, toi et tes trois chiards… » Il se mit à donner des coups de pied. Le bout de sa chaussure pointue heurta une hanche, une côte… Les enfants se remirent à sangloter de plus belle et leur mère à geindre. « Toi et tes pisseuses, vous allez crever. Six pieds sous terre, tu comprends ? »

Arkadine l'écoutait parler. Soudain, il nota un détail crucial. Ce type n'était pas d'ici. Sinon il aurait su qu'Antonine avait quatre enfants et que le petit garçon était encore libre. Était-ce le fameux exécuteur, le tueur qui décimait le gang ? Plus il y réfléchissait, plus il comprenait qu'il avait mis dans le mille.

Il remonta les marches, rouvrit le placard et ordonna au fils d'Antonine de l'accompagner mais de garder le silence quoi qu'il se passe. Avec l'enfant blotti derrière lui, il redescendit l'escalier jusqu'à la moitié et trouva la même scène que tout à l'heure, à peu de choses près. L'homme avait réajusté le bâillon sur la bouche de la femme dont le visage lui parut plus abîmé encore.

Le fils de Lev Antonine voulut regarder mais Arkadine l'en empêcha, faisant écran avec ses jambes.

Puis il s'accroupit devant lui. « Ne bouge pas avant que je te le dise. »

Il reconnut la peur indicible dans les yeux de l'enfant. Quelque chose vibra en lui, une émotion peut-être, enfouie sous la boue du passé. Il lui ébouriffa les cheveux, se leva et sortit le Glock qu'il portait à la ceinture, au niveau des reins.

Arkadine se redressa et dit : « Je te conseille de t'écarter de ces femmes. »

L'homme pivota sur les talons. Son visage hideusement déformé par la haine se détendit soudain ; Arkadine vit pour la première fois ce sourire condescendant qu'il retrouverait trop souvent par la suite. Il savait ce que signifiait ce sourire, ce qu'il révélait. Cet homme aimait écraser, soumettre, avilir ; et l'instrument dont il se servait pour y parvenir n'était autre que la terreur.

« Putain, qui tu es et comment tu es entré ici ? » Malgré sa surprise, malgré le canon pointé sur lui, on ne lisait ni ne décelait la moindre inquiétude sur son visage et dans sa voix.

« Je m'appelle Arkadine et c'est plutôt à moi de te demander ce que tu fous ici.

— Arkadine ? Tiens donc… »

Son sourire se transforma en une moue suffisante teintée d'ironie. Le genre de sourire qu'on a envie d'effacer, et à coups de poing de préférence, pensa Arkadine.

« Je m'appelle Oserov. Viatcheslav Guermanovitch Oserov, et je suis venu te sortir de ce trou à rats.

— Quoi ?

— C'est bon, connard ! Mon patron, Dimitri Ilinovitch Maslov, veut qu'on te ramène à Moscou. »

— Mais c'est qui, Dimitri Ilinovitch Maslov ? s'écria Arkadine. Et qu'est-ce que ça peut bien me foutre ? »

De la bouche d'Oserov sortit un son comparable au crissement d'un ongle sur de l'ardoise. Arkadine sursauta quand il comprit que l'homme riait.

« T'es vraiment un plouc. On devrait peut-être te laisser pourrir ici, avec tous ces crétins. » Oserov était plié en deux de rire. « Pour ta gouverne, Dimitri Ilinovitch Maslov est le chef de la Kazanskaïa. » Il pencha la tête. « Ça te dit quelque chose, la Kazanskaïa, fiston ?

— La *grupperovka* moscovite. » Arkadine s'exprimait comme un robot. Il était sous le choc. Le parrain d'une des plus grandes familles mafieuses de Moscou avait entendu parler de lui ? Il avait envoyé Oserov –

et quelqu'un d'autre sans doute, puisque Oserov avait dit « nous » – à Nijni Taguil pour le ramener ? L'idée en soi lui paraissait impossible, mais plus encore la manière de procéder. Tout cela frisait l'absurde.

« Tu n'es pas venu seul. Qui est l'autre ? demanda Arkadine, histoire de mettre un peu d'ordre dans ses idées.

— Micha Tarkanian. Il est resté avec Lev Antonine pour négocier ton départ dans les meilleures conditions, bien qu'à mon avis, maintenant que je te vois, tu ne mérites pas tant d'efforts. »

Micha Tarkanian aurait très bien pu se trouver quelque part au rez-de-chaussée, dans les toilettes peut-être. « Je vais te dire ce qui me chiffonne dans ton histoire, *gospadine* Oserov. Je me demande pourquoi ce Maslov a envoyé un minable comme toi pour faire ce boulot. »

Avant que le Moscovite trouve une réponse adaptée, Arkadine passa la main derrière lui, saisit le garçon par le dos de sa chemise et l'exposa en pleine lumière. Il devait renverser la situation, en prendre le contrôle et, par ce geste, il comptait y parvenir.

« Lev Antonine a quatre enfants, pas trois. Comment as-tu pu commettre une erreur aussi grossière ? »

La main gauche qu'Oserov gardait cachée depuis le début apparut tout à coup. Elle tenait le couteau qui avait servi à entailler le visage de Iochkar. Arkadine voulut éloigner l'enfant mais il était trop tard, la lame s'enfonça jusqu'à la garde. Emporté par le choc, le petit corps lui échappa des mains.

Arkadine poussa un cri de fauve, fit feu et se jeta en avant comme pour enfoncer lui-même la balle dans l'âme noire d'Oserov. La balle rata sa cible mais pas lui. Il retomba sur le Moscovite, les deux hommes basculèrent et roulèrent l'un sur l'autre jusqu'au canapé dont les pieds étaient aussi massifs que des chevilles de babouchka.

Au début, Arkadine laissa Oserov mener l'offensive pour mieux évaluer son style, sa force, sa coordination. En matière de combat de rue, Oserov était parfait. Vicieux, indiscipliné, pour vaincre il comptait plus sur la force et l'instinct animal que sur l'intelligence. Arkadine encaissa quelques crochets à la mâchoire et dans les côtes puis esquiva *in extremis* un coup porté avec le tranchant de la main, censé l'atteindre aux reins. Après cela, il passa à la contre-attaque.

Il se sentait poussé par diverses pulsions : la rage, la vengeance mais aussi la honte d'avoir laissé l'enfant se faire tuer. Il avait commis l'erreur de croire que la surprise et la puissance de feu joueraient en sa faveur. En outre, il n'acceptait pas qu'on tue un enfant de sang-froid. Le Moscovite aurait pu lui faire peur, le secouer un peu, soit, mais lui transpercer le cœur avec un couteau, ça jamais.

Ses phalanges saignaient mais c'était à peine s'il le remarquait. Pendant qu'il rouait de coups son adversaire coincé sous lui, les images de son enfance affluèrent dans sa mémoire. Il revit le petit garçon au teint livide terrorisé par sa mère, enfermé dans un placard pendant des heures, parfois des jours, avec des rats si voraces qu'ils lui avaient dévoré trois doigts du pied gauche. Le fils de Lev Antonine lui avait fait confiance et voilà qu'il était mort, un événement excessif, disproportionné, qui ne pourrait se laver que dans le sang d'Oserov.

Et il l'aurait tué sans l'ombre d'un remords, sans songer un instant que Dimitri Maslov, le chef de la Kazanskaïa, n'allait guère apprécier qu'une de ses âmes damnées soit battue à mort. Arkadine était trop furieux pour se soucier de Maslov, de la Kazanskaïa, de Moscou et de tout le reste. Il ne voyait qu'une seule chose : la frimousse au fond du placard, au premier étage. Encore qu'il eût du mal à décider si ce visage appartenait au petit garçon mort ou à lui-même.

Puis quelque chose de dur et de lourd le cogna sur la tempe et tout s'obscurcit.

23

Moira habitait Georgetown, dans une maison en brique rouge foncé sur Cambridge Place, près de Dumbarton Oaks. Plus qu'une maison c'était un sanctuaire, un refuge où elle pouvait se rouler en boule sur son canapé, un verre de cognac dans une main, un bon roman dans l'autre. Comme elle passait presque tout son temps par monts et par vaux, de telles soirées se faisaient de plus en plus rares et d'autant plus précieuses quand elles avaient lieu.

Le crépuscule glissait doucement vers la nuit étoilée. Comme elle n'arrivait pas à s'enlever de l'idée qu'on surveillait son domicile, elle avait décidé de faire le tour du quartier au volant d'une nouvelle voiture de location, manœuvre destinée à débusquer les éventuels guetteurs. Elle amorçait son deuxième tour de patrouille lorsqu'elle entendit un moteur démarrer. Dans le rétroviseur, elle vit une Lincoln Town Car noire s'extraire de la file de véhicules garés devant chez elle et se positionner à une bonne vingtaine de mètres derrière elle. Avec un petit sourire amusé, elle se faufila dans la circulation et se mit à sillonner le réseau labyrinthique des rues de Georgetown qu'elle connaissait par cœur.

Malgré sa peur, Bamber avait offert de l'accompagner mais elle avait préféré le laisser chez Lamontierre. « J'apprécie votre proposition, avait-elle dit sans se moquer, mais votre aide me sera plus précieuse si vous restez tranquillement ici. Les hommes de Noah ne vous importuneront pas, je vous le garantis. »

Tout en promenant la Lincoln Town Car à travers la ville et ses méandres, sa décision lui paraissait doublement justifiée, même si la présence d'une autre personne au volant lui aurait facilité les choses. Elle aurait pu la déposer devant chez elle et continuer à balader la Lincoln comme si de rien n'était pendant qu'elle allait chercher son ordinateur Black River. Mais rien n'était facile dans la vie, du moins pas dans la sienne ni dans celle des gens qu'elle connaissait. C'était ainsi, pourquoi s'en plaindre ? Elle avait toujours su retourner les situations en sa faveur, avec ruse et subtilité.

Il faisait nuit noire lorsqu'elle s'engagea dans les ruelles bordant le canal. Elle tourna à gauche, puis encore à gauche, freina et, sans éteindre les phares, descendit de voiture juste au moment où la Lincoln, tous feux éteints, sortait du tournant. Elle voulait que le chauffeur l'aperçoive.

La Lincoln s'arrêta brusquement. Au même instant, Moira disparut dans un immeuble. Deux hommes en costume sombre descendirent et trottinèrent jusqu'à la porte qu'elle venait de franchir, un battant métallique enfoui dans l'ombre. Ils sortirent leurs armes au canon retroussé. Un homme au crâne rasé se plaqua contre le mur en brique pendant que son collègue essayait la poignée. Il secoua la tête, leva la jambe droite et d'un violent coup de pied, défonça la serrure. La porte pivota sur ses gonds et vint frapper le mur intérieur. Arme au poing, il s'enfonça dans l'obscurité. À peine eut-il passé le seuil que le battant lui revint dans la figure, lui brisant le nez. Ses mâchoires claquèrent, il se mordit la langue.

Son cri de douleur fut interrompu par une nouvelle attaque. Moira lui balança un coup de genou dans les parties et profita qu'il se pliait en deux pour le frapper à la nuque de ses deux poings serrés.

Le rasé allait intervenir lorsqu'il entendit un bruit métallique assourdi. Il franchit le seuil, tira trois coups à l'aveuglette, au milieu, à droite, à gauche et comme rien ne bougeait, il fléchit les jambes et s'élança à l'intérieur.

Moira le frappa avec la pelle qui venait de la faire trébucher. La plaque de métal l'atteignit derrière le crâne. Il piqua du nez sur le sol en ciment. Aussitôt, elle ressortit en courant dans la ruelle enténébrée. Des sirènes de police semblaient se rapprocher. Quelqu'un avait dû appeler les secours en entendant les coups de feu.

Elle regagna vite sa voiture. L'essentiel à présent était de ne pas éveiller les soupçons et de se fondre dans la circulation dense de M Street, avant de retrouver son quartier et ses rues pavées qui luisaient à la lumière des réverbères à l'ancienne.

Dix minutes plus tard, elle était devant chez elle. Par mesure de précaution, elle refit un tour, l'œil aux aguets. Une autre berline l'attendait peut-être, tous feux éteints, avec un homme au volant et un autre assis à côté, cherchant à passer inaperçus. Mais tout lui parut normal et paisible.

Elle se gara, descendit du véhicule, jeta un coup d'œil circulaire, monta les marches du perron, tourna la clé dans la serrure et entra, son Lady Hawk braqué devant elle. Elle referma sans bruit, donna deux tours de verrou, puis, immobile, le dos contre le battant, passa quelques secondes à écouter respirer la maison. L'un après l'autre, elle identifia les bruits familiers. Le diffuseur d'eau chaude, le condensateur du frigo, le chauffage par ventilation. Puis elle huma l'air, à la recherche d'une odeur inconnue.

Toutes ces vérifications faites, elle actionna l'interrupteur. Une chaude lumière jaunâtre envahit le vestibule et le couloir. Elle relâcha longuement le souffle qu'elle avait retenu inconsciemment et entreprit de visiter toutes les pièces et placards du rez-de-chaussée. Après s'être assurée que la porte de la cave était bien verrouillée, elle monta les escaliers. À mi-hauteur, un bruit lui parvint. Elle se figea, le cœur battant. Le même bruit encore une fois. Soulagée, elle reconnut le raclement d'une branche sur le mur du fond donnant sur la venelle qui courait à l'arrière.

Elle reprit sa montée, marche après marche, tout en comptant depuis le haut de l'escalier pour repérer celle qui craquait. À l'étage, le diffuseur d'eau chaude s'arrêta. Le silence qui s'ensuivit lui parut irréel et inquiétant. Puis il se remit à ronronner comme un gentil matou.

Répétant les gestes qu'elle avait faits en bas, elle passa de pièce en pièce, alluma les lumières, regarda derrière les meubles, et même sous son lit tout en se traitant d'idiote. Il n'y avait rien ni personne. La fenêtre à la gauche de son lit n'était pas bien fermée. Elle rajusta la crémone.

L'ordinateur de Black River était caché sous une pile de cartons à chaussures, au fond de sa penderie. Sans baisser son arme, elle traversa la chambre, tira la porte à elle et s'introduisit dans l'espace réduit. Elle glissa la main entre les robes, les tailleurs, les chemisiers et autres vestes en se disant que ces objets familiers paraissaient soudain sinistres, comme autant de rideaux susceptibles de dissimuler un être malfaisant.

Personne n'était caché là pour se jeter sur elle. Avec un petit rire nerveux, elle leva les yeux vers l'étagère où s'alignaient ses cartons à chaussures et vit l'ordinateur à l'endroit où elle l'avait laissé. Elle allait le saisir quand un bruit la fit sursauter. Du verre brisé suivi d'un choc sourd produit par un corps tombant sur la moquette. Elle se retourna vivement, voulut sortir, mais la porte de la penderie se referma devant son nez.

Moira eut beau secouer la poignée, pousser le battant avec l'épaule, rien ne bougeait. Quelque chose devait bloquer l'ouverture. Elle recula d'un pas et tira sur la serrure à quatre reprises. L'odeur âcre de la cordite lui piquait les narines, ses oreilles carillonnaient et la porte résistait toujours. Mais elle avait d'autres sujets d'inquiétude. La lumière qui filtrait autour de la porte commençait à disparaître. Quelqu'un était en train de boucher la fente avec du ruban adhésif.

L'espace vide courant au bas de la porte s'assombrissait peu à peu. Bientôt il ne resta que quelques centimètres de lumière, vite obturés par un embout d'aspirateur. Un instant plus tard, elle entendit crachoter un générateur portable et, avec une horreur grandissante, sentit que l'oxygène dans la penderie était aspiré et remplacé par du monoxyde de carbone injecté par son propre aspirateur.

Quand Peter Marks trouva sur son bureau le rapport de police concernant Moira Trevor, il n'en crut pas ses yeux. Il rentrait de la Maison-Blanche où il s'était entretenu pendant dix minutes avec le Président au sujet de la vacance au sommet de la CIA. Il savait qu'il n'était pas le seul candidat mais ses collègues de l'Agence restaient très discrets sur la question. Il supposait néanmoins que les six autres membres du directoire étaient dans la course. Parmi eux, Dick Symes lui paraissait le mieux placé. Il dirigeait le Renseignement et occupait le poste de DCI par intérim. Symes était plus âgé, plus expérimenté que Peter qui, lui, n'avait accédé au rang de chef des Opérations qu'au début du règne éphémère de Veronica Hart. La DCI était morte si vite après sa nomination qu'elle n'avait même pas eu le temps d'examiner les candidatures au poste de directeur adjoint. D'un autre côté, il avait un avantage de poids sur Symes. C'était le Vieux lui-même qui l'avait choisi et formé. Et il connaissait l'admiration que le Président portait au vieillard qui avait tenu l'Agence par la bride pendant de longues années.

De toute façon, Peter n'était pas sûr de vouloir ce fauteuil. Il regrettait déjà l'époque des missions sur le terrain et il savait qu'un tel poste l'obligerait à renoncer pour de bon à ses premières amours. *« Si haut que tu puisses monter*, lui avait dit le Vieux, *tu n'oublieras jamais tes premières amours. Tu apprendras à vivre sans, c'est tout. »*

Parfois il se disait que son manque d'ambition était une façon de se protéger contre la déception de voir un autre que lui remplacer Hart. Et c'est aussi pour se changer les idées qu'à peine rentré au bureau, il se plongea dans le dossier Moira Trevor. Le dossier en question, fort laconique au demeurant, ne faisait pas partie de la pile de feuilles imprimées que ses assistants avaient déposées à son intention, il avait été posé plus loin. Ayant passé en revue tous les messages plus ou moins inutiles encombrant sa boîte à lettres électronique, il avait décidé d'aller à la pêche comme au bon vieux temps, quand il débutait dans le métier. *« Ne te fie jamais aux infos que les autres te refilent sauf si tu es dans l'impossibilité absolue de te les procurer par toi-même »,* l'avait sermonné le Vieux quand il avait accueilli le jeune Marks après son embauche. *« Et jamais au grand jamais ne te fie aux infos des autres quand ta vie est en jeu. »* Excellent conseil que Marks s'était bien gardé d'oublier. Et voilà qu'à présent il prenait connaissance de ce rapport au sujet d'un accident de voiture dans lequel un dénommé Jay Weston, ayant collaboré à Hobart Industries et travaillant désormais pour Heartland Risk Management, avait été tué et Moira Trevor, fondatrice et présidente de Heartland, blessée. Deux anomalies retinrent son attention : d'abord, Weston n'était pas mort des suites de l'accident, mais d'une balle dans la tête. Ensuite, madame Trevor avait prétendu – *« à plusieurs reprises et à haute et intelligible voix »*, comme l'avait écrit l'officier arrivé en premier sur les lieux – qu'un motard habillé en policier avait tiré le coup de feu fatal à travers la vitre avant, côté conducteur. Les premières constatations du médecin légiste confirmaient la version de madame Trevor, du moins en ce qui concernait le tir. Quant au motard, le rapport disait qu'aucun policier répondant à sa description ne se trouvait dans le voisinage au moment de la fusillade.

À la toute fin du document, Marks tomba sur une chose plus étrange encore. Aucun suivi n'avait été effectué, on n'avait pas pris la peine d'interroger une deuxième fois madame Trevor, et surtout aucune enquête n'avait été diligentée sur monsieur Weston. On ignorait tout de son emploi du temps ce jour-là, de ses antécédents et de sa vie en général. Mis à part ces quelques lignes, c'était comme si l'incident n'avait jamais eu lieu.

Marks prit le téléphone pour appeler le commissariat concerné mais, quand il demanda à parler à l'auteur du rapport, on lui répondit que l'officier de service et son coéquipier avaient été « réaffectés ». On n'en savait pas davantage. Son interlocuteur le mit en relation avec le lieutenant McConnell, le supérieur direct des deux policiers, mais Marks eut beau le menacer de diverses représailles, McConnell refusa de lui dire où ils avaient été mutés et ce qui leur était arrivé.

« Je tiens mes ordres du divisionnaire, dit McConnell d'une voix lasse. Je n'en sais pas plus, mon vieux. Moi je bosse ici, c'est tout. Si vous avez une plainte à formuler, voyez avec lui. »

Quand Arkadine revint de son bref évanouissement, il sentit des mains puissantes l'empoigner sous les aisselles et le traîner sans ménagement loin du Moscovite. Il voulut se jeter comme un fou sur son adversaire mais un coup de pied dans le thorax l'en dissuada. Il tomba sur le dos, le souffle coupé.

« Mais qu'est-ce qui se passe ici, par saint Étienne ? » rugit une voix.

Arkadine leva les yeux. Un homme était penché sur lui, les pieds écartés, les poings sur les hanches. Comme ce n'était pas Lev Antonine, Arkadine comprit qu'il s'agissait sans doute du fameux Micha Tarkanian.

« Je m'appelle Leonid Danilovitch Arkadine, dit-il entre deux hoquets. Votre pitbull a planté un couteau dans le cœur de cet enfant. » Comme Tarkanian jetait un coup d'œil sur le petit corps recroquevillé sur les marches, Arkadine poursuivit : « C'est le fils de Lev Antonine, au cas où cela vous intéresserait. »

Tarkanian sursauta, comme traversé par un courant électrique. « Oserov, pour l'amour du…

— Si vous ne finissez pas ce que j'ai commencé, reprit Arkadine, je m'en chargerai.

— Je t'emmerde, tonna Tarkanian. Tu vas rester couché là bien tranquillement jusqu'à ce que je te dise de bouger. » Puis il s'agenouilla près d'Oserov qui baignait dans son sang. Sa clavicule gauche lui avait crevé la peau. « Tu as de la chance qu'il respire encore. »

Arkadine se demanda si Tarkanian ne se parlait pas à lui-même puis il comprit que cela n'avait aucune importance.

« Oserov, Oserov. » Tarkanian secouait son compatriote. « Merde, son visage ressemble à un tas de viande hachée.

— Je sais m'y prendre », répliqua Arkadine.

Tarkanian lui décocha un regard mauvais. Arkadine se leva.

L'autre leva le doigt. « Je t'ai dit…

— Relax, je ne le toucherai pas », maugréa Arkadine en grimaçant de douleur. Il s'approcha de Iochkar Antonine, s'agenouilla pour la détacher et défaire son bâillon.

Aussitôt, elle donna libre cours à son désespoir. Elle bondit, passa devant les trois hommes et gravit les quelques marches qui la séparaient de son fils mort qu'elle prit dans ses bras. Et elle resta là à sangloter sans pouvoir s'arrêter, tout en berçant son enfant. Rien d'autre n'existait pour elle.

Les trois petites filles assises par terre devant Arkadine pleuraient et reniflaient. Ses yeux se détachèrent du groupe formé par la mère et son fils pour se poser sur les sœurs. Dès qu'elles furent libérées, elles se précipitèrent dans l'escalier et se mirent à caresser les cheveux de l'enfant mort, lui attrapèrent les jambes un instant puis posèrent la tête dans le giron de leur mère.

« Comment est-ce arrivé ? » s'enquit Tarkanian.

De nouveau, Arkadine se demanda à qui s'adressait cette question. Il décida pourtant de lui répondre en lui narrant la scène par le menu. Il le fit avec précision, sans rien négliger, sans rien dissimuler car il devinait que la sincérité était la meilleure – la seule – attitude à adopter.

Quand il eut fini, Tarkanian s'accroupit comme s'il avait les jambes coupées. « Putain de merde, je savais qu'Oserov poserait problème. Mais j'ai commis l'erreur de le sous-estimer. » Il regarda la pièce autour de lui. Un salon coquettement aménagé que le sang, les larmes et la puanteur de la mort avaient transformé en un lugubre charnier. « On l'a dans l'os. Dès que Lev Antonine apprendra ce qu'Oserov a fait à sa famille, on pourra dire adieu à notre sortie en douceur de cette ville de merde. Ils vont nous rejouer *Alamo* en version russe. »

Arkadine dit : « Richard Widmark, Lawrence Harvey… »

Tarkanian leva les sourcils. « John Wayne.

— J'adore les westerns américains, reprit Arkadine.

— Moi aussi. »

Comme s'il se rendait compte du tour insolite que prenait la conversation, Tarkanian se hâta d'ajouter : « Quand Lev Antonine et sa bande nous auront mis la main dessus, je doute qu'on ait encore l'occasion d'aller au cinéma. »

L'esprit d'Arkadine tournait à plein régime. Encore une fois, il se retrouvait coincé entre la vie ou la mort mais, contrairement aux deux Moscovites, il était sur son territoire. Il aurait pu les laisser choir et s'enfuir, bien sûr. Mais ensuite, que ferait-il ? Il replongerait dans son terrier ? À cette idée, il frissonna, sachant qu'il ne supporterait pas de passer une minute de plus dans cette prison. Qu'il le veuille ou non, son destin se trouvait désormais lié à ces deux types. Ils étaient son aller simple pour la liberté.

« En venant, j'ai vu la voiture de Iochkar dans l'allée, dit-il. Elle est encore là ? »

Tarkanian acquiesça d'un hochement de tête.

« Je vais les rassembler, elle et les enfants. Trouve son sac. Les clés sont sûrement à l'intérieur.

— Je ne partirai pas sans Oserov. »

Arkadine haussa les épaules. « Rien à foutre de cette grosse merde. Si tu veux l'emmener, tu t'en occupes, parce que si je m'approche encore de lui, je te jure que je l'achève.

— Cela ne plairait pas trop à Maslov, je te le garantis. »

Arkadine commençait à se lasser de ce petit jeu. Il se leva et planta son regard dans celui de Tarkanian. « J'emmerde Maslov. Et toi tu ferais mieux de t'inquiéter de Lev Antonine.

— Ce crétin !

— J'ai une nouvelle pour toi : un crétin peut te tuer aussi facilement qu'un génie – et en général, beaucoup plus rapidement, parce qu'un crétin n'a pas de conscience. » Il désigna Oserov. « C'est comme ce mec, là par terre. Un chien d'attaque a plus de sentiments que lui. »

Tarkanian lui adressa un regard pénétrant, comme s'il le voyait pour la première fois. « Tu m'intrigues, Leonid Danilovitch.

— Seuls mes amis m'appellent Leonid Danilovitch, rétorqua Arkadine.

— À ce que je vois, tu ne dois pas en avoir des tas. » Après quelques recherches, Tarkanian trouva le sac de Iochkar par terre, près du canapé dont il avait dû tomber pendant la lutte. Il l'ouvrit, fouilla dedans et brandit le trousseau d'un geste triomphal. « Avec un peu de chance, ça pourrait changer. »

Mourir asphyxiée dans sa propre maison, Moira n'avait pas prévu de finir ainsi. Ses yeux pleuraient et, à force de retenir son souffle, sa tête commençait à tourner. Elle rengaina son Lady Hawk, sortit le petit escabeau qu'elle rangeait contre le mur du fond et le secoua pour le déplier. Puis elle grimpa dessus jusqu'à toucher le plafond – qui, comme le reste de la penderie, était tapissé de cèdre. À cause du manque d'oxygène, ses oreilles se mirent à siffler. Les bras levés, elle entreprit de chercher à tâtons le discret carré de bois aménagé dans le plafond. Une fois qu'elle l'eut repéré, de ses deux poings elle fit sauter le couvercle de la trappe qu'elle avait installée dans la penderie pour ranger ses vêtements d'hiver lors des mois d'été. Elle prit l'ordinateur portable, se hissa d'une traction, referma la trappe, s'écroula sur le flanc et remplit d'air ses poumons brûlants.

Il n'était pas question de traîner. Le monoxyde de carbone n'allait pas tarder à emplir cet espace confiné. Elle gémit doucement et se mit en route : le compartiment de rangement débouchait sur un réseau de poutres et de solives à travers lequel elle rampa avec maintes précautions.

Ayant construit ce réduit de ses propres mains, elle en connaissait chaque centimètre carré. Les règles légales en la matière exigeaient la création de triangles d'aération mais elle ignorait s'ils étaient assez larges pour lui permettre de passer. En tout cas, elle devait essayer.

Il n'y avait pas beaucoup de distance à parcourir pour atteindre le triangle par où filtrait la lumière des réverbères, mais dans l'état où elle était, couverte de sueur, le cœur battant, le bout du grenier lui semblait inaccessible, d'autant qu'il lui fallait au préalable franchir l'obstacle des poutres enchevêtrées. Cette lumière de la rue qui l'attirait comme une ampoule attire les papillons de nuit, grossissait devant ses yeux. Quand elle toucha enfin au but, une autre déception l'attendait. Le trou était trop exigu pour qu'elle s'y glisse. Elle planta ses ongles sur la bordure inférieure de la bande métallique cernant le triangle et tira. Doux comme la caresse d'un amant, un courant d'air frais lui effleura le visage. Pendant quelques instants, elle se contenta de respirer sans faire aucun geste.

Une fois le triangle déboîté et déposé discrètement par terre, elle passa la tête dans l'ouverture. De son perchoir, elle voyait l'étroite allée passant derrière chez elle, où ses voisins et elle déposaient leurs poubelles.

La lueur des dispositifs de sécurité des voisins éclairait le mur extérieur ; un rayon caressa l'ordinateur au moment où elle le plaça sur le rebord de la lucarne. C'est alors qu'elle s'aperçut, horrifiée, que le disque dur amovible manquait. Comme les gens qui perdent leur portefeuille et sont trop choqués pour accepter le fait, elle vérifia et revérifia. En vain.

Puis avec un grognement de dégoût, elle renonça. Tous ces efforts, tous ces risques – pour rien !

Faisant levier, elle posa les mains sur les pierres de la façade puis elle commença par sortir les épaules, en les tassant au maximum. Pas moyen de tricher, l'espace était à peine suffisant. Espérant améliorer sa prise, elle s'accrocha à l'un des moellons décoratifs qui dépassaient du mur. Après cela, il s'agirait de passer les hanches. Mais elle sentait que l'affaire était loin d'être gagnée.

Elle tentait de résoudre son problème de géométrie quand elle entendit un bruit juste en dessous d'elle. Elle dut se démancher le cou pour voir ce qui se passait. La porte de derrière était en train de s'ouvrir. Quelqu'un sortit – une silhouette noire. Depuis son perchoir, elle le voyait en raccourci mais très distinctement, malgré tout. Immobile sur les marches, l'homme inspectait les alentours.

Après ce court intermède, Moira se remit à la tâche. Elle raffermit sa prise sur le linteau ornemental et redoubla d'efforts. Malheureusement, ses hanches refusaient de passer à travers le triangle. Un peu tard, elle s'aperçut qu'elle aurait dû les faire pivoter afin de mieux utiliser l'espace. Elle essaya de repartir en arrière mais dans ce sens aussi, elle était coincée. En bas, l'homme en noir avait allumé une cigarette. À la manière dont il observait les deux côtés de la venelle, elle comprit qu'il attendait la Lincoln Town Car noire. Du coin de l'œil, elle le vit sortir son téléphone portable. D'un instant à l'autre, il composerait le numéro de l'un ou l'autre de ses acolytes et comme ils ne répondraient pas, s'en irait de son côté, emportant le disque dur et tout espoir de pouvoir pirater le réseau sans fil de Noah.

Pendant que l'homme en noir tenait le téléphone collé à son oreille, elle s'obligea à respirer calmement, à détendre ses muscles. Et voilà ! Une fois ses membres assouplis, elle parvint à se libérer. Ses hanches pivotèrent et elle se retrouva dehors, suspendue au linteau. Malgré sa position précaire, elle entendait la voix de l'homme s'élever en spirale avec la fumée de sa cigarette. Comme elle n'avait pas de temps à perdre, elle lâcha prise et atterrit sur lui.

Quand l'homme heurta le pavé, son téléphone s'envola et retomba bruyamment deux ou trois mètres plus loin. Son crâne produisit un bruit peu ragoûtant.

Ébranlée par l'impact, légèrement sonnée, elle rampa sur le cadavre de l'homme en noir et, d'un œil incrédule, vit qu'il tenait encore le téléphone portable. Mais alors, quel était cet objet qu'elle avait vu valser au moment du choc ?

Elle se releva péniblement et fit quelques pas mal assurés vers les éclats de plastique et de métal qui brillaient sur les pavés. Sur un fragment rectangulaire, elle discerna le tracé d'un éclair rouge partant du coin supérieur droit vers le coin inférieur gauche. Le symbole apposé sur tous les appareils spécialement conçus pour Black River.

« Oh, mon Dieu, marmonna-t-elle. Non ! »

Tombant à genoux, elle entreprit de ramasser ce qu'il restait de son disque dur désormais inutilisable, irrécupérable, irrémédiablement détruit.

24

Bourne et Tracy attendaient leur vol Égyptair dans la salle d'embarquement à Madrid. Soudain Bourne s'excusa et partit vers les toilettes. En chemin, il passa devant des présentoirs de presse chargés d'un grand nombre de journaux venant de toutes les régions du globe. Chacun dans sa langue, ils affichaient tous en première page : « Échec des négociations » ou « Au bord de la crise » ou « Diplomatie : plus d'espoir ». Les termes « Iran » et « Guerre » revenaient invariablement.

Quand il fut certain que Tracy ne le voyait plus, il sortit son téléphone portable et composa le numéro de Boris. N'obtenant aucune réponse, pas même de sonnerie, il conclut que Boris avait éteint le sien. Il resta un instant songeur puis s'avança jusqu'aux baies vitrées, loin de la foule. Sur son répertoire, il trouva un autre numéro à Moscou.

« Qui c'est ? hurla une voix bougonne.

— Ivan ? Ivan Volkine ? Ici Jason Bourne, un ami de Boris.

— Je sais parfaitement qui vous êtes. Je suis peut-être vieux mais pas sénile. En plus, vous avez causé assez de désordres, quand vous êtes passé par ici voilà trois mois, pour rester gravé dans la mémoire d'un malade d'Alzheimer.

— J'essaie de contacter Boris.

— Comme d'habitude, répondit âprement Volkine. Alors pourquoi vous me dérangez ?

— Je ne vous aurais pas appelé s'il répondait au téléphone.

— Ah, ça veut dire que vous n'avez pas son numéro de téléphone satellite. »

Ce qui signifiait que Boris était en Afrique, se dit Bourne. « Il est donc retourné à Tombouctou ?

— Tombouctou ? s'étonna Volkine. Où avez-vous été pêcher une idée pareille ?

— C'est Boris qui me l'a dit.

— Mais non ! Pas Tombouctou. Khartoum. »

Bourne dut s'appuyer à la vitre refroidie par l'excessive climatisation de la salle d'embarquement. Le sol basculait sous ses pieds. Pourquoi tous les fils de cette toile d'araignée menaient-ils à Khartoum ?

« Qu'est-ce qu'il fabrique à Khartoum ?

— Quelque chose qu'il ne veut pas que vous sachiez, vous, son grand ami. » Volkine partit d'un rire rauque. « De toute évidence. »

Bourne tenta le tout pour le tout. « Mais vous, vous êtes au courant.

— Moi ? Mon cher Bourne, je ne suis plus dans le circuit. La *grupperovka* c'est de l'histoire ancienne pour moi. Qui a des trous de mémoire, moi ou vous ? »

Quelque chose sonnait faux dans cette conversation. Un moment plus tard, Bourne comprit quoi. Malgré ses dires, Volkine avait encore beaucoup de contacts, assez du moins pour avoir appris la « mort » de Bourne. Et pourtant, quand il lui avait répondu au téléphone, il n'avait pas paru surpris de l'entendre. Il ne lui avait même pas posé de questions. Volkine savait donc que Bourne avait survécu à l'attentat de Bali. Et Boris aussi.

Il essaya un autre angle d'attaque. « Connaissez-vous un homme nommé Bogdan Makhine ?

— Le Tortionnaire. Bien sûr que je le connais.

— Il est mort, fit Bourne.

— Personne ne le pleurera, croyez-moi.

— On l'a envoyé à Séville pour me tuer.

— Mais vous étiez déjà mort, non ? repartit Volkine ironiquement.

— Vous saviez que je ne l'étais pas.

— Moi, il me reste deux neurones, ce qui n'était pas le cas de feu Bogdan Makhine, qu'il brûle en enfer.

— Qui vous l'a dit ? Boris ?

— Boris ? Mon brave ami, Boris a passé une semaine à se soûler la gueule quand il a appris – par mon intermédiaire, devrais-je ajouter – qu'on vous avait tué. À présent, bien sûr, il est rassuré.

— Donc ce n'est pas Boris qui a envoyé ce tueur. »

Le rire explosif qui accueillit ses paroles l'obligea à écarter le téléphone un instant.

Quand Volkine se fut calmé, il dit : « Quelle drôle d'idée ! Vous, les Américains ! Mais où allez-vous chercher toutes ces conneries ?

— À Séville, quelqu'un m'a montré des photos où l'on voyait Boris dans un club de jazz à Munich en pleine discussion avec le secrétaire à la Défense.

— Vraiment ? Là, on marche carrément sur la tête.

— Je sais, ça paraît dingue mais j'ai entendu l'enregistrement de leur conversation. Le secrétaire Halliday lui demandait de me tuer et Boris acceptait.

— Boris est votre ami. » Volkine avait retrouvé tout son sérieux. « Il est russe et pour un Russe, la véritable amitié est rare et ne se trahit jamais.

— Il s'agissait d'un échange de bons procédés, insista Bourne. C'était ma mort contre celle d'Abdullah Khoury, le chef de la Fraternité d'Orient.

— Je sais bien qu'Abdullah Khoury vient de se faire tuer mais je vous assure que Boris n'avait aucune raison de vouloir sa mort.

— En êtes-vous certain ?

— Boris travaillait sur une affaire de stupéfiants. Vous le savez ou, du moins, vous devez vous en douter. Vous êtes un petit malin, vous ! La Fraternité d'Orient finançait ses terroristes de la Légion noire grâce à un réseau qui faisait passer la drogue de Colombie à Munich via le Mexique. Boris avait une taupe au sein du cartel, qui lui fournissait des renseignements sur l'autre extrémité du tuyau de came, à savoir Gustavo Moreno, un caïd de la drogue colombien vivant dans une vaste hacienda près de Mexico. Boris et ses troupes d'élite du FSB-2 ont attaqué l'hacienda et abattu Moreno. Mais l'essentiel – l'ordinateur portable de Moreno contenant tous les détails sur le réseau – lui a filé sous le nez. Où est-il passé ? Avant de mourir, Moreno avait pourtant affirmé qu'il se trouvait sur le domaine. Du coup, Boris a passé deux jours à le fouiller dans ses moindres recoins. Sans résultat. Mais vous connaissez Boris, il a flairé quelque chose.

— Une chose qui a fini par le conduire à Khartoum. »

Volkine ignora son commentaire. Peut-être estimait-il la réponse évidente. Il préféra changer de sujet. « À quelle date ce soi-disant entretien entre Boris et le secrétaire américain a-t-il eu lieu ?

— C'était marqué sur les photos », répondit Bourne. Quand il lui donna la date, Volkine déclara en martelant ses paroles : « Ce jour-là, Boris était ici avec moi. Nous sommes restés trois jours ensemble. J'ignore qui avait rendez-vous avec le secrétaire à la Défense américain, mais aussi sûr que la Russie est un État corrompu, j'affirme que ce n'était pas notre ami commun, Boris Karpov.

— Alors qui ?

— Un caméléon, certainement. Vous devez bien en connaître quelques-uns, Bourne.

— À part moi, je n'en connais qu'un. Ou plutôt j'en connaissais un, car il est mort.

— Vous me paraissez bien sûr de vous.

— Je l'ai vu tomber à l'eau d'une grande hauteur depuis le *Port of Los Angeles*.

— Ça ne veut pas dire qu'il est mort. Bon sang, vous êtes quand même bien placé pour le savoir ! », s'écria Volkine.

Un frisson glacial parcourut l'échine de Bourne.

« Combien de fois êtes-vous mort, Bourne ? Plusieurs, m'a dit Boris. À mon avis, Leonid Danilovitch Arkadine doit être dans le même cas que vous.

— Vous voulez dire qu'il ne s'est pas noyé ? Qu'il a survécu ?

— Un chat noir comme Arkadine doit bien posséder neuf vies au moins, non ? »

Donc c'était Arkadine qui avait tenté de le tuer, à Bali. Le tableau s'était considérablement éclairci mais il restait encore une fausse note, une pièce manquante.

« Vous êtes sûr de tout ce que vous racontez, Volkine ?

— Arkadine a pris la tête de la Fraternité d'Orient. Quelle autre preuve vous faut-il ?

— Très bien. Mais pourquoi engager le Tortionnaire pour me tuer alors qu'il rêve de le faire lui-même ?

— Il ne l'a pas engagé, répondit Volkine. Le Tortionnaire est trop peu fiable, surtout contre un adversaire comme vous.

— Alors qui ?

— Il s'agit là d'une question à laquelle moi-même je ne peux pas répondre. »

Ayant décidé de mener sa propre enquête sur la disparition des policiers municipaux, Peter Marks attendait l'ascenseur pour descendre au rez-de-chaussée quand les portes s'ouvrirent sur l'énigmatique Frederick Willard. L'homme avait servi de taupe pour le Vieux dans la planque de la NSA en Virginie. Cela faisait trois mois qu'il en était sorti. Toujours aussi élégant, courtois, assuré, Willard portait un costume trois-pièces gris perle à fines rayures, une chemise blanche amidonnée et une cravate discrète.

« Salut Willard, dit Marks en pénétrant dans la cabine. Je vous croyais en vacances.

— Je suis revenu il y a quelques jours. »

Marks estimait que Willard était l'homme idéal pour le rôle de majordome qu'il avait tenu à l'intérieur de la planque. C'était un gars de la vieille école, appliqué, un peu désuet et un poil ennuyeux. Le genre de type qui se confond avec les boiseries. Qualité fondamentale pour espionner les conversations privées.

L'ascenseur se referma et commença à descendre.

« J'imagine que vous avez eu du mal à reprendre le rythme, dit Marks par pure courtoisie envers son aîné.

— Franchement, j'ai l'impression de n'être jamais parti. » Willard regarda Marks en grimaçant. « Comment s'est passée votre entrevue avec le Président ? »

Étonné que Willard soit au courant, Marks dit : « Pas trop mal, je crois.

— De toute façon, vous n'aurez pas le poste.

— Logique. Dick Symes est le mieux placé.

— Symes est sur la touche, lui aussi. »

Marks passa de la courtoisie à la consternation. « Comment le savez-vous ?

— Parce que je connais l'heureux élu. D'ailleurs, on l'a tous dans l'os. Ce n'est pas quelqu'un de la CIA.

— Mais c'est insensé.

— Au contraire, c'est parfaitement sensé, répliqua Willard, du point de vue de Bud Halliday. »

Marks se tourna vers son aîné. « Qu'est-ce qui s'est passé, Willard ? Allez, mon vieux, expliquez-moi !

— Halliday s'est servi de la mort soudaine de Veronica Hart pour proposer un homme à lui, Errol Danziger. Le Président a rencontré ce monsieur et lui a donné le poste.

— Danziger ? L'actuel directeur adjoint de la NSA pour l'analyse et la production des transmissions ?

— Lui-même.

— Mais il ne connaît rien à la CIA ! s'exclama Marks.

— Exact, dit Willard avec une certaine âpreté. Justement. »

Les portes s'ouvrirent, les deux hommes traversèrent le hall d'entrée tapissé de marbre et de verre, aussi glacial que vaste.

« Étant donné les circonstances, je pense que nous devrions discuter un peu, tous les deux, dit Willard. Mais pas ici.

— Évidemment. » Marks était sur le point de lui proposer un rendez-vous plus tard mais il se ravisa.

Le mystérieux vétéran avait des yeux et des oreilles partout, il connaissait tous les secrets d'Alex Conklin. Qui mieux que lui l'aiderait à retrouver les flics disparus ? « Je mène une enquête sur le terrain. Vous me suivez ? »

Un sourire plissa le visage de Willard. « C'est mon plus cher désir. »

Quand Iochkar vit Arkadine approcher, elle lui cracha dessus, puis détourna la tête. Ses quatre enfants – ses trois filles et son fils mort – étaient rassemblés autour d'elle comme l'écume encercle le rocher de basalte qui émerge des flots. Les petites filles se levèrent pour protéger leur mère.

Arkadine déchira une manche de sa chemise et, se penchant vers la femme, épongea le sang qui couvrait son visage. Il lui prit le menton pour l'obliger à le regarder et c'est alors qu'il vit les hématomes qui gonflaient sous la peau, les zébrures sur son cou. Il se remettait à maudire cette brute d'Oserov quand il remarqua que les marques dataient de plusieurs jours. Oserov n'y était pour rien. C'était probablement l'œuvre de son mari, Lev Antonine.

Leurs yeux se croisèrent. Il y déchiffra la même tristesse qu'il avait ressentie dans la chambre à l'étage, avec ce parfum d'intimité mêlé d'abjecte solitude.

« Iochkar, murmura-t-il, sais-tu qui je suis ?

— Mon fils, se lamentait-elle en serrant l'enfant mort sur son cœur. Mon fils.

— Nous allons vous emmener loin d'ici, Iochkar, toi et tes enfants. Tu n'auras plus rien à craindre de Lev Antonine. »

Elle le fixa d'un air aussi hébété que s'il avait promis de lui rendre sa jeunesse. La plus jeune de ses filles se mit à pleurer. Elle tourna la tête vers elle. Le trousseau de clés à la main, Tarkanian venait de jeter Oserov sur son épaule.

« Il vient avec nous ? L'homme qui a tué mon Iacha ? »

Arkadine ne sentit pas le besoin de répondre. C'était évident.

Quand elle se retourna vers lui, une lumière s'était allumée au fond de ses yeux. « Alors mon Iacha vient aussi. »

Courbé comme un mineur sous un sac de charbon, Tarkanian marchait déjà vers la sortie. « Leonid Danilovitch, amène-toi. Les morts n'ont rien à faire parmi les vivants. »

Arkadine voulut saisir le bras de Iochkar mais elle le repoussa.

« Et cette ordure, alors ? Au moment même où il a tué mon Iacha, il est mort lui aussi. »

Avec un grognement, Tarkanian ouvrit la porte. « Pas le temps de discuter, dit-il brusquement.

— Je suis d'accord. » Arkadine prit Iacha dans ses bras. « Le garçon vient avec nous. »

Il dit cela sur un ton ne souffrant pas la contradiction. De nouveau, Tarkanian lui adressa un regard pénétrant. Puis le Moscovite haussa les épaules. « Elle est sous ta responsabilité, mon ami. Ils sont tous sous ta responsabilité, maintenant. »

Ils marchèrent ensemble jusqu'à la voiture. Iochkar guidait ses trois fillettes tremblantes. Tarkanian déposa Oserov dans le coffre dont il attacha le capot au pare-chocs avec un bout de ficelle trouvé dans un tiroir de la cuisine, afin que son compatriote puisse respirer. Puis il ouvrit les deux portes latérales et fit le tour du véhicule pour se glisser derrière le volant.

« Je veux garder mon fils avec moi, dit Iochkar tout en faisant monter ses filles sur la banquette arrière.

— Il vaut mieux le mettre à l'avant, dit Arkadine. Tes filles ont besoin qu'on s'occupe d'elles. » La voyant hésiter, il écarta délicatement une mèche sur le front du garçon et dit : « Je prendrai soin de lui, ne t'en fais pas. Iacha sera bien avec moi. »

L'enfant au creux de son bras, il s'installa sur le siège avant et claqua la portière. Le réservoir était presque plein. Tarkanian mit le contact, débraya et passa une vitesse. Ils démarrèrent.

« Écarte ce truc, dit Tarkanian lorsque la tête de Iacha lui effleura le bras dans un virage trop serré.

— Un peu de respect, bordel, cracha Arkadine. Il va pas te bouffer.

— T'es aussi dingue qu'une *tiolka* en chaleur, rétorqua Tarkanian.

— C'est pas moi qui ai enfermé mon copain dans ce coffre. »

Un poids lourd se traînait devant eux. Tarkanian le prévint en klaxonnant puis le doubla sans se préoccuper des véhicules qui venaient en face ni du concert d'avertisseurs et des coups de volant que les autres automobilistes donnaient pour éviter l'accident.

Ayant regagné la voie de droite, Tarkanian jeta un coup d'œil à Arkadine. « Tu as un faible pour ce gosse, hein ? »

Arkadine ne répondit pas. Il regardait droit devant lui mais ses yeux étaient tournés vers l'intérieur. Il sentait le poids de Iacha sur ses genoux. Cet enfant avait ouvert une porte sur sa propre enfance. Quand il baissait les yeux sur lui, c'était comme s'il se regardait lui-même. Telle une compagne de voyage, il tenait sa propre mort au creux de ses bras. Contrairement à

Tarkanian, le petit cadavre ne lui faisait pas peur. Bien au contraire. Il avait l'impression qu'en le tenant ainsi, il préservait par-delà la mort le peu de vie qui restait dans cet être si jeune et innocent. Pourquoi ressentait-il ainsi les choses ? Un murmure à l'arrière interrompit le fil de ses pensées. Il se pencha pour regarder dans le rétroviseur. Les trois filles de Iochkar étaient blotties autour de leur mère qui les entouraient de ses bras comme pour mieux leur épargner les blessures, la peur et les affronts. Elle leur racontait une histoire remplie de fées splendides, de renards doués de parole et d'elfes vénérables. Ses intonations vibrantes d'amour et de dévouement évoquaient une langue étrangère, parlée dans une galaxie inconnue.

Le chagrin le submergea à la manière d'une vague. Comme s'il priait, il pencha la tête sur les fines paupières bleues de Iacha. À cet instant, s'opéra une incroyable fusion. La mort du garçon et sa propre enfance volée se confondirent en un tout indifférencié où vinrent s'abreuver son esprit fébrile et son âme meurtrie.

Humphry Bamber attendait anxieusement le retour de Moira dans le *brownstone* de Lamontierre.

« Alors, comment ça s'est passé ? dit-il en la faisant entrer dans le salon. Où est l'ordinateur ? »

Quand elle lui tendit le disque brisé, il le retourna en tous sens. « Vous plaisantez, j'espère.

— J'aimerais bien », fit Moira d'une voix lasse.

Elle s'affala sur le canapé pendant qu'il allait lui chercher un verre. Quand il revint et s'assit en face d'elle, son visage portait les stigmates de l'angoisse.

« Ces disques sont inutilisables. Vous comprenez cela ? »

Elle hocha la tête et se mit à boire. « Tout comme le téléphone que j'ai pris au type qui venait de voler le disque dur de mon ordinateur. C'était un jetable.

— Un quoi ?

— Un téléphone jetable qu'on trouve dans presque tous les drugstores et supérettes. Il est vendu chargé. Les criminels s'en servent et s'en débarrassent tout de suite après ; c'est la seule façon de téléphoner sans risquer de se faire repérer ou enregistrer. »

Elle fit un geste pour montrer que là n'était pas le problème. « Peu importe. Nous qui comptions absolument sur l'ordinateur de Noah, on est mal barrés.

— Pas forcément. » Bamber se pencha. « D'abord, quand vous êtes partie, j'ai cru que j'allais devenir maboul. Je n'arrêtais pas de revoir la scène de l'explosion, quand vous m'avez fait sortir de la Buick et que Hart était coincée au volant. » Il la regarda en biais. « J'avais tellement peur que j'ai vomi mon repas. Mais à toute chose malheur est bon parce qu'en me passant de l'eau froide au visage, il m'est venu une idée. »

Moira posa son verre vide près du disque dur en miettes. « Quelle idée ?

— Il se trouve qu'à chaque mise à jour de Bardem, Noah insiste pour que je charge la nouvelle version directement sur son ordinateur portable.

— Pour des raisons de sécurité, bien sûr. Et alors ?

— Eh bien, pour que le programme s'installe correctement, il doit fermer toutes les autres applications. »

Moira secoua la tête. « Je ne vois toujours pas où ça nous mène. »

Bamber pianota un moment sur la table, le temps de trouver un exemple pratique qui illustrât ses dires. « Bon, quand on charge un nouveau programme, le logiciel d'installation vous demande de fermer tous les autres programmes, y compris votre protection antivirus, d'accord ? » Il attendit qu'elle hoche la tête pour continuer. « Ceci pour être certain que le chargement s'effectue correctement. C'est la même chose avec Bardem, mais à un degré bien supérieur. Il est si complexe, si sensible qu'il a besoin d'un espace totalement libre pour s'installer. D'où mon idée. Je pourrais contacter Noah et lui dire que j'ai trouvé un bogue dans la version actuelle et que je dois lui envoyer une mise à jour. D'habitude, la nouvelle version écrase la précédente, mais avec un peu de travail je pense être en mesure d'exporter sa version pendant qu'il importera la nouvelle. »

Soudain galvanisée, Moira se redressa sur le canapé. « Et nous récupérerons toutes les données qu'il a déjà entrées dans ce programme, y compris les scénarios dont il se sert actuellement. Nous saurons ce qu'il prépare jusque dans les moindres détails ! »

Elle se leva d'un bond et embrassa Bamber sur la joue. « C'est génial !

— En plus, je pourrais incruster un traceur dans la nouvelle version, ce qui nous permettra de suivre en temps réel toutes les opérations qu'il effectue sur son ordi. »

Elle savait combien Noah était intelligent – et parano. « Ne risque-t-il pas de découvrir le traceur ?

— Tout est possible mais les risques sont minimes.

— Alors ne faisons pas trop de manières. »

Il produisit une petite moue embarrassée. « Non, laissez tomber, je rêve tout éveillé, dit-il. Il faudrait que je retourne à mon bureau pour appeler Noah et le rassurer sur ma fiabilité. »

Déjà Moira passait en revue les divers scénarios. « Ne vous inquiétez pas pour ça. Concentrez-vous sur votre double transfert. Moi je m'occupe de Noah. »

Après avoir lu ce que l'*International Herald Tribune* disait sur la dangereuse escalade de la crise iranienne, Bourne passa tout le vol vers Le Caire à ruminer dans son coin. Une ou deux fois, il vit que Tracy tentait d'engager la conversation mais il ne lui répondit pas. Il était furieux contre lui-même. Pourquoi n'avoir jamais envisagé la possibilité qu'Arkadine ait survécu à sa chute dans l'océan ? Après tout, il lui était arrivé la même chose au large de Marseille, quand l'équipage d'un chalutier l'avait repêché plus mort que vif. Un médecin de la région, tout aussi imbibé d'alcool que le docteur Firth, l'avait ramené à la vie, soigné et diagnostiqué son amnésie post-traumatique. Son passé avait disparu. De temps à autre, un souvenir familier refaisait surface sous la forme d'un fugitif fragment de mémoire, détaché de son contexte. Depuis lors, il avait lutté pour retrouver son identité et, bien que le temps eût passé depuis, la vérité se refusait toujours à lui : il connaissait Jason Bourne et, dans une certaine mesure, David Webb, un point c'est tout. Il avait cru que pour se retrouver lui-même, il devait passer par Bali et les souvenirs qui s'y nichaient encore.

Mais avant toute chose, il fallait résoudre l'énigme Leonid Arkadine. L'homme voulait sa mort, c'était un fait incontournable, mais ce n'était pas qu'une banale histoire de vengeance. Il y avait quelque chose de plus grave derrière. Avec Arkadine, rien n'était simple mais l'enchevêtrement dans lequel Bourne se débattait aujourd'hui dépassait même ce vieil ennemi. Finalement, Arkadine n'était qu'un fil à l'intérieur d'un réseau aboutissant dans la ville de Khartoum.

Que don Hererra soit ou non en cheville avec Arkadine – et plus il y réfléchissait, plus il lui paraissait évident que le Colombien tenait de lui les photos et la cassette « accusant » Boris – n'avait plus la moindre importance. À présent qu'il connaissait le rôle joué par Arkadine dans l'attentat contre sa vie, il devait s'attendre à ce qu'un piège lui soit tendu au 779 avenue El Gamhuria, bien qu'il ignorât si Nikolaï Ievsen, le marchand d'armes, et Noah Perlis avaient partie liée dans le complot contre lui. Imaginer une relation d'affaires entre Noah et Ievsen était relativement stimulant pour l'esprit. Étaient-ce des relations d'homme à homme ou sous l'égide de Black River ? Quoi qu'il en fût, l'association de ces deux sinistres individus ne présageait rien de bon. Il avait besoin d'en savoir davantage.

Quel était le rôle de Tracy dans tout cela ? Pour prendre possession du Goya, elle avait dû attendre que Don Hererra ait la preuve que la somme avait bien été virée sur son compte puis qu'il ordonne à son banquier de déposer les fonds sur un autre compte dont elle ne connaissait pas le numéro. Seule manière de s'assurer que cet argent resterait à sa place, avait dit Hererra avec un sourire rusé. Les années passées dans l'industrie du pétrole avaient transformé le Colombien en un vieux renard toujours aux aguets. Même s'il connaissait ses accointances avec Arkadine, Bourne ne pouvait s'empêcher de le trouver sympathique. Il espérait le revoir un de ces jours, mais pour l'instant, il devait s'occuper d'Arkadine et de Noah Perlis.

Le soleil n'était plus qu'un brasier glissant avec lenteur vers l'horizon lorsque Soraya et Amun Chalthoum arrivèrent sur l'aérodrome militaire de Chysis. Chalthoum montra son insigne et se fit indiquer un petit parking. Une fois garés, ils franchirent un deuxième poste de contrôle et s'engagèrent sur le tarmac pour rejoindre l'avion que Chalthoum avait commandé. Le plein était fait, le décollage imminent. Un peu plus loin, Soraya remarqua un avion de la compagnie Air Afrika. Deux personnes s'avançaient vers lui, venant d'une autre direction. La femme mince, blonde, attira son attention. Sur l'instant, Soraya eut du mal à voir son compagnon caché derrière elle. Puis les angles de vision changèrent et Soraya aperçut le visage de l'homme. La stupeur lui coupa les jambes l'espace d'un instant.

Chalthoum remarqua tout de suite qu'elle ralentissait et se tourna vers elle.

« Qu'y a-t-il, *azizti ?* s'alarma-t-il. Tu es livide.

— Ce n'est rien. » Soraya prit soin d'inspirer puis d'expirer le plus lentement possible, en se disant que cela la calmerait mais hélas, depuis que le nouveau DCI l'avait appelée pour lui intimer l'ordre de rentrer à Washington, sans lui laisser une chance d'exposer la situation, rien ne pouvait la calmer. Et pour couronner le tout, voilà qu'elle apercevait Jason Bourne sur la piste d'un aérodrome militaire cairote. D'abord elle pensa : *Je rêve, c'est sûrement quelqu'un d'autre*. Mais plus il s'approchait, plus ses traits devenaient précis, plus les doutes de Soraya s'évaporaient.

Mon Dieu, mon Dieu, pensa-t-elle. *C'est quoi cette histoire de fous ? Comment peut-il être encore vivant ?*

Elle dut serrer les dents pour ne pas crier son nom et courir l'embrasser. S'il ne l'avait pas contactée c'est qu'il avait une raison – et une bonne, soupçonnait-elle – pour ne pas apparaître au grand jour. Il ne l'avait pas vue, il avait l'air tendu et était accompagné d'une jeune femme. Ou alors jouait-il la comédie.

Par ailleurs, elle ne pouvait le laisser partir sans lui donner le numéro de son téléphone satellite. Mais comment faire sans qu'Amun ou la compagne de Jason s'en aperçoivent ?

« Votre silence finit par être pesant, dit Tracy.

— C'est grave ? » Bourne ne la regardait pas. Il fixait droit devant lui le fuselage rouge et blanc de l'avion d'Air Afrika, tapi tel un gros félin en maraude tout au bout de la piste principale. Il avait repéré Soraya dès l'instant où l'Égyptien efflanqué et elle avaient franchi le contrôle et mis le pied sur le tarmac, mais il avait choisi de l'ignorer. Il voulait à tout prix éviter qu'un membre de la CIA – même Soraya – le voie.

« Vous n'avez pas desserré les dents depuis des heures. » Tracy semblait sincèrement peinée. « On dirait que vous êtes sous une cloche de verre.

— J'essayais d'imaginer comment vous protéger quand nous arriverons à Khartoum.

— Me protéger de quoi ?

— Pas de quoi. De qui, répliqua Bourne. Nous savons que don Hererra a menti sur les photos et l'enregistrement. Il a pu mentir sur d'autres choses encore.

— J'ignore ce que vous mijotez mais je n'ai rien à voir là-dedans, dit Tracy. J'aime autant vous dire que tout ça me fiche la trouille alors, croyez-moi, je compte me tenir le plus loin possible de vos affaires. »

Bourne hocha la tête. « Je comprends. »

Elle tenait sous le bras le Goya soigneusement emballé. « Moi, j'ai fait le plus difficile. Il ne me reste qu'à livrer le tableau à Noah, empocher le reste de mes honoraires et rentrer à la maison. »

À peine eut-elle prononcé cette déclaration qu'elle leva les yeux et passa à un autre sujet : « Cette jolie femme brune n'arrête pas de vous dévisager. Vous la connaissez ? »

25

Tracy avait remarqué le regard de Soraya, c'était fichu, pensa Bourne. Comme Soraya et l'Égyptien n'étaient qu'à quelques mètres, Bourne décida de prendre les choses en main.

« Salut frangine », dit-il en lui collant un gros baiser sur chaque joue. Puis, sans lui laisser le temps de répondre, il pivota vers son compagnon et tendit la main. « Adam Stone. Je suis le demi-frère de Soraya. »

Après une courte poignée de main, l'Égyptien se présenta et ajouta, les sourcils levés : « Je ne savais pas que Soraya avait un frère. »

Bourne éclata de rire. « Je suis la brebis galeuse de la famille, hélas. En général, on préfère m'oublier. »

Comme Tracy les avait rejoints, Bourne se chargea des présentations. Soraya décida d'embrayer en le prenant au mot : « Maman a un problème de santé, il faut que je t'en parle.

— Excusez-nous un instant, voulez-vous ? » dit Bourne à Tracy et Chalthoum.

Quand ils furent hors de portée de voix, Soraya attaqua : « Jason, dis-moi ce qui passe. » Elle le dévisagea comme si elle n'arrivait toujours pas à croire qu'il était là, vivant, devant ses yeux.

« C'est une longue histoire, trop longue en tout cas pour que je te la raconte maintenant, dit-il en l'éloignant encore de quelques pas. Arkadine est toujours de ce monde. C'est à cause de lui que j'ai failli mourir à Bali.

— Je comprends mieux que tu veuilles te faire passer pour mort. »

Bourne jeta un œil sur Chalthoum. « Qu'est-ce que tu fais ici avec cet Égyptien ?

— Amun appartient aux services secrets. Nous tentons de découvrir qui a abattu l'avion de ligne américain.

— Je pensais que les Iraniens…

— C'est vrai, nos experts ont découvert qu'un missile iranien Kowsar 3 était à l'origine de la catastrophe mais l'affaire s'est corsée depuis. Je suis incapable de te dire pourquoi ni comment, mais il semblerait que le missile a été introduit en Égypte via le Soudan par un groupe de quatre militaires américains. Voilà pourquoi nous nous rendons à Khartoum. »

Bourne vit se dessiner la toile d'araignée. Ses fils étaient très nets à présent. Il se pencha vers Soraya et lui débita dans un murmure : « Écoute attentivement, Nikolaï Ievsen et Black River sont en cheville avec Arkadine. Jusqu'à présent, j'ignorais ce qui les liait. Mais avec ce que tu viens de m'apprendre, je me dis que les quatre militaires que vous cherchez sont peut-être des mercenaires de Black River, pas des soldats de l'armée. » Ses yeux se focalisèrent sur l'avion rouge et blanc qu'ils devaient prendre, Tracy et lui. « D'après la rumeur, Air Afrika appartient à Ievsen. Posséder une compagnie d'aviation comporte certains intérêts pour un type dont le métier consiste à livrer des armes illégales à de riches clients. »

Pendant que Soraya contemplait l'appareil, il poursuivit : « Si ton intuition est bonne, je me demande où ces quatre Américains ont pu trouver un missile iranien Kowsar 3. Auprès des Iraniens eux-mêmes ? » Il répondit à sa propre question en secouant la tête. « Ievsen est le seul trafiquant d'armes au monde ayant assez de contacts et de pouvoir pour s'en procurer un.

— Mais pourquoi Black River… ?

— Black River est juste là pour faire le sale boulot, dit Bourne. Mais c'est leur commanditaire qui tire les ficelles. Tu as lu les grands titres de la presse. Je pense qu'un gros bonnet du gouvernement américain veut faire la guerre à l'Iran. Tu es mieux placée que moi pour savoir qui.

— Bud Halliday, déclara Soraya. Le secrétaire à la Défense.

— Halliday est l'homme qui a commandité ma mort. »

Elle le regarda, les yeux exorbités. « Bon, tout cela n'est que suppositions pour l'instant. Rien d'utilisable. J'ai besoin de preuves, donc nous devons rester en contact. Je suis joignable par téléphone satellite », ajouta-t-elle avant de lui donner son numéro à mémoriser. Il hocha la tête. Lui ayant fourni le sien, il s'apprêtait à partir quand elle le retint en disant : « Il y a autre chose. La DCI Hart est morte dans un attentat à la voiture piégée. Son successeur, un dénommé Errol Danziger, m'a déjà rappelée à Washington.

— Tu ne sembles pas très pressée de lui obéir. Ça vaut mieux pour toi. »

Soraya fit la moue. « Qui sait dans quel genre de pétrin je vais me fourrer ? » Elle lui prit le bras. « Jason, écoute, j'ai encore un truc à te dire. Moira se trouvait avec la DCI quand la voiture a explosé. Elle s'en est sortie. Je le sais parce qu'elle est passée par les urgences juste après. Mais depuis, on n'a plus entendu parler d'elle. » Elle lui serra le bras. « Je pense qu'il vaut mieux que tu sois au courant. »

Elle lui rendit les baisers fraternels dont il l'avait gratifiée quelques instants plus tôt puis retourna vite vers l'Égyptien qui commençait à s'impatienter. Bourne eut une impression fort étrange. Comme s'il avait quitté son corps, il se vit décoller du sol et regarder de très haut ces trois personnes sur le tarmac. Soraya s'adressa à Chalthoum qui acquiesça d'un hochement de tête, puis ils marchèrent ensemble vers le petit avion militaire. Il vit Tracy les fixer d'un regard à la fois curieux et consterné. Quant à son corps à lui, il restait immobile sur le tarmac, comme figé dans un bloc d'ambre. Cette scène se déroula devant ses yeux sans susciter en lui la moindre réaction émotionnelle. Il avait lâché les commandes. Seule sa mémoire fonctionnait. Un flot d'images le transperçait. Moira à Bali ; le soleil rendait ses yeux lumineux, phosphorescents, inoubliables. Dans son souvenir, il devait la protéger, ou du moins la tenir éloignée du monde extérieur et de ses dangers. C'était une pulsion absurde quoique très humaine, se disait-il. Où était-elle ? Était-elle grièvement blessée ? C'était à peine s'il osait se poser la question la plus lancinante : la bombe qui avait tué Veronica Hart lui était-elle destinée ? C'était d'autant plus inquiétant que, la fois où il l'avait appelée, son numéro n'était plus en service. Elle avait dû en changer.

Il n'émergea de ce plongeon dans les profondeurs némésiques qu'en entendant Tracy l'interpeller. Plantée face à lui, elle le regardait d'un air soucieux.

« Adam, qu'y a-t-il ? Votre sœur vous a-t-elle transmis de mauvaises nouvelles ?

— Quoi ? » Encore un peu étourdi par cette remontée d'émotions qu'il avait crues bien rangées au fond de lui, il bredouilla : « Oui, elle m'a appris la mort de notre mère. Ça s'est passé hier, subitement.

— Oh, je suis désolée. Y a-t-il quelque chose que je puisse faire ? »

Sa bouche sourit mais son regard resta vague. « C'est très gentil, mais non. Personne ne peut rien y faire désormais. »

L'âme d'Errol Danziger pouvait se comparer à un poing serré de colère. Depuis l'adolescence, il s'était fait un devoir de tout apprendre sur l'islam. Il avait étudié l'histoire de la Perse et de la péninsule Arabique, il parlait couramment arabe et farsi, pouvait réciter par cœur des sourates entières du Coran et bon nombre de prières musulmanes. Il avait bien intégré les différences dogmatiques entre sunnites et chiites qu'il englobait dans la même détestation. Depuis quelques années, son savoir accumulé lui avait surtout servi à monter une force de destruction tournée contre ceux qui voulaient du mal à son pays.

Son intense – certains préféraient l'adjectif obsessionnelle – antipathie envers les musulmans de tout acabit remontait sans doute à ses années de lycée, dans le sud des États-Unis. Une rumeur avait fait le tour de la cour de récréation, disant qu'il avait du sang syrien. En butte aux railleries et aux insultes de ses camarades, il avait fini par se retrouver totalement isolé des gens de son âge, victime d'un ostracisme systématique. Pour ajouter à son malheur, la rumeur en question disait vrai : le grand-père maternel de Danziger était d'origine syrienne.

Son cœur gelé s'était remis à battre à 8 heures du matin très exactement, le jour où il avait officiellement pris le contrôle de la CIA. Il lui restait à faire une apparition devant le Congrès pour répondre à des questions absurdes autant que déplacées dans la bouche de ces députés imbus d'eux-mêmes, cherchant seulement à se faire remarquer par des interventions écrites par leurs assistants. Mais Halliday lui avait assuré que ce spectacle de cirque ne serait qu'une formalité. Le secrétaire à la Défense avait rassemblé assez de voix en sa faveur pour que sa confirmation passe comme une lettre à la poste.

À 8 h 05 tapantes, il convoqua les différents patrons de l'Agence dans la plus grande salle de conférences du bâtiment, un espace ovoïde dépourvu de fenêtres parce que le verre était un excellent conducteur d'ondes sonores et qu'un espion dûment formé et muni de jumelles spéciales pouvait très bien lire sur les lèvres des assistants. Danziger n'avait invité que les sept directeurs, leurs collaborateurs immédiats et les chefs des départements rattachés aux divers directorats.

La pièce spacieuse baignait dans un éclairage indirect prodigué par de lourdes appliques fixées sur le pourtour du plafond. La moquette spécialement conçue était si épaisse qu'elle absorbait presque tous les sons. Ceci pour empêcher que l'attention des spectateurs soit distraite du discours des orateurs.

Ce matin-là, alors qu'il observait d'un regard circulaire les visages de ses subordonnés, Errol Danziger, également connu sous le sobriquet de l'Arabe, ne vit que des visages pâles et anxieux. Les patrons de la CIA venaient juste d'apprendre la nouvelle de sa nomination, et avaient du mal à la digérer. Jamais ils n'auraient imaginé que le choix du Président se porterait sur un étranger au sérail. Ils s'étaient attendus à être convoqués par l'un des sept directeurs, avec une préférence pour Symes, le chef du Renseignement et le plus ancien d'entre eux.

Sachant tout cela, Danziger choisit de terminer son tour de table sur Symes qu'il ne lâcha pas du regard durant tout son discours d'intronisation. Après avoir étudié l'organigramme de la CIA, il s'était promis de se rapprocher de Symes et de s'en faire un allié, car il aurait grand besoin de rassembler autour de lui une équipe de fidèles assez flexibles pour se laisser endoctriner et assez influents pour répandre avec succès la méthode Danziger au sein de l'Agence, tels les disciples d'une nouvelle religion. Ils lui faciliteraient la tâche en se chargeant d'un travail trop ardu, sinon impossible, pour lui seul. En effet, son intention n'était pas de remplacer le personnel de la CIA mais de le changer de l'intérieur, jusqu'à ce qu'une nouvelle CIA émerge de l'épure que Bud Halliday avait tracée pour lui.

À cette fin, il avait déjà décidé de promouvoir Symes au poste de directeur adjoint, mais de le faire lanterner quelque temps. Il procéderait par la flatterie jusqu'à sentir que son pouvoir possédait une assise stable.

« Bonjour, messieurs, je pense que vous avez entendu certaines rumeurs – et j'espère que je me trompe, mais si ce n'est pas le cas, je profite de cette rencontre pour éclaircir les choses. Il n'y aura pas de licenciements, pas de transferts, pas de mutations forcées. Pourtant, il faut vous attendre à des changements de poste, qui se produiront au fil du temps et des événements, comme cela arrive dans toute organisation en pleine évolution. Je vous avoue que j'ai longuement étudié l'histoire prestigieuse de la CIA et je peux affirmer, mais cela restera entre nous, que nul mieux que moi ne comprend ce que notre pays doit à cette grande institution. Ma porte vous sera toujours ouverte, aussi n'hésitez pas à venir me voir pour parler des sujets qui pourraient vous préoccuper. Mais en attendant, je tiens à vous assurer que rien ne changera, que l'héritage du Vieux – qui, ajouterai-je, a fait l'objet de ma vénération depuis que je suis sorti de la fac – reste primordial à mes yeux. Pour toutes ces raisons, je vous affirme en toute honnêteté et humilité que c'est un privilège et un honneur pour moi de faire partie de votre groupe et de conduire cette organisation vers l'avenir. »

Personne ne pipait mot autour de la table. Ils essayaient tous d'analyser ce laborieux préambule en le soumettant à leur mesureur de conneries personnel. Ce qui surprenait d'emblée chez Danziger, c'était sa manière de s'exprimer. La langue arabe et ses volutes syntaxiques parasitaient son anglais, surtout quand il prenait la parole en public. Là où un mot suffisait, il déroulait toute une phrase ; quand une seule phrase s'imposait, il brodait un paragraphe.

Constatant que l'atmosphère commençait à se détendre, Danziger s'assit, ouvrit le dossier posé devant lui, feuilleta les premières pages et, soudain, leva les yeux. « Soraya Moore, la directrice de Typhon, n'est pas parmi nous. Elle poursuit sa mission à l'étranger, alors que j'ai annulé cette mission et lui ai ordonné de rentrer au plus vite pour me faire un rapport complet. »

Il nota quelques mines consternées mais aucun murmure d'indignation. Après un dernier coup d'œil sur ses notes, il dit : « Dites-moi, monsieur Doll, pourquoi votre patron, monsieur Marks, n'est-il pas présent, ce matin ? »

Rory Doll toussa dans son poing. « Je crois qu'il est sur le terrain, monsieur. »

L'Arabe dévisagea Doll, un blond dégarni aux yeux bleu vif, et lui lança avec un sourire hautain : « Vous *croyez* qu'il est sur le terrain ou vous en êtes sûr ?

— J'en suis sûr, monsieur. C'est lui-même qui me l'a dit.

— Très bien. » Le sourire de Danziger restait collé à son visage. « Où cela, sur le terrain ?

— Il ne l'a pas précisé, monsieur.

— Et je suppose que vous ne le lui avez pas demandé.

— Monsieur, avec tout le respect que je vous dois, si monsieur Marks avait voulu que je le sache, il me l'aurait dit. »

Sans le lâcher des yeux, l'Arabe referma le dossier. Personne ne respirait plus. « Parfait. Je suis pour l'application de mesures de sécurité strictes, dit le nouveau DCI. Veuillez vous assurer que Marks passera me voir dès son retour. »

Ses yeux libérèrent le malheureux Doll et se remirent à patrouiller autour de la table en s'arrêtant sur chacun des directeurs. « Très bien, si nous poursuivions ? À partir de maintenant, toutes les ressources de la CIA seront tendues vers un seul et même but. Saper et détruire le régime iranien actuel. »

Un frisson d'excitation se répandit comme un feu de brousse d'un directeur à l'autre.

« Dans quelques instants, je vous présenterai les grands traits de l'opération visant à soutenir un nouveau groupuscule de dissidents iraniens pro-Américains, déterminés à renverser le régime iranien de l'intérieur. »

« Dans cette ville, on a beau être un personnage influent, on n'a aucune prise sur le commissaire divisionnaire, dit Willard. Ce type-là n'en fait qu'à sa tête, même avec le maire. Quant aux fédéraux, il s'en fiche éperdument, et ne se gêne pas pour le dire. »

Willard et Peter Marks montaient les marches d'un *brownstone* situé assez loin de Dupont Circle pour ne pas être qualifié de bobo mais assez proche pour qu'on y cultive un certain savoir-vivre. Après s'être assuré que Lester Burrows, le divisionnaire, était en congé pour la journée, Willard les y avait conduits.

« Ceci étant dit, la seule manière efficace de le faire bouger c'est d'employer la psychologie. Le miel est un puissant stimulant à l'intérieur du Beltway, et plus encore avec la police municipale.

— Vous connaissez le divisionnaire Burrows ?

— Si je le connais ? dit Willard. Nous brûlions les planches à l'université ; nous avons joué *Othello* ensemble. Et je peux vous dire qu'il était formidable dans le rôle-titre. À vous filer les jetons – je savais d'où il venait et, croyez-moi, il avait de quoi être en colère. » Il hocha la tête comme s'il discutait avec lui-même. « Lester Burrows est un Afro-Américain qui a réussi à s'extraire de l'absolue pauvreté de son enfance, dans tous les sens du terme. Ce qui ne veut pas dire qu'il l'a oubliée, loin de là, mais contrairement à son prédécesseur, qui mangeait à tous les râteliers, Lester Burrows est un homme bien qui se protège, et avec lui ses hommes et son service, sous des dehors rébarbatifs.

— Donc il vous écoutera, dit Marks.

— Ça, je n'en sais rien. » Les yeux de Willard scintillèrent. « Mais je mettrais ma main à couper qu'il ne m'enverra pas sur les roses. »

Le heurtoir en laiton avait la forme d'un éléphant. Willard s'en servit pour annoncer leur présence.

« C'est quoi, cet endroit ? demanda Marks.

— Vous le verrez bien assez tôt. Contentez-vous de me suivre et tout ira bien. »

La porte s'ouvrit sur une jeune Afro-Américaine vêtue d'un tailleur strict mais à la mode. Elle cligna une fois les yeux et dit : « Freddy, c'est vraiment toi ? »

Willard eut un petit rire. « Ça fait un bout de temps, hein Reese ?

— Des années, répondit la jeune femme avec un large sourire. Bon, ne reste pas planté là, entre. Il va être ravi de te voir.

— De me plumer, tu veux dire. »

La jeune femme partit d'un grand éclat de rire. Sa voix chaude toute en nuances semblait vous caresser l'oreille.

« Reese, voilà un ami à moi, Peter Marks. »

La jeune femme lui tendit une main ferme. Son regard déterminé couleur ambre illuminait un visage carré au menton volontaire. « Les amis de Freddy… » Son sourire s'épanouit. « Reese Williams.

— L'inflexible bras droit du divisionnaire, compléta Willard.

— Oh oui. » Elle rit. « Que ferait-il sans moi ? »

Elle les conduisit dans un couloir lambrissé, éclairé d'une lumière tamisée et décoré de photos et d'aquarelles représentant la faune africaine, surtout des éléphants entourés de quelques rhinocéros, zèbres et girafes.

Après une double porte coulissante, Reese les introduisit dans la bibliothèque. À la fumée bleue des cigares, s'ajoutaient le discret tintement des verres et le bruit caractéristique des cartes qu'on abat sur le feutre vert d'une table de jeu. Six hommes – dont le divisionnaire Burrows – et une femme jouaient au poker. Tous occupaient de hautes fonctions administratives ou politiques dans le district. Ceux que Marks ne connaissait pas de vue, Willard les lui nomma.

Ils restèrent un peu en retrait pendant que Reese s'avançait vers la table où Burrows était assis, très occupé à ordonner sa main avant d'abattre. Elle attendit derrière son épaule droite qu'il ramasse la mise conséquente qui lui revenait, puis se pencha pour lui souffler quelques mots à l'oreille.

Le divisionnaire leva les yeux, visiblement enchanté. « Bon sang de bon sang ! » s'exclama-t-il en reculant sa chaise pour se lever. « Eh bien, que le grand cric me croque, ce serait pas ce vieux salopard de Freddy Willard ! » Il s'empressa de le rejoindre pour le serrer sur son cœur. C'était un homme imposant avec une tête en boule de bowling et un corps en forme de saucisse. Ses bonnes joues formaient un étonnant contraste avec ses yeux calculateurs et sa bouche de politicien rompu à l'exercice oratoire.

Willard lui présenta Marks, qui décela dans sa poignée de main cette chaleur factice, vite allumée, vite éteinte, qu'il savait propre aux personnages publics.

« Si tu es venu pour jouer, dit Burrows, tu as frappé à la bonne porte.

— En fait, on est venus vous interroger au sujet des inspecteurs Sampson et Montgomery », dit Marks sans réfléchir.

Les sourcils du divisionnaire s'abaissèrent et se fondirent dans une même masse de poils sombres. « Qui sont Sampson et Montgomery ?

— Avec tout mon respect, monsieur, vous les connaissez très bien.

— Fiston, seriez-vous médium, ou un truc comme ça ? » Burrows se tourna vers Willard. « Freddy, pour qui il se prend pour venir me faire la leçon ?

— Ne fais pas attention, Lester. » Willard s'interposa entre Marks et le divisionnaire. « Peter est un peu à cran depuis qu'il a arrêté son traitement.

— Eh bien, dis-lui de la mettre en veilleuse, cracha Burrows. Sa bouche est un foutu cloaque.

— Oui, bien sûr, dit Willard en saisissant Marks pour l'écarter de la ligne de tir. Au fait, tu aurais de la place pour moi à cette table ? »

Depuis la magnifique terrasse arborée, sur le toit du 779 avenue El Gamhuria, Noah Perlis, assis sous les ombres citronnées, admirait le paysage. À droite, la ville de Khartoum s'étirait, enfumée et indolente. Sur sa gauche, coulaient le Nil bleu et le Nil blanc, divisant la ville en trois parties. Dans le centre de Khartoum, le Hall de l'Amitié, une bâtisse hideuse construite par les Chinois, et l'hôtel Al-Fateh dont l'architecture futuriste faisait songer à une immense fusée, peinaient à se fondre dans le panorama traditionnel des mosquées et des pyramides antiques. Mais l'époque était au mélange des genres, quelque choquant fût-il – la religion musulmane, malgré sa rigidité, cherchant à s'insérer dans la modernité venue de l'étranger.

Assis devant son ordinateur portable contenant l'ultime version du programme Bardem, Perlis mettait la dernière main à son plan d'attaque : l'arrivée d'Arkadine et de son escouade dans cette région d'Iran où coulaient le lait et le miel, comme en Palestine, à cela près qu'il s'agissait de pétrole.

Perlis ne se contentait jamais de faire une chose quand il pouvait en faire deux ou trois en même temps. Son esprit vif et infatigable avait besoin, pour ne pas imploser, de définir des buts, former des conjectures, résoudre des énigmes en continu. Donc, pendant qu'il étudiait les calculs de probabilité concernant le dernier volet de l'opération Pinprick, il réfléchissait au pacte démoniaque qu'il avait dû passer avec Dimitri Maslov et, par extension, Leonid Arkadine. Cette association le révulsait ; la corruption, les mœurs dissolues des Russes lui faisant à la fois horreur et envie. Comment faisaient ces méprisables pourceaux pour amasser autant de fric ? On disait que la vie était injuste, songeait-il, mais parfois elle était carrément malveillante. Mais que pouvait-il y faire ? Après avoir tenté maintes et maintes routes, il avait fini par comprendre que la seule menant à Nikolaï Ievsen passait par Maslov. Comme Ievsen pensait des Américains ce que lui, Perlis, pensait des Russes, il avait été contraint de traiter avec une ribambelle d'intermédiaires, des voyous qui baignaient depuis leur tendre enfance dans la trahison et le double jeu. Pour s'en prémunir, il avait tout multiplié par trois, y compris la somme facturée à Bud Halliday. Mais l'argent n'était pas un problème pour le secrétaire ; la planche à billets américaine fonctionnait jour et nuit. À cet égard, lors de la dernière réunion, les membres du comité de direction de Black River, redoutant une inflation galopante, avaient voté à l'unanimité la conversion de leurs dollars en lingots d'or au cours des six prochains mois, et exigé qu'à partir du 1er septembre, les clients effectuent leurs versements en or et en diamants. Curieusement, Oliver Liss, l'un des trois membres fondateurs et son supérieur direct, n'avait pas assisté à cette réunion.

En même temps, il pensait à Moira. Cette femme était aussi irritante qu'une poussière dans l'œil. Il n'arrivait pas à se l'enlever de la tête depuis qu'elle avait quitté Black River pour fonder, peu de temps plus tard, une société lui faisant directement concurrence. On pouvait dire ce qu'on voulait, mais il restait persuadé que ce départ soudain et ce coup de couteau dans le dos le visaient lui, Perlis. Un affront personnel. Personne n'avait jamais osé le traiter ainsi. C'était la première fois et la dernière. La première fois… pas sûr mais bon, mieux valait ne pas s'y attarder. S'il avait éludé le sujet pendant des années, ce n'était pas pour s'y vautrer maintenant.

En plus, cet acharnement qu'elle mettait à lui ravir ses meilleurs éléments était proprement insupportable ! Comme un amoureux éconduit, il couvait des rêves de vengeance. À force d'être tue, l'affection qu'il avait ressentie pour elle s'était changée en haine – une haine si absolue qu'elle se retournait contre lui. Pendant toute la période où elle avait travaillé sous son contrôle, il n'avait jamais dévoilé son jeu – et il avait eu tort, force était de le reconnaître. À présent, elle était sortie de son orbe ; non seulement il avait perdu son ascendant sur elle mais ils étaient devenus adversaires. Pour se consoler un peu, il se répétait que son amant, Jason Bourne, était mort. Désormais, il ne lui souhaitait que du mal ; il la voulait vaincue, humiliée, brisée à jamais. Sa rancune ne s'apaiserait qu'à ce prix.

Quand son téléphone satellite sonna, il s'attendait à entendre Bud Halliday lui donner le feu vert pour le lancement de la phase finale de Pinprick. Mais non, c'était Humphry Bamber.

« Bamber, hurla-t-il, mais vous êtes où ?

— À mon bureau, Dieu merci. » Bamber parlait d'une voix ténue, métallique. « J'ai réussi à lui échapper. Cette Moira Machinchose n'a pas pu me retenir. Elle était trop gravement blessée à cause de l'explosion.

— J'ai entendu parler de cette explosion », répondit Noah. Il omit simplement de préciser qu'il avait commandité l'attentat pour éviter que Veronica Hart et Moira découvrent le secret de Bardem de la bouche de Bamber. « Vous allez bien ?

— Après quelques jours de repos, il n'y paraîtra plus, déclara Bamber. Écoutez, Noah, il y a un petit problème dans la version de Bardem que vous utilisez en ce moment. »

Le regard de Noah se posa sur les deux fleuves symbolisant le début et la fin de la vie, en Afrique du Nord. « Quel genre de petit problème ? S'il s'agit d'un autre patch de sécurité, laissez tomber, j'ai presque fini de m'en servir.

— Non, ce n'est pas cela. Il y a une erreur de calcul, le programme ne génère pas des données exactes. »

Noah sentit monter l'angoisse. « Mais, bon sang, comment est-ce possible, Bamber ? J'ai payé une somme folle pour ce logiciel et maintenant vous me dites…

— Du calme, Noah, j'ai déjà corrigé l'erreur interne. À présent, il ne me reste qu'à charger la version corrigée sur votre machine. Il va falloir que vous fermiez tous vos programmes.

— Je sais, je sais ! Je commence à connaître la procédure de mise à jour, depuis le temps.

— Noah, vous n'imaginez pas la complexité de ce programme – j'ai dû incorporer des millions de facteurs dans l'architecture informatique, et avec les délais que vous m'avez accordés…

— C'est votre problème, Bamber, le coupa-t-il. Vous n'allez quand même pas me faire un cours. Contentez-vous d'agir, et vite. » Les doigts de Perlis couraient sur les touches de son clavier. Les applications se fermèrent les unes après les autres. « Bon, vous êtes sûr que mes tout derniers paramètres seront encore là quand je ferai monter la nouvelle version ?

— Absolument, Noah. Bardem possède une mémoire cache absolument gigantesque.

— Ça vaudrait mieux pour vous, répliqua Noah tout en ajoutant dans son for intérieur : *Et pour moi aussi. Nous amorçons la dernière ligne droite.*

— Dites-moi juste quand vous serez prêt », le pressa Bamber.

Après la fermeture des programmes, il fallut encore attendre quelques minutes, le temps de désactiver le puissant logiciel de sécurité spécialement conçu pour Black River. Noah mit Bamber en attente et composa un numéro sur un autre téléphone satellite.

« J'ai quelqu'un à vous confier… Oui, un long sommeil. Oui, tout de suite. Restez en ligne, je vous donne toutes les indications dans une minute. »

Il rétablit la communication avec Bamber. « C'est fini, dit-il.

— Alors allons-y ! »

26

Par certains aspects, Khartoum la nuit évoquait une morgue à l'abandon. L'odeur douceâtre de la pourriture s'y mêlait aux relents âcres des armes à feu. Dans les recoins sombres, des hommes fumaient en observant les rues éclairées, avec le regard impénétrable du prédateur en chasse. Bourne et Tracy, installés dans un rickshaw à trois roues, parcouraient à toute allure les avenues encombrées de charrettes tirées par des ânes, de minibus asthmatiques, de passants en costumes traditionnels ou occidentaux et de divers véhicules à moteur vomissant une fumée bleue.

Ils étaient tous les deux épuisés, à bout de nerfs – Bourne n'avait réussi à joindre ni Moira ni Boris et, quoi qu'en elle dît, Tracy semblait redouter de rencontrer Noah depuis sa mauvaise expérience à Séville.

« Je ne veux pas qu'on me surprenne en train de dormir debout, avait-elle déclaré quand ils s'étaient présentés à la réception de leur hôtel dans le centre-ville. C'est pourquoi j'ai dit à Noah que je ne viendrais le voir que demain matin. Ce soir, j'ai plus besoin de sommeil que de son argent.

— Qu'a-t-il répondu ? »

Ils montèrent dans l'ascenseur tapissé de miroirs. Tracy avait demandé des chambres au dernier étage.

« Il a râlé mais que pouvait-il faire ?

— Il n'a pas proposé de vous rejoindre ici ? »

Le nez de Tracy se plissa. « Non. »

Bourne trouva étrange que Noah, soi-disant impatient de prendre possession du Goya, n'ait pas insisté pour clore la transaction à l'hôtel.

Leurs chambres mitoyennes bénéficiaient d'une vue identique sur al-Mogran – la jonction entre les Nil bleu et blanc – et d'une porte de communication fermant des deux côtés. Le Nil blanc prenait sa source dans le lac Victoria, au sud ; le Nil bleu venait d'Éthiopie, à l'ouest. Ils se confondaient ici en un seul et même fleuve, coulant vers le nord et l'Égypte.

La décoration laissait à désirer. À en juger d'après le style et la vétusté, l'hôtel n'avait pas dû être rénové depuis le début des années 1970. Les tapis puaient la cigarette et le parfum de supermarché. Tracy posa le Goya sur le lit et alla ouvrir la fenêtre qu'elle débloqua et souleva aussi haut qu'elle put. La clameur de la ville aspira comme un vide les mauvaises odeurs de la chambre.

Elle poussa un soupir et revint s'asseoir près de son trophée. « Ça fait trop longtemps que je voyage. J'ai le mal du pays.

— Où habitez-vous ? demanda Bourne. Pas à Séville, n'est-ce pas ?

— Non, pas à Séville. » Elle repoussa les cheveux qui lui tombaient devant les yeux. « Je vis à Londres, à Belgravia.

— Très chic. »

Elle eut un rire las. « Si vous voyiez mon appartement, il est minuscule mais il est à moi et je l'aime.

Dans l'allée privative qui passe derrière, j'ai planté un poirier où un couple d'hirondelles vient nicher au printemps. Un engoulevent me chante la sérénade presque tous les soirs.

— Pourquoi êtes-vous partie ? »

Son rire résonna de nouveau ; un son cristallin, agréable à l'oreille. « Il fallait bien que je fasse mon chemin dans ce monde, Adam, comme tout le monde. » Elle entrelaça ses doigts et poursuivit d'un ton moins enjoué : « Pourquoi don Hererra vous a-t-il menti ?

— Les réponses ne manquent pas. » Devant la fenêtre, Bourne regardait les lumières soulignant la courbe du Nil, les reflets de la ville dansant sur ses eaux sombres, infestées de crocodiles. « Mais la plus logique est qu'il est de mèche avec l'homme que je recherche, celui qui m'a tiré dessus.

— Ce n'est pas un peu gros comme coïncidence ?

— Ça le serait si je n'étais pas tombé dans ce piège. »

Elle prit le temps de réfléchir avant de revenir à la charge. « Alors comme ça, l'homme qui a essayé de vous tuer veut vous attirer au 779 avenue El Gamhuria.

— Je le crois, oui. » Il se tourna vers elle. « Voilà pourquoi je ne vous accompagnerai pas chez lui, demain matin. »

Elle prit un air affolé. « Mais je n'ai pas envie de me retrouver seule face à Noah. Où serez-vous pendant ce temps-là ?

— Ma présence ne ferait que rendre les choses plus dangereuses pour vous, croyez-moi. » Il sourit. « En plus, je ne serai pas loin. C'est juste que je ne veux pas passer par la porte de devant.

— Vous voulez dire que je ferai diversion ? »

La jeune femme était d'une intelligence peu commune, se dit Bourne, elle comprenait vite. « J'espère que cela ne vous ennuie pas.

— Nullement. Vous avez raison, je courrai moins de risques en entrant seule. » Elle se rembrunit. « Je me demande pourquoi les gens éprouvent le besoin de mentir. » Elle fouilla son regard comme si elle le comparait à quelqu'un d'autre. Peut-être à elle, tout simplement. « Ce n'est pourtant pas si terrible de dire la vérité, non ?

— Les gens se cachent pour éviter les blessures.

— Mais ça ne sert à rien, n'est-ce pas ? » Elle secoua la tête. « À mon avis, les gens se mentent à eux-mêmes tout aussi facilement qu'ils mentent aux autres, si ce n'est plus. Parfois ils ne s'en rendent même pas compte. » Elle inclina la tête. « C'est une question d'identité, n'est-ce pas ? Je veux dire, en imagination, on peut être qui on veut, faire ce qu'on veut. Alors que dans la réalité, quand on désire changer, c'est sacrément difficile. On doit combattre des forces contraires sur lesquelles on n'a aucune prise, et on finit vite par s'épuiser.

— On peut toujours troquer son identité contre une autre, répondit Bourne. Quand on s'invente une histoire à partir de rien, changer devient moins difficile. »

Elle hocha la tête. « Oui, mais cette méthode n'est pas sans risques, elle non plus. On doit renoncer à sa famille, à ses amis – à moins, bien sûr, qu'on se fiche de vivre isolé.

— Il y a des gens comme ça. » Bourne laissa errer son regard au-delà de Tracy, comme si le mur de cette chambre, avec son cadre miteux représentant une scène du Coran, était une fenêtre ouverte sur ses pensées. Pour la énième fois, il plongea en lui-même. Qui était-il ? David Webb, Jason Bourne, Adam Stone ? Où qu'il se tourne, sa vie était une fiction. Il savait déjà que David Webb ne lui convenait pas. Jason Bourne valait à peine mieux puisque, où qu'il aille, il y avait toujours un ennemi mortel pour surgir des ombres de son passé. Adam Stone ? Celui-là était une page blanche, à ceci près que les gens considéraient Stone comme ils auraient considéré Bourne. La fréquentation de personnes telles que Tracy lui apprenait beaucoup de choses sur lui.

« Et vous ? dit-elle en le rejoignant devant la fenêtre. Ça vous ennuie d'être seul ?

— Je ne suis pas seul. Je suis avec vous. »

Elle eut un petit rire et un mouvement de tête indulgent. « Écoutez-vous ! Vous êtes très fort pour répondre aux questions personnelles sans jamais rien révéler.

— C'est que je ne sais jamais à qui je m'adresse. »

Elle le considéra un instant du coin de l'œil comme pour analyser le sens de ses paroles puis se mit à contempler le paysage. Les deux Nil roulaient sur la terre d'Afrique comme une histoire qu'on lit en s'endormant.

« La nuit, tout devient transparent, sans substance. » Elle posa la main sur leurs reflets dans la vitre. « En revanche, nos pensées – et surtout nos angoisses, allez savoir pourquoi – prennent une importance démesurée. Elles sont comme des géants, des dieux. » Elle se tenait tout près de lui et sa voix n'était plus qu'un soupir. « Sommes-nous bons ou mauvais ? Qu'y a-t-il vraiment dans nos cœurs ? Je trouve cette ignorance, cette incertitude, tellement décourageante.

— Et si nous étions à la fois bons et mauvais ? dit Bourne en s'interrogeant sur son propre cas. Tout dépend de l'époque et des circonstances. »

Arkadine était perdu dans la contemplation de la nuit étoilée. La journée avait commencé brusquement à cinq heures du matin, quand à la tête de son équipe de cent soldats aguerris, il était parti s'entraîner dans les montagnes. Leur mission consistait à trouver des tireurs embusqués et les abattre avec les fusils de paintball à longue portée ayant l'aspect et le poids d'AK-47 qu'il avait fait parvenir au Haut-Karabagh à cette fin. Vingt membres de la tribu indigène voisine, pareillement outillés, étaient planqués le long de la route, à les attendre. Arkadine avait dû leur expliquer le maniement de cet équipement un peu particulier qu'ils trouvaient à la fois amusant et ridicule, ce qui ne les avait pas empêchés d'en comprendre très vite le fonctionnement.

Par inattention ou manque de jugeote, ses hommes avaient raté les deux premiers snipers, ce qui avait causé deux « pertes » dans son camp.

L'exercice s'était prolongé jusqu'au crépuscule mais Arkadine ne comptait pas les lâcher. Il les fit ensuite crapahuter dans les montagnes, avec une seule pause de quinze minutes pour manger avant de repartir vers les sommets, toujours plus près des étoiles.

Vers minuit, il sonna la fin de l'exercice et ne leur permit de monter le camp qu'après avoir établi un classement en fonction de la performance, de l'énergie et de la capacité d'adaptation. Comme d'habitude, il mangea peu et ne dormit pas. Son corps souffrait mais ces douleurs, ces tensions n'étaient rien, lui semblait-il. Elles appartenaient à un autre que lui ou bien à un autre lui-même, lointain, différent, fugitif.

L'aube était arrivée avant que son cerveau enfiévré s'apaise. Il rassembla toute son énergie, sortit son téléphone satellite et, d'un geste nerveux, composa le numéro d'une ligne « zombie » automatisée fonctionnant par une série de codes secrets. Il passa par plusieurs transferts d'appel, entra ses codes et enfin, une fois reconnu par le système, entendit une voix humaine.

« Je ne m'attendais pas à avoir de tes nouvelles. » Il n'y avait pas de reproche dans la voix de Nikolaï Ievsen, juste une légère curiosité.

« Et moi, je ne comptais pas t'appeler », rétorqua Arkadine. Il pencha la tête en arrière pour mieux voir les dernières étoiles chassées par la lumière rose et bleue de l'aurore. « Mais quelque chose me chiffonne. Je voulais t'en avertir.

— Toujours aussi prévenant. » Ievsen parlait sur un ton âpre qui n'appartenait qu'à lui, d'une voix évoquant une scie mordant le métal. Autoritaire, sauvage, effrayante.

« J'ai appris que cette femme, Tracy Atherton, n'est pas venue seule.

— Qu'est-ce que ça peut bien me faire ? »

Une impression d'inertie mortelle se dégageait de ces quelques mots. C'était du Ievsen tout craché, pensa Arkadine. Durant sa carrière de franc-tireur au sein de la *grupperovka* moscovite, il avait appris à connaître le trafiquant d'armes. Depuis, il s'en méfiait comme de la peste.

« Elle voyage avec un dénommé Jason Bourne, dit-il. Ce type cherche à se venger.

— Comme nous tous, si on y regarde bien. Mais pourquoi venir ici ?

— Bourne croit que tu as engagé le Tortionnaire pour le tuer.

— Où a-t-il été pêcher une idée pareille ?

— Un adversaire, peut-être. Je peux essayer de savoir, si tu veux, fit Arkadine, secourable.

— Peu importe, répondit Ievsen. Ce Jason Bourne est un homme mort. »

J'adore quand tu parles comme ça, songea Arkadine tout en sentant renaître en lui les images du passé.

À quelque sept cents kilomètres de Nijni Taguil, la lumière du jour avait fondu dans un crépuscule saignant lui-même aspiré par la nuit. Tarkanian roulait en direction du village de Iaransk où il espérait trouver un médecin. Il s'était arrêté trois fois en cours de route, pour qu'ils se soulagent et mangent un morceau. Il en avait profité pour vérifier l'état d'Oserov. La troisième fois, juste avant le coucher du soleil, Oserov s'était pissé dessus. Il était fiévreux et très mal en point.

Ils avaient roulé pendant des heures à toute vitesse sur des autoroutes en chantier, des routes suspectes, en évitant tant bien que mal les bosses et les nids-de-poule. Et pourtant, les enfants s'étaient bien tenus. Ils écoutaient, captivés, les histoires que leur mère racontait. Aventures fabuleuses, exploits glorieux mettant en scène le dieu du feu, le dieu du vent et surtout le dieu de la guerre, Chumbulat.

Arkadine, à qui ces récits mythologiques étaient étrangers, se demandait si Iochkar les avait inventés pour plaire à ses enfants. En tous cas, les trois petites filles n'étaient pas seules à les écouter religieusement. Charmé par sa voix, Arkadine avait l'impression de lire un journal imprimé dans un pays lointain qu'il rêvait de visiter. Le voyage passa aussi vite qu'une nuit de sommeil, sauf pour Tarkanian.

Ils atteignirent Iaransk trop tard pour trouver un cabinet médical ouvert. Tarkanian demanda alors à plusieurs passants de lui indiquer la direction de l'hôpital. Arkadine resta avec Iochkar et les enfants. Ils descendirent de voiture pour se détendre les jambes pendant que, sur la banquette arrière, les petites filles jouaient avec les poupées gigognes qu'Arkadine leur avait achetées sur la route.

La femme tournait légèrement la tête pour regarder ses enfants. Dans cette position, la plupart de ses blessures restaient dans l'ombre ; ce qu'il voyait de son visage lui plut. Elle avait des traits exotiques, mi-asiatiques, mi-finnois, de grands yeux légèrement bridés, une bouche généreuse aux lèvres pleines. Contrairement à son nez qui semblait fait pour la protéger des agressions de la vie, sa bouche était d'une sensualité presque érotique. Elle paraissait ignorer cette beauté étrange, ce qui la rendait d'autant plus attirante.

« Les histoires que vous racontiez à vos filles, vous les avez inventées ? » demanda-t-il.

Iochkar fit non de la tête. « Ma mère me les a apprises quand j'étais petite, sur les rives de la Volga. Elle les tenait de sa mère, et ainsi de suite, de génération en génération. » Elle se tourna vers lui. « Ces légendes sont tirées de notre religion. J'appartiens au culte marla, voyez-vous.

— Marla ? Je n'en ai jamais entendu parler.

— Les ethnologues nous rattachent à la tradition finno-ougrienne. Pour vous, chrétiens, nous sommes des païens. Nous croyons en plusieurs dieux, ceux qui peuplent mes histoires, et aux demi-dieux qui circulent parmi nous, déguisés en humains. » Quand elle posa les yeux sur ses filles, un changement inexplicable se produisit sur son visage. On aurait dit qu'elle rajeunissait, qu'elle devenait l'une d'elles. « Autrefois, nous étions des Finnois d'Orient, mais au fil des ans, nous

nous sommes mariés avec des nomades venus du Sud et de l'Est. Peu à peu, le peuple issu de ce mélange de cultures germanique et asiatique s'est déplacé vers la Volga. Notre pays a fini par être intégré à la Russie mais les Russes ne nous ont jamais acceptés. Ils se méfient des langues et des traditions étrangères. Les Maris ont un dicton : "Au pire, ton ennemi peut te tuer. Au pire, ton ami peut te trahir. Crains d'abord celui qui ne t'est rien car son silence approbateur cache la trahison et la mort !"

— C'est un bien triste credo, même pour ce pays.

— On voit bien que vous ne connaissez pas notre histoire.

— J'ignorais que vous n'étiez pas d'ethnie russe.

— Tout le monde l'ignorait. Mon mari avait honte de mes origines, tout comme il avait honte de m'avoir épousée. Il se gardait bien d'en parler. »

Il suffisait de la regarder pour comprendre pourquoi Lev Antonine était tombé amoureux d'elle. « Pourquoi l'avez-vous épousé ? » demanda-t-il.

Iochkar eut un rire ironique. « À votre avis ? C'est un Russe de souche, et un homme puissant. Il me protège, moi et mes enfants. »

Arkadine lui prit le menton pour que son visage passe dans la lumière. « Mais qui vous protège de lui ? »

Elle se détourna comme s'il l'avait brûlée. « Il ne touche pas à mes enfants. C'est la seule chose qui compte pour moi.

— Avoir un père aimant et attentionné, ça compte aussi, non ? » Arkadine pensait à son propre père qui disparaissait la moitié du temps et passait l'autre à cuver sa gnôle.

Iochkar soupira. « L'existence n'est qu'une suite de

compromis, Leonid, surtout pour les Maris. Je suis vivante, cet homme m'a donné des enfants adorables, il m'a promis de les protéger. Tel est mon lot. À quoi d'autre pouvais-je prétendre ? Mes parents ont été assassinés par les Russes, ma sœur a disparu quand j'avais treize ans, probablement enlevée et torturée parce que mon père journaliste s'était élevé contre la répression touchant notre peuple. Pour me sauver, ma tante m'a fait partir. C'est comme cela que j'ai quitté la Volga. »

Arkadine tourna ses regards vers la voiture. L'une des fillettes jouait encore sur la banquette, ses deux sœurs s'étaient endormies, l'une contre la portière, l'autre la tête posée sur l'épaule de la première. Sous le rayon de lumière pâle éclairant la scène à l'oblique, elles ressemblaient aux fées des légendes maternelles.

« Il faut vite trouver un endroit où immoler mon fils.

— Quoi ?

— Il est né au solstice du dieu du feu, expliqua-t-elle, donc le dieu du feu doit lui faire traverser les terres de la mort, sinon il errera éternellement à travers le monde.

— Très bien », dit Arkadine. Il avait hâte d'arriver à Moscou mais, se sentant en partie responsable de la mort de Iacha, n'avait pas le cœur de lui refuser cette faveur. En plus, ces quatre femmes étaient sous sa responsabilité, à présent. S'il ne prenait pas soin d'elles, personne ne le ferait. « Dès que Tarkanian et Oserov reviendront, nous irons dans les bois chercher un endroit convenable.

— Il va falloir que vous m'aidiez. Les coutumes marla exigent la participation d'un homme. Ferez-vous cela pour Iacha et pour moi ? »

Chaque fois qu'une voiture passait, des raies d'ombre et de lumière défilaient sur le front et les joues de Iochkar, comme si les phares cherchaient à retarder la nuit. Ne sachant que dire, Arkadine acquiesça d'un mouvement de tête.

Non loin de là, le clocher d'une église orthodoxe se dressait tel un doigt accusateur, menaçant les pécheurs du monde entier. Arkadine se demanda pourquoi on dépensait tant d'argent pour une chose impossible à voir, entendre ou toucher. À quoi servait la religion ? Toutes les religions ?

Comme si elle lisait dans ses pensées, Iochkar intervint. « Croyez-vous en quelque chose, Leonid ? Un dieu, des dieux ? Une chose qui vous dépasse ?

— Il y a nous et il y a l'univers, répondit-il. Tout le reste ressemble aux histoires que vous racontez à vos enfants.

— Je vous ai vu écouter ces légendes, Leonid. Elles ont fait vibrer quelque chose au fond de vous, même si vous ne savez pas quoi.

— C'était comme regarder un film. Un simple divertissement.

— Non, Leonid, c'est autre chose. Ces légendes parlent de souffrance, d'exil, de sacrifice. Elles évoquent la misère, la soumission, la privation. Elles racontent l'histoire de notre peuple, notre volonté de survivre quel qu'en soit le prix. » Elle l'observa attentivement. « Mais vous êtes russe, vous êtes du côté des vainqueurs, et l'Histoire appartient au vainqueur, n'est-ce pas ? »

Curieusement, Arkadine ne s'était jamais considéré comme un vainqueur. Personne n'avait jamais pris sa défense. Les parents sont censés protéger leur enfant. Pas l'enfermer et le laisser dépérir dans un coin. En effet, il y avait chez Iochkar une particularité qui faisait vibrer quelque chose au fond de lui. Même s'il ne savait pas quoi, comme elle disait.

« Je n'ai de russe que le nom, répliqua-t-il. Et il n'y a rien au-dedans de moi. Je suis vide. Quand nous poserons Iacha sur le bûcher funéraire et que nous y mettrons le feu, je l'envierai. Le feu est une manière pure et honorable de quitter ce monde. »

Quand elle le fixa de ses yeux ocre, il pensa : *Si je vois de la pitié sur son visage, je ne pourrai pas m'empêcher de la frapper.* Mais il ne vit pas de pitié, juste une étrange curiosité. Il baissa les yeux. Elle lui tendait la main. Sans savoir pourquoi, il la prit, sentit sa chaleur. Il crut presque entendre le sang bruire dans ses veines. Puis elle retourna vers la voiture, sortit doucement l'une de ses filles et la lui posa dans les bras.

« Tenez-la comme ça, ordonna-t-elle. C'est bien, faites-lui un berceau avec vos bras. »

Dans le ciel nocturne, apparaissaient les premières poussières d'étoiles. Iochkar leva les yeux.

« Les plus lumineuses s'allument les premières parce qu'elles sont les plus braves, dit-elle de la voix qu'elle employait pour parler des dieux, des elfes et des fées. Mais moi je préfère la plus timide. On dirait un ruban de dentelle impalpable. Elle arrive en dernier, juste avant que le matin vienne tout gâcher. »

Arkadine serra dans ses bras l'enfant aux membres grêles. Ses cheveux diaphanes lui caressaient la peau, son petit poing se ferma sur l'un de ses doigts calleux. Elle reposait tout contre lui. Il sentait son souffle profond, régulier. Une fontaine d'innocence jaillit au fond de lui.

Sans le regarder, Iochkar murmura : « Ne me renvoyez pas vers lui.

— Personne ne te renverra. Qu'est-ce qui te fait dire ça ?

— Votre ami ne veut pas de nous. Je le sais, je le vois à sa façon de me regarder. Son mépris me brûle ma peau. Si vous n'étiez pas là, il nous aurait abandonnées au bord de la route et nous aurions dû retourner chez Lev.

— Moi vivant, vous ne retournerez pas chez lui », déclara Arkadine en écoutant le cœur de la petite fille endormie battre contre sa poitrine.

« C'est ici que nos routes se séparent », dit Bourne à Tracy le lendemain matin. À vue de nez, ils se trouvaient à cinq blocs du 779 avenue El Gamhuria. « Je ne vous ferai courir aucun risque. J'entrerai dans l'immeuble par mes propres moyens. »

Ils étaient descendus de leur rickshaw bloqué par la foule massée dans l'avenue El Gamhuria pour assister à un défilé militaire. Une tribune provisoire accueillait une cohorte d'officiers dont les uniformes kaki, vert bouteille ou bleus indiquaient le grade. Leurs visages rasés de près luisaient sous le soleil. La bouche fendue jusqu'aux oreilles, ils saluaient leurs concitoyens comme de gentils tontons en visite dans la famille. Le vacarme, la confusion étaient tels qu'on peinait à déterminer si la foule les ovationnait ou les conspuait. Dans une rue secondaire, un tank occupé par des militaires, hérissé de canons en tout genre, se blottissait à la manière d'un gros matou repu. Ils payèrent le chauffeur et plongèrent dans la multitude, le long de l'avenue bordée de palmiers.

Bourne consulta sa montre. « Quelle heure avez-vous ?

— 9 h 27.

— Rendez-moi un service. » Bourne régla sa montre. « Donnez-moi quinze minutes puis marchez jusqu'au numéro 779, entrez par la porte principale et présentez-vous à la réception. Essayez de distraire le réceptionniste jusqu'à ce que Noah envoie quelqu'un vous chercher ou se déplace lui-même. »

Elle acquiesça et se remit à angoisser. « Je ne veux pas qu'il vous arrive quelque chose.

— Écoutez-moi, Tracy. Comme je vous l'ai dit, je ne fais pas confiance à Noah Perlis. Je trouve particulièrement étrange qu'il ne soit pas venu à l'hôtel, la nuit dernière, pour récupérer son bien. »

Elle se cacha derrière lui, le temps de soulever sa robe. Sanglée autour de sa cuisse, il vit une arme dans un étui discret. « Quand on transporte des objets précieux, on n'est jamais trop prudent.

— Les vigiles du 779 vont le confisquer, dit-il.

— Mais non. » Elle tapota le canon. « Il est en céramique.

— Pas bête. Je suppose que vous savez vous en servir. »

Elle lui décocha un regard cinglant assorti d'un rire sans joie.

« Soyez prudent, Adam.

— Vous aussi. »

Puis il s'enfonça dans la foule et disparut presque aussitôt.

27

Le 779 avenue El Gamhuria était une grosse bâtisse moderne en béton et en verre dont les trois niveaux s'étageaient à la manière d'une ziggourat. Ses architectes l'avaient conçue comme une forteresse, malgré la présence d'un jardin suspendu dont on voyait depuis la rue la cime des arbres dépasser du toit en terrasse.

Immergé dans la masse humaine et automobile, Bourne avait fait deux fois le tour du bâtiment dont le jardin lui paraissait le point vulnérable. En plus des grandes portes étincelantes en bois de wenge, il y avait bien deux entrées – pour les livraisons – mais gardées et visibles de partout.

Un gros camion stationnait devant l'une d'elles. Bourne avisa l'énorme unité de réfrigération formant une bosse sur le toit de la cabine et, tout en traversant la rue, estima les distances et les angles d'approche. À l'arrière de la remorque, deux hommes déchargeaient des caisses sous l'œil attentif d'un vigile à la mine patibulaire. En passant, Bourne mémorisa la position de chaque individu par rapport au véhicule.

Quelques centaines de mètres plus bas, il avisa un individu louche, occupé à observer sans se faire voir. Comme beaucoup de ses homologues, il attendait qu'un touriste naïf lui tombe dans le bec. À l'ombre d'un mur, il tirait sur sa cigarette d'un air langoureux. Quand il repéra Bourne, il le couva d'un regard blasé mâtiné d'une certaine méfiance.

« Visite de la ville ? proposa-t-il dans un anglais infect. Meilleur guide de Khartoum. Vous vouloir visiter, moi j'emmène, même endroits interdits. » Son sourire tenait du bâillement. « Vous aimer interdit, hein ?

— Tu aurais une cigarette ? »

En entendant cet Américain s'exprimer dans sa langue, il se redressa et ses yeux vitreux semblèrent s'éclaircir. Il lui tendit une cigarette qu'il alluma avec un méchant briquet en plastique.

« Tu préfères rester planté là ou gagner de l'argent ? »

L'homme esquissa une sorte de révérence. « Montre-moi un homme qui ne vénère pas l'argent et je pleurerai sa mort. »

Devant l'éventail de billets que Bourne lui colla devant le nez, ses yeux s'agrandirent. Le malheureux n'aurait jamais imaginé posséder un jour un tel paquet de fric.

« Ça marche. » L'homme se passa la langue sur les lèvres. « Tous les endroits interdits de Khartoum vont s'ouvrir pour toi.

— Un seul m'intéresse, dit Bourne. Le 779 avenue El Gamhuria. »

L'homme pâlit, se lécha de nouveau les lèvres et dit : « Monsieur, il y a interdit et *interdit*. »

Bourne étoffa un peu son éventail vert. « Ça suffira pour faire taire tes scrupules. » Ce n'était ni une affirmation ni une question mais un ordre. L'homme semblait gêné, il se tortillait. « Ou alors je trouve quelqu'un d'autre ? ajouta Bourne. Je croyais que tu étais le meilleur guide de Khartoum.

— Ça c'est vrai, monsieur ! » L'homme lui arracha les billets et les fit disparaître à la façon d'un prestidigitateur. « Personne dans cette ville ne vous emmènera au 779 à part moi. Ils sont très chatouilleux avec les visiteurs, mais… le cousin de mon cousin est vigile là-bas », ajouta-t-il avec un clin d'œil. Il sortit un téléphone mobile et se mit à débiter tout un discours en arabe. S'ensuivit une courte dispute au sujet d'un problème d'argent, apparemment. Puis l'homme rangea son téléphone et sourit. « Pas de problème. Le cousin de mon cousin est d'accord. Il surveille une livraison. Vous voyez le camion là-bas ? Il dit que c'est le bon moment pour entrer, alors on y va. »

Sans un mot de plus, Bourne le suivit dans la rue.

Après avoir regardé sa montre une dernière fois, Tracy traversa l'avenue El Gamhuria, poussa la grande porte en bois et franchit sans encombre, son Goya bien emballé sous le bras, le détecteur de métaux tenu par deux vigiles peu aimables. Cet endroit ne ressemblait pas aux bureaux des compagnies aériennes qu'elle connaissait.

Derrière le comptoir, un meuble circulaire aussi austère que l'extérieur du bâtiment, un jeune homme au visage osseux l'accueillit d'un regard glacial.

« Tracy Atherton. J'ai rendez-vous avec Noah Per…, Petersen.

— Passeport et permis de conduire. » Il tendit la main.

Elle s'attendait à ce qu'il examine ses papiers et les lui rende aussitôt mais il se contenta de l'informer. « On vous les restituera à la fin de la visite. »

Elle hésita une seconde. Pour elle, se défaire de ses papiers revenait à remettre à un inconnu les clés de son appartement londonien. Elle allait protester mais le réceptionniste parlait déjà dans l'interphone. « Monsieur Petersen va descendre dans un instant, mademoiselle Atherton, dit-il dans un sourire. En attendant, installez-vous, je vous prie. Il y a du thé, du café, ainsi qu'un assortiment de biscuits sur le buffet là-bas. Et si vous avez besoin d'autre chose, n'hésitez pas à me le demander. »

Tout en arpentant le hall, elle se lança dans un monologue futile, uniquement destiné à capter l'attention du réceptionniste. Cet endroit était aussi oppressant que l'intérieur d'une église dédiée au dieu Argent. Tout comme les églises étaient conçues pour impressionner les humbles fidèles et les contraindre au respect du divin, le siège d'Air Afrika cherchait à écraser de stupeur les modestes visiteurs qui franchissaient ses augustes portes sans savoir qu'un demi-milliard de dollars avait été englouti dans sa construction.

« Mademoiselle Atherton. »

L'homme qui venait de parler avait belle allure avec ses cheveux poivre et sel et son air engageant. Il était mince et bien qu'anguleux, son visage était agréable à regarder.

« Noah Petersen », fit-il dans un sourire charmeur. Il lui tendit une main ferme. « J'attache un grand prix à la ponctualité. » D'un geste, il l'invita à le suivre. « C'est à cela qu'on reconnaît les esprits méthodiques. »

Il glissa une carte métallique dans une fente. Après quelques cliquetis, la lumière rouge passa au vert. Ce qu'elle avait pris pour une cloison était en fait une porte presque invisible, placée dans la continuité des panneaux de béton qui l'encadraient. Noah l'ouvrit d'une poussée. À l'intérieur, Tracy fit de nouveau passer son paquet sous un scanner à rayons X, puis ils gagnèrent le deuxième étage par un petit ascenseur. Dans le couloir, elle découvrit un alignement de portes en acajou, hautes de quatre mètres, sans nom ni numéro. Ils tournèrent plusieurs fois comme dans un labyrinthe. Des enceintes invisibles diffusaient de la musique. De temps en temps, ils passaient devant la photo d'un avion d'Air Afrika, avec un mannequin à demi dévêtu posant à côté.

La salle de conférences où il la fit entrer semblait attendre des convives. Des ballons multicolores égayaient une longue table couverte d'une nappe rayée ployant sous un déluge de mets exquis, diverses pâtisseries et coupes de fruits.

« L'arrivée tant espérée de mon Goya mérite bien une petite fête », dit Noah sans rien ajouter de plus explicite. Elle devrait s'en contenter. Il tira à lui une fine mallette cachée sous les plis de la nappe, la posa sur une surface libre, s'affaira sur la combinaison et débloqua le fermoir.

La mallette contenait le chèque qui lui revenait, soit le solde de ses honoraires. À sa vue, Tracy déballa le Goya.

Auquel Noah n'accorda qu'un vague coup d'œil. « Où est le reste ? »

Elle lui remit le certificat d'authenticité, signé par le professeur Alonzo Pecunia Zuñiga, expert auprès du musée du Prado. Noah l'étudia un instant, hocha la tête et le posa à côté du tableau.

« Excellent. » Il glissa la main dans la mallette et lui tendit le chèque. « Ce dernier versement conclut notre transaction, mademoiselle Atherton. » Son téléphone sonna. Il la pria de l'excuser puis fronça les sourcils. « Quand ? demanda-t-il à son interlocuteur. Qui ? Seul ? Que voulez-vous dire ? Bon sang, j'avais pourtant… Très bien, ne bougez pas. Attendez que j'arrive, bordel ! » Il coupa la communication, le visage sombre.

« Quelque chose ne va pas ? s'enquit Tracy.

— Rien qui vous concerne. » Malgré sa contrariété, Noah se força à sourire. « Veuillez vous installer confortablement. Je viendrai vous chercher quand tout sera sécurisé.

— Sécurisé ? C'est-à-dire ?

— Nous avons un intrus. » Noah se ruait déjà vers la porte. « N'ayez crainte, mademoiselle Atherton, il semble que nous l'ayons déjà coincé. »

« On nous a repérés dès que nous sommes arrivés à l'aéroport, dit Amun Chalthoum à Soraya dans la voiture qui les conduisait en ville.

— Je les ai vus, confirma Soraya. Deux hommes.

— Ils sont quatre maintenant. » Chalthoum regarda dans le rétroviseur. « À bord d'une Toyota Corolla grise des années 1970, trois voitures derrière nous.

— Ceux que j'ai vus dans le terminal ressemblaient à des Soudanais. »

Chalthoum acquiesça.

« Je trouve ça bizarre. Personne ici ne savait que nous arrivions.

— Oui et non. » Un petit sourire rusé joua sur les lèvres de l'Égyptien. « En tant que chef d'al-Mokhabarat, je ne peux pas quitter le pays, même pour quelques jours, sans informer l'un de mes supérieurs. J'ai choisi d'en parler à l'homme que je soupçonne de me nuire. » De nouveau, son regard glissa vers le rétroviseur. « Je tiens enfin la preuve de sa duplicité. Rien ne m'empêchera de ramener l'un de ces mécréants au Caire pour le dénoncer.

— En d'autres termes, on doit les laisser nous attraper. »

Le sourire d'Amun s'épanouit. « Nous rattraper, corrigea-t-il, afin que *nous* puissions les attraper. »

La partie de poker était terminée depuis une heure mais la demeure de Dupont Circle sentait encore le cigare froid, la pizza réchauffée et l'honnête sueur du travailleur. Sans oublier l'éphémère mais puissante odeur de l'argent.

Quatre personnes étaient affalées sur des canapés Art déco en velours pourpre : Willard, Peter Marks, le divisionnaire Lester Burrows et Reese Williams qui, contre toute attente, se révélait être la propriétaire des lieux. Entre eux, sur une table basse, s'alignaient une bouteille de scotch, un seau à glace à moitié vide et quatre verres épais, ciselés à l'ancienne. Les autres, hommes et femmes, avaient empoché ce qu'il restait de leurs mises, dans le meilleur des cas, et regagné leurs pénates d'un pas mal assuré. Il était minuit passé. De lourds nuages de pluie cachaient la lune et les étoiles. Même les lumières de la ville au loin ressemblaient à des taches floues.

« Tu as remporté la dernière main, Freddy, dit Burrows en regardant le plafond, la nuque posée sur l'appuie-tête de son sofa. Et tu es arrivé à temps pour me prêter de l'argent après le dernier tour de relance. Heureusement parce que j'étais à sec. Maintenant, je suis ton débiteur. Que veux-tu ?

— Je veux que tu répondes à la question de Peter sur les deux agents portés manquants.

— Qui ?

— Sampson et Montgomery, l'aida Marks.

— Ah oui, ces gars-là ! »

Le divisionnaire était encore occupé à fixer le plafond d'un regard absent. Reese Williams, les jambes repliées sous elle, observait la scène d'un air énigmatique.

« Il y a aussi le problème du flic à moto qui a tiré sur un nommé Jay Weston, provoquant l'accident sur lequel Sampson et Montgomery étaient censés enquêter avant leur disparition, poursuivit Marks. Sauf que l'enquête n'a jamais eu lieu. Elle a été étranglée. »

Tout le monde dans la pièce savait ce que signifiait « étrangler une enquête ».

« Dis-moi Freddy, reprit Burrows en s'adressant toujours au plafond, ça fait partie de ma dette ? »

Willard ne quittait pas des yeux le visage inexpressif de Reese Williams. « J'ai lâché un paquet de fric pour toi, Lester. »

Le divisionnaire soupira et finit par tourner la tête. « Reese, tu sais que tu as une énorme lézarde là-haut.

— Il y a des lézardes partout dans la maison, Lester. Et des fuites aussi », dit-elle.

Burrows médita cette réponse avant de lâcher à l'intention des deux hommes : « C'est le genre de chose que je ne tolérerai pas entre nous. L'information que je m'apprête à vous livrer, messieurs, est strictement confidentielle. Secret des sources et tout le bazar. » Il se redressa brusquement. « Conclusion : non seulement je nierai vous avoir fait la moindre révélation mais je m'arrangerai pour prouver que vous mentez et je briserai tous mes contradicteurs. Sommes-nous sur la même longueur d'onde ?

— Parfaitement, dit Marks en soulignant son affirmation d'un hochement de tête.

— Les inspecteurs Sampson et Montgomery sont actuellement en train de pêcher à la ligne sur la Snake River, dans l'Idaho.

— Ils pêchent ? Vraiment ? s'étonna Marks. Ou ils sont morts ?

— Seigneur, je leur ai parlé pas plus tard qu'hier ! tonna Burrows. Ils voulaient savoir quand ils pourraient rentrer. Je leur ai dit que rien ne pressait.

— Lester, fit Willard, je suppose que ce n'est pas toi qui leur as payé ces vacances dans l'Idaho.

— Les poches de l'oncle Sam sont plus profondes que les miennes », admit le divisionnaire.

Willard regardait les émotions passer sur le visage de Burrows, comme de petits nuages poussés par le vent. « Quelle partie de l'oncle Sam précisément ?

— On ne me l'a pas dit. Et c'est la vérité », ronchonna Burrows comme si personne ne lui disait jamais rien d'intéressant. « Mais je me rappelle le nom du type qui a servi d'intermédiaire, si ça peut vous aider.

— Au point où nous en sommes, marmonna Willard, tout est bon, même un pseudonyme.

— C'est pas vrai ! On dirait que tout le monde raconte des bobards dans cette foutue ville ! » Burrows leva un doigt accusateur. « Et permettez-moi de vous dire à tous les deux qu'aucun de mes agents n'a tiré sur votre monsieur Weston. Ça, j'en suis sûr. J'ai mené ma propre enquête.

— Alors il s'agit de quelqu'un qui s'est fait passer pour l'un de tes agents, rétorqua Willard sans perdre son calme. Pour mieux brouiller les pistes.

— Tu es un espion, mon vieux. » Burrows secoua la tête. « Tu vis dans un monde qui suit ses propres règles. Bon Dieu, comment tu t'y retrouves, dans ce foutoir ? » Il haussa les épaules comme pour se débarrasser de sa mauvaise humeur. « Ah oui, le nom… L'homme qui s'est occupé des vacances de mes inspecteurs prétendait s'appeler Noah Petersen. Ça vous évoque quelque chose ou c'était juste pour m'enfumer qu'il a dit ça ? »

Bourne faussa compagnie à l'indic après que le cousin de son cousin, vigile de son état, se fut assuré que les deux livreurs se trouvaient à l'intérieur du bâtiment, à décharger les caisses. Il le fit passer discrètement par l'entrée de service. Bourne se faufila à l'arrière de la remorque, saisit la poignée de la portière et, d'une traction, se hissa sur le toit du camion. L'unité de réfrigération était assez haute pour lui permettre de sauter sur une corniche en béton dépassant de la façade de l'immeuble. De là, il gagna le premier étage. En s'aidant des espaces séparant les plaques de béton, il atteignit le renfoncement du deuxième étage où il répéta la procédure jusqu'à pouvoir enjamber le parapet du toit et prendre pied sur le sol dallé du jardin suspendu.

Formant un étonnant contraste avec l'architecture massive du bâtiment, le jardin était une délicate mosaïque de couleurs et d'essences odorantes, parfaitement entretenues et protégées du soleil ardent. Accroupi dans un coin sombre, Bourne reconnut le parfum entêtant du citron vert tout en examinant la disposition des lieux. Il était seul sur ce toit.

Astucieusement intégrés au paysage, deux édicules attirèrent son attention. L'un abritait la porte donnant accès aux étages inférieurs, l'autre servait de cabane à outils pour les jardiniers. Arrivé devant la porte, il remarqua la présence d'une alarme standard munie d'un disjoncteur, censée se déclencher à l'ouverture extérieure.

Revenant sur ses pas, il entra dans la cabane, choisit des cisailles ainsi qu'une pince à dénuder, et posa le tout sur le parapet. Entre la base du parapet et les dalles du toit, une fissure servait de logement aux fils électriques des lampes. Avec les cisailles, il coupa deux mètres de câble, puis retourna devant la porte et pela la gaine isolante aux deux bouts.

Au-dessus du battant, il trouva le fil de l'alarme, le dénuda à deux endroits qu'il fixa aux deux extrémités du câble. Quand il fut certain de la fiabilité des connexions, il coupa le fil de l'alarme à mi-chemin entre les épissures bricolées.

Puis avec prudence, il entrouvrit la porte et se faufila à l'intérieur. Comme prévu, les épissures avaient annihilé le système d'alarme. Il descendit à pas feutrés l'escalier étroit et raide menant au deuxième étage. L'ordre de ses priorités était le suivant : dénicher Arkadine, l'homme qui l'avait attiré ici, et le tuer ; puis trouver Tracy et la faire sortir de là.

Debout à la fenêtre, Tracy regardait la rue encombrée quand elle entendit la porte s'ouvrir derrière elle. D'abord, elle crut que c'était Noah mais quand elle se retourna, elle vit un homme au crâne rasé portant un bouc, une chauve-souris vampire tatouée sur le cou. Avec ses larges épaules, sa poitrine hyper-développée et ses jambes solides, il ressemblait à un champion de catch ou à l'un de ces guerriers mutants qu'elle avait vus une ou deux fois à la télé américaine.

« Ainsi, c'est vous qui m'avez apporté le Goya ? » dit l'homme chauve-souris en s'approchant tranquillement de la table où reposait le chef-d'œuvre macabre. Il marchait de ce pas chaloupé qu'on remarque chez les culturistes et les marins.

« Il appartient à Noah, rétorqua Tracy.

— Eh non, ma chère mademoiselle Atherton, il est à moi, dit-il dans un anglais teinté d'un fort accent. Perlis me l'a offert. » Il souleva le tableau et le tint devant lui. « En paiement. » Le gloussement qui sortit de ses lèvres évoquait le gargouillis d'un moribond. « Un cadeau unique contre un service rendu tout aussi unique.

— Vous connaissez mon nom, dit-elle en marchant vers la table couverte de plateaux et de saladiers débordant de nourriture, mais je ne connais pas le vôtre.

— Etes-vous sûre de vouloir le connaître ? » Il examinait le Goya d'un œil expert. Puis soudain, sans attendre sa réponse : « Bon, très bien, je suis Nikolaï Ievsen. Vous avez peut-être entendu parler de moi. La compagnie Air Afrika m'appartient, ainsi que cet immeuble.

— Franchement, je n'ai jamais entendu parler de vous, ni d'Air Afrika, d'ailleurs. Je travaille dans le domaine de l'art.

— Ah bon, vraiment ? » Ievsen reposa le Goya sur la table et regarda Tracy bien en face. « Dans ce cas, que faites-vous avec Jason Bourne ?

— Jason Bourne ? » Elle fronça les sourcils. « Qui est Jason Bourne ?

— Le type que vous avez amené ici.

— De quoi parlez-vous ? Je suis venue seule. Noah peut en attester.

— Perlis est occupé. Il interroge votre ami, monsieur Bourne.

— Je ne… » La suite de ses paroles resta coincée au fond de sa gorge quand elle vit apparaître un .45 au canon retroussé dans la main gauche de l'homme chauve-souris.

28

« Si vous travaillez dans le domaine de l'art, alors que faites-vous avec un assassin, un espion sans scrupules, sans cœur ? demanda Ievsen. Un homme capable de vous loger une balle dans la tête au premier regard.

— Qui me menace d'un revolver, en ce moment ? répliqua Tracy. Vous ou lui ?

— Vous l'avez mené jusqu'ici pour qu'il me tue. » Le visage de Ievsen exprimait la force bestiale, la volonté de puissance. Il avait l'habitude qu'on lui obéisse au doigt et à l'œil. « Je me demande bien pourquoi vous avez fait ça.

— Je ne comprends pas ce que vous dites.

— Pour qui travaillez-vous ?

— Pour moi-même. Depuis des années. »

Ievsen serra les mâchoires. Ses lèvres épaisses et rouges ressemblaient à des tranches de viande crue. « Je vais vous rafraîchir la mémoire, mademoiselle Atherton. Mon monde se divise en deux : les amis et les ennemis. Je vous demande de me dire dans quel camp vous êtes, et tout de suite, dans la minute. Si vous ne répondez pas sincèrement, je vous tirerai une balle dans l'épaule droite. Puis je vous reposerai la question. Si vous ne dites rien, ou si vous mentez, je vous fracasserai l'épaule gauche. Ensuite, je m'occuperai de ce joli visage. » Il agita le revolver dans sa direction. « Une chose est certaine, quand j'en aurai fini avec vous, vous ne serez plus très jolie à regarder. » De nouveau, ce gloussement effroyable. « Vous ne participerez jamais à un casting à Hollywood, je peux vous le garantir.

— L'homme qui m'accompagne s'appelle Adam Stone. Sincèrement, je n'en sais pas davantage.

— Voyez-vous, le problème, mademoiselle Atherton, c'est que je n'arrive pas à vous croire.

— C'est pourtant la vérité. »

Il fit un pas vers elle. La table l'empêcha d'aller plus loin. « Vous m'avez offensé. Vous pensez vraiment me faire avaler que vous ne savez rien de lui sauf son nom – qui n'est d'ailleurs pas le sien ? »

Tracy ferma les yeux une seconde. « Bon. D'accord. » Elle prit une profonde inspiration et fixa Ievsen droit dans ses yeux couleur café. « Oui, je savais qu'il s'appelait Jason Bourne. Non, mon boulot ne consistait pas seulement à rapporter le Goya. Je devais aussi m'assurer que Bourne arrive jusqu'ici. »

Ievsen plissa les paupières. « Qu'est-ce qu'il vient foutre à Khartoum ? Que cherche-t-il ?

— Vous n'êtes pas au courant ? C'est pourtant vous qui avez lâché ce molosse sur lui, à Séville. Un Russe avec une cicatrice et un tatouage au cou représentant trois crânes, ça vous dit quelque chose ?

— Le Tortionnaire ? » Le visage de Ievsen exprima un dégoût non feint. « Je préférerais me couper le bras plutôt que d'engager cette ordure.

— Peut-être mais Bourne pense que l'homme qui

cherche à le tuer est ici et que c'est lui qui a recruté le Tortionnaire.

— Ce n'est pas moi. On l'a mal informé.

— Dans ce cas, je comprends mieux qu'on m'ait demandé de l'attirer jusqu'ici. »

Ievsen secoua la tête. « Qui vous l'a demandé ?

— Leonid Arkadine. »

Ievsen pointa le .45 sur son épaule droite. « Encore un mensonge ! Pourquoi Leonid Arkadine aurait-il fait cela ?

— Je n'en sais rien mais… » Le regard qu'elle surprit sur son visage à cet instant même agit comme un déclic dans la tête de Tracy. « Attendez une minute, je parie que c'est Arkadine qui vous a annoncé l'arrivée de Bourne. C'est donc lui qui a engagé le Tortionnaire. J'en conclus qu'il est tapi quelque part ici, à guetter sa proie.

— La peur de mourir vous fait dire n'importe quoi. En ce moment même, Arkadine est dans le Haut-Karabagh, en Azerbaïdjan.

— Mais ouvrez un peu les yeux, Arkadine était le seul à savoir que Bourne voyageait avec moi.

— Arrêtez vos conneries ! Leonid Danilovitch est mon associé.

— Pourquoi irais-je inventer une histoire pareille ? Arkadine m'a versé vingt mille dollars en diamants. »

Ievsen eut un brusque mouvement de recul. « Les diamants sont la signature de Leonid Danilovitch – sa monnaie d'échange. Qu'il aille se faire foutre ! Qu'est-ce qu'il mijote, cet enfoiré ? S'il pense pouvoir me doubler… »

Au même instant, Tracy vit Bourne courir vers elle dans le couloir. Ievsen surprit son regard et se retourna, son .45 braqué devant lui.

Noah Perlis cessa de jubiler au moment où il vit l'équipe de sécurité de Ievsen intercepter deux hommes, dont l'un des vigiles de l'immeuble, sur le quai de chargement A.

« Mais qu'est-ce que c'est ? » dit-il en arabe. D'un geste, il envoya quelques gardes vérifier les abords du bâtiment puis, après quelques questions, décida que le vigile ne savait rien. Le chef de la sécurité – qui les avait rejoints, entre-temps – le congédia sur-le-champ.

Il se tourna ensuite vers le deuxième homme, une sorte de voyou des rues. « Qui es-tu et que fais-tu ici ?

— Je… j'ai perdu mon chemin, monsieur. Je discutais avec le cousin de mon cousin, celui qui vient d'être renvoyé. C'est une punition trop sévère, monsieur. Je vais tout vous expliquer, vous verrez. » L'homme gardait les yeux baissés et le dos voûté en signe d'humilité. « Le cousin de mon cousin devait aller uriner, et comme j'ai besoin d'argent pour payer l'école de mes…

— Ça suffit ! » Noah lui balança une gifle. « Tu me prends pour un touriste, avec tes boniments ? » La deuxième gifle fut tellement forte que ses dents s'entrechoquèrent. « Dis-moi ce que tu fais ici ou je te donne à Sandur. » Le chef de la sécurité se fendit d'un large sourire qui découvrit les espaces sombres entre ses dents. « Sandur sait comment s'y prendre avec les vermines dans ton genre.

— Je ne… »

Cette fois, le poing de Noah s'écrasa sur sa bouche. Sa chemise sale se trouva aspergée de sang et de fragments de dents. « Ce soir c'est la pleine lune mais tu ne la verras pas. »

L'homme venait de se lancer dans une autre histoire – un Américain voulant s'introduire au 779 avenue El Gamhuria l'aurait accosté – quand l'escouade que Noah avait envoyée patrouiller la rue revint. Un garde se pencha pour lui murmurer à l'oreille.

Brusquement, Noah saisit le Soudanais par le col et le jeta dans les bras de Sandur. « Tiens, occupe-toi de lui.

— Monsieur, ayez pitié. Je ne le mérite pas, je le jure, j'ai dit la vérité. »

Mais Noah était déjà passé à autre chose. Plus rien ne le préoccupait désormais, à part survivre. Il s'approcha du quai de chargement et se posta dans un coin sombre pour mieux observer la rue sans se faire voir. Le garde avait raison. Un minibus bondé était garé en face. Il n'y avait aucune femme à l'intérieur. Quand Noah vit luire le canon d'un AK-47, il comprit que ses pires craintes étaient fondées. Les locaux d'Air Afrika allaient subir une attaque armée d'une minute à l'autre. Il était à ce point sidéré qu'il ne s'interrogea même pas sur l'identité des potentiels agresseurs. Il y avait plus important pour l'instant. Par exemple fuir la zone de combat avant d'être pris sous les tirs croisés des mercenaires de Ievsen et de la section d'assaut massée dans le minibus soudanais, de l'autre côté de la rue.

Alors qu'il écumait le deuxième étage, tout en évitant le personnel d'Air Afrika et les vigiles, Bourne avait entendu une voix rocailleuse sortir d'une grande pièce devant lui. Quand l'homme se taisait, Tracy prenait le relais. Il pensa aussitôt qu'Arkadine l'avait capturée pour qu'elle serve d'appât. C'est alors qu'il se mit à courir vers elle.

Il franchit le seuil d'un bond, se reçut en roulé-boulé, puis dans le même mouvement fluide, se releva. Un malabar avec une chauve-souris tatouée sur le cou se tourna vers lui et fit feu. Bourne plongea vers la table chargée de victuailles. Au même instant, il vit Tracy relever sa jupe pour attraper son arme en céramique. À la détonation suivante, il s'élança au ras du sol, pivota sur lui-même et faucha les jambes de l'homme chauve-souris qui s'écroula en tirant sur Tracy. Celle-ci se détourna d'instinct ; la balle finit sa course dans l'un des épais saladiers en verre qui explosa en une myriade d'éclats.

Bourne et Ievsen se jetèrent l'un sur l'autre. Tandis que le premier tentait d'arracher le .45 de la main gauche du second, un autre coup partit. La balle passa à quelques centimètres de l'oreille de Bourne, le rendant temporairement sourd. De la main droite, Ievsen lui décocha un coup dans les côtes. Bourne répliqua avec un crochet à la mâchoire suivi de trois coups portés du tranchant de la main à la base du cou. Rassemblant toutes ses forces, le Russe approcha le canon du .45 de la tempe de Bourne qui repoussa l'arme mais reçut trois coups de poing d'affilée au thorax. Le souffle coupé, il vit le canon à quelques centimètres de sa tête. L'homme chauve-souris glissa son index gauche sur la détente.

Soudain, les yeux de Bourne se portèrent sur la blessure que Ievsen avait à l'épaule. Il enfonça un doigt dans la chair à vif. L'autre se mit à hurler comme un loup en chasse. Bourne n'eut qu'un geste à faire pour que Ievsen lâche son arme. Au prix d'un effort surhumain, le Russe contre-attaqua, fit reculer Bourne, se pencha pour récupérer le revolver qu'il empoigna par le canon. Bourne reçut un coup de crosse à la tempe. Sa tête heurta le sol où elle rebondit. Voyant qu'il avait le dessus, Ievsen continuait à le frapper sur la tête tandis que Bourne, sentant qu'il perdait connaissance, rampait vers la table, dans l'espoir d'y trouver un abri.

Alors que sa conscience dérivait toujours plus loin, flottant sur une brume rouge, Bourne parvint à atteindre le revolver en céramique de Tracy. Puis il se retourna et sans hésiter une seconde, le pointa vers Ievsen et lui tira une balle en pleine face à bout portant.

Du sang, des bouts d'os et de matière cérébrale jaillirent. Ievsen s'apprêtait à le frapper de toutes ses forces quand il avait été touché ; la puissance de l'impact projeta sa tête et son torse en arrière. Assourdi, Bourne perçut un bruit qui ressemblait à la chute d'un sac de ciment sur le sol.

Pendant un instant, il resta couché sur le dos, une jambe relevée, le cœur battant la chamade comme s'il venait de courir cent mètres en dix secondes. Des ondes de douleur se diffusaient dans son corps ; elles irradiaient de la blessure reçue à Bali. Les coups, les gestes violents n'étaient pas recommandés dans son état. Le docteur Firth l'en avait prévenu. Comme après la deuxième opération, il avait l'impression d'être passé sous un train.

Puis son souffle s'apaisa. De nouveau, il entendit son sang siffler posément dans son oreille interne. Shiva se pencha sur lui et le toucha comme pour le rendre à la vie, aspirer le froid mortel qui comprimait ses os. Encore une fois, l'esprit de Shiva avait veillé sur lui. De sa main tendue, il l'avait aidé à sortir du gouffre infernal et ramené sur la terre des vivants.

Des rafales d'armes semi-automatiques résonnèrent dans le couloir. Bourne revint à lui et se dressa sur un coude en grognant de douleur. Sa tête, son corps baignaient dans une mare de sang – pas le sien mais celui du Russe sans visage.

Alors que les tirs toujours plus nourris se rapprochaient, il se mit à chercher Tracy du regard. Elle était couchée sur le flanc de l'autre côté de la table.

Il appela : « Tracy », puis d'une voix inquiète : « Tracy ! »

Pour toute réponse, elle remua le bras droit. Alors il se mit à ramper comme un fou sur le sol luisant de verre brisé dont les morceaux se fichaient dans ses mains et ses tibias.

« Tracy. »

La jeune femme regardait fixement devant elle. Quand il se redressa pour passer dans son champ de vision, elle le suivit des yeux et se mit à sourire faiblement.

« Vous voilà. »

Il se pencha, voulut la prendre par les épaules et la soulever de terre mais le visage de la jeune femme se tordit de douleur.

« Oh, mon Dieu… aidez-moi ! hurla-t-elle.

— Qu'est-ce que c'est ? Où avez-vous mal ? »

Elle le regarda sans rien dire. Un voile de souffrance opacifiait ses yeux.

Très doucement, il souleva son torse et vit deux gros bouts de verre plantés dans son dos comme des poignards. Il essuya le sang sur le front de Tracy. « Je veux que vous bougiez les pieds. Vous pouvez faire ça pour moi ? »

Il regarda ses pieds mais rien ne se passa.

« Et vos jambes ? »

Rien. Il lui pinça la cuisse. « Que sentez-vous ?

— Que… qu'avez-vous fait ? »

Elle était paralysée. Les lames de verre avaient dû sectionner certains nerfs moteurs. Et quoi d'autre encore ? Il s'installa mieux afin de jauger la gravité de ses blessures. Les bouts de verre devaient mesurer entre quinze et dix-huit centimètres de long et, de toute évidence, ils étaient profondément enfoncés. Il revit la scène. Tracy s'était retournée, la balle tirée par Ievsen avait fait exploser un gros saladier en verre. L'impact avait eu le même effet que le détonateur d'une bombe à clous.

Les rafales de semi-automatiques se rapprochaient toujours mais devenaient plus sporadiques.

« Il faut que je vous conduise à l'hôpital », dit Bourne en la prenant dans ses bras pour l'emmener. Lorsqu'il vit du sang couler de sa bouche, il la reposa et la garda contre lui.

« Je n'irai nulle part.

— Je ne vous laisserai pas…

— Ne dites pas de bêtises. » Les yeux de Tracy étaient injectés de sang. Autour, se dessinaient déjà des petites taches bleu foncé, comme des hématomes. « Je ne veux pas rester seule, Jason. »

Il la sentit se détendre contre lui. « Pourquoi m'avez-vous appelé comme ça ?

— Je connais votre vrai nom. Depuis le premier jour. Notre rencontre n'avait rien d'une coïncidence. »

Il voulut répondre. « Ne parlez pas, fit-elle. J'ai des choses à vous dire et le temps me manque. » Elle lécha ses lèvres sanglantes. « Arkadine m'a payée pour que je vous conduise ici. Nikolaï Ievsen, l'homme que vous venez d'abattre, m'a dit qu'Arkadine était dans le Haut-Karabagh, en Azerbaïdjan. Pourquoi, je n'en sais rien, mais il n'est pas ici. »

Donc elle travaillait pour Arkadine depuis le début. Bourne secoua la tête d'un air sinistre en se disant qu'il s'était bien laissé avoir. Au début, il l'avait soupçonnée puis avait changé d'avis, se laissant convaincre par ses explications. À présent, il voyait la main d'Arkadine dans ce subtil entrelacs de mensonges. Il s'en voulait mais ne pouvait s'empêcher de l'admirer.

Soudain, Tracy écarquilla les yeux démesurément. « Jason ! »

Elle respirait faiblement, de façon irrégulière. Puis elle esquissa un sourire. « Les secrets sont si lourds à porter quand vient notre dernière heure. »

Il lui posa deux doigts sur la carotide et trouva difficilement son pouls. Elle était en train de partir. Tout à coup, leur conversation de la nuit passée lui revint en tête. *« Je me demande pourquoi les gens éprouvent le besoin de mentir. »* Il comprit soudain le sens de ses paroles. *« Ce n'est pourtant pas si terrible de dire la vérité, non ? »*

Il aurait tant aimé comprendre la situation – la comprendre elle – mais les êtres humains sont trop complexes pour qu'on les résume en une seule pensée, même emboîtée dans plusieurs autres. La vie d'un être humain était constituée d'une myriade de fils imbriqués. Celle de Tracy comme les autres, peut-être plus que les autres puisque la jeune femme était un personnage ambivalent et, comme lui, un être à plusieurs visages. Comme don Hererra, comme le Tortionnaire, elle faisait partie de la toile tissée par Arkadine pour le manipuler, le contraindre à… Quoi exactement ? Il n'en savait toujours rien. Et voilà que Tracy était en train de mourir entre ses bras, après avoir joué le rôle que son pire ennemi avait imaginé pour elle. Il avait bien vu que ce rôle lui pesait ; il en avait eu la preuve la nuit dernière.

Certes, elle l'avait trompé mais, ce faisant, elle s'était trompée elle-même. Ses réflexions de la veille, dans la chambre d'hôtel, le renvoyaient à sa propre réalité : la méfiance, le doute perpétuel, les changements d'identité et la solitude qui en découlait. La mort le poursuivait sans relâche. Shiva, le messager de la résurrection, s'obstinait à lui montrer son côté sombre, le visage de la destruction.

Tracy frissonna, comme si elle poussait son dernier soupir. « Jason, je ne veux pas être seule. »

En entendant sa plainte, Bourne sentit son cœur fondre. « Tu n'es pas seule, Tracy. » Il se pencha sur elle, ses lèvres touchèrent son front. « Je suis là avec toi.

— Oui, je sais, c'est bon de te sentir si près. » Le soupir qu'elle poussa lui évoqua le ronronnement d'un chat repu.

« Tracy ? » Il se recula pour regarder ses yeux vides, tournés vers l'infini. « Tracy. »

29

Ça marche ! s'écria Humphry Bamber.

— On en est à combien ? » demanda Moira.

Sur la barre de chargement, ils suivaient la progression du transfert entre le portable de Noah Perlis et celui de Bamber. Ce dernier surveillait les chiffres défilant sur son écran.

« Tout y est, dit-il quand la barre verte atteignit cent pour cent. À présent, allons voir sous le capot de quoi il retourne. »

Moira sentait l'adrénaline fuser en elle. Plus les minutes passaient, plus elle perdait patience. Comme une bête en cage, elle arpentait le bureau de Bamber, un espace surchauffé par le travail des micro-processeurs. Ça sentait le métal chaud, l'odeur de l'argent version XXIe siècle. La lumière crépusculaire qui entrait dans la pièce dessinait des taches blêmes entre les ombres projetées par le matériel informatique empilé. Les moteurs et les ventilateurs bruissaient comme une volière. Presque tous les murs étaient occupés par des ordinateurs, des étagères encombrées de périphériques, de boîtes de DVD vierges, de câbles électriques de toutes sortes et de toutes longueurs. Seuls deux espaces étaient épargnés : la fenêtre et le pan de mur où Bamber avait accroché sa photo en tenue de footballeur, prise lors d'un match à l'université. Il était encore plus beau qu'aujourd'hui.

Lorsque Moira passait devant la fenêtre, elle s'arrêtait pour regarder la rue derrière l'immeuble. Dans le bâtiment d'en face, on voyait un bureau éclairé au néon, des armoires métalliques, d'énormes photocopieurs et des tables de travail toutes semblables. Des gens d'âge moyen ne cessaient de courir en tous sens, agrippés à leurs dossiers comme un homme qui se noie s'accroche à un radeau improvisé. Au-dessus de cette ruche sinistre, s'ouvraient les baies vitrées d'un atelier d'artiste. Une jeune femme faisait gicler de la peinture sur une grande toile appuyée contre un mur plus blanc que blanc. On la devinait très concentrée, abîmée dans la vision intérieure qu'elle tentait de reproduire. Elle ne voyait rien de ce qui l'entourait.

« Qu'est-ce que ça donne ? » demanda Moira en se retournant vers Bamber.

Ce dernier était aussi concentré que sa voisine d'en face. Elle dut répéter sa question. « Encore quelques minutes et j'en aurai le cœur net », finit-il par marmonner.

Moira acquiesça d'un hochement de tête et s'apprêtait à reprendre ses allées et venues quand un mouvement dans la rue attira son attention. Une voiture venait de se garer un peu plus haut. Un homme en descendit. La manière dont il se déplaçait déclencha une alarme dans sa tête. Il regardait autour de lui mais sans en avoir l'air, jetant des coups d'œil furtifs. Quand il atteignit l'immeuble de Bamber, il s'arrêta, se dirigea vers la porte de derrière, sortit une panoplie de pics de crochetage et les inséra les uns après les autres dans la serrure, jusqu'à trouver celui qui imitait le mieux les reliefs de la clé.

Moira dégaina son Lady Hawk.

« On y est presque ! » s'exclama Bamber d'un ton triomphal.

La porte du bas s'ouvrit et l'homme pénétra dans l'immeuble.

« Noah Perlis semble être le nœud du problème, dit Peter Marks. Il a mis en scène la mort de Jay Weston. Après avoir tiré le tapis sous les pieds de la police municipale, il a infiltré la nouvelle société de Moira et l'a obligée à s'enfuir.

— Noah c'est Black River, rétorqua Willard. Et quelque puissante que soit cette bande de mercenaires, je doute fort qu'ils aient assez d'influence pour accomplir tout cela sans éveiller les soupçons.

— Vous ne pensez pas que Noah Perlis tire les ficelles ?

— Je n'ai pas dit cela. » Willard frottait sa joue mal rasée. « Mais si votre supposition est juste, cela implique que Black River bénéficie d'un soutien très puissant. »

Les deux hommes étaient assis face à face dans un bar de nuit, sur des banquettes en velours marron. Le juke-box passait une chanson triste à mourir signée Tammy Wynette. En arrière-fond sonore, des bennes à ordures brinquebalaient sur les pavés de la rue. Deux prostituées finissaient leur nuit en dansant dans les bras l'une de l'autre. Un vieil homme aux cheveux blancs hirsutes contemplait son verre, juché sur un tabouret. Le type qui avait mis un dollar dans le juke-box accompagnait la chanteuse avec une voix de ténor irlandais point trop mauvaise et des larmes dans les yeux. Les relents d'alcool et de désespoir imprégnaient tous les meubles, tous les objets. Derrière le zinc, le patron lisait un journal par-dessus son ventre. Il tournait les pages avec autant d'enthousiasme qu'un étudiant ouvre son cahier de texte après une nuit de beuverie.

« D'après ce que j'ai pu grappiller à droite et à gauche, poursuivit Willard, le plus gros client de Black River est la NSA, en la personne du secrétaire à la Défense. C'est lui qui a plaidé leur cause devant le Président. »

Marks écarquilla les yeux. « Comment vous savez ça ? »

Willard sourit en faisant rouler son petit verre d'alcool entre ses doigts. « Disons qu'à force de jouer la taupe dans la planque de la NSA, j'ai fini par accumuler quelques petits avantages – même face à des gens comme vous, Peter. » Il se glissa hors du box et passa devant les deux prostituées qui lui soufflèrent un baiser. Le juke-box jouait *The Boys of Summer* de Don Henley, une histoire déchirante qui activa derechef le système lacrymal du ténor irlandais.

Willard revint avec une bouteille de single malt. Il remplit son verre et celui de Marks. « Avant d'aller plus loin, reprit-il, dites-moi pourquoi vous n'avez pas informé l'Arabe de notre grande découverte au sujet de Noah Perlis et de Black River.

— Errol Danziger est notre nouveau DCI, certes, dit Marks d'un air pensif, mais je n'ai pas envie de l'informer de quoi que ce soit, surtout si ça concerne la NSA. Ce type est l'âme damnée du secrétaire Halliday. »

Marks secoua la tête et enchaîna. « J'aime trop la CIA. C'est ma vie. » Il pencha le cou d'un air interrogateur. « Je vous renvoie la politesse : comptez-vous démissionner ?

— Pas du tout. » Willard prit une lampée de whisky. « Mais je suis en train de réfléchir à une reconversion. »

Marks secoua la tête. « Je ne vous suis pas. »

Une expression rêveuse passa sur le visage de Willard. À moins que sa discrétion innée ne l'empêchât d'entrer d'emblée dans le vif du sujet. « Connaissiez-vous Alex Conklin ?

— Personne n'a jamais vraiment connu Conklin…

— Moi si. Et je ne dis pas cela pour me vanter. C'est juste la vérité. Alex et moi avons travaillé ensemble. Je savais ce qu'il avait derrière la tête quand il a conçu le projet Treadstone. Je ne l'approuvais pas entièrement, à l'époque, mais il faut dire que j'étais beaucoup plus jeune. Je n'avais pas autant d'expérience que lui. En tout cas, c'est à moi qu'il a transmis les secrets de Treadstone.

— Je croyais que tous les dossiers Treadstone avaient été détruits. »

Willard acquiesça. « Ceux que le Vieux n'a pas déchirés, Alex s'en est chargé. Du moins, c'est ce qu'il prétendait. »

Marks resta songeur puis demanda : « Vous dites que les dossiers Treadstone existent toujours ?

— Ce vieux roublard d'Alex avait fait des doubles. Seules deux personnes savent où ces fichiers sont cachés, et l'une des deux est morte. »

Marks vida son whisky et s'adossa à la banquette sans quitter Willard des yeux. « Vous voulez relancer Treadstone ? »

Willard remplit leurs verres. « Il est déjà relancé, Peter. Je veux savoir si vous voulez en faire partie. »

« Ils sont là depuis moins de quarante-huit heures, peut-être une journée seulement. » Youssef, l'agent de Soraya à Khartoum, était un petit homme à la peau tannée comme un vieux cuir. Il avait de grands yeux liquides et de minuscules oreilles qui fonctionnaient très bien. Son intelligence et son talent pour utiliser les mouvements de jeunesse clandestins branchés sur internet faisaient de lui l'un des meilleurs éléments de Typhon. « C'est de la chaux vive, vous voyez. Les types qui les ont enterrés voulaient les faire disparaître complètement. Le feu n'aurait pas suffi. La chaux vive dévore tout, même les os et les dents. Du coup l'identification est impossible. »

Soraya avait pris contact avec Youssef sur la route de l'aéroport. À la demande insistante d'Amun Chalthoum, elle avait organisé une rencontre sans tenir compte des hommes qui les suivaient – ou plutôt à cause d'eux. « Ces types ont été envoyés par mes ennemis, lui avait dit Amun dans la voiture. Je veux qu'ils s'approchent. Comme ça, nous leur mettrons la main dessus. »

Un jeune homme avait découvert la tombe alors qu'il visitait avec des copains les forts ansar près de la gorge de Sabaloga. En 1885, ces ouvrages fortifiés avaient servi à l'attaque des navires transporteurs de troupes envoyés prêter main-forte au général britannique Gordon et à ses soldats. Les jeunes gens vivaient dans le village voisin mais la nouvelle s'était répandue jusqu'à Khartoum via un forum de discussion sur internet.

Après leur avoir remis deux Glock et des munitions, Youssef les avait conduits quarante kilomètres vers le nord, sous les vents de sable et le soleil ardent du désert. Sur le conseil de Youssef qui connaissait le mauvais état des routes et des véhicules soudanais, ils avaient pris deux 4 × 4 au lieu d'un seul.

« Vous voyez ce qu'il reste de ces hommes malgré la chaux vive », dit Youssef en regardant la fosse peu profonde creusée à la hâte dans l'un des forts en ruines.

Soraya écarta d'un geste un nuage de mouches et s'accroupit. « Assez pour voir qu'ils sont tous morts d'une balle dans la nuque. » Elle plissa le nez. La chaux avait quand même remédié à la puanteur des cadavres.

« Une exécution dans le plus pur style militaire, commenta Chalthoum. Mais sommes-nous certains que ces quatre hommes sont bien ceux que nous recherchons ? »

« C'est bien eux, dit Soraya. La décomposition ne fait que commencer. Je reconnais du premier coup d'œil l'Américain élevé au steak hyper-protéiné. » Elle leva les yeux vers Amun. « Des Américains ont été exécutés à Khartoum d'une balle dans la nuque et enterrés ici. Je ne vois qu'une seule explication. »

Chalthoum acquiesça. « Faire disparaître les traces. »

À cet instant, Youssef entendit son téléphone vibrer. Il le porta à son oreille puis le referma d'un coup sec. « Ma sentinelle vient de m'annoncer l'arrivée de vos invités », déclara-t-il.

Bourne leva les yeux. Une silhouette familière apparut dans l'embrasure de la porte. Le militaire aux sourcils broussailleux et sombres portait un AK-47 et une veste en Kevlar. Il contemplait la masse inerte de l'homme chauve-souris.

« Nikolaï, espèce d'enfoiré, dit-il dans un russe guttural, qui a osé te tuer avant que je puisse te ramener dans notre mère Russie ? Qui m'a privé du plaisir de te faire chanter à tue-tête ? »

Puis il aperçut Bourne et s'arrêta net.

« Jason ! » Le colonel Boris Karpov mugit comme un bœuf. « J'aurais dû savoir que je te retrouverais au milieu de ce sanglant foutoir. »

Son regard s'attarda sur le corps sanglant de la jeune femme que Bourne tenait au creux de ses bras. Aussitôt, il appela un médecin.

« C'est trop tard pour elle, Boris », fit Bourne d'une voix éteinte.

Karpov traversa la pièce et s'agenouilla près de Bourne. Du bout de ses doigts carrés, il toucha les morceaux de verre enfoncés dans le dos de Tracy.

« Quelle horrible façon de mourir.

— Elles sont toutes horribles, Boris. »

Karpov lui tendit une gourde. « Très juste. Hélas. »

Le médecin de Boris, lui aussi en tenue de combat, arriva hors d'haleine, chercha le pouls de Tracy et secoua la tête d'un air contrit.

« Des pertes ? lui demanda Karpov sans toutefois quitter Bourne des yeux.

— Un mort, deux blessés, pas grièvement.

— Qui est mort ?

— Milinkov. »

Karpov hocha la tête. « Tragique, mais le bâtiment est sécurisé. »

Bourne sentit le feu de la slivovitz descendre dans son estomac. Cette chaleur lui faisait du bien. Il retrouvait son équilibre.

« Boris, murmura-t-il, dis à tes hommes d'emmener Tracy. Je ne veux pas la laisser ici.

— Bien sûr. » Karpov fit signe au médecin qui souleva Tracy.

Bourne la regarda s'éloigner, le cœur chaviré. Il savait combien elle avait souffert et lutté pour supporter le mensonge et la solitude, exister malgré tout, en se cachant dans les ombres d'un monde dont la plupart des gens ignoraient tout et qu'ils ne comprendraient jamais. Ils se ressemblaient, tous les deux. Ils partageaient le même combat et la même détresse. Bourne ne voulait pas la laisser partir ; il avait l'impression de perdre à jamais une part de lui-même qu'il venait juste de retrouver.

« Qu'est-ce que c'est ? demanda Boris en soulevant la peinture.

— Un Goya jusqu'alors inconnu. Il fait partie de la fameuse série des Peintures noires. Une œuvre inestimable. »

Boris sourit. « J'espère qu'elle ne t'intéresse pas, Jason.

— Aux vainqueurs le butin, Boris. Donc c'était Ievsen que tu recherchais à Khartoum ? »

Karpov acquiesça. « Ça fait des mois que je travaille en Afrique du Nord pour mettre la main sur les fournisseurs d'armes volées, les clients et le réseau de Nikolaï Ievsen. Et toi ?

— J'ai parlé à Ivan Volkine…

— Oui, il me l'a dit. Le vieux schnock t'a à la bonne.

— Quand Arkadine a découvert que j'étais encore vivant, il a mis sur pied un nouveau plan censé m'attirer ici. J'ignore pourquoi. »

Avec un bref regard sur le cadavre gisant à l'autre bout de la pièce, Karpov dit : « C'est un mystère, un parmi tant d'autres. Nous espérions trouver ici la liste des fournisseurs et des clients de Ievsen, mais les disques durs de ses serveurs à distance semblent avoir été reformatés.

— Ce n'est pas Ievsen qui a fait cela », lança Bourne. Il se leva. Boris l'imita. « Il était dans cette pièce avec Tracy. Il ignorait que vous alliez attaquer. »

Boris se gratta la tête. « Pourquoi Arkadine t'aurait-il attiré ici, surtout en compagnie de cette belle jeune femme ?

— Dommage que Ievsen ne puisse plus nous le dire, fit Bourne. Ce qui soulève une nouvelle question : qui a effacé les données ? Quelqu'un qui connaît parfaitement tout son réseau. L'un de ses hommes, à coup sûr… mais assez haut placé pour avoir accès aux codes secrets des serveurs.

— Quiconque ose défier Ievsen finit entre quatre planches.

— Oui, mais ça c'était du temps où il était vivant. » Bourne venait d'identifier un certain nombre de fils sur la toile. Assez en tout cas pour donner un peu de sens au chaos. D'un mouvement de tête, il fit signe à Karpov de l'accompagner. « Regarde-le maintenant, il ne représente plus de danger pour personne. C'est Arkadine qui doit jubiler. »

Boris s'assombrit soudain. « Arkadine ? »

Ensemble ils descendirent le couloir gardé par les hommes de Boris et se dirigèrent vers les toilettes.

« Je vais demander à mon médecin de t'ausculter. »

Bourne écarta sa proposition d'un geste de la main. « Je vais bien, Boris. » Il songeait avec émerveillement au génie démoniaque de son vieil ennemi.

Devant un lavabo, Bourne lava le sang qui suintait de ses coupures. Karpov lui tendit un rouleau de serviettes en papier.

« Réfléchis, Boris, pourquoi Arkadine m'aurait-il poussé à venir ici – surtout, comme tu dis, avec une belle jeune femme ? » Bourne avait du mal à parler de Tracy mais il avait un mystère à éclaircir – et un ennemi mortel à affronter.

Une étincelle passa dans les yeux de Karpov. « Arkadine comptait sur toi pour descendre Ievsen ? »

Bourne se jeta de l'eau tiède sur le visage. Ses blessures piquaient comme des orties. « Ou le contraire. D'un côté comme de l'autre, il jouait gagnant. »

Karpov se secoua comme un chien mouillé. « Si ta théorie est exacte, il devait savoir que je préparais une descente ici. Il ne voulait pas que Ievsen, ou quelqu'un d'autre, le dénonce. Bordel, j'ai largement sous-estimé cet homme. »

Bourne tourna son visage sanguinolent vers le colonel. « C'est plus qu'un homme, Boris. Comme moi, il est diplômé de Treadstone. Alex Conklin l'a entraîné, tout comme il m'a entraîné. Sous sa férule, il est devenu une machine à tuer œuvrant dans l'ombre, un commando capable de mener à bien des missions secrètes que personne n'est en mesure d'accomplir.

— Et où se trouve ce licencié ès tueries en ce moment ? » demanda Boris.

Bourne s'essuya la figure avec une poignée de serviettes en papier qui se colorèrent de rose. « Tracy me l'a dit avant de mourir. Selon Ievsen, il est dans le Haut-Karabagh.

— Pays montagneux que je connais bien, fit Boris. J'ai découvert que la région était l'une des principales escales pour les transports d'armes de Ievsen sur le continent. Plusieurs tribus indigènes vivent sur ce territoire – tous des musulmans fanatiques.

— Ça prend forme. » Bourne contemplait son visage dans le miroir en faisant l'inventaire de ses blessures, nombreuses mais superficielles. Mais qui regardait-il ? Tracy aurait sans doute compris ses doutes puisqu'elle-même avait dû se poser cette question des milliers de fois. « Ivan disait qu'Arkadine avait pris les commandes de la Fraternité d'Orient, ce qui signifie qu'il est aussi le chef de la Légion noire, leur bras armé. Peut-être essaie-t-il de marcher sur les plates-bandes de Ievsen. »

Puis Bourne vit que Karpov avait déposé le Goya contre le mur carrelé. « Connais-tu un dénommé Noah Petersen, ou Perlis ?

— Non, pourquoi ?

— C'est l'un des dirigeants de Black River.

— La société de sécurité américaine à laquelle ton gouvernement recourt fréquemment et qui passe également pour une bande de mercenaires.

— Tu as raison sur les trois points. » Bourne ouvrit la marche. Le couloir puait la poudre et la mort. « Tracy disait qu'elle avait acheté le Goya pour Noah mais à présent, j'ai tendance à penser qu'il servait à rétribuer Ievsen pour ses services. C'est la seule explication logique à la présence de Noah ici.

— Donc Ievsen, Black River et Arkadine ont partie liée. »

Bourne hocha la tête. « Est-ce que toi ou tes hommes avez remarqué un Américain durant l'attaque de l'immeuble ? »

Karpov tira un petit talkie-walkie de la pièce en velcro sur sa veste. La réponse à sa question arriva dans un craquement. « Tu es le seul Américain présent dans cet immeuble, Jason, dit-il. Mais nous avons trouvé un individu louche, un Soudanais, qui prétend avoir été interrogé par un Américain juste avant le raid. »

Perlis avait dû profiter de la diversion pour s'enfuir. Mais où était-il parti ? Bourne sentait approcher l'araignée mortelle, tapie au centre de sa toile. « Et comme le principal client de Black River est la NSA, je parie que cette affaire possède un lien avec la montée des tensions en Iran.

— Tu penses que Nikolaï Ievsen vend des armes à Black River en vue d'une invasion de l'Iran ?

— Hautement improbable, répondit Bourne. La NSA possède plus d'armes de pointe que Ievsen aurait pu en fournir. Et je ne vois pas ce que viendrait faire Arkadine là-dedans. Non, les Américains ont identifié le missile qui a abattu l'avion – c'est un Kowsar 3 iranien. »

Karpov hocha la tête. « Je commence à comprendre. Le Goya vient en paiement du Kowsar 3 livré par Ievsen. »

À cet instant, Karpov vit l'un de ses hommes courir vers lui dans le couloir. Il fixa Bourne une seconde puis tendit à son commandant une feuille de papier thermique enroulée – sortant visiblement d'une imprimante portable.

« Va chercher Lirov, ordonna Karpov en parcourant le document. Dis-lui d'amener toute sa panoplie. Je veux qu'on l'examine de la tête aux pieds. »

Le soldat acquiesça sans mot dire et disparut.

« Je t'ai déjà dit que je n'avais pas besoin… »

Karpov leva la main. « Attends, ça va t'intéresser. Tout compte fait, mon informaticien a pu récupérer quelque chose sur les serveurs de Ievsen – ils n'auraient pas tout effacé. » Il tendit à Bourne la feuille de papier thermique. « Voici les trois dernières transactions de Ievsen. »

Bourne lut. « Le Kowsar 3.

— Exact. Comme nous le supposions, Ievsen a acheté un Kowsar 3 iranien et l'a revendu à Black River. »

« Où allez-vous ? demanda Humphry Bamber en pivotant sur son siège. Et pourquoi cette arme ?

— Quelqu'un sait que vous êtes ici, dit Moira.

— Mon Dieu. » Bamber gémit et voulut se lever.

« Ne bougez pas. » Moira le fit rasseoir d'une main ferme. Elle sentit des frissons courir sous sa peau comme des ondes. « Nous savons que quelqu'un arrive et ce qu'il veut.

— Ouais, me tuer. Vous n'espérez pas que je vais rester là à attendre qu'on me tire dans le dos.

— Non, j'espère juste que vous allez continuer à m'aider. » Elle le dévisagea. « Je peux compter sur vous ? »

Il avala sa salive et fit oui de la tête.

« OK, maintenant montrez-moi la salle de bains. »

Dondie Parker aimait son travail – presque trop, selon certains. Quant à son patron, Noah Perlis, il appréciait la ferveur quasi religieuse avec laquelle il menait ses missions. Parker éprouvait de la sympathie pour Perlis. Ils étaient pareils tous les deux. Ils naviguaient dans le même espace gris, en marge de la société, un endroit où tout était possible. Perlis avait du pouvoir sur les hommes, Parker en avait sur ses mains et ses armes de prédilection.

Après que Parker fut entré dans l'immeuble d'Humphry Bamber, il se prit à songer à sa vocation de tueur.

Il la comparait en secret à un coffret de bois poli contenant une collection des cigares les plus chers au monde. Chaque cigare représentait un moment clé de sa carrière. L'excitation qu'il avait ressentie à chacune de ses missions, à chaque cible éliminée, était soigneusement ordonnée dans son esprit. Régulièrement, il les sortait, les reniflait, les roulait entre ses doigts. Il les considérait comme des médailles décernées pour ses hauts faits d'armes et son courage. Car toutes ses missions – ainsi que Noah le lui répétait - contribuaient au bien-être et à la sécurité de la patrie. Parker aimait le mot patrie, tellement plus puissant, plus évocateur que nation.

Avant de monter l'escalier, Parker enleva ses chaussures, attacha les lacets ensemble et les jeta sur son épaule. Arrivé au premier étage, il parcourut tout le couloir jusqu'à la fenêtre donnant sur l'issue de secours. Il la décoinça, la tira et l'enjamba. Puis il se mit à grimper étage après étage, comme une mouche sur un mur.

Noah avait déniché Dondie Parker dans un ghetto de Washington. Parker faisait partie d'un club de boxe. Il combattait dans la catégorie poids welter lors des championnats régionaux. Noah avait aussitôt remarqué ses qualités exceptionnelles. Il apprenait vite, débordait d'énergie et trouvait dans le sport le moyen de canaliser ses pulsions meurtrières. Et comme par ailleurs il ne courait pas après les commotions cérébrales et les côtes brisées, lorsque Noah lui exprima l'intérêt qu'il avait pour lui, Parker sauta sur l'occasion.

Sans exagérer, on pouvait dire que Dondie Parker devait tout à son mentor. C'était une chose qu'il n'oubliait jamais lorsqu'il accomplissait une mission confiée par Noah en personne. Comme aujourd'hui.

Au-dessus de Noah, il n'y avait qu'une seule personne, Oliver Liss, et ce type planait si haut dans la chaîne alimentaire de Black River qu'il semblait appartenir à un univers radicalement différent. Parker était si doué et consciencieux que, de temps en temps, Oliver Liss recourait à ses services. Il faisait le boulot et n'en parlait à personne, même pas à Noah. Ce dernier soupçonnait peut-être quelque chose mais il n'en avait jamais rien dit, et Parker s'en félicitait. Pourquoi réveiller le tigre qui dort ?

Le bureau d'Humphry Bamber n'était plus très loin. Il revérifia le plan de l'étage que Noah lui avait envoyé sur son téléphone portable, rampa de l'autre côté de l'escalier de secours et colla son nez à la fenêtre. La plupart des appareils électroniques encombrant la pièce étaient allumés, signe que Bamber était présent. Il dénoua ses lacets, renfila ses chaussures, sortit ses outils de crochetage et força la fenêtre sans grande difficulté. Puis, son SIG Sauer à la main, il enjamba le rebord.

Soudain, il entendit un bruit. Quelqu'un urinait dans la salle de bains. Un large sourire de satisfaction sur les lèvres, Parker s'avança vers le clapotis. L'idéal serait de buter Bamber pendant qu'il était sur le trône.

Comme la porte était entrebâillée, il aperçut dans le rai de lumière Bamber, jambes écartées devant la cuvette, plus un coin du lavabo et, contre le mur du fond, la baignoire et son rideau de douche décoré de poissons dansant la farandole. Un motif tellement mignon et adorable qu'il crut vomir.

Il colla son œil dans l'espace entre la porte et le chambranle. Personne n'était caché derrière. Alors, il poussa le battant d'un coup de coude, son arme braquée sur la tête de Bamber.

« Hé, mon poussin. » Puis il gloussa comme pour réprimer un fou rire. « Noah te dit bonjour et au revoir. »

Comme Parker l'avait prévu, Bamber tressaillit mais au lieu de se retourner vers lui, il s'écroula par terre. Parker le regardait faire sans rien comprendre lorsque soudain les poissons en goguette se replièrent en accordéon. L'espace d'une fraction de seconde, Parker vit une femme debout dans la baignoire. Il eut le temps de penser : *Qui c'est ça ? Noah m'en a pas parlé…*, puis de l'œil rond du Lady Hawk jaillit une flamme. Parker effectua une pirouette maladroite. La balle lui avait fracturé la pommette.

Il hurla. Pas de douleur ni de peur, mais de rage. Il vida son chargeur à l'aveuglette, car il avait du sang dans les yeux. Il ne ressentait rien, l'afflux d'adrénaline et autres endorphines l'ayant temporairement désensibilisé. Il se détourna de Bamber recroquevillé en fœtus au pied de la cuvette, s'élança vers la femme – une bonne femme, j'y crois pas ! – et la frappa au menton avec la crosse de son SIG. Elle recula, se cogna contre le mur carrelé, dérapa sur le rebord en porcelaine et tomba sur un genou.

Parker lui balança un autre mauvais coup qu'elle esquiva, mais pas assez vite. Le viseur du SIG lui entama l'arête du nez. Quand il vit ses yeux rouler dans ses orbites, il comprit qu'elle était à sa merci. Il s'apprêtait à lui décocher un violent coup de pied au plexus quand la bouche du Lady Hawk se remit à cracher.

Parker n'eut pas le temps de dire ouf. La balle pénétra par son œil droit avant de lui décoller l'arrière du crâne.

30

« Tu réalises que cette information a pu être laissée là pour t'induire en erreur, dit Bourne qui tenait à bout de bras la feuille de papier thermique tout en dévalant avec Boris Karpov les marches du 779 avenue El Gamhuria.

— Bien sûr. Ievsen était parfaitement capable de faire ce genre de choses, répondit Karpov.

— Je pensais à Arkadine.

— Mais Black River est son associé.

— Ievsen l'était aussi. »

Malgré les réticences de Bourne, le médecin avait fait de son mieux pour panser son visage – en tout cas, il ne saignait plus et avait avalé une dose d'antibiotiques.

« Il faut que tu saches qu'Arkadine est un esprit logique, précisa Bourne. Je connais un peu la façon dont il organise une opération. À chaque fois, il invente un stratagème, qui consiste à trouver un bouc émissaire assez crédible pour détourner l'attention de ses ennemis. » Il donna une pichenette sur la feuille. « Black River pourrait bien être ce bouc émissaire.

— Il y a une autre possibilité, repartit Boris. Imagine qu'il élimine ses associés les uns après les autres. »

Ils avaient traversé le hall d'entrée. Un soleil torride les attendait dehors. La circulation était bloquée ; les passants éberlués continuaient d'affluer autour de l'escadron russe armé jusqu'aux dents.

« Ce qui soulèverait une autre question, poursuivit Karpov en grimpant dans le minibus transformé en quartier général ambulant. Quelle est la place d'Arkadine dans ce puzzle ? Pourquoi la société Black River a-t-elle recours à ses services ?

— Arkadine se trouve dans le Haut-Karabagh, une région reculée d'Azerbaïdjan, dominée, comme tu le disais, par des tribus de musulmans fanatiques – comme les terroristes de la Légion noire.

— Que viennent faire les terroristes dans cette affaire ?

— Cette question, nous la poserons à Arkadine lui-même, répondit Bourne. Et pour cela, il faut que nous partions pour l'Azerbaïdjan. »

Karpov ordonna à son informaticien d'afficher des photographies satellites en temps réel du Haut-Karabagh afin de déterminer le meilleur itinéraire à suivre pour atteindre la zone fréquentée par Ievsen.

L'informaticien s'en approchait en zoomant quand il s'interrompit : « Attendez une seconde. » Ses doigts volèrent sur les touches du clavier. D'autres images apparurent.

« Qu'est-ce que c'est ? s'impatienta Karpov.

— Un avion vient de décoller de la zone cible. » L'informaticien pivota vers un deuxième ordinateur pour visionner un autre secteur. « C'est un appareil d'Air Afrika, colonel.

— Arkadine ! rugit Bourne. Où va cet avion ?

— Je vous dis ça tout de suite. » L'informaticien se déplaça vers un troisième portable sur lequel il fit monter un graphique de contrôle aérien. « Laissez-moi juste vérifier le cap. » De nouveau, ses doigts dansèrent sur le clavier puis il repassa au premier ordinateur. Une masse de terre emplit l'écran. L'image recula jusqu'à ce que l'informaticien désigne un point en bas à droite de l'écran.

« Juste ici, dit-il. Shahrake Nasiri-Astara, sur la rive de la mer Caspienne, au nord-ouest de l'Iran.

— Mais, nom de Dieu, qu'y a-t-il dans ce bled perdu ? » demanda Karpov.

L'informaticien se retourna vers le deuxième écran, entra le nom qu'il venait de prononcer et pressa sur la touche Entrée. Quelques maigres résultats s'affichèrent mais il trouva la réponse. Levant les yeux vers son supérieur, il annonça : « Trois gigantesques puits de pétrole et le point de départ d'un oléoduc transnational. »

« Je veux que tu t'en ailles d'ici. » Les yeux d'Amun Chalthoum étincelaient dans la pénombre du vieux fort. « Tout de suite. »

Soraya était si étonnée qu'elle mit un instant à réagir. « Amun, tu dois me confondre avec quelqu'un d'autre. »

Il la prit par le bras. « Ce n'est pas une plaisanterie. Va-t'en. Maintenant. »

Elle s'arracha à son emprise. « Tu me prends pour qui ? Ta fille ? Je n'irai nulle part.

— Je ne risquerai pas la vie de la femme que j'aime, persista-t-il. C'est trop dangereux.

— J'ignore si je dois me sentir flattée ou offensée. Peut-être les deux. » Elle secoua la tête. « C'est pourtant grâce à moi que nous sommes ici. L'aurais-tu oublié ?

— Je n'oublie rien. » Chalthoum était sur le point de poursuivre quand Youssef le coupa.

« Je pensais que vous vous étiez arrangés pour que ces types vous rattrapent.

— C'est le cas, lança Chalthoum, à bout de patience. Mais je ne m'attendais pas à être pris au piège.

— Trop tard pour les regrets, murmura Youssef. L'ennemi a pénétré dans le fort. »

Chalthoum leva quatre doigts pour informer Youssef du nombre d'hommes qui les avaient suivis. De la tête, Youssef leur fit signe d'avancer. Soraya les laissa partir en avant, se pencha et déchira un morceau de tissu dans la chemise d'un cadavre. Puis elle plaça un peu de chaux vive dans sa fronde improvisée.

Avant qu'ils passent le seuil, elle les interpella : « On devrait rester ici. »

Ils se retournèrent. Amun la regarda comme si elle était devenue folle. « Nous serons faits comme des rats.

— Nous sommes déjà faits comme des rats. » Elle balança la fronde d'avant en arrière. « Au moins ici nous dominons la situation. » Elle fit un geste du menton. « Ils se sont déjà dispersés. Il ne leur reste plus qu'à nous cueillir un par un. On n'aura même pas le temps de les voir.

— Vous avez raison, madame la directrice », abonda Youssef. Chalthoum le fusilla du regard.

Quand elle reprit la parole, elle s'adressa à Chalthoum uniquement. « Amun, il faut t'y habituer. Les choses sont ainsi. »

Ayant trouvé des abris ombragés, trois des quatre hommes guettaient leurs proies, l'œil rivé sur le canon de leurs fusils. Le quatrième – le rabatteur – se déplaçait prudemment à travers la forteresse en ruines. Il passait de pièce en pièce, franchissait des amas de gravats, des tas de sable. Le vent du désert sifflait à ses oreilles, lui desséchait le nez et la gorge. Des grains de sable poussés par le vent s'insinuaient dans ses vêtements et s'agglutinaient sur sa peau humide de sueur. Son boulot consistait à repérer les cibles et les conduire sous le feu croisé de ses comparses. Il se montrait prudent mais sans inquiétude particulière ; ce travail, il l'avait déjà fait maintes fois et le referait jusqu'à ce qu'il soit vieux et impotent. À ce moment-là, il aurait assez d'argent pour entretenir sa famille et celles de ses enfants. Les Américains payaient bien – on aurait dit que l'argent leur coulait entre les doigts, comme ces imbéciles de touristes qui ne savent pas marchander. Les Russes, en revanche, connaissaient la valeur des choses. Il en avait bavé avec eux. Ils faisaient semblant d'être fauchés, si bien qu'il devait revoir ses prix à la baisse. Une fois la somme fixée, il ne lui restait plus qu'à faire le boulot, c'est-à-dire tuer. Il ne savait rien faire d'autre.

Il avait sécurisé plus de la moitié du fort quand une légère angoisse se mit à poindre en lui. Où pouvaient bien se cacher les cibles ? Bon, c'est vrai, il y avait un Égyptien parmi eux. Il n'aimait pas les Égyptiens. Ces gens-là vous troublaient l'esprit avec leurs mots mielleux. C'était des escrocs, des chacals qui vous sourient en vous arrachant la chair.

Il tourna dans une petite coursive. Arrivé au milieu du passage, il entendit bourdonner des mouches. Aussitôt, il comprit qu'une charogne gisait non loin de là, et une charogne point trop faisandée, par-dessus le marché.

Resserrant son poing autour de la crosse, il continua d'avancer, le dos collé à la paroi de la coursive, les yeux plissés dans la pénombre. De-ci de-là, le soleil entrait par les fissures du plafond ou des trous percés dans la pierre par le poing d'un géant irascible. Les taches qu'il faisait frétillaient comme des oiseaux dans un arbre.

Le bourdonnement des mouches, toujours plus puissant, plus rythmé, faisait penser au souffle d'une gigantesque créature informe. Il fit une pause, tendit l'oreille et, bizarrement, se mit à compter. Dans la salle qui s'ouvrait devant lui, une grosse bête était morte. Ou alors, ce n'était pas une bête. Un être humain ?

Il pressa la détente. L'éclair et la détonation ranimèrent son courage. Il agissait comme un animal qui marque son territoire en avertissant les autres prédateurs de sa présence. Si elles avaient eu la mauvaise idée de se cacher ici, les cibles étaient prises au piège. Il connaissait cette salle – il connaissait comme sa poche chaque mètre carré de ce fort et de tous les autres dans la région. Il n'y avait pas d'autre issue et dans cinq pas, il franchirait le seuil.

C'est alors qu'une silhouette surgit devant lui. Le rabatteur tira quatre coups bien ajustés. Toutes les balles atteignirent leur cible qui gigota comme une marionnette.

Cachée derrière l'Américain mort que Chalthoum avait hissé devant lui pour servir de leurre, Soraya balança sa fronde improvisée et, malgré la grêle de balles, réussit à projeter la chaux vive sur le visage du tireur. À l'instant où l'oxyde de calcium entra en contact avec la sueur de ses joues et les larmes de ses yeux une réaction chimique se produisit qui dégagea une chaleur intense.

Le tireur hurla, laissa tomber son arme et instinctivement porta les mains à son visage en feu. Il voulut l'essuyer mais son geste ne fit qu'aggraver les choses. Soraya ramassa son pistolet et lui tira dans la tête pour abréger ses souffrances.

Elle siffla discrètement. Chalthoum et Youssef sortirent de la chambre funéraire improvisée. « Un de moins, dit-elle. Il en reste trois. »

« Vous allez bien ? » Enjambant le rebord de la baignoire, Moira aida Humphry Bamber à se relever.

« Ce serait plutôt à moi de vous poser cette question », rétorqua-t-il en posant un regard craintif sur le crâne fracassé de l'intrus. Puis il se tourna et vomit dans les toilettes.

Moira ouvrit le robinet d'eau froide du lavabo, humecta un essuie-mains et le lui posa sur la nuque. Quand ils sortirent de la salle de bains, il récupéra la serviette et la pressa délicatement sur le nez meurtri de Moira.

Elle le prit par les épaules. « Je vais vous mettre à l'abri quelque part. »

Il hocha la tête comme un petit garçon perdu. Ils étaient presque arrivés à la porte du bureau quand elle désigna le mur d'ordinateurs.

« Qu'avez-vous trouvé ? Qu'y a-t-il dans la version de Noah ? »

Bamber marcha jusqu'au portable relié aux autres machines, le déconnecta, le ferma et le glissa sous son bras.

« Il faut que vous le voyiez par vous-même, sinon vous n'y croirez pas », dit-il pendant qu'ils sortaient de l'appartement.

« Treadstone et les grands projets d'Alex Conklin ne m'intéressent pas », dit Marks.

Willard le considéra d'un air impassible. « Ce qui vous intéresse c'est sauver la CIA des philistins. » On aurait dit qu'il avait anticipé la réponse de Marks.

« Évidemment. » Willard voulut lui verser le fond de la bouteille de whisky mais Marks retourna son verre vide. « Vous avez un truc en tête – un truc susceptible d'expliquer l'implication de Black River dans un meurtre commis aux USA, à savoir celui de la DCI. Je me trompe ?

— Aujourd'hui, le DCI est Errol Danziger.

— Merci, j'avais failli oublier, dit Marks amèrement.

— Il ne faut pas. Ce type est l'éléphant dans le magasin de porcelaine de la CIA et vous pouvez me croire quand je vous dis qu'il va tous vous transformer en tapis de sol si on ne fait rien pour l'en empêcher.

— Et vous ?

— Je suis Treadstone. »

Marks regarda tristement son aîné. C'était peut-être à cause du whisky qu'il avait ingurgité ou parce qu'il voyait enfin la vérité en face, mais en tout cas, il avait mal au cœur. « On y va.

— Non, rétorqua Willard d'un ton catégorique. Soit vous en êtes, soit vous sortez du jeu, Peter. Et avant que vous répondiez, comprenez qu'il n'y aura pas de retour en arrière possible, pas de place pour les remords. Une fois que vous serez entré, ce sera fini, quels que soient le prix à payer ou les conséquences de votre décision. »

Marks secoua la tête. « Je n'ai pas le choix.

— On a toujours le choix. » Willard vida les dernières gouttes de whisky dans son verre qu'il avala cul sec. « En revanche, on ne peut pas regarder derrière soi – et cela vaut pour moi comme pour vous. On oublie le passé. On fonce les yeux fermés.

— Seigneur. » Un frisson lui parcourut l'échine. « J'ai l'impression de passer un pacte avec le diable.

— Très drôle. » Willard sourit et, comme s'il n'avait attendu que cela, sortit un document de trois pages qu'il étala sur la table.

« Qu'est-ce que c'est ?

— Encore un truc drôle. » Willard posa un stylo sur la table. « C'est un contrat avec Treadstone. Non négociable et, comme vous pouvez le lire à l'article 13, non révocable. »

Marks était fasciné. « Et comment comptez-vous le faire appliquer ? Vous me prendrez mon âme ? » Il rit mais d'un rire sans humour. Puis, les yeux plissés, se mit à lire les clauses.

« C'est quelque chose ! » dit-il en relevant les yeux. Il regarda le stylo, puis Willard. « Dites-moi que vous avez un plan pour nous débarrasser de ce Danziger de mes fesses ou je me casse tout de suite.

— Quand on coupe une tête de l'hydre, une autre pousse aussitôt. » Willard saisit le stylo et le lui tendit. « J'ai l'intention de supprimer l'hydre elle-même, j'ai nommé le secrétaire à la Défense, Ervin Reynolds Halliday.

— Beaucoup ont essayé, y compris feue Veronica Hart.

— Ils croyaient tous détenir la preuve que Halliday enfreignait la loi. Et ils se sont cassé les dents. Halliday est un coriace. Moi, je suis une route complètement différente. »

Marks regarda son interlocuteur au fond des yeux pour tenter de juger de son sérieux. Finalement, il accepta le stylo en disant : « Je me fiche de savoir quelle route nous prendrons pourvu que Halliday morde enfin la poussière.

— Restez dans ce genre de disposition jusqu'à demain matin. Vous en aurez besoin, répondit Willard.

— Sentirais-je comme une odeur de soufre ? » Le rire de Marks sonnait franchement faux.

« Je connais cet homme. » Du bout de sa botte, Youssef dispersa la chaux vive salissant le visage du rabatteur mort. « Il s'appelle Ahmed, c'est un assassin qui vend ses services aux Américains comme aux Russes. » Il grogna. « À tous les râteliers. »

Chalthoum fronça les sourcils. « A-t-il déjà travaillé pour les Égyptiens ? »

Youssef fit non de la tête. « Pas à ma connaissance.

— Tu n'as jamais eu recours à lui, n'est-ce pas ? » Soraya examinait ce qu'il restait du visage d'Ahmed. « Je ne me rappelle pas avoir vu son nom dans aucun de tes rapports.

— Je ne ferais pas confiance à cette ordure pour aller me chercher du pain, dit Youssef dont la lèvre supérieure exprimait un profond dégoût. En plus d'être un tueur professionnel, c'est un menteur et un voleur. Tout petit il était déjà comme ça.

— Rappelle-toi, dit Chalthoum en regardant tristement Soraya, je veux en attraper un vivant.

— Une chose après l'autre, rétorqua-t-elle. Pensons d'abord à nous sortir de là. »

Chalthoum essayait sans grand succès de secouer ses vêtements puant la chaux vive et la mort. Soraya en profita pour prendre la tête du cortège – chose qui, de nouveau, contraria son compagnon. Depuis leur arrivée à Khartoum, il se sentait obligé de la protéger, ce qui la mettait franchement mal à l'aise. Était-ce parce qu'ils étaient loin d'Égypte ? Après tout, sur ce territoire inconnu, il ne contrôlait plus grand-chose.

Quand elle l'entendit murmurer son nom, elle résista à l'envie de se retourner et préféra avancer jusqu'à la première cour. Sur les murailles de gauche et de droite, elle identifia des positions idéales pour d'éventuels snipers. Elle tira dans ces deux directions sans obtenir de riposte. Comme le .45 du rabatteur était vide, elle le laissa tomber et sortit le Glock remis par Youssef. Après une double vérification du chargeur, elle s'engagea dans la cour sans quitter l'ombre des murailles. Elle ne crut pas bon de vérifier si Amun et Youssef la suivaient mais comptait sur eux pour la couvrir en cas de problème.

Quelques instants plus tard, elle entrait dans la cour centrale, plus grande et plus impressionnante que la première. De nouveau, elle tira sur les positions susceptibles d'abriter des snipers, sans plus de résultats.

« Il y en a une dernière, chuchota Youssef. Plus petite. Mais comme elle est à l'avant de la forteresse, elle possède beaucoup de niches pour les défenseurs. »

Soraya constata qu'il disait vrai et que, quoi qu'ils fassent, ils n'arriveraient jamais à atteindre les parapets sans se faire abattre.

« Et maintenant ? » demanda-t-elle à Amun.

Avant qu'il trouve une réponse, Youssef murmura : « J'ai une idée. Je connais Ahmed depuis toujours. Je crois pouvoir imiter sa voix. » Il regarda Chalthoum puis Soraya. « J'essaie ?

— On n'a rien à perdre », répondit Chalthoum. Pour bouger, Youssef attendit que Soraya lui donne son accord d'un hochement de tête.

Il la dépassa, s'accroupit dans l'ombre qui régnait dans le passage entre la coursive et la cour et se mit à crier d'une voix qu'ils n'avaient jamais entendue.

« C'est Ahmed… aidez-moi, je suis blessé ! » Seul l'écho lui répondit. Il se tourna vers Soraya. « Vite ! murmura-t-il. Donnez-moi votre chemise.

— Prends la mienne, intervint Chalthoum avec un regard furieux.

— La sienne c'est mieux, dit Youssef. Ils verront que c'est celle de la femme. »

Soraya déboutonna sa chemise à manches courtes et la lui donna.

« Je les ai tués ! cria Youssef en contrefaisant la voix d'Ahmed. Regardez ! » La chemise de Soraya s'envola sur les pavés de la cour comme un oiseau atterrissant dans son nid.

« Si tu les as tués, fit une voix venant de la gauche, sors d'ici !

— Je ne peux pas, répondit Youssef. J'ai la jambe cassée. J'ai pu me traîner jusqu'ici, mais je suis tombé et je n'arrive pas à me relever ! Pitié mes frères, venez me chercher. Je saigne ! »

Pendant un bon moment, rien ne se passa. Youssef était sur le point de lancer un autre appel quand Chalthoum lui intima le silence.

« N'en demande pas trop, chuchota-t-il. Sois patient maintenant. »

Quelques minutes passèrent. Ils n'auraient su dire combien. Finalement, ils discernèrent un mouvement sur leur droite. Deux hommes venaient de sauter dans la cour. Ils avançaient prudemment, se dirigeant de biais vers la coursive. Le troisième – celui qui avait parlé à Youssef – demeurait invisible. De toute évidence, il assurait leur couverture depuis sa cachette, sur la gauche.

Sur un signe discret de Chalthoum, Youssef s'allongea par terre et se plaça de telle manière que les deux hommes remarquent tout de suite la position caractéristique de ses jambes. Soraya et Chalthoum reculèrent de quelques pas dans la pénombre.

« Le voilà ! cria l'un des hommes à celui qui les couvrait – leur chef, apparemment. Je vois Ahmed ! Il est à terre !

— Je ne vois rien de suspect, reprit la voix qui venait du parapet. Allez le chercher, mais dépêchez-vous ! »

Les deux hommes coururent vers Youssef.

« Attendez ! » ordonna le chef qui savait se faire obéir. Ils s'arrêtèrent pile, les fusils posés en travers des cuisses, les yeux braqués sur leur camarade blessé.

Quelque chose bougea sur la gauche. Le chef venait de quitter son perchoir et descendait bruyamment les marches menant à la cour.

« Ahmed, murmura l'un des hommes, tu vas bien ?

— Non, répondit Youssef, j'ai mal à la jambe. C'est horrible… »

Il en avait trop dit. L'homme recula d'un pas.

« Que se passe-t-il ? demanda son compagnon inquiet, en tendant son fusil vers la coursive.

— Ce n'est pas Ahmed. »

À ces mots, Chalthoum et Soraya surgirent de

l'ombre et les arrosèrent copieusement. Les deux hommes tombèrent en même temps. D'un coup de pied, Chalthoum écarta leurs armes. Le chef partit en courant chercher un abri et, n'en trouvant pas, se mit à mitrailler au hasard. Chalthoum reçut une balle et tomba en gémissant.

Soraya se précipita pour abattre le chef mais Youssef au ras du sol était mieux placé. Il le toucha à la poitrine. L'homme tourna sur lui-même et s'écroula. Aussitôt Soraya fonça vers lui.

« Occupe-toi d'Amun ! » cria-t-elle à Youssef en ramassant le fusil de l'homme qui se tordait de douleur. Il saignait du côté droit mais respirait encore. La balle n'avait pas percé le poumon.

Elle s'agenouilla près de lui. « Pour qui tu travailles ? »

L'homme leva la tête vers elle et lui cracha au visage.

Un instant plus tard, ses deux compagnons la rejoignaient. Amun était blessé à la cuisse mais la balle était ressortie et d'après Youssef, la blessure était propre. Il lui avait fait un garrot de fortune avec sa chemise.

« Tu vas bien ? » demanda-t-elle en levant les yeux vers lui.

Il acquiesça sans se départir de son austérité coutumière.

« Je lui ai demandé pour qui il travaillait, dit-elle, mais il ne veut pas parler.

— Va t'occuper des deux autres avec Youssef, articula Chalthoum sans quitter des yeux l'ennemi à terre.

Soraya connaissait ce regard. « Amun…

— Donne-moi juste cinq minutes. »

Ils avaient besoin d'informations. C'était indéniable. Soraya hocha lentement la tête et partit avec Youssef examiner les deux cadavres qui gisaient devant la bouche de la coursive. Il n'y avait pas grand-chose à voir. Ils avaient reçu plusieurs balles à l'abdomen et à la poitrine. Comme ils se baissaient pour rassembler les armes, ils perçurent un cri sourd, un grognement inhumain qui les fit tressaillir.

Youssef se tourna vers elle. « Votre ami égyptien, on peut lui faire confiance ? »

Soraya lui fit comprendre que oui, mais elle s'en voulait d'avoir donné son consentement à cet acte de torture. Le silence revint. On n'entendait que la plainte du vent courant dans les espaces abandonnés de la forteresse. Chalthoum revint vers eux en boitant bas. Youssef lui tendit un fusil en guise de canne.

« Mes ennemis égyptiens ne sont pour rien dans cette embuscade, dit-il d'une voix inchangée malgré ce qu'il venait de commettre. Ces types travaillent pour les Américains, et surtout pour un homme au surnom ridicule : Triton. Ça te dit quelque chose ? »

Soraya fit non de la tête.

« Alors ça, peut-être. » Elle vit quatre objets métalliques rectangulaires se balancer sur un bout de ficelle. « Le chef portait ça autour du cou. »

Elle les examina. « On dirait des plaques d'identité. »

Amun acquiesça. « Il a dit qu'elles appartenaient aux quatre Américains qui ont été exécutés là-bas. Ces ordures les ont abattus de sang-froid. »

Curieusement, ces plaques ne ressemblaient que vaguement à des plaques militaires classiques. Au lieu du nom, du grade et du matricule, elles portaient une marque au laser. Comme un…

« Elles sont encodées, déclara-t-elle, le cœur battant. Grâce à elles, nous trouverons peut-être qui a lancé le Kowsar 3, et pourquoi. »

Livre quatre

31

Leonid Danilovitch Arkadine arpentait la carlingue de l'avion qui les emmenait, lui et son équipe, loin du Haut-Karabagh. Il savait que leur destination était l'Iran. Noah Perlis aurait juré qu'Arkadine ignorait où exactement, mais Noah se trompait. Comme beaucoup d'Américains haut placés, Noah croyait que le reste du monde était peuplé d'esprits faibles, faciles à manipuler. Où les Américains allaient-ils pêcher ce genre d'idées ? Cela restait un mystère, mais comme Arkadine avait passé pas mal de temps à Washington, il avait eu l'occasion d'y réfléchir. Les événements de 2001 avaient ébranlé leur sentiment d'invulnérabilité mais pas leur complexe de supériorité. À l'époque où il vivait là-bas, il s'asseyait dans les restaurants pour écouter les conversations. Cela faisait partie de son entraînement Treadstone. Mais en même temps, il avait étudié la mentalité des néoconservateurs, ces hommes de pouvoir riches à millions et bouffis de certitudes. Du haut de leurs bureaux présidentiels, ils croyaient savoir comment fonctionnait le monde. À leurs yeux, les choses étaient d'une simplicité enfantine. La vie se déroulait selon deux variables : l'action et la réaction. Et quand les réactions s'écartaient de leurs prévisions – quand leurs grands projets leur explosaient à la figure –, au lieu d'admettre leurs erreurs, ils s'y enfonçaient d'autant plus, comme frappés d'amnésie. Pour lui, c'était la folie qui rendait ces gens sourds et aveugles aux réalités de la planète.

Tout en passant en revue ses hommes et leur équipement, il songeait à Noah en se disant que ce type était le dernier représentant de son espèce, un dinosaure incapable de s'apercevoir que rien n'était plus comme avant, que la vague qui grossissait à l'horizon s'apprêtait à l'engloutir.

Et Dimitri Ilinovitch Maslov était exactement pareil.

« Il faut qu'elle rentre chez elle, fit Dimitri Maslov. Avec ses trois gamines. Sinon Antonine ne nous fichera jamais la paix.

— Depuis quand une pourriture comme Antonine te dicte ta conduite ? ironisa Arkadine. À toi, le chef de la *grupperovka* ? »

Arkadine crut voir tressaillir Tarkanian qui se tenait à ses côtés. Les trois hommes baignaient dans un vacarme assourdissant. À part eux, il n'y avait que deux hommes – des gorilles de Maslov – dans le carré VIP du Propaganda, un club privé du centre-ville de Moscou. Tous les autres clients – une bonne douzaine en tout – étaient des jeunes femmes, blondes, à forte poitrine, sexuellement désirables et relativement interchangeables : rien que des *tiolkas*. Elles étaient vêtues – ou, plus précisément, à demi vêtues – de tenues provocantes : minijupes, bikinis, hauts transparents, décolletés plongeants ou robes sans dos. Elles portaient des talons hauts, même celles en maillots de bain, et des tonnes de maquillage. Certaines regagnaient chaque matin les bancs du lycée.

Maslov considéra Arkadine d'un œil courroucé. Il se croyait capable d'intimider tous ses adversaires par la seule puissance de son regard. Maslov avait tort, et il n'aimait pas cela.

Il fit un pas vers Arkadine dont la posture provocante n'avait toutefois rien de menaçant. Son nez se plissa. « C'est quoi cette odeur de fumée que je sens sur toi, Arkadine. Tu serais pas un connard de bûcheron, par hasard ? »

Arkadine avait emmené Iochkar dans une épaisse forêt de pins, à huit kilomètres de la cathédrale orthodoxe. Elle portait Iacha, et lui une hache qu'il avait tirée du coffre de la voiture. Les trois fillettes suivaient les adultes à la queue leu leu, en sanglotant à fendre l'âme.

Quand ils étaient descendus de voiture, Tarkanian leur avait crié : « Une demi-heure, après je fiche le camp d'ici !

— Il nous abandonnerait ? demanda-t-elle.

— Ça t'ennuie ?

— Pas tant que tu es avec moi. »

Du moins, c'était ce qu'il avait cru comprendre. Elle avait parlé si doucement qu'à peine sorties de sa bouche, ses paroles avaient été emportées par le vent. Ils entendaient des froissements d'ailes tandis qu'ils progressaient sous les branches frémissantes des conifères. Sous la fine croûte gelée, la neige était aussi molle que du duvet. Les nuages cotonneux ressemblaient au manteau de Iochkar.

Dans une petite clairière, elle posa son fils sur un lit d'aiguilles de pin couvertes de neige.

« Il aimait tant la forêt. Il me suppliait de l'emmener jouer dans les montagnes. »

Arkadine partit ramasser du bois mort qu'il débita en rondins. Tout en travaillant, il revoyait ses trop rares randonnées dans les montagnes autour de Nijni Taguil, le seul endroit où il pouvait respirer un bon coup sans craindre la violence de ses parents, sans que cette ville où il était né lui donne envie de vomir.

Vingt minutes plus tard, il avait allumé un grand feu. Les gamines ne pleuraient plus mais leurs larmes givrées brillaient comme de petits diamants sur leurs joues rouges. Les flammes les fascinaient. Soudain, les diamants fondirent et dégoulinèrent sur leurs mentons.

Iochkar posa Iacha dans les bras d'Arkadine en marmonnant des prières dans sa langue maternelle. Puis elle rassembla ses filles autour d'elle. Sa litanie devint un chant. Sa voix puissante s'éleva, traversa les rameaux des conifères et s'éleva jusqu'à la couche de nuages. Arkadine se dit que les fées, les elfes et les demi-dieux qu'elle était en train d'invoquer se tenaient peut-être tapis dans les fourrés, à regarder la cérémonie de leurs yeux éplorés.

Quand Iochkar cessa de prier, elle lui expliqua ce qu'il devrait dire lorsqu'il déposerait Iacha sur le bûcher funéraire. Les fillettes se remirent à sangloter quand les flammes dévorèrent le petit corps de leur frère. Arkadine ne savait pas combien de temps s'était écoulé mais Tarkanian les attendait encore dans la voiture quand ils émergèrent de la forêt pour se replonger dans la civilisation.

« Je lui ai fait une promesse, dit Arkadine.

— À cette pondeuse ? se moqua Maslov. Tu es plus stupide que tu en as l'air.

— C'est pourtant toi qui as risqué la vie de deux

de tes hommes – dont l'un brille par sa totale incompétence – pour me ramener ici.

— Toi oui, tête de nœud. Mais pas ces quatre civils qui appartiennent à quelqu'un d'autre.

— Tu en parles comme si c'était du bétail.

— Je t'emmerde, le génie ! Lev Antonine veut les récupérer, et c'est ce qui va se passer.

— Je suis responsable de la mort de son fils.

— C'est toi qui as tué le petit morveux ? » Maslov venait de hausser le ton. Les gorilles s'étaient rapprochés et les *tiolkas* faisaient de leur mieux pour regarder ailleurs.

« Non.

— Alors tu n'es pas responsable de sa mort. Fin de la pièce. Rideau !

— Je lui ai promis qu'elle ne retournerait pas auprès de son mari. Il la terrifie. Il va la battre jusqu'au sang.

— Qu'est-ce que ça peut bien me foutre ? » cracha Maslov. Dans sa fureur, ses yeux d'acier semblaient lancer des étincelles. « Les affaires avant tout. »

Tarkanian bougea. « Patron, peut-être que vous devriez…

— Quoi ? » Maslov se tourna vers l'audacieux. « Putain, mais tu vas pas me dire ce que j'ai à faire, Micha ? Je t'emmerde toi aussi ! Je t'ai demandé quelque chose de simple : ramener ce gars-là de Nijni Taguil. Et qu'est-ce qui se passe ? Cet enfoiré manque de tuer Oserov et toi, tu reviens chargé comme une bourrique, avec une charretée de problèmes dont je n'ai que foutre. » Ayant cloué le bec de Tarkanian, il revint à Arkadine. « Quant à toi, le génie, t'as intérêt à te remettre les idées en place si tu veux pas que je te renvoie dans le trou à merde dont tu es sorti en rampant.

— Elles sont sous ma responsabilité, répondit Arkadine sans se laisser démonter. Je prendrai soin d'elles.

— Écoute-le ! » À présent Maslov hurlait à pleins poumons. « Tu te prendrais pas pour le patron à la place du patron ? Et où t'as été chercher que t'as ton mot à dire dans ce qui se passe ici ? » Son visage était rouge, presque gonflé. « Micha, dégage cet enfoiré de ma vue avant que je le déchire de mes propres mains ! »

Tarkanian traîna Arkadine hors du carré VIP jusqu'au long bar situé dans un coin de la salle principale. Sur une scène éclairée comme un sapin de Noël, une *tiolka* à peine sortie de l'adolescence dansait sur une musique techno en écartant ses jambes d'un kilomètre de long.

« Prenons un verre, dit Tarkanian en se forçant à rire.

— Je n'ai pas soif.

— C'est pour moi. » Tarkanian capta le regard du barman. « Allons, mon ami, tu as juste besoin d'un verre.

— Ne me dis pas ce dont j'ai besoin », rétorqua Arkadine en haussant le ton.

Ils continuèrent à se disputer bêtement jusqu'à ce qu'un videur intervienne.

« C'est quoi le problème ? » Il avait beau s'adresser aux deux hommes, c'était Arkadine qu'il visait de son regard glacial.

Une expression haineuse déforma le visage d'Arkadine. Il saisit le videur aux revers et lui claqua le front contre le bord du comptoir avec une telle force que les verres posés dessus tremblèrent ou s'entrechoquèrent, pour les plus proches. Puis il continua à cogner jusqu'à ce que Tarkanian parvienne à l'arrêter.

« Je n'ai pas de problème, marmonna Arkadine au videur hébété et couvert de sang. Mais toi si, apparemment. »

Avant qu'il occasionne d'autres dégâts, Tarkanian le fit sortir sans ménagement de la boîte.

« Si tu crois que je vais bosser pour ce tas de fientes, grinça Arkadine, tu te goures sacrément. »

Tarkanian leva les mains. « Bon d'accord. Ne bosse pas pour lui. » Il le poussa dans la rue pour l'éloigner au plus vite du club. « Mais je ne sais pas comment tu vas gagner ta vie. Tout est différent à Moscou.

— Je ne reste pas à Moscou. » Son haleine blanchie par le froid sortait de ses narines en panaches rapides. « Je vais chercher Iochkar et les filles et après…

— Et après quoi ? Où tu vas aller ? Tu n'as pas d'argent, pas de projets, rien. Comment mangerez-vous ? Et les gosses ? » Tarkanian secoua la tête. « Suis mon conseil, oublie ces gens, ils appartiennent à ton passé, à une autre vie. Tu as laissé Nijni Taguil derrière toi. » Il regarda Arkadine au fond des yeux. « C'est bien cela que tu cherches à faire depuis toujours, non ?

— Je ne vais pas laisser les sbires de Maslov les renvoyer chez elles. Tu ne sais pas de quoi Lev Antonine est capable.

— Maslov s'en fout éperdument.

— J'en ai rien à foutre de Maslov ! »

Tarkanian se planta devant lui. « Tu comprends vraiment rien ou tu fais exprès ? Dimitri Maslov et les gens comme lui détiennent les clés, les coffres et la vodka de Moscou. Ça veut dire que Iochkar et ses filles lui appartiennent comme tout le reste.

— Iochkar et ses filles ne font pas partie de son monde.

— Maintenant si, répliqua Tarkanian. Et à cause de toi.

— Je ne savais pas ce que je faisais.

— Ouais, ça me paraît évident, mais à présent tu dois affronter la réalité : ce qui est fait est fait.

— On doit pouvoir s'en sortir.

— Tu crois ça ? Même si tu avais de l'argent – disons, si j'étais assez stupide pour t'en donner – qu'est-ce que ça changerait ? Maslov t'enverrait ses tueurs. Ou pire, considérant que tu l'as provoqué, il pourrait te trucider de ses propres mains. Crois-moi, agir ainsi ne leur fera aucun bien. »

Arkadine avait l'impression de s'arracher les cheveux par poignées. « Mais tu ne comprends pas ? Je ne veux pas qu'elles retournent chez ce salopard.

— Tu n'as jamais pensé qu'elles risqueraient de connaître un sort encore pire ?

— T'es cinglé ou quoi ?

— Écoute, Iochkar t'a dit elle-même que Lev Antonine avait promis de les protéger, elle et les enfants. Tu connais ses origines, et son sang coule dans les veines de ses filles. Si son secret s'évente, elle n'aura jamais une vie normale parmi les Russes. Comprends ça, tu ne peux pas les protéger de Maslov, mais à Nijni Taguil elles vivront dans une sécurité relative car là-bas, personne n'ose mécontenter son mari. Écoute, elle est assez intelligente pour inventer une histoire. Elle lui racontera qu'on les a enlevées pour couvrir ta fuite. Avec un peu de chance, il ne la touchera pas.

— Jusqu'à sa prochaine cuite ou son prochain coup

de déprime. Ou quand ça le chatouillera et qu'il voudra prendre un peu de bon temps.

— C'est sa vie, pas la tienne. Leonid Danilovitch, je te parle en ami. Il n'y a pas d'autre solution. Tu as réussi à fuir Nijni Taguil, tout le monde n'a pas cette chance. »

Tarkanian disait vrai, ce qui rendait Arkadine d'autant plus furieux. Et comme il ne trouvait pas d'exutoire à sa colère, il la ravala. Ce qu'il souhaitait plus que tout, c'était revoir Iochkar, tenir de nouveau sa petite fille dans ses bras, sentir sa chaleur, les battements de son cœur. Mais il savait que c'était impossible. S'il la revoyait, il n'aurait pas le cœur de la laisser partir. Les hommes de Maslov auraient sa peau et la famille serait de toute façon renvoyée chez Lev Antonine. Il se sentait comme un rat dans un labyrinthe. Un cercle vicieux.

Tout cela à cause de Dimitri Maslov. Il se jura qu'il le ferait payer un jour, quel que soit le temps que cela prendrait. Il le dépouillerait de tout ce qui lui était cher et après, seulement après, il le buterait.

Deux jours plus tard, Arkadine caché dans l'ombre épiait la scène qui se déroulait de l'autre côté de la rue. Tarkanian se tenait près de lui, soit pour le soutenir moralement soit pour l'empêcher de changer d'idée au dernier moment. Iochkar et ses trois filles marchaient vers une grosse Zil noire. En plus du chauffeur, deux des gorilles de Maslov les accompagnaient. Les petites ne savaient pas ce qui leur arrivait. Elles montèrent en voiture comme des agneaux dociles en route pour l'abattoir.

Quant à Iochkar, les mains posées sur le toit du véhicule, un pied à l'intérieur, elle le cherchait du regard. Arkadine avait cru lire du désespoir sur son visage, il ne vit qu'une infinie tristesse qui le déchira et lui brûla les entrailles comme du phosphore. Il l'avait déçue, il avait trahi sa promesse.

Dans sa tête, il l'entendait le supplier : *« Ne me renvoie pas chez lui. »*

Elle avait cru en lui, lui avait fait confiance. Et voilà qu'elle avait tout perdu.

Elle baissa la tête, son visage passa dans l'ombre. La portière claqua, la Zil démarra. Lui aussi avait tout perdu. Six semaines plus tard, la plaie se rouvrit lorsqu'il apprit par Tarkanian que Iochkar avait abattu son mari avant de retourner l'arme contre ses enfants et elle-même.

32

Shahrake Nasiri-Astara enfin ! Noah Perlis avait connu bien des destinations exotiques durant sa carrière, mais jamais cette région au nord-ouest de l'Iran. En fait, à part les squelettes des puits de pétrole et les particules de brut qui allaient avec, cette terre aurait très bien pu se situer au fin fond de l'Arkansas. Ceci dit, Noah n'avait pas le temps de s'ennuyer. Voilà une heure, il avait reçu un appel de Black River l'informant que Dondie Parker, l'homme qui devait exécuter Humphry Bamber, ne s'était pas signalé comme convenu, après l'accomplissement de sa mission. Pour Noah, cela signifiait deux choses : primo, Bamber était encore de ce monde ; secundo, il avait menti en prétendant s'être débarrassé de Moira. Jamais il n'aurait pu échapper seul au redoutable Dondie Parker. En partant de ce postulat, il aboutit à une hypothèse d'une importance vitale pour lui : la toute nouvelle version de Bardem était peut-être infectée et pour un profane comme lui, le déceler était impossible.

Heureusement, il était tellement parano qu'il faisait des sauvegardes de tout, y compris de son ordinateur. Pas question de laisser ses ennemis fourrer leur nez dans ses projets. Après avoir fermé l'ordinateur portable sur lequel Bamber avait chargé le logiciel suspect, il était passé sur celui qui fonctionnait toujours avec la précédente version de Bardem.

À présent, il trônait sous sa tente, assis sur une chaise pliante dans l'attitude d'un général romain. C'était ainsi qu'il imaginait Jules César, quand il définissait la stratégie de ses grandes batailles. Au lieu d'une carte de la Gaule tracée à la main par des géographes grecs, il disposait d'un programme informatique fabriqué sur mesure pour étudier cette région pétrolière. Grâce à son génie intemporel, César aurait certainement compris, et apprécié, ce que Noah avait en tête.

Il avait trois scénarios en cours, avec de légères variantes mais fondamentales. Tout dépendait de la rapidité de réaction du gouvernement iranien à l'incursion sur son territoire. Là résidait le problème majeur : le timing. Prendre pied sur le sol iranien était une chose, démarrer une opération militaire sur ce même sol en était une autre. Pinprick, sa chère « piqûre d'épingle », était presque indécelable, d'où son nom. Un éléphant sent-il une piqûre d'épingle ? Non, bien sûr. Hélas, rien ne certifiait que le gouvernement iranien ne réagirait pas à la piqûre avant que les commandos d'Arkadine aient établi leur tête de pont et commencé à rediriger l'oléoduc.

En effet, l'objectif de Pinprick avait toujours été le pétrole des puits iraniens de Shahrake Nasiri-Astara. À part cela, cette région ne possédait aucune espèce d'intérêt. Voilà ce qui rendait le plan de Danziger si brillant : il s'agissait de s'emparer du pétrole sous couvert d'une incursion militaire américaine massive, appuyée par les pays alliés, en réponse à un prétendu acte de guerre de l'Iran contre le monde civilisé. Si les Iraniens s'avéraient capables d'abattre un avion de ligne américain dans l'espace aérien égyptien, rien ne les empêcherait de s'en prendre aux vols commerciaux de tous les pays opposés à leur programme nucléaire. C'était l'idée maîtresse du discours du Président devant les Nations unies, une plaidoirie si vibrante qu'il avait même convaincu les pacifistes infestant cette vénérable institution, cette bande de trouillards qui passaient leur temps à retarder l'inéluctable tout en se regardant le nombril.

Par ses manigances, l'Iran avait mérité son statut d'État voyou. Toutes les nations s'entendaient sur ce point. Le régime iranien constituait une menace ; si les autres pays avaient besoin qu'on leur pique un peu les fesses pour qu'ils commencent à se relever les manches, alors il s'en chargerait. De toute façon, le monde avait toujours fonctionné ainsi. L'une des spécialités de Black River – celle qui la différenciait des autres sociétés de sécurité privées – était sa faculté de modifier la réalité pour en obtenir une autre, plus conforme aux désirs du client. C'était pour cela que Bud Halliday avait eu recours à eux. Les millions que la NSA payait pour leurs services transitaient par une société écran. Jamais personne ne pourrait remonter la piste jusqu'au secrétaire à la Défense ou un quelconque de ses acolytes de la NSA. Les rares traces écrites – il y avait toujours une trace écrite, électronique ou autre, on n'y pouvait rien – désignaient le client de Black River sous l'appellation Good Shepherd Holdings, PLC, société immatriculée sur l'île d'Islay dans l'archipel des Hébrides. Un siège social qui, au cas où quelqu'un aurait eu l'idée saugrenue d'aller voir sur place, consistait en trois pièces de bureaux dans un bâtiment plein de courants d'air, où trois hommes et une femme rédigeaient et administraient des polices d'assurances pour les distilleries locales de l'archipel.

Quant au groupuscule démocratique iranien dont Halliday avait chanté les louanges devant le Président, il existait mais seulement à l'intérieur de Pinprick. En d'autres termes, c'était le fruit de l'imagination de Danziger. Ce dernier avait soutenu que la création d'un tel mouvement permettait d'encourager les tendances belliqueuses du Président tout en déplaçant des budgets quasiment illimités vers Black River qui avait besoin de rétribuer à leur juste valeur ses partenaires, à savoir Ievsen, Maslov et Arkadine, tous salariés de Good Shepherd.

Un homme de Perlis entra dans la tente pour annoncer que l'avion d'Arkadine arriverait dans quinze minutes. Perlis le congédia d'un mouvement de tête. Il aurait préféré se passer de Dimitri Maslov, non pas qu'il ne lui fasse pas confiance mais il n'aimait pas se voir imposer un intermédiaire entre lui et Ievsen. Et pour couronner le tout, Maslov lui avait infligé Leonid Arkadine, que Perlis n'avait jamais rencontré mais dont il connaissait le CV aussi impressionnant qu'angoissant. Impressionnant parce qu'il avait toujours accompli ses missions à la lettre ; angoissant parce que c'était un électron libre – un type comparable à feu Jason Bourne, toutes proportions gardées. L'un comme l'autre étaient inaptes à recevoir des ordres et à suivre les règles du jeu. Ils étaient des maîtres de l'improvisation mais des cauchemars ambulants pour les malheureux qui avaient la mauvaise idée de les tenir en laisse.

Des Russes, ses pensées dérivèrent jusqu'au raid lancé sur les quartiers généraux de Nikolaï Ievsen à Khartoum. Au lieu de rester sur les lieux pour savoir qui en était l'auteur et ce qui s'était passé, il avait couru à l'aéroport où un transporteur léger de Black River l'attendait sur la piste d'envol. Quand il avait tenté de joindre Oliver Liss au téléphone, il était tombé sur Dick Braun, le troisième homme du triumvirat ayant fondé Black River. Perlis n'avait jamais travaillé sous ses ordres. Braun n'était pas content mais il savait déjà que l'attaque venait du FSB-2 et que les autorités russes s'intéressaient de près aux activités de Ievsen depuis deux ans. Grâce à lui, Noah apprit également que Ievsen avait été tué lors du raid, revirement de situation un peu étonnant mais qui arrangeait bien ses affaires, même si Braun n'était pas de cet avis. La mort du trafiquant d'armes signifiait un partenaire en moins et une tonne de tranquillité en plus. Braun, craignant que Dimitri Maslov prenne mal la nouvelle, avait piqué une crise au téléphone. Perlis ne comprenait pas cette réaction et ne l'admettait pas davantage. Jusqu'à preuve du contraire, le chef de la Kazanskaïa était un mafieux cupide comme un autre. Tôt ou tard, il aurait fallu s'en occuper. Mais il s'était bien gardé de lui tenir ce genre de propos, cela n'aurait fait qu'envenimer la situation. En revanche, personne ne connaissait l'identité de l'Américain qui s'était introduit dans l'immeuble d'Air Afrika juste avant l'attaque du FSB-2. Et maintenant, il était trop tard pour réfléchir à cela.

Malheureusement pour lui, Braun était aussi au courant des frasques de Humphry Bamber. Quand Noah voulut lui demander où se trouvait Liss, Braun lui coupa la parole. Noah le rassura en lui certifiant que Bardem était toujours aussi sûr.

« J'en conclus que ce monsieur a été éliminé, repartit Braun sans ambages.

— Oui », mentit Noah qui ne voulait pas aborder ce sujet épineux alors que Pinprick était en pleine phase opérationnelle. Puis il raccrocha très vite pour éviter les autres questions.

L'espace d'un instant, l'absence prolongée d'Oliver Liss lui parut troublante. Mais il avait des problèmes plus urgents à régler, Bardem pour tout dire. Quand il repassa les trois scénarios sur son ordinateur, il obtint un taux de réussite probable de 98, 97 et 99 pour cent. L'attaque principale se répartirait sur deux fronts – aux frontières de l'Irak, loin vers le sud, et de l'Afghanistan à l'est – pour prendre l'ennemi en tenailles. Les trois scénarios ne différaient que sur deux détails : premièrement, le temps que mettraient Arkadine et son groupe pour sécuriser les puits de pétrole et rediriger le pipeline avant que l'armée iranienne assiégée comprenne ce qui lui arrivait ; deuxièmement, la forme que prendrait la riposte iranienne subséquente. Normalement, quand elle se déclencherait, Halliday aurait déjà détourné les forces américaines vers le lieu de rendez-vous où les attendait le soi-disant groupuscule dissident, censé les aider à verrouiller la région.

Il sentit la présence de quelqu'un qui venait d'entrer dans sa tente, sans doute pour l'informer de l'arrivée imminente d'Arkadine. Quand il leva les yeux, il crut voir Moira et son cœur s'emballa. Mais ce n'était que Fiona, une femme de son unité d'élite. Avec ses cheveux roux, ses traits délicats et sa peau de porcelaine criblée de taches de son, elle ne ressemblait pas du tout à Moira, et pourtant c'était bien elle qu'il avait vue. Pourquoi le hantait-elle encore ?

Pendant de nombreuses années, il s'était cru incapable d'éprouver autre chose que de la douleur physique. La mort de ses parents ne lui avait rien fait.

Quand son meilleur ami au lycée avait été tué par un chauffard, il n'avait rien ressenti. Il se revoyait debout sous le soleil, en train de regarder son cercueil descendre dans la terre, tout en reluquant les seins homériques de Marika DeSoto et en se demandant à quoi ils ressemblaient sous son pull. Comme Marika pleurait à chaudes larmes, la mater était d'autant plus facile. En fait, tous ses copains de classe pleuraient sauf lui.

Il savait que quelque chose en lui ne tournait pas rond. Il lui manquait une case ou une connexion sur le monde extérieur. Du coup, tout lui parvenait en deux dimensions, comme sur un écran de cinéma. Jusqu'à ce que Moira arrive et l'infecte à la manière d'un virus. Pourquoi se soucier de ce qu'elle faisait en ce moment ou de la façon dont il l'avait traitée quand elle travaillait sous ses ordres ?

Liss l'avait pourtant mis en garde. Il avait qualifié de « malsaine » sa relation à elle. *« Vire-la et baise-la,* lui avait-il dit avec sa verdeur coutumière, *ou alors oublie-la. Quoi que tu décides, fais-la sortir de ta tête avant qu'il soit trop tard. Ça t'est déjà arrivé. Et tu te rappelles le résultat. »*

Seulement voilà, il était déjà trop tard ; Moira était logée en lui et elle occupait un endroit auquel lui-même n'avait pas accès. À part lui, c'était le seul être vivant en trois dimensions, la seule personne vraiment réelle. Quand elle était loin, il rêvait qu'elle était près de lui et quand elle était là, il ne savait comment se comporter. Devant elle, il agissait comme un enfant pique une colère pour cacher sa peur et son angoisse. On aurait pu dire qu'il voulait se faire aimer d'elle mais comme il était incapable de s'aimer lui-même, il ignorait en quoi consistait l'amour, à quoi cela ressemblait, pourquoi on désirait tomber amoureux.

Mais bien sûr, tout au fond de lui, il savait pourquoi. Il savait aussi qu'il n'aimait pas vraiment Moira. Elle n'était qu'une image, le reflet d'une autre femme dont la vie et la mort assombrissaient son âme comme si elle était le diable en personne. Ou un démon. Ou un ange. Aujourd'hui encore, elle exerçait une telle emprise sur lui qu'il ne parvenait même pas à prononcer son nom, à penser à elle sans ressentir un spasme de… quoi ? De peur, de colère, de confusion, peut-être les trois. En vérité, c'était elle qui l'avait infecté, pas Moira. Vérité difficile à admettre. La vendetta acharnée qu'il menait contre Moira cachait une rage inextinguible contre lui-même. Il avait cru dur comme fer que l'image de Holly était enfouie à tout jamais, mais la trahison de Moira avait rouvert le coffret où il rangeait ses vieux souvenirs. Et quand ses souvenirs resurgissaient, Noah touchait l'anneau cerclant son index comme un cuisinier teste la poignée d'une casserole bouillante. Il aurait voulu que cet objet disparaisse de sa vue, qu'il n'ait jamais existé, et pourtant il vivait sous son emprise depuis des années et pas une fois il ne l'avait retiré. C'était comme si Holly et l'anneau avaient fusionné, comme si, au mépris des lois de la physique, de la biologie ou de n'importe quelle autre science, l'essence de cette femme survivait dans la matière même de l'anneau. Il baissa les yeux vers lui. Il était si petit et pourtant, il l'avait anéanti.

Il se sentait fiévreux, comme si le virus avait investi tout son corps. Il fixait son écran d'un regard distrait qui ne lui ressemblait pas. « *Essaie de te rappeler ce conseil, collègue*, lui avait dit Liss. *Trop souvent, les hommes chutent à cause des femmes.* »

Noah eut l'impression que tout s'écroulait, que le monde courait à sa perte. Il repoussa l'ordinateur, se leva et sortit à grands pas de la tente. Une atmosphère étrange l'attendait dehors. Les tours d'acier des derricks cernaient l'espace autour de lui, tels des miradors disposés à la surface d'une toile d'araignée. Dans l'air chargé de vapeurs de pétrole, le bruit des pompes ajoutait un grondement bas et continu. On aurait cru entendre des animaux mécaniques arpenter leurs cages en grognant. Faute d'entretien, l'embrayage des camions produisait des crissements poussifs. Et l'odeur du brut s'insinuait partout.

Soudain, pour couronner le tout, on entendit hurler les réacteurs de l'avion d'Air Afrika. Un tube argenté se découpa contre le bleu du ciel légèrement brumeux. Arkadine et ses hommes allaient atterrir. Bientôt l'air serait saturé de balles traçantes, d'explosions et d'éclats de bombes.

Il était temps de s'y mettre.

« Dites-moi que c'est une plaisanterie », lança Peter Marks en entrant avec Willard dans le restaurant mexicain. Un homme était assis seul sur la banquette du fond. À part eux trois, il n'y avait pas d'autres clients. La pièce sentait le maïs fermenté et la bière renversée.

« Je ne plaisante jamais, rétorqua Willard.

— Ça fait vraiment chier, surtout en ce moment.

— Je n'y peux rien », dit Willard avec une sorte de rudesse.

Ils étaient dans une région de Virginie que Marks ne connaissait pas. Il n'aurait jamais cru voir un restaurant mexicain ouvert à l'heure du petit-déjeuner. Willard leva le bras pour l'inviter à avancer jusqu'au fond. L'homme était vêtu d'un costume gris anthracite sur mesure, d'une chemise bleu pâle et d'une cravate bleu marine à pois blancs. Une petite réplique en émail du drapeau américain était épinglée à son revers gauche. Il buvait un truc bizarre dans un verre à pied garni d'une branche de verdure non identifiée. Marks pensa à un julep à la menthe, sauf qu'il était 7 h 30 du matin.

Malgré le regard désapprobateur de Willard, Marks aboya : « Cet homme est l'ennemi, un putain d'antéchrist. Le concernant, la communauté du renseignement sait parfaitement à quoi s'en tenir. Sa société bafoue la loi, se permet tout ce que nous n'avons pas le droit de faire. Et pour ça, on leur refile des millions. C'est écœurant. Pendant qu'on rame comme des galériens dans une cale de merde, monsieur se balade en Gulfstream Sixes. » Il secoua la tête, avant d'ajouter : « Vraiment, Freddy, c'est pas possible.

— Toutes les routes mènent à l'accident – c'est bien vous qui disiez cela ? » Willard sourit d'un air charmeur. « Voulez-vous gagner cette guerre ou voir le rêve du Vieux disparaître dans la poubelle de recyclage de la NSA ? » Son sourire se fit encourageant. « Je pensais qu'après avoir passé tout ce temps dans votre cale de merde, comme vous dites, vous auriez aimé respirer un peu d'air frais. Allons. Ça fait un choc au départ, mais ça va s'arranger.

— Promis, papa ? »

Willard rit discrètement. « Je préfère ça. »

Il lui prit le bras et lui fit traverser le lino de la salle jusqu'à la banquette d'où l'homme les regardait venir d'un œil scrutateur. Avec ses cheveux noirs ondulés, son front large et ses traits farouches, il aurait pu passer pour une vedette de cinéma, un Gary Cooper moderne mais en plus sournois.

« Bonjour messieurs. Asseyez-vous, je vous en prie. » Non seulement Oliver Liss ressemblait à un acteur mais en plus il en avait la voix. Une voix profonde et suave qui s'écoulait de sa bouche avec une puissance maîtrisée. « J'ai pris la liberté de commander à boire. » Il leva son verre givré pendant qu'on en déposait deux autres devant Marks et Willard. « Du thé glacé aromatisé à la cannelle et à la noix de muscade. » Il prit une gorgée et les encouragea à faire de même. « On dit que la muscade est psychédélique, à forte dose. » Il accompagna sa déclaration d'un sourire assez radieux pour suggérer qu'il avait expérimenté cette théorie, et avec succès.

En fait, chez Oliver Liss, tout respirait la réussite la plus absolue. Il fallait préciser que lui et ses deux associés n'avaient pas compté sur la chance et les fonds d'investissement pour bâtir Black River. Quand Marks avala sa première gorgée, il eut l'impression qu'une famille de crotales avaient élu domicile dans son ventre. Il en voulait à Willard de ne pas l'avoir préparé à cette rencontre. Il essaya de désenfouir tout ce qu'il avait pu lire sur ce personnage et, à sa grande consternation, constata qu'il en savait fort peu. Pour la bonne raison que l'homme se tenait loin des projecteurs – son associé Kerry Mangold se chargeait de tout ce qui avait trait aux relations publiques. En outre, les infos sur lui étaient très lacunaires. Marks se rappelait avoir cherché son nom sur Google et être tombé sur une biographie étonnamment squelettique. On disait qu'il était orphelin et avait passé sa jeunesse dans une série de foyers d'accueil à Chicago jusqu'à l'âge de dix-huit ans où il avait décroché son premier job pour un entrepreneur en bâtiment, lequel avait le bras si long qu'en peu de temps, Liss avait commencé à travailler sur la campagne du sénateur de l'État, dont l'entrepreneur avait construit la villa de 1800 m^2 à Highland Park. Quand l'homme fut élu, il emmena Liss avec lui à Washington. Le reste à l'avenant, comme on dit. Liss était célibataire, sans la moindre attache familiale, officiellement en tout cas. En bref, il vivait derrière un rideau de plomb que même internet peinait à percer.

Marks essaya de ne pas grimacer en sirotant sa mixture ; en vrai buveur de café, il détestait le thé et toutes les boissons à base de thé, surtout celles qui voulaient se faire passer pour autre chose. Celle-ci puait comme l'eau du Gange.

Un autre aurait dit : *Ça vous plaît ?* juste pour briser la glace, mais visiblement, Liss ne se préoccupait ni des conversations mondaines ni des conventions sociales en général. Il préféra vriller sur Marks ses yeux aussi bleus que la trame de fond de sa cravate en demandant : « Willard m'a dit du bien de vous. À votre avis, c'est la vérité ?

— Willard ne ment pas », lâcha Marks.

Un fantôme de sourire vacilla sur les lèvres de Liss. Il continuait à siroter son odieux breuvage, sans baisser le regard. On aurait dit qu'il n'éprouvait jamais le besoin de cligner les yeux, une particularité physique ayant tendance à déconcerter ses interlocuteurs. Marks n'échappait pas à la règle.

Les plats arrivèrent. Liss ne s'était pas contenté de commander des boissons. Le petit-déjeuner se composait de tortillas de maïs beurrées et d'œufs brouillés avec des poivrons et des oignons, le tout baignant dans une sauce au chili orange qui faillit emporter la bouche de Marks. Après avoir imprudemment mâché la première bouchée, il l'avala d'un coup et pour calmer le feu, engouffra un bout de la tortilla assaisonnée de crème aigre.

D'un air gracieux, Liss attendit que les yeux de Marks aient séché pour dire, comme si la conversation n'avait jamais été interrompue : « Vous avez tout à fait raison. Notre Willard ne ment pas à ses amis, mais aux autres, et il sait donner un air de vérité à ses mensonges. »

Willard fut peut-être flatté par son discours mais n'en montra rien, se bornant à mastiquer et déglutir avec lenteur et méthode, aussi concentré qu'un prêtre à la messe, aussi énigmatique qu'un sphinx.

« Néanmoins, si cela ne vous ennuie pas, poursuivit Liss, parlez-moi un peu de vous.

— Vous voulez ma biographie, mon CV ? »

Liss montra les dents l'espace d'une seconde. « Apprenez-moi quelque chose sur vous. »

Il voulait sans doute parler de quelque chose de personnel, de révélateur. À cet instant précis, Marks réalisa que Willard négociait avec Liss depuis quelque temps déjà. *« C'est déjà relancé »*, lui avait dit Willard à propos de Treadstone. De nouveau, il se sentit pris en traître par le défenseur de sa propre équipe, ce qui n'était pas idéal lors d'une rencontre de cette importance.

Finalement, il en prit son parti. Puisqu'il était là, pourquoi ne pas tenter le tout pour le tout ? De toute façon, c'était Willard qui menait le jeu, lui n'était que l'accompagnateur. « Une semaine avant mon premier anniversaire de mariage, j'ai rencontré quelqu'un – une danseuse classique pour être exact. Elle était très jeune, à peine vingt-deux ans, douze de moins que moi. On s'est vus une fois par semaine, précisément, pendant dix-neuf mois, puis ça s'est terminé du jour au lendemain. Sa compagnie est partie en tournée à Moscou, Prague et Varsovie mais ce n'était pas la vraie raison de notre rupture. »

Liss se rencogna dans son fauteuil, sortit une cigarette et l'alluma au mépris de la loi antitabac. *Pourquoi se préoccuperait-il de cela ?* pensa Marks amèrement. *La loi c'est lui.*

« Quelle était la vraie raison ? demanda Liss sur un ton étrangement doux.

— J'avoue que je n'en sais rien. » Marks poussait ses aliments dans son assiette. « C'est amusant. Un peu comme le temps : un jour il fait beau, l'autre il pleut. »

Liss souffla la fumée. « Je suppose que vous avez divorcé.

— Non. Mais je soupçonne que vous le savez déjà.

— Pourquoi ne vous êtes-vous pas séparés, votre femme et vous ? »

Les services de renseignements de Liss ne pouvaient pas connaître ce genre de détail. Marks haussa les épaules. « Je n'ai jamais cessé de l'aimer.

— Donc elle vous a pardonné.

— Elle n'a jamais su », repartit Marks.

Les yeux de Liss luisaient comme des saphirs. « Vous ne lui avez pas dit.

— Non.

— Vous n'avez jamais ressenti le besoin de vous confesser. » Il prit un air pensif. « La plupart des hommes l'auraient fait.

— Il n'y avait rien à dire, répondit Marks. Cette chose m'est arrivée – un peu comme la grippe – puis elle est repartie.

— Comme si rien n'avait eu lieu. »

Marks acquiesça. « Plus ou moins. »

Liss écrasa sa cigarette, se tourna vers Willard et le regarda un long moment. « Très bien, conclut-il. J'accepte de vous financer. » Puis il se leva et, sans rien ajouter, sortit du restaurant.

« Les puits de pétrole ! Quelle imbécile ! » Moira se donna une tape sur le front. « Grands dieux, comment n'y ai-je pas pensé plus tôt ? C'est tellement évident !

— Évident maintenant que vous savez tout », rétorqua Humphry Bamber.

Ils étaient attablés dans la cuisine de Christian Lamontierre, devant le rôti de bœuf et les sandwichs au fromage Havarti et au pain au blé germé que Bamber avait préparés après avoir fouillé dans le frigo de son ami. Le tout arrosé d'eau de Badoit. L'ordinateur de Bamber était posé sur la table devant eux ; Bardem travaillait sur les trois scénarios que Noah avait entrés dans le programme.

« J'ai pensé la même chose la première fois que j'ai lu *Le Grand Mystère du Bow* d'Israel Zangwill. » Bamber avala une bouchée de sandwich. « C'est la première intrigue policière de ce genre, bien que d'autres avant lui aient commencé à creuser l'idée. Entre autres, Hérodote au ve siècle avant Jésus-Christ. Mais c'est Zangwill qui en 1892 a introduit en littérature la notion de « tour de passe-passe », devenue depuis la pierre angulaire de romans comme le *Mystère de la chambre jaune*, basés sur des énigmes insolubles.

— Pinprick est l'exemple même du tour de passe-passe. » Moira étudiait les scénarios avec une fascination et une angoisse grandissantes. « Mais à une si vaste échelle que, sans Bardem, personne n'imaginerait que l'invasion de l'Iran a pour seul et unique objectif la confiscation de ses puits de pétrole. » Elle désigna l'écran. « J'ai lu un ou deux rapports de renseignements sur la région de Shahrake Nasiri-Astara, la cible de Noah. On y extrait au moins les deux tiers du pétrole iranien. » De nouveau, elle pointa le doigt sur la carte affichée à l'écran. « Vous voyez comme elle est petite ? Il suffirait d'une poignée d'hommes pour l'investir et pas tellement plus pour assurer ensuite sa défense. Une situation idéale pour Noah. » Elle secoua la tête. « Mon Dieu, c'est brillant – impensable, totalement dément, mais brillant, je dois l'avouer. »

Bamber alla chercher une autre bouteille de Badoit dans le frigo. « Je ne comprends pas.

— Je ne suis pas encore sûre de tous les détails, mais une chose est claire : Black River a passé un pacte avec le diable. Un membre haut placé du gouvernement américain nous a incités à nous opposer au programme nucléaire iranien dont le développement rapide menace de déstabiliser tout le Moyen-Orient. Les USA – et d'autres gouvernements raisonnables – sont passés par le canal diplomatique pour demander à l'Iran de démanteler ses réacteurs nucléaires. Comme l'Iran nous a ri au nez, nous avons opté pour l'embargo économique, menace parfaitement inefficace puisque nous avons besoin de leur pétrole et que nous ne sommes pas les seuls. En plus, ils peuvent très bien fermer le détroit d'Ormuz et suspendre l'acheminement du pétrole depuis les pays de l'OPEP de la région. »

Elle se leva, posa son assiette dans l'évier et revint s'asseoir. « Quelqu'un ici à Washington a décidé que la patience ne menait nulle part. »

Bamber fronça les sourcils. « Et alors ?

— Alors ils ont décidé de forcer les choses. Ils

utilisent l'attaque de l'avion civil comme prétexte pour partir en guerre contre l'Iran, mais apparemment ce n'est pas leur seule intention. Une mission en cache une autre, comme dans un tour de magie.

— Pinprick.

— Exactement. Bardem nous raconte l'histoire suivante : profitant du désordre causé par une invasion terrestre, une poignée d'agents de Black River – avec le plein consentement du gouvernement – met la main sur les puits de pétrole de Shahrake Nasiri-Astara. Grâce au pétrole iranien, plus besoin de faire des courbettes aux Saoudiens, au Venezuela ni à aucun autre pays de l'OPEP. L'Amérique réalise enfin son rêve d'autonomie énergétique.

— Mais c'est illégal, non ?

— Ah bon ? Je ne sais pas pourquoi mais j'ai l'impression que tout le monde s'en fiche, en ce moment.

— Qu'allez-vous faire maintenant ? »

C'était la question à un milliard. Ailleurs, dans un autre temps, elle aurait appelé Ronnie Hart, mais Ronnie était morte, assassinée par Noah – elle en était certaine à présent. Ronnie lui manquait plus que jamais, mais c'était par pur égoïsme, songea-t-elle non sans honte. Elle essaya de penser à autre chose et c'est alors que l'image de Soraya Moore lui apparut. Moira avait rencontré Soraya par l'entremise de Bourne. La jeune femme lui avait tout de suite plu et le fait que Bourne et elle aient eu une aventure ensemble ne l'avait en rien dérangée ; elle ne connaissait pas la jalousie.

Comment joindre Soraya ? Elle appela le siège de la CIA sur son mobile et s'entendit répondre que madame la directrice se trouvait à l'étranger. Quand elle précisa qu'elle téléphonait pour une affaire urgente, l'opérateur la mit en attente et reprit l'écoute quelque soixante secondes plus tard.

« Donnez-moi un numéro où madame la directrice Moore pourra vous joindre », dit-il.

Moira laissa son numéro de mobile et raccrocha en se disant que la trace de son appel allait vite se perdre dans l'avalanche de courriers et autres sollicitations qui devaient encombrer la messagerie électronique de Soraya. Aussi, quelle ne fut pas sa stupéfaction lorsque, trois ou quatre minutes plus tard, son mobile sonna.

« Allô ?

— Moira ? C'est Soraya Moore. Où êtes-vous ? Vous avez des problèmes ? »

En entendant sa voix, Moira se mit à rire de soulagement. « Je suis à Washington et en effet, j'ai eu des problèmes mais je m'en suis sortie. J'ai des informations importantes à vous communiquer. » Et elle entreprit de lui exposer, sans trop entrer dans les détails, tout ce qu'elle savait sur les meurtres de Jay Weston, Steve Stevenson et Ronnie Hart. « Ces trois affaires ont pour dénominateur commun un certain logiciel que Noah Perlis a fait concevoir sur mesure pour des besoins bien précis. » Elle décrivit les fonctions de Bardem, lui raconta comme elle s'en était procuré une copie et ce qu'elle contenait, à savoir la stratégie mise au point par Black River pour s'approprier les puits de pétrole iraniens.

« Une chose m'échappe. Tout ceci a commencé après l'attentat terroriste sur l'avion de ligne américain, près du Caire. Comment un projet d'une telle complexité a-t-il pu être élaboré dans un laps de temps aussi court ?

— Ce n'était pas une attaque terroriste, dit Soraya. Je suis à Khartoum en ce moment et je viens de découvrir la bonne version de l'histoire. » Elle lui narra tout ce qu'elle savait sur le missile iranien Kowsar 3, les quatre Américains et la manière dont ils l'avaient introduit frauduleusement sur le territoire égyptien par la frontière soudanaise. « Vous voyez, cette affaire dépasse largement le cadre de Black River et des quelques brebis galeuses du gouvernement. Sans l'aide des Russes, Noah n'aurait pu accéder à Nikolaï Ievsen. »

Moira comprit tout à coup pourquoi personne ne se souciait de l'accaparement illégal des puits de pétrole iraniens. Si les Russes étaient partie prenante de l'opération Pinprick, ils orienteraient l'opinion mondiale dans la bonne direction.

« Et ce n'est pas tout, reprit Soraya. Nous avons retrouvé les quatre Américains près de Khartoum. Ils ont été exécutés d'une balle dans la tête et leurs corps enterrés dans la chaux vive. Nous avons récupéré sur eux des plaques militaires, mais impossible de déchiffrer ce qui est inscrit dessus. »

Moira sentit son cœur s'emballer. « Il s'agit peut-être des plaques que Black River remet à ses agents de terrain.

— Si c'est bien le cas, nous tenons la preuve que Black River est à l'origine de l'attentat contre l'avion américain… et que nous n'avons aucune raison valable de déclarer la guerre à l'Iran.

— Il faudrait que je les voie pour en être sûre, hésita Moira.

— Vous les aurez demain, promit Soraya. Mon ami ici présent m'affirme qu'il peut vous les faire parvenir dans la matinée.

— Ce serait fantastique. Si c'est bien ce que je pense, il suffira de quelques heures pour les faire authentifier. À supposer que je m'adresse à la bonne personne.

— Tirez un trait sur la CIA, dit Soraya. Ils ont un nouveau directeur, Errol Danziger. Bien que sa nomination n'ait encore rien d'officiel, il s'est déjà mis au boulot – en plus, c'est l'âme damnée du secrétaire Halliday. » Elle reprit son souffle. « Écoutez, si vous avez besoin de protection, je peux vous envoyer une équipe de confiance où que vous soyez en l'espace de vingt minutes.

— Merci beaucoup mais, à la façon dont les choses évoluent, moins de gens sauront où je suis mieux ça vaudra.

— Compris. » Elle se ménagea une autre pause, un peu plus longue celle-ci. « Je pense beaucoup à Jason, ces temps-ci.

— Moi aussi. » En elle-même, Moira se félicitait que Jason ne soit pas impliqué dans cette sale affaire. Il avait besoin de temps pour soigner son corps et son âme. Il avait échappé de justesse à la mort et c'était une expérience dont on ne se remettait pas en quelques semaines ni même en quelques mois.

« Il a laissé tellement de souvenirs en nous quittant. » De l'autre côté de la planète, Soraya se promit d'appeler Jason aussitôt après avoir raccroché.

— Des souvenirs que nous partageons vous et moi, n'est-ce pas ?

— Ne l'oubliez jamais, Moira », dit Soraya juste avant de couper la communication.

33

À sa descente d'avion, Arkadine vit pour la première fois Noah Perlis et le détesta d'emblée, d'où l'expression de franche cordialité qu'il afficha quand, à la tête d'un groupe de vingt soldats, il s'avança vers l'agent de Black River. Ce paysage iranien ressemblait étrangement à Nijni Taguil; il fit de son mieux pour évacuer cette impression désagréable. Ça sentait le soufre, l'air était saturé de poussière, les puits de pétrole disposés en cercle lui rappelaient les miradors des prisons de haute sécurité qui entouraient sa ville natale.

Le reste du contingent était encore dans l'avion à surveiller le pilote et le navigateur, comme ils l'avaient fait pendant tout le vol pour s'assurer qu'ils n'avertissent personne de leur présence. À un signal convenu, ils jailliraient du ventre de l'appareil.

« Quel plaisir de faire enfin votre connaissance, Leonid Danilovitch, dit Perlis dans un russe passable en tendant la main à Arkadine. Votre réputation vous précède. »

Arkadine afficha son sourire le plus engageant pour déclarer : « Je dois vous informer que Jason Bourne est ici…

— Quoi ? » balbutia Perlis. On aurait dit qu'il allait se mettre à pleurer. « Qu'avez-vous dit ?

— … ou que, du moins, il ne saurait tarder. » Le sourire d'Arkadine resta figé sur son visage pendant que Perlis essayait vainement de récupérer sa main. « C'est Bourne qui a infiltré les locaux d'Air Afrika à Khartoum. Je suppose que vous l'ignoriez. »

Perlis avait du mal à comprendre où l'autre voulait en venir. « C'est absurde. Bourne est mort.

— Nullement. » Arkadine se remit à lui broyer la main. « Et je suis bien placé pour le savoir. C'est moi qui ai tiré sur lui à Bali. Je le croyais mort mais je me trompais. Cet homme est comme moi, il s'en sort toujours.

— Même si c'était vrai, comment pouvez-vous savoir qu'il était dans l'immeuble d'Air Afrika ?

— Je le sais, un point c'est tout. Ça fait partie de mon boulot, Perlis. » Il se mit à rire. « Bon, trêve de modestie. Pour tout dire, c'est moi qui l'ai attiré à Khartoum. J'ai fait en sorte qu'il pénètre dans les locaux d'Air Afrika et qu'il tombe sur Nikolaï Ievsen.

— Ievsen est une pièce essentielle de notre projet. Pourquoi auriez-vous fait une chose aussi idiote…

— Je voulais que Bourne le tue. Et c'est précisément ce qu'il a fait. » Arkadine sourit jusqu'aux oreilles. *Ce petit coq américain vient de ravaler son caquet. Il a vraiment l'air d'un con,* pensa-t-il. « J'ai en ma possession l'ensemble des fichiers informatiques de Ievsen – ses contacts, ses clients, ses fournisseurs. Ça ne fait pas beaucoup de gens, bien sûr, mais à présent, ils savent tous que Nikolaï Ievsen nous a quittés et que désormais c'est avec moi qu'ils devront traiter.

— Vous… vous prenez en main ses affaires ? » Malgré sa gigantesque déconvenue, Perlis ne put s'empêcher de ricaner. « Vous avez les yeux plus gros que le ventre, mon ami. Vous n'êtes qu'un petit voyou de bas étage, un Russe sans éducation ni cervelle. Jusqu'à présent, la chance vous a souri mais dites-vous bien que vous jouez dans la cour des grands et qu'ici la chance ne suffit pas. Il est grand temps que les vrais pros vous renvoient d'où vous venez. »

Arkadine aurait bien réduit le visage de Perlis en charpie mais il résista à la tentation. Ce moment viendrait bientôt mais pour l'instant, il avait besoin d'un public. Sans lui lâcher la main, il alluma son téléphone mobile d'un geste bref et envoya un code à trois chiffres. Un instant plus tard, le ventre de l'avion d'Air Afrika s'ouvrait comme entaillé par la lame d'un scalpel. Le reste de l'armée privée d'Arkadine, soit quatre-vingts hommes, en descendit.

« C'est quoi ça ? » bredouilla Perlis en voyant les nouveaux venus sauter sur ses propres troupes, avant de les désarmer et de les jeter face contre terre pour les ligoter et les bâillonner.

« Oui, je ne prends pas seulement en mains les affaires de Ievsen, cher monsieur Perlis. Ces puits de pétrole m'intéressent aussi. Dorénavant, ce qui était à vous m'appartient. »

L'hélicoptère de combat russe Mi-28 Havoc vira au-dessus des champs pétroliers de Shahrake Nasiri-Astara. À son bord, se trouvaient Bourne et le colonel Boris Karpov, plus deux de ses lieutenants et une équipe de deux artilleurs équipés d'un véritable arsenal. Ils venaient de repérer les deux appareils au sol : l'avion d'Air Afrika, que l'informaticien de Karpov avait suivi à la trace, et le Black Hawk Sikorsky S-70 de Black River dont la carlingue peinte en noir mat ne comportait aucune inscription.

« D'après mes services, les forces alliées conduites par les Américains n'ont pas encore franchi la frontière iranienne, annonça Karpov. Il se peut que nous ayons encore le temps d'empêcher cette catastrophe.

— Comme je connais Noah Perlis, il a sûrement prévu un plan B. » Tout en regardant le relief changeant qui défilait en dessous, Bourne repensait à sa dernière conversation avec Soraya. Il disposait enfin de toutes les pièces du puzzle, sauf une : le point de vue d'Arkadine. À quelles fins le Russe avait-il tissé cette toile d'araignée merveilleusement délicate et complexe ?

Tiens, la voilà l'araignée, pensa-t-il quand le Havoc, comme une chauve-souris jaillie des entrailles de l'enfer, fila en rase-mottes au-dessus des silhouettes d'Arkadine et de Perlis. Au moment où Karpov commanda l'atterrissage, telle une vieille et fidèle ennemie, une douleur fulgurante perça la poitrine de Bourne. Il l'ignora et se concentra sur le dispositif à terre. Cinq hommes et une femme étaient couchés à plat ventre sur le sol, ligotés comme des cochons de lait prêts à rôtir. Bourne dénombra une centaine de soldats lourdement armés en tenue de camouflage. À première vue, leur équipement n'était pas américain.

« Putain, mais qu'est-ce qui se passe en bas ? » Boris venait de remarquer la même chose que Bourne. « Mais c'est cet enfoiré d'Arkadine ! » Il serra les poings. « J'ai juré de lui faire bouffer ses couilles et je te promets que je vais pas me gêner. »

Sur ses entrefaites, le Havoc arriva à portée de fusil. Depuis sa cabine placée en hauteur à l'arrière, le pilote entama une manœuvre de repli. Les deux turbomoteurs

TV3-117VMA répondirent en gémissant. Bourne et Karpov n'étaient particulièrement inquiets puisque le Havoc disposait d'une cabine blindée capable d'absorber sans dommages des impacts de 7.62 mm et de 12.7 mm ainsi que des éclats d'obus de 20 mm.

« C'est bon, tu es prêt ? demanda Karpov à Bourne. Ah désolé, j'oubliais, un Américain est toujours prêt », ajouta-t-il en riant de sa propre blague.

L'officier mitrailleur hurla en montrant quelque chose devant eux. Au sol, un homme venait de glisser une roquette Redeye dans un lanceur pendant qu'un autre soulevait l'engin sur son épaule. Ce dernier visa et pressa sur la détente.

À l'instant où il vit la roquette Redeye disparaître dans le tube du lanceur, Arkadine assomma Perlis d'un uppercut à la mâchoire. Sentant qu'il s'affaissait, il lui lâcha la main et se mit à courir vers le soldat en lui hurlant de ne pas tirer. Son cri fut noyé dans le vacarme des rotors. Il comprenait ce qui s'était passé. En voyant apparaître le Havoc russe, ses hommes avaient réagi par instinct.

Le Redeye fendit l'air et explosa près des réservoirs de carburant du Havoc. C'était une erreur de calcul car les réservoirs revêtus de mousse de polyuréthane ne pouvaient pas prendre feu. De plus, toute déchirure se refermait instantanément grâce à un dispositif de réparation automatique à base de latex. Même si la détonation rompait l'une des conduites d'alimentation, ce qui n'était pas impossible puisque le Havoc avait été touché alors qu'il planait à basse altitude, le système d'alimentation se placerait sous vide, empêchant le carburant de fuir et d'enflammer d'autres parties moins résistantes au feu.

L'hélicoptère se balança comme un gros insecte désorienté ; puis il se passa ce qu'Arkadine redoutait le plus : deux missiles antitanks Shturm fusèrent du ventre du Havoc. Arkadine perdit d'un coup les trois quarts de ses troupes.

Projeté contre une cloison de l'appareil, Bourne sentit la douleur familière exploser dans sa poitrine puis se diffuser jusque dans ses bras. Il crut même à une attaque cardiaque. Puis il retrouva ses esprits, se concentra pour faire taire sa souffrance et aida Karpov à se relever. La fumée qui flottait dans la cabine l'empêchait de respirer mais impossible de déterminer si elle provenait des dommages causés à leur appareil ou des cratères peu profonds creusés dans le sol par les Shturm.

« Pose ce tas de tôle, et tout de suite ! » tonna Karpov pour couvrir le boucan des moteurs.

Le pilote qui se battait avec les commandes acquiesça d'un signe de tête. Ils descendirent à la verticale et se posèrent sans grande délicatesse. Karpov ouvrit la portière et se laissa tomber. Bourne le suivit avec une grimace de douleur. Il avait la gorge en feu. Puis ils se mirent à courir en se penchant pour se protéger du violent courant d'air produit par les rotors.

Au sol, c'était l'enfer. Ou plutôt la guerre. À bord de l'hélicoptère, le souffle des missiles avait eu quelque chose de grisant, surtout lors des représailles à la première frappe, mais ici, à ras de terre, tout n'était que dévastation. Sur de hauts monticules de terre calcinée dégageant une fumée digne des abîmes dantesques, étaient dispersés des membres arrachés, des têtes sans visage. On aurait dit qu'un démiurge frappé de folie furieuse s'était amusé à démembrer des êtres humains pour les reconstruire en mieux. À la puanteur de la chair grillée se mêlaient les odeurs écœurantes des excréments et des armes explosées.

Bourne avait l'impression de marcher à l'intérieur d'une peinture cauchemardesque digne de Goya. Quand tout n'était que mort et destruction, quand la terre jusqu'à l'horizon se couvrait des horribles vestiges des massacres, l'esprit humain se réfugiait dans un monde irréel pour ne pas sombrer dans la folie.

Les deux hommes repérèrent Arkadine en même temps. Bourne vit Karpov partir comme une flèche. Lui resta sur place, cloué au sol par la douleur. Comme Bourne mettait genou à terre, Karpov disparut dans un panache de fumée noire et visqueuse. Il avait perdu de vue Arkadine. En revanche, les derniers survivants de son escouade luttaient sans merci avec les gardes iraniens censés protéger les puits de pétrole. Ceux qui n'avaient plus d'armes se battaient à mains nues pour conquérir ou défendre le peu de territoire encore épargné par les flammes. Quant aux agents de Black River, Karpov n'en vit pas un seul valide. Les uns avaient succombé au tir de missile, les autres à l'assaut des troupes d'Arkadine. Tout n'était que chaos.

Bourne se releva et se mit à marcher d'un pas incertain. Il passa devant des cadavres calcinés dégageant des volutes de fumée. Ce qu'il trouva au-delà n'était guère plus réjouissant. Boris gisait sur la pente d'un cratère, une jambe repliée selon un angle anormal. Un os blanc perçait le tissu de son pantalon. Leonid Danilovitch Arkadine se tenait debout devant lui, armé d'un SIG Sauer .38.

« Tu croyais pouvoir me baiser, colonel de mes deux, mais ça fait longtemps que j'attends cet instant. » On l'entendait à peine parler à cause des cris et des coups de feu incessants. « Et voilà qu'il est enfin arrivé. »

Arkadine se retourna brusquement. Bourne était là, tout près. Lentement, un sourire naquit et s'épanouit sur le visage du Russe puis il tira trois coups de feu à la file dans la poitrine de Bourne.

34

Les trois impacts projetèrent Bourne en arrière. Il dut s'évanouir l'espace d'un instant car il ne vit pas Arkadine grimper sur la lèvre du cratère. Quand il ouvrit les yeux, il était perché au-dessus de lui, à l'observer d'un regard étrange tenant de la pitié ou de la déception.

« Nous y voilà, dit Arkadine en descendant vers lui. Karpov n'ira plus nulle part et les hommes de Perlis sont morts, sinon enterrés. Il ne reste plus que toi et moi, le premier et le dernier diplômés de Treadstone. Mais tu ne vas pas tarder à crever toi aussi, n'est-ce pas ? » Il s'accroupit. « Tu es responsable de la mort de Debra et je t'ai fait payer mais j'ai besoin de savoir quelque chose avant que tu meures. Combien d'autres diplômés reste-t-il ? Dix ? Vingt ? Davantage ? »

Bourne pouvait à peine parler, il était comme paralysé. Du sang imbibait le devant de la veste que Boris lui avait donnée.

« Je ne sais pas », parvint-il à articuler. Il avait beaucoup de mal à respirer ; la douleur avait atteint son paroxysme. Il était parvenu au centre de la toile, il y avait trouvé l'araignée démoniaque et il ne pouvait rien faire.

« Tu ne sais pas. » Arkadine pencha la tête de côté pour se moquer de lui. « Eh bien, moi je vais te dire un truc parce que je ne suis pas cachottier comme toi. Tu crois que c'est moi qui ai engagé le Tortionnaire, n'est-ce pas ? Mais tu te mets le doigt dans l'œil. J'avais trop envie de te descendre. Pourquoi me serais-je privé de ce plaisir en t'envoyant un tueur ? Cela n'aurait aucun sens, conviens-en. Maintenant, écoute bien ce que je vais te dire. C'est Willard qui a recruté le Tortionnaire. Oui, parfaitement, ce brave Willard, l'homme qui t'a aidé à te reconstruire, à Bali. Au fait, comment as-tu fait pour survivre ? Peu importe. Dans un instant, tu seras mort et tout cela n'aura plus d'importance. »

Des tirs d'artillerie – sans doute des mortiers – iraniens passèrent en sifflant dans le ciel et explosèrent à deux endroits différents, une centaine de mètres plus loin. Arkadine resta impassible. Les déflagrations ne le firent pas tressaillir ni même cligner des yeux. Il se contenta d'attendre que le bruit cesse.

« Où en étais-je ? Ah oui, Willard. J'ai encore un scoop pour toi. Willard savait que j'étais vivant et que c'était moi qui avais appuyé sur la détente, à Bali. Comment l'a-t-il su ? Grâce à la bonne vieille méthode Treadstone : il a interrogé l'homme que j'avais engagé pour m'assurer que tu étais vraiment mort. Il m'a appelé en se servant du portable du type en question. Tu imagines les couilles qu'il a, cet enfoiré ? »

Non loin de là, on entendit des moteurs démarrer. Les rotors du Black Hawk se mirent à tourner. Bourne comprit où était passé Perlis.

« Tu dois te demander pourquoi il n'a rien dit, pas vrai ? Parce qu'il te testait – tout comme tu le testais. Il voulait savoir combien de temps il te faudrait pour découvrir la vérité à mon sujet, vu qu'il savait déjà combien de temps j'avais mis à comprendre pour toi. » Arkadine s'assit sur les talons. « Un sacré petit futé, je dois le reconnaître. Bien, à présent que nous nous connaissons un peu mieux, il est temps d'en finir. Je ne peux pas passer trop de temps avec mon double sans avoir des nausées. »

Il se leva. « Je te ferais bien ramper à mes pieds mais dans ton état, je suis sûr que tu n'y arriverais pas. »

C'est alors que Bourne se dressa, comme s'il revenait d'entre les morts, et se jeta sur lui.

Sous le choc, Arkadine leva le SIG et tira. De nouveau, Bourne partit en arrière et de nouveau se releva, d'abord sur un genou puis sur ses deux pieds.

« C'est pas vrai ! bredouilla Arkadine en le regardant d'un air affolé. Qu'est-ce que tu me fais ? »

Bourne tendit le bras pour saisir l'arme. Au même moment, un coup de feu retentit. Arkadine pivota sur lui-même. Du sang jaillit de son épaule. Il poussa un cri, essaya maladroitement de frapper Bourne puis tira deux fois sur Boris Karpov qui, malgré sa jambe cassée, avait réussi à se hisser au bord du cratère. Le SIG d'Arkadine rendit un son creux ; le chargeur était vide.

Le Black Hawk s'éleva, vira de bord et entreprit de mitrailler tout ce qui bougeait. Le tireur ne faisait aucune différence entre les troupes d'Arkadine et les gardes iraniens.

Jetant son SIG inutile au visage de Bourne, Arkadine fonça vers ses compagnons survivants. Bourne voulut le suivre mais s'écroula sur les genoux. Son cœur était sur le point d'exploser. Malgré la veste en Kevlar et les sacs de sang de porc que Karpov avait demandé, en insistant, qu'il mette sous son gilet militaire, les quatre tirs d'Arkadine avaient rouvert sa blessure. Il pouvait à peine respirer.

Le Black Hawk décrivit un autre cercle mortel au-dessus du champ de bataille. Mais Arkadine avait déjà chargé son lance-roquette. Pour espérer mener à bien sa mission, il devait commencer par protéger les quelques hommes qu'il lui restait. Il ne prendrait pas les puits de pétrole tout seul. Sa seule chance consistait à descendre le Black Hawk.

Bourne rassembla toute sa volonté, se leva et partit à petites foulées. Arrivé devant un tas de cadavres, il ramassa un AK-47, visa Arkadine et pressa la détente. Le chargeur était vide. Il jeta l'arme, retira un Luger d'un holster, vérifia qu'il était chargé et se remit à courir. Les jambes écartées, le lance-roquette planté sur son épaule droite, Arkadine s'apprêtait à tirer.

Là-haut, le Black Hawk de Perlis faisait toujours pleuvoir ses rafales de mitrailleuse. Bourne appuya sur la détente. Arkadine dut se dépêcher de lancer le missile qui rata sa cible, peut-être à cause d'un dysfonctionnement ou d'un dommage causé au lanceur. Sans se laisser démonter, Arkadine balança le lance-roquette et, presque dans le même mouvement, ramassa la mitraillette d'un soldat mort l'arme à la main. Puis il se remit à arroser Bourne qui se réfugia derrière un monticule. Quand Arkadine eut vidé son chargeur, Bourne se leva et, malgré son épuisement, reprit sa course en tirant à l'aveuglette car Arkadine était noyé dans un panache de fumée. Au-dessus de leurs têtes, l'hélicoptère de Black River mettait le cap sur les puits de pétrole.

Tous les agents de Black River étaient morts et les troupes d'Arkadine ne valaient guère mieux. Bourne entra dans le nuage de fumée. Aussitôt, ses yeux se mirent à pleurer ; ses poumons avaient beaucoup de mal à fonctionner. Il devina que quelque chose se dirigeait vers lui à travers la fumée, baissa la tête mais pas assez vite.

Arkadine le frappa à l'épaule avec ses deux poings. Bourne pivota sur lui-même. Le Luger ne lui était d'aucun secours. Arkadine lui asséna un coup à la tempe. Il perdit l'équilibre. Sa tête et sa poitrine étaient sur le point d'exploser. Mais quand Arkadine voulut lui arracher son arme, il esquiva et lui porta un coup terrible avec le canon. Une longue estafilade déchira la joue d'Arkadine, si profonde que l'os apparut.

Le Russe recula d'un pas et disparut dans la fumée. Bourne tira ses trois dernières balles, se précipita, traversa le nuage et ressortit de l'autre côté. Il eut beau chercher, Arkadine avait disparu.

Alors il s'écroula, terrassé par la douleur. Il n'arrivait même plus à lever la tête. Un brasier le dévorait de l'intérieur. Les paroles de Tracy lui revinrent. La jeune femme reposait entre ses bras, mortellement blessée : *« Les secrets sont si lourds à porter quand vient notre dernière heure. »*

Puis du cœur du brasier, un visage surgit, aussi brillant que les flammes. C'était le visage de Shiva, le dieu de la destruction et de la résurrection. Shiva l'aida-t-il à se relever ? Il ne le saurait jamais et pourtant, tout d'un coup, Bourne s'aperçut qu'il était debout.

Boris gisait au bord du cratère, la tête couverte de sang.

Ignorant sa propre douleur, Bourne attrapa Karpov sous les aisselles et le hissa. Les balles traçantes fendaient l'air au-dessus d'eux. Fermement campé sur ses jambes, il jeta Boris sur son épaule et, les mâchoires crispées, franchit l'espace qui le séparait de l'hélicoptère russe, loin des morts et des mourants, loin des restes encore fumants de ces êtres n'ayant plus rien d'humain.

Plusieurs fois, il dut faire halte pour éviter des rafales de fusil-mitrailleur ou calmer les terribles élancements qui comprimaient son cœur comme une vis trop serrée. Il tomba à genoux. La main noircie d'un soldat – de quel bord, impossible à dire – agrippa la jambe de son pantalon. Bourne voulut se dégager mais les doigts du moribond collaient comme de la glu. Tout autour de lui, il voyait des visages défoncés se tourner vers lui en hurlant silencieusement. Au seuil de la mort, les hommes se ressemblaient tous, unis par l'absurdité de la violence, bien au-delà des appartenances, des nationalités. Le chaos, le sang, le feu avaient volé leur humanité mais aussi leurs croyances, qu'elles soient religieuses, politiques ou platement mercantiles. Sous ce ciel bas, sali par les cendres mêlées de leurs compatriotes et de leurs ennemis, ils gisaient tous dans la même fange.

Quand il finit par se libérer, il se releva en titubant et poursuivit son horrible cheminement. On n'y voyait presque plus, tant la fumée du pétrole en flammes était dense. Comme dans un mirage, tantôt l'hélicoptère russe apparaissait, tantôt son image se troublait, s'effaçait. L'engin semblait à portée de main et une seconde après, il reculait jusqu'à l'horizon. Bourne pressa le pas, fit une halte, se pencha pour reprendre son souffle puis se remit à courir. Il vivait dans sa chair le mythe de Sisyphe roulant son rocher vers le haut d'une colline sans jamais en atteindre le sommet. L'hélicoptère devait être à un kilomètre. Il continuerait jusqu'au bout, un pas après l'autre. Même s'il devait trébucher, enjamber les cadavres, zigzaguer entre les cratères, tituber sous le poids de son ami, il sortirait du charnier que cette guerre en miniature venait d'engendrer. Au bord de l'asphyxie, les yeux gonflés de larmes, il vit enfin les hommes de Boris descendre de l'hélicoptère et se porter au secours de leur commandant blessé. Quand ils le soulagèrent de son fardeau, Bourne s'écroula. On l'aida à se relever, on lui donna de l'eau.

Mais il n'était pas au bout de ses peines. L'attaque au missile ayant rendu le Havoc ingouvernable, les troupes de Boris avait dû l'abandonner. Hors d'haleine, Bourne regarda autour de lui et leur fit signe de le suivre jusqu'à l'avion d'Air Afrika, trois cents mètres plus loin.

Les abords de l'appareil et la passerelle étaient déserts. La porte béait. Une fois montés, ils comprirent pourquoi : l'équipage avait été ligoté et bâillonné, sans doute par Arkadine et ses hommes. Bourne donna l'ordre de les libérer.

Ils couchèrent le colonel sur le sol de l'avion pour que le médecin commence à l'examiner.

Après cinq minutes d'angoisse, il rendit son diagnostic aux hommes rassemblés au-dessus de lui. « La fracture à la jambe est propre, ce n'est pas un problème, dit-il. Quant à la plaie à la tête, ça pourrait être pire. La balle a juste éraflé le crâne. Voilà pour les bonnes nouvelles. » Il se remit à ausculter le blessé. « Les mauvaises maintenant. Il souffre d'une sérieuse commotion cérébrale. La tension monte dans son cerveau. Je vais devoir la soulager en perçant un petit trou – il désigna un point sur la tempe droite de Boris – juste ici. » Il chercha le regard de Bourne et ajouta en claquant la langue : « Malgré tout, je ne peux jurer de rien. Il faut qu'on l'emmène à l'hôpital au plus vite. »

Bourne passa dans le cockpit pour ordonner au pilote et au navigateur de les conduire à Khartoum. Dans la seconde, ils entamèrent les vérifications préalables au décollage. Les réacteurs s'allumèrent l'un après l'autre.

« Je vous en prie, allez vous asseoir, dit le médecin quand Bourne revint. J'irai vous voir dès que le colonel Karpov ira mieux. »

Bourne n'était pas en état d'argumenter. Il se laissa tomber sur un siège, se débarrassa de sa veste et des sacs de sang de porc déchirés par les balles d'Arkadine. Ce faisant, il pria en silence pour l'esprit du cochon qui avait donné sa vie afin d'épargner la sienne. La sculpture surplombant la piscine à Bali lui apparut.

Sans quitter des yeux la silhouette allongée de son ami, il détacha les sangles de son gilet pare-balles et boucla sa ceinture de sécurité. Karpov était livide, couvert de sang. Bourne ne l'avait jamais vu si vulnérable. Il songea à Moira après l'attentat qui avait failli le tuer à Tenganan. Il se trouvait aujourd'hui dans la même situation qu'elle, avec la même angoisse au ventre.

Pendant que l'avion prenait de la vitesse sur la piste d'envol, il eut la présence d'esprit d'appeler Soraya sur son téléphone satellite.

« Je vais contacter le général LeBowe qui commande les forces alliées et lui demander de suspendre l'attaque, dit Soraya. C'est un type bien, il écoutera. Surtout si je lui dis que dès demain matin, nous aurons rassemblé assez d'éléments pour établir la preuve que les Iraniens n'ont rien à voir dans la catastrophe aérienne du Caire.

— Je connais pas mal de gens qui vont passer pour des guignols, au sein du gouvernement américain, dit Bourne d'une voix lasse.

— Quand tout sera révélé, j'espère bien que le ridicule en tuera quelques-uns, répliqua Soraya. Enfin, ce ne sera ni la première fois ni la dernière. »

À l'extérieur, on entendit plusieurs déflagrations de forte intensité. Par le hublot en Perspex, il assista à la cérémonie d'adieu de Perlis : le Black Hawk venait de tirer plusieurs missiles sur les puits. Ils brûlaient tous, à présent. C'était sans doute sa manière à lui de s'assurer qu'Arkadine ne s'en emparerait jamais.

« Jason, tu m'as dit que le capitaine Karpov allait plutôt bien. Mais toi ? »

Bourne réfléchit. Il ne savait que répondre.

Combien de fois devras-tu mourir avant d'apprendre à vivre ? pensa-t-il.

Lorsque Moira déchira le paquet envoyé par Soraya contenant les plaques en titane, elle sut avec certitude qu'elle disposait du dernier élément de preuve indispensable à la chute de Noah et de Black River. Elle les décoda, releva les noms et les numéros de matricule des quatre agents de Black River puis elle les porta, ainsi que l'ordinateur de Humphry Bamber, chez la seule personne exempte de tout soupçon : Frederick Willard.

Devant ces présents, Willard se garda de montrer sa joie. Moira nota son air serein et supposa qu'il était déjà au courant. Comme il se doit, Willard présenta les preuves contre Black River à plusieurs personnes autorisées, au cas où l'une d'elles aurait eu la mauvaise idée de les faire disparaître.

Soraya et Amun regagnèrent Le Caire. Bien que les collaborateurs de Soraya aient réussi à identifier l'homme qui cherchait à lui nuire, l'humeur de Chalthoum n'était pas au beau fixe. Soraya savait qu'il ne quitterait jamais l'Égypte car il ne se sentait à l'aise nulle part ailleurs. De plus, il lui restait trop de luttes politiques à mener. Et il n'était pas homme à fuir ses obligations. De son côté, Soraya n'avait pas l'intention de quitter l'Amérique pour vivre ici avec lui.

« Que vas-tu faire, Amun ? dit-elle.

— Je ne sais pas, *azizti*. Je t'aime comme je n'ai jamais aimé personne. La pensée de te perdre m'est insupportable. » Il lui prit la main. « Installe-toi ici. Viens vivre avec moi. On se mariera, on aura des bébés, on les élèvera ensemble. »

Elle se mit à rire. « Tu sais bien que je ne serais pas heureuse ici.

— Mais à nous deux, nous ferions de beaux enfants, *azizti* ! »

Elle rit de nouveau. « Idiot ! » murmura-t-elle avant de déposer sur ses lèvres un baiser d'amitié qui se transforma en quelque chose de plus profond, de plus passionné.

Quand ils se détachèrent l'un de l'autre, elle dit : « J'ai une idée. On se retrouvera tous les ans pendant une semaine, dans un endroit différent chaque fois. À toi de choisir. » Il la regarda longuement. « *Azizti*, il n'y a vraiment pas d'autre avenir pour nous ?

— Ce n'est pas suffisant ? Pourtant, il faudra nous en contenter, tu le sais.

— Je ne le sais que trop bien. » Il soupira et la serra contre lui. « Nous essaierons d'en profiter au mieux, n'est-ce pas ? »

Trois jours plus tard, le scandale Black River éclatait sur internet et les réseaux d'information. L'ouragan fut si violent qu'il fit passer au second plan la débandade des forces alliées à la frontière iranienne, déjà abondamment commentée par les journalistes.

« Et voilà, dit Peter Marks à Willard, Black River et le secrétaire Halliday vont tomber tous les deux. »

À sa grande surprise, Willard lui adressa un regard insondable. « J'espère que vous ne comptez pas rompre notre accord, mon cher prince. »

Il ne comprit la signification de cette remarque sibylline que plusieurs heures plus tard, lors de la conférence de presse donnée par Bud Halliday pour condamner le rôle tenu par Black River dans ce qu'il qualifiait de « honteux abus de pouvoir ». Selon lui, la société de sécurité avait outrepassé les directives données dans le cadre de sa mission. « Des mesures ont été prises en vue du démantèlement de Black River. Je me suis entretenu personnellement avec le ministre de la Justice qui m'a confirmé que les membres de Black River et ses dirigeants seraient bientôt traduits devant la justice civile et militaire. Je tiens à faire savoir au peuple américain que la NSA a eu recours à cette société en toute bonne foi, sur la base des garanties fournies par elle qu'un accord avait été passé avec les dirigeants d'un groupement de résistance démocratique iranien. J'ai moi-même transmis les pièces à charge au ministre de la Justice, à savoir tous les documents mentionnant les dates, les événements, les noms des responsables, le sujet des tractations. Je jure devant le peuple américain qu'à aucun moment, ni moi ni aucun membre de la NSA n'avons eu connaissance des intentions frauduleuses de Black River. Une commission d'experts vient d'être constituée pour enquêter sur cette affaire. Je veillerai à ce que les personnes ayant fomenté cet inimaginable complot soient punies avec la plus grande sévérité. C'est une promesse que je vous fais. »

Fallait-il s'en étonner, personne ne trouva aucun lien compromettant entre la NSA – et encore moins Bud Halliday lui-même – et Black River. Marks n'était pas au bout de ses surprises. Parmi les dirigeants de Black River, les autorités judiciaires se contentèrent de poursuivre Kerry Mangold et Dick Braun. Pas un mot sur Oliver Liss, le troisième membre du triumvirat.

Quand Marks demanda des éclaircissements à Willard, il obtint le même regard insondable. Alors il décida de chercher sur Google des articles sur Black River. Après beaucoup de temps et d'efforts, il tomba sur un entrefilet paru dans *The Washington Post*, plusieurs semaines avant. Oliver Liss avait soi-disant démissionné « pour raisons personnelles » de la société qu'il avait contribué à fonder. Il eut beau fouiller, Marks ne découvrit pas quelles pouvaient bien être ces raisons personnelles.

C'est alors que Willard, avec son sourire de chat du Cheshire, lui annonça qu'il n'y en avait aucune.

« J'espère que vous êtes prêt à retrousser vos manches, ajouta Willard, parce que Treadstone est de nouveau opérationnel. »

35

C'était le début du mois de mai. Bali resplendissait sous le soleil. Suparwita entra dans le temple sacré de Pura Lempuyang. Pas un nuage ne blanchissait le ciel quand il grimpa l'escalier du Dragon et franchit le portail de pierre sculptée menant au deuxième temple accroché à la colline. Le mont Agung, complètement dégagé et aussi bleu que le détroit de Lombok, se dressait dans toute sa splendeur. Suparwita marchait vers un groupe de pénitents agenouillés. Une ombre zébra le sol dallé. Celle de Noah Perlis.

« Vous ne semblez pas surpris de me voir. » Perlis portait son sarong balinais avec autant de naturel qu'un clochard un smoking.

« Pourquoi serais-je surpris ? Je savais que vous reviendriez, répondit Suparwita.

— Je n'avais aucun autre endroit où aller. La police me recherche aux États-Unis. Je suis un fugitif à présent. C'est ce que vous vouliez, non ?

— Je disais que vous étiez un paria, le corrigea Suparwita. Ce n'est pas la même chose. »

Perlis ricana. « Vous croyez pouvoir me punir ?

— Je n'ai pas besoin de vous punir.

— J'aurais dû vous tuer quand j'en avais l'occasion, voilà des années. »

Suparwita le regarda de ses grands yeux liquides. « Tuer Holly ne vous a pas suffi ? »

Perlis parut étonné. « Vous n'avez aucune preuve de cela.

— Je n'ai pas besoin de ce que vous appelez des preuves. Je sais ce qui s'est passé. »

Perlis fit un pas vers lui. « Et que s'est-il passé exactement ?

— Vous avez suivi Holly Marie Moreau ici depuis l'Europe. J'ignore ce que vous faisiez avec elle.

— Tiens donc ! Vous qui prétendez tout connaître…

— Pourquoi avez-vous suivi Holly jusqu'ici, monsieur Perlis ? »

Perlis resta coi puis il haussa les épaules comme s'il estimait que ce sujet n'avait plus d'importance. « Elle possédait une chose qui m'appartenait.

— Comment cela se faisait-il ?

— Elle l'avait volée, bordel ! Je l'ai suivie pour récupérer mon bien. J'avais parfaitement le droit…

— De la tuer ?

— J'allais dire que j'avais parfaitement le droit de reprendre ce qu'elle m'avait dérobé. Sa mort était un accident.

— Vous l'avez tuée sans raison, dit Suparwita.

— J'ai récupéré mon bien. J'ai eu ce que je voulais.

— Mais à quoi bon ? Avez-vous percé le secret de cette chose ? »

Perlis garda le silence. S'il avait su pleurer, il l'aurait fait aussitôt.

« Voilà donc pourquoi vous êtes revenu, reprit Suparwita. Vous voulez revoir l'endroit où vous avez assassiné Holly. »

Perlis sentit la colère monter. « Vous êtes devenu flic ? Je croyais que vous étiez un saint homme, ou un truc comme ça. »

Le petit sourire de Suparwita ne lui apprit rien. « À mon humble avis, la chose que Holly vous a prise, vous l'aviez volée vous-même. »

Le visage de Perlis vira au blême. « Comment pouvez-vous… comment savez-vous cela ? murmura-t-il.

— Holly me l'a dit. Qu'est-ce que vous croyez ?

— Holly l'ignorait. Personne n'était au courant. » Il fit un geste hautain de la tête. « De toute façon, je ne suis pas venu ici pour subir un interrogatoire.

— Savez-vous pourquoi vous êtes venu ? » Les yeux de Suparwita brillaient presque aussi fort que le soleil.

« Non.

— Mais vous êtes là. » Suparwita désigna de la main la masse du mont Agung s'encadrant sous la voûte de pierre.

Perlis suivit son geste en se protégeant les yeux du soleil et quand il se retourna, Suparwita avait disparu. Les pénitents psalmodiaient leurs litanies, le prêtre en méditation errait Dieu seul sait où et l'homme à côté de lui comptait et recomptait son argent en faisant lentement glisser les billets l'un sur l'autre, comme pris dans une transe.

À la manière d'un somnambule, Perlis s'avança vers le portail de pierre sculpté. Devant lui, le mont Agung ; à ses pieds, l'escalier où, des années auparavant, Holly Marie Moreau avait trouvé la mort.

Perlis se réveilla en sursaut. Il aurait voulu crier mais sa gorge était trop serrée. Assis dans son lit, il transpirait malgré la climatisation. Un instant auparavant, il dormait d'un sommeil nauséeux ou plus précisément, il faisait un rêve nauséeux. Il avait revu Suparwita et le temple de Pura Lempuyang. Son cœur lui faisait mal, comme chaque fois qu'il se réveillait après ce genre de rêve.

Il dut réfléchir un instant pour se rappeler où il était. Après avoir ordonné l'incendie des puits de pétrole iraniens, il s'était enfui sans demander son reste. Que s'était-il passé ? Qu'est-ce qui avait foiré ? Cela faisait un millier de fois qu'il se posait la question et obtenait la même réponse : Bardem n'avait pu prévoir l'introduction de deux variables presque identiques parmi les millions de paramètres entrant dans sa programmation. Et ces deux variables se nommaient Bourne et Arkadine. Dans le monde de la finance, la survenance d'un événement imprévisible ayant des conséquences considérables s'appelle la théorie du « cygne noir ». Dans le monde hermétique des programmeurs de logiciels, un élément étranger non paramétré qui écrasait un programme portait le nom de Shiva, le dieu hindou de la destruction. L'apparition d'un seul Shiva était une chose assez rare. Mais deux, c'était impensable.

Des jours et des jours s'étaient écoulés comme dans un songe. Il lui arrivait souvent d'hésiter entre le rêve et la réalité. En tout cas, plus rien ne lui paraissait réel, ni la nourriture qu'il mangeait, ni les endroits où il allait, ni les heures de sommeil qu'il parvenait à grappiller. Puis, il était arrivé à Bali, et pour la première fois depuis que le Black Hawk l'avait emporté loin des ruines de Pinprick, quelque chose avait changé en lui. Pendant toutes ces années, son travail chez Black River avait remplacé sa famille, ses camarades. À présent qu'il en était privé, il ne se sentait plus exister. Mais non, c'était bien plus grave que cela. En travaillant pour Black River, il s'était interdit d'exister et il avait adoré cela. Les rôles qu'il avait dû jouer l'avaient emporté toujours plus loin de lui-même, cet être qu'il n'avait jamais aimé et dont il ne savait que faire. C'était le vrai Noah Perlis – le gringalet pathétique, le pauvre gosse incompris – qui était tombé amoureux de Moira. Rejoindre les rangs de Black River revenait à revêtir une armure, une protection contre les frustrations tapies au fond de lui comme des parasites. Maintenant que Black River avait disparu, il se retrouvait nu, sans armure. Tout le monde pouvait voir le petit être rose et fragile caché en dessous. On avait actionné un interrupteur, inversé la pression. Toute l'énergie dont il s'était gorgé autrefois, le fuyait aujourd'hui par tous les pores de sa peau.

Il balança ses jambes hors du lit et marcha vers la fenêtre. Qu'est-ce que cet endroit avait de spécial ? Il en avait pourtant vu des îles paradisiaques, dans sa vie ! La planète en était couverte, comme une constellation. Pourtant Bali était différente. Son souvenir éthéré pulsait derrière ses paupières douloureuses. Mais il ne croyait pas aux souvenirs éthérés. Il avait toujours été pragmatique, d'où sa solitude. Pourquoi s'encombrer d'amis et de parents puisque ces gens-là finissent toujours par vous trahir, même sans le savoir ? Il avait découvert très tôt que si on n'éprouvait aucun sentiment, rien ne pouvait vous blesser. Pourtant, il avait été blessé, et pas seulement par Moira.

Il se doucha, s'habilla et sortit dans la chaleur moite. Le ciel était aussi clair que dans son rêve. Au loin, il voyait la masse bleue du mont Agung. Pour lui, cette montagne s'auréolait d'un éternel mystère. Elle lui faisait peur comme si elle abritait un secret qui le concernait mais qu'il ne voulait pas connaître. Ce secret l'attirait indiciblement tout en le repoussant. Il s'efforça en vain de calmer les émotions qui l'assaillaient. Tout fuyait entre ses doigts et, sans la discipline de fer de Black River, sans son armure, il assistait impuissant à l'émiettement de sa personne. Il baissa les yeux. Ses mains tremblaient violemment comme s'il était en proie au delirium tremens.

Qu'est-ce qui m'arrive ? pensa-t-il. Mais il savait pertinemment que cette question n'était pas la bonne.

« Pourquoi êtes-vous venu ? » Telle était la bonne question, celle que Suparwita lui avait posée dans son rêve. S'étant documenté sur la théorie des rêves, il savait que les êtres qui les peuplaient représentaient divers aspects de soi-même. D'où cette question : pourquoi était-il revenu à Bali ? Après la mort de Holly Marie, il avait quitté l'île persuadé de ne plus jamais y remettre les pieds. Et pourtant, il était ici. Moira l'avait blessé, bien sûr, mais ce n'était rien comparé à ce qui s'était passé avec Holly.

Il mangea mais les aliments n'avaient aucun goût et, au moment où il arriva à destination, il avait déjà oublié ce que c'était. Son estomac n'était ni vide ni plein. Comme le reste de sa personne, il avait cessé d'exister.

Holly Marie Moreau était enterrée dans un petit *sema*, un cimetière au sud-ouest du village où elle avait été élevée. La plupart des Balinais brûlaient leurs morts mais parmi eux, quelques-uns – les Balinais de souche, comme les habitants de Tenganan qui n'étaient pas hindous – respectaient d'autres coutumes funéraires. Les Balinais croyaient que l'enfer se trouvait à l'ouest, donc ils construisaient les *sema* à l'ouest des villages, ou au sud-ouest comme ici, dans la partie sud de Bali. Les Balinais craignaient les cimetières. Ils pensaient que les cadavres non incinérés se transformaient en morts-vivants et qu'ils erraient la nuit après s'être levés de leur tombe, réveillés par des esprits malins conduits par Rundra, le dieu du mal. Par conséquent, ces lieux étaient souvent déserts, abandonnés même par les oiseaux.

Ce *sema* ne faisait pas exception à la règle. Ombragé par d'épais bosquets, il semblait plongé dans un éternel crépuscule diapré de bleu et de vert. Toutes les tombes disparaissaient sous la végétation, sauf une, celle de Holly Marie Moreau.

Debout devant la stèle, Perlis passa un temps infini à contempler les inscriptions gravées dans le marbre. Son nom, ses dates de naissance et de mort et en dessous, ce simple mot : BIEN-AIMÉE.

Cette tombe l'attirait et le repoussait en même temps. Il se mit à marcher d'un pas lent mais décidé, en suivant les battements de son cœur. Soudain, il s'arrêta. Il avait aperçu, ou cru apercevoir, une ombre voleter d'arbre en arbre. Était-ce une illusion ? Un jeu de lumière ? Il songea aux dieux et aux démons qui habitaient les *sema* dans les croyances populaires. L'ombre réapparut, plus nettement cette fois. Son visage était flou mais il reconnut les longs cheveux d'une jeune femme ou d'une fillette. *Un mort-vivant*, pensa-t-il en se moquant de lui-même. Il avait marché en cercle. De nouveau, la tombe de Holly se dressait devant lui. Il la piétinait presque. Il jeta un regard angoissé autour de lui et sortit son arme en se demandant si le *sema* était aussi désert qu'il le paraissait.

Puis il se calma, dépassa la tombe et s'enfonça entre les arbres vers la forme féminine qu'il avait vue, ou croyait avoir vue. Le sol incliné montait vers une butte encore plus boisée. Au sommet, il fit une halte car il ne savait pas quelle direction prendre à cause du rideau d'arbres qui l'entourait de toutes parts. Puis, du coin de l'œil, il vit quelque chose bouger. Aussitôt il tourna la tête à la manière d'un chien d'arrêt. Un oiseau, sans doute ? Mais il eut beau tendre l'oreille, il n'entendit aucun chant d'oiseau, ni même le bruissement des feuilles dans le sous-bois.

Il poursuivit son chemin et d'un pas assuré, descendit la pente escarpée d'un ravin planté d'arbres encore plus luxuriants.

Puis il leva la tête et revit la chevelure fluide qui volait dans le vent. Par un réflexe idiot qui ne lui ressemblait pas, il prononça son nom.

« Holly ! »

Holly était morte. Il le savait mieux que quiconque mais à Bali, tout était possible. Alors, il se mit à courir pour la rejoindre. À toutes jambes, à en perdre haleine. Alors qu'il passait entre deux arbres, une chose heurta l'arrière de son crâne. Il bascula en avant et tomba dans le noir.

« Lequel de nous deux la connaissait le mieux, d'après toi ? », dit une voix dans sa tête.

Perlis ouvrit les yeux et, malgré la douleur qui l'étourdissait, aperçut Jason Bourne.

« Vous ! Comment saviez-vous que j'étais ici ? »

Bourne sourit. « C'est ta dernière escale, Noah. Le bout du chemin. »

Perlis regardait autour de lui d'un air perdu. « Cette fille – j'ai vu une fille.

— Holly Marie Moreau. »

Perlis aperçut son arme sur le sol et voulut l'attraper.

Bourne lui donna un coup de pied si violent qu'on entendit deux côtes craquer. Perlis grogna.

« Parle-moi de Holly. »

Perlis le dévisagea un moment. Malgré ses efforts, un rictus de souffrance restait plaqué sur son visage. Mais au moins il ne pleurait pas. Puis une pensée lui vint.

« Tu ne te souviens pas d'elle ? » Perlis voulut rire. « Elle est bien bonne, celle-là ! »

Bourne s'agenouilla près de lui. « Heureusement, tu es là pour me rafraîchir la mémoire.

— Va te faire foutre ! »

Bourne enfonça ses deux pouces dans les orbites de Perlis qui, pour le coup, se mit à pleurer.

« Maintenant, regarde ! » ordonna-t-il.

Perlis battit ses paupières trempées de larmes. L'ombre féminine descendit d'un arbre.

« Regarde-la ! dit Bourne. Regarde ce que tu as fait d'elle.

— Holly ? » Perlis n'en croyait pas ses yeux. À travers ses larmes, il vit la silhouette souple de Holly. « Ce n'est pas elle. » Mais qui d'autre alors ? Son cœur battait la chamade.

« Qu'est-ce qui s'est passé ? demanda Bourne. Parle-moi de toi et de Holly.

— Quand je l'ai rencontrée, elle errait dans Venise. Elle était perdue mais pas au sens géographique du terme. » Perlis entendit sa propre voix sans la reconnaître. On aurait dit qu'elle sortait d'un téléphone mobile à faible réseau. Que faisait-il ? On avait actionné l'interrupteur, inversé la pression. L'énergie se déversait hors de lui, et avec elle les mots qu'il tenait enfermés en lui depuis des années. « Je lui ai demandé si elle voulait gagner un peu d'argent sans se fatiguer et elle a répondu : Pourquoi pas ? Elle ignorait où elle mettait les pieds mais semblait s'en moquer. Elle s'ennuyait, elle avait besoin de nouveauté, d'autre chose. Elle voulait que son sang se remette à couler dans ses veines.

— Alors, si je comprends bien, tu lui as fourni ce qu'elle voulait, un point c'est tout.

— Exact ! répliqua Perlis. J'ai toujours agi comme ça avec tout le monde.

— Avec Veronica Hart aussi ?

— C'était un agent Black River, elle m'appartenait.

— Comme une tête de bétail. »

Perlis détourna le regard. L'ombre féminine se tenait là. Elle le scrutait sans faire un geste. Elle l'écoutait, le jugeait. Mais qu'est-ce que ça pouvait bien faire ? se demanda-t-il. Il n'avait rien à se reprocher. Et pourtant il était incapable de détacher son regard de cette silhouette en contre-jour qui ressemblait tant à Holly Marie Moreau, la femme qui connaissait le secret emprisonné au fond de son cœur.

« Comme Holly.

— Quoi ?

— Holly t'appartenait, elle aussi ?

— Elle avait accepté mon argent, non ?

— Que voulais-tu d'elle ?

— J'avais besoin d'approcher quelqu'un et je savais que je n'y arriverais pas seul.

— Un homme, dit Bourne. Un jeune homme. »

Perlis hocha la tête. Maintenant qu'il avait commencé à parler, il ne pouvait plus s'arrêter. « Jaime Hererra.

— Attends un peu. Le fils de don Fernando Hererra ?

— J'ai envoyé Holly à Londres. À l'époque, il ne travaillait pas encore pour la société de son père. Il fréquentait un club – il avait une faiblesse pour le jeu.

Comme il faisait plus vieux que son âge, personne ne lui a jamais demandé ses papiers. » Perlis se ménagea une pause. Il avait du mal à respirer. Son bras gauche, coincé sous son corps, se déplaça légèrement pour mieux soutenir ses côtes brisées. « C'est drôle. Holly avait l'air d'une ingénue mais elle s'est acquittée de sa mission comme une vraie pro. Une semaine plus tard, elle était dans le lit de Jaime ; dix jours après, elle s'installait chez lui.

— Et ensuite ? »

Perlis éprouvait toujours plus de difficultés à reprendre son souffle. Son regard demeurait fixé non pas sur Bourne mais sur l'ombre féminine, la seule chose qu'il lui restait en ce monde, semblait-il.

« Est-elle réelle ?

— Cela dépend de ce que tu entends par réel, fit Bourne. Allez, dis-moi ce que Holly devait voler pour toi à Jaime Hererra. »

Perlis ne broncha pas mais Bourne vit les doigts de sa main droite se recourber et s'enfoncer dans la terre meuble de la forêt.

« Qu'est-ce que tu caches, Noah ? »

Perlis retira la main gauche coincée sous lui et, à une vitesse fulgurante, planta un couteau à cran d'arrêt dans le flanc de Bourne et fit pivoter la lame pour qu'elle pénètre au plus profond, à travers les muscles et les tendons, jusque dans un organe vital. Bourne abattit son poing sur son crâne mais Perlis, dans un sursaut d'énergie surhumaine, réagit en enfonçant la lame encore plus loin.

Alors Bourne se pencha, prit la tête de Perlis entre ses deux mains, tourna d'un coup sec et lui brisa la nuque. Aussitôt, le flux d'énergie démentielle s'interrompit, les yeux de Perlis se voilèrent. Un filet d'écume apparut à la commissure de ses lèvres sans qu'on sache vraiment s'il était causé par l'effort violent qu'il venait de produire ou par la folie qui le rongeait depuis quelque temps déjà.

Dans un hoquet, Bourne lâcha la tête de son ennemi puis retira la lame. La plaie saigna mais pas trop. Il saisit la main droite de Perlis, la sortit de terre et, un à un, lui déplia les doigts. Il croyait découvrir un objet caché au creux de sa paume – quelque chose ayant appartenu à Holly peut-être – mais il n'y avait rien. À l'index droit, il portait un anneau impossible à enlever. Bourne lui coupa le doigt avec le couteau à cran d'arrêt et leva la bague dans les chatoiements vert et bleu de la lumière filtrée par les frondaisons. C'était un anneau d'or tout simple, pareil à toutes les alliances du monde entier. Perlis avait-il tué Holly pour récupérer cette bague ? Pourquoi ? Cet objet valait-il qu'on sacrifie la vie d'une jeune femme ?

À force de tourner et retourner l'alliance entre ses doigts, il vit l'inscription gravée à l'intérieur. Elle tenait toute la circonférence. D'abord il pensa à du cyrillique ou à une langue ancienne oubliée de tous sauf de quelques spécialistes, comme le sumérien. Mais il finit par conclure qu'il s'agissait d'un code.

Bourne tenait toujours l'anneau devant ses yeux quand il vit approcher l'ombre féminine. Elle s'arrêta à quelques pas de lui, le visage crispé par la peur. Alors il se leva en grognant de douleur et marcha jusqu'à elle.

« Tu as été très courageuse, Kasih », dit-il à la fillette qui lui avait montré la douille de la balle ayant failli le tuer, plus de trois mois auparavant, dans le village de Tenganan.

« Tu saignes. » Elle avait ramassée une poignée de feuilles odorantes qu'elle appliqua sur sa blessure.

Il lui prit la main et la reconduisit chez elle tout en haut des rizières, aux abords de Tenganan. De sa main libre, il maintenait le cataplasme sur sa blessure. Déjà le sang coagulait, la douleur s'apaisait. « Il n'y a rien à craindre, dit-il.

— Je n'ai pas peur quand tu es là. » Kasih jeta un dernier regard derrière elle. « Le démon est mort ? demanda-t-elle.

— Oui, dit Bourne. Le démon est mort.

— Et il ne reviendra pas ?

— Non, Kasih, il ne reviendra pas. »

Elle sourit de bonheur. Mais Bourne savait qu'il mentait.

Des mêmes auteurs :

ERIC VAN LUSTBADER :

LE GARDIEN DU TESTAMENT.

Série « Jason Bourne » *(d'après Robert Ludlum)* :

LA PEUR DANS LA PEAU.
LA TRAHISON DANS LA PEAU.
LE DANGER DANS LA PEAU.
LA POURSUITE DANS LA PEAU.

ROBERT LUDLUM :

Aux Éditions Grasset

Série « Réseau Bouclier » :

OPÉRATION HADÈS, AVEC GAYLE LYNDS.
OBJECTIF PARIS, AVEC GAYLE LYNDS.
LA VENDETTA LAZARE, avec Patrick Larkin.

Le Pacte Cassandre, avec Philip Shelby.
Le Code Altman, avec Gayle Lynds.
Le Vecteur Moscou, avec Patrick Larkin.
Le Danger arctique, avec James Cobb.

Le Complot des Matarèse.
La Trahison Prométhée.
Le Protocole Sigma.
La Directive Janson.
La Stratégie Bancroft.

Aux Éditions Robert Laffont

La Mémoire dans la peau.
La Mosaïque Parsifal.
Le Cercle bleu des Matarèse.
Le Week-end Osterman.
La Progression Aquitaine.
L'Héritage Scarlatti.
Le Pacte Holcroft.
La Mort dans la peau.
Une invitation pour Matlock.
Le Duel des Gémeaux.
L'Agenda Icare.
L'Échange Rhinemann.
La Vengeance dans la peau.
Le Manuscrit Chancellor.
Sur la route d'Omaha.
L'Illusion Scorpio.
Les Veilleurs de l'Apocalypse.
La Conspiration Trevayne.
Le Secret Halidon.
Sur la route de Gandolfo.

Composition réalisée par PCA

Achevé d'imprimer en septembre 2012 en France par
CPI BRODARD ET TAUPIN
La Flèche (Sarthe)
N° d'impression : 70251
Dépôt légal 1re publication : octobre 2012
LIBRAIRIE GÉNÉRALE FRANÇAISE
31, rue de Fleurus – 75278 Paris Cedex 06

31/6876/2